HET VERLORE

KATHARINE CLARK

Het Verloren kind

Uitgeverij Luitingh~Sijthoff

Oorspronkelijke titel
Steal away
Uitgave
Ballantine Books, New York
Copyright © 1998 by Kate Clark
c/o BABOR INTERNATIONAL, INC., Armonk, New York, U.S.A.

Vertaling
Karina Zegers de Beijl
Omslagontwerp
Jan de Boer
Omslagfoto
Wim Bos

ISBN 90 245 3671 5   NUGI 331

Voorwoord

Het was niet ver van school naar huis, maar David had in de pauze en na het middageten honkbal gespeeld en hij was moe. Hij verheugde zich erop zijn gympen en sokken uit te trekken, op de vensterbank van het keukenraam te gaan zitten en te wachten tot zijn moeder hem iets lekkers gaf. Ze had beloofd dat hij vandaag pindakoeken zou krijgen, en hij hoopte dat ze dat niet vergeten was. Niet dat ze vaak iets vergat, maar soms, wanneer ze helemaal opging in haar werk, vergat ze de tijd en begon ze pas met het bakken wanneer hij thuiskwam.

Hij hief zijn hoofd op en snoof in de wind, terwijl hij zich afvroeg of hij van deze afstand al zou kunnen ruiken of ze iets aan het bakken was. Hij had het middageten op school niet lekker gevonden en had honger. Zijn voorband ging door een kuil. Hij slipte, viel bijna, hervond zijn evenwicht en ging zo ver mogelijk aan de kant staan om de auto die achter hem reed veilig te laten passeren. Zijn moeder drukte hem altijd op het hart om zo veel mogelijk langs de kant te gaan rijden wanneer er auto's langs moesten. Het was moeilijk te horen met die helm op zijn hoofd, maar hij deed hem niet af. Een heleboel kinderen deden dat wel wanneer ze dachten dat ze er niet op betrapt konden worden, maar David was nog maar net begonnen om langere afstanden te fietsen, en hij voelde zich niet veilig zonder helm.

De auto haalde hem niet in. Hij minderde vaart en stopte naast hem, en de vrouw die in het busje zat draaide haar raampje open en leunde naar buiten. David ging nog wat verder opzij. Zijn moeder had hem wel duizend keer gewaarschuwd voor vreemden. 'David,' zei de vrouw, 'er is iets verschrikkelijks gebeurd met je vader en moeder. Je verkeert in groot gevaar. Je moet met ons meekomen.'

David keek haar alleen maar met grote ogen aan. Hij had haar van zijn leven nog niet gezien. Ze was ouder dan zijn moeder en maakte een zenuwachtige en niet erg aardige indruk. Hij keek naar de voorkant van het busje. Was er ruimte genoeg om erlangs te fietsen en weg te rijden? Nee. Dat was dom. Auto's konden veel sneller dan fietsen, ook al kon hij dan nog zo hard.

Hij zou het bos in moeten. Dat idee beviel hem niet. Het bos was eng, en helemaal wanneer je alleen was, en er waren heel veel muggen.

De schuifdeur van het busje schoof open. 'David,' herhaalde de vrouw. Ze noemde hem bij zijn naam alsof ze hem kende. 'Ik zal het je allemaal wel uitleggen zodra we op weg zijn. Je moet met ons mee. Je kunt niet naar huis. Een heel slechte man die boos was over wat je vader als advocaat heeft gedaan, is naar jullie huis gekomen en heeft je vader en moeder iets heel ergs aangedaan, en nu zit hij te wachten tot jij thuiskomt zodat hij ook iets ergs met jou kan doen. Vooruit, stap nu maar in. Vlug!'

David ging wat dichter naar het busje toe. Ze sprak alsof ze het meende, alsof ze zich zorgen maakte. Maar ze had hem het wachtwoord niet genoemd en hij mocht nooit met iemand mee die het wachtwoord niet kende. Hij wachtte.

De vrouw keek geïrriteerd. 'Schiet op nu, vlug.' Ze keek zenuwachtig over haar schouder. David bleef roerloos staan. 'O, toe nou toch, David, rutabaga.'

Dan was het dus in orde, dacht David. 'Waar laat ik mijn fiets?'

'Die nemen we ook mee. Schiet op!'

Een man die ook in het busje zat stak zijn hand uit. David pakte hem vast, en hij werd in het busje getild. Het zware portier viel achter hem dicht en hij hoorde de klik van het slot. De man ging haastig achter het stuur zitten en reed met hoge snelheid weg. De banden slipten op het grind toen het busje keerde en wegreed in de richting van waaruit David was gekomen.

'Hé, wacht! Mijn fiets!'

'Er was geen tijd meer voor je fiets. Er kwam iemand aan. Misschien was hij het wel. We zullen een nieuwe fiets voor je kopen, dat beloof ik je.' De vrouw leek verdrietig, alsof het haar werkelijk speet dat ze de fiets niet hadden kunnen meenemen.

Zijn nieuwe fiets. Zijn glóednieuwe fiets. Hij beet op zijn lip omdat hij niet als een ukkie over zijn fiets wilde janken, maar hij keek hem na tot de glanzende rode lak uit het zicht verdwenen was. Hij had een steentje in zijn schoen. Hij maakte de veter los, trok de gymp uit en liet het steentje eruit vallen. Zijn handen beefden zó erg dat hij de veter niet opnieuw kon strikken. Hij liet de gymp naast zich op de bank staan. 'Is alles goed met mijn vader?' vroeg hij.

De vrouw schudde het hoofd. 'Het spijt me, David,' zei ze. 'Ik had het je niet op deze manier willen vertellen...' Ze keek echt spijtig.

'Ga ik zo goed terug naar de snelweg?' viel de man haar in de rede.

'Ja,' zei de vrouw op scherpe toon. 'David, je vader en moeder zijn...' Ze keek naar de man, maar hij weigerde haar recht in de ogen te kijken. David vulde de stilte met zijn angstigste vermoedens, en die bevestigde ze toen ook. 'Dood, David. Ze zijn alle twee dood. Ik vind het heel erg voor je.' Ze reikte met een gerimpelde hand naar achteren en legde hem even op zijn knie. Voorzichtig, alsof ze geen kinderen gewend was.

Ze moest zich vergissen, dacht hij. Ze zou zo wel uitleggen wat ze in werkelijkheid bedoelde. Hij leidde zijn gedachten af door aan vrolijke dingen te denken. Toen hij naar buiten keek, zag hij dat ze bijna op de plek waren waar het jongetje uit de verhalen van zijn moeder, Cedric Carville, al die dingen uit de auto had gegooid. Hij pakte zijn gymp en tilde hem op. Hij testte de spieren van zijn arm. Toen ze de bocht namen, draaide hij het raampje open en gooide zijn gymp naar het bord. Hij keek de schoen na, die om zijn eigen as draaiend door de lucht vloog en ruim een meter voor het bord op de grond terechtkwam. Niet slecht! Een paar keer oefenen, en dan zou hij het bord kunnen raken.

'O, David! Dat was nogal stom van je, niet?' zei de vrouw. 'Nu heb je nog maar één schoen.'

David keek naar zijn voet, en van zijn voet keek hij terug naar de vrouw. Ze probeerde te glimlachen, maar maakte geen vriendelijke indruk. 'Het spijt me,' zei hij zacht, terwijl hij zijn ogen neersloeg. 'Waar gaan we naartoe? Waar brengt u mij naartoe?'

'Ver weg van hier,' zei ze. 'Naar een plek waar je veilig zult zijn. Waar niemand je kan vinden.'

'Is mijn oma daar ook?'

De vrouw schudde het hoofd.

'En mijn tante Miranda?'

Opnieuw schudde ze het hoofd.

'Waarom niet?' vroeg David. 'Waarom hebben ze u gestuurd? Ik ken u niet.'

'Omdat ze wisten dat je bij mij veilig bent.' Ze probeerde opnieuw te glimlachen, en hij meende dat ze haar best deed om geruststellend over te komen. 'De slechte man zal je in de gaten houden. Jou, en je oma en je tante Miranda.'

David voelde zich helemaal niet veilig, ook al had de vrouw het wachtwoord genoemd. Hij dacht erover om gewoon uit de auto te springen, maar ze reden erg hard en hij had heel nare verhalen gehoord over wat er gebeurd was met kinderen die uit auto's gevallen waren.

'Komt tante Miranda mij dan halen?'

'Natuurlijk, zodra het veilig is. Maar tot die tijd zullen we doen alsof je iemand anders bent, en mag je niemand vertellen wie je in werkelijkheid bent. De slechte man is naar je op zoek. Heb je honger? Ik heb lekkere, zelfgebakken koekjes.'

David dacht dat hij te bang was om iets te kunnen eten, maar toen de vrouw hem een chocoladekoek en een bekertje met sap aangaf, bleek dat hij toch in staat was om ze door zijn keel te krijgen. Ze scheen het fijn te vinden dat hij at, en ze glimlachte op de manier waarop volwassenen dat doen wanneer kinderen braaf zijn. Maar David wilde zijn moeder en hij wilde naar huis. Hij vroeg zich af wat hij verder moest doen, maar voor hem iets te binnen wilde schieten, gingen zijn ogen dicht en viel hij in slaap.

Hoofdstuk 1

'Vaarwel, mijn kind, mijn steun en vreugde.'
Ben Johnson, 'On My First Son'

Ze zou alweer te laat komen, dacht Rachel, en ze gaf nog wat extra gas. Ze kon geen pindakoeken bakken zonder pindakaas en bruine suiker, en ze kon niet thuis zijn om de koeken te bakken als ze in de winkel was om de ingrediënten te kopen. Ze had niet eens meer voldoende tijd om de koeken in de oven te krijgen voordat David uit school zou komen. Hij zou haar aankijken met die blik van hem die het midden hield tussen irritatie en begrip, die blik die eigenlijk veel te wijs was voor een kind van negen. Een blik die vreemd was wanneer je niet wist hoe sterk hij op zijn vader leek. Haar man, Stephen, schonk haar regelmatig van die lijdzame blikken. Een vrouw die leefde van lijdzaamheid, dat was ze. Ze balanceerde voortdurend op het randje van falen, op de grens van bekwaamheid en onbekwaamheid.

Haar blik viel op een glanzende, rode fiets die langs de kant van de weg lag. Iemand had precies zo'n fiets als David. Een kind dat met zijn fiets van school op weg naar huis was, en gestopt was om in het bos bij de oude dennenboom op onderzoek uit te gaan. Misschien om in de dennenboom te klimmen. Het was het soort boom dat er, met zijn wijd uiteengroeiende, dikke takken, om vroeg om in geklommen te worden. Maar hij nam wel wraak door ervoor te zorgen dat zijn klauteraars flink onder de hars kwamen. David had op die manier meerdere goede broeken verpest. Meestal wanneer hij met zijn beste vriendje Tommy was. Tommy was het soort joch voor wie ze de term 'waaghals' hadden bedacht.

Ze deed de richtingaanwijzer aan, draaide de oprit op, griste de zak van de supermarkt van de bank en rende naar de deur. In de verte hoorde ze het gedempte geluid van de bus. Ze haastte zich naar de keuken en was zich er vaag van bewust hoe mal ze eruitzag in haar sportkleren. Meestal verkleedde ze zich meteen na afloop van de les, maar vandaag had ze daar geen tijd voor gehad. Allemaal liepen ze er zo bij, de vrouwen die hier in de wijk woonden. Hoewel ze zich niet zo voelde als zij, wist ze dat ze er precies zo uitzag – een vreemd, dwergachtig wezen met een door een ruimvallende sweater vervormd bol bovenlijf op magere, in zwart lycra gehulde beentjes.

Ze griste een kom uit de kast en pakte de mixer. Stopte een stuk margarine in de magnetron om zacht te laten worden. Drukte op het knopje en haastte zich naar het raam op het moment waarop de bus de hoek om kwam, zonder te stoppen langs de oprit reed en achter de bomen uit het zicht verdween. 'Hé, wacht eens eventjes,' zei ze hardop, terwijl ze zich naar buiten haastte en de oprit af rende. Halverwege de oprit, met in de ene arm de mengkom en de andere hand zwaaiend, herinnerde ze zich opeens dat David die ochtend niet met de bus was gegaan. Hij was met de fiets gegaan. De fiets die ze aan de kant van de weg had zien liggen.

Iets klopte er niet. David had nog maar sinds heel kort toestemming om met de fiets naar school te mogen. Hij zou nooit zomaar stoppen zonder daar eerst om gevraagd te hebben. Hij zou rechtstreeks naar huis zijn gekomen, het haar gevraagd hebben en dan weer terug zijn gegaan. Hij was een voorzichtig, systematisch kind, en niet zo'n kind dat gewoon maar alles deed, zoals zijn beste vriendje Tommy. Maar hij en Tommy hadden samen op de fiets zullen gaan. Misschien had Tommy hem wel overgehaald om te stoppen. Alleen, ze had Tommy's fiets niet gezien – ze had alleen maar die van David gezien. Als vanzelf versnelde ze haar pas en rende de oprit af. Ze liet de mengkom bij de brievenbus staan en haastte zich de weg af tot ze bij de fiets was gekomen.

Ze zette haar handen aan haar mond en riep een paar keer: 'David,' waarna ze elke keer stil was en op antwoord wachtte. Ze wachtte met ingehouden adem, liep naar de voet van de boom, hield haar handen opnieuw voor haar mond en riep omhoog. Ze had een zachte stem, een stem die moeilijk te horen was, en ze moest echt haar best doen om luid te roepen. Ze liep om de boom heen en tuurde omhoog in de donkere takken. Er zat niemand in de boom. Ze bleef roepen en liep het bos weer in, zonder aandacht te schenken aan de schade die ze aanrichtte aan haar smetteloos witte aerobics-schoenen; schoenen die doorgaans alleen de vloer van het fitnesscentrum raakten en nooit op straat kwamen. Paniek balde zich samen in haar borst en ze versnelde haar pas terwijl ze zich dieper het struikgewas in haastte.

Dit sloeg nergens op. David hield niet van het bos. Hij zou met Tommy het bos in hebben kunnen gaan alleen om te bewijzen dat hij niet bang was, maar hij vond het bos eng. Hij hield niet van kleine, benauwde ruimten, hield niet van het gevoel dat hij klem zat. Ze liep terug naar de straat en liep roepend een paar honderd meter naar links en een paar honderd meter naar rechts. Ze kroop de helling af en keek, zijn naam roepend, in het overwelfde riool. Haar stem weergalmde boven het geluid van borrelend water uit door de holle ruimte, maar er kwam geen antwoord. Met wild kloppend hart klom ze de helling weer op en keek de verlaten weg af.

Misschien was er wel geen enkele reden voor haar paniek. Ze wist niet zeker of het wel Davids fiets was. Zijn helm lag er niet bij. En daarbij, David was dol op zijn nieuwe fiets; hij was er apetrots op. Hij zou zijn fiets nooit zomaar langs de kant van de weg laten liggen. Hij was waarschijnlijk met Tommy mee naar huis gegaan en was, opgewonden over het feit dat hij nu zo groot was dat hij op de fiets naar school mocht, vergeten om eerst even naar huis te gaan om te vragen of het goed was. Ze rende naar huis en belde Carole.

'Carole,' kwam het ademloos, en zonder haar vriendins begroeting te beantwoorden, over haar lippen, 'met Rachel. Is David op weg naar huis bij jullie blijven hangen?'

'Nee. Ik had je willen bellen om me te verontschuldigen. Ik was vergeten dat ze vandaag samen op de fiets zouden gaan, en ik heb Tommy niet tijdig gewekt. Hij is met de bus gegaan. Maar nu ik je toch aan de lijn heb, kun je mij je recept voor die komkommersalade geven? We krijgen mensen te eten van...'

'Mag ik je terugbellen?' viel Rachel haar in de rede.

'Is er iets aan de hand?'

'David... Hij is niet thuisgekomen. Ik moet naar school bellen. Ik spreek je zo nog wel.' Rachel verbrak de verbinding en belde naar school. Terwijl ze in de wacht werd gezet en zo ver bij de telefoon vandaan en terugliep als de lengte van het snoer maar toeliet, ging de secretaresse op zoek naar een juf die zich herinnerde dat ze David, vlak voor het wegrijden van de bus, met alle andere fietsende kinderen had zien vertrekken. 'Had hij zijn helm op?' vroeg Rachel.

'Ik zal even kijken,' zei de vrouw op een aarzelend toontje. Rachel vermoedde dat ze haar onmiddellijk het etiket had opgeplakt van de hysterische, overdreven bezorgde moeder die voortdurend naar school belde om te horen wat haar kind deed.

Rachel wachtte een eeuwigheid voor de vrouw weer aan de lijn kwam en meldde dat David zijn helm had op gehad. Een eeuwigheid waarin ze zich verschrikkelijke dingen in het hoofd haalde die hem overkomen konden zijn. Ze bedankte de vrouw, pakte haar sleutels en begon langzaam de straat af te rijden, de weg volgend die David genomen moest hebben. Ze zag geen mens. Geen snelwandelaar, geen jogger, geen sierlijk uithalende rolschaatser. Waar was iedereen, verdomme? Waarom was er niemand op straat nu zij mensen wilde vragen of ze David hadden gezien? Er waren altijd mensen op straat wanneer zij de weg voor zich alleen wilde hebben.

Ze keerde op het plein voor de school en reed langzaam, alle zijstraten en opritten af turend, terug naar huis, tot ze bij de plek kwam waar de fiets nog steeds lag. Haar handen beefden en ze kon zich niet meer precies herinneren hoe ze adem moest halen. Ze stopte en bleef met beide handen stevig om het stuur geklemd in de auto zitten. Hij moest ergens zijn. Hier moest een redelijke verklaring voor zijn, eentje die haar nog niet te binnen was geschoten. Hij zou nooit zomaar ergens naartoe gaan zonder het haar te vertellen, tenzij iemand hem dwong om mee te gaan. Tenzij hij met een ander vriendje mee naar huis was gegaan.

Ze nam de autotelefoon en draaide opnieuw het nummer van Carole. 'Carole? Er is geen spoor van hem te bekennen. Kun je Tommy vragen of hij misschien met iemand anders is meegereden? Of hij misschien met iemand anders naar huis is gegaan?'

'Een ogenblikje.' Ze hoorde Carole Tommy roepen; hoorde de kribbige klank in Caroles stem, die een echo was van haar eigen angst.

Caroles antwoord trof haar als een dreun in de maag. 'Hij zegt dat David haast had om naar huis te komen omdat jij koekjes zou bakken. Hij wil weten wat er aan de hand is. Zal ik het hem vertellen?'

'Ja. Nee. Ik weet niet. Ik weet het echt niet. Misschien beter van niet. Vraag hem of hij David vanuit de bus heeft gezien.'

Ze wachtte, probeerde het gemompel van stemmen te verstaan en toen was Carole weer terug. 'Hij zegt dat ze David onderweg niet hebben ingehaald. Maar dat kan ook niet, als hij vóór de bus is weggegaan. De bus moet de hele wijk door... Is hij niet thuisgekomen?'

'Nee. Er ligt een fiets... ik weet zeker dat het zijn fiets is... langs de kant van de weg bij die grote dennenboom waar ze zo graag inklimmen... maar er is geen spoor van David.'

'Je kunt beter geen seconde tijd verliezen, Rach. Als hij is meegenomen, dan moet je zo snel mogelijk de politie bellen. Hoe eerder, hoe beter.'

'Meegenomen?'

'Nou, je zegt zelf dat hij niet in de boom zat en niet in het bos was. En verder, Meneertje Weet Alles staat hier bij me en zegt dat David zijn fiets nóóit zomaar zou laten liggen...'

Rachel had het gevoel dat ze moest overgeven. 'Carole, ik moet ophangen.'

'Wacht. Als er iets is...'

'Ik moet ophangen,' herhaalde Rachel, en ze verbrak de verbinding. Ze zat bevend in de auto terwijl haar angstaanjagende gedachten als een grauwe deken om haar heen vielen. 'O, God, o, God, o, God...' fluisterde ze als een mantra. 'O, alsjeblieft, lieve God, laat hem niet zijn...' Haar brein sloeg het woord over dat ze niet kon uitspreken, dat ze niet kon denken. 'O, alsjeblieft, God! Nee!' David was haar alles.

Opnieuw pakte ze de telefoon, en nu belde ze Stephen. De rode fiets op het grind voor haar auto glansde in het grijze middaglicht. Hij nam op en liet haar niet verder spreken dan een angstig 'Stephen...' voor hij haar in de rede viel.

'Kan het niet wachten, Rach? Ik zit midden in...'

'David is weg. Hij is niet thuisgekomen van school.'

Meteen had ze zijn volle aandacht. 'Hoelang geleden?'

'Niet lang. Ik dacht dat hij met de bus was... maar hij was met de fiets... ik kwam thuis en de bus reed door, en toen herinnerde ik me dat ik verderop een fiets langs de kant van de weg had zien liggen...' Ze kwekte er zenuwachtig op los, iets waar Stephen een hekel aan had. Ze haalde diep adem, probeerde zich over de angst heen te zetten en trachtte coherent te zijn. 'Pakweg twintig minuten, een half uur.'

'Bel Carole. Hij zal wel bij haar zijn.' Ze voelde dat zijn aandacht verslapte, en in gedachten zag ze hem zijn pen pakken en zich weer over zijn papieren buigen.

'Dat heb ik al gedaan, Stephen. Ik heb haar al gebeld. Hij is niet bij haar, hij is niet op school en ook niet op de weg tussen school en thuis...'

'Heb je in zijn kamer gekeken? Misschien is hij wel langs je heen geglipt en heb je hem niet gezien.'

'Nee, dat heb ik niet gedaan. Wat stom van me. Ik ga er nu meteen kijken. Ik weet zeker dat hij op zijn kamer moet zijn. Hij is waarschijnlijk thuisgekomen terwijl ik weg was om hem te zoeken.' Opluchting maakte zich van haar meester. 'Ik bel je zó terug.'

'Ik blijf wel hangen terwijl je kijkt.'

'Ik ben niet thuis...'

'Waar ben je dan, verdomme?'

'Op straat... bij zijn fiets... waar hij zijn fiets langs de kant van de weg heeft laten liggen...'

'Liggen? Je bedoelt liggen? Heeft hij hem niet op de standaard gezet?'

'Ja, ik bedoel liggen. Alsof hij haast had en hem heeft laten vallen.'

Het was stil aan Stephens kant van de lijn, een stilte die alleen maar onderbroken werd door het slaan van haar hart. 'Zoiets zou hij nooit doen,' zei Stephen. 'Bel de politie. Ik kom naar huis.'

Een vloedgolf van angst, op gang gebracht door Stephens bevestiging van haar grootste angst, overspoelde haar. De auto wilde pas bij de vierde keer starten, en daarna was ze zo trillerig dat ze het kleine eindje naar hun oprit aflegde alsof ze dronken was. Ze vloog uit de auto, liet het portier openstaan, haastte zich naar binnen en draaide 911, het nummer van de politie.

'Mijn kind... mijn zoon... hij is weg,' zei ze tegen de man die had opgenomen. Achter haar piepte de magnetron om haar eraan te herinneren dat ze de boter vergeten was.

Hij vroeg haar naam en adres, Davids naam en leeftijd, en stelde vervolgens nog enkele korte vragen. 'Ik zou me niet al te erge zorgen maken, mevrouw. Hij is waarschijnlijk gewoon op onderzoek uitgegaan. Hij kan elk moment thuiskomen, wacht maar af.'

'Maar ik maak me wél zorgen. U kent hem niet. Hij is niet het soort kind dat...'

'Alle jongens gaan op onderzoek uit,' zei de man vrolijk. 'En dan vergeten ze de tijd en...'

Door de mist van haar paniek heen realiseerde ze zich dat hij haar met een kluitje in het riet wilde sturen, dat hij niet van plan was haar te helpen. 'Niet mijn zoon,' viel ze hem in de rede. 'Hij zou nooit zomaar ergens naartoe gaan en zijn gloednieuwe fiets zomaar langs de kant van de weg laten liggen. Iemand heeft hem meegenomen, en we hebben uw hulp nu meteen nodig!'

'Kom, kom, mevrouw, rustig maar,' zei de man. 'Maar als ik u er een plezier mee kan doen, wil ik wel iemand naar u toe sturen om met u te praten...'

'Daar zou u mij zeker een plezier mee doen,' zei Rachel. In gedachten zag ze Davids bange gezichtje vanuit de auto van een vreemde naar haar kijken, zag ze haar kind in de greep van de een of andere onbekende man die hem, met zijn helm nog op, van zijn fiets had gerukt. 'Het zou al een stuk helpen als u hier serieus op inging. Als u een beetje bezorgder zou praten.'

'Ik stuur wel iemand naar u toe, mevrouw,' zei hij met de emotieloze stem van de professionele agent. 'Als u mij uw adres wilt geven...' Dat deed ze, en hij hing op.

Ze bleef een poosje staan, met de bliepende hoorn van de telefoon in haar hand en de piepende magnetron als een ongemolken koe op de achtergrond, de mechanische wereld die om aandacht riep. De beste manier om niet in paniek te raken was door iets te doen, iets te vinden waar ze zich op zou kunnen concentreren zodat ze niet aan akelige dingen zou hoeven denken. Bel de buren. Ze had ze allemaal geprobeerd. Niemand had iets gezien. Iedereen vond het spijtig dat ze niet konden helpen. En nog steeds geen Stephen en nog steeds geen politie. Ze zou de koekjes bakken. Ze zette de oven aan en haalde het bakblik eruit. Wacht. Ze had nog niet boven gekeken. Ze struikelde in haar haast, rende de trap op naar zijn kamer en hoopte en bad dat ze hem daar over een boek gebogen zou aantreffen. Zijn kamer was donker en leeg, het enige geluid was het borrelen van het aquarium.

Ze deed de deur snel weer dicht om de leegte buiten te sluiten, en haastte zich weer naar beneden, naar de magnetron. Ze paste een kop suiker af. Wilde de suiker in de mengkom kiepen. Ze kon de mengkom niet vinden. Maar ze moest hem toch uit de kast hebben gehaald. Misschien was ze wel bezig haar verstand te verliezen. Beter haar verstand dan haar kind. Dat zou ze niet kunnen verdragen. Niet nog eens. Op dat moment schoot het haar te binnen. Ze had de kom in de tuin laten staan. Toen ze naar de deur rende, ritselde er iets bij haar oor, iets in haar haren. Ze greep ernaar, smeet het op de grond en hoopte dat het geen kever was. Een blaadje. Ze voelde aan haar hoofd, voelde de blaadjes en de takjes, en keek in de spiegel.

Ze zag eruit als een waanzinnige. Haar gezicht en shirt zaten onder de modder, haar shirt had groene vegen van het rennen door de struiken en het kruipen naar het riool. Ze keek omlaag en zag dat ook haar schoenen groen waren en onder de modder zaten. Stephen zou er over tekeergaan, dacht ze, en toen, wat kan me dat verdomme ook schelen. Ze trok de deur open en wilde de oprit afrennen naar de brievenbus, maar ze stond oog in oog met een man die ze niet kende, een forse man met rood haar en een ijzig gezicht, die haar mengkom in zijn armen hield.

'Bent u iets kwijt?' vroeg hij.

Zonder iets te zeggen pakte ze kom van hem aan en klemde hem onder haar arm. 'Ja. Mijn kind. Ik ben mijn kind kwijt.' Het deed pijn om de woorden hardop uit te spreken.

'Agent Gallagher. Ik ben van de recherche. Mag ik binnenkomen?' Zijn stem had een knarsende, achterdochtige klank. Ze wist meteen dat ze van deze man geen troost, geen geruststelling hoefde te verwachten. Over zijn schouder heen zag ze de Lexus de oprit op komen en zag ze Stephen uitstappen. Zijn gezicht was een strak masker. Ze wist dat hij dezelfde angst probeerde te onderdrukken die zij voelde; dat hij hem probeerde te onderdrukken en de baas probeerde te blijven. Stephen had weinig geduld voor zwakheden, voor angst. Behalve wanneer het om Davids zwakheden en angst ging. Voor David wist hij altijd geduld en kalmte op te brengen, en Rachel had zich meer dan eens afgevraagd waar hij die vandaan haalde.

Ze rende met uitgestoken armen op hem toe, in de hoop dat hij haar gerust zou kunnen stellen, in de hoop van hem te zullen horen dat alles goed zou komen. Hij bleef staan, keek haar strak aan, stapte opzij en liep naar Gallagher en het huis. 'Rachel, allemachtig, heb je in de spiegel gekeken? Heb je gezien hoe je eruitziet?'

'Ik dacht niet aan mijzelf. Ik dacht aan hem,' zei ze, maar Stephen luisterde niet. Hij had Gallagher een hand gegeven en ging hem voor naar binnen. Rachel draaide zich om teneinde hen te volgen, en stuitte op een ondoordringbare waarheid die zich als een dikke muur tussen haar en de deur bevond. Dit was echt. Dit was niet haar levendige verbeelding of overdreven bezorgdheid. Geen droom en geen irrationele angst. Terwijl zij naar de supermarkt was gegaan om suiker en pindakaas te kopen en geluisterd had naar het geklaag van een oude dame, was iemand langsgekomen en had haar kind meegenomen. Had haar zoon meegenomen. Haar David. De realiteit bezorgde haar opnieuw een harde stoot in de maag, en ze plofte neer op de stoep als een marionet waarvan de touwtjes zijn doorgeknipt. Ze klemde haar armen om haar middel om te voorkomen dat de pijn haar uiteen zou rijten.

De tranen stroomden over haar gezicht, maar ze kon niet hardop huilen en zelfs niet snikken. De enorme ontzetting had haar het zwijgen opgelegd. Ze kon daar alleen maar als een hulpeloos dier ineengedoken zitten, terwijl het besef haar als duizenden zwaarden doorboorde. Dit was echt. David was weg.

'Rachel, we zitten te wachten. Schiet op!' riep Stephen.

Zwaar van verdriet, van angst, van een afschuwelijk voorgevoel, van de last van duizenden moederlijke fantasieën die haar door het hoofd schoten, hees ze zichzelf overeind en liep, niet naar binnen, maar de oprit af, de weg af naar Davids fiets, naar de laatste tastbare schakel met haar zoon. Ze liep aarzelend naar de fiets toe, alsof een levenloze combinatie van metalen onderdelen gevoel zou kunnen hebben, en keek ernaar. Ze hield haar hand uitgestoken als wilde ze de fiets aanraken, als wilde ze haar hand daar neerleggen waar die van David had gelegen. De fiets glom trots en rood voor haar wazige ogen.

'Niet aankomen, alstublieft, mevrouw.' Gallagher stapte zó onverwacht tussen haar en de fiets in dat ze naar achteren wankelde. Ze had ze niet aan horen komen.

Stephen greep haar ruw bij de arm en zette haar weer recht overeind. 'Wat doe je daar, Rachel? Kom mee naar binnen. De agent wil met ons beiden praten,' zei hij op ongeduldige toon.

Rachel keek op naar zijn strakke, felle gezicht. 'Hij moet verschrikkelijk bang zijn,' zei ze.

Stephens gezicht verzachtte, en ze zag haar eigen angst erin weerspiegeld. Hij sloeg een bemoedigende arm om haar heen. 'Ja, dat denk ik ook. Maar maak je geen zorgen, Rachel. We zullen hem vinden. We moeten hem vinden.' Samen gingen ze naar binnen om met Gallagher te praten.

Hoofdstuk 2

'Het was de... Rachel, die op haar speurtocht naar haar
vermiste kinderen, alleen nog een weesje vond.'
Melville, 'Moby Dick'

Rachel knielde op de koude voorjaarsgrond. Ze keek naar de steen van Jonathans graf en merkte niets van de vochtigheid, van de in New England alomtegenwoordige kiezelsteentjes die in haar knieën drukten, of van de harde wind die aan haar kleren rukte. Ze stak een magere hand uit, veegde de blaadjes weg die erop terecht waren gekomen, en las de woorden voor de zoveelste keer: Jonah Stark, zoon van Rachel en Stephen, geboren 12 november 1983, gestorven 17 april 1984. Hij zou nu twaalf zijn geweest. Hij zou de wereld door Stephens ogen hebben gezien en zich op dit moment hebben voorbereid op het honkbalseizoen, want geen kind van Stephen zou mogen opgroeien zonder een honkbal in zijn hand.

Zijn hand. Ze keek naar haar eigen handen, lang, slank en benig. Wanneer ze een goede dag had en tevreden met zichzelf was, zou ze haar handen artistiek kunnen noemen. Ze keek naar haar vingers en herinnerde zich hoe Jonah zijn vingertjes eromheen had gekruld en haar stevig had vastgehouden. Ze sloot haar ogen en kon het na al die jaren nog steeds voelen, de verrassend krachtige greep van die kleine vingertjes. Krachtig maar kort, totdat de ziekte zijn spieren had aangetast en hij langzaam maar zeker was weggekwijnd.

'De ziekte van Werdnig-Hoffman,' had de dokter gezegd. Hij had niet naar haar durven kijken, en hij had ook Stephen niet aangekeken. Hij had het zelf zo moeilijk gevonden om hun het nieuws te vertellen dat ze, hoewel ze haar eigen hart voelde breken, de behoefte had om hem te troosten. Zo'n lange, gewichtig klinkende Duitse naam voor zo'n klein kereltje. Jonah zou uiterlijk niet ziek lijken, had de dokter verteld. Hij zou een opgewekte en vrolijke baby blijven. Hij zou lachen, en op alles reageren en willen spelen. Je zou niet aan hem kunnen zien dat hij ziek was, hoewel hij ondertussen langzaam aan het sterven was. Hij zou zwakker en zwakker worden totdat zijn longen het uiteindelijk begaven. Jonah had niet willen sterven. Hij was zich met een ongelooflijke vasthoudendheid aan het leven blijven vastklampen, en zijn moed had niet ondergedaan voor die van de grootste held ter wereld. Het was vooral die moed van hem geweest waarvan ze, meer nog dan van wat anders, kapot was geweest.

'Ik heb slecht nieuws voor je, kleintje,' zei Rachel, terwijl ze haar hand op de steen legde ter hoogte van waar ze zijn buikje vermoedde. 'Het is intussen ruim drie weken geleden dat je broer David is verdwenen. Spoorloos, zonder ook maar enige aanwijzing, zonder dat ook maar iemand het gezien heeft. Alsof hij door wezens van een andere planeet ontvoerd is. Drie weken, dat zijn eenentwintig dagen. Vijfhonderdvier uren. Dertigduizend tweehonderdveertig minuten. Weet je wel, zoals sommige mensen in eenzame opsluiting wel krassen in iets hards kerven? Ik maak zulke krassen in mijn ziel. Ik heb een kras voor elke minuut die verstreken is. Dertigduizend krassen, Jonah. Mijn ziel ziet er ondertussen uit als golfkarton. Wanneer ik mijn brein eroverheen laat gaan, voel ik de bobbels.'

Tegen haar wil – want Rachel had zich heilig voorgenomen dat ze niet zou huilen – voelde ze de verraderlijke tranen tussen haar wimpers door kruipen en over haar ijskoude wangen rollen. Ze veegde ze weg met de rug van haar hand. 'Deze tranen zijn voor je broer David, maar om jou heb ik ook verschrikkelijk veel moeten huilen, Jonah,' vertelde ze hem. 'Geen vijver, geen meer, maar een zee vol tranen. Je was de beste baby die een moeder zich maar kan wensen. En ik ben je niet vergeten. Heel trouw heb ik me altijd voorgesteld hoe je leven eruit zou hebben gezien. Ik geloof dat je muzikaal zou zijn geweest. Weet je nog hoe je probeerde met je armpjes te zwaaien wanneer ik iets van Beethoven op had staan? En hoe je er geluidjes bij probeerde te maken? Je maakte kleine babygeluidjes op Beethovens klanken...'

Ze zweeg en keek om zich heen in het besef dat ze er voor een onbekende uiterst vreemd uit moest zien. Dat rondkijken was bijna een formaliteit. Er kwam hier nooit iemand. Niemand kwam naar deze kant van het kerkhof. Ze bezochten de andere kant. Rachel was hen op weg hierheen gepasseerd, kleine groepjes familieleden die met elkaar spraken en het graf verzorgden zoals zij deed. Maar Jonah lag weggestopt in een eenzaam hoekje bij mensen van wie niemand gehouden had, waar niemand kwam om het onkruid te wieden of bloemen te planten. Ze vond het zielig voor hen, maar ze was ook dankbaar. Het betekende dat dit een plek was waar ze er zeker van kon zijn dat ze niet gestoord zou worden. Een plek waar ze niet hoefde te doen alsof; waar ze nog steeds verdrietig kon zijn terwijl de rest van de wereld vond dat ze er intussen 'toch wel overheen moest zijn'.

Stephen dacht daar beslist zo over. Hij had het niet gezegd. Niet met woorden. Stephen hoefde iets niet hardop uit te spreken. Zijn lichaamstaal zei voldoende. Ze zag het aan het opeenklemmen van zijn lippen, het optrekken van zijn wenkbrauwen, aan de manier waarop hij naar haar huil-ogen en trillende onderlip keek, om zich dan vervolgens met een zucht van haar af te wenden en op overdreven wijze naar een plek zocht om te gaan zitten of zijn krant rechttrok. Wanneer hij haar vroeg wat ze die dag gedaan had, vertelde ze nooit dat ze naar het kerkhof was geweest. Niet dat ze hier nog zo vaak kwam. Stephens afkeuring – ieders afkeuring – was te pijnlijk geweest. Nu ging ze eigenlijk alleen nog maar op bijzondere dagen, op zijn verjaardag of zijn sterfdag, of wanneer ze ergens heel diep door getroffen was. En op andere dagen zocht ze hem in gedachten op.

Het leek wel alsof het niet alleen de bezoeken aan Jonah waren die hij afkeurde, maar ook het feit dat ze hem niet wilde vergeten. En dus vertelde ze nooit dat ze een jongen had zien hollen of lachen of iets naar een vriend-je had zien roepen die eruitzag zoals Jonah er nu uitgezien zou kunnen heb-ben, of dat ze zijn stem had gehoord. Toen ze wakker werd met die ver-schrikkelijke pijn, de pijn waarvan ze geweten had dat het niets lichame-lijks was maar alleen maar een knoop van opgekropt verdriet, had ze daar niets van verteld.

Ze spraken nooit over Jonah. In de stilte tussen hen was het alsof hij nooit bestaan had. Soms vroeg ze zich wel eens af wat Stephen voelde, vroeg ze zich af of hij ooit wel eens tegen Jonah sprak en of hij hem voor zich zag zoals zij dat deed, maar ze durfde het hem niet te vragen. Als Ste-phen nog iets voor zijn overleden zoontje mocht voelen, dan hield hij die gevoelens veilig weggestopt.

Onder de blaadjes verscheen een groepje op deze schaduwrijke plek laat bloeiende narcissen. Ze moesten nog opengaan, en weldra zouden ze hun geur verspreiden over deze treurige, lege plek, gelijk een schrijver die zijn werk voorleest voor een lege zaal. Maar Rachel zou ze ruiken. Ze zou ko-men en bij het graf zitten en Jonah vertellen dat ze bloeiden. Haar moeder, die wist dat Rachel hier kwam en tegen Jonah sprak, meende dat het onge-zond was en drong er bij haar op aan in therapie te gaan.

Opnieuw legde ze haar hand even op het graf. 'Dit is iets dat je van je le-ven nog nooit gezien hebt, maar voordat een ei gelegd is... zolang het nog in de buik van de kip zit, is de schaal niet hard, zoals wij de eieren kennen. Dan is de schaal dunner en rubberachtig en doorschijnend, en je kunt de dooier en het eiwit erin bijna zien. Mijn grootmoeder liet me ze wel eens vasthouden, wanneer ze een kip schoonmaakte. Ze zijn heel breekbaar, net alsof het ei in papier is gepakt.' Ze streek een piek lang haar uit haar gezicht dat er door de wind overheen was gewaaid. 'En zo voel ik me op dit mo-ment, Jonah. Alsof mijn buitenste laag zo breekbaar is dat de mensen er-doorheen kunnen kijken en mijn ingewanden kunnen zien. Ik heb geen har-de schaal meer over, kleintje, en nu David er niet meer is, ben ik bang dat iemand zó hard zal drukken dat ze me doormidden zullen breken, waarna de rest uit me zal lopen en ik zal ophouden te bestaan.'

19

De tranen volgden elkaar sneller op. Een inwendig ploegje dat de pompen bediende, probeerde haar droog te leggen en een eind te maken aan deze onophoudelijke stroom van tranen. Ze zocht in haar zak naar een tissue, haalde er een hand onsamenhangende troep uit en keek ernaar. Een aantal legostenen. David liet ze overal slingeren. Een paar memorykaartjes. Een lolly zonder wikkel die vol zat met stofjes en zand. Een paar oeroude bonnen van MacDonald's Happy Meals. Een servetje vol met chocoladeresten. Een paperclip. Een klein potloodje van een minigolf waar ze ooit eens waren geweest. Een kleine, zilverkleurige beker van de een of andere middeleeuwse ridder. Geen tissue.

Rachel snoot haar neus en veegde haar tranen weg met het servetje met de chocoladeresten, waarna ze het met een nijdig gebaar terugduwde in haar zak. Ze strekte haar hand met de legostenen uit naar het graf. 'Ik begrijp nergens meer iets van. Hij is hier. David is hier. In mijn zakken en in mijn auto en overal in huis en in mijn hoofd en toch kunnen we nergens een spoor van hem ontdekken. Hoe kan iemand zomaar verdwijnen? Hoe is dat mogelijk? O, kleintje, Stephen zegt dat het allemaal mijn schuld is.'

Ze boog zich naar voren tot ze bijna op het graf lag. Het gras prikte tegen haar wang en de geur van aarde vulde haar neusgaten. 'Mijn schuld,' herhaalde ze. 'Omdat ik niet thuis was. Maar wie had ooit gedacht...' Maar dat was een soort leugen. Moeders maakten zich voortdurend zorgen over hun kinderen. Minstens één maal per week gebeurde er iets waarvan je hart stil bleef staan. En toch. En toch. Wat was ze er uiteindelijk mee opgeschoten? Ze ging weer rechtop zitten, pakte afwezig een paar zwart en slap geworden blaadjes van het afgelopen jaar op en liet ze uit haar vingers waaien.

Ze veegde haar gezicht droog met haar mouw en keek verbaasd naar de modderige sporen die haar tranen hadden gemaakt. Zoals ze er nu uitzag, kon ze niet terug naar huis. Ze kon het niet verdragen zoals ze haar aankeken met die gezichten waar het medelijden vanaf straalde. Ze zocht in haar andere zak naar een tissue, haalde er een paar van Davids handschoenen uit en stopte ze snel weer terug.

'Ik ben hopeloos,' zei ze. 'Je moeder is hopeloos. Geen enkele goede moeder gaat ooit zonder tissues van huis. Dat staat ergens in het boek met de regels. Maar tissues...' Haar stem brak op een snik, aarzelde, en ging verder. 'En tissues, dat is nog wel het minste, Jonah. Je moeder verliest haar kinderen. Goede moeders verliezen geen kinderen.'

Ze ging, met haar benen half onder zich gebogen, op haar heup zitten en sloeg haar armen over elkaar. 'Ik zag er zo mal uit toen ze kwamen. Je zou er beslist om hebben moeten lachen met die stralende babygrijns van je. Ik kwam van fitness en liep erbij in die strakke, zwarte gymbroek en een enorm grijs sweatshirt dan half tot op mijn knieën hing, en mijn haar in zo'n knijperding, waardoor het als een pluim boven mijn hoofd uitstak, en ik zat onder de modder en de stekels van het kruipen door het bos, waar ik naar je broer had gezocht. Ik zag eruit alsof ik volkomen gestoord was, tenminste, dat dacht ik toen ik mezelf in de spiegel zag, en toen ik me in de armen van je papa wilde storten, wilde hij me niet omhelzen omdat ik er zo vies en slordig uitzag. En nu ben ik alweer vies.'

Ze keek op haar horloge. 'Dat zijn nog eens zestig krassen op mijn ziel. Ik kan maar beter teruggaan. Er hangt werkelijk een afschuwelijke sfeer thuis, Jonah. Er is altijd wel iemand die kijkt en de wacht houdt. De politie. Familie. Buren. Zelfs je vader. Stephen zit en observeert me met die blik van hem die ik niet kan doorgronden. Ik weet niet of hij het me kwalijk neemt, of dat ik het mijzelf kwalijk neem. Hij zegt niets. Hij doet zijn mond nauwelijks open. Hij scharrelt met van alles en nog wat en observeert me en ijsbeert door het huis. Hij telefoneert en maakt vellen vol aantekeningen, en dan springt hij op en gaat naar kantoor. Hij vertelt me nooit waar hij mee bezig is. Het huis is zo vol van herinneringen en vragen en angst dat het pijn doet om erdoorheen te lopen. Soms gaat er wel een halfuur voorbij en heb ik niets anders gedaan dan tellen hoe vaak ik adem heb gehaald, maar ik durf nooit te ver uit de buurt van de telefoon te gaan voor het geval er iemand belt met nieuws.'

'Jij had een verschrikkelijke hekel aan de telefoon. Wanneer hij ging dan kromde je je ruggetje, sperde je je oogjes wijdopen en zette je het op een krijsen. Ik wil hetzelfde doen. Telkens wanneer hij gaat, voelt het aan alsof iemand zijn lange, scherpe nagels vanaf mijn kruin tot aan mijn tenen over mijn lichaam haalt. Ik stelp mijn bloedende wonden, vergaar moed en neem op. Maar het is nooit nieuws. Nooit goed nieuws. Nooit wat voor nieuws dan ook, terwijl er maar één ding is dat ik wil horen – dat ze David hebben gevonden. Je broer is verdwenen. Hoewel ik met elke vezel van mijn wezen met hem verbonden ben, net zoals ik dat met jou was, naar hem verlang en roep, is het enige wat ik terugkrijg een ijzige, keiharde stilte. Hij geeft geen antwoord. Dat deed hij voorheen wel. Ik wist altijd wat hij dacht. Wist dat hij ergens in de buurt was, maar nu... niets. Het kan niet betekenen wat ik vrees dat het betekent.'

Rachel legde haar hand even op de aarde en stond op. 'Je zou me niet meer herkennen. Ik lach en zing niet meer, zoals we dat altijd samen deden. Weet je nog hoe we altijd lachten? Jij had een lach die de wereld tot stilstand kon brengen. Rust zacht, m'n kleintje. Ik kom terug.'

In de verte kwam een kleine, donkere gestalte zwaaiend en roepend haar kant uit gerend. Rachel kon de woorden niet verstaan. De venijnige, bemoeizuchtige wind onderschepte ze en blies ze weg. Ze ging de renner tegemoet. Zelf rende ze niet. Hoewel haar hart tekeerging als een krijgstrommel, had ze in de loop van de weken vol telefoontjes op de meest vreemde uren, de verrassingsbezoeken van de politie en aanwijzingen met hun belofte van valse hoop, geleerd zich te weren tegen een gevoel van hoop en verwachting.

'Lieve help, Rachel. Waarom heb je ons niet verteld waar je naartoe ging? Ik heb overal gezocht.' Miranda, haar beeldschone zus, zweeg buiten adem en sloeg haar armen om zich heen. 'Het is ijskoud hier, weet je dat? Je hebt blauwe lippen.'

'Ik ben door en door ijskoud,' zei Rachel. Ze probeerde het op een vrolijk toontje te zeggen om te voorkomen dat er opmerkingen zouden komen over het feit dat ze onder de modder zat, dat haar ogen rood waren en ze het alweer nodig had gevonden om naar het kerkhof te gaan. Ze wist wat ze dachten, wist wat ze tegen elkaar over haar zeiden wanneer ze de kamer uit was. Dat dit die arme Rachel te veel was geworden. Ze vreesden voor haar geestelijke gezondheid. Soms deed ze dat zelf ook. Maar niet nu. Wat ze het grootste gedeelte van de tijd voelde, was een intens gevoel van ontwrichting. Ze had het paniekerige gevoel van geblokkeerd te zijn dat ze vroeger wel bij wiskundeproefwerken had gehad, waarbij haar brein opeens niet meer wilde denken en ze volkomen in paniek raakte, geen uitweg zag en zat opgesloten in een ruimte zonder antwoorden. Tegenwoordig was haar hele leven een ruimte zonder antwoorden.

'Je ziet er niet uit, weet je,' zei haar zus, terwijl ze op een tissue spuugde en Rachels gezicht begon te poetsen zoals ze ook gedaan had toen ze nog klein waren.

'Dat kan me niet schelen,' zei Rachel.

'Als je niet aan jezelf wilt denken, denk dan aan Stephen. Het maakt hem bang wanneer je je zo laat gaan. Hij denkt dat je je greep op het leven aan het verliezen bent.'

Rachel hield haar handen voor zich en spande en ontspande ze een paar keer. 'Aan mijn greep mankeert niets.'

Haar zus rolde met haar ogen. 'Denk aan Stephen,' herhaalde ze. 'Je weet niet half hoe je boft...' Ze maakte haar zin niet af. Aarzelde. 'Die rechercheur heeft gebeld. Gallagher. Ze hebben wat gevonden...'

Rachels hart bleef stilstaan.

'Een schoen, en ze denken dat hij van David is. Ze willen dat je komt om hem te bekijken.'

Blub, blub. Blub, blub. Het sopperige dreunen was terug in Rachels oren. Ze leefde nog steeds, maar voelde zich slap in een mengeling van opluchting en teleurstelling. 'Hebben ze gezegd wat voor soort schoen het is? Staat er een naam op? Of een merk?'

Miranda schudde het hoofd – haar korte haren wiegden heen en weer. 'Hij had het alleen maar over een schoen. Maar je hebt hun toch verteld wat voor soort schoenen David aanhad? Ik bedoel, ik kan me niet voorstellen dat ze je laten komen om naar een zwarte naaldhak te laten kijken, wel?'

'Nee, waarschijnlijk niet,' zei Rachel. Ze gaf haar zus een arm en legde haar hoofd even op haar schouder. 'Lief van je dat je me bent komen halen. Dank je wel.'

'Beter ik dan Stephen,' zei Miranda. 'Je weet toch wat hij denkt?'

Nee, dat wist Rachel niet, en dat was een van hun problemen, maar toch knikte ze en liet zich meetrekken naar de wachtende Volvo. Het was tijd om naar huis te gaan en naar de verschoten, rode, hoge Converse-gymp te kijken. Rachel kon zich niet herinneren of ze met de auto naar het kerkhof was gegaan of dat ze was komen lopen, maar dat was niet belangrijk. Ze strompelde met haar zus mee, volgde haar blindelings en was diep in gedachten verzonken. 'Kijk uit voor je hoofd,' zei Miranda. Ze pakte Rachel bij de elleboog en hielp haar in de auto. Rachel gehoorzaamde passief. Er was nog maar één ding waaraan ze kon denken: een schoen.

Hoofdstuk 3

'Schepen die elkaar bij duister passeren, en in het voorbijgaan met elkaar spreken.
Slechts een enkel zichtbaar signaal en een verre stem in het donker.'
Longfellow, 'The Theologian's Tale'

Het knoopje van zijn overhemd knapte doormidden tussen zijn gehaaste vingers – de ene helft bleef aan de draad op het hemd zitten, de andere helft viel op de grond en rolde onder het bed. Zinloos om het op te rapen, dacht Stephen. Het kon toch niet meer aan elkaar worden gezet. Hij ging naar de kast om een ander hemd te pakken. Verdomme! Er hing er nog maar één. De waszak puilde uit van de vuile overhemden, en ernaast, op de bodem van de kast, lagen er ook nog enkele. Rachel had gisteren beloofd dat ze die weg zou brengen. Vage, futloze beloftes, die vergezeld gingen van hulpeloze gebaren en neergeslagen ogen. Rachels beloften waren tegenwoordig even ongrijpbaar als de wind. Ze zat naar foto's van David te staren terwijl het stof in huis zich ophoogde en de stapels vuil serviesgoed op het aanrecht almaar hoger werden.

In de afgelopen tijd had hij twee keer zijn geduld verloren en was hij tegen haar uitgevallen; het bezorgde hem geen voldoening. Tegen Rachel schreeuwen was als het schoppen van een klein, weerloos dier; ze bleef roerloos staan en accepteerde het alsof ze het verdiende om mishandeld te worden. De tweede keer, toen hij uit pure frustratie halverwege zijn tirade gestopt was, had ze hem aangekeken met die verdrietige, prachtige ogen van haar, en had hij het gevoel gehad alsof ze dwars door hem heen keek en al zijn smakeloze geheimpjes kon zien. Hij had zich te zeer geschaamd om zich te kunnen verontschuldigen, en was totaal verteerd door de machteloze, woordeloze woede die haar passiviteit in hem opriep.

Rachel was altijd een mysterie voor hem geweest. Zelfs toen ze verliefd op elkaar waren geworden, in die korte, intens intieme periode waarin twee mensen elkaar willen leren kennen, waarin ze hun geheime zelf met de ander willen delen, zelfs in die tijd was ze een raadsel voor hem geweest. Hoewel ze dezelfde taal spraken, sprak Rachel een ander dialect, een vreemd, ondoorgrondelijk dialect dat hij soms alleen maar met de grootste moeite kon begrijpen. In het begin was de kloof overbrugd door seks en beminnen, en had hij haar ongrijpbaarheid aantrekkelijk gevonden. Maar al lange tijd was de brug tussen hen verdwenen, weggespoeld op de vloed van Rachels tranen. Hij vond haar nog steeds aantrekkelijk, meende dat hij nog steeds van haar hield, maar ze vergde zoveel van zijn krachten. Meer en meer voelde hij zich aangetrokken tot eenvoudige en minder gecompliceerde vrouwen.

Stephen had een hekel aan tranen; hij kon er geen medeleven voor opbrengen. Huilen, en de innerlijke zwakte die ermee gepaard ging, was iets dat hem irriteerde. Hij had geen geduld met mysterie en dubbelzinnigheden. Hij hield ervan oplossingen en antwoorden te vinden, dingen te regelen. Wanneer het hem niet lukte iets te regelen of een antwoord te vinden, vond hij het het beste om zich daarbij neer te leggen, de schouders op te halen en verder te gaan. Het was niet dat Davids verdwijning hem koud liet. Niemand verliest een kind zonder dat dat pijn doet, zonder gekweld te worden door berouw en onzekerheden. Maar na drie weken wist hij niet wat hij verder nog zou kunnen doen. Hij had met alle buren gesproken, hij had overal gezocht, onder elke steen en onder elke struik. Hij had alle riolen afgestroopt, door elk moeras gewaad, de bermen afgekamd, naar foto's getuurd die de politie hem getoond had tot hij er scheel van zag, en elk beetje informatie uit zijn ziel gewrongen, telkens wanneer die onuitstaanbare rechercheur weer eens langskwam.

De onzekerheid ervan had een verstikkende uitwerking op hem. Gaf hem een opdracht, en hij stortte zich erin met hart en ziel. Hij was niet te stuiten geweest in zijn pogingen om zijn zoon te vinden. Het was wanneer hij niets te doen had, wanneer hij gedwongen was hulpeloos te wachten tot er iets zou gebeuren, wanneer hij alles aan anderen moest overlaten, dat hij zijn normale kalmte verloor. Dan werd hij snauwerig en onuitstaanbaar, bij gebrek aan een uitlaatklep voor de brandende frustratie en woede die aan hem vraten. Rachel had vrede met het handhaven van eenzelfde patroon, met als een vlieg boven de eettafel eindeloos in kringetjes rondvliegen. 'Ik was niet eens te laat. Ik was nog vóór de bus thuis,' had ze wel duizend keer herhaald, hoewel dat helemaal nergens op sloeg. Ze kon urenlang met een van Davids legobouwsels op haar schoot zitten alsof ze wachtte tot de plastic stenen iets tegen haar zouden zeggen. Stephen had nooit stil kunnen zitten.

Hoewel Stephen zijn best had gedaan om mee te werken, had hij een hekel aan de wijze waarop de politie zich met zijn leven bemoeide. Hij kon het gevoel dat hij en Rachel onder een microscoop lagen niet uitstaan, evenmin als de wijze waarop ze, als in van die oude films, onder van die felle lampen verhoord werden. Hij kon het niet uitstaan dat er opeens niets meer persoonlijk was, en hij werd gek van de manier waarop ze hem en Rachel voortdurend dezelfde vragen stelden, alsof ze vermoedden dat een van hen David vermoord had en hem in de tuin begraven had. Hij werd absoluut waanzinnig van de achterdochtige manier waarop ze hem aankeken wanneer hij toevallig vergeten was hoe hij een bepaald, onbeduidend moment van zijn tijd had doorgebracht, en ergerde zich groen en geel aan de nieuwsgierige vragen over zijn relatie met David en Rachel.

Het kwam door die verontwaardiging, en omdat hij tenminste iets van zijn privé-leven voor zichzelf wilde behouden, dat hij ze niet over de brief had verteld. Plus het feit dat hij ervan overtuigd was dat de brief op dit moment te veel voor Rachel zou zijn. Hij had sterk de indruk dat haar werkelijkheidszin de laatste tijd nog maar aan een heel dun draadje hing, en dat de inhoud van de brief tot gevolg zou hebben dat ze haar verstand zou verliezen. De brief, een enkel velletje papier met zijn onpersoonlijke, klinische boodschap, sneed dwars door de kern van alles wat het meest persoonlijk en pijnlijk aan hun relatie was. Een brief die op geen slechter moment had kunnen komen, waarvan de uitwerking niet vernietigender had kunnen zijn als het de opzet was geweest hen beiden zo diep mogelijk te kwetsen. Hij was gekomen op de dag vóór Davids verdwijning. Stephen had uitgekeken naar een goed moment om de inhoud ervan met Rachel te delen, maar toen was de bodem uit hun bestaan gevallen waarmee de kans verkeken was om het te vertellen.

Hij hief zijn arm met een rukkerige beweging op en wierp een ongeduldige blik op zijn horloge. Die smeris kon elk moment hier zijn. Het was intussen ruim een half uur geleden dat hij gebeld had met het verzoek of hij langs kon komen met de schoen. Stephen hoopte dat Miranda Rachel had gevonden; hij wist niets van Davids schoenen, afgezien dan van het feit dat hij er schijnbaar om de haverklap uitgegroeid was en nieuwe nodig had. Het was echt weer iets voor zijn vrouw om het huis uit te gaan zonder iemand iets te zeggen. Ze zweefde de laatste tijd als een schim door het leven.

Hij trok zijn laatste schone overhemd aan en liet die met het kapotte knoopje op Rachels kussen vallen. Ze zou er verdomme nog aan toe een nieuw knoopje aan moeten zetten, want het was haar schuld dat hij geen andere schone overhemden meer had. Hij had een afspraak met nieuwe cliënten en hoopte dat ze hem zouden kiezen als hun raadsheer voor een veelbelovende nieuwe zaak. Hij moest er goed uitzien. In zijn haast sloeg hij een foto van het nachtkastje. Hij raapte hem op, blies het stof eraf en keek ernaar. Het was een foto van Miranda en Rachel toen ze samen op de middelbare school hadden gezeten.

In Rachels familie werd Miranda 'de knapste' genoemd. Stephen had nooit begrepen waarom. Miranda wás knap, op een gezonde, Amerikaanse, cheerleader-achtige manier. Ze had een stralende glimlach, levendige

26

ogen en dik, glanzend haar. En Miranda was vriendelijk, goedlachs en praktisch, en daarnaast had ze ook nog eens een goed, provocerend figuur. Maar ze haalde het bij lange na niet bij Rachel. Miranda's ogen waren niets vergeleken bij die verbazingwekkende, betoverende ogen van Rachel. De rest van Rachels gezicht was mooi – een goede botstructuur, een grappige, gulle mond en een wat prominente neus. Het waren haar ogen geweest die hem betoverd hadden. Grote, glanzende, dwingende, en een tikje exotische ogen. De kleur ervan was een soort veranderlijk groenachtig grijs. Ogen die getuigden van haar hartstocht, haar vreugde, haar enthousiasme en haar verdriet. Ogen die regelrecht in je ziel leken te kijken. De laatste tijd was hij niet in staat geweest haar recht aan te kijken, en had hij erop gespeeld dat ze haar ogen op die voor haar gebruikelijke ingetogen manier neergeslagen zou houden. Hij wilde niet dat ze zijn geheimen zou zien, dat ze zou zien dat hij te kort kwam en dat ze hem vragen zou stellen.

De stilte beneden werd verbroken door de bel van de voordeur. Verdomme! Waar was Miranda? Waar was Rachel? Hij gooide de foto op het bed, en stopte, op weg naar de trap, de panden van zijn overhemd in zijn broek. De bel ging opnieuw – een arrogant, ongeduldig en dwingend geluid. Typisch voor die rotzak van een Gallagher. Hij trok de deur open en stelde vast dat hij een lichtelijk klemde en dat de schroeven van de knop een beetje aangedraaid moesten worden. Miranda en Rachel stonden op de stoep. Rachel zag er modderig en verwelkt uit, en haar neus was rood van de kou. 'De sleutel vergeten,' mompelde ze met haar ogen neergeslagen, waarop ze langs hem heen het huis binnenglipte. 'Ik ga naar boven om me te verkleden.' Opnieuw deed ze bewust haar best om hem gunstig te stemmen. Rachel sloot het huis nooit af, had nooit een sleutel nodig. Stephen was degene die dwangmatig alles afsloot.

'Ik heb een overhemd op je kussen gelegd,' zei hij. 'Mijn laatste schone overhemd. Er moet een knoopje aangenaaid worden zodat ik hem morgen aan kan.' Dat had hij niet willen zeggen. Door de nog openstaande deur zag hij de onopvallende grijze auto van de rechercheur de bocht om komen en langzaam de oprit oprijden om uiteindelijk moeiteloos achter Miranda's Volvo tot stilstand te komen. Het portier zwaaide open en de lange agent stapte uit met een schoenendoos onder zijn arm. Stephen trok zijn neus op. Gallagher rook naar eten uit goedkope eethuizen. Hij keek altijd om zich heen alsof hij ervan overtuigd was dat David onder de vloer lag en Stephen of Rachel hem daar verstopt had.

'Ik zet wel koffie, goed?' vroeg Miranda van achter hem. 'Wil jij cafeïnevrij?'

'Liever gewoon,' zei hij. 'Ik heb vanavond nog een heleboel te doen.'

'Je werkt te hard, Stephen,' zei ze. Hoe vaak wilde hij niet dat Rachel dat zei, maar ze scheen nooit te merken hoe hard hij werkte. Uitgaande van de mate van interesse die ze voor hem aan de dag legde, had hij net zogoed putjesschepper kunnen zijn als een van de beroemdste advocaten van de stad. Het was Miranda geweest, en niet Rachel, die een vreugdedansje door de keuken had gemaakt toen hij zijn laatste zaak gewonnen had, en het was ook Miranda geweest die de gekoelde fles champagne uit de koelkast had gehaald.

Maar het was Rachel geweest die de fles gekocht had en hem in de koelkast had gelegd. En later, toen ze naar bed gingen, was ze, met alleen maar een felrode strik in het haar, uit de kast gestapt en had gezegd: 'Ik ben trots op je, Stephen. Je hebt een geweldig resultaat geboekt voor die vrouw en haar twee kinderen.' Bij het zien van haar stralende ogen had hij meteen geen lucht meer kunnen krijgen.

Hij realiseerde zich dat hij nog steeds met de deur in zijn hand stond toen de wind een paar afgevallen blaadjes van afgelopen herfst de hal in blies. Het was te laat om de deur dicht te doen – de rechercheur kwam het pad al af, en Stephen zag een nieuwsgierige uitdrukking op zijn gezicht.

'Het spijt me dat ik u opnieuw moet lastigvallen,' zei de agent, en hij stak zijn hand uit. Stephen schudde hem en probeerde er bewust de juiste hoeveelheid macho-druk op uit te oefenen. De smeris had een keiharde greep, maar Stephen kon zich niet voorstellen dat hij Rachels hand op dezelfde krachtige wijze drukte.

'Geen probleem,' zei hij. 'Mijn vrouw is zich boven aan het verkleden. Zij is natuurlijk degene die alles van Davids schoenen af weet. Ze komt zo.' Verdomme. Waarom had hij 'natuurlijk' gezegd? Net alsof het normaal was dat hij, die alleen maar een vader was, niets van het schoeisel van zijn zoon zou weten. Dit soort mensen was uiterst gevoelig voor dergelijke nuances. Het feit dat je niet wist wie de tandarts van je kind was, of zijn dokter, of wat voor schoenen hij droeg, betekende voor hen automatisch dat je niet in je kind geïnteresseerd was. En van het gebrek aan interesse naar het vermoorden van je kind was, naar hun idee, maar een kleine stap.

Boven klonk een harde klap, een deur die tegen de muur sloeg. Stephen kromp ineen. Hun huis was een oude, gedeeltelijk gerestaureerde boerderij, en de breekbare deuren zwaaiden, wanneer je niet uitkeek, bij de minste, geringste aanraking als gekken heen en weer op hun oude, ijzeren scharnieren. Het volgende moment, voetstappen op de trap, en Rachel kwam – lang en slank – de treden af. Haar blote voeten keken onder haar strakke spijkerbroek uit, haar lange hals verrees uit een ballettopje van donkerblauw velours dat te strak over haar zachtjes wiegende, behaloze borsten sloot. Stephen slikte pijnlijk toen hij zag hoe de smeris naar Rachels borst keek.

Op de een na onderste trede bleef ze staan, zodat ze nog net iets langer was dan de rechercheur. Ze liet haar lijdzame blik over zijn gestalte gaan en stak haar hand naar hem uit. 'U hebt iets gevonden,' zei ze met ietwat hese stem. Het was geen vraag, maar een bevestiging waarin een wereld van hoop doorklonk.

De vrouw zei maar steeds dat hij stil moest blijven zitten, dat hij niet zo moest draaien en dat het niet lang meer zou duren. Ze sprak niet onvriendelijk of boos, maar kortaf en zakelijk, zoals ze altijd sprak wanneer ze niet speciaal haar best deed om aardig te zijn. Dan keek ze hem glimlachend aan en zei ze dat ze toch zo blij was dat hij bij hen woonde, en sprak ze over alle leuke dingen die ze zouden doen. Ze scheen te hopen dat ze hem daar een plezier mee deed, dat hij daardoor zijn vader en moeder en tante Miranda zou vergeten. Maar hij werd er alleen maar kribbig van. Ze was typisch zo'n mens dat niets af wist van kinderen, en dan zo'n geforceerd hoog en overdreven vrolijk stemmetje opzette.

Hij probeerde aardig terug te zijn, maar zijn gevoel was er niet bij. Hij miste zijn ouders te erg en zijn leven was te vreemd en te eng. De vrouw wilde dat hij haar aardig zou vinden, maar dat kon hij niet. Wanneer ze niet zo zenuwachtig en overdreven opgewekt deed, was ze zo kalm dat het gewoon eng was. Kalm met een dodelijk soort ijzigheid. Geen van de mensen die hij kende, was kalm, zelfs zijn moeder niet. Ze was afwezig en soms droomde ze – ze zei dat dit kwam omdat ze in gedachten haar werk voor zich zag – maar ze was niet kalm. David dacht ook niet dat hij zelf een kalm mens was.

En op dit moment kon hij niet kalm zijn. Het spul dat de vrouw op zijn haar deed, stonk verschrikkelijk, erger dan wat de dokter of de tandarts ooit gebruikt had, hoewel het een zelfde soort chemisch luchtje had. Het prikte in zijn ogen en maakte ze aan het tranen en het brandde op zijn hoofd. 'Ik wil dit niet!' riep hij uit. 'Het doet pijn. Mijn ogen prikken.'

'Nog heel eventjes maar,' zei de vrouw, terwijl ze haar benen nog wat strakker rond zijn middel klemde. 'Je moet nog even geduldig zijn.'

'Ik wil niet geduldig zijn,' zei David. 'Ik wil dit niet. Waarom doet u mij dit aan?'

De vrouw keek naar de man aan de andere kant van de kamer, en deze haalde alleen zijn schouders maar op. De man zei zelden iets. Hij maakte geen gezonde indruk en keek altijd verdrietig. Er moest heel wat in en om het huis gedaan worden, en wanneer hij niet aan het werk was, zat hij stilletjes voor het raam naar buiten te kijken. Maar soms glimlachte hij naar David, en het was geen geforceerd glimlachje.

'Weet je nog wat ik je over je vader en moeder heb verteld?' vroeg ze. 'Over waarom je moeder ons gestuurd heeft om je te halen om te voorkomen dat je naar huis zou gaan omdat het gevaarlijk was? Over de slechte man die boos was op je vader? De slechte man die is gekomen en hen vermoord heeft?' David zei niets. Hij probeerde niet te denken aan zijn ouders die dood waren. Hij wist dat zijn broertje dood was. Hij was met zijn moeder naar het kerkhof geweest. Hij begreep niet zo goed wat dood betekende. 'Nou,' zei de

29

vrouw, die inmiddels aan Davids stilzwijgen gewend was, 'diezelfde slechte man is naar jou op zoek en wil jou ook vermoorden. Dus we moeten heel voorzichtig zijn en goed opletten dat we nooit aan iemand vertellen hoe je in werkelijkheid heet, of wie je echte familie is en waar je vandaan komt. We geven je haar een andere kleur, zodat je er anders uit zult zien.'

'Maar ik wil er niet anders uitzien,' zei David koppig. 'Ik lijk op mijn moeder.' Maar het idee dat iemand naar hem op zoek was en hem wilde vermoorden, maakte hem bang. Alles was ineens zo eng. Deze mensen. Dit huis, dat zo groot was en zo leeg en zo ver bij alles uit de buurt. De koeien met hun grote, dampende lijven. De schapen met hun griezelige ogen. De vrouw probeerde hem dingen te geven, maar het waren niet zijn dingen. En haar vond hij nog het allerengste, met haar stijve omhelzingen en gedwongen glimlachjes. Hij had voortdurend pijn in zijn maag en moeite met ademhalen, maar dat vertelde hij haar niet.

De vrouw zei niets terug. Ze vond het niet prettig wanneer hij over zijn vader en moeder sprak. Ze keek op haar horloge en vervolgens op de kookwekker – in de vorm van een groene appel – die op het aanrecht stond. Alsof ze het zo gewild had, begon het ding op dat moment te rinkelen. 'Je bent klaar,' verklaarde ze. 'En als we je haar hebben uitgespoeld, gaan we naar de stad om een honkbalhandschoen voor je te kopen. Mijn neefje Charlie komt vanmiddag om met je te honkballen.'

'Ik heb geen zin om te honkballen,' zei David. 'Ik haat honkbal.' Dat was een leugen. Hij was op niets zo dol als op honkballen, behalve dan op zijn ouders. Hij was dol op zijn ouders geweest. David wist niet hoe hij over al die dingen moest denken. Het maakte hem verdrietig en hij wilde niet huilen waar de vrouw bij was.

'Misschien zou je mee kunnen spelen om Charlie een plezier te doen,' zei de vrouw. 'Hij is gek op honkbal, en omdat hij zo ver op het land woont, heeft hij maar weinig andere kinderen om mee te kunnen spelen.' David probeerde zich voor te stellen hoe vreemd dat moest zijn om geen andere kinderen in de buurt te hebben. Dit moest wel een verschrikkelijk oord zijn om te wonen. Hij hoopte maar dat hij hier niet al te lang zou hoeven blijven; hoopte dat het weldra weer veilig zou zijn en dat tante Miranda hem zou komen halen. Hij miste Tommy en zijn school en zijn honkbalteam. Waarschijnlijk was Will nu de pitcher, zoals hij altijd gewild had. Hij was lang niet zo goed. De tranen sprongen hem in de ogen en hij kon ze niet de baas.

De vrouw gaf hem een onhandig klopje op de schouder. 'Niet huilen. Zulke grote jongens als jij, die huilen niet,' zei ze. 'Kom, we spoelen je haar uit. Buig voorover, knijp je ogen stijf dicht en hou je adem in. Hou je mond dicht opdat je niets van dit spul binnenkrijgt, want dat is vies.' David deed wat ze gezegd had. Het water was te koud, maar hij kon zijn mond niet opendoen om te klagen. 'Klaar.' Ze wikkelde een handdoek om zijn hoofd.

'Ga naar de badkamer, kam je haar en trek een droog shirt aan.'

Toen hij uit de badkamer kwam, en zijn donkerbruine haar een lelijke, blondachtig bruine kleur had, stond ze bij de deur met haar sleutels te rinkelen. 'Gaan we met de truck?' vroeg hij.

De vrouw haalde haar schouders op, en toen knikte ze. 'Vader,' riep ze naar de peinzende gestalte bij het raam, 'we gaan niet met het busje maar met je truck.' De man keek onzeker naar hen op alsof hij niet zeker wist of hij hen wel kende, maar toen knikte hij, en David en de vrouw verlieten het huis.

Ze smeet het portier hard en nijdig dicht, een gebaar dat in strijd was met haar anders zo griezelige kalmte, en haalde de hendel over die de truck in beweging zette. 'We hebben ooit eens een zoon gehad. Hij is gestorven.' Dat was alles wat ze zei.

Ze zaten – twee stijve gestalten, zo ver mogelijk van elkaar af geschoven – stilzwijgend op de voorbank van de voorthobbelende truck. Gedurende een tijdje genoot David van het gevoel zo hoog te zitten en van het kermisachtige schudden en schokken als gevolg van de kuilen en gaten in de weg, totdat hij al zijn moed bijeen had vergaard en vroeg: 'Moet ik hier niet naar school?' Hij vroeg het niet omdat hij wilde blijven, maar omdat hij iets te doen wilde hebben, iets waarmee hij die lange, bange uren zou kunnen vullen, waarin zijn fantasie op hol sloeg en hij dacht aan wat zijn vader en moeder was overkomen en aan wat hem zelf mogelijk te wachten stond.

Ze draaide zich te snel en te gretig naar hem toe en schonk hem een van haar gehate glimlachjes. 'Zou je dat willen? We hebben hier een aardige school.'

'Ik moet naar school,' zei hij. 'Ik wil niet achteropraken.'

'Ik zou je er graag naartoe willen sturen,' zei ze, 'maar er is een probleem.'

David wachtte tot ze hem zou vertellen wat het probleem was, maar dat deed ze niet. Nu hij het gezegd had, had hij echt zin om naar school te gaan. Aan de ene kant vond hij het een beetje beangstigend om opeens allemaal onbekende kinderen om zich heen te hebben, maar aan de andere kant was het iets waarmee hij vertrouwd was. En het was een mogelijkheid om weg te komen uit dat sombere huis, en van haar starende ogen. In de korte tijd dat hij bij haar was, had hij begrepen dat ze niet van vragen hield en dat ze, áls hij toch iets vroeg, vrijwel nooit antwoord gaf, maar hij moest het weten. 'Wat voor probleem?' vroeg hij.

Hij zag hoe ze het stuur steviger vastgreep en strak voor zich uit keek, en hij dacht dat ze geen antwoord wilde geven. Ten slotte zei ze: 'Dat we jou geheim willen houden.' Dat was alles, tot ze bij de Wal-Mart parkeerden. Toen zei ze: 'Nou, misschien. Maar alleen als je belooft dat je je mond zult houden. En je zult voorzichtiger moeten zijn dan misschien wel mogelijk is voor een jongen van negen. Als hij je vindt, vermoordt hij je met even veel *gemak alsof je een lastige vlieg was. Kom nu maar mee.'*

Ze observeerde hem terwijl hij zich uit de truck liet glijden en omhoog-reikte om het portier te sluiten. Hij probeerde zijn tranen en bevende han-den voor haar te verbergen. 'Je haar moet geknipt,' was het enige dat ze zei.

Hoofdstuk 4

'... we zijn hier op een duistere vlakte.
Opgejaagd door een onduidelijke vrees voor worsteling en vlucht...'
Matthew Arnold, 'Dover Beach'

Rachel ging hen voor naar de zitkamer, wachtte tot Stephen en de rechercheur waren gaan zitten, en stak haar handen toen uit naar de doos. Hoewel
ze er wanhopig naar snakte om de schoen vast te kunnen houden, probeerde
ze niets van haar gretigheid te laten blijken en het beven van haar handen te
onderdrukken. Maar in plaats van haar de doos te geven, nam Gallagher er
het deksel af en hield hij hem, vlak voor zijn borst, een beetje schuin, zodat
ze erin kon kijken. 'Is deze gymp van Dave?' vroeg hij.
'David,' zei Stephen. 'We hebben hem nooit... Dave... genoemd.'
Rachel boog zich naar voren om de schoen wat beter te kunnen bekijken, en toen keek ze de rechercheur aan. 'Mag ik hem eruithalen?' Ze stak
haar hand uit. Vanuit de keuken, waar Miranda bezig was met de koffie,
weerklonk het gerinkel van de kopjes en schoteltjes.
'Waarom?' vroeg de rechercheur.
Rachel liet haar hand in een gekwetst gebaar vallen en ze forceerde een
glimlachje – een glimlachje dat zei dat ze zijn vraag stom vond. Toen gaf ze
het juiste antwoord. 'Omdat ik wil kijken of het zijn schoen is. Hij had de
gewoonte om zijn naam op vreemde plaatsen te schrijven... en verder, van
de veter aan de rechterkant van zijn linker schoen is dat harde stukje eraf...
ik weet niet hoe je dat noemt... en het... oogje, geloof ik dat het heet... onderaan, vlak boven de zool... U weet wel wat ik bedoel, die kleine lucht-
gaatjes, nou, daar is er eentje van weg. Die dingen laten altijd meteen los.'
Ze strekte haar handen weer uit, ditmaal alle twee, en had het gevoel alsof
ze hem smeekte. Ze voelde zich dwaas en kwetsbaar. En ze kon het niet uitstaan van hem dat hij haar dwong te smeken om die gymp, het laatste dat
haar van haar kind restte.
'Mag ik?' Terwijl ze op zijn toestemming wachtte, keek ze vanuit haar

33

ooghoeken naar Stephen. Onder normale omstandigheden zou Stephen hem allang uit de doos hebben gegrist. Ze bewonderde zijn geduld. De rechercheur stelde zelfs haar geduld op de proef, en ze had het geduld van Job.

Terwijl ze op het antwoord van de rechercheur wachtte, dacht ze aan de ware reden waarom ze de schoen vast wilde houden. Niet om hem te identificeren. Ze wilde hem vasthouden omdat ze wist dat het Davids gymp was en omdat die gymp bijna een volle dag langer bij hem was geweest dan zij. Een hele dag, waarvan ze op een bepaalde manier meende dat ze hem zou kunnen voelen als ze die schoen maar in haar handen zou kunnen houden. Het was een andere connectie; een hechtere connectie. Ze meende dat de schoen haar iets zou kunnen vertellen. Het was het soort gedachte die, als ze hem hardop zou uitspreken, ertoe zou leiden dat iedereen in de kamer haar op een vreemde manier zou aankijken. Ze had genoeg van die vreemde blikken. En aan de andere kant was het ook niet zo dat al die nuchtere mensen met hun verstandige en logische aanpak zo veel vorderingen maakten in de zaak.

Haar familie was er altijd mee omgegaan als iets mals, als een soort van grap. Wanneer ze een cadeautje kreeg, was er altijd wel iemand die zei: 'Vooruit, Rach, doe je ogen dicht en zeg wat erin zit.' Maar zo werkte het natuurlijk niet. Ze was geen helderziende en beschikte niet over mysterieuze gaven. Soms voelde ze dingen vóór ze daadwerkelijk gebeurden. Een extra gevoelige intuïtie, dat was alles. Misschien een wat meer ontwikkeld voorgevoel. Wat het ook was, ze had zich aangewend het te verbergen en te onderdrukken. Tot David.

Ze observeerde Gallagher, die absurd lang over haar vraag nadacht. Ze observeerde hem en realiseerde zich hoezeer ze hem haatte om de manier waarop hij hen kwelde. Een uit zijn krachten gegroeide misdienaar, besloot ze. In gedachten zag ze hem voor zich in zijn engelachtige soutane. Er lag een meelevende uitdrukking op zijn bleke, sproetige gezicht, en zijn springerige rode krullen vormden een aura om zijn hoofd. Ze zag zelfs de ijdele, trotse uitdrukking op het gezicht van zijn moeder terwijl hij de priester in de handelingen van de mis volgde. In gedachten zag ze hem groeien als Alice in Wonderland, in hoog tempo langer en breder worden. Zijn kleren werden nauw en krap om zijn steeds breder wordende schouders, zijn lange, smalle polsen schoten uit de manchetten, er werd steeds meer been zichtbaar onder de zoom van zijn broek en zijn engelachtige, jongensachtige gezicht werd groter, harder en knapper.

'Geef haar die schoen dan toch, verdomme,' snauwde Stephen. Hij griste de doos uit Gallaghers handen en gaf hem aan haar. 'Dit is echt geen spelletje, weet je. Het is niet jouw kind dat vermist wordt. En als je bang was voor vingerafdrukken op dit kostbare bewijsstuk, dan had je hem in een plastic zak moeten doen of hem helemaal niet moeten brengen.' Hij ging tussen Rachel en de rechercheur in staan, beschutte haar tegen Gallaghers scherpe, groene ogen en legde een bemoedigende hand op haar schouder. 'Wat denk je, Skee? Is hij van hem?'

Skee. Hoelang had hij haar al niet meer zo genoemd? Skee, van haar meisjesnaam, Filipovsky, was een bijnaam die deel uit maakte van een blijdere, gelukkigere tijd, een tijd waarin Stephen Vee was geweest en Rachel Skee, en ze samen gelachen hadden en ontroerd waren geraakt bij het horen van hun bijnamen, die buiten hen beiden aan niemand bekend waren. Maar toen was Skee's baby gestorven en had ze zich teruggetrokken in haar eigen, veilige wereldje, terwijl Vee een workaholic en een achterdochtige, gesloten volwassene was geworden.

Rachel haalde de gymp uit de doos, hield hem in haar beide handen, sloot haar ogen en opende haar geest. 'Waar ben je, David?' vroeg ze. 'Geef antwoord, alsjeblieft.' Ze wachtte op een reactie terwijl ze haar best bleef doen om, in de wetenschap dat Gallagher en Stephen naar haar keken, open en ontvankelijk te blijven. Ze wilde dat ze de schoen mee naar boven kon nemen, naar Stephens kamer, en dat ze er alleen mee zou kunnen zijn, maar hoewel de beide mannen niets begrepen van de speciale band die ze met haar kind had, wist niemand beter dan zij hoe belangrijk het was je aan te passen en niet voor gek versleten te worden. Ze wachtte, maar er gebeurde niets. Ze deed haar ogen open en bekeek de schoen. Het ringetje ontbrak, het ene uiteinde van de veter miste het harde puntje, en daar, op de zijkant van de zool en bijna vervaagd, stonden Davids initialen. Verdriet sneed als een scherp mes door haar heen.

Ze liet de schoen terugvallen in de doos en gaf hem terug aan Gallagher. 'Ja, het is zijn schoen. Waar hebt u hem gevonden?' Er gebeurden geen wonderbaarlijke dingen. Het was niets meer dan een afgedragen rode gymp. Maar niemand belette haar op een wonder te blijven hopen.

'Ja, waar heb je hem gevonden?' vroeg Stephen. 'Het kan niet in de buurt van zijn fiets zijn geweest, want daar hebben we de hele omgeving afgekamd. We zouden zo'n rode gymp nooit over het hoofd hebben gezien.'

'Nee, u hebt hem niet over het hoofd gezien. Daar lag hij niet,' beaamde Gallagher.

Rachel keek strak naar zijn uitdrukkingsloze gezicht, en vroeg zich af waar het door kwam dat hij zich gedwongen scheen te voelen hen zo te kwellen. Toen keek ze naar haar man. De trekkende spier van zijn kaken was het enige uiterlijke teken waaruit bleek hoe woedend hij was, maar zij wist het. Ze zag aan zijn hele houding dat hij op barsten stond. Als ze hem zou aanraken, zou ze kunnen voelen dat zijn huid vonkte, maar ze geloofde niet dat Gallagher zich ergens van bewust was. Ze geloofde niet dat Gallagher, rechercheur of niet, hen als mensen beschouwde.

Miranda gaf met het blad met de koffie een harde zet tegen de deur, die daardoor met een klap tegen de muur sloeg. Het serviesgoed rinkelde en

Miranda schonk hen een verlegen glimlachje, waarna ze zich bevallig naar voren boog om het blad op de lage tafel te zetten. 'Het is gewone koffie met cafeïne,' zei ze tegen de rechercheur. 'Is dat goed?'

'Ja, dat is uitstekend, dank u,' zei Gallagher, en hij forceerde een nietszeggend glimlachje.

Miranda schonk een kopje voor hem in. 'Melk of suiker?'

Hij schudde het hoofd. 'Zwart.' Hij keek naar Rachel. 'Het heet een nestel,' zei hij. 'Dat harde puntje aan het einde van een veter.'

Als dat een poging tot verzoening moest zijn, dan trapte Rachel daar niet in. 'Waar hebt u die schoen gevonden?' vroeg ze opnieuw.

'Niet in de buurt van de fiets,' zei hij.

'Koffie, Rachel?' vroeg Miranda.

Rachel schudde het hoofd. Nog meer pep was wel het laatste waar ze behoefte aan had. Ze was al opgewonden genoeg van de schoen en van Gallaghers gestoorde spelletjes. Hoewel ze haar hand op haar knie hield om hem in bedwang te houden, trilde haar been als een whippet die ervandoor wilde gaan.

'Dit mag voor jou dan een spelletje zijn, Gallagher,' zei Stephen, 'maar dat is het voor ons niet. Wij willen weten waar je die gymp gevonden hebt.'

Gallagher nipte van zijn koffie maar gaf geen antwoord.

'Alstublieft.' Rachel probeerde haar stem zakelijk te houden, maar het lukte haar niet het smekende toontje te onderdrukken. Ze stond op en deed een stapje naar hem toe. Ze voelde iets hards onder haar voet, onder het meest tere gedeelte van de holte. Ze bukte zich, tilde haar voet op en raapte en klein stukje rood lego op. 'Ik snap niet waarom u zo moeilijk doet. Misschien wilt u het ons wel niet vertellen omdat u om de hoek wilt gaan staan wachten tot wij het huis uit gaan, en dat u ons dan wilt volgen omdat u denkt dat we zo snel mogelijk naar die plek zullen gaan waar u Davids schoen hebt gevonden omdat we willen kijken of er misschien nog iets anders ligt dat we vergeten zijn te verstoppen.' Verdomme, ze hoorde de tranen in haar stem. 'Maar we weten niet waar David is, en u doet niets anders dan ons kwellen. Als u het mij niet wilt vertellen, dan vertelt u het toch níet. Maar dan verzoek ik u om mij te blinddoeken, of om mij in uw kofferbak te stoppen of wat dan ook, maar brengt u mij alstublieft naar die plek. Nu? Vandaag?'

Stephen en Miranda kwamen aan weerszijden naast haar staan en sloegen een arm om haar heen. Rachel kon het verschil tussen hen voelen. Ze voelde Stephens lange, harde arm om haar schouders, en Miranda's zachte, warme arm om haar middel. Beiden omarmden haar om hun solidariteit te betuigen. Plotseling liet Stephen zijn arm vallen en liep nijdig de kamer uit. 'We hebben lang genoeg meegewerkt,' zei hij, de deur achter zich dichtslaand.

'Als u haar niet naar die plek wilt brengen,' zei Miranda, 'kunt u dan tenminste vertellen waaróm niet? Mijn zus wil de dingen graag kunnen begrijpen.'

Ik ben nog niet zo lang in uw land, dacht Rachel, en spreek de taal niet zo goed, maar mijn zus Miranda spreekt goed Engels. Misschien dat zij het u duidelijk kan maken. Ze was zich bewust van een brullen in haar brein, alsof iets probeerde haar hoofd van haar over te nemen. Verdriet, een grote, zwarte golf verdriet, dreigde haar te overspoelen. Ze wilde als een diepbedroefde boerin het hoofd in haar handen nemen en jammerend heen en weer wiegen. 'Ik begrijp het niet,' zei ze. 'Iemand heeft mijn kind meegenomen. Mijn zoon.' In een onbewust gebaar had ze haar armen over haar buik geslagen. 'U wilt mij niet helpen en staat mij niet toe om u te helpen. U kunt zich niet voorstellen hoe dat voelt.'

'Ik zeg u dat ik naar die plek wil waar u die schoen hebt gevonden, en u vraagt mij waarom?' Ze keek hem onderzoekend aan, op zoek naar een spoortje menselijkheid, naar een teken waaruit zou blijken dat haar woorden enig verschil hadden uitgemaakt. Ze kon niets ontdekken. 'Zal ik u vertellen waarom?' Ze wachtte. Hij zei niets. 'Dat was een vraag, meneer!'

Miranda legde een waarschuwende hand op haar arm, maar Rachel schudde hem van zich af. 'Hebt u kinderen, meneer Gallagher?' De agent schudde het hoofd. Rachels keel dreigde te verstoppen van alle dingen die ze hem wilde vertellen, over het dragen van een kind in je buik, over het in je armen houden van een zuigeling en over het kijken in zijn griezelig wijze ogen, en over de band die je vanaf het eerste moment met je kind had. Ze had urenlang kunnen vertellen over de lege dagen en de voetstappen in de nacht die er niet meer waren en over alles wat haar aan hem deed denken. Over hoe het was om je naar huis te haasten om op tijd te zijn voor het thuiskomen van je kind dat niet meer thuiskwam, en de tranen die haar in de ogen sprongen wanneer ze de schoolbus de hoek om zag komen. Ze had hem kunnen vertellen over de onvoorstelbare, de onbeschrijfelijke pijn binnen in haar, die almaar groter en erger werd en haar andere organen dreigde te verpletteren, en dat het soms aanvoelde alsof ze eronder zou barsten en dat die pijn dan vanuit haar lijf krijsend de kamer in zou springen. Maar het enige dat ze zei, was: 'Misschien zegt die plek mij wel iets waar u niets van weet.'

Vóór Gallagher daarop in kon gaan, kwam Stephen – opnieuw met de deur slaand – de kamer weer binnen. Hij had een draagbare telefoon in zijn hand. 'De hoofdinspecteur wil je spreken,' en toen Gallagher zijn arm uitstrekte om de telefoon aan te pakken, keek Stephen naar Rachel en stak hij zijn duim op. Wanneer smeekbeden en logische redenaties niet hielpen, was er altijd nog het netwerk van oude jongens onder elkaar.

Gallagher mompelde iets, luisterde aandachtig en hing op, waarna hij de telefoon met een nijdige klap op de lage tafel liet vallen. 'Trekt u uw schoenen maar aan. Ik breng u erheen. Ik wacht in de auto.' Hij was al bijna bij de deur toen hij zich iets van manieren herinnerde. Hij schonk Miranda een onpersoonlijk glimlachje. 'Bedankt voor de koffie.' Stephen negeerde hij volledig.

Rachel bleef op weg naar de gang even bij Stephen staan en legde haar hand op zijn arm. Hij stond de agent na te kijken. Zijn lichaam voelde onder het zachte katoen van zijn overhemd strak gespannen aan, en hij schrok van haar aanraking. 'Dank je,' zei ze.

'Ik kan die schoft wel vermoorden,' zei hij. Hij liep de gang op, verdween in zijn werkkamer en deed de deur achter zich dicht.

Gallagher zat in de auto, zijn handen om tien voor twee op het stuur, en keek strak voor zich uit door de streperige voorruit. Ze stapte in en hij nam niet de moeite haar aan te kijken of te laten blijken dat hij gemerkt had dat ze naast hem was komen zitten. Ze sloot het portier en vouwde haar handen als een boeteling in haar schoot. Ze zei ook niets. Zijn wangen vertoonden twee felrode plekken, en ook aan de manier waarop hij zijn schouders spande, kon ze merken dat hij nog boos was. Zijn volledig verstarde lichaam en woedende gezicht leken sterk op die van Stephen voordat hij in zijn werkkamer was verdwenen. Twee grote, boze mannen. Ze deden haar, door de wijze waarop ze met elkaar wedijverden om het voorrecht haar naar hun hand te zetten, door te bepalen hoeveel ze precies mocht weten en mocht doen, denken aan twee bronstige stieren.

Nee, dat was niet eerlijk. Stephen had haar willen helpen.

Gallagher schakelde de auto in z'n achteruit en reed moeiteloos achterwaarts de oprit af. Rachel had bewondering voor het gemak en de zelfverzekerdheid waarmee hij dat deed. Wanneer zij achteruit moest rijden, deed ze dat altijd slingerend en onzeker. Ze wist niet eens zeker of ze wel van auto's hield. Ze had altijd het gevoel dat ze op het punt stonden aan haar controle te ontsnappen. Omdat ze auto's eng vond en het belangrijk was dat David niets zou overkomen, had ze een aantal spelletjes verzonnen om hem af te leiden terwijl ze reed, om te voorkomen dat hij iets zou doen waarmee hij haar aan het schrikken maakte.

Ze speelden woordspelletjes en aardrijkskundige spelletjes, waarbij ze naar plaatselijke heuvels, riviertjes en wegen moesten raden. Cijferspelletjes. Geheugenspelletjes. Kleurenspelletjes. En als het daarmee niet meer lukte, dan vertelde ze verhalen. Lange, uitvoerig vertelde verhalen over de avonturen van een aantal intrigerende personages, zoals de reusachtige konijnen die ontsnapt waren van een plaatselijke boerderij, of over de kangoeroe die dol was op skateboarden, of over het jongetje dat zich had voorgenomen de beste honkbalspeler van de wereld te worden en dat daarom altijd met van alles gooide, waarbij het soms verrassend afliep.

Rachel keek er niet van op toen ze naar de oprit van de snelweg reden. Als iemand David wilde meenemen... Ze deed haar best te geloven dat hij was meegenomen door iemand die hem hebben wilde, en dat hij nog steeds leefde, en niet gewoon maar was meegenomen naar een verlaten plekje waar hij misbruikt en vervolgens vermoord was. 'O, nee,' zei ze, en ze greep haar maag vast. Ze deed haar best de angstaanjagende gedachten van zich af te zetten.

Ze had zich niet gerealiseerd dat ze hardop gesproken had, totdat Gallagher vroeg: 'Wat is er? Is er iets?'

'Ik dacht alleen maar aan David,' zei ze. 'Aan dingen die we altijd samen deden.'

'Maar u zei "O, nee."' Tot haar verbazing stopte hij langs de kant van de weg. 'Waarom zei u dat?'

Waarom, waarom, waarom, dacht Rachel. Hij leek wel een kind, die man, zoals hij voortdurend waarom vroeg. Maar de woede en angst die ze eerder thuis had gevoeld, hadden haar uitgeput. Ze had sinds Davids verdwijning amper geslapen en had niet de kracht om opnieuw ruzie met hem te maken. 'Ik dacht aan de mensen die hem hebben meegenomen, dat dat mensen moesten zijn die hem wilden hebben, en niet iemand die hem wilde om vieze spelletjes met hem te doen en hem daarna te vermoorden, en de gedachte aan zijn dood trof me heel hard. Ik moet hardop gesproken hebben, hoewel dat niet mijn bedoeling was.'

Ze zweeg, omdat ze alles gezegd had wat ze zeggen wilde, en wachtte op een reactie van Gallagher. Hij zei niets. In vergelijking met de rechercheur leek haar stilzwijgende, gelaten Stephen een praatzieke idioot. 'Er is niets,' zei ze in de drukkende, vijandige stilte. 'Ik sta heus niet op het punt van een hysterische huilbui of zo. We kunnen verder.'

'We zijn er,' zei hij, waarop hij het portier openmaakte en uitstapte. Wanneer hij zat, leek hij normaal, maar wanneer hij stond, was hij enorm. Terwijl ze uitstapte, observeerde hij haar met opdringerige, te persoonlijke ogen. Een ongrijpbare kleur groen die haar even naar haar kleurpotloden deed verlangen. In de haast was ze vergeten een jas mee te nemen, en ze wist dat hij gezien had dat ze geen beha droeg. Rachel was het niet gewend op zo'n taxerende manier te worden opgenomen, en het maakte haar zenuwachtig.

'Waar?' vroeg ze, zijn afgemeten manier van doen imiterend. Ze stonden in de berm van een eilandje groen te midden van de snelweg en de oprit erheen. Ongeveer tien meter verder leunde een verwaarloosde, eenzame richtingaanwijzer tegen de voet van een hoge lichtmast. Rachel keek naar het gele, verbleekte gras waarin het voorjaar nog niet was doorgedrongen, naar het afval, de wieldoppen en de plastic bekertjes die als paddestoelen uit de grond leken op te komen. 'Waar?' herhaalde ze. 'Wilt u mij wijzen waar?'

Ze volgde Gallaghers grote stappen naar het treurige bord. De helft van de reflecterende letters ontbrak, waardoor de resterende boodschap onduidelijk was geworden. Gallagher bleef zó plotseling staan dat ze tegen hem opbotste. Hij ving haar behendig op en zette haar weer op beide voeten. 'Daar,' zei hij, waarbij hij op een klein, oranje paaltje wees.

Rachel keek naar het paaltje, het bord en achterom naar waar de auto stond. 'Ik ben de schoen vergeten,' zei ze, zich omdraaiend naar de auto. Op dat moment kwam er een vrachtwagen denderend over de oprit gereden. Toen hij Gallagahers auto passeerde, kwam er een hand uit het raampje die een bierflesje naar het bord slingerde. Automatisch hief ze haar handen op om zich te beschermen. Het flesje raakte het bord en spatte uit elkaar. Toen ze omlaag keek, zag Rachel dat de grond bezaaid lag met glas.

'Nou?' Gallagher torende, met zijn handen in zijn zij, boven haar uit. 'Wat kunt u mij vertellen dat ik anders niet geweten zou hebben?'

Nu dreef hij de spot met haar. Rachel keek hem aan, en keek toen weer naar de grond. Ze was er zo zeker van geweest dat ze iets zou voelen als ze maar op de plek zou kunnen zijn. Ze keek verlegen naar haar handen. Een scherf van het glas van de fles was vlak onder haar duim in haar huid gedrongen. Ze pakte hem vast, trok hem eruit en keek hulpeloos toe terwijl de wond begon te bloeden en het bloed op de grond droop. Ze hield niet van bloed, en nu nog minder. Ze sloot haar ogen en probeerde haar geest te openen. En toen kwam het.

Zij en David zaten in de auto. David was onrustig en wilde niet stil blijven zitten. Hij maakte zijn gordel voortdurend los. Ze ging tegen hem tekeer en haar geduld begon op te raken. Uiteindelijk zette ze de auto aan de kant van de weg en vroeg: 'Wat moet ik met je doen?'

'Vertel me een verhaaltje, mam,' had hij gezegd.

'Over de kangoeroe?'

'Dat is voor baby's,' had hij gezegd. 'Vertel me een verhaal over een honkbalspeler. Vertel me over een jongen die, net als ik, de beste honkbalspeler van de hele wereld wil worden.' Zo waren ze begonnen, de verhalen van Cedric Carville, die de beste werper van de hele wereld zou worden. En Cedric had hen op heel wat tochten en moeilijke dagen vergezeld. Met inbegrip van de dag waarop Cedric Carville, in zijn poging om de verkeersborden waar hij langskwam te raken, een dozijn eieren, vijf sinaasappelen, vier citroenen, drie cakejes, twee bekertjes yoghurt en zijn beide gympen uit het raampje had gegooid vóór zijn moeder het gemerkt had en er iets van had kunnen zeggen.

Rachel bracht haar handen naar haar gezicht, wiegde zachtjes heen en weer en liet de herinnering over zich komen. Ze voelde het bloed tegen haar lippen en proefde het warme zout. Ze sloot haar ogen en wiegde, en merkte niets van de verbaasde manier waarop Gallagher, die naast haar stond, haar observeerde. Ze ontspande haar geest en liet de herinneringen binnen, hoorde Davids stem in haar oor. 'Nou, wat vind je, mam? Zal ik mijn gympen dan ook maar uit de auto gooien?'

En haar stem die antwoordde: 'Als je dat maar uit je hoofd laat. Weet je wel hoe duur die dingen zijn?'

'Mag ik dan iets anders gooien? Een colablikje of zo?'

'Je weet best dat je geen afval op straat mag gooien.'

Toen had David haar ondeugend aangekeken en een appel opgehouden. 'En dit dan? Dit is organisch. Biologisch afbreekbaar.' Hij had het raampje opengedraaid, en toen ze langs de richtingaanwijzer waren gekomen, had hij uitgehaald en had ze gehoord hoe de appel met een zachte, doffe klap tegen het gehavende oude bord was geslagen.

'O, God, David!' fluisterde ze, terwijl ze zich op haar knieën liet vallen. 'Praat tegen me. Leef je nog? Is alles goed met je?' Boven het verkeerslawaai en het razen in haar eigen hoofd uit meende ze, heel zacht, een antwoord te horen. Davids stem, heel zacht, van heel ver weg. Een enkel woordje maar: 'Ja.'

Hoofdstuk 5

'Was het een visioen, of een wakende droom?
Weg is de muziek – ben ik wakker, of slaap ik?'
Keats, 'Ode to a Nightingale'

Ze had het koud. Ze had het koud en was bang, en ze bloedde maar kon niet opstaan. De emotionele schok van wat er zojuist was gebeurd, was te groot. Ze kon geen greintje kracht opbrengen. Het was alsof er een windvlaag door haar hoofd was getrokken en al haar zintuigen over het dorre, bruine gras had gewaaid en haar hulpeloos en verward had achtergelaten. Aarzelend balde en ontspande ze haar vuisten terwijl ze bedacht dat ze haar handen zou moeten gebruiken om overeind te komen. Ze moest opstaan vóór Gallagher zou denken dat ze volledig geschift was.

Ze kon hem naast zich horen stampen als een woeste stier. Hij brieste zelfs door zijn neus. Ze had een intense hekel aan hem – hij was een slechte keuze voor zo'n gevoelige opdracht – maar hij was alles dat ze had in haar speurtocht naar David. Stephen wilde er een groep mensen bij halen die gespecialiseerd waren in het opsporen van vermiste kinderen, maar daar verzette Rachel zich tegen. De gedachte aan al die meelevende en opdringerige mensen om zich heen stond haar verschrikkelijk tegen. Dat gold ook voor het idee dat ze overal waar ze ging en stond Davids gezicht zou moeten zien als een niet aflatende herinnering aan haar verlies. Toch begon ze zich af te vragen of Stephen misschien toch gelijk had. De politie kwam geen steek verder. Aan de ene kant was ze bijna zover dat ze wilde toegeven, dat ze bereid was te beamen dat ze hulptroepen nodig hadden. Maar aan de andere kant was ze daar nog steeds volkomen op tegen om een reden die veel verder ging dan de verstoring van haar privacy. Stel dat het openbaar maken van Davids foto de ontvoerders zo bang zou maken dat ze hem zouden vermoorden? Stel dat hun verlangen om hem te bezitten overschaduwd werd door hun angst ontmaskerd te worden?

Ze boog haar hoofd naar achteren en keek naar Gallagher die, nu ze op haar hurken zat, nog langer leek dan normaal. Zijn afstandelijke gezicht stond even ijzig en onbuigzaam als altijd. Waarom kon hij niet naar haar glimlachen, haar tonen dat hij over een beetje menselijkheid beschikte? Ze raapte al haar moed bijeen en vroeg: 'Kunt u mij misschien helpen opstaan?'

Hij stak twee grote handen onder haar oksels en trok haar overeind, waarbij hij er tegelijkertijd in slaagde haar borsten beet te pakken. Hij zette haar ruw op haar beide onvaste voeten en deed een stapje naar achteren. Opnieuw waren er twee rode vlekken op zijn wangen verschenen. 'Neemt u mij niet kwalijk,' stamelde hij, terwijl hij zich omdraaide, zodat ze hem amper kon verstaan. 'Dat was per ongeluk.'

'Dat was niet per ongeluk.' Rachel verbaasde zich erover dat ze haar eigen stem zo krachtig hoorde klinken terwijl ze zich zo intens zwak voelde. 'Dat hebt u aldoor al willen doen.'

'Het was per ongeluk,' herhaalde hij op effen toon. 'Komt u nu maar mee terug naar de auto. Dan breng ik u naar huis.'

Rachel had het gevoel alsof ze zich buiten haar lichaam bevond, alsof ze zichzelf zag lopen – een gestalte die totaal uitgeput was en bijna als een dronkenman wankelend terugliep naar de auto. Ze wilde dat de man in een rookwolkje zou verdwijnen en haar met rust zou laten. Dan zou ze weer bij het bord gaan zitten en opnieuw proberen of ze David kon bereiken. Dat kon ze niet zolang hij in de buurt was. Hij leidde haar te zeer af – hij was lichamelijk te overheersend. Gallagher opende haar portier, duwde haar ruw de auto in, stapte zelf in en sloeg zijn portier onnodig hard dicht. Rachel leunde haar hoofd naar achteren tegen de hoofdsteun en sloot haar ogen. 'Hebt u misschien een zakdoek die u mij zou kunnen geven? Voor het bloed?' Ze hield haar gewonde hand op. 'Het was een glasscherf.'

Hij trok er een uit zijn zak, hield hem even op alsof het een gebaar van overgave betrof, en gaf hem toen aan haar. Ze wikkelde hem om haar hand. De pijn was het enige aan deze hele middag dat echt leek. 'Wilt u weten wat ik me daar op die plek herinnerd heb, of kan het u niet schelen?'

Hij haalde zijn schouders op. 'Als u denkt dat het nuttig is...'

'Het is niet aan mij om te bepalen of iets nuttig is, maar aan u. Ook al doet u dan alsof het u geen barst kan schelen of David gevonden wordt. Of wel? Ik bedoel, of het u wel kan schelen.'

'Natuurlijk.'

'Daar is niets natuurlijks aan. Afgezien van het feit dat u af en toe even laat blijken dat u heimelijk hoopt dat u mij of Stephen in staat van beschuldiging kunt stellen, hebt u in geen enkel opzicht de indruk gewekt dat het u iets kan schelen dat een jongetje van negen abrupt is weggerukt van alles wat hem vertrouwd was en iedereen die hij kende. Ik word verscheurd door verdriet, terwijl u volkomen onverschillig bent. Hoe denkt u uw werk naar behoren te kunnen doen wanneer u niet om mensen geeft?'

'Ik ben niet onverschillig,' bromde hij, terwijl hij zijn handen om tien voor twee op het stuur sloeg en het stevig vastgreep.

Rachel keek naar zijn handen. Grote, brede, competente handen met sproeten en plukjes roodachtig haar aan de uiteinden van armen die te lang waren voor zijn mouwen. Zijn naakte blanke polsen waren het enige kwetsbare aan hem. Voor de rest was hij even onbuigzaam en hard als een gesteven overhemd. Hoewel David bezig was om wat spieren te ontwikkelen van het honkballen, leken zijn armen en benen op stokjes, en had hij net als zij lange, smalle handen. Stephens handen waren stomp en vierkant en onbehaard.

'Nee, u hebt gelijk,' zei ze. 'U bent niet helemaal onverschillig. U hebt belangstelling getoond voor mijn borsten. Ik wou dat u dat niet deed. Het leidt me af. Ik ben het niet gewend om aangegaapt te worden en het maakt me zenuwachtig. Bent u eenzaam? Onbevredigd? Is er geen vrouw in uw leven? Kijk...' Rachel trok haar topje omhoog en ontblootte haar borsten. 'Twee volkomen doodnormale, middelgrote borsten van middelbare leeftijd. Niets om over naar huis te schrijven. Nu hebt u ze gezien, dus misschien kunt u nu ophouden met er voortdurend naar te staren. Of is kijken alleen niet voldoende?' Ze maakte een holle rug en spande haar spieren, zodat haar borsten omhoogkwamen en in Gallagher's richting wezen. 'Misschien wilt u ze nog een keertje voelen? Zou dat helpen? En zou u zich daarna dan weer op het onderzoek kunnen concentreren?'

Gallagher keek haar stomverbaasd aan. Hij was vuurrood geworden en leek niet in staat te spreken. Diep beschaamd trok ze haar topje weer af, draaide zich met haar rug naar hem toe en begon te huilen. 'Het spijt me. Ik weet niet wat me bezielde. Ik heb zoiets van mijn leven nog nooit gedaan,' stamelde ze. 'Ik kan gewoon niet geloven dat ik dat heb gedaan... God... misschien ben ik wel bezig gek te worden.' Ze deed het portier open, stapte uit en liep weg. Alles om uit zijn buurt te komen. Om weg te komen van wat ze zojuist had gedaan.

Ze hoorde het opspatten van grind, gas geven, de auto die haar achternakwam en naast haar remde. 'Stap weer in,' beval Gallagher. 'Ik breng u naar huis.'

Ze gehoorzaamde, maakte zich zo klein mogelijk en keek strak voor zich uit. Geen van beiden zei iets tot ze bijna thuis was. Toen verbrak Rachel de stilte. Ze mocht dan iets onvoorspelbaar stoms hebben gedaan, maar dat deed niets af aan het feit dat ze hier waren om David te vinden. 'Ik zal u het verhaal vertellen van Cedric Carville, de jongen die de beroemdste honkbalspeler van de wereld wilde worden.' Gallagher liet op geen enkele manier blijken dat hij haar gehoord had en nog minder dat het hem iets interesseerde, maar toch vertelde Rachel hem het verhaal, dat ze besloot met David en de appel. 'En daarom weet ik dat de schoen een boodschap was. Hij probeerde ons te vertellen waar hij naartoe ging. Ik vermoed dat er, als hij de kans heeft gehad om deze schoen te gooien, ergens anders nog een tweede schoen ligt te wachten om gevonden te worden... en dat er een winkel is waar ze nieuwe gympen voor hem hebben gekocht...'

Geen enkele reactie van Gallagher. Geen knikje, geen 'dat is een goed idee', niets waaruit bleek dat hij ook maar een sikkepitje geïnteresseerd was in een wanhopig, ontvoerd jongetje dat zijn gympen uit de auto gooide. Ze wilde hem bij de armen grijpen en hem door elkaar schudden tot zijn tanden ervan rammelden, maar ze had voor één dag al meer dan voldoende stomme, impulsieve dingen gedaan. Ze moest een beetje zelfbeheersing zien op te brengen, ook al wist ze dan werkelijk niet waar ze dat vandaan zou moeten halen.

Hij reed de oprit op tot bij het huis en stopte zonder een woord te zeggen. Rachel stapte uit en liep naar de deur. Ze had in haar leven wel vaker stomme dingen gedaan, maar dit spande de kroon. Ze wilde in bed, onder de dekens kruipen en daar een maand blijven liggen. Als ze niets kon doen, dan wilde ze verdwijnen.

Stephen stond in het halletje op haar te wachten. 'En?' vroeg hij bezorgd, nog voor ze goed en wel binnen was. 'Heb je iets ontdekt?'

Ze leunde tegen het kozijn van de deur. 'Kun je je Cedric Carville nog herinneren?'

Hij keek verbaasd. 'Die stomme honkbal-verhaaltjes?'

Ze knikte. 'Ja, ze waren nogal stom, maar hij vond ze leuk. Hoe dan ook, in eentje ervan gooide Cedric Carville zijn schoenen uit de auto in een poging een verkeersbord te raken. En dat is wat David heeft gedaan. Hij heeft zijn schoen naar die eenzame richtingaanwijzer bij de snelweg gegooid.'

Ze zag dat het hem begon te dagen. 'Heb je dat aan Gallagher verteld?' vroeg hij. Ze knikte. 'En wat zei hij?'

'Geen woord.'

'Hoe bedoel je, geen woord? Snapte hij dan niet dat David ons iets probeerde te vertellen? Of kon het hem niet schelen?'

'Ik weet niet,' zei Rachel. 'Hij zegt nooit wat. Volgens mij kan het hem allemaal niets schelen. Kunnen we gaan zitten? Ik ben verschrikkelijk moe.'

Stephen pakte haar hand. 'Je bent ijskoud, Skee,' zei hij. 'Waar is je jas?'

'Die was ik vergeten.'

'Je hebt iemand nodig die op je let, een bewaarder,' zei hij.

'Ik heb een bewaarder,' zei ze. 'Jou.' Ze leunde tegen hem aan, was hem dankbaar voor zijn aanwezigheid en zijn steun. Soms voelde ze zich zó van alles vervreemd dat ze het gevoel had dat ze op een andere planeet vertoefde. Ze wist dat hij bang van haar werd en dat ze hem in verwarring bracht. Soms maakten zijn afstandelijkheid en zijn pogingen haar te controleren haar waanzinnig. Maar ze hield van Stephen. Ze wilde alleen dat ze hem gelukkig kon maken zonder zich te hoeven veranderen, zonder voortdurend het gevoel te hebben dat ze niet normaal was en zonder altijd die teleurgestelde blik in zijn ogen te moeten zien wanneer hij naar haar keek. Hij had met Miranda moeten trouwen. Zij was volkomen normaal.

'Op dit moment vindt je bewaarder dat je een warm bad en een borrel nodig hebt.'

Dat klonk hemels. 'Dank je, Stephen. Ik geloof dat mijn bewaarder gelijk heeft. Een bad lijkt me heerlijk.' Ze aarzelde. 'Voor wat Gallagher betreft. Hij zit me voortdurend met een volkomen uitdrukkingsloos gezicht aan te kijken. Het maakt me knettergek. Ik weet nooit waar ik aan toe ben met hem. Ik weet niet eens of David hem wel iets kan schelen. Ik ben bang dat ik mijn zelfbeheersing heb verloren en tegen hem ben uitgevallen...' Kon ze Stephen echt vertellen wat ze gedaan had? Niet de waarheid, niet de volledige waarheid en niets dan de waarheid, maar ze zou zich beter voelen wanneer ze hem een stukje van de geschiedenis vertelde. Niet meer dan hij aankon, niet meer dan zij durfde te onthullen. 'Ik heb hem gezegd dat hij moest ophouden met naar mijn borsten te staren en dat hij op de dingen moest letten die belangrijk zijn...'

'Het zou ongetwijfeld helpen als je een beha aantrok,' zei Stephen op scherpe toon.

Ze sloeg haar ogen neer. 'Ja, dat weet ik. Ik zal in het vervolg beter opletten. Ik had haast en ze zaten allemaal in de was. Het leek me niet belangrijk.'

'Soms moeten we dingen doen die voor andere mensen belangrijk zijn, Rachel,' zei hij op vermoeide toon. Ze hoorde de zucht in zijn stem en wist dat hij doodmoe was door zijn inefficiënte vrouw te moeten wijzen op de realiteit van de meningen die andere mensen eropna hielden.

'Ik zei al dat ik in het vervolg beter zal opletten. Is Miranda weggegaan?'

'Ze had een afspraakje, maar ze heeft iets voor ons gekookt. De een of andere vegetarische brij, geloof ik.'

Rachel zuchtte. Haar zus was onlangs gescheiden en had zich sindsdien volop in het vrijgezellenleven gestort. Tot dusver waren al haar vriendjes evenwel een ramp gebleken. 'Ik hoop dat deze beter is. Ken jij geen aardige vrijgezellen die je aan haar zou kunnen voorstellen?'

'Ik mag je zus heel erg. Dat weet je. Maar haar verwachtingen zijn volkomen onrealistisch. Ze is nog steeds op zoek naar de ware Jakob, en die bestaat niet. En sinds ze aan dat gezonde eten doet, is wat ze op tafel zet niet meer te vreten. Ik vertik het mijn vrienden daaraan bloot te stellen.' Hij stond op en liep naar de kast met drankjes. 'Whisky of cognac?'

'Martini. Rood. Met een schijfje citroen.' Ze draaide zich opzij, zwaaide haar benen over de leuning en schopte haar schoenen uit. Haar lichaam voelde loodzwaar aan – alsof het door de druk van de zwaartekracht in de zachte kussens werd gedrukt. Ze legde haar gewonde hand op haar borst.

Haar borsten voelden zwaar en pijnlijk aan. De slapeloosheid en de stress hadden haar hormoonhuishouding ontregeld. Ze sloot haar ogen en luisterde naar de vertrouwde geluiden van de drankjes die werden ingeschonken. Naar het tinkelen van de ijsblokjes in de glazen. Het klotsen van de drank die werd ingeschonken. De tik van het mes toen hij een schijfje van de citroen sneed. Het tinkelen en zachte klotsen toen hij door de kamer naar haar toe kwam en haar het glas aanreikte.

'Wat is er met je hand gebeurd?'

'Gesneden aan een stuk glas. Het ligt daar vol met glas van mensen die flesjes naar het bord gooien. Ik vraag me af wie de schoen gevonden heeft.'

'Iemand die blikjes spaart? Kom, laat eens kijken.' Hij knielde naast haar, nam haar hand in de zijne en haalde er heel voorzichtig de zakdoek af. 'Lelijk,' zei hij zacht, 'maar niet diep. Ik denk niet dat het gehecht hoeft te worden. Maar je kunt hem maar beter goed wassen en er jodium opdoen. Stel dat je er iets aan over zou houden... Rachel...' De klank van zijn stem veranderde abrupt. 'Er is iets waar we het over moeten hebben... nee... laat maar... niet nu.'

Rachel deed haar ogen open en keek hem aan. Hij keek doordringend naar haar hand en er lag een vreemde uitdrukking op zijn gezicht. 'Waarover?' vroeg ze.

Hij slikte, aarzelde en vertelde haar een leugen. Ze had er geen flauw idee van wat de waarheid was, maar ze wist dat zijn antwoord een leugen was. Nee, niet een leugen, alleen niet datgene wat hij haar had willen vertellen. Een andere waarheid in plaats daarvan. 'Ik mis hem. Ik mis David. Het huis... de dagen... de tijd... alles lijkt zo leeg. Ik denk maar steeds dat hij elk moment de kamer binnen kan komen. Of boven over de gang zal stampen. Me zal vragen of ik zin heb om met hem te stoeien. Of dat hij zo irritant naar je begint te roepen wanneer je hem niet meteen kan vinden. God, ik zou er alles voor over hebben om hem op dit moment hier te hebben met zijn irritante gedoe. Alles!'

'Ja, ik weet wat je bedoelt,' zei ze. Ze stak haar hand naar hem uit, trok zijn hoofd op haar borst en sloeg haar armen om hem heen om hem daar te houden. Ze drukte haar kin in zijn schone, zachte haar. Het licht dat door zijn oor scheen, maakte het doorschijnend roze. Hij had mooie, sierlijk gevormde oren. Ze had ze altijd willen tekenen. Ze had hem ooit eens gevraagd of ze dat mocht, op een keer toen ze hem net zo in haar armen had gehouden als nu. Hij was van haar af gesprongen alsof hij zich gebrand had, en had haar ontzet aangekeken alsof er iets obsceens was aan het tekenen van oren. Ze had het sindsdien nooit meer gevraagd.

Ze wist niet uit wat voor familie hij kwam – hij beweerde zich er niets van te kunnen herinneren – maar toen ze Stephen had leren kennen, was hij zo stijf geweest dat hij het onverdraaglijk had gevonden wanneer ze hem in het openbaar omhelsd had, en alleen al de mogelijkheid van een kus was voldoende geweest om hem op de vlucht te jagen. Stapje voor stapje had ze hem geleerd zich te ontspannen en aan intimiteit te wennen, en dat was niet gemakkelijk geweest voor zo'n verlegen meisje als zij vroeger was. Maar Rachel had van begin af aan, lang voordat ze wist dat ze met hem wilde trouwen, geweten dat ze met Stephen naar bed wilde, en dat terwijl ze nog nooit met een andere man naar bed was geweest.

Onder ons beschaafde uiterlijk, dacht ze, zijn we gewoon een stelletje beesten met een sterke paringsdrift. Stephen liet zijn hand onder haar topje door glijden en legde hem op haar borst, zijn vaste teken dat hij zin had in seks. Het was er het juiste moment voor. Hij zou zich erdoor getroost voelen en het zou iets normaals en natuurlijks zijn dat haar zou helpen die afgrijselijke scène in Gallaghers auto te vergeten. 'Kom mee naar boven,' zei ze. Ze pakte zijn hand en trok hem mee de kamer uit.

Hoofdstuk 6

Stephen hield van vroeg opstaan. Dat had hij altijd gedaan. Zelfs als tiener al, toen zijn leeftijdgenoten tot de middag bleven uitslapen. Hij hield van het gevoel om op te zijn wanneer de anderen nog in bed lagen, van de wereld voor zich alleen te hebben. In het begin van hun huwelijk was hij opgestaan en had hij koffie gezet voor Rachel, die altijd moeite had met wakker worden. Maar de laatste tijd had ze moeite met slapen. Sinds Davids verdwijning gebeurde het regelmatig dat hij midden in de nacht wakker werd en haar op de oude schommelstoel bij het raam naar buiten zag turen. En als ze niet op de schommelstoel zat, dan zat ze op Davids bed, of midden op zijn vloerkleed, meestal met een stuk speelgoed of een pluchen beest in haar armen geklemd. Dus toen ze vanochtend, toen hij wakker was geworden, geslapen had, was hij stilletjes en zonder haar te storen opgestaan.

Halverwege de deur draaide hij zich om, met zijn kleren onder zijn arm, en keek naar haar. Ze lag op haar zij, een vuist onder haar wang, de andere hand op de deken, de lange vingers naar hem uitgestrekt. Wanneer ze sliep, leek ze sprekend op David – ze hadden dezelfde neus en mond – maar haar ogen, die heel anders waren, waren dicht. Een piek donker haar lag over haar wang. Een naakte schouder stak boven de deken uit. Hij wilde teruggaan om hem toe dekken – het was koud in de kamer – maar hij was bang dat ze daardoor wakker zou worden.

Hij voelde zich vanochtend bijna normaal, een vreemd gevoel deze tijd, waarin het bij hen thuis vrijwel een voortdurend komen en gaan was van agenten, rechercheurs, journalisten, buren, vrienden en nieuwsgierigen. De seks had geholpen. Hij merkte dat hij neuriede onder het scheren. Rachel was vreemd ten aanzien van seks. Vaak gereserveerd en terughoudend.

Vaak verdrietig en onbereikbaar. Soms te verward en te ongeïnteresseerd om te benaderen. Of te moe. Rachel was snel moe. De enige keren dat Rachel open en vrij en gretig was ten aanzien van seks, was wanneer ze zwanger was. Het gevolg daarvan was dat Stephen soms zin had, zin in seks, en hij, aangezien hij niet het type was dat zich opdrong aan zijn vrouw, elders op zoek ging naar een lekker hapje. Gisteravond was extra bevredigend geweest, met Rachel die het eerste teken had gegeven, en hun gedeelde behoefte had hen met elkaar verbonden zoals ze lange tijd niet meer met elkaar verbonden waren geweest.

Hij trok zijn ondergoed uit – hij had een bloedhekel aan pyjama's – en bekeek zichzelf in de spiegel. Vrouwen met wie hij naar bed ging, maakten hem vaak een complimentje over zijn lichaam. Hij was geen lange man, ofschoon hij toch bijna één meter tachtig was, en hoewel hij geen opvallend gespierd macholijf had, probeerde hij toch in vorm te blijven. Hij had brede schouders en een smalle taille, en onlangs had hij een uitzendkracht op kantoor horen opmerken dat hij lekkere billen had. Hij draaide zich om en keek over zijn schouder. Hij kon ze niet zien, maar ze wiebelden in ieder geval niet wanneer hij liep. Zover zou hij het nooit laten komen. Een advocaat moest er altijd voor zorgen dat hij er van achteren goed uitzag.

Net toen hij onder de douche uit kwam, kwam Rachel de badkamer binnen. Ze zag er, met haar verwarde haren, haar rozige slaapwangen en dunne nachtponnetje onvoorstelbaar jong en kwetsbaar uit. Ze schonk hem een lief, guitig glimlachje en keek onbeschaamd naar zijn naakte lichaam. 'Ziet er goed uit, Vee,' zei ze. 'Draai je eens om en laat me de rest zien.'

Gehoorzaam draaide hij zich om. Ze sloeg haar armen om zijn middel en drukte zich tegen hem aan. 'Je bent helemaal nat,' fluisterde ze, terwijl ze zich vrijheden permitteerde.

'Skee... Rachel... we kunnen niet. Ik heb geen tijd. Ik heb een bespreking.' Verdomme. Driehonderdvierenzestig dagen van het jaar zou hij het heerlijk gevonden hebben om met haar over de vloer van de badkamer te rollen, maar die bespreking van vandaag was belangrijk. Heel belangrijk. Hij had een rustig, ongestoord uurtje op kantoor nodig om zich erop voor te bereiden, en de liefde bedrijven met Rachel vereiste tijd en aandacht. 'Mag het een ander keertje?'

Ze liet haar armen vallen en deed een stapje naar achteren. Hij draaide zich naar haar toe maar wist niet wat de uitdrukking op haar gezicht betekende. Ze ging weg zonder iets te zeggen, en opeens was het koud in de badkamer. Met een gevoel van irritatie en lichtelijk opgewonden kleedde Stephen zich haastig aan, borstelde zijn haar, poetste zijn tanden en keerde terug naar de slaapkamer om zijn schoenen te pakken. Rachel zat in de schommelstoel en keek naar buiten, naar de tuin. 'Hij leeft,' zei ze.

Hoop laaide op, maar doofde vrijwel weer meteen. 'Hoe weet je dat?' Stomme vraag. Het was duidelijk dat ze evenveel gehoord had als hij. Ze waren het hele weekend samen geweest. Ze moest weer op de helderzien-den-hotline hebben gezeten.

Ze keek hem zenuwachtig aan en sloeg haar ogen neer. 'Toen we giste-ren bij dat bord waren, kon ik hem voelen. In mijn hoofd. Maar ik denk wel dat hij ver weg is.'

'Je weet toch dat ik niet in die dingen geloof, Rachel.'

'Ja, dat weet ik. En ik zou het zelf ook niet geloven als het mij niet over-kwam. Maar het is echt. Het leven is niet zo rechtlijnig en logisch als je wel zou willen. Ons brein beschikt over bepaalde dimensies waar we ons voor afsluiten omdat we er bang voor zijn. En daarbij, ik heb een sterkere band met hem dan jij...' Dat had ze niet willen zeggen, en ze hield abrupt haar mond, maar het was al te laat.

'Fijn dat je me daaraan herinnert.' Stephen keerde zich op de hakken van zijn glanzend gepoetste zwarte schoenen om en verliet de kamer. De com-binatie van haar opmerking en de slechte timing van haar avances maakte hem boos. Ze kon het maar niet laten, hè, om zout in de wonde te wrijven?

Miranda was in de keuken. Ze stond voorovergebogen om iets uit de koelkast te halen, waarbij de zoom van haar korte T-shirt omhoog was ge-schoven en een jeugdige zwarte tanga onthulde die tussen de beide rondin-gen van haar welgevormde billen zat. Hij slaakte een beleefd kuchje, en ze maakte een Betty Boop-sprongetje terwijl ze zich omdraaide om hem te be-groeten, schaamteloos grijnsde en aan het veel te korte shirt trok. 'Hoe was je avondje uit?' vroeg hij.

Ze rolde met haar ogen. 'Weet je, Stephen, alle mannen zijn hetzelfde. Volgens mij komen ze uit een fabriek in Illinois. Ze praten over hun werk, over hoe belangrijk ze zijn en hoeveel verantwoordelijkheid ze hebben, over hun auto's en hun persoonlijke trainers in hun fitnesscentrum, over kleine brouwerijtjes waar geen mens verder van gehoord heeft en over si-garen, en niet noodzakelijkerwijze in die volgorde. En over sport en com-puters.'

Hij schonk voor zichzelf een glas sap in en stopte een boterham in de broodrooster. 'Waar zou jij dan over willen praten?' vroeg hij.

Ze haalde haar schouders op en haar borsten wipten op en neer. 'Ik? Over relaties. De huizenmarkt. De nieuwe voorschriften ten aanzien van rioleringen. Lekker eten. Rolschaatsen. Vakantieoorden. Films waarin nie-mand overhoop wordt geschoten. Goede boeken. Toevoegingen aan het eten. Of het meisje op de cover van de Cosmo inderdaad het type is van wie de mannen dromen. Hoeveel keer in een uur mannen aan seks denken.' Ze pakte de kan. 'De koffie is klaar. Wil je een kop?'

'Moet je vandaag werken?' vroeg hij. Hij keek naar de zoom van haar T-shirt, die opnieuw omhoogkroop, en bewonderde de vloeiende lijn van haar heup.

'Wat dacht je?' vroeg ze. 'Hoezo?'

Hij haalde zijn schouders op. 'Ik weet niet. Ik kan me voorstellen dat Rachel vandaag behoefte heeft aan iemand in huis...' Hij sloeg de krant open en begon de koppen door te lezen. Miranda's mooie, naakte billen bleven hem afleiden.

'Is ze wakker?' vroeg Miranda.

'Ze zit weer in die verdomde schommelstoel naar buiten te kijken.'

'Heeft ze geslapen?'

'Bij wijze van uitzondering. Tenminste, ze sliep toen ik opstond.'

Miranda kwam naar hem toe, zette zijn koffie voor hem neer en nestelde zich tegen hem aan, zodat haar borst op zijn arm kwam te liggen. 'Ik dacht dat jíj vandaag misschien wel behoefte aan iemand zou hebben...'

Hij vouwde de krant dicht en keek haar aan. 'Je hebt een waardeloos gevoel voor timing,' zei hij.

'Die niet waagt, die niet wint,' zei ze. 'Al die uren in het gezelschap van die opgeblazen idioten, dat maakt me geil. Ze mogen dan geen hersens hebben, maar ze zien er best aantrekkelijk uit. Maar laat maar zitten, Stevie. Ik wil je pak niet kreuken.' Ze pakte zijn rechterhand van de krant en legde hem op haar borst. 'Je kunt altijd zeggen: een ander keertje graag.'

Hij duwde haar tegen het aanrecht, trok de tanga opzij en liet zijn hand tussen haar benen glijden. In tegenstelling tot Rachel had Miranda vrijwel geen voorspel nodig. 'Een ander keertje, graag. Halfeen in het motel,' zei hij.

Miranda pruilde. 'Waarom niet nu?'

'Met Rachel in huis? Dat lijkt me geen goed idee.'

'Alsof het de eerste keer zou zijn.'

Hij haalde zijn schouders op. 'Het voelt niet goed aan. Niet nu. Niet met al dat gedoe.'

Ze trok haar wenkbrauwen op. 'Heb je opeens last van je geweten?'

'Zoals we in mijn vak zeggen, we verwijzen het naar een ander gerecht. Maar ik garandeer je dat je meer zult krijgen dan je van die opgeblazen idioten zou krijgen met wie je uitgaat.'

'Als ik jou niet kan krijgen.' Ze haalde haar schouders op. 'Je zou in ieder geval iets liefs kunnen zeggen.'

Stephen keek op zijn horloge. 'Een ander keertje, wanneer ik niet zo'n haast heb, zal ik een heleboel lieve dingen voor je verzinnen.' Hij trok haar tegen zich aan, liet een vinger bij haar naar binnen glijden en legde zijn kin op haar fris geurende haren. Toen trok hij zijn vinger terug en hield hem op. 'Mijn geheime wapen,' zei hij. 'Straks zit ik daar tijdens die bespreking en tik mijn wijsvinger peinzend tegen mijn lippen, en dan denken ze allemaal dat ik de een of andere fatale strategie aan het verzinnen ben terwijl ik in werkelijkheid niets anders doe dan jou ruiken.'

Miranda draaide zich met haar rug naar hem toe. 'Je bent slecht, Stephen.'

'Werkelijk?' Hij ging naar zijn werkkamer, naar zijn bureau, en haalde er de brief uit. Hij nam hem mee terug naar de keuken en gaf hem aan haar. 'Wat vind jij dat ik hieraan zou moeten doen? Is ze sterk genoeg om het op dit moment te kunnen verwerken?'

Miranda las de brief terwijl er kleine denkrimpeltjes op haar voorhoofd verschenen. Toen ze hem uit had, liet ze haar hand slap vallen en keek Stephen met grote ogen aan. 'Dit is ontzettend! Goeie God! Hoe kunnen ze zoiets doen, je opeens, totaal onverwacht, zo'n soort brief sturen?' Heftig schudde ze het hoofd. 'Nee, natuurlijk kun je dat niet aan Rachel vertellen. Niet nu. Het zou voor haar de laatste druppel zijn. Niet na Jonah... niet met David... nee. Ze voelt zich al zo verschrikkelijk schuldig en machteloos. Je kunt het haar niet vertellen.' Terwijl ze hem aankeek, dacht ze opeens aan zichzelf. Ze kreeg een kleur, en de blik in haar ogen werd fel. 'En jij? Jezus, Stephen. We hebben... Heb je je laten onderzoeken?'

Stephens blik was even fel. Miranda was irritant direct en ze moest alles altijd bespreken. Geen wonder dat ze geen succes had bij de mannen met wie ze uitging. Ze kon niet gewoon iets accepteren en belangstellend kijken, ze moest er meteen diep op ingaan. En daarbij, hij had er een hekel aan wanneer de mensen hem niet vertrouwden. Er was maar weinig dat hem zo irriteerde, en tegenwoordig was het mode om de eerlijkheid van advocaten in twijfel te trekken. Hij kon zich een tijd herinneren, nog voor hij zelf was afgestudeerd, maar hij herinnerde het zich nog goed, dat de mensen opkeken tegen advocaten. Toen het nog een eervol beroep was. In zijn gedachten was het dat nog steeds. Hij was trots op wat hij deed. 'Je bent helemaal veilig,' zei hij. 'Ik heb me laten onderzoeken. De uitslag was negatief.'

'Nou, goddank,' zei ze. 'Hoewel ik je er wel even op zou willen wijzen dat een vrouw die met de man van haar zus neukt terwijl haar zus in huis is, nooit "helemaal veilig" is. En hoe staat het met Rachel? Ze maakt de laatste tijd geen gezonde indruk... en ze wordt zo snel moe. Ik bedoel, hoe zit het precies met het risico? Ik weet wel dat de overbrenging van vrouw op man minder gemakkelijk is, maar zou ze besmet kunnen zijn? Of David?'

Stephen zette zijn koffertje op het aanrecht, een beetje extra hard om goed te laten blijken dat hij haar gevraag irritant vond, en pakte de brief uit haar hand. 'Het risico van besmetting met aids is klein. Het aantal gevallen is gering, dus ik maak me geen zorgen. De dokter heeft gezegd dat we niet bang hoeven zijn. Ik heb mijn bloed alleen maar laten onderzoeken om er helemaal zeker van te kunnen zijn...'

'Maar zij moet haar bloed laten onderzoeken!' zei Miranda. 'Stel dat ze ziek is... is er niet een aantal dingen die ze kunnen doen? Om het leven te verlengen, bedoel ik?'

Miranda kon toch zo stom zijn! 'Zolang ik het haar niet vertel, kan ik haar bloed moeilijk laten onderzoeken, wel?' vroeg hij. 'En je hebt het zelf gezegd, haar enig kind is pas ontvoerd, en op grond daarvan lijkt me dit niet echt het moment om haar te vertellen dat de spermadonor door wie ze bevrucht is aids heeft en op sterven ligt, en dat zij en haar kind zich moeten laten onderzoeken om na te gaan of ze met het virus besmet zijn. Een kind dat verwekt is via kunstmatige inseminatie omdat haar man een gif in zijn genen draagt dat dodelijk is voor zijn kinderen. Jezus, Miranda. Gebruik je hersens. En zeg vooral niets tegen Rachel.' Hij stopte de brief in zijn koffertje en klapte het dicht.

'Jullie slapen tegenwoordig toch niet meer met elkaar, hè?' vroeg Miranda.

'Niet sinds gisteravond.' Hij tikte zijn vinger tegen zijn lippen. 'Tot straks. Het Starlight Motel. Halfeen.' Hij pakte zijn koffertje en vertrok.

Miranda pakte zijn kop met koffie en slingerde hem tegen de muur. 'Schoft!' riep ze. Ze negeerde de bruine stroom die over de witte verf liep, ging naar de badkamer, trok haar peignoir aan en ging met koffie voor Rachel naar boven.

Hoofdstuk 7

Elke reis begint met een eerste stap.

Rachel zat op haar stoel, keek naar de korfbalring en zag David in gedachten voor zich zoals hij lachend rondrende en de bal door de ring wierp, toen Miranda binnenkwam. Miranda zette de koffie neer en begon meteen te zeuren. 'Rachel, moet je jezelf toch eens zien. Je hebt amper iets aan en het is koud hierbinnen. Wil je soms ziek worden? Waar is je kamerjas?' Ze trok de kast open en begon tussen de kleren te zoeken. Haar stem klonk gedempt door de deur. 'Het lijkt wel alsof er hierbinnen een bom geëxplodeerd is. Wanneer heb je Stephens hemden voor het laatst naar de wasserij gebracht? Ik kan die verdomde kamerjas nergens vinden...' Ze kwam terug met Stephens badjas en gaf hem aan Rachel. 'Trek deze maar aan en kom naar beneden. Dan maak ik het ontbijt voor je klaar.'

Automatisch nam Rachel de badjas aan en trok hem aan. Ze had geen honger en wilde alleen zijn, maar als ze haar zus haar zin gaf, zou Miranda haar van haar 'te doen-lijstje' schrappen en verdergaan met haar dag. 'Moet je vandaag werken?' vroeg ze.

Miranda knikte. 'Ik heb afgesproken met een stel bij het huis van Sears. Het is de tweede keer dat ze komen kijken. Ik geloof dat het wel eens een koop zou kunnen worden.' Ze spreidde haar armen en maakte een wuivend gebaar. 'Ze zouden wel gek zijn als ze het níet kochten. Na alle problemen die Lena Sears zich op de hals heeft gehaald met haar gescharrel met Alans baas en het feit dat zijn vrouw hen daarbij betrapt heeft, heeft ze veel haast om hier weg te komen en ergens anders iets te kopen waar ze niet op straat wordt nagewezen. Ze is wat we in het vak een gemotiveerde verkoper noemen. Ik moet om negen uur de deur uit zijn, maar heb nog net even tijd om het ontbijt voor je te maken.'

'Ik ben echt niet volkomen hulpeloos,' zei Rachel, terwijl ze naar Miranda's lichaam keek, dat zichtbaar was onder de openvallende kamerjas. De plekken bleke, geschoren huid op de plaats waar schaamhaar behoorde te zitten, zagen er naakt en kwetsbaar en vreemd obsceen uit. 'Je ziet er lekker uit,' zei ze. 'Heeft Stephen je nog gezien voor zijn vertrek?'

De snelle manier waarop Miranda haar aankeek, suggereerde iets waar Rachel niet echt aan wilde denken, maar misschien was ze alleen maar paranoïde. Ze had de laatste tijd voortdurend het gevoel dat de mensen haar op een vreemde manier aankeken, en haar eigen vermogen om waar te nemen en haar wereld te ordenen was tegenwoordig verre van optimaal. Neem wat ze gisteren had gedaan. Alleen al de gedachte eraan was voldoende om haar knalrode wangen te bezorgen. Ze hoopte dat ze Gallagher van haar leven nooit meer zou zien.

Miranda scheen er niets van gemerkt te hebben – ze was begonnen de inhoud van een wasmand op te vouwen. 'Als ze verstandig zijn, kopen ze het. Ik heb zeeën van tijd besteed aan dat andere stel... dat oudere stel over wie ik je verteld heb, dat stel dat zo geïnteresseerd was in alle activiteiten van het wijkcentrum en de scholen, omdat hun dochter en kleinzoon bij hen zouden komen wonen. Ik heb je weet niet half hoeveel uren met ze rondgereden om ze de stad te laten zien, het postkantoor, de kantoren in de stad, de scholen, het politiebureau, en elk huis dat te koop staat, en wat doen ze? Op een goede ochtend betalen ze de hotelrekening en vertrekken zonder een woord te zeggen, mij achterlatend met zes hoopvolle verkopers aan wie ik geen van allen iets kon vertellen. Ik hoop alleen maar dat het niet komt doordat ik iets verkeerds gedaan of gezegd zou hebben.' Ze zweeg om adem te halen.

'Als het aan mij lag, zouden de mensen moeten betalen voor het voorrecht om huizen te mogen bezichtigen. Op die manier zouden ze mijn tijd niet verspillen. Hoe was het gisteren met jou en Gallagher? Heb je er wat aan gehad?'

Of ik er wat aan gehad heb, dacht Rachel. Aan mijn shirt optillen en hem mijn tieten te laten zien zoals een tiener tijdens een rockconcert? Ze haalde diep adem en probeerde de knoop van schaamte in haar borst te laten verdwijnen. 'Ik vertel je het hele verhaal in ruil voor twee gepocheerde eieren op toast,' zei ze.

Miranda trok haar kamerjas dicht en liep naar de deur. 'Over vijf minuten beneden,' zei ze. 'Ik heb een nieuw soort fantastische muesli...'

Rachel schudde het hoofd. 'Eieren. Ik heb geen energie om op muesli te kauwen.'

Toen ze weg was, liep Rachel naar de kast om zich aan te kleden. Ze bleef als verlamd staan en keek naar de troep. Miranda was soms wat al te direct, maar deze keer had ze gelijk. Het was een enorme, deprimerende bende. Die arme Stephen was een schat dat hij er niets van zei. Terwijl ze haar spijkerbroek aantrok en haar beha – misschien zou ze er twee moeten aantrekken om het goed te maken van gisteren – dacht ze aan Stephen zoals hij uit de douche was gekomen, en ze voelde iets van verlangen. Als er aan deze intens treurige situatie één lichtpuntje was, dan was het wel dat het verdriet hen samenbracht. Niet dat hij haar er beter door begreep; ze geloofde niet dat hij dat ooit zou doen, maar ze waren alle twee aardiger voor elkaar.

Ze bleef op de drempel van Davids kamer staan en keek naar binnen. Ze had niets veranderd, maar de politie had de kamer doorzocht en dingen verschoven, zodat het er nu niet helemaal meer als David aanvoelde. Net als elke jongen was hij dol op verzamelen, maar hij was opvallend netjes voor een kind, in ieder geval in zijn eigen kamer. Hij hield ervan de dingen op een bepaalde manier neer te zetten, en als ze niet precies stonden zoals hij het hebben wilde, moest hij ze eerst rechtzetten voor hij verder kon met zijn huiswerk of een computerspelletje of wat hij op dat moment ook wilde doen. Stephens hartstocht voor orde. Stephen aanbad David. Hij had er zo hard aan gewerkt om van David zijn kind te maken dat David meer op zijn vader leek dan de meeste biologische kinderen dat deden. Soms verbaasde ze zich over hen. Hun gebaren, de klank van hun stem, de manier waarop ze zich bewogen, in al die opzichten leken ze griezelig veel op elkaar. Ze droogde haar tranen met haar mouw en ging naar beneden.

Schitterende voorjaarszon scheen door de dakvensters de keuken binnen. De keuken was nieuw – de keuken en de grote zitkamer waren nieuw aangebouwd, en het waren de enige ruimtes in huis waar het niet kraakte en kreunde en waar je geen tocht langs je enkels voelde strijken. Miranda stond achter het fornuis en brak de eieren in een pan. Ze droeg een wit schort met ruches over haar zakelijke broekpak. Miranda hield bij hoog en bij laag vol dat je, als je makelaar wilde zijn, niets anders hoefde te doen dan je te kleden alsof je je moeder was. Voor haar werk droeg ze onmodieuze mantelpakken, grote, goudkleurige nepjuwelen en pumps met lage hakken. Rokken en lage hakken om je klanten over benauwde zolders, door vochtige en benauwde kelders, door schuren, garages en tuinen te leiden. Het mocht dan stom werk zijn, maar als je er goed in was, betaalde het goed.

Rachel had nog nooit een baan gehad die goed betaalde. Ze illustreerde kinderboeken. De mensen riepen altijd dat ze haar werk zo opwindend vonden. Ze hielden naïeve betogen over het genot van het combineren van literatuur en kunst tot ze ervan moest kokhalzen, en dat gold in het bijzonder voor Stephens collega's en hun echtgenotes. In werkelijkheid was ze gek op haar werk en zou ze zich geen beter werk kunnen voorstellen, maar in de realiteit kwam het erop neer dat het slecht betaalde en weinig respect opleverde. Het was soms verduveld moeilijk om aan te voelen wat de mensen wilden en te produceren wat zij zich voorstelden, en het was even moeilijk jezelf op bepaalde dagen te dwingen creatief te zijn. Om nog maar te zwijgen over die keren dat je net zover was dat je begreep wat een redacteur bedoelde, en ze dan opeens van redacteur veranderden. De afgelopen tijd was haar brein even droog en onvruchtbaar als een Afrikaanse woestijn, en ze had een deadline die met de vaart van een sneltrein op haar af kwam geraasd.

Ze was weg van het boek – *Emily's Horse*. Het was een lief verhaaltje over hoe een meisje van drie voor haar verjaardag krijgt wat ze hebben wil, maar Rachel kon er op dit moment gewoon niet tegen om te moeten denken aan gelukkige gezinnetjes en de kinderen van andere mensen. De laatste keer dat ze gewerkt had, had ze een kind getekend dat haar aan David deed denken, en uiteindelijk had ze kotsend naar de badkamer moeten rennen. De keer daarvoor had ze Emily zo schattig getekend dat ze in snikken was uitgebarsten en haar werk ten slotte met haar potlood doorboord had, het in talloze kleine snippers had gescheurd en naar de tuin was ontsnapt. Vandaag zou ze wat meer haar best moeten doen. Het kon de mensen in New York niet schelen dat haar kind ontvoerd was, het enige dat hen kon schelen,was het uitbrengen van het boek. De enigen die echt in David geïnteresseerd waren, waren zij en Stephen en hun directe familie.

Miranda zette een bord voor haar neer. 'Ik wil dat je alles opeet,' beval ze. 'Je bent veel te mager. Je voelt je toch niet ziek?'

'Een beetje misselijk en duizelig. Maar dat heb ik altijd wanneer ik niet goed slaap.' Ze pakte de vork en prikte in het ei. De heldergele dooier knapte en liep over het bord. Haar maag maakte een salto en ze at snel een stukje droge toast. Terwijl ze er langzaam op kauwde, vroeg ze zich af of ze het ei zou kunnen eten zonder ernaar te kijken. 'Hoe was je afspraakje gisteravond?'

'Geweldig,' antwoordde Miranda.

'Wat was het voor een man?'

'Hij is bankier,' mompelde haar zus met haar mond vol toast. 'Eentje die het helemaal gaat maken. Hij heeft me meegenomen naar die tent waar ze cowboydansen doen. Ik heb de tush push geleerd. Nou ja, voldoende om mee te kunnen doen. Nu ben ik het alweer vergeten. Maar jij zou het er enig vinden. Ze lopen er allemaal in hun cowboypakkies compleet met hoeden en alles erop en eraan.' Miranda sprong op, zette Davids cowboyhoed op haar hoofd en haakte haar duimen in de riemlussen van haar donkerblauwe broek. 'Nou, wat vind je? Zie ik eruit als een echte cowgirl of niet? Hij wil er donderdag weer heen.'

'Zonder die hoed, zou ik denken. Maar zo'n kort rokje dat echt helemaal meezwiept onder het dansen, zou je goed staan. Met een behoorlijke onderbroek.'

Miranda gooide de hoed naar de kapstok, miste en trok een gezicht. 'Behoorlijk? Je bent toch zó ouderwets. Het gaat om de show. Als je het hebt, dan moet je het ook laten zien.'

'Jij zegt het,' zei ze, en voelde dat ze een kleur kreeg. 'En is dat het enige wat jullie hebben gedaan? Dansen?'

Miranda grinnikte schalks en schudde haar haren naar achteren en keek

Rachel uitdagend aan. 'Dat zou je wel eens willen weten.'

Rachel zuchtte. Niet echt, nee, ze vroeg het alleen maar uit beleefdheid. Miranda hield van het wilde leven. Dat had uiteindelijk het einde van haar huwelijk betekend. Haar man Jeff wilde een traditioneel gezin met kinderen en een stationwagon, terwijl Miranda een sportwagen, een zwembad en vakanties in uitsluitend voor volwassenen toegankelijke oorden wilde. En ze wilde een open huwelijk. Tegen de tijd dat Miranda begon te willen wat Jeff wilde, wilde hij het niet meer. Hij was degene geworden die een swingende vrijgezel wilde zijn.

Met haar vork sneed ze een stukje van het ei en bracht het aarzelend naar haar lippen. Haar maag bleef rustig. Ze nam nog een hapje. Dat ging goed. Pas bij het vijfde hapje had ze opeens geen honger meer. Zo ging het de meeste dagen, en met het verstrijken van de tijd leek het niet beter maar erger te worden. Misschien omdat ze in het begin meer hoop had gehad. Hoewel ze zich vandaag, nu ze zeker wist dat David leefde, weer redelijk hoopvol voelde. 'Bedankt voor het ontbijt,' zei ze. 'Moet je niet weg?'

Miranda keek op haar horloge. 'Oei. Je hebt gelijk. Ik moet opschieten.' Ze deed het schort af, gooide het over een stoel en pakte haar tas. 'We zijn naar zijn huis gegaan,' zei ze. 'Daar hebben we champagne gedronken en met elkaar geslapen. Ik denk dat deze een kans maakt. Hij zegt zelfs dat hij van kinderen houdt.'

Dat zeggen ze tegenwoordig allemaal, dacht Rachel. Uit de artikelen in mannenbladen weten ze dat vrouwen dat soort dingen graag willen horen. En mannen zeiden alles als ze een vrouw daarmee in de koffer konden krijgen. Sommige mannen in ieder geval. 'Dat klinkt goed,' zei ze hardop. Ze drukte haar handen tegen haar buik en hoopte maar dat haar zus weg zou zijn voor ze het ontbijt dat ze met zo veel liefde had klaargemaakt, moest overgeven. Miranda zou het aan Stephen vertellen, en ze wilde niet dat hij zich nog meer zorgen over haar zou maken dan hij al deed. Het lukte haar te wachten tot de voordeur eindelijk was dichtgevallen. Toen sprong ze op en vloog naar de badkamer.

Toen ze eruitkwam voelde ze zich groen en gammel. Ze maakte een droog toastje voor zichzelf en een kop thee, nam het mee naar haar werkkamer en las het verhaal nog eens door. Ze bekeek de eerste tekening, die van Emily en haar moeder die in de keuken zaten en over Emily's verjaardag spraken, veranderde er een paar dingetjes aan en pakte een nieuw vel papier. Ze was bezig met een illustratie voor het gedeelte waarin Emily en haar moeder naar de speelgoedwinkel gaan om naar het paard te kijken dat Emily hebben wil, en de verkoopster laat hun een aantal paarden zien die allemaal door Emily worden afgewezen. Rachel wilde Emily afbeelden terwijl ze op een stokpaard door de winkel draafde. Ze had de foto's van het meisje dat ze als model gebruikte op het bord geprikt, maar het lukte haar niet helemaal het paard goed op papier te krijgen. Ze had ongeveer acht schetsen gemaakt en afgekeurd, toen haar te binnen schoot dat er een stok-paard in Davids kast stond. Ze ging naar boven om het te halen.

De kast was even netjes en opgeruimd als de rest van de kamer en het kostte haar geen enkele moeite om het paard te vinden. Ze wilde zich de ka-mer uit haasten vóór de herinneringen haar weer overvielen en haar daar gevangen hielden. Ze had de afgelopen drie weken veel te veel tijd doorge-bracht met het op de vloer van zijn kamer zitten piekeren. Ze schoot er niets mee op. Ze had zich vast voorgenomen het niet meer te doen. 'Ha, dat had je gedacht,' zei een stemmetje in haar achterhoofd. 'Weet je nog toen David dat stokpaard gekregen heeft?'

Ze ging zitten, klemde de stok tussen haar benen en pakte de teugels vast om het paard overeind te houden. Ze sloot haar ogen. Het enige geluid in de kamer was het borrelen van het aquarium. Ze herinnerde zich David, toen hij niet veel ouder was dan de driejarige Emily uit het verhaal, zoals hij in de speelgoedwinkel had gestaan, op het stuk speelgoed had gewezen en ge-vraagd had of hij erop mocht rijden. In tegenstelling tot de behulpzame ver-koopster uit het verhaal had de vrouw in Davids geval gesnauwd dat dat niet ging in de winkel omdat de kans groot was dat hij dingen omver zou stoten. Rachel was zo woedend geweest dat ze het liefst meteen zonder iets te kopen de winkel uit was gestormd, maar David had geweigerd zonder het paard te vertrekken, en dus hadden ze het gekocht en was hij er stralend mee over straat naar de auto gedraafd.

In haar gedachten veranderde het beeld van David op het stokpaard zich in het beeld van David op zijn fiets. Ze zag hem rijden. Ze herkende niet de omgeving waar hij fietste. Het zag eruit als hier, maar anders. Er-gens waar het voorjaar nog niet zo ver was, de blaadjes aan de struiken nog niet zo ver waren uitgelopen en het asfalt een andere kleur had. Het was een plek waar ze nog nooit geweest was. Hij draaide zich naar haar om en zwaaide.

Ze huiverde. 'David, mijn schat,' fluisterde ze, 'waar ben je? Zeg me waar je bent.'

Het jongetje in haar gedachten schonk haar een verdrietig en verward glimlachje. 'Ben je dood, mammie?' meende ze hem te horen vragen, maar voor ze opnieuw iets tegen hem kon zeggen, draaide hij zich weer om, fietste door en het beeld vervaagde.

Ze werd uit haar overpeinzingen wakker gerukt door het nadrukkelijke rinkelen van de voordeurbel. Ze stond op, klemde het paard onder haar arm en ging naar beneden. Gallagher stond op de stoep. Hij leek niet blij haar te zien. Hij keek naar het paard, haar gezicht en haar borst. Rachel wilde dat ze twee beha's had aangetrokken. 'Wat is er, agent?' vroeg ze. Afstandelijk, aarzelend en tot het uiterste gespannen. Ze had zich aangewend niet onmid-dellijk te hopen wanneer ze hem zag.

'Kent u iemand die een grijs of zilverkleurig busje heeft?' vroeg hij. 'Iemand met wie David vrijwillig mee kan zijn gegaan?'

Ze schudde het hoofd. 'Nee. Ik kan mij niemand herinneren. Hoe dan ook, David werd niet geacht mee te gaan met mensen die het wachtwoord niet kenden.'

'Het wachtwoord?'

'Ja. Vanwege al die ontvoeringen in het nieuws. Dat zou u toch moeten weten, agent. Men raadt de ouders aan om de kinderen een wachtwoord te leren, zodat, als het ooit nodig mocht zijn een onbekende te sturen om hen te halen, iemand die het kind niet kent, het kind weet dat het rustig met deze of gene mee kan gaan wanneer deze hem het wachtwoord zegt. We hebben het er regelmatig met David over gehad.' Ze dwong zichzelf hem aan te kijken. Hoe kon iemands gezicht zo uitdrukkingsloos zijn? 'Ik weet zeker dat ik u dit al eerder heb verteld. Hij zou nooit zijn meegegaan met iemand die hij niet kende.'

'Maar hij is wel met iemand meegegaan,' zei Gallagher.

Nu pas herinnerde Rachel zich haar manieren. Ze mocht de rechercheur niet en kon zich niet voorstellen dat ze hem ooit wel zou mogen, zelfs niet wanneer hij David zou vinden, maar hij werd geacht haar bondgenoot te zijn. 'Wilt u niet binnenkomen?' Ze wees met het stokpaard op de keuken. 'Ik kan koffiezetten.'

Gallagher keek strak naar het stokpaard. 'Neemt u mij niet kwalijk,' zei hij. 'Wat zei u?'

'Of u koffie wilt.' Rachel zei het even langzaam en duidelijk alsof ze het tegen haar stokoude tante Rose had, die in een verpleegtehuis verbleef. Rose was doof en traag van begrip. Gallagher was alleen maar traag van begrip.

'Graag,' zei Gallagher. 'Wat is er met dat stokpaard? U bent toch niet bezig Davids kamer op te ruimen...'

Hij had een irritante manier om haar nijdig te maken. 'Ik ben aan het werk,' zei ze op kille toon. 'Ik had het nodig voor een illustratie.'

'Mooi paard,' zei hij, haar de keuken in volgend. Hij schoof een kruk bij en maakte het zich gemakkelijk aan de eetbar, waarna hij een afkeurende blik op het koude ei op haar bord wierp.

'Dank u.' Ze realiseerde zich dat ze het paard beschermend tegen haar borst hield gedrukt. Ze keek naar Gallaghers verachtelijke gezicht en zag in gedachten heel even een krantenkop voor zich: Rechercheur doodgeknuppeld met stokpaard. 'Ik breng het even naar mijn werkkamer.'

'Zonder cafeïne?' vroeg ze, terwijl ze de kan omspoelde.

'Het heeft geen zin om koffie te drinken als je er geen kik van krijgt.' Ze deed een filter in het apparaat, schepte de koffie erin en drukte op het schakelaartje. 'Het helpt wanneer u er ook water in doet,' zei hij.

Sinds ze die ochtend wakker was geworden, had Rachel het gevoel alsof ze een loodzware last op haar hoofd torste. Haar slapen en haar nek deden pijn en haar hele lichaam voelde bijna te uitgeput, om rechtop te kunnen staan. Ze voelde hem naar zich kijken toen ze de kan met water vulde en het in het reservoir schonk. Het apparaat beloonde haar met een dankbaar sissen en borrelen. 'Ik geloof dat ik u haat, meneer Gallagher,' zei ze. 'Ik kan het niet uitstaan zoals u steeds maar langskomt en aan me pikt als een grote, gemene vogel.'

Gallagher keek verbaasd. 'Het spijt me dat u dat zo voelt,' zei hij. 'Ik probeer alleen maar te helpen. Sterker nog, ik ben vandaag gekomen om...'

Rachel kneep haar handen met zoveel kracht ineen dat haar knokkels er pijn van deden. 'Het spijt u? U probeert te helpen? Hoe kunt u ons helpen wanneer u ons zo slecht behandelt dat we niet eens normaal met u kunnen praten? Niet...' Ze draaide zich met een ruk naar hem om, bleef met haar voet achter het kleed haken, stak haar hand uit om zich ergens aan vast te pakken om niet te vallen en sloeg een glas op de tegelvloer. Het spatte met een verrassend luide klap in duizenden stukjes uiteen. 'Niet dat we iets weten waar u wat aan zou kunnen hebben... voorzover we dat weten, tenminste. We hebben geen vijanden... David had geen vijanden. We zijn gewoon een doodnormaal, saai gezin. David was... is... een heerlijk, doodnormaal kind...'

'... mijn excuses aan te bieden voor het feit dat ik zo lastig ben. En voor gisteren,' besloot Gallagher. Hij liet zich van zijn kruk glijden en kwam naar haar kant van de bar. Hij legde zijn hand onder haar elleboog en tilde haar voorzichtig op uit de zee van scherven terwijl hij zijn fonkelende oogjes over haar gestalte liet gaan om te zien of ze zich bezeerd had. 'Kom, gaat u maar zitten. Ik ruim het wel op.'

Stomverbaasd over de enorme verandering die zich in de man voltrokken had, liet Rachel zich naar een kruk leiden, wees hem de weg naar de bezemkast en bekeek hem lichtelijk verdwaasd terwijl hij de scherven bijeenveegde en vervolgens koffie voor hen inschonk. De verandering was moeilijk te geloven. Het was waarschijnlijk alleen maar weer een truc om ervoor te zorgen dat ze zich ontspande. Als hij aardig tegen dat stomme mens was, dan bekende ze misschien wel. 'Waarom vroeg u dat van het grijze busje?' vroeg ze.

'Toen ik gisteren, nadat u me dat verhaal van Cedric Carville had verteld, weer op het bureau was, besloot ik het dossier nog eens door te lezen om te kijken of ik misschien iets over het hoofd had gezien.' Hij haalde zijn schouders op. 'Ik kon niets vinden, maar ik was...' Hij aarzelde. 'Ik was van streek door wat daar gebeurd was en rusteloos... eerlijk gezegd wilde ik niet naar huis voor ik iets bereikt had... voor ik u kon bewijzen dat ik niet voortdurend terugkwam onder het voorwendsel dat ik met u wilde praten terwijl ik in werkelijkheid alleen maar naar uw borsten wilde kijken.' Hij slikte. 'En tussen haakjes, er is niets middelbaars aan uw borsten en ze zijn ook niet doodnormaal.' Hij had de woorden amper gezegd of hij werd – zo volkomen onverwacht voor een man van zijn leeftijd, die bovendien agent was – knalrood. Misschien was hij wel zo gevoelloos geworden omdat hij het zo verschrikkelijk vond dat hij altijd maar moest blozen?

'Toen ik alle mogelijkheden had doorgenomen, las ik de dagelijkse politieverslagen door, op zoek naar iets opvallends, en toen zag ik het. Niet veel, maar als u er niet geweest was, zou ik er nooit iets achter hebben gezocht...'

'Wat hébt u dan gevonden?' viel Rachel hem in de rede. Ze leunde naar voren, hield haar kop met beide handen vast en voelde hoe de hoop in haar groeide. 'Wat hebt u gevonden?'

'We hebben een chronische klaagster, een zekere mevrouw Gardiner, die meerdere keren per week belt om ervoor te zorgen dat we ons werk doen. Het merendeel van haar klachten gaat over afval. Het stond in een van haar klachten. Ze had weer eens gebeld om te klagen over afval. Ze zei dat het nu niet alleen de volwassenen meer waren die hun loten, bierflesjes en plastic bekertjes op straat gooiden, maar dat de volwassen het nu zelfs goedvonden dat kinderen rotzooi uit de auto gooiden. Die dag had ze met eigen ogen gezien hoe een kind een schoen uit een auto had gegooid. Het was als een dreun met een moker,' zei hij, in reactie op Rachels verbaasde gezicht. 'Voor mij, niet voor haar.'

'Ik ben vanmorgen met haar gaan praten. Na een uur was ik zover dat ik drie bruikbare gegevens had verzameld. De schoen was vanaf de oprit uit de auto gegooid. Ze denkt dat ze het gezien heeft op de dag van Davids verdwijning, en ze meent dat het een grijs of zilverkleurig busje was met een kenteken van een andere staat, maar ze weet niet welke staat. Een bijzonder kenteken. Iets met een dier of zo erop.'

Rachel realiseerde zich dat ze haar adem had ingehouden en ze liet hem, terwijl ze Gallagher aankeek, langzaam ontsnappen. De hoop en de verwachting in haar blik waren pijnlijk. 'Het is in ieder geval iets,' zei ze heel zacht. 'Het is meer dan we tot nu toe hadden. Wat doen we nu?'

Hij lag op de lelijke sprei en keek naar het plafond. De sprei had een afbeelding van cowboys, cowboys op zwarte paarden en cowboys op bruine paarden. Alle cowboys hadden een sjaaltje om hun hals en droegen een hoed, en de meeste droegen een geruit overhemd. De cowboys hadden revolvers in hun handen en schoten op indianen. De sprei was verschoten en zat onder de vlekken en zag eruit als een afbeelding uit de prentenboeken die zijn vader had gehad toen hij een jongen was. Hij wist niet waarom de vrouw hem had en durfde het haar niet te vragen. Hij wilde hem oprollen en wegstoppen in de kast, maar hij durfde ook niet te vragen of ze het goedvond dat hij dat deed. Hij was te bang voor haar.

David probeerde gehoorzaam te zijn omdat zijn moeder deze vrouw had gestuurd om hem te redden en ervoor te zorgen dat hem niets zou overko-

men, maar hij was erg verdrietig. Hij was eenzaam. De man zat het grootste gedeelte van de tijd voor het raam, keek naar buiten en zei niets. En wanneer hij iets zei, deed hij dat zó zacht dat hij amper te verstaan was. De vrouw was altijd aan het werk; ze zat nooit eens stil. Schoonmaken, koken, opvouwen, uitzoeken, afstoffen, graven, planten. David had nog nooit iemand gezien die altijd zo druk bezig was als zij. Ze glimlachte nooit zoals zijn moeder altijd glimlachte, gewoon omdat ze gelukkig was, maar ze schonk hem alleen maar van die geforceerde, zuinige en hoopvolle glimlachjes waar zijn maag zich van samenbalde. Meestal, wanneer ze hem aankeek, zuchtte ze, zoals zijn vader deed, en dan schudde ze het hoofd en ging ze weer verder met haar werk – het was alsof hij alles verkeerd deed, terwijl hij er geen idee van had hoe hij het goed zou moeten doen. De kinderen op school gaapten hem aan, maar niemand sprak hem ooit aan, en zelf deed hij geen enkele moeite, want ze maakten hem zenuwachtig en bovendien zou hij hier toch niet lang blijven.

Het huis was niet zo mooi als zijn eigen huis. Hij dacht niet dat dat kwam omdat de mensen arm waren. Ze hadden, zo snel als ze maar konden, een nieuwe fiets voor hem gekocht, en ze hadden helemaal niet moeilijk gedaan over de prijs. Zelfs zijn vader deed altijd moeilijk over geld. Misschien wisten ze gewoon niet hoe ze iets gezellig moesten maken. Dat was iets waar hij het wel eens met zijn moeder over had gehad, over hoe mensen hun huis op een bepaalde manier inrichtten. Hij hield van de manier waarop zijn moeder hun huis had ingericht – vrolijk, comfortabel en mooi. Een paar keer zei hij er iets van – niet omdat hij kritisch wilde zijn, maar omdat dat was wat hij gedacht had. Daarop had de vrouw hem streng aangekeken en gezegd: 'Wij houden er niet van om dingen weg te gooien die nog goed zijn. Als je iets nodig hebt...'

Maar hij kon nergens om vragen, want als hij dat deed, zou ze het hem waarschijnlijk geven, met inbegrip van die ijzige, harde omhelzingen en die lange, verdrietige blikken. Teleurgestelde blikken. Ze wilde dat hij gelukkig was, dat hij uit eigen vrije wil bij haar zou willen blijven, dat hij zou glimlachen en zich zou gedragen als haar kind. Haar kind dat dood was. Maar hij kon het niet. Hij voelde zich te verdrietig.

Hij probeerde niet aan zijn moeder te denken. De herinnering aan haar bezorgde hem een brok in zijn keel. Hij weigerde zelfs om het woordje 'dood' ook maar te denken, omdat hij hoopte dat de vrouw zich vergiste en dat zijn moeder weldra zou komen om hem te halen. En wanneer hij er wel aan dacht, vroeg hij zich af waarom zijn moeder deze vrouw – deze mensen – had gestuurd om hem te halen. Maar ze hadden het wachtwoord gekend.

Het was vooral 's nachts dat hij het moeilijk had. Wanneer hij in bed lag en eraan dacht hoe ze altijd kwam om hem in te stoppen. Ze hadden een ritueel gehad. Hij zei dat hij niet kon slapen, en dan bood zij aan hem een verhaaltje te vertellen. Dat was het eenzaamste gedeelte van de dag, om zonder verhaaltje te moeten inslapen. Zonder Cedric Carville en de reuzen-konijnen en de kangoeroe met de derde rolschaats voor zijn staart. Zonder het zachte borrelen van het aquarium. Misschien dat het weldra weer veilig was en dat zijn tante hem dan kon komen halen. Hij hoopte dat iemand voor de vissen zorgde.

Wanneer hij aan zijn vader en moeder dacht, en aan zijn vriendje Tommy, moest hij altijd huilen. Hij huilde alleen maar 's avonds laat, nadat de vrouw en de man boven waren gekomen en hij hen naar bed had horen gaan. Hij wist dat ze het niet zou goedvinden dat hij huilde. Ze zeurde altijd over zwakkelingen en viezeriken die geen ruggengraat hadden. David hoorde aan de klank van haar stem dat ze dat soort mensen haatte. Hij wilde niet dat ze hem zou haten. Hij mocht haar niet, maar ze was alles wat hij had.

Hoofdstuk 8

'Een kleinigheid kan de gewonde fataal zijn...'
Tennyson, 'Morte d'Arthur'

Stephen kwam met een triomfantelijk gevoel uit de bespreking. Het was een bespottelijke reactie, aangezien hij niet meer had gedaan dan het winnen van een cliënt. Het harde werk moest nog beginnen. Dat nam evenwel niet weg dat het, na weken waarin er van alles was misgegaan en de eindeloze reeks klappen die zijn ego en bekwaamheid te verduren hadden gehad, gewoon goed aanvoelde. Hij voelde dat de cliënten echt van hem onder de indruk waren en hem echt wilden hebben. Voor hij de deur achter zich dichttrok, keek hij nog even in de vergaderkamer. Een flinke ruimte met aangename proporties en fraaie meubels, de glanzend gepoetste, notenhouten tafel en de echte schilderijen. Het was een indrukwekkende ruimte om zakelijke besprekingen in te voeren. Hij had zichzelf moeten dwingen geld uit te geven aan een kamer die niet dagelijks gebruikt werd – het had zo'n verkwisting geleken voor zijn kleine kantoor met slechts een paar associés – maar op dit moment, nu hij zich zo succesvol voelde en ernaar keek, wenste hij zichzelf geluk met het feit dat hij er destijds extra geld in had gestoken. Je moet geld uitgeven om geld te kunnen verdienen, dacht hij.

Hij liet de stapel papieren die zijn nieuwe cliënten hem gegeven hadden op het bureau van zijn secretaresse vallen. 'Wil je hier kopieën van maken en een dossier openen voor Larsen,' zei hij. Hij keek op zijn horloge. 'Ik ga lunchen.'

Toen hij terugkwam, keek hij naar de stapels papieren op zijn bureau, liet zich op zijn stoel vallen, sloot zijn ogen en liet zijn gedachten de vrije loop. Ze dwaalden af naar seks. Hij had niet aan seks willen denken. Hij had gemeend dat die sessie in het motel voldoende was geweest. Er lagen bergen werk op hem te wachten en hij had er meteen mee aan de slag willen gaan, maar hij was moe, en toen hij zijn ogen had gesloten, hadden die gedachten zich gewoon aan hem opgedrongen. Hij had ergens gelezen dat mannen zes keer per uur aan seks denken, terwijl vrouwen er nauwelijks aan dachten. Dat kon aardig kloppen. Hij moest eraan denken wanneer hij er door een geur of iets dat hij zag of dacht aan herinnerd werd, en dat was vaak. Aan de andere kant kon hij zich niet voorstellen dat Rachel, zoals ze bevallig over haar tekentafel gebogen zat en haar prachtige tekeningen maakte, aan iets anders kon denken dan aan haar werk. Sterker nog, het idee dat ze aan seks zou kunnen denken terwijl hij niet thuis was, kwam hem een tikje verontrustend voor. Hij leed niet aan een Madonna/hoer-complex, maar als hij dat wel had gedaan, zou Rachel zijn Madonna zijn geweest. En Miranda zijn hoer.

Hij likte zijn lippen af en dacht aan die ochtend in de keuken. Miranda had haar hinderlaag goed voorbereid, maar het is niet gemakkelijk om iemand in een hinderlaag te lokken die je verwacht. Misschien moest hij het een gedeelde hinderlaag noemen. De situatie was een beetje uit de hand gelopen sinds Miranda bij hen was ingetrokken. Ze was altijd zo blij hem te zien, zo gul, zo aanmoedigend. Zo volkomen anders dan Rachel. Maar ze namen te veel risico. Ze smeekten erom betrapt te worden. Rachel zou diep gekwetst zijn, en dit was er het moment niet voor. Daarom had hij het motel voorgesteld. Het was waarschijnlijk hoog tijd Miranda te verzoeken ergens anders te gaan wonen. Wat bedoeld was als een kortstondig, tijdelijk verblijf tot ze een huis gevonden had, duurde nu al bijna vier maanden.

Stephen vroeg zich af of hij er verkeerd aan had gedaan met haar over de brief te vertellen. Zijn relatie ten opzichte van David was binnen de familie geen geheim, maar hij en Rachel hadden het niet aan de politie verteld, en hoewel hij van Miranda verwachtte dat ze discreet zou zijn, was ze zo dom dat er altijd een kans bestond dat ze haar mond voorbij zou praten. Wat die aids-kwestie betrof, daar zou ze niet over praten. Zelfs Miranda was in dat opzicht discreet genoeg. Het enige risico was dat ze besloot niet meer met elkaar naar bed te kunnen. Daartoe achtte hij haar in staat. Hij kende niemand die zo koud en berekenend kon zijn als Miranda, maar ze was een vrouw, en elke vrouw had een irrationele kant. In zo'n geval als dit, kon, ook al had hij haar de verzekering gegeven dat ze niets te vrezen had, elk van die kanten – koud of irrationeel – haar doen besluiten hem buiten te sluiten. Maar dat had ze vandaag in ieder geval niet gedaan.

Nadat hij in gedachten een inventaris had opgemaakt van Miranda's lichaam, haalde hij diep adem, liet de lucht langzaam uit zijn longen ontsnappen, pakte de stapel memo's en sorteerde ze op stapeltjes: negeren, beantwoorden en dringend. Toen hij klaar was, bleken alle boodschappen die dringend waren afkomstig te zijn van één en dezelfde persoon: John Robinson. John Robinson van de Lost Child Foundation – de Stichting voor verdwenen kinderen – die hem wilde helpen bij het vinden van David. Rachel wilde Robinson en zijn team er onder geen enkele voorwaarde bij betrekken, maar Stephen had zijn buik vol van het gestuntel van de politie en wilde graag op een andere manier – een manier waarop hij in zekere zin invloed kon uitoefenen – proberen aan hulp te komen.

Ze hadden al volop tijd verloren als gevolg van Rachels koppigheid. Of ze het er nu mee eens was of niet, het was tijd om met het nieuws naar buiten te komen. David was ook zíjn kind. De pijn was ook zijn pijn. Dat hij niet met een wazige blik in zijn ogen en huilend rondliep, wilde nog niet zeggen dat hij geen steek van verdriet voelde telkens wanneer hij langs de kamer van zijn zoon kwam, telkens wanneer hij de honkbal uit de zak van Davids handschoen zag puilen, telkens wanneer hij met zijn blote voeten op een stukje lego stapte. Hij pakte de telefoon en draaide Robinsons nummer.

Toen hij ophing, had hij weer het gevoel dat hij de touwtjes in handen had. Hij had Robinson gevraagd te helpen, hem uitgelegd dat hij daar zo lang mee gewacht had omdat Rachel erop tegen was, en Robinson was een en al begrip geweest. De stichting had vrijwilligers en computerdeskundigen die, nu Stephen het startsein had gegeven, klaarstonden om aan het werk te gaan, om Davids foto nationaal via de media te verspreiden. Ze hadden al een foto van David, die meteen gefaxt en op internet gezet zou worden. Robinson zelf was vanavond vrij om hen te bezoeken en hun verder uit te leggen hoe hij in staat was te helpen en verdere details te verzamelen.

Stephen hief zijn vuist op en schudde hem. 'Daar ga je, Gallagher!' zei hij hardop. 'Je kunt de pot op met je achterdocht, je opdringerige vragen en zijdelingse blikken!' Hij wist dat Gallagher hem nog meer haatte sinds hij de hoofdinspecteur had gebeld, maar hij had Rachel willen beschermen en geen andere keus gehad. Ze was niet sterk, en Gallaghers spelletjes waren een marteling voor een vrouw die niet in staat was voor zichzelf op te komen.

De wijze waarop hij het tegenover Gallagher voor Rachel had opgenomen, deed hem denken aan de manier waarop hij haar had leren kennen. Hij zette een avond de bloemetjes buiten met een aantal vrienden van buiten de stad. Rachel had met een man aan het tafeltje naast hen gezeten – zo'n slap kunstenaarstype met rood haar, zoals Gallagher. Hoewel zijn groepje behoorlijk luidruchtig was, had hij hun gesprek kunnen volgen. Het was hoofdzakelijk een luide monoloog geweest van de man, die op een ordinaire manier kritiek had op Rachel en het feit dat ze niet bereid was te neuken. Stephen was niet preuts in zijn taalgebruik, maar zelfs hij vond de man intens beledigend. Van tijd tot tijd vroeg ze de man of hij misschien wat zachter wilde praten. Uiteindelijk stond ze op en wilde weggaan, maar toen greep de zak haar bij de arm en trok haar ruw terug op haar stoel.

Stephen was toen forser geweest, had toen nog meer het figuur gehad van een rugbyspeler, en zijn vrienden waren nog forser geweest. Hij had zijn stoel met een ruk naar achteren geschoven, was opgestaan en had de man gezegd dat hij haar moest laten gaan. En dat was het moment geweest waarop hij haar ogen had gezien. Ze had naar hem opgekeken met die mengeling van hoop en angst dat haar typische manier was om de wereld te bekijken.

Nog voor hij wist hoe ze heette, had hij een intense klap gevoeld, een onthutsende combinatie van verlangen om te beschermen en pure begeerte. Ik wil haar, had hij gedacht. Toen had ze haar ogen met trillende oogleden neergeslagen en was Stephen, net als in een overdreven romantische film, voor haar gevallen. En hard ook. Hij had zich voorgenomen die angst uit haar ogen te verdrijven. Dat probeerde hij nog steeds, maar in de loop der jaren had zijn adoratie steeds vaker een geïrriteerd ondertoontje gekregen.

Rachel kon soms zo ontzettend stom zijn. Hij voelde zich gekwetst wanneer ze, zoals ze soms deed, suggereerde dat zij een hechtere band met David zou hebben omdat hij haar biologische kind was. Daar had de biologische band niets mee te maken. David was zijn zoon. David leek op hem. Ze dachten hetzelfde, bewogen zich op dezelfde manier en waren alle twee neurotisch voor wat netheid betrof. En dan honkbal. David wierp precies zo als hij op die leeftijd had gedaan, en met hetzelfde intense genot. Het verhaal over de schoen vervulde hem met trots. Natuurlijk zou David zich nooit zomaar laten ontvoeren zonder zich te verzetten. Stephen had zoiets ook kunnen doen, die schoen uit de auto gooien. En Stephen kon het hele incident accepteren zonder er meteen zo'n bespottelijk mysterieus tintje aan te geven, zoals Rachel deed. Hoe kwam ze erbij zich te verbeelden dat ze met David communiceerde?

Niet dat hij niet wilde geloven dat David leefde. Je hoefde geen mysticus te zijn om dat te willen, of de zekerheid te hebben dat je kind nog leefde. Het was gewoon iets dat ouders hadden. Het gold als normaal om vol te houden dat je kind nog leefde, ook al spraken de statistieken dat dan tegen. Hoop hield je op de been. Hoop en, in Stephens geval, woede. Het had hem jaren gekost om Jonah's dood te verwerken, jaren waarin hij zijn verdriet en schaamte voor Rachel verborgen had en getracht had sterk voor haar te zijn, jaren waarin hij geworsteld had met het idee dat David niet zijn biologische kind was – dat hij geen biologisch kind kon krijgen – totdat hij zich volkomen Davids vader was gaan voelen en het niet belangrijk meer was. Hij was Davids vader, en het maakte hem woedend dat er iemand was die probeerde hem dat af te nemen. Dat was nog een verschil tussen hem en Rachel. Zij werd verdrietig en passief, hij werd woedend en actief.

'Pardon?' Zijn secretaresse keek om het hoekje van de deur. 'Lieve help, meneer Stark, u kijkt zó woedend alsof u in staat bent uw bureau op te eten. Ik dacht dat de bespreking vanmorgen zo goed verlopen was?'

Stephen voelde zich van zijn stuk gebracht, net alsof iemand zojuist aan een lijn had gerukt en hem overeind had getrokken. Hij ging rechterop zitten en trok zijn das recht die al recht hing. 'Het is niets, Charlotte,' zei hij, en merkte dat zijn toon net iets te scherp was. 'Wat is er?'

Charlotte maakte een volledig onthutste indruk. Ze werkte nog niet zo lang bij hem en was zijn manieren niet gewend. Zijn vorige secretaresse, Sandra, had hem altijd een grote bek gegeven en hij was dolgelukkig geweest met haar. Daarbij was ze ook uiterst competent geweest. Maar ze was weggegaan om een kind te krijgen en hij had Charlotte aangenomen, die weliswaar, hoewel ze de beste was geweest van een hele stoet waardeloze sollicitanten, een schatje was maar weinig verstand bleek te hebben. 'Ik wilde even naar de overkant voor een broodje en zo'n lekkere koffie, en ik vroeg me af of u misschien ook ergens zin in had.'

Hij keek op zijn horloge. Het was al over tweeën. Als hij niets at, zou hij humeurig worden, maar hij werd geacht al gegeten te hebben. Hij haalde een briefje van tien dollar uit zijn portefeuille en reikte het haar over zijn bureau heen aan. 'Ik heb Chinees gegeten, daarvan krijg je altijd meteen weer honger,' zei hij. 'Koffie en gerookte kalkoen op volkorenbrood. De rest gebruik je maar om jezelf te trakteren. En bedankt voor het vragen.' Ze nam het geld aan en liep achterwaarts de kamer uit alsof hij de koning was. Stephen keek haar na en realiseerde zich hoezeer hij Sandra miste. Ze hadden een kortstondige verhouding gehad, maar wat hij werkelijk zou missen, was haar vermogen om van te voren precies te weten wat hij wilde.

De middag vloog om, en toen hij weer op zijn horloge keek, was het over vijven. Tijd om naar huis te gaan en Rachel voor te bereiden op de komst van John Robinson. Dat zou niet gemakkelijk zijn. Hij wist zeker dat ze hem zou aankijken op die afschuwelijke, gekwetste manier, en dat ze zou huilen. Ze wilde maar niet begrijpen dat ze geen andere keus hadden. Hij stopte wat werk in zijn koffertje, griste zijn jasje van de rugleuning van zijn stoel en ging op weg naar de auto. Nog voor hij bij de deur was, kwam Charlotte hem achterna gerend.

'Meneer Stark, meneer Stark! Wacht! Uw schoonzus is aan de telefoon en ze zegt dat het heel dringend is!'

De tijd stond stil. Stephen durfde niet eens adem te halen terwijl hij zich naar haar omdraaide. David. Ze hadden David gevonden. Levend? Dood? Wat? Zijn knieën knikten en hij had het gevoel alsof een reuzenhand zich om zijn ingewanden sloot en erin kneep. Hij hield zich aan de deur vast om niet te vallen. Het zweet brak hem aan alle kanten uit. Hij keek naar de telefoon die verschrikkelijk ver weg leek en strompelde stapje voor stapje naar Charlottes bureau. Het bloed dreunde door zijn hoofd en zorgde ervoor dat zijn keel dichtgesnoerd aanvoelde terwijl hij in gedachten Davids hoge kinderstemmetje 'Pappie, pappie,' hoorde roepen. Was dit het telefoontje waar ze zo bang voor waren geweest? En als hij de telefoon opnam, zou Miranda hem dan zeggen dat het allemaal voorbij was? Dat David dood was? Dat ze zijn arme lijfje gevonden hadden?

Hij nam de telefoon over van Charlotte, die hem met grote ogen aankeek, en stamelde: 'Hallo?'

'Ik vrees dat de bom gebarsten is, Stevie,' zei zijn schoonzus. 'Als ik jou was, zou ik maar heel snel naar huis komen.'

Met een woede die voortkwam uit angst brulde Stephen: 'Verdomme, Miranda, speel geen spelletjes met me! Wat is er aan de hand? Hebben ze hem gevonden? Is hij dood?'

'Nee, het gaat niet om David. Ik heb die stomme trut van een secretaresse van je gezegd dat...'

'Wat is er verdomme dan zo dringend?' schreeuwde hij, haar niet de tijd gevend de zin af te maken.

'Rustig, Stevie,' zei Miranda op onzekere toon. 'Het gaat om de spermabank. Ze hebben nóg zo'n brief gestuurd, omdat je de eerste niet beantwoord hebt. En deze keer heeft Rachel hem opengemaakt.'

Hoofdstuk 9

'Als het verdriet toeslaat, komt het
nooit in een enkele spion maar in bataljons.'
Shakespeare, 'Hamlet'

Onder de koffie konden Rachel en Gallagher zich wat ontspannen, of liever, ze kwamen elkaar wat nader dan voorheen. Om de bereikte detente te handhaven, probeerde ze niet te denken aan alles wat er tussen hen in stond – zijn wreedheid en haar stommiteit. Ze zaten op krukken tegenover elkaar aan de brede eetbar met het granieten blad. Rachel zat op het puntje van de hare en hield zich met de tenen van haar blote voeten vast aan het dwarslatje. Gallaghers kruk leek in het niet te verdwijnen terwijl hij zich gretig naar haar toe boog en zo veel mogelijk uit hun geringe aanwijzing probeerde te halen.

Rachel probeerde geen hoop te voelen, maar ze had zó lang op een sprankje hoop moeten wachten dat ze zich aan het schamele beetje vastklampte als een forel aan een vlieg. 'En de mensen?' vroeg ze. 'Wie zaten er in dat busje? Hoeveel zaten erin? En wat was het er voor eentje? Een Ford? Een Chevrolet of een Dodge, een Chrysler, een Toyota of een Nissan?'

Gallagher schudde het hoofd. 'Wie zal het zeggen? Ik heb gezegd dat mevrouw Gardiner een klaagster is. Ik heb niet gezegd dat ze iemand is die goed oplet.'

'Maar u hebt het haar toch wel gevraagd, niet?' Rachel kon het niet helpen dat ze zo gretig klonk. 'Er zal haar toch wel íets zijn opgevallen...'

'Het spijt me,' zei hij. 'Ik heb het haar op wel honderd verschillende manieren gevraagd. Waar het op neerkomt, is dat ze helemaal niets gezien zou hebben als die schoen niet uit het raampje was gevlogen...'

'Je zou toch mogen veronderstellen dat ze, in haar strijd tegen het vuil op straat, het kenteken zou hebben opgeschreven,' zei Rachel. Het was bespottelijk dat ze zo opgewonden was over het kleine beetje informatie dat

Gallagher had gegeven, maar ze kon er niets aan doen. Ze sloeg haar ogen neer en wilde Gallagher vertellen over het gevoel dat ze gisteren had, het gevoel dat David leefde. Bestond er een kans dat hij haar zou geloven, of zou hij zich onmiddellijk weer in zichzelf terugtrekken, een eind aan deze hoopvolle detente maken en terugkeren tot zijn overtuiging dat ze niet goed bij haar hoofd was?

Ze keek hem onderzoekend aan en probeerde een beslissing te nemen. Hij was knap op een harde, ultra mannelijke manier – een agressieve, iets te smalle neus, een zuinige mond waarvan de lippen scherpe contouren hadden, hoge jukbeenderen onder een bleke huid, een uitdagende, stompe kin met een kloofje erin. In zijn groenige, fonkelende ogen lag een gevaarlijke blik. Geen vriendelijk gezicht, maar een gezicht dat geruststellend zou kunnen werken wanneer je in moeilijkheden verkeerde en hij aan je kant stond. Rachel wist nog steeds niet of hij aan haar kant stond. Zijn bekentenis had iets ontroerends gehad, evenals de manier waarop hij zich gedwongen had gevoeld zich tegenover haar te bewijzen, en dat verbaasde haar. Maar Rachel, die het gewend was teleurstelling op teleurstelling te verwerken te krijgen, stond zichzelf nooit toe te veel hoop te koesteren, behalve dan voor wat het terugvinden van David betrof.

Ze zag dat zijn kopje leeg was. 'Wilt u nog koffie?'

Hij schudde het hoofd. 'Ik drink te veel van dat spul. Maar hij is lekker. U hebt er geen idee van wat ik bij sommigen te drinken krijg. Ik weet zeker dat ze een heel jaar lang met één pak doen. Je kunt er dwars doorheen kijken.'

O, dat geloofde ze zo. Rachel hield van sterke koffie. 'Ik kan een broodje of zoiets voor ons klaarmaken. Hebt u honger?' Het was uren geleden sinds ze haar ontbijt had overgegeven, en hoewel ze zelf absoluut geen honger had, geloofde ze in wat haar moeder haar met de paplepel had ingegoten, namelijk dat mannen vaak en veel behoorden te eten.

Opnieuw schudde hij het hoofd. 'Ik moet gaan. Ik hou u op de hoogte, en als er zich iets anders mocht voordoen, laat ik u dat meteen weten.'

'Nu u het weet van het busje, zult u misschien meer getuigen kunnen vinden,' opperde ze.

Hij haalde zijn schouders op. 'Misschien.' Ze wilde hem vastpakken en door elkaar rammelen. Waarom kon hij niet wat optimistischer zijn?

Rachel wilde niet dat hij ging. Ze had het gevoel dat ze, als hij zou blijven en ze een beschaafd in plaats van een vijandig gesprek zouden kunnen voeren, op grond van wat ze alle twee aan informatie konden aandragen, samen iets nuttigs, iets belangrijks zouden kunnen ontdekken. Haar hand kroop over het barblad naar hem toe, maar ze dwong zich hem op haar schoot te laten vallen en hem niet te vragen om te blijven. Ze sloeg haar ogen neer om te voorkomen dat hij de smekende blik erin zou zien. De wereld dacht toch al dat ze labiel en enigszins gestoord was. Ze wilde haar intuïtie dolgraag met Gallagher delen, maar ze geloofde niet dat hij eraan toe was. Ze liet zich van haar kruk glijden en kromde haar blote tenen toen ze contact maakten met de koude tegels.

'Bedankt voor uw komst.' Ze liep met hem mee naar de deur en hield haar neergeslagen blik op zijn glanzend gepoetste schoenen gericht. De deur was al bijna dicht toen ze opeens toegaf aan een impuls. 'Hij leeft,' zei ze.

Gallagher draaide zich zo razendsnel naar haar om dat het griezelig was, en deed een stapje naar haar toe. 'Hebt u iets van hem gehoord?' wilde hij weten. 'Hebt u iets voor mij verzwegen? Heeft iemand contact met u opgenomen?'

Rachel keek hem met grote ogen recht aan. Als ze zichzelf tóch voor gek wilde zetten, kon ze hem maar beter meteen alles vertellen. 'Alleen maar op een manier waar u waarschijnlijk toch niet in gelooft,' zei ze. 'De manier waarin de meeste mensen niet geloven. Het was niet meer dan de intuïtie van een moeder. Ik kon hem voelen. Zijn stem.' Ze legde haar hand even tegen haar hoofd. 'Hierbinnen. Zijn stem kwam van heel ver weg en klonk heel zwak. Ik vroeg hem of hij leefde, en hij zei ja. En toen vroeg hij mij of ik leefde. Maar voor ik de kans had om hem te kunnen antwoorden, was hij alweer verdwenen.'

Hij deed nog een stapje naar haar toe en zijn rijzige gestalte vulde de deuropening. 'Waar hebt u het over?' vroeg hij fel. 'ESP? Telepathie? Een vorm van helderziende communicatie?'

'U gelooft mij niet,' zei Rachel. 'Ik wist wel dat u mij niet zou geloven. Toe, vergeet u maar dat ik u ooit...' Opeens maakte hij haar bang met zijn luide stem en boze gezicht. Hij stond te dichtbij en zijn uitstraling was te intens. Ze wilde zich omdraaien en weglopen, vluchten naar haar werkkamer en de deur achter zich dicht en op slot doen. 'Toe,' herhaalde ze, terwijl ze een stapje achteruit deed omdat hij daar maar bleef staan en boos was op een manier waar ze niets van begreep. 'Toe. U maakt me bang. Ga weg. Gaat u liever op zoek naar iemand anders die dat busje heeft gezien. Waarom probeert u niet om David te vinden?' Ze kon hier niet met hem over praten. Ze draaide zich om en haastte zich bij hem vandaan. Naar haar werkkamer. Waar ze zich veilig voelde. Hij kon zichzelf wel uitlaten.

Het was vreemd zoals ze erop reageerden. Stephen was volkomen duidelijk over zijn mening ten aanzien van Rachels vermogen om met David te communiceren. Hij beschouwde het als de grootste onzin. Wanneer ze er met Miranda over sprak, reageerde haar zus met een toegeeflijk glimlachje, als een volwassene die een kind zijn zin geeft. Rachel zelf verbaasde zich erover en voelde zich erdoor geïntimideerd. Alleen David leek het volkomen normaal te vinden. Hij leek het absoluut vanzelfsprekend te vinden dat een moeder en zoon zonder te spreken van elkaar wisten wat ze dachten. Het enige wat hij vreemd vond, was dat andere moeders en kinderen dat niet konden. Hij vond het helemaal niet vreemd wanneer hij, na op school iets met vissen gedaan te hebben, bij thuiskomst zag dat Rachel vissen had zitten tekenen. Of dat, wanneer hij 's nachts wakker werd, Rachel al bij hem was voordat hij de kans had gekregen om haar te roepen, of dat zij, wanneer hij bang was, een dichtgesnoerde keel kreeg. Het stelde helemaal niets voor. Ze kon zijn gedachten niet lezen, maar soms ving ze beelden op van zijn gedachten. Ze hadden er geen vaste gewoonte van gemaakt over een grotere afstand met elkaar te communiceren. Ze seinde hem niet de goede antwoorden op de vraagstukken van zijn proefwerken door, en hij was bij lange na niet in staat te zeggen welke kaarten ze in haar hand had. Het was alleen maar iets dat soms tussen hen gebeurde. Vaak genoeg om net iets meer te zijn dan een toevallig iets, maar niet meer dan dat. Vaak genoeg om haar van haar stuk te brengen en David in verrukking te brengen.

Ze had er altijd al een handje van gehad, helemaal toen ze jonger was en ze zich er niet tegen verzette in plaats van zich, zoals nu, te dwingen er heel rationeel mee om te gaan. Maar het had niets te maken met dat vreemde gedoe van helderzienden. Ze communiceerde niet met de doden en verbeelde zich ook niet dat ze in staat was moorden op te lossen. Het was alleen dat ze soms extra gevoelig was ten aanzien van mensen met wie ze een hechte band had. Een paar keer was het ook gebeurd met Stephen, maar hij was zich er wild van geschrokken, en sindsdien had ze zich voorgenomen het hem, als het weer eens gebeurde, niet meer te vertellen. De kans dat het nog eens zou gebeuren, was evenwel gering. De kloof tussen hen was te groot geworden. Hij ging het lichamelijk contact tussen hen niet meer uit de weg, zoals hij dat in het verleden had gedaan, maar nu maakte hij in geestelijk opzicht dat hij uit haar buurt kwam wanneer hij haar te na voelde komen.

Uit het geluid van schuifelende voetstappen en een gedempt vloeken achter zich maakte ze op dat Gallagher haar gevolgd was en dat hij over een van de scheve drempels was gestruikeld. Het was een huis waar je aan moest wennen. 'Kom op, rustig nu maar. Ik ben heus geen monster,' klaagde Gallagher. Rachel negeerde hem en vervolgde haar vlucht. Ze haastte zich haar werkkamer in, dook achter haar tekentafel, ging zitten, sloeg haar armen over elkaar en wachtte af in haar eigen domein. Gallagher kwam binnen, bleef verbaasd staan, keek om zich heen naar de tekeningen aan de muren, de sterk vergrote gedeelten tekst, de bonte verzameling pennen en potloden. Hij was hier al eerder geweest, maar het was alsof hij de kamer nu voor het eerst pas echt zag. Zijn blik bleef rusten op een tekening van David met zijn honkbalknuppel in de aanslag.

'Cedric Carville?'

Rachel knikte. 'De jongen die de beste honkbalspeler ter wereld wilde worden. David wilde dat we samen een boek zouden maken. Hij schreef de tekst en ik deed de illustraties. Die tekening is van de dag voor... de dag voor hij verdwenen is.' Tranen verstikten haar stem, maar ze slikte ze dapper terug.

'Het geeft niet. Huilen is goed,' zei Gallagher, terwijl hij haar zijn zakdoek aanbood.

'Doet u toch niet zo aardig tegen me,' zei ze. 'Dat maakt alles er alleen nog maar veel erger op.'

'Hoe kan aardig zijn de dingen er erger op maken?' vroeg hij.

Ze beantwoordde zijn vraag met een vraag. 'Betekent dit dat u niet meer denkt dat wij – Stephen en ik – verantwoordelijk zijn voor Davids verdwijning?'

'Ik heb nooit gedacht dat...'

'Ik ben niet van gisteren, meneer Gallagher,' viel Rachel hem kortaf in de rede. 'Ik mag dan naïef en te goed van vertrouwen zijn, maar ik ben niet achterlijk. Ik weet heel goed wanneer iemand mij niet gelooft.'

'Vertelt u mij liever over uzelf en David. Over die communicatie,' beval hij, haar opmerking negerend.

'Het heeft niets te betekenen,' zei ze, terwijl ze omlaag keek naar de tekening van Emily in de speelgoedwinkel. Het meisje was een schatje. Rachel had altijd graag een dochter willen hebben, maar na wat ze hadden meegemaakt met Jonah en David kon er van meer kinderen geen sprake zijn.

'Zegt u dat omdat u denkt dat het niets bijzonders is, of omdat u denkt dat ik u niet zal geloven?'

'Omdat ik denk dat u mij niet zult geloven. Ik weet niet zeker of ik u nog wel zal kunnen vertrouwen als u mij gelooft... de politie wordt niet geacht zo te reageren.'

'De mensen hebben er een heleboel vreemde ideeën over hoe de politie geacht wordt te reageren,' zei Gallagher. 'Maar u gelooft het wel?' Ze knikte. 'En u vertrouwt me?'

Ze aarzelde omdat ze hem niet wilde kwetsen, maar ze was nooit goed geweest in liegen. 'Ik weet niet. Ik mag u niet. Ik vind u gemeen... ik vind dat u gemeen en onnodig wreed bent... maar ik denk wel dat u eerlijk bent.'

'Au, dat doet pijn.' Gallagher ging zitten op de enige andere stoel die in de kamer stond, een hoge, brede fauteuil waar ze soms wel eens in zat wanneer ze de verhalen las waarvoor ze illustraties moest maken. Het was ook de stoel waarop David zat wanneer hij behoefte had aan haar gezelschap. Hij had geleerd dat hij haar niet mocht storen wanneer ze aan het werk was, maar vaak zaten ze uren achtereen stilzwijgend bij elkaar terwijl Rachel tekende en David een boek las. Alleen in de auto kon hij niet stil blijven zitten.

'Au!' Gallagher fronste zijn voorhoofd, voelde aan het kussen onder zich, haalde een klein, tinnen draakje te voorschijn en legde het op zijn uitgestoken hand. 'Hij heeft me gebeten!'

'Megrim,' zei Rachel, terwijl ze het van hem aanpakte. 'We waren al bang dat hij voorgoed verdwenen was.' Ze sloot haar vingers om het speelgoeddraakje. Ze geloofde nog minder in tekens en toevalligheden die geen toevalligheden waren dan in ESP, maar toch moest ze er onwillekeurig aan denken hoe ze Megrim hadden gekocht. Het was geweest nadat David een keer met haar was meegegaan naar het kerkhof, naar Jonah's graf. Rachel nam hem eigenlijk nooit mee, maar die keer had hij het per se gewild en ze had niet de kracht gehad te proberen hem op andere gedachten te brengen. Op de terugweg had David allemaal vragen gesteld over Jonah en over de dood en hij maakte zich zorgen over het feit dat zij zo verdrietig was, en toen had Rachel bij wijze van grapje voorgesteld een beschermengel voor hem te kopen. David had gezegd dat hij niet zeker wist of hij wel in engelen geloofde, maar hij geloofde wel in draken, en daarom leek het hem beter om een beschermdraak te kopen. Bij hun volgende bezoek aan het winkelcentrum kochten ze Megrim.

'Vertel me over de dag waarop u die tekening van Cedric Carville hebt gemaakt,' zei Gallagher. 'Waar hebt u over gesproken?'

Rachel vond het een grappige vraag, maar ze gaf er toch antwoord op. Gallagher was vandaag in een vreemde bui. 'We zijn naar het sportveld van de school gegaan. 's Middags, nadat hij thuis was gekomen van school. Hij had net een uniform gekregen. Zijn uniform van de jeugdcompetitie. Hij wist niet hoe snel hij het moest aantrekken.' Ze pakte een map die tegen de tafelpoot stond geleund, haalde er een paar andere tekeningen uit en legde ze neer zodat Gallagher ze kon zien. 'David en zijn beste vriend Tommy. Ze waren zo'n aandoenlijk stel. Zo volwassen en mal. U hebt toch met Tommy gesproken, niet? Arm joch. Hij denkt dat het zijn schuld is, omdat hij die dag samen met David op de fiets zou gaan maar het vergeten was en met de bus is gegaan.'

Ze dacht terug aan die dag, aan het sportveld en hoe ze ontspannen op het bankje aan de rand van het veld had gezeten, genoten had van de zon die op haar rug scheen en heerlijk had zitten tekenen en had zitten kijken naar de jongens die als lammetjes op het binnenveld stoeiden. Ze hoorde hun jongensachtige geklets, de schelle lachjes en het geluid van de aarde, die ze wegschopten met hun noppenschoenen. Ze hoorde David die haar opeens met een heel ernstig stemmetje vroeg: 'Mam, waarom zou iemand langs de kant van de weg zitten en met een verrekijker naar de kinderen op het sportveld kijken?' En ze hoorde haar eigen stomme antwoord: 'Misschien waren het wel talentenjagers op zoek naar Cedric Carville. Zaten ze in een grote, zwarte limousine?' David had gezegd: 'Nee, gewoon in een busje', en toen was hij weer weggerend, waarbij hij de bal over een onvoorstelbare afstand, dwars over het veld naar Tommy had geworpen.

'O, God!' riep ze uit. 'O, Gallagher... David had het over een busje... de dag voor zijn verdwijning... en ik heb er geen aandacht aan geschonken.'

'Vertelt u mij alles. Het hele gesprek. Alles,' beval Gallagher.

Rachel vertelde hem alles wat ze zich kon herinneren, maar het was niet veel. 'Misschien was Tommy wel met hem op het sportveld. Misschien is hem iets opgevallen, of heeft een van de leraren iets gezien. En misschien heeft iemand wel gezien wat voor kleur het busje had, wat voor kenteken erop zat of wie erin zat.'

Gallagher maakte aantekeningen op een blocnote. Hij keek haar aan en knikte. 'Vertelt u mij alles wat u zich kunt herinneren over uw communicatie met David,' zei hij.

Rachel probeerde het zich te herinneren. Ze sloot haar ogen en stelde zich voor dat ze weer op het vuile, bruine eilandje, te midden van al die glasscherven zat. Ze zag zichzelf de scherf uit haar hand trekken, zag het bloed uit de wond komen, probeerde haar geest weer te openen en het beeld terug te krijgen van David die iets zei. Had ze iets gezien, of had ze alleen zijn stem maar gehoord? Ze probeerde het zo goed als ze kon, concentreerde zich als tijdens een bevalling op haar ademhaling en het sturen van haar kracht, maar het lukte haar niet het moment terug te krijgen. Ze deed haar ogen open. 'Het spijt me,' zei ze, 'het lukt me niet het weer terug te krijgen. Het enige wat ik u kan zeggen, is, dat waar hij ook zijn mag, het voorjaar nog niet zo ver is als hier. De bomen hebben alleen nog maar knopjes.'

Ze wreef over haar voorhoofd en bedacht hoe prettig het zou zijn als ze zou kunnen gaan liggen. Ze had nooit veel energie gehad, maar de laatste tijd had ze zelfs nog minder dan gewoonlijk. 'Het is net als het maken van zo'n grote puzzel waarvan alle stukjes dezelfde kleur hebben. We kunnen de dingen alleen maar passend maken als de vorm lijkt te kloppen. Het is zo'n grote puzzel en we hebben maar zo weinig stukjes...'

'Vandaag hebben we meer stukjes dan gisteren,' merkte Gallagher op.

Vanaf de andere kant van het huis klonk het gedempte geluid van de voordeurbel. 'Neemt u mij niet kwalijk,' zei Rachel. 'Ik weet werkelijk niet wie dat zou kunnen zijn. Ik verwacht alleen Miranda, maar zij hoeft niet te bellen. De deur zit niet op slot. Stephen doet hem altijd op slot. Hij is als de dood voor inbrekers. Ik vind een deur die op slot zit onvriendelijk. En daarbij, ik zou mijzelf alleen maar buitensluiten.' Ze tikte met haar wijsvinger tegen haar slaap. 'Een warhoofd, weet u.' Ze stond op en liep door het donkere, stille huis. Gallagher volgde haar.

Bill Potter, de postbode, stond ongeduldig op de stoep te wachten waarbij hij zijn gewicht rusteloos van zijn ene op zijn andere voet verplaatste. Men vertelde dat Bill zo ongeduldig was dat hij zes weken te vroeg was geboren omdat hij niet had kunnen wachten. 'Ik had het bijna opgegeven,' zei hij, terwijl hij een kaart van de brief in zijn hand scheurde. 'Nog even, en dan zou u naar het postkantoor hebben moeten komen om hem te halen.' Hij hield haar de kaart voor en wees op een kruisje. 'Wilt u hier tekenen? Er staat niet op van wie hij is, alleen maar een straatnummer en een stad daar in het hoekje, maar het moet wel belangrijk zijn, aangezien ze er een bewijs van willen hebben dat u hem ontvangen hebt.' Hij overhandigde haar de envelop en liep snel weg.

Rachel hield de envelop aarzelend in haar handen. 'U denkt toch niet dat het, na al die tijd, een verzoek om losgeld zou kunnen zijn, hè?'

Gallagher schudde het hoofd. 'Die sturen ze in de regel niet per aangetekende post. Maakt u hem niet open?'

'Moet dat?'

'Waarom niet?'

Er waren honderden redenen waarom ze de brief beter niet open kon maken, maar dat wist ze op dat moment nog niet. Onder Gallaghers oplettende blik scheurde ze de envelop open, haalde de brief eruit, vouwde hem open en begon te lezen. Gallagher zag haar ogen groot worden, zag de tranen erin springen en hoe ze grauwbleek werd. Hij zag de brief uit haar gevoelloze handen vallen, op de grond dwarrelen en onder de verwarming terechtkomen en hoe haar kaarsrechte, slanke lichaam begon te wankelen en zijn evenwicht verloor, zodat ze gevallen zou zijn als hij zijn arm niet om haar heen had geslagen en haar overdonderde, slappe lichaam niet tegen het zijne had getrokken.

Op dat moment vloog de deur open en kwam Miranda binnen. Haar ogen straalden en ze popelde om te vertellen van de laatste slag die ze op haar werk geslagen had, toen ze hen zag. 'Meneer Gallagher,' zei ze. 'Wilt u mij misschien vertellen wat hier aan de hand is? Wat is er met mijn zus?'

'Ze heeft een brief gekregen... daar ligt hij, op de grond... die haar van streek heeft gemaakt,' zei Gallagher. Hij pakte Rachel bij beide schouders, draaide haar om en duwde haar in Miranda's armen. 'Brengt u haar naar boven en naar bed.'

Rachel stond roerloos in Miranda's armen en weigerde zich ergens naartoe te laten sturen. Ze keek hulpeloos toe terwijl hij de brief opraapte en het verschrikkelijke nieuws las dat ze zojuist ontvangen had. Het laatste dat ze ooit aan een vreemde zou willen laten lezen. Ze stak haar hand uit en vroeg hem terug – haar stem klonk zelfs haar zwak en weinig overtuigend in de oren.

'Miranda,' zei ze, 'Stephen zal me vermoorden. Laat hem de brief teruggeven!' Maar Miranda ging te zeer op in haar taak van het geruststellen van haar zus om te kunnen luisteren, laat staan om tot handelen over te kunnen gaan. Rachel werd overspoeld door een vloedgolf van verwarring die vanaf alle kanten tegelijk bezit van haar nam – de angst voor Stephens reactie, woede over de onzin die Miranda uitkraamde, de schok over wat ze gelezen had. Ze probeerde Miranda van zich af te schudden, maar slaagde daar niet in. 'Gallagher,' zei ze.

Gallagher negeerde haar en wendde zich af van haar smekende gezicht. De brief, afkomstig van het Centrum voor menselijke vruchtbaarheid, refereerde aan het in gebreke blijven van hun kant om te reageren op een eerdere brief, deelde meneer Stephen Stark en mevrouw Rachel Stark opnieuw mee dat de spermadonor van wie bij meerdere pogingen tot kunstmatige inseminatie bij mevrouw Stark gebruik was gemaakt, met het aids-virus besmet bleek te zijn. Dat het sperma geschonken was, en dat de pogingen, of in ieder geval enkele daarvan, plaats hadden gevonden voordat de kliniek ertoe was overgegaan de donoren te onderzoeken, en dat meneer en mevrouw Stark, hoewel het om een zeer gering risico ging, geadviseerd werd om zichzelf en hun kind te laten onderzoeken.

'Verdomme, Miranda, laat me los!' riep ze, terwijl ze zich ten slotte los wist te rukken en op Gallagher af dook. 'Geef hier die brief! Het gaat je niets aan!' Ze liet elke poging varen om beleefd te zijn.

Gallagher draaide zich naar haar om en hield de brief omhoog, als een groter kind dat een kleinere plaagt, zodat ze er niet bij kon. 'Het spijt me, Rachel,' zei hij, 'het spijt me voor jou. Maar ik denk wel dat het mij iets aan gaat. Waarom heb je hier niets van verteld?'

'Hoe dan?' vroeg ze stomverbaasd. 'Dit is de eerste keer dat ik hiervan hoor.'

'Niet de brief,' zei hij nijdig. 'Wat ik bedoel, is: waarom heb je mij, of iemand anders van de politie die bij dit onderzoek betrokken is, nooit verteld hoe het met Davids afkomst zit? Misschien is het inderdaad niet belangrijk, maar het is een belangrijk feit, en we moeten uitgaan van alle feiten, zelfs wanneer ze geheim of pijnlijk zijn. Begrijp je dat niet?'

'Ik snap werkelijk niet hoe...' Maar ze kon haar zin niet afmaken. Ze ervoer de kracht van zijn woede als lichamelijke klappen, alsof de brief haar tegen de vlakte had geslagen en hij nu naast haar stond en haar schopte. Ze wilde haar knieën optrekken en zich zo klein mogelijk maken. Het feit dat ze dit zo verschrikkelijk intieme en verwoestende nieuws met Miranda en Gallagher moest delen, maakte haar zó kwetsbaar dat ze het gevoel had alsof ze volkomen naakt was. En Stephen zou woedend zijn.

Voor het eerst van haar leven was ze bang dat ze flauw zou vallen bij het zien van zijn nijdige gezicht, het moeten aanhoren van Miranda's bezorgde gezwets en de duizenden verwijten die haar door het hoofd schoten. Ze had haar beide kinderen verloren. Had ze ze nu allemaal vermoord? Ze kon niet helder denken terwijl ze haar zo met z'n tweeën stonden aan te gapen en tegen haar spraken. 'Neem me niet kwalijk!' zei ze, terwijl ze Gallagher opzij duwde en de deur opentrok.

'Rachel, wacht!' zei Gallagher.

Even aarzelde ze op de drempel, wilde ze het uitleggen, wilde ze zichzelf excuseren, maar er waren in de hele wereld niet voldoende woorden om te zeggen wat ze zeggen wilde, en ze kon hun beschuldigende en medelijdende blikken niet langer verdragen. Ze draaide zich om en rende de straat op.

Miranda rende haar achterna en riep: 'Rachel, wacht! Ik zal Stephen wel bellen,' maar ze rende verder, in het besef dat er van haar privacy, haar waardigheid en al haar hoop absoluut niets meer over was.

Hoofdstuk 10

'Verdriet vult de kamer van mijn verdwenen kind,
ligt in zijn bed, loopt mee aan mijn zijde...'
Shakespeare, 'King John'

Rachel negeerde de takjes, de stenen en de bramen die in haar voeten prikten en haar enkels openhaalden en rende verder. Ze rende buiten adem en naar lucht happend over het pad door het bos dat wegvoerde van Gallaghers boze verbazing en Miranda's wanhopige bezorgdheid, en haar uiteindelijk bij de achteringang van het kerkhof bracht. Ze tilde de grendel op en duwde het roestige zwarte ijzer open met het idee het pad naar Jonah's stille hoekje te nemen waar ze, ver weg van hun drukkende verwachtingen, rustig zou kunnen zitten nadenken over de inhoud van de brief.

Niet dat ze iets opschoot met weglopen. Vroeg of laat zouden ze haar vinden, zouden ze haar naar huis slepen en haar de les lezen over de dwaasheid van op blote voeten en zonder jas het huis uitgaan. Ze hoopte dat ze eerst de tijd zouden nemen om te beraadslagen – iets dat ze pas zouden kunnen doen zodra Stephen eenmaal thuis was – waarmee ze wat tijd voor zichzelf zou hebben. Miranda hield er niet van iets te doen zonder vooraf met Stephen te overleggen. Hoewel ze zussen waren en ze elkaar hun leven lang hadden gekend, was Miranda soms even erg als Stephen en behandelde ze haar alsof ze kwetsbaar, onvoorspelbaar en labiel was, hoewel Rachel niet vond dat ze een van die drie dingen was.

Gallagher zou niet weten wat hij moest doen, hoewel ze, voor zover ze hem kende, vermoedde dat hij woedend was omdat ze hadden nagelaten hem in te lichten over de ware omstandigheden rond Davids geboorte. En Stephen zou woedend zijn omdat Gallagher nu een van zijn intiemste geheimen kende, en omdat hij gemeend had dat hij er goed aan had gedaan de inhoud van de brief voor haar verborgen te houden terwijl die schoften haar uiteindelijk toch hadden weten te bereiken. Ze wist zeker dat Stephen de eerste brief ontvangen had. Al die woede. Al die testosteron. Al die ziedende emoties. Ze moest alleen zijn om na te kunnen denken.

Ze ging niet door het hek. In plaats daarvan bleef ze staan, hield zich vast aan het paaltje waarvan de zwarte verf afbladderde onder haar vingers en wachtte tot ze weer wat op adem was. Ze ging niet naar het kerkhof omdat ze een door verdriet verwoeste gekkin was, maar omdat het een stille plek was waar ze alleen kon zijn met haar gedachten. Ze hoefde er niet heen te gaan. Ze kon ook in de auto gaan zitten, maar daar zouden ze haar snel vinden en meteen proberen haar 'tot rede te brengen'. Ze was nog niet zover dat ze tot rede gebracht wilde worden, dat ze al die bezorgdheid over zich heen kon laten komen en hun gemopper kon verdragen. Ze wilde met rust gelaten worden.

Ze draaide zich om en liep, langzamer dan ze gekomen was, terug naar huis. Ze liet zichzelf stilletjes binnen door de achterdeur, ging naar haar werkkamer en deed de deur achter zich dicht. Ze ging op haar kruk zitten, sloot haar ogen en liet de gevoelens komen.

Een dag waarvan ze gemeend had dat hij haar eindelijk iets positiefs zou brengen, had haar zojuist met een van verdriet vervulde moker een dreun op het hoofd bezorgd. Het leek wel alsof er nooit een einde aan kwam. Ze schudde het hoofd en bedacht hoe dit laatste dilemma tot stand was gekomen. Door Jonah. Jonah, met zijn snoeperige knopneusje en zijn brede, spontane grijns. Hij glimlachte zelfs nog toen de ziekte zijn lijfje al bijna verwoest had. Hij glimlachte tot hij dat niet langer kon. Tot zijn lijfje zijn trotse geest verried en hij wegkwijnde. Tot hij zijn laatste adem uitblies in haar armen. Zijn begin en einde met haar, haar lamgeslagen van verdriet achterlatend.

En nu die brief. Ze had het gevoel alsof er binnen in haar iets geëxplodeerd was en haar lichaam doorboord werd met scherpe, puntige scherven. Het was allemaal haar schuld. Ze was een slecht en egoïstisch mens. Omdat ze wist hoe heerlijk het was om een kind te hebben, had ze er zo nodig nóg een willen hebben. Stephen had het niet gewild. Hij wilde niet nog een kind bij haar verwekken, en dat was begrijpelijk vanwege de ziekte die Jonah's dood had betekend, hoewel de artsen zeiden dat ze ook een volkomen gezond kind zouden kunnen krijgen, en hij wilde ook niet adopteren. Hij wilde geen kind dat niet van hem was, en zelf kon hij geen kind krijgen. Hij zei dat hij zonder kinderen kon leven.

Misschien dat hij dat gekund zou hebben – hoewel ze daar, gezien zijn liefde voor David, aan twijfelde – maar zij had dat niet gekund. Ze had geprobeerd het los te laten, de draad van het leven weer op te pakken en een normaal leven te leiden, maar binnen in haar hoofd was dat enorme prikbord dat vol hing met foto's van kinderen. Elke dag, wanneer ze de wereld in ging waar het wel leek alsof iedereen een kind had, gedroeg ze zich als een doodnormaal mens, terwijl ze vanbinnen duizenden doden stierf.

Uiteindelijk had ze haar zin gekregen. Iedereen, Stephen, Miranda, haar moeder, zelfs haar vriendin Carole, zei dat ze voor iemand die zo gedwee en passief was, toch heel goed wist hoe ze haar zin moest krijgen. Het kostte haar heel wat gepraat – nee, zeuren, smeken en tranen – voor hij uiteindelijk zover was dat hij het eens was met kunstmatige inseminatie, waarmee het zou lijken alsof ze een ander kind kregen en niemand zou weten dat het niet van hem was. En nu zag het ernaar uit dat ze allemaal zouden sterven als gevolg van haar koppigheid. Hoewel, dat zou ze pas zeker weten nadat ze haar bloed had laten onderzoeken, en Stephen zou dat natuurlijk ook moeten doen. En David, wanneer ze hem vonden. Kon het lot zó wreed zijn om hen allemaal te straffen voor haar halsstarrigheid?

Rachel deed haar ogen open en keek omlaag naar haar handen, die tot vuisten gebald op haar schoot lagen. Ze hield een blauw potlood in haar hand. Ze had het, toen ze was gaan zitten, automatisch opgepakt. Ze boog het hoofd, dat zwaar aanvoelde onder het gewicht van de ironie van het leven. Zou het niet het toppunt van ironie zijn als ze David vonden om hem dan te moeten verliezen aan deze verschrikkelijke ziekte? Was het een soort van fatale aantrekkingskracht die ze had, dat ze eerst trouwde met een man die besmet was met een dodelijke genetische ziekte en vervolgens een donor uitzocht uit wiens gegevens bleek dat hij intelligent, goed opgeleid en volkomen gezond was, die uiteindelijk toch besmet bleek te zijn met een dodelijk virus? Misschien had ze beter met Jonah kunnen sterven, dan had ze nu onder de koele aarde gelegen waar ze niet voor nog meer problemen kon zorgen.

Afwezig duwde ze de haren die voor haar gezicht waren gevallen terug achter haar oor, waarbij ze onwillekeurig een blauwe streep over haar wang trok. Als ze zichzelf zo had kunnen zien zitten – met haar handen op haar schoot, haar onderlip uitgestoken, met rode ogen en verwarde haren en niet ouder lijkend dan een kind van twaalf – zou ze ontroerd zijn geweest. Maar het enige dat Rachel zag, was de ellende waar ze met haar koppigheid voor had gezorgd. Dat ze, met het verlies van één dierbaar kind, nu wel eens haar hele gezin kwijt zou kunnen raken, terwijl ze nooit meer had gewild dan alleen maar een moeder te zijn. Ze zou, als dat geholpen had, haar eigen leven hebben gegeven om dat van Jonah te redden. Hetzelfde zou ze voor David doen. Haar lieve, gevoelige, methodische David met zijn donkere ogen. Haar verhalenverteller. Stephens honkbalspeler. Hun zoon. Het woordje 'zoon' weergalmde door haar hoofd. Haar zonen hadden, vanaf het allereerste moment, een grote plaats ingenomen in haar ziel.

Ze schoof de tekeningen van die dag opzij om te voorkomen dat haar tranen er vlekken op zouden maken. Ze mocht niet uit het oog verliezen dat er ook positief nieuws was geweest, ook al had ze dat voor een deel ervan alleen maar in haar eigen hoofd beleefd. Niet meer dan een heel zacht stemmetje als van heel ver weg, maar voor haar was het voldoende geweest om te weten dat hij leefde. En zij en Gallagher hadden eindelijk een paar dingen ontdekt. Een zilverkleurig busje en een niet zo fris ruikende gymp.

Jonah had nooit zulke fris ruikende gympen gehad. Hij was gestorven voor hij had kunnen leren lopen. Maar ze had nog steeds, verstopt achter in haar kast, een paar kleine blauwe slofjes liggen die hij gedragen had.

Afwezig tekende ze kleine figuurtjes op een leeg vel papier, en ze vroeg zich af hoelang ze nog zou hebben voor ze kwamen en haar dwongen om haar kamer uit te komen en zich beschaafd te gedragen, alsof ze zojuist niet alweer een enorme stomp in haar maag te verwerken had gehad. Alsof het leven niet alweer een dramatische manier had gevonden om haar duidelijk te maken wat voor mislukkeling ze was. De mensen konden er niet tegen – de pijn in haar ogen, de manier waarop het verdriet haar huid strak over haar botten trok en haar lippen deed trillen. Misschien drukte ze de anderen wel te zeer met hun neus op hun eigen problemen. Misschien kwam het wel daardoor dat ze voortdurend tegen haar zeiden dat ze het los moest laten, alsof je verdriet kwijtraken net zo gemakkelijk was als het omdraaien van een knop.

Ze zouden haar zeggen dat ze haar gezicht moest wassen, dat ze iets moest eten en iets moest drinken, dat ze sokken aan moest trekken, en iemand zou haar een trui aangeven, en dan zouden ze bij elkaar gaan zitten en haar treurig aankijken totdat ze het wel uit kon schreeuwen. Miranda en Stephen. Haar moeder en vader. Stephens moeder. Zelfs haar goede vriendin Carole, uit de buurt, ze bemoeiden zich allemaal met haar, weigerden te luisteren wanneer ze volhield dat ze niet depressief was, dat ze alleen maar geen behoefte had aan praten, dat ze geen zelfmoordneigingen had, dat ze alleen maar verdrietig was en ze echt niet bang hoefden te zijn dat ze haar greep op de realiteit zou verliezen, dat het alleen maar in haar hoofd leefde in plaats van alles uit te braken zoals andere mensen deden. Ze wilde geen borrel, geen valium en geen Prozac. Ze wilde voelen wat ze voelde. De maatschappij mocht het te druk hebben, of wilde er een mooi vernisje overheen schilderen, maar volgens haar was het alleen maar heel normaal om verdrietig te zijn als je je innig beminde kinderen had verloren.

Ze dacht aan de kliniek in Chicago waar ze naartoe was gegaan om zich te laten insemineren, en rilde. Een verschrikkelijke, totaal onpersoonlijke instelling. Ze dacht aan de donor, de man die nu op sterven lag. Als Davids vader – nee, dat was niet het juiste woord – een vader was iemand als Stephen, iemand die van zijn kinderen hield en voor hen zorgde, niet iemand die klaarkwam in een potje en het verkocht. Niet iemand die zijn sperma weggaf als een humaan gebaar terwijl hij niet geïnteresseerd was in de kinderen die hij gemaakt had. Haar eigen venijn verbaasde haar. Was het oneerlijk? Als er geen donoren waren, konden mensen zoals zij geen kinderen krijgen. Als Davids donor wist dat hij aids had, dat hij weldra zou sterven, moest hij even verdrietig zijn als zij. Ze vroeg zich af wat hij voor iemand was.

Ze sloeg haar armen om zich heen en probeerde te kalmeren. De inhoud van de brief had haar tot in haar diepste geschokt. Het voelde aan alsof ze vanbinnen uit elkaar lag en de ruwe kantjes van de brokstukjes van haarzelf tegen elkaar schuurden wanneer ze zich bewoog. Hoewel ze van haar onafhankelijkheid en de vrijheid van haar werk hield, was haar gezin het middelpunt van haar leven. Het was haar leven. Het idee dat ze het door het te creëren vernietigd had, was te erg om aan te denken. Een veelheid aan emoties, voornamelijk woede jegens zichzelf, jegens de spermabank en Davids vader schoot door haar heen.

Ze wilde de man vinden, hem door elkaar rammelen en tegen hem schreeuwen: 'Hoe heb je ons dit kunnen aandoen? Hoe heb je zo slordig kunnen zijn? Hoe is het mogelijk dat niet wist dat je besmet was?' De man die ze zich voorstelde, had geen gezicht. Het enige dat hij had, waren Davids ogen, ogen die zo anders en duidelijk niet haar ogen waren, en die ogen keken haar verdrietig aan terwijl ze haar woede luchtte.

Maar wat als hij even onschuldig was als zij? Wat als hij geen reden had gehad om het te vermoeden? Wat als de stakker het had gekregen door een bloedtransfusie of hij per ongeluk met een naald was geprikt? Hij was arts. Dat wisten ze. En goedbeschouwd, wat deed het ertoe hoe hij besmet was geraakt? Misschien had hij het wel gekregen van iemand van wie hij heel veel hield en was hij er pas onlangs achtergekomen. Het maakte niet uit hoe hij het had opgelopen, hij zou eraan sterven. En ongeacht hoe hij het had opgelopen, in die tijd dacht nog vrijwel niemand aan de mogelijkheid dat het sperma van donoren wel eens met het HIV-virus besmet zou kunnen zijn. Pas maanden later – maanden, dat was als minuten, nee, seconden, in de geschiedenis van de mensheid – waren ze begonnen met het onderzoeken van donoren. En hoe waarschijnlijk was het dat ze de bestaande voorraad ook zouden onderzoeken?

Ze hief haar vuisten op, schudde ze en liet ze slap omlaagvallen. 'De goden moeten mij wel haten. Waarom zou het leven mij en mijn kinderen anders blijven achtervolgen?'

Rachel dacht aan het verhaal van Job. Ze kon zich met Job met zijn beproevingen identificeren, hoewel ze zijn geloof niet deelde. Als God haar op de proef stelde, zou hij moeten vaststellen dat ze in gebreke bleef. Ze wilde zichzelf niet aan hem overleveren. Wat had ze gedaan dat zo slecht was dat ze het verdiende haar beide kinderen te verliezen? Het was misschien een godslasterlijke gedachte, maar ze wilde meester zijn van haar eigen lot. Ze wilde oprijzen als een reus en hemel en aarde bewegen tot ze haar kind gevonden had. Terwijl ze dat dacht, voelde ze de woede door haar lichaam vloeien, alsof haar hart geen bloed pompte maar zuivere, vloeibare woede. Als ze ooit de mens of mensen zou vinden die haar dit hadden aangedaan, zou ze ze met haar blote handen verscheuren.

Maar wat schoot ze ermee op om boos te zijn? Haar kinderen waren bang geweest voor woede, Jonah helemaal. Wanneer de mensen om hem heen hun stemmen verhieven, rilde hij en moest hij huilen. David sloeg alleen zijn mooie donkere ogen – die ogen van een vreemde – maar neer en draaide zich om. David. Haar mooie David. De mensen die hem hadden meegenomen, hadden naar hem zitten kijken. Bij de school, met een verrekijker. Het was vreemd omdat het zo eng was, maar het gaf haar hoop omdat degene die hem had meegenomen hem niet zomaar, willekeurig had meegenomen. Ze hadden niet zomaar een kind willen hebben. Ze hadden David willen hebben. De zoom van haar blouse was uit haar spijkerbroek geraakt en ze draaide hem zenuwachtig in haar beide handen. Ze wilde dat ze wist waarom ze speciaal hem hadden willen hebben. Misschien zou dat helpen om hem terug te krijgen.

Ze hoorde voetstappen de gang af komen. Ze sloot haar ogen en luisterde terwijl ze aan de voetstappen probeerde te horen wie het was. Lichte voetstappen, geen zware, en daarom was het waarschijnlijk een vrouw, maar langzaam en met vaste tred, niet Miranda's gewoonlijke, haastige geschuifel. Ze luisterde nog wat aandachtiger. Een voet raakte de vloer harder dan de andere, en nu kon ze ook het gehijg horen van iemand die buiten adem was, dus dan was het niet Carole, want ze kende niemand die zo fit was als Carole. 'Hallo, mam,' zei ze, zonder zich om te draaien. 'Is dit geen heerlijke dag.'

'Ik zou er meer van genoten hebben als ik niet zojuist stad en land, met inbegrip van dat verrekte kerkhof, naar jou had afgezocht,' zei haar moeder. 'Allemachtig, je zou jezelf eens moeten zien, Rachel. Je ziet eruit als iemand die weggelopen is uit een gesticht!' Haar moeder eindigde op een klaaglijk toontje, zoals ze altijd deed. Rachels moeder was op aarde gekomen om te klagen, en naarmate de jaren verstreken en ze ouder werd, deed ze het steeds vaker, alsof ze een bepaalde hoeveelheid moest halen voordat ze stierf en ze achterop was geraakt met haar schema. Op het eerste gezicht maakte ze geen ongelukkige indruk. Ze was een lange, slanke vrouw die er jonger uitzag dan ze was, ging schitterend gekleed en had dik, zilverkleurig haar en een jeugdig aandoende huid. Maar wanneer je beter keek, zag je de rimpeltjes van ontevredenheid op haar gezicht en de lange, diepe plooien die van haar neusvleugels langs haar omlaag wijzende mondhoeken naar haar kin liepen.

'Hebben ze je gebeld of kwam je toevallig langs?' vroeg Rachel.

Haar moeder haalde de schouders op. 'Ik was langsgekomen om te kijken of een van mijn dochters, of mijn beide dochters, misschien zin hadden om met mij te gaan eten – je vader heeft vanavond een saai zakendiner – en ik trof Stephen aan die volkomen buiten zichzelf was als gevolg van iets wat die griezel van een agent had gezegd, terwijl Miranda in de keuken zat te mokken als gevolg van iets dat Stephen tegen háár had gezegd. Ik vroeg waar je was, en ze zei dat je weer naar het kerkhof was gevlucht en dat het niet haar beurt was om je te gaan halen.' Ze kamde een afwezige hand vol schitterende juwelen door haar dikke grijze pony die over een oog was gevallen. 'Ik moet het knippen. Ik zie eruit als een hooistapel.'

'Jij zou er met de beste wil van de wereld nog niet uit kunnen zien als een hooistapel,' zei Rachel, terwijl ze opstond en haar handen afveegde aan haar broek, 'en daarbij, je bedoelt een hooiberg.'

'Stapel, berg, wat maakt het uit?' Haar moeder keek afkeurend naar Rachels slonzige gezicht. 'Je zit onder de blauwe strepen. Dat heb je echt niet van mij geleerd.'

'Nee,' was Rachel het hoofdschuddend met haar eens. 'Je hebt je best gedaan met mij, maar toen is mijn ware aard naar boven gekomen. Mijn ware aard is slordig, slonzig, zonderling en vreemd.'

Irene Filipovsky rolde met haar ogen en schudde het hoofd. 'Nou, ik heb je in ieder geval niet geleerd om op kerkhoven te zitten en tegen dode baby's te praten.'

'Dit is geen kerkhof en ik sprak tegen niemand. Ik zat alleen maar te denken.' Ze keek omlaag naar het papier en naar wat ze getekend had. Jonah's gezichtje, dat als een gevangene achter tralies vanuit zijn bedje naar buiten keek. Davids ogen. Rijen en nog meer rijen van Davids ogen. Haar moeder zag het en grinnikte afkeurend.

'Ik zei het al. Mijn ware aard is vreemd,' zei Rachel. 'Hebben ze je verteld wat er aan de hand is?'

'Wie?'

'Mijn zus en mijn man.'

Haar moeder keek haar vreemd aan. Het was dezelfde soort blik die ze de laatste tijd wel vaker kreeg wanneer ze Stephen en Miranda in één adem noemde. Ze was zich bewust van een rommelend geluid terwijl de radertjes in haar brein, zoals het functioneren van een combinatieslot, op hun plaats vielen en een deur die ze getracht had dicht te houden opeens openging waarmee ze een glimp opving van iets dat ze niet wilde weten. Wat kon het ook schelen. Als al het andere in haar leven op zijn kop kwam te staan en instortte, waarom zou haar huwelijk dan gespaard moeten blijven? Ze was niet naïef en niet van gisteren. Ze wist dat Stephens seksuele behoeften groter waren dan die van haar en dat hij vond dat hij het recht had ze te bevredigen.

'Dus dan weet je het van hen?' vroeg Rachel.

Haar moeder keek opeens naar buiten en vertoonde een intense belangstelling voor de bomen. 'Is het voorjaar niet ontzettend laat dit jaar?'

Ze had beter moeten weten. Zelfs als kind al had Rachel zich nooit met een kluitje in het riet laten sturen – ze bleef net zo lang doorvragen tot ze een antwoord had. 'Wist je het van hen?' vroeg ze opnieuw.

'Van...?'

'Stephen en Miranda.'

'Ik weet niets van Stephen en Miranda.'

'Stephen is mijn man en Miranda is mijn zus die momenteel bij ons in huis woont. Je andere dochter. Ze neuken elkaar in de keuken wanneer ze denken dat ik in een catatonische toestand boven in bed lig.'

'Hoe kun je zoiets zeggen!'

'Wat bedoel je? Catatonisch? Of neuken? Maar het is waar, of niet? En mocht ik nog getwijfeld hebben, dan heeft jouw reactie daar wel een eind aan gemaakt.'

'Ik heb niets gezegd,' zei haar moeder met klem. 'Kom nu maar mee. Ze zitten allemaal in de keuken op je te wachten. Ze maken zich zorgen.'

'Dat verbaast me niets,' zei Rachel.

Haar moeder schonk haar zo'n uitdagende moederlijke blik van het soort waarmee ze hun kinderen het zwijgen proberen op te leggen. Rachel kwam van haar kruk. Ze voelde zich opeens moe, bijna te moe om haar voeten te verplaatsen. Ze had er geen behoefte meer aan haar moeder zover te krijgen dat ze toegaf dat ze van de verhouding wist en keek nu zelf naar buiten, naar de bomen. Als ze HIV-positief was, hoeveel lentes had ze dan nog te gaan? Kwam het daardoor dat ze zich de laatste tijd zo moe voelde en last had van misselijkheid? En als David nooit terugkwam, zou ze dat dan erg vinden?

'Hebben ze je van de brief verteld?' vroeg ze.

'De brief?' vroeg haar moeder op scherpe toon. 'Is er dan een verzoek om losgeld gekomen?'

Rachel schudde het hoofd. 'Nee, nee, daar heeft het niets mee te maken. Het is een brief van de spermabank. Het gaat over Davids vader... eh... de donor.'

'Hij wil toch zeker geen contact met het kind!' riep haar moeder ontzet uit.

'Hij heeft aids.'

'Wat vreemd dat ze het nodig vinden om jullie dat te schrijven. Verwachten ze soms dat jullie het je zullen aantrekken? Wat is de bedoeling, dat je hem met David komt bezoeken voor hij de pijp uit gaat?' Haar moeder sprak boos en verontwaardigd.

'Nee, nee, dat niet. Zoals je weet, wordt het virus overgebracht door seksueel contact...'

'Lieve help, Rachel,' viel haar moeder haar in de rede. 'Alsof je met die man naar bed geweest zou zijn!'

'Nee, maar ik heb wel zijn zaad ontvangen, zijn sperma. En daar zit het virus in.'

Haar moeder verstijfde met haar hand op de deurknop en draaide zich naar haar om. 'Rachel, je wilt me toch zeker niet vertellen dat je... nee, natuurlijk niet, dat kan niet... je kunt niet... maar als je wel... dan moet Stephen... en David... Nee! Onmogelijk. Het is te erg om zelfs maar aan te denken.'

'Denk er dan niet aan,' snauwde Rachel kortaf. 'Denk dan maar aan de late lente van dit jaar en hoe de herten alle knoppen van de rodondendrons hebben gegeten. Want ik kan best HIV-positief zijn, en Stephen en David ook. Het is niet waarschijnlijk, dat staat in de brief. Het is niet waarschijnlijk, maar er zijn in de literatuur gevallen van bekend.' Ze zweeg en trok een gezicht. 'Hoor je wat ik zeg? In de literatuur! Het is niet boeken overkomen, maar mensen die graag kinderen wilden hebben en het met kunstmatige inseminatie hebben geprobeerd. Ik voel me net die Al Capp, Joe, of hoe hij ook heten mag, je weet wel, die met zijn eigen wolkje boven zijn hoofd.'

'Zo erg is het toch niet,' zei haar moeder stompzinnig. Haar moeder zei altijd dingen die nergens op sloegen. Wanneer ze niet klaagde of over Rachels vader zeurde, zei ze de meest achterlijke dingen. Haar probleem was dat ze de wereld zag door de bril van haar eigen ervaringen, en dat ze geen ervaringen had. Wat ze niet begreep, daar wilde ze verder niet aan denken. 'Kom nu maar mee. Ga naar boven en trek een paar sokken aan, dan zet ik een lekker kopje thee terwijl jij je gezicht wast.'

Rachel wachtte even of haar moeder haar ook nog een trui en een broodje zou aanbieden, maar die zou ze waarschijnlijk van iemand anders krijgen. Rachel liep naar de deur en kreunde van de pijn in haar voeten. Het was stom van haar dat ze dat hele eind zonder schoenen had gelopen. Haar moeder, die naast haar liep, sprak verder. Rachel luisterde niet, maar ze wist dat het plaatselijke roddels en schandalen waren. Ze wist precies wat ze vertelde – dat ze weer eens was afgezet op de markt, hoe onuitstaanbaar de loketbedienden van de bank tegenwoordig toch waren, hoe lui de man was geworden die haar tuin onderhield en hoe haar vader met de dag meer afwezig en nuttelozer werd.

Rachel liet de geluiden over zich komen als een achtergrondgeluid, als het aanspoelen van de golven op het strand. Iets dat haar moeder had gezegd, liet haar niet los. Wat was het ook alweer precies? Iets van of ze soms verwachtten dat ze hem met David kwam bezoeken voor hij de pijp uit ging.

Nee. Natuurlijk niet. Dat verwachtte niemand. De spermabank was uiterst geheimzinnig geweest. Rachel en Stephen hadden aan de ene kant veel van hun donor af geweten, maar aan de andere kant vrijwel niets, en zeker niets op grond waarvan ze hem zouden hebben kunnen opsporen. Ze nam aan dat de vertrouwelijkheid voor beide partijen gold. Maar stel dat een man ontdekt dat hij stervende is, of liever, dat hij lijdt aan een ziekte die, op dit moment althans, dodelijk is. Is het niet denkbaar dat zo iemand zijn kind zou willen zien om, door zijn eigen kind, het gevoel te krijgen dat er iets van hem op aarde zal blijven voortbestaan?

Was het denkbaar dat David door zijn eigen vader was ontvoerd?

Op school was David bezig een vriendje te maken. Hij heette Andy en woonde ongeveer anderhalve kilometer verderop. Ze zaten in dezelfde klas en gingen met dezelfde bus, en Andy hield van honkballen. Hij speelde zelfs in de jeugdcompetitie, zoals David had gedaan. Zijn vader was de trainer en hij zei dat hij hem zou vragen of David ook in het team mocht komen spelen. Toen hij uit de bus stapte, riep hij achterom naar David: 'Misschien mag je vanmiddag wel komen spelen. Bel je me?' Hij noemde hem zijn telefoonnummer en vroeg: 'En wat is jouw nummer?'

Dat wist David niet. Toen hij binnenkwam, was de vrouw iets aan het bakken. Ze veegde haar handen die onder het meel zaten af aan haar schort en vroeg: 'Hoe was het op school? Hebben ze je iets bijgebracht?' Ze kwam naar hem toe met de bedoeling hem te omhelzen, maar hij ontweek haar naar de andere kant van de tafel. Er gleed een verdrietige uitdrukking over haar gezicht en dat speet hem, maar haar omhelzingen deden hem die innige, hartelijke omhelzingen van zijn moeder alleen nog maar meer missen, en hij kon zo veel verdriet niet verdragen.

David vertelde haar dat ze hadden geleerd over indianenstammen, met inbegrip van de stammen die in de omgeving hadden geleefd en van wie ze de gebieden op een kaart hadden bekeken. Eindelijk bracht hij de moed op om haar naar de sprei te vragen. 'Hoe komt u aan die sprei? Het lijkt me nogal beledigend voor de indianen, u niet?'

De vrouw – Marion – schudde nijdig het hoofd. 'Als de blanken niet beter en sterker waren geweest, hadden ze de indianen nooit kunnen verslaan, David. Hoe dan ook, ik heb die sprei al heel lang en het is een goede sprei voor een jongenskamer.'

'Was hij van uw zoon?' vroeg David.

'Je vraagt te veel,' zei ze, terwijl ze het al schone aanrecht afnam met een doek. 'Heb je honger?' David knikte. 'Je hebt tenminste een gezonde trek. De meeste kinderen van tegenwoordig zijn zo moeilijk met eten.'

David vertelde haar niet dat hij at wat ze op tafel zette omdat hij het lekker vond – het eten van zijn moeder was veel lekkerder – maar omdat hij bang voor haar was. Ze was niet het type vrouw tegen wie je dat soort dingen kon zeggen. Hij kropte zo veel dingen in zich op dat hij soms wel eens het gevoel had dat hij elk moment kon barsten. Er waren dagen waarop de vragen en de zorgen en de dingen waar hij bang voor was tegen zijn borst drukten tot hij geen lucht meer kon krijgen. Hij dacht altijd aan haar als 'de vrouw'. Ze had eens een keer opgemerkt dat hij haar bij een naam moest noemen, en had Nana voorgesteld, of tante. Zonder erbij na te denken, had hij gezegd: 'Maar u bent niet mijn grootmoeder en niet mijn tante.' Ze had gereageerd met die gekwetste blik en op elkaar geperste lippen en was van onderwerp veranderd, maar hij had gevoeld dat hij alweer een fout had gemaakt. Wat hij ook deed, hij scheen haar op geen enkele manier plezier te kunnen doen.

'Wat is ons telefoonnummer?' vroeg hij.

Ze keek hem aan met half samengeknepen ogen en hij was bang dat ze tegen hem zou uitvallen. 'Waarom wil je dat weten?'

'Er zit een jongen in mijn klas, we gaan samen met dezelfde bus, en hij woont hier verderop...' Hij was zó bang dat hij ervan stotterde. 'Hij vroeg of ik bij hem mocht komen spelen. Hij heeft me zijn telefoonnummer gegeven en vroeg naar het mijne, en ik kon het hem niet geven.'

'Ik wil niet dat je de telefoon gebruikt,' zei ze. 'Je weet wel, vanwege de man. Wat is zijn nummer? Ik bel wel.'

David vond het maar vreemd. Thuis hingen hij en Tommy uren achtereen aan de telefoon. Spraken ze met elkaar onder het maken van hun huiswerk, onder het spelen van computerspelletjes, of ze kletsten gewoon maar wat. 'Ik wil graag bij hem spelen,' zei hij, en gaf haar het nummer.

Later, toen ze naar de wc was, sloop hij naar de telefoon, maar er stond geen nummer op. Dat was het moment waarop hij het idee kreeg om naar zijn huis te bellen om te zien of er iemand was.

Hoofdstuk 11

'Alles wat tot waanzin drijft; alles dat de duistere droesem van dingen naar de oppervlakte laat komen; alle waarheid waar boosaardigheid in steekt; alles dat je zenuwen onder druk zet, en je brein doet stollen...'
Melville, 'Moby Dick'

Toen Rachel en haar moeder de keuken binnenkwamen, zaten ze alle drie, op gelijke afstanden van elkaar en in een vijandige sfeer, aan de eetbar op haar te wachten. Rachel popelde om haar nieuwe idee met hen te delen, maar dwong zichzelf alles volgens de regels van het fatsoen te spelen – eerst de begroeting, dan de bezorgde vragen of iedereen wel voldoende te eten en te drinken had gekregen. Vervolgens excuseerde ze zich om haar gezicht te wassen en sokken aan te trekken, en ze zag, toen haar moeder bij de anderen om de bar ging zitten, hoe de afstanden onmiddellijk werden aangepast zodat iedereen, in de nieuwe situatie, weer even ver van elkaar af kwam te zitten.

Ze moest bijna hardop lachen toen ze haar gezicht in de spiegel zag. Bespottelijke blauwe strepen. Geen wonder dat haar familie zich voor haar schaamde. Het kind dat maar niet volwassen wilde worden. Jammer dat er geen vrouwelijke versie van Peter Pan was. Ze vertikte het om zich te identificeren met Wendy, een tuttige kleine etter met een sterk moederlijk instinct. De term die haar nog het beste omschreef, was die van wildebras, maar dat was het ook niet helemaal. Kinderlijk werd opgevat als simpel van geest, en kinderachtig als je je jonger voordeed dan je was. En wat was er dan nog over? Nu ze volwassen was, had ze vrede gevonden met wat ze eerder tegen haar moeder had gezegd – dat ze vreemd en zonderling was. Misschien zou het woord onconventioneel beter zijn geweest. Maar was ze in werkelijkheid juist niet conventioneler dan de rest? Het enige dat ze wilde, was een man, kinderen en bevredigend werk.

Een man. Vreemd, maar toen ze net naar Stephen had gekeken, was hij haar precies hetzelfde voorgekomen als altijd. Ze had verwacht dat er iets veranderd zou zijn, dat hij, nu ze eindelijk tegenover zichzelf had toegegeven wat ze al een tijd geweten had, hoorns zou hebben, er verschrikkelijk schuldig uit zou zien of haar niet meer recht zou durven aankijken. Maar dat was allemaal niet gebeurd. Hij was nog steeds knap, goedgebouwd en kribbig geweest, en had nog steeds getracht het gesprek te domineren.

In een opwelling pakte ze de telefoon en draaide het nummer van haar vriendin Carole, de moeder van Davids beste vriendje Tommy. Hoewel Carole een kleine, levendige verschijning met rood haar was, had ze een onvoorstelbaar hese stem, een stem die absoluut niet bij haar uiterlijk paste. De mensen die alleen maar met haar getelefoneerd hadden, liepen, wanneer ze ergens met elkaar hadden afgesproken, altijd glad langs haar heen omdat ze een forsgebouwde, lange brunette verwachtten. Carole vond het een giller, Rachel zou er waanzinnig van zijn geworden. Misschien kwam dat wel doordat Carole volledig tevreden was met wie ze was, en Rachel niet.

Meteen nadat Carole had opgenomen en 'hallo' had gezegd, overviel Rachel haar met haar vraag. 'Wist jij dat Stephen en Miranda een verhouding hebben?' In de stilte die volgde, voegde ze eraan toe: 'De waarheid, graag, Carole. Ik ben niet geïnteresseerd in het juiste of het correcte antwoord.'

'Ja.'

'Wordt er door iedereen achter mijn rug hoofdschuddend en medelijdend naar mij gekeken, en wordt er "arme Rachel" gefluisterd?'

'Dat zou ik niet willen zeggen.'

'Hoe weet je het dan?'

'Ze doen te zeer hun best elkaar te negeren. En het valt op doordat Miranda niet met andere mannen flirt wanneer hij in de buurt is. Je weet toch hoe ze is.'

'Daarom hou ik zoveel van je, Carole. Omdat je mij de waarheid vertelt.'

'Is alles goed met je, Rachel?'

'Ik sta rechtop, ben bij bewustzijn, neem van tijd tot tijd een kleine hoeveelheid voedsel in, maar je kunt niet echt zeggen dat het goed met me gaat. Zou het met jou goed gaan als Tommy vermist werd?'

'Ik denk dat ik op een bergtop zou staan schreeuwen.'

'Nou, dat doe ik ook...'

'Was je weer op het kerkhof?' viel Carole haar in de rede.

'Dat is heus niet mijn tweede huis, hoor,' zei Rachel. 'Ik schreeuw binnen in mijn hoofd. Ik had me alleen maar in mijn werkkamer verstopt. Ik kan er niets aan doen dat ze me niet konden vinden.'

'Het kan je niet schelen wat de mensen van je denken, hè?'

'Jawel,' zei Rachel, 'dat wil zeggen, ik ben me ervan bewust dat ze me met afkeurende blikken observeren. Ik schijn alleen niet in staat te zijn mijn gedrag aan te passen aan hun verwachtingen.'

'Het is geen kwestie van kunnen, Rachel, maar een kwestie van willen. Je wilt je gedrag niet aanpassen.'

'Je kent me te goed,' zei Rachel. 'Moet je horen, er zijn een paar ontwikkelingen. Zou je wat later langs kunnen komen?'

'Je wilt toch zeker niet dat ik Rons beloofde preek over onze belasting misloop? Ik denk niet dat ik die aan mijn neus voorbij zou willen laten gaan, alleen omdat een vriendin van mij ingrijpende problemen heeft en behoefte aan mijn gezelschap heeft, jij wel?'

'Je kijkt maar wanneer je kunt komen. Ik wil echt niet dat je dat verhaal over de belasting misloopt. Ik weet hoe heerlijk Ron het vindt om te kunnen preken. Tijdens mijn laatste etentje fluisterde hij me van alles toe over compensatiekosten en aftrekmogelijkheden, net zolang tot ik er rode oortjes van had gekregen en iedereen, met uitzondering van jou, dacht dat hij me de meest verrukkelijke complimentjes maakte.'

'Ik ben bereid het nodige over het hoofd te zien van een man die een goede kostwinner, een goede partner in bed en een trouwe echtgenoot is,' zei Carole, en had toen onmiddellijk spijt van haar woorden. 'Oei, sorry voor dat laatste. Ik mag Stephen echt, dat weet je. Al dat kribbige ongeduld, die ingehouden energie is verschrikkelijk sexy. Jammer dat hij het niet kan kanaliseren. Hij zal wel, zoals ze van de meeste kinderen in dit land beweren, een probleem hebben met de controle van zijn impulsen. Het spijt me, ik moet ophangen. Tommy komt net binnen met een slang in zijn hand. Als ik hem niet snel onderschep, vindt Susan hem straks in haar bed, en dan zitten we vierentwintig uur lang met tranen en verwijten. Tot straks.' Ze deed Rachel denken aan een machinegeweer, een snelle opeenvolging van woorden, gevolgd door lange perioden van intense stilte.

'Wacht! Bel voordat je komt. Misschien zijn we wel uit eten. Het enige dat we in huis hebben, is groentenpuree.' Ze pakte haar sokken en kreunde terwijl ze die over haar pijnlijke voeten trok. Straks, zodra ze tijd had, zou ze haar voeten een speciaal bad geven en ze verzorgen en ze zeggen dat het haar speet dat ze zo onzorgvuldig ermee was omgesprongen, maar niet nu. Halverwege de trap bleef ze staan om een trui te pakken en hoopte dat, wanneer ze zo beneden kwam, iemand iets te eten klaargemaakt zou hebben. Ze kon zich niet herinneren dat ze geluncht had; ze had gewerkt en was toen afgeleid door dat gesprek met Gallagher, en haar ontbijt had ze niet binnen kunnen houden. Geen wonder dat ze zich zo duizelig en trillerig voelde.

Het groepje was van de keuken verhuisd naar het terras. Ze hadden allemaal iets te drinken en te eten – iets dat eruitzag als kaas maar wat ook iets anders kon zijn. Gallagher was weg. Dat was best. Anders zouden hij en Stephen nu nog steeds als minachtend snuivende honden om elkaar heen hebben gedraaid.

'Is dat eten?' vroeg ze gretig, terwijl ze het terras opliep.

'Je loopt mank,' zei Stephen beschuldigend.

'Dank je,' zei Rachel, 'een glas witte wijn is precies waar ik behoefte aan heb. Wat lief van je om dat aan te bieden.' Stephen schonk haar een geïrriteerde blik terwijl hij opstond om het drankje voor haar te halen. Rachel bukte zich en pakte een handvol van wat ze meende dat het noten waren. Ze smaakten vagelijk naar noten, maar hadden de structuur van droog hondenvoer. 'Miranda, wat is dit?'

'Tarwenoten. Bijna geen vet, laag cholesterolgehalte, rijk aan vezels...'

'Ik wil niet ondankbaar zijn, maar ik zou het toch echt fijner vinden als we niet overal imitaties van hoefden te eten.'

'Geen wonder dat je altijd moe bent.'

'Ik ben moe omdat ik een heleboel aan mijn hoofd heb. Omdat ik niet goed slaap,' zei Rachel. 'Het heeft niets te maken met wat ik eet.'

Miranda zette haar handen in haar zij en schudde haar haren naar achteren. 'Vertel me maar eens wat je vandaag gegeten hebt.'

'Je weet wat ik ontbeten heb, en vanmiddag... ik ben vergeten te lunchen omdat ik diep in gesprek was met Gallagher. Ik weet het niet meer. En nu is het tijd voor het avondeten. Dank je, Stephen.' Ze pakte het glas van hem aan en proefde de wijn. Chardonnay. Een teer, groenachtig goud. Een tikje zoet en vanilleachtig. 'Mam, heb je nog steeds zin om uit eten te gaan?'

Haar moeder keek zenuwachtig van de een naar de ander. 'Jullie zeggen maar waar jullie zin in hebben. Ik dacht aan de nieuwe Mexicaanse restaurant bij de rivier. Ik heb gehoord dat het eten er goed is...'

'Ik weet niet hoe het met jullie staat,' zei Rachel, 'maar ik rammel. We zouden allemaal met de Lexus kunnen gaan, ja toch, Stephen? De achterbank ligt toch niet vol met stapels dossiers, of zo? Ik ga mijn tas even pakken. En iets anders aantrekken. Ik geloof niet dat het echt een spijkerbroekentent is.' Ze ging naar boven en voelde hoe ze haar allemaal nakeken.

Miranda en mevrouw Filipovsky zaten achterin, Stephen zat voorin op de passagiersplaats en Rachel reed. Ze was een beetje duizelig van het drinken op een lege maag en probeerde er niets van te laten merken. Het was typisch iets voor haar moeder om te vergeten dat ze de avond vóór Davids verdwijning allemaal bij Sol Azteca gegeten hadden. Normaal gesproken zou Rachel geweigerd hebben daar weer naartoe te gaan vanwege de herinneringen, maar de wijn had haar vreemd moedig en roekeloos gemaakt. Ze had het gevoel dat het haar misschien zou kunnen helpen om contact met David te maken. Als Stephen geweten had wat ze dacht, zou hij uit het raampje van de auto zijn gesprongen en naar huis zijn gegaan.

Jammer genoeg werden ze herkend door de baas van het restaurant die hen, terwijl hij hen naar hun tafel bracht, vroeg: 'Uw zoontje is vanavond niet meegekomen?'

Stephen zag eruit alsof hij de man het liefste naar de keel was gevlogen, maar Rachel zei: 'Nee, hij kon niet mee,' waarna ze snel een karaf margarita's, een schaal met nacho's en wat guacamole bestelde. Stephen keek haar onderzoekend aan. Hij was het niet van haar gewend dat ze de leiding nam.

'Het spijt me,' zei ze, toen ze Miranda aan het vet zag denken. 'Ik kon het niet helpen. Ik ben uitgehongerd.'

'Ze hebben ook salades,' snauwde haar zus.

'En daar kun je er eentje van bestellen.' De margarita's werden meteen gebracht. Rachel likte het zout van de rand van haar glas en keek de tafel rond. 'Iedereen weet het van de brief, ja?' Miranda en Stephen knikten heftig, terwijl haar moeder haar alleen maar verward aankeek. 'Stephen, zou jij het aan moeder kunnen uitleggen? Ik heb het eerder geprobeerd, maar ik geloof niet dat het me echt goed gelukt is.'

Stephen begon aan een uitleg waarin hij een heleboel cijfers noemde, met inbegrip van het feit dat zestig- tot tachtigduizend vrouwen per jaar proberen om via kunstmatige inseminatie bevrucht te raken, en dat er van in totaal zeven vrouwen bekend was dat ze het virus hadden opgelopen, alle zeven via van vóór 1985 uitgevoerde inseminaties, het jaar waarin sommige klinieken begonnen waren hun donoren te onderzoeken. Hij ging verder met het bespreken van de uitvaardiging van regels en voorschriften, en van het feit dat die in de meeste klinieken nauwelijks in acht werden genomen. Het feit dat iemand gedurende tien jaar geen symptomen hoefde te vertonen, en dat het risico, uitgaande van de door de kliniek gegeven cijfers, uiterst gering was. En dat Rachel natuurlijk morgen naar de dokter zou gaan om zich te laten onderzoeken, zodat iedereen gerust kon zijn.

'Maar is het mogelijk dat David besmet is als jullie twee dat niet zijn?' wilde haar moeder weten. Stephen zei dat hij dat niet wist. 'En hoe zou jij besmet kunnen zijn, Stephen? Jij bent niet geïnsemineerd, maar Rachel.'

'Ik kan alleen maar besmet zijn als Rachel besmet is,' zei hij.

'Moeten we hier zo lang over door blijven zeuren?' vroeg Miranda. 'We zijn hier om te eten...'

'Alsof je sperma zou moeten eten, verdomme!' zei Stephen, waarop hij vuurrood werd.

'Voor we op een ander onderwerp overgaan,' zei Rachel, 'zou ik graag iets willen bespreken dat mij vanmiddag te binnen is geschoten. Over de donor. Over Davids biologische vader.' Stephen kromp ineen bij het woordje vader. 'Zijn jullie allemaal op de hoogte van de laatste ontwikkelingen? De gymp?' Iedereen knikte. 'Het busje?' Niemand reageerde. 'Goed dan. Gallagher kwam vandaag langs om te vertellen dat hij, terwijl hij alle politierapporten nog eens naliep, op een bericht was gestuit van een vrouw die geklaagd had over een kind dat een schoen uit het raampje van een zilverkleurig busje had gegooid. Dat was op de dag van Davids verdwijning. De plek waar ze zijn gymp hebben gevonden. Gallagher is met haar gaan praten, maar het enige wat ze hem kon vertellen, was dat het kenteken van het busje van een andere staat was.'

'Wat heeft dat allemaal te maken met een anonieme spermadonor?' wilde Miranda weten, juist op het moment waarop de kelner de nacho's op tafel zette.

'Laat me uitspreken. Toen hij me dat vertelde, herinnerde ik mij iets dat gebeurd is op de dag vóór de ontvoering. We waren op het sportveld van school, David, Tommy en ik. Ze waren in hun nieuwe competitie-uniformpjes en renden in het rond, terwijl ik zat te tekenen. Opeens kwam David naar me toe en vroeg waarom iemand met een verrekijker naar het sportveld van de school zou zitten kijken. Ik gaf een stom antwoord, iets van dat ze waarschijnlijk naar de vogels keken of gewoon van kinderen hielden, en ik stond er verder niet meer bij stil, totdat ik me opeens twee dingen realiseerde: dat de ontvoering gepland was, en dat degene die David heeft meegenomen niet zomaar een kind wilde ontvoeren, maar specifiek naar hem op zoek was geweest. Ik vroeg me af waarom, maar het antwoord op die vraag schoot me pas te binnen toen ik de brief had gelezen.'

Ze wachtte op hun reacties, maar het enige wat ze zag, waren uitdrukkingsloze gezichten. 'Snappen jullie het dan niet? De man die David verwekt heeft, lijdt aan een fatale ziekte. Dat betekent dat hij wel eens niet zo lang meer te leven kan hebben, hoewel het dat niet automatisch hoeft te betekenen, en het betekent dat hij geen kinderen zal krijgen als hij die niet al heeft. Is het dus niet redelijk om aan te nemen dat hij deze ene kans op nakomelingen heeft aangegrepen... en zijn zoon heeft ontvoerd?'

Ze observeerde hun gezichten. Ze had instemming en bevestiging verwacht, maar wat ze zag, waren twijfel en verwarring. 'Luister,' zei ze. 'Het enige wat we moeten doen, is tegen Gallagher zeggen dat hij bij de kliniek moet vragen wie de donor is, dat hij die donor moet opzoeken en moet kijken of hij David heeft. Wat is daar zo moeilijk aan?'

Ze keek gretig van de een naar de ander, in de verwachting hen instemmend te zien knikken. Dat zag ze niet. Rachel was in haar leven al vaak genoeg op een vreemde manier aangekeken om te weten wanneer de mensen meenden dat aan haar een steekje los was. Op dit moment kreeg ze dat soort blikken toegeworpen van de enige drie mensen op de hele wereld van wie ze gemeend had dat die met haar op dezelfde golflengte zaten. 'Wat hebben jullie?' riep ze uit. 'Snappen jullie het dan niet? Willen jullie David dan niet vinden? Lijkt dit jullie niet de perfecte verklaring? Wie zou hem anders meegenomen kunnen hebben?'

'Je schreeuwt, Rachel,' zei Stephen op waarschuwende toon. 'Wil je dat de hele wereld van onze problemen hoort?'

'Je weet best dat dat niet zo is,' siste ze terug. 'En dat is precies waarom ik niet wilde dat jij die Robinson erbij zou halen. Als hij zijn mensen erbij betrekt, kunnen we geen stap verzetten zonder daarbij op een van hen te trappen. En als het eenmaal bekend is en zijn foto op elke telefoonpaal en op elk pak met melk staat, is de kans bijzonder groot dat degene die hem heeft bang wordt en zich op korte termijn van hem zal willen ontdoen.'

'O, nee!' Stephen sprong zó plotseling op dat zijn stoel er met een luide klap van achteroverviel. Iedereen in het restaurant draaide zich om en keek naar hun tafel.

'Wat is er?' vroeg Rachel.

'Robinson,' antwoordde Stephen, terwijl hij op zijn horloge keek. 'Ik was het helemaal vergeten. Ik heb hem gevraagd vanavond bij ons te komen. Hij moet er over een kwartier zijn.'

'Robinson!' Rachel was ook opgesprongen. 'Heb je hem opgebeld? Heb je hem gevraagd bij ons thuis te komen? Stephen, ik dacht dat we het erover eens waren...'

'Rachel, je schreeuwt alweer,' zei hij, afwezig met een hand door zijn haar kammend. 'Ik kon er niet meer tegen, goed? We kwamen geen steek verder. Het is nu al drie weken, en de politie heeft nog niets gevonden! Misschien dat Robinson daar iets aan kan veranderen. Het spijt me dat je het er niet mee eens kunt zijn, maar ik moet dit doen. Blijven jullie maar hier. Jullie kunnen met een taxi naar huis.'

'Stephen, nee! Wacht! Zeg hem dat je van gedachten veranderd bent.' Rachel had het gevoel alsof de vloer tussen hen in zich geopend had in een kloof die even breed was als de Grand Canyon. Haar woorden zweefden erboven.

'Ik ben niet van gedachten veranderd. En hij heeft de boel al in gang gezet. Vanmiddag al.' Zijn woorden maakten een eind aan al haar hoop. Rachel plofte terug op haar stoel en pakte haar margarita.

Hoofdstuk 12

'*Verwerf je pijn*
met alles dat vreugde kan geven...'
Pope, 'Moral Essays'

Robinson kwam veel te laat. Stephen had door de kamers van het lege huis heen en weer geijsbeerd, bedenkelijke blikken geworpen op de toenemende hoeveelheid stof in de hoeken en op de planken, op een vaas vol dode bloemen, op drie truien van Rachel die achteloos over stoelleuningen waren geworpen. Hij had zijn koffertje uit de auto gehaald en geprobeerd wat te werken, maar hij had zich niet kunnen concentreren. Uiteindelijk had hij, in de hoop er wat van te zullen kalmeren, een glas whisky voor zichzelf ingeschonken. Hij had het net op toen er werd aangebeld.

'Het spijt me dat ik zo laat ben,' zei Robinson. Hij dook ineen om zijn hoofd niet aan de bovenkant van de deur te stoten, en een tweede keer toen hij onder de kroonluchter door liep. 'Een van onze vrijwilligers, die een computerdeskundige is, had onverwacht wat extra vrije tijd, dus besloot ik wat met hem te werken en alvast wat voorbereidende informatie op het internet te zetten.' Robinson was een opvallend lange, magere man met een smal, hoekig gezicht, een piepende stem en een uitstekende adamsappel. Hij had lange, knokige handen, die, met hun dunne polsen, uit de mouwen van zijn te korte jasje staken. Stephen vroeg zich onwillekeurig af of er niemand was die hem kon vertellen dat hij extra lange jasjes in plaats van jasjes van een normale lengte moest kopen.

'Het geeft niet,' zei hij. 'Ik ben al dankbaar dat u zo snel kon komen.' Hij ging Robinson voor naar zijn werkkamer.

Robinson keek nieuwsgierig om zich heen. 'Is uw vrouw er niet?'

'Ze is uit eten met haar moeder en haar zus. Ze kan elk moment thuiskomen.'

Stephen had nog niet lang met John Robinson zitten praten toen hij de taxi met Rachel en Miranda en hun moeder hoorde stoppen. Het volgende moment hoorde hij vrouwenstemmen, terwijl de dochters afscheid namen van hun moeder, Irenes voetstappen op het grind en het wegrijden van haar auto. Stephen had gehoopt dat hij Rachel had kunnen laten inzien dat het alleen maar redelijk was wat hij deed, maar toen ze binnen was gekomen, liep ze met een strak gezicht, zonder zelfs maar even naar binnen te kijken toen hij haar riep, langs de deur van zijn werkkamer.

'Rachel,' riep hij nogmaals, toen ze bij de trap was. 'Zou je alsjeblieft bij ons willen komen?' Zonder zich naar hem om te draaien, schudde ze het hoofd. 'Carole heeft gebeld,' voegde hij eraan toe. 'Tommy heeft last van zijn maag. Hij moet om het kwartier overgeven. Ze belt je morgen.'

'Dank je,' zei ze, en begon de trap op te lopen.

Geïrriteerd ging Stephen zijn werkkamer weer binnen. Dat was Rachel ten voeten uit. Ze verwachtte van iedereen steun en begrip, ze verwachtte zelfs van hem dat hij haar gedachten kon lezen, maar was niet bereid voor een ander steun en begrip op te brengen. Terwijl hij dat dacht, wist hij al dat het niet eerlijk van hem was. Rachel haatte verrassingen. Ze wilde zich graag op de dingen kunnen voorbereiden. Als hij haar wat extra tijd had gegund, haar gewaarschuwd had, zou ze waarschijnlijk niet zo negatief gereageerd hebben. Maar verdomme, ze hadden geen tijd. Ze hadden al weken – eindeloze, kostbare weken – verspild in afwachting van wat de politie zou doen. En de politie had niets gedaan. Nou, met Rachels wachten en hopen waren ze niets opgeschoten. Het was tijd om tot actie over te gaan.

'Uw vrouw wil niet deelnemen aan ons gesprek?' vroeg Robinson, waarbij hij nadrukkelijk keek naar de lege ruimte achter Stephen.

'Ze is moe. Sinds Davids ontvoering kan ze niet meer slapen.' Hij keek naar Robinsons gezicht. Hij bespeurde iets in zijn ogen. Ongeloof. Stephen had het onaangename gevoel dat Robinson dwars door hem heen kon kijken. Het was een slappe smoes, dat moest hij toegeven, om te beweren dat een vrouw die voldoende energie had om uit eten te gaan te moe was om zich te bekommeren om het zoeken naar haar zoon.

'Is uw vrouw het er niet mee eens dat wij ons met de zaak bemoeien?' vroeg Robinson.

De man, realiseerde Stephen zich, was aanmerkelijk slimmer dan hij eruitzag. Stephen schudde het hoofd. 'Ik vrees dat ze sinds de ontvoering niet erg voor rede vatbaar is. Ze denkt dat het haar schuld is omdat ze niet thuis was om David binnen te laten. Niet dat dat enig verschil gemaakt zou hebben. Hij is meegenomen vóór hij thuis was. Het enige is dat ze het dan eerder geweten zou hebben. Het is maar anderhalve kilometer van hier naar school...' Er lag een vreemde uitdrukking op Robinsons gezicht, en Stephen vroeg zich af of de man zich, ondanks zijn zo zorgvuldig gekozen woorden, realiseerde dat hij het Rachel kwalijk nam dat ze zo onverschillig was. Hij haastte zich verder met zijn verklaring voor haar afwezigheid. 'Mijn vrouw wil niet dat u zich ermee bemoeit. Ze denkt dat degene die David ontvoerd heeft, het speciaal op hem had voorzien. Dat vermoeden baseert ze op haar verrekte...' Hij klemde zijn lippen op elkaar, haalde adem en zei in plaats daarvan: 'En ze is ervan overtuigd dat publiciteit op grote schaal gevaarlijk kan zijn voor David.'

Robinson knikte. 'Ja, dat is natuurlijk een reëel risico,' zei hij. 'En daarom is het zo belangrijk dat we de ontvoerders laten weten dat er een liefhebbende, verwoeste familie met smart zit te wachten op de thuiskomst van haar kind. Om de hele situatie een menselijk kantje te geven. Als uw zoon nog leeft, willen we dat de mensen die hem hebben meegenomen zich ervan bewust zijn dat hij een geliefd en gewaardeerd kind is...'

'Hoe bedoelt u, als?' viel Stephen hem in de rede. 'Als u denkt dat hij niet meer leeft, waarom zouden we dan al deze moeite doen?'

'We mogen de hoop niet laten varen, wel?' zei Robinson. 'Sommige van de kinderen die verdwijnen, worden nooit gevonden. Dat is een feit waar we niet omheen kunnen. Het is wreed, maar het is nu eenmaal niet anders. Aan de andere kant kunnen we ook denken dat ze allemaal terugkomen, en op grond daarvan rustig afwachten zonder iets te doen. Ik... mijn organisatie... wij doen dat niet... kunnen ons er niet zomaar bij neerleggen. Wij zijn ervan overtuigd dat wij, door gebruik te maken van publiciteit op grote schaal en door de situatie onder de aandacht te blijven brengen, kunnen meehelpen met het vinden van onze vermiste kinderen.'

Robinsons rustige uitspraak dat David wel eens dood zou kunnen zijn, schraapte over Stephens rauwe zenuwen als nagels over een schoolbord. Hij huiverde en keek vlug naar Robinson om te zien of de man het gemerkt had. Het leek van niet, want hij sprak rustig verder. 'En wat betreft de kwestie of het extra gevaarlijk voor David zal zijn, kan ik u alleen maar zeggen dat de mensen over het algemeen denken dat ze niet gevonden zullen worden. Ze gaan er niet van uit dat ze ontdekt zullen worden. Als ze een kind hebben meegenomen omdat ze een kind willen hebben, waarom zouden ze het dan kwaad willen doen? Daar komt bij dat een van de uitwerkingen van publiciteit is dat het de ontvoerder het gevoel geeft dat er op hem of haar gelet wordt, hetgeen hem er juist van kan weerhouden het kind iets aan te doen.'

Dat was wat Stephen ook had gedacht en wat hij Rachel duidelijk had willen maken. Hij knikte heftig. 'Ik waardeer het dat u bereid bent ons te helpen. Ik werd gek van de frustratie, van het feit dat de politie maar geen steek verder kwam. Ze doen maar steeds alsof ze denken dat een van ons hem heeft laten verdwijnen...' Stephen kon zich er niet toe brengen het woord 'vermoord' te gebruiken, 'en we hem in de tuin begraven hebben. En terwijl ze hun tijd verdoen met het ondervragen van ons en de buren gaan er kostbare minuten en waarschijnlijk ook levensbelangrijke gegevens verloren, omdat niemand weet dat er een kind ontvoerd is. Wie zal zeggen wat iemand misschien gezien heeft en verder niet als belangrijk heeft beschouwd omdat ze van niets wisten...' Zijn stem brak. Beschaamd wendde hij zich af. Een advocaat die niet eens een volledige zin over zijn lippen kon krijgen.

'U hebt natuurlijk volkomen gelijk,' zei Robinson. 'Mensen die drie weken geleden iets belangrijks hebben gezien, kunnen dat ondertussen alweer vergeten zijn. Het spoor is koud. Maar drie weken is altijd nog beter dan een maand of drie maanden.' Hij haalde een klein bandrecordertje uit zijn zak en zette het op tafel. 'Ik hoop dat u daar geen bezwaar tegen hebt... op die manier weet ik zeker dat ik niets vergeet...' Stephen schudde het hoofd. 'Welnu,' vervolgde Robinson, 'ik weet zeker dat u het hier al zo vaak met de politie over hebt gehad tot u het wel kon uitschreeuwen, maar we weten nooit wat belangrijk zou kunnen zijn. Waarom begint u niet met me wat over David te vertellen, over wat voor soort kind het was. Ik zal natuurlijk, voor ik straks wegga, een recente foto van u moeten krijgen, en verder verzoek ik u mij alles te vertellen over de dag waarop David verdwenen is...'

Stephen zat in de half verlichte kamer – zijn favoriete kamer in huis, met de muren van donkerrode baksteen en comfortabele, groene leren fauteuils – en sprak over zijn zoon. Over hoe netjes David was. Over zijn liefde voor het honkballen. Over alle dingen die ze samen deden. Over hoeveel ze op elkaar leken. Over hoe ze, en dat had hij eigenlijk helemaal niet willen zeggen, soms knettergek werden van Rachels afwezigheid. Hij was aan het vertellen over hoe precies David was met het opruimen van zijn kamer toen Robinson hem in de rede viel.

'Ik bespeur een zekere spanning wanneer u het over uw vrouw hebt. Zijn er problemen tussen u beiden aangaande de manier waarop u met deze kwestie probeert om te gaan?'

Stephen keek hem strak aan en probeerde een antwoord te formuleren. Hij was het niet gewend om woorden verlegen te zitten, maar hij was het net zomin gewend dat zijn gedachten werden gelezen.

'Het komt heel vaak voor dat zo'n enorm verlies tot een verwijdering tussen de ouders leidt,' zei Robinson. 'Het is heel moeilijk om te weten wat je aan moet met je gevoelens wanneer je zoiets overkomt, wanneer je opeens het gevoel hebt dat je niet langer de baas bent over je eigen leven. Dan krijg je de neiging tegen elkaar uit te vallen, want vaak is de echtelijke partner de enige tegen wie hij zonder gevaar kan praten. Het wordt doorgaans weer beter naarmate de tijd verstrijkt, als wij erbij worden gehaald en de mensen zich weer wat minder hulpeloos gaan voelen.'

'Ja, dat is het helemaal,' mompelde Stephen met een brok in zijn keel. Hij was blij dat hij nu geen manier meer hoefde te verzinnen om Robinson te vertellen dat zijn vrouw van streek was omdat ze zojuist had gehoord dat ze zich moest laten onderzoeken op aids omdat ze hun kind via kunstmatige inseminatie hadden gekregen. Hij wist niet in hoeverre Robinson hun privacy zou respecteren. Hij vertelde over de dag van de ontvoering, en begon met Rachels hysterische telefoontje. Het was geen aangename ervaring. Hij was niet dromerig en had ook geen rijke fantasie zoals Rachel, maar hij herleefde de angstige uren weer even intens als toen hij ze in werkelijkheid beleefd had, compleet met de groeiende bal van angst in zijn maag naarmate met het verstrijken van de uren duidelijker was geworden dat David inderdaad ontvoerd was.

'Het is geen drukke doorgangsweg,' zei hij, 'maar het verbaast me dat niemand iets heeft gezien. Er is niemand langs gereden en niemand heeft David met een onbekende zien praten. Niemand schijnt zijn fiets langs de kant van de weg te hebben opgemerkt. Niets. Zijn verdwijning is zó mysterieus dat het bijna lijkt alsof hij door wezens uit de ruimte naar hun ruimteschip is opgeseind en ze met hem vertrokken zijn.' Hij realiseerde zich dat hij Rachels woorden gebruikte. 'Niet dat ik in dat soort dingen geloof, en het kan me niet schelen wat de geleerden erover zeggen.'

'Nou, als hij door wezens van een andere planeet is meegenomen, dan is hij de eerste,' zei Robinson vrolijk. 'En ik zou werkelijk niet weten hoe we hen zouden moeten bereiken. Dus er zijn geen getuigen? Geen aanwijzingen? Geen resten van zijn kleren? Niets op de plaats waar het gebeurd is?'

'O, ja, die zijn er wel,' zei Stephen. 'Ik bedoel, niet in het begin. De eerste drie weken was er niets. We zijn pas in de afgelopen paar dagen enkele bruikbare dingen te weten gekomen, en dan alleen nog maar omdat we begonnen zijn met hen te dwingen hun werk te doen.'

'En dat zijn?' vroeg Robinson, naar voren buigend.

'De schoen en het grijze busje.'

Robinson leunde naar achteren op zijn stoel en sloeg zijn armen over elkaar. 'Vertelt u me daar dan maar eens iets naders over.'

Stephen vertelde hem over Gallagher, die met de gymp was komen aanzetten, waarbij hij niet kon nalaten te vermelden hoe hij de rechercheur ertoe gedwongen had Rachel de schoen te laten aanraken. Hij vertelde hoe Rachel en Gallagher vervolgens naar de plek waren gegaan waar de schoen gevonden was, en hoe ze Gallagher vrijwel hadden moeten dwingen om mee te werken. En toen, een beetje aarzelend omdat hij vreesde dat Robinson mogelijk zou denken dat Rachel niet helemaal goed bij haar hoofd was, vertelde hij over Cedric Carville en waarom de schoen uit de auto was gegooid. 'En Rachel zei dat ze, terwijl ze daar op die plaats met die schoen zat, opeens wist dat...' Hij zweeg, omdat hij geen dwaze indruk wilde maken.

'Wat is er?' vroeg Robinson. 'Is er iets dat u mij niet wilt vertellen? Iets over uw vrouw?' Stephen keek hem even vluchtig aan. 'Dit is niet het moment om dingen te verzwijgen, meneer Stark. Helemaal niet als het iets is dat ons van nut kan zijn om David te vinden. Dit is niet het moment om de privacy van uw vrouw te beschermen. We zitten allemaal in hetzelfde schuitje, weet u. We hebben allemaal hetzelfde doel voor ogen.'

Ja. Robinson was slimmer dan hij eruit zag. Slimmer en nog iets anders.

103

Sceptisch. Of cynisch. Of gewoon te analytisch. Hij had iets van Gallagher. Het waren zijn afstandelijkheid, zijn niet-betrokkenheid, het feit dat hij van Stephen verlangde dat deze zijn ziel bloot zou leggen en hem – een mens die hij helemaal niet kende – de meest intieme dingen over hemzelf en Rachel zou vertellen, die Stephen irriteerden. Je kind wordt gestolen en opeens lijkt het alsof je in een poppenhuis woont en iedereen op elk willekeurig moment langs kan komen, het dak eraf kan tillen en bij je naar binnen kan kijken. Je kon oppakken, je van alle kanten kon bekijken, je kon manipuleren, iets aan je kon veranderen, je weer neer kon zetten en weg kon gaan, je vermoeid, uitgeput en kwetsbaar achterlatend. God, wat haatte hij het om afhankelijk te zijn van de goodwill van anderen! Hij pakte zijn glas en liep naar de deur. 'Ik wil er nog zo eentje. Wilt u iets drinken?'

Robinson schudde het hoofd. 'Dank u, nee. Alcohol heeft een versuffende uitwerking op mijn brein. Ik wil zo wakker mogelijk zijn wanneer ik met dit soort werk bezig ben, om goed te kunnen luisteren naar wat er achter bepaalde woorden steekt, om de schijnbaar onbelangrijke brokjes informatie op te kunnen pikken die achteraf wel degelijk belangrijk blijken te zijn. Wanneer u zo terugkomt, wilt u mij dan vertellen wat uw vrouw dacht toen ze daar bij de snelweg zat?'

'Als u denkt dat het belangrijk is.'

'Dat kan ik pas zeggen als u het mij verteld heeft, niet?'

'Natuurlijk.' Stephen verliet de kamer zonder alternatieven aan te bieden zoals koffie, thee of mineraalwater. In zijn ergernis schonk hij te veel whisky in zijn glas, waarop hij, uitdagend, snel zo veel dronk tot het niveau in het glas discreet en aanvaardbaar was.

Hij draaide zich om bij het horen van zachte voetstappen op de gang, zich afvragend of Robinson hem gevolgd was en gezien had hoe hij de whisky achterover had geslagen. Het was Miranda. Ze keek hem aan met een angstig en bezorgd gezicht. 'We moeten praten,' zei ze.

'Niet nu,' snauwde hij. 'Zie je niet dat ik bezig ben?'

'Later, dan. Maar wel vanavond,' snauwde ze terug. 'Rachel weet het.'

'Dat kan niet. We zijn zo voorzichtig geweest.'

'Doe niet zo stom,' zei ze. 'Als jij denkt dat dat voorzichtig is, dan vraag ik me af wat je als onvoorzichtig beschouwt. We zijn allesbehalve voorzichtig geweest. We hebben haar zo ongeveer gesmeekt ons te betrappen. Die spanning maakte het juist zo opwindend allemaal. Nee, ik geloof niet dat ze iets heeft gezien. Het komt alleen maar door die verrekte intuïtie van haar. Die intuïtie van haar die jij altijd belachelijk probeert te maken. Ik zag het aan haar gezicht vanmorgen, toen ik haar koffie bracht. Ze weet het. Misschien...' Miranda tikte met twee vingers op haar kin en bracht ze vervolgens naar haar neus. 'Misschien kan ze ons wel ruiken.'

'Doe niet zo ordinair,' zei hij. 'Dat past niet bij je.'

'En het hebben van een verhouding met de man van mijn zus wel?'

'Kennelijk. Goed. Strakjes. Zodra die man weg is.'

'Klop op mijn deur,' zei ze, terwijl ze haar haren naar achteren schudde. 'Ik ben bezig met mijn nagels.'

Alle gevoeligheid van die familie was kennelijk naar Rachel gegaan, hetgeen van Miranda een uiterst egoïstisch en narcistisch wezen had gemaakt. Soms vroeg hij zich wel eens af of het haar eigenlijk wel iets kon schelen wat er aan de hand was. Hij keerde met zijn drankje terug naar zijn werkkamer en voelde zich geïrriteerd en overbelast. Robinson wachtte tot hij was gaan zitten en keek hem toen afwachtend aan. 'Zoveel heeft het niet te betekenen,' zei hij. 'Rachel heeft... of dat beweert ze in ieder geval... een soort van bovennatuurlijke band met David. Ik bedoel niet dat ze denkt dat ze een soort helderziende is of zo. Het is alleen dat ze soms, zonder daadwerkelijk met elkaar te spreken, met elkaar schijnen te kunnen communiceren. Het gaat alleen maar om kleine dingen. Hij zit bijvoorbeeld op school en denkt aan chocoladekoekjes, en zij zit thuis en besluit opeens die te gaan bakken. Of ze zit achter haar bureau en tekent een vis... Rachel is schilderes, weet u. Ze illustreert kinderboeken. Hoe dan ook, als David thuiskomt van school dan blijkt hij precies dezelfde soort vissen getekend te hebben. Op dat niveau ligt het. Ik weet niet of u in dat soort dingen gelooft...'

'Zo te horen doet ú dat niet,' merkte Robinson op.

'... maar toen ze daar zat, op die plek waar ze de schoen hebben gevonden, schijnt ze Davids stem in haar hoofd gehoord te hebben, en dat hij gezegd heeft dat alles goed met hem was.'

'En dat wilde u mij niet vertellen omdat u bang was dat ik zou denken dat uw vrouw niet goed bij haar hoofd is?' Stephen knikte. 'Gelooft u dat David leeft?' Stephen knikte opnieuw. 'Op grond van wat uw vrouw u verteld heeft?'

'Nee. Alleen omdat ik dat móet geloven.' Stephen voelde een brok in zijn keel schieten en hij kreeg tranen in de ogen. Verdomme, dacht hij, zijn kiezen op elkaar klemmend, ik vertik het om in het bijzijn van deze vent een potje te gaan zitten janken.

'Dat kan ik me voorstellen,' zei Robinson. 'Maar de wereld is vol van dingen die ik niet begrijp. Vertelt u mij over het grijze busje.'

Stephen vertelde hem over Rachel en de twee jongens op het sportveld van school, en van David die gevraagd had waarom mensen het nodig vonden om naar kinderen te kijken, en vervolgens hoe Gallagher, uitgedaagd door Rachels woede, de oude politierapporten nog eens had doorgenomen en de opmerking over het busje en de gymp had gevonden. 'En niemand heeft op het kenteken gelet?' vroeg Robinson.

Stephen haalde zijn schouders op. 'Gallagher zegt van niet. Het enige dat zijn getuige is opgevallen, is dat er een soort van dier op stond.'

'Dat sluit een heleboel andere mogelijkheden uit,' zei Robinson spottend.

'Veel is het niet, hè?'

Robinsons antwoord was niet wat hij verwacht had. 'Het zou wel eens meer kunnen zijn dan u op dit moment denkt, zodra we het hele land zo ver hebben dat ze gaan nadenken over een grijs busje met een bijzonder kenteken, in combinatie met een kind dat op David lijkt. Dat is het voordeel van met ons samenwerken... de reden waarom wij ons erbij laten betrekken. De politie heeft de tijd noch de middelen om, zoals wij dat doen, de informatie landelijk te verspreiden. En daarbij is het nog maar de vraag in hoeverre het iets zou opleveren als de politie dat deed.'

Hij zag Stephens verbaasde blik. 'O, ja, de verschillende bureaus communiceren wel met elkaar, en mogelijk ook wel met de plaatselijke nieuws-uitzendingen, en met een beetje geluk haalt het soms ook de nationale pers nog wel. Maar ik heb het over iets anders. Waar ik het over heb, is verzadiging. Een niet aflatend bombardement in de media. Een paar politiebureaus mogen dan misschien wel alert zijn, dat is één ding, maar als je echt resultaten wilt boeken, moet je zijn naam en gezicht overal laten zien, dan moet je ervoor zorgen dat je duizenden mensen laat uitkijken naar iets ongewoons, iets bijzonders.'

Hij stond op, een houterig strekken van magere ledematen, en stak zijn hand uit. 'Ik waardeer het dat u zo veel tijd voor mij vrij hebt gemaakt. We zouden nog meer kunnen doen, maar u bent moe. Ik denk dat het voor vanavond wel voldoende is. Ik hoop dat ik, wanneer ik vragen heb, terug mag komen? Of dat ik u mag bellen?'

Stephen knikte. 'Natuurlijk. Natuurlijk. U belt maar. U hebt mijn kantoornummer?'

Robinson knikte. 'U zou mij een foto geven?'

'O, ja. Hier. In de zitkamer. We hebben een heleboel foto's van hem. Rachel houdt ook van fotograferen. U kiest maar welke u hebben wilt.' Stephen had niet echt zin om de kamer binnen te gaan en naar Davids foto's te kijken. Dat deed pijn.

Robinson keek hem aan, en hij vermoedde dat Robinson het begreep. 'Ik zoek er wel eentje uit die zich goed op fax laat overbrengen.' Hij legde een hand op Stephens schouder. 'Ik weet hoe uitputtend dit is, echt. Ik heb zelf een kind verloren. Zo ben ik hierin verzeild geraakt.'

'Hebt u... heeft hij? Zij?' Stephen realiseerde zich dat hij niet in staat was de vraag uit te spreken.

Robinson schudde het hoofd. 'U zei het zelf al. Ze is zó spoorloos verdwenen dat het wel lijkt alsof ze is meegenomen door wezens van een andere planeet. Maar ik heb de hoop nooit opgegeven.'

Stephen liet hem uit en liep de lange gang af naar Miranda's kamer. Opeens voelde hij zich zó moe dat hij amper in staat was zijn hand op te heffen om te kloppen. Op dit moment kwam hun verhouding, die aanvankelijk zo verleidelijk had geleken en hem nieuwe levenskracht had ingeblazen, hem smerig en onnodig voor. Hij stond op het punt van aankloppen toen de telefoon ging. Stephen was zó gebrand op zijn gesprek met Miranda dat hij bijna niet wilde opnemen, maar onder de omstandigheden kon geen enkel telefoontje zo laat op de dag genegeerd worden. Hij haastte zich naar Rachels werkkamer, griste de telefoon van de haak en blafte een kort 'hallo'.

'Pap? Mam? Zijn jullie daar? Leven jullie?' Onmiskenbaar Davids stem. Zachter, onzekerder, maar het was David. Vóór hij antwoord kon geven hoorde hij een klap, en toen was het stil. Hij stond als aan de grond genageld terwijl het bandje van de telefoondienst zich eindeloos herhaalde: 'Als u een boodschap wilt inspreken...' Alle twijfel was verdwenen. Hoewel zijn hart in duizend stukjes brak, was hij zich tegelijkertijd bewust van een gevoel van intense hoop. Zijn zoon leefde.

Hoofdstuk 13

'In het lange, slapeloze wachten van de nacht...'
Longfellow 'The Rainy Day'

Ze droomde dat een man en een vrouw David tijdens een familiepicknick hadden gestolen. Ze ging ze achterna, met grote, krachtige slagen naar de overkant van een meer zwemmend. De golven werden hoog opgezwiept door de wind. Vóór zich zag ze het drietal in een blauw met geel opblaasbootje. David hing met zijn armen naar haar uitgestrekt over de kant en op zijn gezicht lag een hulpeloze, doodsbange uitdrukking. Zijn angst gaf haar armen extra kracht en ze schoot door het water, kwam bij het bootje, greep zich eraan vast terwijl het op de wilde golven wiegde en schommelde en stak haar hand uit naar David. De vrouw griste hem weg terwijl de man een roeispaan pakte, ermee uithaalde en hem vervolgens met kracht in haar richting sloeg. Ze liet de zijkant van het bootje los en dook diep in het donkere, borrelende water om uiteindelijk, naar adem happend, in Stephens armen boven water te komen. Hij hield haar tegen zich aan, wiegde haar en zijn gezicht was nat van de tranen.

Ze stak een aarzelende vinger uit, voelde aan zijn wang en proefde de zilte traan. Toen drong het tot haar door dat ze niet langer droomde. 'Stephen, wat is er? Wat is er gebeurd? Wat heeft Robinson gedaan?'

'Het heeft niets met Robinson te maken,' zei hij met een vreemd zacht en beverig stemmetje. 'Het was de telefoon. Enkele minuten geleden. David.'

Rachel was opeens klaarwakker. 'Heb je met hem gesproken? Met David?'

'Ja. Nee. Ik heb alleen maar... hij zei alleen maar... Ik heb alleen zijn stem maar gehoord. O, God, Rachel, hij leeft!'

Ze pakte de telefoon. 'We moeten Gallagher bellen. Misschien dat er een mogelijkheid is om na te gaan waar het gesprek vandaan is gekomen.'

'Het was veel te kort. Dat kunnen ze nooit nagaan.'

'Dat geloof ik niet,' zei Rachel. 'Er is vast wel een manier...' Maar Stephen luisterde niet. Hij zat als het toonbeeld van ellende met het hoofd in zijn handen op de rand van het bed. En sprak verder.

'Ik heb helemaal niets kunnen zeggen. Hij heeft mijn stem niet eens kunnen horen. Iemand heeft hem weggeduwd bij de telefoon. Ik geloof dat ik iemand iets heb horen vragen, zoals "Wat doe je daar?" en toen was er een klik. Het enige dat hij gezegd heeft, is: "Pap? Mam? Zijn jullie daar? Leven jullie?"'

'Een man of een vrouw?'

'Een vrouw, geloof ik. Het was niet echt duidelijk.'

'Waarom vroeg hij of wij leefden?'

Stephen hief zijn hoofd op en keek haar aan met ogen die donker waren van de pijn. In het licht van de lamp leek de in schaduwen gehulde slaapkamer uitgestrekt en onbekend. Rachel had het gevoel alsof ze in haar eigen huis was gaan slapen en ergens anders, waar ze het niet kende, was wakker geworden. 'Waarom?' herhaalde ze.

'Dat weet ik niet.' Stephen kneedde zijn voorhoofd alsof het hem pijn deed. Hij was nog helemaal aangekleed en rook naar drank. 'Ik weet niet.' Toen zei hij, op een meer normale, advocatenachtige toon: 'Laten we eens kijken. Waarom zou hij dat gevraagd kunnen hebben?'

Rachel keek naar een foto van hen drieën op haar nachtkastje. 'O, ik weet het al.'

Hij keek haar vreemd aan. 'O, ja?'

Ze knikte. 'Als jij een kind zou ontvoeren... een kind dat je graag zou willen houden, dat tot je eigen kind wilde maken... hoe zou je hem dan in de eerste plaats zover moeten krijgen dat hij met je meeging? Dat heb ik me aldoor al afgevraagd... nog afgezien van het wachtwoord. Dat kan hij best vergeten zijn, hoewel we hem daar zeker duizenden keren aan herinnerd hebben... Ik bedoel, wat zou jij zeggen zodra je hem eenmaal zover had dat hij met je sprak, iets op grond waarvan hij je voldoende zou vertrouwen om met je mee te gaan? En als je hem eenmaal had, wat zou je dan doen om te voorkomen dat hij voortdurend zou zeuren hij naar huis wilde?' Ze trok haar knieën op, sloeg haar armen eromheen en legde haar kin op haar knieën. 'Ik heb hier uitvoerig over nagedacht, Stephen.'

'En?' Hij realiseerde zich helemaal niet dat hij ondervragend sprak. Hij had niet zo kortaf willen zijn. Ze zag aan zijn gezicht en aan de houding van zijn lichaam hoe hij werd verscheurd tussen hoop en angst, hoe traumatisch dit voor hem was. Stephen was een man van daden, en nu had hij een feit, een zekerheid, en hij kon er niets mee beginnen.

'Nou, als ik een kind zou willen ontvoeren...' Tot haar verbazing hoorde ze haar stem breken. Ze voelde zich even trillerig en bibberig alsof iemand haar in een grote shaker had gestopt en heen en weer had geschud. 'Dan zou ik doen alsof het een noodsituatie was... om te voorkomen dat het kind de tijd zou hebben om na te denken. Dan zou ik zeggen dat het kind in gevaar verkeerde... en de ouders waarschijnlijk ook... En dat het kind meteen met me mee moest komen als het niet wilde dat het iets overkwam... dat zijn ouders wilden dat het met mij meeging en in veiligheid werd gebracht...' Ze sloeg haar armen strakker om haar benen. Het probleem was dat ze, met elk woord dat ze zei, David onzeker met zijn fiets langs de kant van de weg zag staan, en de ontvoerders – onbekenden zonder gezicht – uit het busje zag leunen. Ze kon hun woorden aan hem horen trekken, voelde zijn angst en besluiteloosheid.

'En wanneer ik hem dan eenmaal had meegelokt, zou ik hem waarschijnlijk vertellen... dan zou ik hem vertellen...' De verschrikkelijke woorden die op het puntje van haar tong lagen, vloeiden dik en zwaar als teer over haar heen. Het was ontzettend om hier te moeten zitten vertellen hoe iemand hun kind had gestolen. 'Ik zou hem zeggen dat zijn ouders dood waren. Dat ze vermoord waren door een slecht mens dat hem ook zou vermoorden als hij zich bij mij niet veilig schuil zou houden.'

Stephen was ontzet. 'Is dit alles... je te binnen geschoten?' vroeg hij aarzelend.

'Of het me te binnen is geschoten?' Rachel begreep niet wat hij bedoelde.

'Of je het van David hebt.'

'Nee, nee, natuurlijk niet. Ik probeerde me alleen maar voor te stellen wat iemand zou kunnen zeggen... waar David gevoelig voor zou kunnen zijn. Dat is alles. Dat communiceren... ik weet dat je er zenuwachtig van wordt, maar je hebt er zelf naar gevraagd. Het is niet iets dat me vaak overkomt. Ik kan het nooit laten gebeuren en het ook nooit uit mijzelf verder laten gaan als ik meer wil weten. Zo werkt het niet. Het is niet als een stuk gereedschap of een telefoonverbinding. Het is meer als een statische klap. En, zullen we Gallagher bellen?'

'Waarom zouden we? Hij kan er toch niets mee doen, Rachel. Ik vind eerder dat we Robinson zouden moeten bellen.'

Robinson. Verdomme. Verdomme nog aan toe! Stephen was nu helemaal in de ban van die man. Nog even en hij zou, in afwachting van het volgende telefoontje, alle telefoons door Robinsons mensen laten bemannen. Dan zou er in het hele huis geen plekje meer zijn waar ze alleen zou kunnen zijn en tot rust zou kunnen komen. Ze hield haar gedachten voor zich. 'Gallagher zal niet blij zijn als je dit eerst aan Robinson en dan pas aan hem vertelt.'

'Wat kan jou dat schelen? Ik dacht dat je hem niet mocht.'

'Mogen heeft er niets mee te maken, Stephen. Ik mag ze geen van tweeën. Het maakt niet uit wat ik voor hen voel. Gallagher is degene die David voor ons moet vinden.'

'Dat is Robinson ook.'

'Het is duidelijk dat je helemaal weg van hem bent.'

'Niet echt,' zei Stephen. 'Hij heeft iets dat ik eng vind. Hij ziet te veel. Maar dat is waarschijnlijk waardoor hij goed is in wat hij doet. Hij is niet zomaar iemand die, door het vinden van ontvoerde kinderen, uit is op het vergaren van eigen roem. Hij heeft me verteld dat hij zelf een kind verloren heeft.'

'En?'

'En, wat?'

'Heeft hij zijn kind teruggevonden?'

'Het was een dochter,' zei Stephen. 'Nee. Ze hebben het meisje nooit gevonden. Maar hij zegt dat hij door die hele geschiedenis tot het besef is gekomen dat de mogelijkheden van de politie beperkt zijn, en hij erdoor heeft ingezien hoe hij kan helpen. Door een heleboel mensen te betrekken bij het zoeken naar het kind. Door mensen te vragen op dingen te letten. Alsof je duizenden helpers het veld in stuurt.'

Rachel was niet overtuigd. 'Je weet hoe ik erover denk,' zei ze. 'Je weet dat ik bang ben dat ze zich gedwongen zullen voelen om hem te vermoorden.'

'Robinson zegt dat het juist andersom werkt. Het gaat hem erom de ontvoerders duidelijk te maken dat er van het kind gehouden wordt en dat zijn ouders naar hem verlangen. Daardoor gaat de ontvoerder zich steeds meer geremd voelen om het kind iets aan te doen, terwijl er ondertussen door een netwerk van talloze ogen op wordt gelet dat het kind niets overkomt.'

'Dit zijn wanhopige mensen,' hield ze koppig vol. 'Ze waren er zó van overtuigd dat ze hem hebben wilden dat ze hem beloerd hebben en hem hebben meegenomen. Maar ik geloof niet dat ze uit zijn op moeilijkheden. Als ze het gevoel krijgen dat ze betrapt zullen worden... Nou, ik hoef je het beeld niet te schilderen. Het zijn meedogenloze mensen, Stephen. Mensen die zich nergens door laten weerhouden. Mensen die een kind willen en het gewoon maar ontvoeren. Als hij door Davids vader ontvoerd is, heeft hij het gedaan omdat hij wilde dat David zijn toekomst zou zijn, maar als hij het gevoel begint te krijgen dat er op hem gelet wordt... als er mensen vragen beginnen te stellen, hoe zal hij dan reageren? Dan zal hij zich van David ontdoen omdat hij niet wil dat de rest van zijn ellendige, beperkte leven verstoord wordt door problemen met de politie en de justitie.'

'Hou toch op, Rachel,' zei Stephen. 'Die figuur is alleen maar een verzinsel van jou... deze vader die nakomelingen wil hebben... en ondertussen ben je hem al gaan haten ook. Je hebt een heel verhaal verzonnen om Davids ontvoering te verklaren, en dat alles zonder ook maar één enkel feit om je op te baseren.'

'Ik heb wel feiten,' zei ze. 'Ik heb die verdomde aids-brief, of was je die alweer vergeten? En morgen bel je ze op en laat je ze vertellen wie de vader is.'

'Alsof ze me zullen vertellen...' begon hij.

'Je bent een van de beste advocaten van de stad,' zei ze. Ze begreep niet waarom ze ruziemaakten, waarom ze samen niet één front konden vormen. Davids moedige poging om hen op te bellen, bezorgde haar pijn in het hart, en deed haar opnieuw besluiten zo nodig, hemel en aarde te bewegen om hem te vinden. Het was als pure magie, maar het was ook een mes dat aan twee kanten sneed. Aan de ene kant was dit het bewijs dat hij nog leefde. Het sneed dwars door alle onzin en overbodige franje heen tot op de kern van de zaak. Maar toch. Maar toch. David had het gedaan en was betrapt, waarmee het risico op strafmaatregelen verhoogd was en zij en Stephen nu nog minder tijd te verliezen hadden.

'Je verdient de kost... en dat doe je op een geweldige manier... met mensen te laten zeggen wat je van ze wilt horen wanneer ze dat niet willen zeggen. Dus beweer nu niet dat je niet in staat zou zijn om de een of andere administratieve hulp van een spermabank die denkt dat ze ons met aids hebben besmet te laten vertellen wie de donor is. We hebben er recht op dat te weten! Wil je onze zoon niet vinden?'

'Ik snap niet hoe je me dat kunt vragen,' zei hij. 'Je kent me toch? Je weet toch hoe ik me voel?'

Ze keek hem strak aan en slikte de woorden in die op het puntje van haar tong lagen. Ze wilde zeggen dat ze er helemaal niet meer zo zeker van was dat ze hem kende als hij zo weinig respect voor haar had dat hij bereid was in hun eigen huis met haar zus te vrijen; als hij weigerde essentiële informatie met de politie te delen omdat hij en de rechercheur die bij de zaak betrokken was als twee kemphanen tegenover elkaar stonden; als hij bereid was zelfstandig hun gezamenlijk genomen beslissing te negeren en Robinson er toch bij te betrekken; als hij zichzelf beschouwde als iemand die op zijn eigen houtje kon opereren. In plaats daarvan zei ze: 'Je belt hen morgen en vraagt hen wie de man is.'

'Ik zal het proberen,' zei hij met tegenzin, 'maar ik zou er niet te veel van verwachten.'

'Wat kan ik anders behalve hopen?' Rachel pakte de telefoon en draaide het nummer van het politiebureau. 'Mag ik de recherche van u, agent Gallagher? Is hij er niet? Is er een manier waarop we hem kunnen bereiken? Nee? Kan hij niet gestoord worden? Maar u bent wel bereid een boodschap voor hem aan te nemen? Wat vriendelijk van u. Ja, ik heb een boodschap voor hem. Wilt u hem zeggen dat Rachel Stark heeft gebeld. S-T-A-R-K. Wij zijn de ouders van het ontvoerde kind. Wilt u hem zeggen dat onze zoon vanavond geprobeerd heeft ons te bellen? O? Nu vindt u het opeens wél interessant? Nou, dat is de boodschap. Vraagt u Gallagher maar of hij ons wil bellen zodra hem dat schikt.' Ze smeet de hoorn terug op het toestel. Ze miste, en hij viel, samen met een boek en een paar foto's, met een klap op de grond.

112

'Hij is niet op het bureau en kan niet bereikt worden,' zei ze tegen Stephen. 'Ze zullen de boodschap doorgeven.' Ze ging tegen het hoofdeinde zitten en sloeg haar armen om haar benen. Geschokt en boos. Bang en verward. Het was een dag van onthullingen geweest. Onthullingen van bijbelse proporties. Misschien dat ze David zouden vinden, misschien dat zij, door haar eigen koppigheid, hen allemaal besmet had met een dodelijke ziekte. Haar echtgenoot had haar verraden met haar zus, en had dat opnieuw gedaan met John Robinson. En toen, nadat zij als enige de hoop niet had laten varen en rustig probeerde te blijven, had Stephen opgenomen toen David had gebeld. O, God! Dat was vals en gemeen van haar. Gemeen, gemeen, gemeen.

Stephen kamde met zijn hand door zijn haar in een zenuwachtig gebaar. Een bevende hand. 'Wat de brief betreft...' begon hij.

'Dat is ouwe koek,' zei ze. 'Op dit moment...'

'Ik probeerde je alleen maar te beschermen, juist nu, nu je zoveel...'

'Die had je ook voor me willen verzwijgen, hè? Net zoals de eerste? Ik ben geen kind, hoor. Ik ben niet zwak van geest. Je hoeft me heus niet met fluwelen handschoentjes aan te pakken,' zei ze luid. Ze had zin om te schreeuwen. Om te krijsen. Had zin om aan haar haren te trekken en naar buiten, de nacht in te rennen. Haar huid tintelde van de hoeveelheid ingehouden woede, verdriet en pijn.

'Je hoeft niet te schreeuwen, Rachel. Ik zit vlak naast je,' zei hij. Hij raapte de hoorn, het boek en de foto's op. 'Laten we ons als volwassenen gedragen alsjeblieft.'

'Je bent mijlenver weg, Stephen. Dat ben je al jaren. Dat ben je al sinds Jonah is gestorven. Je hebt een nauwe band met David, maar van mij ben je mijlen verwijderd. Je hebt me buitengesloten. Het kan je helemaal niet schelen wat ik zeg, wat ik voel of wat ik denk. Je bent even erg als de rest, Stephen. Je kijkt me altijd aan op die manier alsof je je best moet doen er niet hardop bij te zuchten, en ik weet dat je dan denkt: "Arme ik, dat uitgerekend ik zo'n vreemde echtgenote moet hebben."' Ze rende de kamer uit terwijl ze zich voelde als een personage uit een slechte roman, vloog de badkamer in en smeet de deur achter zich dicht.

'Je hebt het mis, Rachel,' schreeuwde hij door de dichte deur. 'Wat je zegt, wat je voelt en wat je denkt, dat interesseert me wel. Ik hou van je.'

'Waarom heb je dan een verhouding met mijn zus?' schreeuwde ze. 'Waarom?' Ze deed een overdosis lavendel-badzout in het bad. Volgens het etiket zou het haar helpen ontspannen en kalmeren.

'Ik ben een geile zak,' riep hij door de deur. 'Soms, ik weet niet... kan ik mezelf niet de baas. Soms heb ik gewoon heel erg behoefte aan seks en wil ik jou er niet mee lastigvallen. Kom, laat me binnen. Ik kan het beter uitleggen dan dit.'

Ze stapte in bad en ging zó diep onder water liggen dat alleen haar ge-

113

zicht er maar bovenuit stak. Het geluid van de kraan overstemde alles wat Stephen haar aan betere uitleg te bieden had voor zijn verhouding met Miranda. Het kon Rachel niets schelen. Ze wilde het niet horen. Haar hoofd was vol met het denderende geklater van het water terwijl ze alle gevoel probeerde te onderdrukken. Het hielp niet. Boven het lawaai van het water uit hoorde ze Davids stem even duidelijk alsof hij naast haar stond. 'Mam, pap, zijn jullie daar? Leven jullie?'

Ze sloot haar ogen en concentreerde zich op de stem. 'Ja, David. Ja, schat. We leven alle twee. We leven en wachten hier op je. Zeg ons waar je bent. Bel ons nog een keer. Zeg ons waar we je kunnen vinden, en dan komen we je halen.' Ze herhaalde de woorden in gedachten en bleef ze herhalen. Ze zond ze uit in de nacht zonder te hopen dat ze ontvangen zouden worden. Ze bleef ze herhalen terwijl het water koud werd en de badkamer koud werd en haar lichaam koud werd. Uiteindelijk hees ze zichzelf klappertandend en met zware, vermoeide armen uit het bad, wikkelde een handdoek om zich heen en keerde terug naar de slaapkamer.

Stephen lag, nog steeds helemaal aangekleed, snurkend dwars op het bed. Een leeg glas, dat naar whisky rook en waarin nog een paar resten van ijsblokjes zaten, stond bij zijn hand op de quilt. Rachel pakte het op, zette het op de commode en trok haar dikste nachtpon aan. Toen ze uit de inloopkast kwam, zag ze Miranda die op de drempel stond en woedend naar Stephen keek.

'Verwachtte je hem en is hij niet gekomen?' vroeg ze. Miranda keek verward. 'Ik weet zeker dat hij het wel van plan geweest moet zijn, maar David heeft gebeld en ik vrees dat hij het daardoor vergeten is.'

Miranda zette grote ogen op, kwam de kamer binnen en ging op een stoel zitten die vol lag met kleren. 'Heeft David gebeld?'

Hoewel Rachel woedend was op haar zus, kon ze het niet over haar hart verkrijgen om onvriendelijk te zijn. Miranda hield ook van David. 'Hij heeft maar een paar woorden kunnen zeggen. Voor Stephen iets terug kon zeggen, hebben ze hem weggerukt bij de telefoon. Het was alleen zijn stem maar. Hij zei: "Mam, pap, zijn jullie daar? Leven jullie?"'

Miranda sprong op en spreidde haar armen. Rachel was haar woede tijdelijk vergeten. Ze ging haar tegemoet en ze vielen elkaar in de armen. 'Hij leeft!' fluisterde Miranda uitgelaten in haar oor. 'Hij leeft!'

'Ja,' zei beaamde Rachel. 'Hij leeft.' Miranda's haar was nat van Rachels tranen, en Rachels nachtpon was nat van Miranda's tranen terwijl ze langzaam ronddraaiden in de trage omhelzingsdans van wanhopige mensen die een sprankje hoop hebben teruggekregen.

Toen David zeker was dat iedereen sliep, sloop hij zo zachtjes als hij maar kon naar beneden en ging naar de telefoon. Het was zó donker in de keuken dat hij de cijfers niet kon zien, maar er lag een zaklantaarn op de tafel bij de deur en hij liep erheen, pakte hem en scheen het licht met een bevende hand op de telefoon terwijl hij zijn eigen nummer draaide. De telefoon ging een paar keer over en hij wilde het net opgeven toen er toch werd opgenomen en hij een mannenstem hoorde die een beetje op die van zijn vader leek. Hevig verlangend, riep hij de vraag uit die hij al wekenlang had willen stellen. 'Mam? Pap? Zijn jullie daar? Leven jullie?'

Hij had de vrouw niet binnen horen komen. Plotseling voelde hij haar hand op zijn schouder. Haar raspende stem sneed door de nacht. 'Wat doe je daar?' Sterke handen rukten de telefoon uit zijn hand, grepen hem bij zijn schouder en gaven hem een harde zet. 'Wil je dat ze je vermoorden? Weet je dan niet dat ze kunnen nagaan waar de gesprekken vandaan komen?'

Nadat de vrouw de telefoon uit zijn hand had gerukt, sloeg ze hem. Ze mepte hem zó hard dat hij tegen de grond sloeg, en toen boog ze zich over hem heen en haalde ze nog eens naar hem uit en nog eens, terwijl ze aan één stuk door tegen hem schreeuwde: 'Waarom heb je dat gedaan? Ik heb je toch gezegd dat je dat niet moest doen. Je bent even onmogelijk als ons kind. Even eigenwijs en egoïstisch als hij. Waarom kun je niet gewoon luisteren naar wat er gezegd wordt? Waarom kun je niet doen wat goed is? Wil je dan dat ze je vinden?'

David probeerde zich zo klein mogelijk te maken zodat ze hem niet echt pijn kon doen, maar hij was bang. Hij was van zijn leven nog niet zo bang geweest. Niemand had hem ooit zo geslagen. Hij was nog nooit zo geslagen en niemand had ooit zo tegen hem geschreeuwd, en hij had nog nooit iemand gezien die zo boos was als die vrouw. Ze schreeuwde steeds harder en harder, tot hij ophield met te proberen zijn lichaam te beschermen en zijn handen tegen zijn oren drukte, maar zelfs toen nog kon hij haar horen.

'Ik heb mijn best gedaan,' zei ze. 'De hemel weet dat ik mijn best heb gedaan. Ik had zulke grootse plannen voor je, David. Je zou hier veilig zijn. Het kind zijn dat we verloren hebben. We zouden weer een gezin zijn. Ik had me er zo veel van voorgesteld, David. Zo veel. Van hoe ik je in mijn armen zou nemen en hoe ik een goede, gelovige christen van je zou maken. Van hoe vader je zou leren vissen en jagen en hoe je voor dieren moet zorgen...' Ze sloeg hem hard met haar hand.

'Het enige wat ik daarvoor in ruil verlangde, was gehoorzaamheid. Gehoorzaamheid van een kind verlangen is niets bijzonders. Dat is het niet! Leren wat zelfbeheersing is. Leren je wil in te tomen. David, ik dacht dat je beloofd had dat je dat niet zou doen. Ik riskeer alles door ervoor te zorgen dat je gelukkig kunt zijn en je leven geen gevaar loopt...' Nog een klap, en nog een. *'En wanneer ik in je ogen kijk, dan zie ik niets anders dan die ijzige, ijskoude blik van je. En angst! Ik zou je nooit iets hebben aangedaan als je van me had gehouden. Ik heb je nooit pijn willen doen. Dat moet je geloven. Nooit. Ik wilde alleen maar dat we een gezin zouden zijn. En jij hebt me verraden.'*

*Na een poosje begon ze tegen hem te schreeuwen over zonde en onge-
hoorzaamheid en Gods wil en de boze, en zijn vader en moeder en andere
dingen die hij niet verstond, en nu begon ze hem ook te schoppen. David
maakte zich weer zo klein mogelijk, rolde zich op tot een bal en probeerde
een plekje in zijn binnenste te vinden waar hij zich voor haar kon verstoppen, en toen was de man er opeens ook en hoorde hij hem tegen haar praten, en even later hoorde hij dat ze huilde, maar David waagde het niet om
de handen van zijn oren te halen of om zijn lichaam te strekken.*

*Hij hoorde haar weggaan, luide, stampende voetstappen op de trap, en
toen voelde hij de man naast zich knielen. De keukenlamp was nu aan en
het schelle licht deed pijn aan zijn ogen. De man sprak zachtjes tegen hem.
Waarschijnlijk probeerde hij het uit te leggen van de vrouw, maar David
wist het niet omdat hij niet luisterde, hij zat nog steeds weggedoken in zichzelf en was te bang om eruit te komen. De man raakte hem aan en fluisterde
hem vriendelijke woordjes toe. Toen voelde David dat hij werd opgetild en
bracht de man hem naar boven, naar bed.*

Hoofdstuk 14

'Omstandigheden zijn de baas over de mens,
de mens is niet de baas over de omstandigheden.'
Herodotus

Uiteindelijk ging Miranda terug naar bed en Rachel zat in het slapende huis op de schommelstoel. Boven het geluid van Stephens verdoofde snurken uit hoorde ze het zuchten en kraken van het oude huis, en, van tijd tot tijd, de geluiden die ze gewend was te horen maar er niet meer waren: David die ging verliggen en in zijn slaap mompelde, het piepen van de planken in zijn bed wanneer hij zich bewoog, het kraken van de vloer op de gang wanneer hij opstond om naar de badkamer te gaan, zijn zware, blote voeten op het hout. David was geen forse jongen, maar hij liep als een olifant. Ze schommelde, met haar armen stijf om zich heen geslagen, en dacht met pijn in het hart aan haar kind dat zich ergens eenzaam voelde en bang was, en aan het feit dat ze hem niet kon bereiken.

Bij het eerste ochtendlicht zat ze in haar werkkamer, bezig aan de tekening van Emily die op haar rode stokpaard door de winkel galoppeerde. Met de tekening ging het zó goed dat het wel leek alsof de lijnen altijd op het papier hadden gestaan en Rachel niets anders hoefde te doen dan ze over te trekken. Ze corrigeerde een paar lijnen, deed nog wat lichtgeel op Emily's haar en legde de tekening weg. Ze wilde een nieuw vel pakken om te tekenen hoe Emily met een verdrietig gezicht alle aangeboden paarden afwees, toen ze vanuit haar ooghoeken buiten het raam iets zag bewegen. Gallagher stond in de tuin naar haar te kijken.

Ze stond op, deed het raam open en drukte een vinger tegen haar lippen. 'Kom naar de achterdeur,' fluisterde ze, 'dan zet ik koffie.' Hij knikte en verdween om de hoek van het huis. Ze liep naar de keuken, maar de vreedzame ochtend werd verstoord door een felle kreet en de rennende voetstappen van Miranda die haar kamer uit kwam. Miranda midden in de nacht; Miranda bij het krieken van de dag. Ze zou dolblij zijn wanneer haar zus verhuisde.

117

'Rachel! Er is een man in de tuin!'

'Ga maar weer slapen,' zei Rachel. 'Het is Gallagher maar.' Miranda keek haar aan met een stom gezicht en had iets willen zeggen als ze niet opeens verschrikkelijk had moeten gapen. Ze draaide zich om en strompelde terug naar haar kamer.

'Goedemorgen,' zei Gallagher, terwijl hij de keuken binnenkwam. Hij keek naar haar nachtpon, haar sjaal en haar vertrokken gezicht. 'Je hebt niet geslapen.'

'Alsof ik dat zou kunnen.' Ze begon met het zetten van de koffie.

'Er zijn mensen die altijd slapen.'

'Je hebt vanmorgen een beetje een Iers accent,' merkte Rachel op.

'Ja,' zei hij, zijn keel masserend, 'ik ben er al voor bij de dokter geweest. Heb jij ook al een afspraak bij de dokter gemaakt?'

Ze knikte. 'Hoelang stond je daar buiten al te kijken?'

'Niet lang. Ik dacht dat je wel op zou zijn, maar toen ik je zo geconcentreerd zag zitten werken, wilde ik je niet storen.'

'Dat is aardig,' zei ze.

'Ik kan ook aardig zijn, weet je. Vertel me van het telefoontje.'

'Ik heb niet opgenomen, maar Stephen.'

'Slaapt hij?'

'Ik weet niet. Ik kan wel even gaan kijken. Hij was heel erg moe. Gisteren was een zware dag voor hem.'

'En voor jou? Was het voor jou geen zware dag?'

'Elke dag is het spitsroeden lopen. Je krijgt klappen van alle kanten, maar probeert toch op de been te blijven en voort te gaan.'

Hij knikte en stak een grote, sproetige hand uit naar de koffie die ze hem aangaf. 'Vertel me van het telefoontje.'

Rachel vertelde hem het beetje dat er te vertellen was. Gallagher stelde een paar vragen die ze allemaal met nee beantwoordde. Ze wist verder niets meer, geloofde niet dat er meer te weten viel, maar er was wel iets anders dat ze graag met hem wilde bespreken. 'Ik heb een idee van wat er gebeurd kan zijn.' Gallagher zei niets en wachtte tot ze verder sprak. 'Nu je het van de brief weet, denk ik dat ik geen geheim meer hoef te maken van... van Davids conceptie.'

Hij wilde iets zeggen, bedacht zich en knikte. 'Ga je gang.' Ze stond voor het raam, en hoewel haar nachtpon tot op haar enkels viel en lange mouwen had, was hij van een fijne, dunne katoen en kon hij de omtrekken van haar lichaam erdoorheen zien. Hij probeerde niet te kijken en bestudeerde in plaats daarvan de olieachtige patroontjes op zijn koffie.

'Ik heb bedacht dat, aangezien degene die David heeft meegenomen specifiek hem heeft uitgezocht... en aangezien zijn biologische vader een dodelijke ziekte heeft... zou het niet mogelijk zijn dat zijn vader hem heeft ontvoerd?' Haar stem was vervuld van hoop; hij wist dat als hij haar gezicht zou kunnen zien, het ook zou stralen van de hoop. 'Dat zou je toch kunnen uitzoeken, niet?' vervolgde ze gretig. 'Je zou ze kunnen dwingen te vertellen wie de vader is, en dan zou je naar hem toe kunnen gaan om te kijken of hij David heeft. Dat zou je toch kunnen doen?'

Met tegenzin richtte hij zijn blik opnieuw op deze aantrekkelijke vrouw. Haar hoop, haar gretigheid, de afwachtende manier waarop ze hem aankeek, dat alles was hem nog pijnlijker dan haar verdriet was geweest. 'Dat betwijfel ik.'

'Dat betwijfel je?' Het voelde aan alsof hij haar een klap had gegeven. 'Waarom?' Het kostte haar de grootste moeite die vraag over haar lippen te krijgen.

'Nou, om te beginnen kan ik me niet voorstellen dat ze me zouden toestaan om, zonder huiszoekingsbevel, in hun archief te laten kijken. Medische instellingen houden er helemaal niet van gegevens over hun patiënten te verstrekken...'

'Maar de patiënt, dat was ik, en niet hij!'

'... en om aan een huiszoekingsbevel te komen,' vervolgde hij, alsof ze niets gezegd had, 'moeten we een gegronde reden hebben om aan te nemen dat Davids biologische vader bij de ontvoering betrokken is... en die hebben we niet.'

'Natuurlijk hebben we die wel!' hield ze vol. 'Wie zou hem anders hebben meegenomen? Wie zou anders uitgerekend hém hebben gewild?'

'Kinderen worden voortdurend ontvoerd door mensen die geen familie van ze zijn.'

'Dat zijn willekeurige ontvoeringen, Gallagher. David is achtervolgd. Ze hadden het heel speciaal op hem voorzien.'

'Dat is niet voldoende.'

Rachel rende naar hem toe en pakte hem bij zijn arm. 'Snap je het dan niet? Snap je het dan niet, Gallagher? David vertegenwoordigt het leven. Hoop. Nakomelingen. Door hem weet zijn vader zich ervan verzekerd dat er iets van hem zal blijven voortbestaan wanneer hij er niet meer is!' Ze realiseerde zich dat ze het evenzeer over zichzelf had. In plaats van 'hij' had ze ook 'ik' kunnen zeggen. Ze probeerde aan Gallaghers ogen te zien wat hij dacht. Hij wendde zijn blik met opzet af. 'Je zou het toch in ieder geval kunnen proberen. Waarom wil je me niet aankijken? Wíl je hem dan niet vinden?'

Stephen verscheen, ongeschoren, en met het grimmige, grauwe gezicht van iemand die een kater heeft. Het beviel hem helemaal niet Gallagher in zijn keuken aan te treffen, en was nog minder te spreken over een verhoor zo vroeg op de dag. Zijn blik ging over Rachels doorschijnende nachtpon en hij realiseerde zich dat ze wel heel dicht bij de rechercheur stond. 'Ga je aankleden,' zei hij op scherpe toon tegen haar, en tegen Gallagher zei hij: 'Waarom kom je niet bij ons wonen? We hebben nog een logeerkamer.'

119

'Ik hoor dat je gisteravond bezoek hebt gehad van John Robinson,' zei Gallagher.

'Als jullie er geen bezwaar tegen hebben, dan laat ik jullie alleen om te knokken,' zei Rachel. 'Ik ben ergens mee bezig. Zit midden in een tekening.' Waar ze midden in zat, was een lange, langdurige en martelende crisis.

'Kleed je eerst aan,' beval Stephen zuur.

Ze begon de trap op te lopen. 'Denk je aan Chicago?'

'Natuurlijk.' Hij zuchtte.

De vrouw in de spiegel had kringen onder haar ogen die blauwer waren dan haar ogen zelf. En ze droeg een nachtpon die veel te doorschijnend was om in het gezelschap van vreemden gedragen te worden. Ze voelde hoe een blos zich vanuit haar tenen over haar hele lichaam verspreidde toen ze zich realiseerde dat Gallagher alles gezien moest hebben. Ze hadden gelijk, zoals gewoonlijk. Ze had iemand nodig die op haar paste. Ze ging van vreemd en zonderling naar pervers en was zich er niet eens van bewust. Haar verdriet dreef haar tot exhibitionistisch gedrag. Voor ze het wist, zou ze naakt door de voortuin dansen.

Ze hoorde een hees, langgerekt 'joe-hoe', vergezeld van voetstappen op de trap, en het volgende moment kwam haar vriendin Carole de slaapkamer binnen. 'Mooie nachtpon,' zei ze. 'Je gaat me toch niet vertellen dat je die zojuist geshowd hebt aan dat stuk in de keuken, hè?' Ze knikte bij het zien van Rachels geschrokken gezicht. 'Dat dacht ik wel. Die naïviteit van jou is een giller. Je man loop zich beneden verschrikkelijk op te winden, dus ik vermoedde al dat hij zich op een bepaalde manier in zijn mannelijkheid bedreigd had gevoeld.' Ze plofte neer op het onopgemaakte bed. 'Mannen zijn toch van die simpele wezens, vind je niet?'

'Simpel?' Rachel vond schoon ondergoed, deed de nachtpon uit en trok een eenvoudige jurk van dikke, blauwe katoen aan.

'Simpel. Al hun buien, alle dingen die ze doen, alles draait altijd alleen maar om twee dingen, eten en seks. Geef ze een beurt en een broodje en ze zijn tevreden. Oei, moet je mij nu weer horen. Ron noemt me tegenwoordig de "plee-tong". Hij heeft vastgesteld dat ik hard bezig ben om al die damesachtige eigenschappen, die mijn moeder getracht heeft me in te prenten, te verliezen. Het kost tijd om een dame te zijn. Ik heb het zo druk met neuzen afvegen, aanrechten afvegen en vieze vingers van de muren vegen dat ik vrees dat ik daarmee mijn goede manieren heb weggeveegd. Neem me niet kwalijk. Ik geloof dat de hooikoortstijd dit jaar vroeger is dan anders.' Carole pakte een tissue en snoot haar neus.

'Dat is een leuk, zedig jurkje, Rach. Die rechercheur zal teleurgesteld zijn. Sorry van gisteravond. Tommy schijnt een van de gemeenste en meest kortstondige aanvallen van buikgriep van de geschiedenis te hebben gehad. Het kwam er met windkracht tien van beide kanten tegelijk uit gespoten.

Toen ik hem eindelijk rustig in bed had, heb ik drie uur nodig gehad om de badkamer schoon te maken. Vanmorgen springt hij uit bed alsof er niets aan de hand was, werkt zijn ontbijt naar binnen en is het huis al uit nog voordat ik een bezorgde hand op zijn voorhoofd kan leggen. Ze hebben me amper nog nodig, behalve dan voor het vuile werk – de was, het eten en het schoonmaken.'

'Je onderschat jezelf.'

Carole schudde haar schitterende rode haren naar achteren en knipperde met haar wimpers. 'O ja? O, schat, vertel me dan maar eens wat ik voor je kan doen,' kwam het heser dan anders en in een zwaar zuidelijk accent over haar lippen.

Rachel leunde tegen de deur. 'Nou, toen ik je belde, snakte ik naar je steun aangaande Stephen en Miranda, maar daar ben ik intussen overheen. Wat ik nu nodig heb...'

'In nog geen twaalf uur? En dat terwijl ze alle twee nog onder hetzelfde dak wonen als jij? Niet te geloven.'

'Dat bedoel ik niet. Zodra ik eenmaal tijd genoeg heb om er werkelijk over na te denken, zal ik ze waarschijnlijk alle twee wel willen wurgen. Maar op dit moment zijn andere dingen belangrijker – en dan bedoel ik het vinden van David. Hij leeft, Carole. Gisteravond heeft hij geprobeerd ons te bellen.'

'Hij leeft?' Carole sprong op van het bed en omhelsde Rachel. 'Zeg maar wat je wilt dat ik doe. Het maakt niet uit wat. Wil je dat ik inbreek in het Pentagon? Dat ik Fort Knox binnendring? Elke inwoner van New York City aan de tand voel? Je zegt het maar, en je kunt op me rekenen. Ik zal dolblij zijn als ik eindelijk eens wat kan doen in plaats van steeds maar te zeggen hoe erg ik het voor je vind, of Tommy ervan te proberen te overtuigen dat het niet zijn schuld is.'

'Op de dag vóór zijn ontvoering heeft er een grijs – grijs of zilverkleurig – busje bij de school gestaan. In dat busje zat iemand met een verrekijker naar de kinderen te kijken. Ik wil weten of Tommy iets is opgevallen... en of de leraren misschien iets hebben gezien. Leraren, dienstdoende ouders, de conciërge, wie dan ook. Het kan zijn dat hun iets is opgevallen dat de jongens over het hoofd hebben gezien. Het merk? Wie zaten er in het busje? Het kenteken? Ik zou het zelf kunnen navragen... dat zou ik eigenlijk moeten... maar ik kan het niet... ik breng het niet op om daarheen te gaan... en al die andere kinderen te moeten zien... de kinderen van al die andere ouders... die gewoon hun gang gaan alsof er niets aan de hand is...'

Carole omhelsde haar opnieuw. 'Ik ken niemand die zo dapper is als jij, Rachel. Als ik evenveel verdriet te verwerken had gehad als jij, zou ik met mijn neus over de grond slepen, terwijl jij nog steeds even geweldig bent en je gevoel voor humor behouden hebt.' Ze keek op haar horloge. 'Over een half uur hebben de kinderen speelkwartier en zit het hele stel bij elkaar in de lerarenkamer. Het ideale moment om met mijn nieuwe detectiveloopbaan te beginnen. Kun je je die boeken van Nancy Drew nog herinneren? Wist je dat mijn tweede voornaam Nancy was? Het enige dat ik mis, is Bess, George en de altijd trouwe Ned. Of heette hij Ted?' Ze haalde haar schouders op. 'Het is zeker duizend jaar geleden sinds ik die boeken gelezen heb, en Sue loopt er met een grote boog omheen. Ze weet niet wat ze mist. Ik had nooit verwacht dat ik een kind zou produceren dat alleen maar non-fictie wil lezen. Maar we weten van wie ze dat heeft, nietwaar?'

'Nou ja, dan wórdt ze toch een tweede generatie in belastingrecht gespecialiseerde advocaat. Het had nog veel erger gekund. Op die manier zal ze je op je oude dag tenminste kunnen onderhouden. Als Irene moet rondkomen van wat ik verdien, zal ze amper voldoende te eten hebben. Kom mee naar beneden, dan krijg je een kop koffie van me en kunnen we kijken hoe het met de rammen is.'

'O! Je bent vanmorgen al bijna net zo oneerbiedig als ik. Is madame Miranda nog steeds in residentie?'

Rachel knikte. 'Voor zover ik weet. Ik heb nog geen tijd gehad om haar eruit te zetten. Je kent me toch... gestoord en een chaos op twee benen. Waarom zou ik zo gemeen zijn om mijn zus op straat te zetten, alleen omdat ze een verhouding heeft...' Haar geforceerde vrolijkheid, geïnspireerd door die van Carole, liet haar in de steek. Ze sloeg haar ogen neer. '... met Stephen.' Het deed pijn. Zo verdoofd en afgeleid als ze was, het deed pijn. Ze probeerde het opnieuw op de vrolijke toer. 'Ze is waarschijnlijk bezig tofu en taugé te mixen. Ze doet zo haar best om ons gezond te houden. Het is waarschijnlijk stom en verkeerd van me, maar ik kan het niet uitstaan dat ik voortdurend dingen moet eten die vervangers voor iets anders zijn.'

'Ik snap helemaal wat je bedoelt. Geef mij maar een lekkere, sappige cheeseburger met bacon, sla, tomaat en dikke klodders mayo.' Carole sprong op. 'Wie het eerste bij de trap is.'

'Het is niet gepast om in een huis te rennen waar verdriet heerst,' zei Rachel op plechtige toon, waarna ze haar op ingetogen wijze naar de keuken volgde, waar ze Miranda vonden die, in een nauwsluitend pakje van spijkerstof, bezig was een aantal synthetische eieren te klutsen.

Carole pakte een mok, schonk voor zichzelf koffie in en liep ermee naar de tafel waar Stephen en Gallagher somber zwijgend tegenover elkaar zaten. 'Morgen, jongens,' verkondigde ze met die gevaarlijke stem van haar, terwijl ze ging zitten. Rachel zag Gallagher zijn wenkbrauwen optrekken. Het werkte altijd. De mensen gaapten haar met open mond aan. Soms zag je ze zelfs om zich heen kijken om te zien waar die stem in werkelijkheid vandaan was gekomen. Carole ving Gallaghers blik op en ze schonk hem een brede grijns. 'Ik heb een stemtransplantatie gehad,' zei ze. Ze pakte haar mok op, dronk de koffie, schoof haar stoel naar achteren en stond op. 'Het spijt me dat ik niet langer kan blijven, maar de plicht roept. Zie je straks, Rach. Dag, Miranda. Heb je nog wat verkocht de laatste tijd?'

'Gisteren,' antwoordde Miranda. 'En een prijzig object bovendien.'

'Mooi. Dan heb je nu geld genoeg om zelf iets te kopen. Je zult het intussen toch wel verschrikkelijk zat zijn om hier te moeten bivakkeren. Dag, Stevie. Ron wil weten of je wat tijd vrij kunt maken voor een partijtje golf. Je zou me er een groot plezier mee doen als het je lukte hem eens een paar uur achter zijn bureau vandaan te krijgen. Hij is even bleek als de buik van een pad.' Ze haastte zich de deur uit voordat iemand de kans had gekregen haar antwoord te geven.

Stephen schudde het hoofd. 'Ik heb bij haar altijd het gevoel alsof ik door een tornado ben getroffen. Ik vraag me af hoe Ron ertegen kan.'

'Zonder haar zou hij nergens zijn.'

De volgende die zijn stoel naar achteren schoof, was Gallagher – hij had de helft van zijn synthetische eieren laten staan. 'Ik moet aan het werk. Bedankt voor het ontbijt.'

'Weet je heel zeker dat dat gesprek niet nagetrokken kan worden?' vroeg Stephen.

Gallagher schudde het hoofd. 'Dat kun je vergeten.'

Rachel was gaan zitten en speelde met een stukje toast dat ze boven haar bord verkruimelde. Ze wilde dat ze allemaal weggingen en haar met rust lieten. Ze had werk te doen. Ze moest tekenen. En ze had tijd nodig om krachten te verzamelen voor ze haar dokter belde om een afspraak te maken voor het onderzoek. Hoewel dr. Barker de aardigste man ter wereld was, en ondanks het feit dat hij Jonah's en Davids bevalling had gedaan en tijdens Jonah's overlijden bij haar was geweest, was het toch een verschrikkelijk pijnlijke en persoonlijke kwestie waarvoor ze naar hem toe moest. Alleen al de gedachte aan de woorden: 'Ik wil me op aids laten onderzoeken,' deed haar ineenkrimpen. Hoe kon ze zichzelf ertoe brengen ze hardop uit te spreken?

'Ik heb dr. Barker gebeld,' zei Stephen, terwijl hij ook zijn stoel naar achteren schoof. 'Ze verwachten je vanochtend om half elf.'

Ze keek hem aan met een mengeling van schrik en dankbaarheid. 'Dank je, Stephen.'

Hij gaf geen antwoord maar keek op zijn horloge en zei: 'Ik kom veel te laat. En ik kom zeker niet op tijd thuis. Ik heb verschrikkelijk veel te doen vandaag, en het lukt me nooit om alles af te krijgen als ik niet langer op kantoor blijf.'

'En vergeet niet om...'

'Ik zal niet vergeten om naar Chicago te bellen, nee. Maak je geen zorgen.' Hij pakte zijn koffertje op en volgde de anderen het huis uit.

Miranda was de volgende die aan de beurt was. Vanaf het moment dat ze alleen was met Rachel, begon ze zo verschrikkelijk zenuwachtig en schuldig te doen dat Rachel na een minuut of tien zei: 'Ik wil niet onvriendelijk zijn, maar wil vanochtend alleen zijn. Zou je misschien ergens anders naartoe kunnen gaan?'

Meteen pakte Miranda haar tas en haar sleutels, liep naar de deur en zei: 'Ik geloof dat het tijd is dat ik op zoek ga naar een eigen huis. Bij het meer staat een fantastisch huisje te koop...'

Rachel zette de borden in de gootsteen in de week, nam de tafel en het aanrecht af en ging weer aan het werk, maar het onderzoek en David hielden haar zó bezig dat ze zich niet kon concentreren. Ze zou er waarschijnlijk goed aan doen om weer naar aerobics te gaan – met wat lichaamsbeweging zou ze vermoedelijk beter slapen – maar ze kon er niet heen. Ze had het geprobeerd, maar kon niet tegen de heimelijke blikken, het gefluister en ieders nieuwsgierigheid. Ze kon zelfs niet tegen de vriendelijkheid, het gevoel dat de hele wereld om haar heen de adem inhield. Ze wist zich geen raad met andere mensen, en de anderen wisten zich geen raad met haar.

Die verdomde Gallagher. Als hij haar niet gestoord had, zou ze ondertussen bijna klaar zijn geweest. Ze dwong zichzelf om aan de tekentafel te blijven zitten en eenvoudige schetsen te maken tot het tijd was om te gaan. Voor ze de deur uit ging, wierp ze een verlangende blik op de telefoon. Ze wilde dat ze ernaast kon blijven zitten. Hij had één keer gebeld, maar misschien probeerde hij het nog wel een keer.

Ze kon nergens naartoe zonder langs de plek te komen waar ze Davids fiets had gevonden. Elke keer nam ze wat gas terug en keek ze naar de plek alsof er iets veranderd zou kunnen zijn, alsof er een nieuwe aanwijzing was verschenen, of zelfs, zoals ze diep in haar hart hoopte, dat, wanneer ze nog eens zou kijken, David er opeens zou staan en zich afvroeg wat er met zijn fiets was gebeurd. Ze wist dat al die hoop zinloos was, maar het kon haar niet schelen. Rationele gedachten maakten haar alleen maar nog verdrietiger.

De weg naar de praktijk van dr. Barker bracht haar ook langs de school, een plek die ze sinds Davids verdwijning bewust gemeden had. In het voorbijgaan zag ze een enorm spandoek tussen het gebouw en een lantaarnpaal waarop stond: LAAT DAVID VRIJ! WE MISSEN HEM.

De assistente van dr. Barker, een nieuwe assistente, een assistente die Rachel niet kende, pakte haar meteen bij de elleboog en trok haar door de wachtkamer mee naar de spreekkamer van de dokter. Ze was amper gaan zitten toen hij binnenkwam, bleef staan en haar verdrietig aankeek. 'We vinden het allemaal verschrikkelijk voor jullie, Rachel,' zei hij. 'Dit moet een ontzettende beproeving voor je zijn. Maar ik weet zeker dat ze hem zullen vinden.' Hij pakte haar pols, controleerde haar hartslag en keek haar doordringend aan. 'Je zorgt niet goed voor jezelf. Ga eens staan.' Hij liep langzaam om haar heen en mompelde daarbij zachtjes voor zich uit. 'Veel te mager.' Hij deed de deur open en riep de onbekende assistente. 'Geef mevrouw Stark een hemd en breng haar naar de onderzoekkamer, wil je?'

'Ik kom alleen maar om mijn bloed te laten onderzoeken,' wierp ze tegen.

'Je bent alleen maar hier om deze ouwe zeur van een dokter, die je al jaren kent, ervoor te laten zorgen dat je heelhuids door deze beproeving komt. David heeft er niets aan wanneer hij thuiskomt bij een moeder die een zenuwinstorting heeft en ondervoed is, wel?'

'Nee.'

'Dus doe dan maar wat ik zeg.'

Alsof ze een andere keuze had. Dr. Barker gaf haar het gevoel dat ze tien jaar oud was. Een grote, norse beer van een man met een hart van goud. Hij koeioneerde al zijn patiënten voor hun eigen bestwil. Zelfs Stephen deed wat hij van hem wilde. Gedwee volgde ze de assistente, trok de bespottelijke papieren kiel aan en ging op het randje van de tafel zitten. Terwijl ze zat te wachten, kwam de assistente binnen, ontsmette een plekje op haar arm en nam vervolgens voldoende bloed af om een vampier in extase te brengen.

'Nou, als ik inderdaad aids blijk te hebben, heb je me nu zo ongeveer van mijn resterende immuunsysteem ontdaan,' merkte Rachel bij wijze van grapje op. De verpleegster keek haar alleen maar op een vreemde manier aan, trok met overdreven voorzichtigheid haar handschoenen uit en vertrok met het rekje buisjes. Even later kwam ze weer terug, nu met dr. Barker, en ze begonnen in haar te drukken en te duwen en haar te ondervragen tot Rachel het gevoel had dat ze zowel lichamelijk als geestelijk binnenstebuiten was gekeerd.

'Kleed je aan en kom terug naar de spreekkamer,' zei dr. Barker. Toen ze dat gedaan had, klakte hij met zijn tong. 'Je eet niet en je slaapt niet. Je bent veel te veel afgevallen en hebt ernstige bloedarmoede. En als je het grootste gedeelte van wat je binnenkrijgt blijft overgeven, gaat je conditie nog verder achteruit.' Hij schoof een stapeltje recepten naar haar toe. 'Ik wil dat je met deze bovenste twee recepten naar de apotheek gaat en de voorgeschreven medicijnen inneemt. Ga ze niet halen om mij een plezier te doen, om ze dan vervolgens in een la te stoppen. Daar hebben we geen van beiden iets aan. Het is iets tegen de bloedarmoede en iets om je maag tot rust te brengen. En dit recept,' hij gaf haar nummer drie, 'is iets tegen de depressiviteit. Ik vind dat je het nodig hebt, en ik weet dat jij vindt van niet, maar onthoud...'

Hij maakte een wuivend gebaar toen ze haar mond opendeed om iets te zeggen. 'Laat me uitspreken, Rachel. Begrijp goed dat ik niet zeg dat je niet depressief zou mogen zijn na alles wat er gebeurd is, maar wat ik wel zeg, is dat dit middel het je wat gemakkelijker maakt om de klappen op te vangen en te blijven functioneren. Het kan zijn dat je daar nu of op een wat later tijdstip behoefte aan mocht hebben. Maar voordat je het besluit te gaan halen, wil ik dat je me nog even belt. Ik wil eerst de uitslag van het bloedonderzoek afwachten. En dit...' Hij zwaaide het laatste papiertje heen en weer, 'is iets om je te helpen slapen. Maar voordat je dit inneemt, wil ik eerst dat je de andere middelen geprobeerd hebt, en als blijkt dat je dan nog steeds moeite met slapen hebt, kun je ze innemen. Ik weet hoe je over medicijnen denkt.'

'Maar toch stuurt u me met een halve apotheek naar huis.'

'Er zijn miljoenen mensen die veel meer pillen slikken dan deze.'

'Heeft Stephen u gevraagd dit te doen?'

'Om je al die dingen voor te schrijven?' Hij schudde het hoofd. 'Stephen heeft me gevraagd om je bloed te onderzoeken en hij heeft gezegd dat hij zich zorgen om je maakt. Dat je niet eet en niet slaapt. Dat is alles. Je zou beter moeten weten dan me dat te vragen. Ik ben niet paternalistisch en speel niet voor God. En daarbij hou ik er ook niet van om lastige echtgenoten onderdanige en passieve vrouwtjes te bezorgen.' Hij nam haar kleine koude hand in zijn beide massieve handen. 'Je bent mijn patiënt, en ik probeer voor je te zorgen. Dat is alles, Rachel. En dat probeer ik al een hele tijd, hoewel je me het er niet bepaald gemakkelijk op maakt.'

Ze wilde haar hoofd tegen zijn brede borst leggen en hem snikkend over al haar verdriet vertellen. In plaats daarvan zei ze: 'Het onderzoek... wanneer weet u de uitslag?'

'Dat hangt ervan af. Soms is het lab snel, soms hebben ze er langer voor nodig. We bellen je zodra we iets weten. Ik geloof niet dat je je ergens zorgen over hoeft te maken.'

'Over niets meer dan waarover ik me toch al zorgen maak,' corrigeerde ze hem. 'Zorgen heb ik al genoeg.'

Hoofdstuk 15

'Dit is voor de mensheid de bitterste pijn,
het hebben van veel kennis, maar niet van macht.'
Herodotus

Stephen keek naar de stapel papieren op zijn bureau. Papieren die deel uit-
maakten van zijn dagelijkse leven, zijn bron van inkomsten die hem bovendien grote voldoening schonk, maar die hem vandaag even aantrekkelijk
voorkwamen als een gekookte kool. Hij had geen goede dag. De aspirine
begon eindelijk te werken en haalde het scherpe kantje van zijn hoofdpijn,
die het gevolg was van een overmaat van whisky, maar verder leek niets te
willen gaan zoals de bedoeling was. Charlotte had haar schamele beetje
hersens thuis laten liggen. Hoe simpel hij zijn opdrachten aan haar ook
hield, of hoe zorgvuldig hij ze ook probeerde uit te leggen, ze snapte niet
wat hij bedoelde. Als ze een oude zaak als voorbeeld gebruikte, nam ze het
nummer van dat document over, maakte afschriften voor de verkeerde partijen en stuurde de originelen naar de verkeerde rechtbank. Om elf uur, wat
hem een goede tijd had geleken om naar Chicago te bellen, was hij amper
nog in staat een beleefd woord over zijn lippen te krijgen en wist hij dat er
in de koffiekamer over hem geroddeld werd.

Hij slikte, probeerde rustig te zijn en belde naar de kliniek. Na met een
opeenvolging van domme zaagselkoppen gesproken te hebben, kreeg hij
uiteindelijk de directeur, dr. Saul Isaacson, aan de lijn. 'Dr. Isaacson? U
spreekt met Stephen Stark. Mijn vrouw Rachel en ik hebben onlangs een
brief van u ontvangen...' Hij maakte zijn zin niet af, in afwachting van een
reactie van de dokter.

'Een brief?'

Vooruit, klojo, dacht hij, in de brief staat dat we moeten bellen. 'Ja, betreffende een mogelijke blootstelling aan het HIV-virus als gevolg van
kunstmatige inseminatie.'

'O, ja. We hebben in de brief ons best gedaan dat zo duidelijk mogelijk te stellen. Zowel u als uw vrouw moet zich laten onderzoeken. En uw kind natuurlijk ook, als er een kind is.'

Stephen leidde een heleboel af uit Isaacsons stijve en terughoudende antwoord. Onder andere dat de inhoud van de brief Isaacson zenuwachtig maakte, en dat er zo veel van die brieven verstuurd waren dat Isaacson de namen van de geadresseerden niet herkende. 'U verzoekt ons in uw brief contact met u op te nemen. U heeft ons zelfs een tweede brief gestuurd. Wat wilde u van ons weten?'

Hij hoorde een opgewonden heen en weer schuiven van papieren. 'Een seconde, graag.' Stephen hoorde Isaacson met iemand anders praten en ving flarden van hun gesprek op. '... is die verrekte lijst. Hij lag altijd hier. Op Allegra's bureau moet een kopie liggen. Kijk daar. Of misschien heeft Candy er wel een. En schiet op!' Toen keerde hij weer terug naar Stephen. 'Onze zorg geldt onze patiënten, meneer eh...'

'Stark.'

'Natuurlijk. Dank u. Meneer Stark. We wilden er zeker van zijn dat u onze brief ontvangen hebt... dat u zich zult laten onderzoeken. Sommige mensen zien er natuurlijk tegenop dat onderzoek te laten uitvoeren, en we zien het als onze taak... om hen aan te moedigen... u... om dat te doen... voor uw eigen veiligheid en gemoedsrust, natuurlijk. Het is dus logisch dat we willen horen of de brieven ontvangen zijn of dat iedereen de juiste stappen doet. Niet dat we denken dat er een groot risico is...'

Stephen vermoedde dat de kliniek bij de wet verplicht was dit soort brieven te verzenden, op straffe van de intrekking van haar vergunning. 'Natuurlijk,' beaamde hij, Isaacsons toontje imiterend, hoewel hij zich niet kon voorstellen dat de man dat merkte. 'Hoe zijn de resultaten tot dusver?'

'Ik vrees dat ik u dat niet kan vertellen. De gegevens van de patiënten zijn vertrouwelijk, begrijpt u.'

'Nee, ik begrijp het níet. U kunt onmogelijk iemands vertrouwen schenden door te zeggen of er patiënten zijn die wel of niet positief zijn gebleken. Het een heeft niets met het ander te maken.'

'Onze zorg geldt u en uw gezin, meneer Stark,' verklaarde Isaacson op plechtige toon. 'Hebt u uw bloed laten onderzoeken?'

Uw zorg geldt uw kliniek en in hoeverre u strafbaar bent, dacht Stephen. 'Zeker,' antwoordde hij op scherpe toon. Hij belde om informatie te krijgen, niet om ze te verstrekken.

'En uw vrouw?'

'Zij ook.'

'Is er een kind?'

'U weet niet of er een kind is?' Het enige dat Stephen wilde, was de informatie krijgen en ophangen voor hij tegen Isaacson tekeer zou gaan. Hij kreeg geen greep op wat de man probeerde te doen; of liever, wat de kliniek probeerde te doen met de gegevens die ze op deze manier verzamelden. Áls ze al bezig waren gegevens te verzamelen. Ondanks de dringende toon van de brief en het feit dat ze niet één maar twee brieven hadden gestuurd, had Stephen niet het gevoel dat ze zo bijster geïnteresseerd waren.

'O, ik begrijp uw verwarring.' Isaacson lachte zenuwachtig. 'Niet alle inseminaties van het... eh... donorsperma zijn hier in onze... eh... kliniek gedaan. Afgezien van het feit we zelf een bevruchtingskliniek zijn... dienen we ook als een... eh... bron voor vele andere klinieken en particuliere artsen die inseminaties verrichten, zodat we, hoewel we de notificaties coördineren, vaak niet meer dan de namen en adressen van de patiënten hebben.'

'Mijn vrouw was een patiënt van u.'

'O. Ja. O. Was er een kind?'

'Ja. Een zoon.'

'Gefeliciteerd.' Isaacson verslikte zich in het woord, aarzelde en zei toen: 'Het is altijd heel fijn om te horen dat onze verrichtingen succesvol zijn gebleken...' Hij maakte zijn zin niet af en was even stil. Het was duidelijk dat hij niet in staat was een gepaste overgang te creëren tussen het rituele enthousiasme over een geslaagde bevruchting en de juiste reactie op een ouder die zelf, evenals zijn vrouw en kind, mogelijk besmet was geraakt met een dodelijke ziekte als gevolg van die verrichtingen. 'Is het kind onderzocht?'

'Mijn zoon is...'

Stephen kwam niet verder. Hij werd onderbroken door Isaacson met nog een van zijn: 'Een ogenblikje, graag.' Opnieuw kon Stephen het gesprek volgen. 'Wat bedoel je, ze kan het niet vinden? We krijgen dit toch niet nog eens, hè? Dat soort dingen behoort achter slot en grendel te liggen. Nou, hoe staat het met Candy's kopie? Koffiepauze? Die griet is voortdurend met pauze.' Hij grinnikte. Er was geen ander woord voor. In gedachten zag Stephen een Woody Allen-hoofd op een mager nekje voor zich, en hij had zin om zijn handen rond dat nekje te sluiten en het te wurgen. Zoals het wurgen van een kippennek. 'Er moet er een bij de dossiers liggen,' hoorde hij Isaacson jammeren. 'Nou, dan ga je daar toch even kijken, niet? Zeg Allegra dat ik die man met haar doorverbind.' Toen kwam hij weer aan de lijn. 'Luister, ik ben niet degene die hier over gaat. U moet mijn assistente, Allegra O'Grady, hebben. Zij is degene die deze hele zaak coördineert. Ik verbind u wel even...'

'Wacht u even,' zei Stephen. 'Voor u me afschuift naar de een of andere assistente. Ik bel u omdat ik iets van u wil weten. Het gaat om uiterst belangrijke informatie. Mijn zoon... onze zoon... is ontvoerd. We hebben redenen om aan te nemen dat David geen willekeurig slachtoffer was, maar bewust is gezocht door iemand die uitgerekend hem wilde hebben. De meest voor de hand liggende mens is, natuurlijk, zijn biologische donor. We hebben gegevens van u nodig om die man, en daarmee ook onze zoon, te kunnen vinden...' Stephen ergerde zich aan zichzelf. Hij had subtieler willen zijn, had het een beetje fijntjes willen zeggen.

'Onmogelijk, dat moet u begrijpen. Als we de identiteit van onze donoren niet geheim houden, krijgen we geen donoren. Ze verwachten van ons dat we hun persoonlijke gegevens volkomen geheim en vertrouwelijk behandelen.'

'En hoe staat het met de gegevens van uw patiënten? Zijn die ook absoluut vertrouwelijk?'

'Natuurlijk.'

Stephen had het antwoord kunnen voorspellen. 'Zodat de dossiers van uw patiënten ontoegankelijk zijn?'

'Natuurlijk. Niemand heeft toegang tot onze dossiers, behalve degene van het personeel die de lijst heeft samengesteld.'

'Wat deze mogelijke besmetting met aids betreft. Gaat het slechts om één enkele donor?'

'Voorzover we weten, ja.'

Wilde hij daarmee zeggen dat er tot dusver geen andere donoren waren die te horen hadden gekregen dat ze besmet waren? Jezus, wat een circus! Het was gewoon eng om te bedenken dat ze die kliniek ooit vertrouwd hadden. 'Als zowel mijn vrouw als ik negatief blijkt te zijn, is er dan toch een kans dat mijn zoon positief is?'

'Wat was de uitslag van zijn bloedonderzoek?'

'Zijn bloed is nog niet onderzocht.'

'Nou, laten we in dat geval eerst de resultaten dan maar afwachten, vindt u ook niet?'

Hetgeen betekende dat Isaacson die vraag niet kon beantwoorden. Het moest toch een algemene vraag zijn, eentje die door alle ouders werd gesteld. 'We kunnen hem niet laten onderzoeken, verdomme,' zei Stephen. 'Ik heb u toch verteld dat hij ontvoerd is! Hoeveel mensen zijn met het sperma van deze donor geïnsemineerd geworden?'

'Ik vrees dat ik u dat niet kan vertellen.'

'Waarom niet?'

'Nou, meneer Stark, omdat u dat niets aangaat.'

Nu kon Stephen zijn woede echt niet meer de baas. 'Houdt u in uw dossiers bij op welke data sperma gegeven wordt? Staat er in het dossier van mijn vrouw wanneer het sperma dat bij elke poging gebruikt is, gegeven is?' Isaacson maakte een half hoestend geluid. 'Ik weet zeker dat dat geen geheim is, aangezien het in Rachels dossier moet staan, dus ik kan u maar beter meteen vertellen, dokter, dat ik advocaat ben. En ik eis van u dat u mij onmiddellijk een complete kopie van het dossier van mijn vrouw toezendt.' Hij noemde zijn adres. 'Hebt u dat opgeschreven?' vroeg hij.

'Natuurlijk.'

'Wilt u het dan nog even teruglezen, graag? Dan kan ik horen of u alles goed hebt.'

Er was een lange stilte, en toen zei Isaacson: 'Misschien wilt u mij het nog een keer geven.'

Stephen herhaalde zijn naam en adres. 'En de naam van de patiënt?'

'Rachel. Rachel Stark.'

'Hm. Weet u, meneer Stark, ik weet niet zeker of we dat dossier nog wel hebben,' zei Isaacson.

'Die smoes kunt u zich besparen, dokter,' zei Stephen. 'Nog geen vijf minuten geleden hebt u toegegeven dat u alle dossiers bewaart, weet u nog? En dat ze zorgvuldig bewaakt worden. Het kan niet dat u het ene moment alle dossiers hebt en zorgvuldig bewaakt en dat u ze het volgende moment níet meer hebt...'

Het bleek nog veel erger te zijn dan hij had verwacht. De kliniek waarschuwde de betrokken patiënten niet uit zichzelf, er was iemand die hen dwong dat te doen, en het was duidelijk dat ze het daarbij zouden laten. Ze bleven de betrokkenen net zolang brieven sturen tot ze reageerden, en dan werden ze van een lijst geschrapt. Het ging hen niet om het helpen van de patiënten, het verlenen van steun of het verstrekken van informatie. En hoewel ze niet veel konden doen, was hij voldoende vertrouwd met het systeem van klantenwerving om te weten dat alles daarbij draaide om benadering en houding. Hij voelde zich onuitsprekelijk gefrustreerd en ging ondertussen in gedachten al na of hij advocaten in Chicago kende.

Isaacson had nog steeds niet gereageerd. 'Dr. Isaacson, ik zal u een vraag stellen die u gemakkelijk moet kunnen beantwoorden zonder vertrouwelijke gegevens te moeten verstrekken. Hoeveel mensen zitten er in hetzelfde schuitje als Rachel en ik? Tien of twintig? Vijftig? Honderd?'

Er klonk nog een raspend geluid, dat opnieuw gevolgd werd door een aanhoudend stilzwijgen. Toen zei Isaacson: 'Een aardig aantal.'

'Ik weet dat de donor medicijnen studeerde. Heeft hij zijn hele studie gefinancierd met het klaarkomen in een potje?'

'U hoeft niet vulgair te worden,' begon Isaacson. 'Ik verbind u door met mevrouw O'Grady. Misschien dat zij u meer kan vertellen.'

'Omdat zij precies weet hoe vaak hij zich heeft afgetrokken?' vroeg Stephen grof. 'Nog één vraag. Wanneer en hoe bent u erachter gekomen dat de donor HIV-positief was?'

'Ongeveer negen maanden geleden. Hij heeft het ons per brief meegedeeld. Ik verbind u door.' Isaacson verbrak de verbinding voor Stephen nog iets had kunnen zeggen. Stephen vroeg zich af waarom ze negen maanden nodig hadden gehad om tot actie over te gaan.

Allegra O'Grady had een honigzoete stem en een prettige manier van praten, maar ze was absoluut niet bereid hem verder nog maar iets te vertellen. Ze kon begrip opbrengen voor zijn frustratie, voor de beangstigende positie waarin hij als gevolg van de brief terecht was gekomen, vergaf hem goedmoedig dat hij haar de huid vol schold en woedend tegen haar uitviel en verklaarde dat ze zich volkomen kon voorstellen hoe hij zich moest voelen. Ze was diep geschokt over het feit dat zijn zoon ontvoerd was en hoopte oprecht dat alles goed zou komen, terwijl het haar innig speet dat er niets was dat zij, persoonlijk, kon doen om te helpen. Stephen hing op met een gevoel dat het midden hield tussen de behoefte haar de keel om te draaien en het verlangen haar een baan aan te bieden. Hij had nog nooit iemand meegemaakt die zó ondoorgrondelijk was. De vrouw kon in het juristenvak goud verdienen.

De rest van de middag verliep traag en moeizaam. Hij was een eind achterop geraakt met zijn werk maar kon zich er niet op concentreren, terwijl hij het ook niet kon opbrengen vriendelijk en beleefd te zijn. Uiteindelijk gaf hij het op, stopte wat werk in zijn koffertje en ging – via een bezoek aan de stomerij om zijn overhemden te halen – vroeg naar huis. Thuis vond hij evenwel ook geen rust. Hij was nog niet goed en wel binnen of Rachel besprong hem met de vraag: 'Heb je ze gebeld?'

Hij zette zijn koffertje langzaam en voorzichtig, alsof het loodzwaar was, op de grond. 'Laat me eerst even andere kleren aantrekken, dan zal ik je er alles van vertellen.'

'Vertel me alleen maar of het goed nieuws is of slecht nieuws.'

'Slecht,' zei hij, haar met tegenzin aankijkend. Hij zette zich schrap tegen de elektrische fonkeling van haar ogen, tegen zijn verlangen haar in bescherming te nemen, haar haar zin en alles te geven waaraan ze behoefte had. Ze moest leren de wereld te accepteren zoals die was. 'Ze willen me niets vertellen. Ik heb met de directeur gesproken, dr. Isaacson. Hij zegt dat het in strijd is met de regels van de kliniek om gegevens over donoren te verstrekken.'

'Dan doe je ze een proces aan zodat ze het je wel móeten vertellen.'

Hij schudde het hoofd. 'We hebben geen gronden.'

'Die kun je vast wel verzinnen,' zei ze. Stephen schudde opnieuw het hoofd. 'Maar je bent toch advocaat? Je kunt vast wel iets verzinnen om ze te dwingen...'

'Nee, niets.'

Haar ogen zeiden, duidelijker dan ze met woorden zou kunnen, dat ze hem niet geloofde. 'Nou, dan ga ik erheen en zorg ik er zelf wel voor dat ze het mij vertellen. Je kunt het hier wel een paar dagen alleen af, hé, zolang Miranda er nog is om voor je te zorgen?' Ze nam niet de moeite op een antwoord te wachten. 'Dat hoop ik maar, want morgen, zodra ik klaar ben met die illustraties voor dat verdomde boek, ga ik naar Chicago en kom niet terug vóór ze me verteld hebben wat ik weten wil.'

'Rachel, dat kun je niet doen. Je zult er alleen maar verschrikkelijk gefrustreerd van raken. Echt, geloof me nu maar. Ik heb geprobeerd met ze te praten...'

'Het voorkomen van frustratie is belangrijker dan het vinden van David?'

Stephen voelde zich boos worden. 'Je weet best dat ik het zo niet bedoelde.'

'Hoe bedoelde je het dan wel?'

'Ik bedoelde precies wat ik gezegd heb. Dat ik, op grond van de ervaring die ik vandaag met die mensen heb opgedaan, zeker weet dat je geen steek verder zult komen met hen. Ze laten niets los en je komt er niet doorheen...'

Rachel keek hem aan, en hij zag aan haar ogen dat ze zich verraden voelde. Hij wendde zijn blik af omdat hij haar teleurstelling niet kon verdragen. 'Ik dacht...' zei ze zacht, zó zacht dat hij zich naar haar toe moest buigen om haar te kunnen verstaan, '... dat dit hetgeen was waar advocaten goed in waren. Mensen overhalen te helpen wanneer ze dat eigenlijk helemaal niet willen. Ik dacht altijd dat dit het werk was dat je deed... gebruikmaken van de wet om dingen recht te zetten wanneer mensen niet bereid zijn om dat uit zichzelf te doen.'

'Dat klopt, Rachel. Maar daartoe moet je gronden kunnen aanvoeren... je moet een redelijke basis hebben om een proces aan te kunnen spannen... je kunt niet zomaar iemand aanklagen enkel en alleen omdat je je zin niet krijgt...'

'Zoals je dat zegt, lijkt het wel alsof het een soort gril van mij is dat ik David wil vinden, dat het alleen maar koppigheid van me is. Dat is het niet. Ik weet dat Davids vader een doorslaggevende rol in deze zaak speelt...'

'Dat kun je niet weten,' verklaarde hij op effen toon. 'Dat neem je alleen maar aan.'

In de loop van hun gesprek had Rachel zich langzaam langs de muur op de grond laten glijden, en nu zat ze op de onderste trede en keek naar hem op. 'Ik weet het zeker,' zei ze koppig. 'En ik weet dat als je mij geloofde, als je niet zou denken dat mijn theorie stom en vergezocht was, je dan net als ik bereid zou zijn om alles te doen wat gedaan moet worden om aan informatie over Davids vader te komen. Dan zou je wel een collega in Chicago hebben gebeld en hem naar die kliniek hebben gestuurd. En dan zou je hier nu niet staan om mij te onderhouden over het ondermijnen van jullie godvergeten heilige wetten.'

'Ik probeer alleen maar het juiste te doen, Rachel.'

'Het juiste, dat is het vinden van onze zoon.' Hij hoorde aan de klank van haar stem dat ze bijna in tranen was. Daar kon hij op dit moment niet tegen. Hij stond te zeer onder druk van zijn eigen problemen – het feit dat hij niet in staat was te werken, het feit dat hij Miranda niet onder ogen durfde te komen en het feit dat hij niet in staat was zijn zoon te vinden. Hij zou alleen maar exploderen en tegen haar tekeergaan, en dat was iets dat hij tegen elke prijs wilde voorkomen. 'Het juiste, dat is doen wat we moeten doen om hem te vinden,' zei ze. 'En het kan me geen barst schelen in hoeverre dat ethisch verantwoord is of niet.'

'Ben je vandaag bij de dokter geweest?'

'Ja. En probeer niet van onderwerp te veranderen.' De tranen stroomden nu over haar wangen.

Hij gaf haar zijn zakdoek aan. 'Ik ga me verkleden,' zei hij. 'Morgen bel ik een collega in Chicago om te kijken of we iets kunnen doen.'

'Doe geen moeite, Stephen. Ik zal het zelf wel doen.'

'Dat kun je niet... Je bent niet... Rachel, je bent de laatste tijd niet echt fit. Halsoverkop naar Chicago gaan waar je niets dan frustratie te wachten staat, zal alles er alleen nog maar erger op maken.'

Ze stond op en ging opzij zodat hij de trap op kon. 'Je wilt het maar niet begrijpen, hè? Het kan niet erger worden dan het nu al is.'

'Natuurlijk wel...' begon hij, maar wist toen niet wat hij verder moest zeggen. Hij had er een enorme hekel aan zo in de val te zitten. 'Ik zeg alleen maar dat het me geen goed idee lijkt dat je gaat.' Hij liep met nijdige stappen de trap op en sloeg de deur van de slaapkamer hard achter zich dicht.

Hoofdstuk 16

'Ik heb voor dit jonge kind een uur gelopen en gebeden...'
W.B. Yeats, 'A Prayer for my Daughter'

Aangemoedigd door haar voornemen om haar werk af te maken en naar Chicago te gaan, droogde Rachel haar tranen, ging naar haar werkkamer en werkte aan de illustraties van Emily's Horse. Net als die ochtend ging het tekenen nu bijna als vanzelf, en de beelden ontstonden moeiteloos onder haar pen, terwijl ze zich enkele dagen geleden nog op elk martelend haaltje had moeten concentreren. Na een uur ging ze op zoek naar Stephen. Het speet haar dat ze zo moeilijk had gedaan en niet wat subtieler was geweest, en ze wilde hem vragen wat hij wilde eten. Toen ze het hele huis vergeefs had afgezocht, keek ze op de oprit en zag dat zijn auto er niet stond. Op de keukentafel vond ze een briefje: 'Ben gaan golfen met Ron. Daarna gaan we ergens eten. Het zal wel laat worden, dus ga maar vast naar bed. Stephen'.

Opgelucht dat hij iets was gaan doen waar hij plezier in had maar ook een beetje gepikeerd dat hij niet de moeite had genomen haar dat persoonlijk te vertellen, maakte Rachel een kop thee voor zichzelf en ging verder met haar werk. Een uur later, toen ze het grootste gedeelte van haar werk af had, hoorde ze nog een deur slaan, waarop Miranda de gang af kwam en haar hoofd om het hoekje van de deur stak. 'Hallo,' zei ze, en haar glanzende krullen veerden om haar hoofd. 'Ik heb een nieuwtje. Als je toe bent aan een pauze, kom dan naar me toe en dan zal ik het je vertellen.'

'Doe ik.' Rachel was van plan geweest kort daarna te stoppen om Miranda's nieuws – waarvan ze hoopte dat het een huis voor haar betrof – te horen, maar ze ging helemaal op in haar werk en vergat de tijd. Dat was een teken dat het goed ging, dat ze helemaal bij het verhaal betrokken was en de tekeningen van de tekst regelrecht via haar lichaam op het papier vloeiden. Ze legde de laatste hand aan de afbeelding waarop Emily en haar moeder op de rommelmarkt lopen, en begon aan de volgende waarop Emily onder tafel kruipt en het oude, geschilderde hobbelpaard ontdekt. In gedachten zag ze precies voor zich hoe Emily's opgetogen gezichtje eruit moest zien. Na twee keer proberen had ze het bij de derde keer precies te pakken en was ze net klaar met het invullen van het stralende gezichtje met de bolle wangen toen Miranda weer binnenkwam.

'Weet je wel hoe laat het is? Heb je iets gegeten?'

'Nee, en nog eens nee,' zei ze, terwijl ze haar pen neerlegde en haar stijve nek masseerde. 'Hoe laat is het?'

'Bijna tien uur.'

'Bijna tien uur? Dat kan niet.'

Miranda knikte. 'Het is waar. Kijk maar op je horloge.'

'Neem me niet kwalijk. Ik ben de tijd vergeten. Hoe laat was het toen je thuiskwam?'

'Een paar minuten over zeven. Kom naar de keuken, dan maak ik iets te eten voor ons klaar en vertel ik je alles over de huizen die ik vandaag bekeken heb. Voor mijzelf, bedoel ik. Het is grappig, weet je. Ik weet precies wat geschikt is voor andere mensen, maar wanneer het om mijzelf gaat, kan ik gewoon niet beslissen.'

Miranda ging weg en Rachel liet zich van de kruk glijden. Ze verbaasde zich erover hoe stijf ze was na zo veel uren achtereen over de schrijftafel gebogen te hebben gezeten. Een van haar benen was gaan slapen en ze voelde zich alsof iemand een elastiek heel strak over haar schouders had getrokken. 'Ik ben stijf,' zei ze, terwijl ze hinkend de keuken binnenkwam, en vervolgens op haar voet stampte in een poging er weer gevoel in te krijgen. 'Ik rammel. Wat schaft de pot?'

'Soep.'

'Alleen maar soep? Ik kan wel een hele walvis op.'

'Verantwoorde soep. Bonen met rijst en groenten en magere yoghurt.'

'Dat klinkt veel te verantwoord...'

'Wacht maar tot je het geproefd hebt. Je zult het heerlijk vinden, dat weet ik zeker.' Miranda schepte twee aardewerkkommen vol en zette ze op tafel naast een stuk donker volkorenbrood.

Rachel ging zitten en pakte haar lepel. Ze had het onaangename gevoel dat ze iets vergeten was. Ze stelde vast dat de soep, in tegenstelling tot de meeste van Miranda's experimenten, inderdaad verrukkelijk was. 'Is Stephen al weer thuis?'

Miranda haalde haar schouders op. 'Ik heb hem niet gezien. Heeft hij overgewerkt?'

'Hij is gaan golfen,' antwoordde Rachel, met haar mond vol soep.

'Nou, je weet toch hoe de jongens zijn. Ze blijven tot in de kleine uurtjes op de club hangen om bij te praten. Hij komt nog lang niet thuis. Zal ik je dan maar over de huizen vertellen?'

'Ga je gang. Was er iets bij dat je bevalt?'

'Dat is nu juist het probleem. Er zijn er drie die me bevallen, maar om verschillende redenen. De eerste is een eengezinswoning, een van die nieuwbouwdingen bij het meer. Echt mooi. Ze hebben allemaal een eigen terras en een gazonnetje dat tot aan het water loopt. De slaapkamers op de eerste etage hebben een balkon en kijken ook uit op het water. Goede keuken, maar kleine zit-eetkamer, en een zijkamertje dat je als logeerkamer of kantoor zou kunnen gebruiken.'

'En het probleem is?'

'Duur. Ik zal een hoge hypotheek moeten nemen en weinig geld overhouden om van te leven.'

'Hoe staat het met je huidige huis? Dat is toch het nodige waard? Kun je het geld daarvan niet gebruiken?'

Miranda haalde haar schouders op. 'Randy wil het houden. Hij heeft op het moment niet het geld om mij uit te kopen, en ik wil hem er niet uit laten zetten. Hij houdt van dat huis en heeft er onvoorstelbaar veel zweet in gestoken.'

'Daar kan ik mij het nodige bij voorstellen.' Rachel stond op om nog wat soep op te scheppen. Ze had weer honger, net als de vorige dag. Misschien kreeg ze haar eetlust wel weer terug. Misschien had ze dr. Barkers pillen wel helemaal niet nodig. 'En de andere huizen?'

'In het dorp staat een schattig huisje te koop. Alles is op loopafstand, maar in de tuin is het heerlijk stil en rustig. Het enige is dat er van alles aan moet gebeuren. Een nieuwe keuken. Een nieuwe badkamer. De vloeren moeten geschuurd. Het behang moet vernieuwd. Maar de prijs is goed. Ik kan me al die dingen veroorloven. Het probleem is alleen dat ik niet van opknappen hou.'

Rachel zou dat huis best voor zichzelf willen hebben. Er waren dagen waarop ze, hoewel Stephen keurig netjes en David heel rustig was, verlangde naar een eigen plek, naar een eigen huis waar ze ongestoord zou kunnen werken en ze niet op de meest ongelegen momenten gestoord zou worden voor eten of schone sokken. 'En wat is de derde? Is er een derde?'

'Ja, een keurig, saai huis in dezelfde buurt waar ik gewoond heb. Misschien een kilometer vanaf mijn oude huis. Aardig ontwerp, geen achterstallig onderhoud. De prijs is goed. Een aantrekkelijk gezinshuis...'

'Nou,' viel Rachel haar in de rede, 'als je het mij vraagt, is dat huis in het dorp het meest aantrekkelijke en best betaalbare. En als je niet tegen het werk opziet, dan moet je het huis bij het meer nemen.'

'Precies,' verzuchtte haar zus.

'Ik zou je met het opknappen kunnen helpen. Je weet dat ik van dat soort dingen hou.' Rachel sloeg met de zijkant van haar hand tegen haar hoofd.

'Wat is er? Heb je hoofdpijn?' vroeg Miranda.

'Nee. Ik heb alleen steeds maar het gevoel dat ik iets vergeten ben. Ik probeer het los te schudden.' Waarom ben je niet weg? vroeg Rachel zich af. Hoe is het mogelijk dat we alle twee zo weinig trots hebben dat we hier als twee beleefde dames bij elkaar aan tafel kunnen zitten terwijl ik tegen je tekeer zou moeten gaan en je haar uit je hoofd zou moeten trekken en jij je zo diep zou moeten schamen dat je je gezicht niet eens zou durven vertonen. Misschien kwam het wel door Miranda's aanwezigheid dat ze het zich niet kon herinneren omdat ze zich door haar niet kon concentreren. Ze hief haar gezicht op en keek haar zus strak aan, en Miranda was opeens hevig geïnteresseerd in de oppervlakte van haar soep.

Ze besloten de maaltijd in stilte, en Rachel ging verder met tekenen, maar de eerdere inspiratie was verdwenen. Na een half uurtje gaf ze het op en sleepte ze haar vermoeide lichaam naar boven. Een warm bad leek een goed idee tegen de stijve spieren. Tegen de tijd dat ze uit bad kwam, was het bijna middernacht. Ze ging naar beneden om te kijken of Stephen al thuis was. Hij was nergens in het donkere, stille huis. Rachel deed een paar lampen aan zodat hij iets zou kunnen zien wanneer hij binnenkwam, en was halverwege de trap toen ze hem zijn sleutel in het slot hoorde steken. Ze bleef staan en wachtte op hem.

'Hallo, vreemdeling. Hoe was het golfen?'

'Best.' Hij sprak met een dikke tong en wankelde op zijn benen terwijl hij in zijn zakken zocht. 'Hier,' zei hij uitdagend. Hij hield een stukje verkreukeld papier voor haar op. 'Had je dat al gezien?'

Rachels hart sloeg een slag over toen ze Davids glimlachende gezicht vanaf het aanplakbiljet naar zich zag kijken. Er stond onder dat David Stark van negen vermist werd, en het laatst was gesignaleerd op 30 april in Forest Valley, New York. Er werden enkele nadere details genoemd, met inbegrip van een signalement, de plek waarop hij het laatst gezien was en een telefoonnummer waar met informatie naartoe gebeld kon worden. 'Hoe kom je hieraan?'

'Hij zat op de telefoonmast geplakt. Ze hangen overal. Die Robinson doet echt zijn best. Geef hier...' Hij wilde het papier weer van haar aanpakken, struikelde en zou gevallen zijn als hij zich niet aan Rachels arm had vastgepakt. 'Ik heb er zeker honderd gezien. Ze hangen in de hele stad. En ik weet zeker dat ze niet alleen hier hangen.'

Ze trok haar arm los en hij viel bijna. 'Weet je wat dit betekent?' vroeg ze, met het papier wapperend. 'Ja?'

'Ja,' antwoordde hij luid. 'Het betekent dat zich nu misschien iemand zal melden met informatie en we eindelijk een kans hebben hem terug te krijgen.'

'Of dat degene die hem heeft hem zal moeten vermoorden om te voorkomen dat iemand hem zal verraden.' Het gedender in Rachels hoofd en haar gevoel van duizeligheid waren even erg als die van Stephen. Ze ging op de onderste trede zitten, een plekje waar ze de laatste tijd een voorkeur voor scheen te hebben, en nam haar hoofd in haar handen. Toen het denderen minder werd en de duizeligheid wegtrok, zag ze Davids gezicht. Hij was griezelig wit en keek ontzettend angstig terwijl hij zijn armen naar haar uitgestoken hield. 'Mammie. Mammie. Waarom komen jullie me niet halen? Ik ben zo bang.'

Ze kneep haar ogen stijf dicht, balde haar handen tot vuisten, probeerde haar hoofd leeg te maken en zich voor hem te openen. 'Waar ben je, lieverd? Ik kom je halen. Vertel me waar je bent.' Ze wachtte met ingehouden adem, zag Davids gezicht, keek in gedachten naar hem, verlangde naar hem, zag hem diep ademhalen, zenuwachtig om zich heen kijken en zijn mond opendoen om iets te zeggen. Stephen, die langs haar heen de trap op wilde, miste een tree, gleed uit en viel half boven op haar.

'Jezus! Sorry. Ik wist niet dat ik zó dronken was. Kun je me naar boven helpen, alsjeblieft?'

Davids gezicht vervaagde terwijl Rachel Stephen overeind probeerde te krijgen en niet onaardig probeerde te zijn, hoewel ze gloeide van frustratie en woede. David had op het punt gestaan haar iets te vertellen. Dat wist ze zeker. Ze legde Stephens hand op de leuning, sloeg zijn andere arm om zich heen en stak haar schouder onder zijn oksel. 'Oké, eerst je rechtervoet op de volgende tree, en daar gaat-ie.' Zelfs met de leuning en haar steun kreeg Stephen het nog bijna niet voor elkaar. Ze had hem nog nooit, in alle jaren van hun huwelijk, zo ontzettend dronken gezien.

Bij het bed liet ze hem vallen. 'Heb je hulp nodig bij het uitkleden?'

'Natuurlijk.' Hij grijnsde suggestief en sloeg naast zich op het bed. 'Kom bij me zzzitten en help me.'

'Je hebt wel een ontzettend goede bui.'

'Waarom ook niet? Door dat aanplakbiljet weet ik nu zo goed als zeker dat we David zullen vinden. Ik weet dat jij het geen goed idee vindt, Rach, maar je zult zien dat het werkt.' Hij greep haar beet en liet zich boven op haar vallen, drukte haar vast op het bed en overlaadde haar met natte, naar alcohol stinkende kussen.

Toen Stephen uiteindelijk in slaap was gevallen, stond Rachel op, trok haar kamerjas aan en ging naar Davids kamer. Ze zocht een paar van zijn lievelingsspulletjes bij elkaar, knielde op de vloer en probeerde hem opnieuw te bereiken. Dit was iets nieuws voor haar, dit opzettelijk proberen om contact te krijgen. Voorheen was het haar gewoon vanzelf overkomen. Dat was op zich al eng genoeg geweest. Maar nu ze het probeerde te forceren, begon ze over haar hele lichaam te trillen. En wat ze nog veel enger vond, was dat het bijna werkte. In gedachten kon ze David zien, wazig, alsof ze door rook heen keek, en hij lag te slapen. Uiteindelijk, toen haar knieën stijf waren geworden en haar schouders pijn deden van de concentratie, gaf ze het op, legde zijn spulletjes terug op bed en verliet de kamer.

Ze ging naar beneden, naar haar werkkamer, deed het licht aan en ging aan het werk. Ze moest haar werk af hebben voor ze naar Chicago kon. Ze had geen tijd te verliezen. David verkeerde in gevaar. Ze voelde het. Ze moest zijn vader vinden voordat het te laat was. Buiten werd het donkerder, en Rachel werkte verder. En toen, nadat ze aan de voorlaatste tekening begonnen was, werd het buiten lichter en begonnen de vogels luidkeels te zingen om de nieuwe dag te begroeten.

Toen ze bezig was de laatste hand aan de laatste tekening te leggen – Emily die op de achterbank van de stationwagon in slaap was gevallen, terwijl het houten schommelpaard in de achterbak lag – kwam Stephen de kamer binnen. Hij zag grauw en glimlachte beschaamd. 'Wat ben je vroeg op.'

Ze glimlachte en wees op de stapel tekeningen. 'Ik moest het afmaken. Dit is de laatste.' Ze stak haar handen in de lucht en rekte zich uit. Vreemd. Ze had helemaal niet het gevoel alsof ze de hele nacht niet had geslapen. Ze voelde zich energiek, alsof ze zojuist terug was van een stevige wandeling. 'Wat een heerlijk gevoel om klaar te zijn. Ik had het gevoel alsof ik hier de rest van mijn leven aan zou moeten blijven werken.'

'Mag ik ze zien?' Stephen pakte de stapel tekeningen en bekeek ze. 'Wat een schatje. Zou het niet fijn zijn een dochter te hebben... Maar dat is stom, hè? Wie weet hoeveel pogingen er nodig zouden zijn om een gezond kind te krijgen, en zelfs dan... zouden we er misschien nooit zeker van geweest kunnen zijn...' Hij legde de tekeningen terug en wendde zich af, zodat ze zijn gezicht niet kon zien.

Ze verbaasde zich over deze flitsen van verlangen die door Stephens kille façade braken. Toch wist ze, van zijn tedere momenten met David, dat hij het in zich had. 'Laten we het er niet over hebben.' Rachel liet zich van de kruk glijden. 'Wil je ontbijten?'

'Een stevig ontbijt is het beste middel tegen een kater dat ik ken.'

Onder de toast, eieren, bacon en zelfgemaakte patat zei Rachel: 'Zodra ik de tekeningen op de post heb gedaan, ga ik naar Chicago.'

'Ik wil niet dat je gaat,' zei hij.

'Dat weet ik, maar ik ga toch.'

'Je zult je alleen maar...'

'Dat weet ik. Ik zal me alleen maar teleurstellingen op de hals halen. En wat dan nog? Je weet toch hoe je je de afgelopen weken hebt gevoeld, hoe gefrustreerd je bent geweest omdat je niets kon doen? Nou, zo voel ik mij ook. En door naar Chicago te gaan, door naar die kliniek te gaan en hen te confronteren... misschien lukt het me en misschien lukt het me ook niet, maar ik kan dan in ieder geval zeggen dat ik het geprobeerd heb...'

Stephen haalde zijn schouders op en probeerde te glimlachen. 'Ik zou je naar het vliegveld kunnen brengen.'

Ze reikte over tafel en pakte zijn hand. 'Dat zou ik fijn vinden.'

Hoofdstuk 17

'Er is geen dier zo onoverwinnelijk als een vrouw, en geen vuur en geen wilde kat is zo meedogenloos.'
Aristophenes

Rachel stond in de hal en was net bezig haar regenjas in haar tas te proppen toen er werd aangebeld. Ze keek naar buiten om te zien of het de taxi was – de jongen uit het dorp kwam soms naar de deur – maar het was een auto die ze niet kende. Ze zou met de taxi gaan omdat zij en Stephen uiteindelijk in alle redelijkheid hadden ingezien dat de broze vrede die ze tijdens het ontbijt bereikt hadden misschien toch te zwak zou blijken te zijn om de rit naar het vliegveld te kunnen overleven, en dus was Stephen naar kantoor gegaan. Toen Rachel opendeed, zag ze een onbekende vrouw op de stoep staan die haar onmiddellijk deed denken aan Mary Poppins.

Misschien kwam het wel door de gebloemde blouse met de opstaande kraag en de lange grijze rok, of anders door het onopgemaakte gezicht en het grijze haar dat in een knotje zat. De stem van de vrouw – zacht en vriendelijk – paste ook helemaal bij haar verschijning. Ze keek Rachel aan met haar helderblauwe ogen en zei: 'Dag, Rachel. Ik ben Norah Proust, en John Robinson heeft me gestuurd. Mag ik binnenkomen?'

'Het spijt me,' zei Rachel, in het besef dat het haar helemaal niet speet, 'maar ik vrees dat ik nu geen tijd heb voor bezoek. Ik moet een vliegtuig halen.' Ze keek over de schouder van de vrouw door de nog openstaande deur. 'Daar komt mijn taxi net aan.'

'O, jee,' zei de vrouw, terwijl ze op een geïrriteerde wijze haar voorhoofd masseerde. 'Dat had ik moeten weten. Wat een pech. Ik hoopte eigenlijk... We moeten praten. Wanneer denk je weer terug te zijn?'

'Dat weet ik niet.'

De vrouw zag Rachels koffer. 'Je loopt toch niet weg, hè, lieverd?'

'Waarom zou ik weg willen lopen?' Ze zweeg, in het besef dat het een vreemde vraag was, en realiseerde zich dat het deze vrouw helemaal niet aanging wat ze deed.

'Nee. Ik ga naar Chicago. Ik weet nog niet hoelang ik daar zal blijven.'

'O.' De vrouw knikte.

'Kan ik nog iets voor u doen voordat ik ga?'

'O, nee, ik denk van niet. Ik ben voor jou gekomen, Rachel. John dacht dat ik je misschien zou kunnen helpen.'

De taxi stond voor de deur en toeterde. 'Ik kom eraan,' riep Rachel. 'Helpen? Waarmee?'

'Heeft hij je niet gebeld?'

'Ik vrees van niet.' Rachel vroeg zich af of dit het begin was van de invasie. Was Norah Proust een oppasser die gestuurd was om haar dag en nacht te volgen en haar in deze moeilijke tijden terzijde te staan?

'Hier heb je mijn kaartje,' zei de vrouw, een rechthoekje van zwart karton met zilveren letters ophoudend. 'Ik ben helderziende. John zegt dat je contact hebt met je zoon David. Soms, wanneer iemand boodschappen doorkrijgt, helpt het om met een beroepshelderziende te werken. Op die manier kun je betere informatie krijgen. Bel me maar wanneer je weer terug bent.' Ze draaide zich om en liep, zonder verder nog iets te zeggen het tuinpad af, terwijl Rachel bleef staan en haar met open mond nakeek. Toen riep ze zichzelf tot de orde, pakte haar koffer en haar tas en haastte zich naar buiten, naar de gereedstaande taxi.

Chicago. De stad waar het altijd waait. Hoewel Rachel er een aantal keren geweest was, wist ze er niets van af. Ze was er alleen maar geweest in de zin van aanvliegen op O'Hare, een taxi naar het hotel, lopend van het hotel naar de kliniek, een taxi terug naar het vliegveld en weer naar huis. De reizen hadden allemaal iets onwerkelijks gehad, een gevoel alsof ze buiten haar normale leven was gestapt. In die tijd was ze zó van streek geweest, zó verscheurd door het conflict van, enerzijds, haar dwingende behoefte om een kind te hebben en, anderzijds, Stephens aarzelende en gekwelde instemming met de situatie, dat ze zich de hele toestand had voorgesteld alsof die in een andere dimensie plaatsvond. De reizen naar Chicago waren ontvoeringen door wezens van een andere planeet, en de inseminatieprocedure was een wetenschappelijk experiment.

Het was allemaal zo gênant en vernederend en maakte zo'n inbreuk op haar privé-sfeer, en de spanning thuis was zó ondraaglijk geweest dat ze, toen ze eenmaal zwanger was geraakt van David, de hele ervaring uit haar gedachten had gebannen en getracht had er nooit meer aan te denken. Stephen had er nooit naar gevraagd; had er nooit enige interesse voor getoond. Ze was heel eenzaam geweest, met niemand aan wie ze kon vertellen hoe het was, en dus had ze zich tot Jonah gewend. Ze was steeds vaker naar het kerkhof gegaan, totdat de honende, afkeurende en kritische opmerkingen van haar familie haar gedwongen hadden daarmee te stoppen en ze stiekem was gegaan. Een verdrietige, labiele vrouw die in haar hoofd tegen dode baby's sprak.

Nu, terwijl ze op de kleine, benauwde vliegtuigstoel zat die nauwelijks voldoende plaats bood aan een dwerg, drongen de herinneringen uit die tijd zich weer aan haar op. Te beginnen met het feit dat ze een hekel had aan vliegen. Opstijgen en landen bezorgden haar de rillingen, en soms werd ze er ook misselijk van, terwijl ze er op die momenten heilig van overtuigd was dat ze zou sterven. Dat weerhield haar er niet van om toch te vliegen. Zij en Stephen bezochten graag nieuwe plaatsen, en Stephen en David vonden het heerlijk in de winter naar de stranden van het Caribisch gebied te gaan. Maar het betekende wel dat vliegen haar bij voorbaat al misselijk maakte, en dan nog eens echt misselijk wanneer ze eenmaal aan boord was.

Vandaag, terwijl ze ging zitten op haar stoel aan het gangpad – vanwaaraf het gemakkelijk ontsnappen was – voelde ze hoe de vertrouwde doodsangst zich weer van haar meester maakte, en ze bereidde zich voor op de duizeligheid en de misselijkheid. Dit zou geen voorspoedige vlucht worden. Als ze Stephen was geweest, zou ze zichzelf hebben afgeleid met het maken van zorgvuldige plannen over wat ze precies zou doen wanneer ze eenmaal op haar bestemming was. Maar Rachel was geen planner. Ze kon haar werk plannen, en haar dagen, maar beide soorten planning waren aangeleerd om als een volwassene te kunnen functioneren. Doorgaans functioneerde ze op basis van instinct en intuïtie. Haar moeder omschreef dat, enigszins sarcastisch, als haar artistieke temperament. Dat was wanneer Irene haar positief gezind was. Het was niet dat Irene Filipovsky er bezwaar tegen had dat haar dochter artistiek was – ze had oprechte bewondering voor Rachels talent – ze wilde alleen niet dat het opviel.

Vooruit dan maar, Rachel, dacht ze, wat zegt je intuïtie je over Norah Proust, de middelbare Mary Poppins onder de helderzienden? Ze dacht na. Er wilde haar niets te binnen schieten. Kennelijk was noch haar intuïtie noch haar logische brein in staat een coherente reactie te geven op de verschijning van Norah Proust, en wilde haar ook niet te binnen schieten wat ze aan moest met de vrouw zodra ze weer thuis was. Ze wist alleen maar dat ze, ondanks haar communicaties met David, bijna even sceptisch ten aanzien van helderzienden was als Stephen. Ze had geen behoefte mee te doen aan helderziende spelletjes.

Voor ze verder over het onderwerp kon nadenken, kondigde de captain aan dat ze als volgende aan de beurt waren voor de start. Rachel sloot haar ogen, klemde haar kiezen op elkaar en concentreerde zich op overleven.

'Wilt u misschien iets drinken?' vroeg een opgewekte stem.

Rachel deed haar ogen met moeite weer open, ontspande haar handen en keek op. 'Ginger ale, graag.' Een piepklein plastic bekertje met te veel ijsblokjes en te weinig ginger ale werd voor haar neergezet, samen met een bijna onmogelijk te openen pakje met vijftien zorgvuldig afgetelde pinda's erin. De luchtvaartmaatschappij wilde niet dat Rachel of de andere passagiers dikker zouden worden, want dan zouden ze niet meer in hun stoelen passen. Ze sloot haar ogen, nipte van de ginger ale en oefende met ademhalen. Na een eeuwigheid begon ze zich een beetje beter te voelen. Toen ze haar ogen voor de tweede keer opendeed, zag ze dat de man die naast haar zat zenuwachtig naar haar keek.

'U ziet eruit alsof u moet overgeven,' zei hij verwijtend. 'Is dat zo?'

'Ik ben niet bevoegd om uw vraag te beantwoorden,' zei ze. 'Maar ik geef u de verzekering dat ik mijn best doe dat niet te doen.' Het klonk als slechte grammatica.

'Natuurlijk,' zei hij, met een zenuwachtig wuivend gebaar. 'Ik bedoel, dat mag ik hopen. Ik ben nogal gevoelig.'

Nogal ongevoelig, dacht Rachel. Zak. Ze hoopte dat ze moest overgeven. Dat ze over hém heen moest overgeven – dat was zijn verdiende loon.

'De krant?' vroeg de stewardess met haar opgewekte stem.

'Graag.' Rachel pakte er een aan in haar verlangen naar afleiding. Ze sloeg hem open en zag Davids foto, samen met een artikel over zijn ontvoering. 'Verdomme John Robinson,' siste ze voor zich heen, terwijl haar maag zich samenbalde, en toen nog een keer. Ze vloog van haar stoel het middenpad af. Halverwege kwam ze vast te zitten achter het karretje met de drankjes en ze bleef staan in afwachting van een kans om erlangs te kunnen. De vrouw naast haar las het verhaal over Davids verdwijning. De man aan de andere kant van het middenpad deed dat ook, evenals de vrouw achter haar.

Dit was een nachtmerrie waaruit ze niet kon ontwaken. Net als het jonge zeehondje dat meedogenloos werd neergeknuppeld door de jagers werd zij van alle kanten aangevallen door de foto's, de woorden, de verslindende ogen. Ik ben een vulkaan, dacht ze, terwijl haar maag zich opnieuw samenbalde. En ik sta op het punt van uitbarsten. 'Als u mij er niet langs laat,' riep Rachel tegen de geschrokken stewardess, 'ga ik hier per plekke overgeven.'

'U hebt een spuugzak in de leuning van de stoel voor u...'

'Ja, en als ik die zak gebruik, wordt de man naast me misselijk, en de man naast hem misschien ook nog wel, en voor u het weet, zit u met een hele epidemie. Hebt u daar zin in?' Enkele seconden later was Rachel op de wc en braakte ze haar ginger ale en vijftien pinda's uit. De schok van Davids foto overal om zich heen te zien was zó groot dat ze het gevoel had dat ze lichamelijk zwaar mishandeld was. Ze waste haar gezicht, wachtte tot het ergste trillen over was en keerde terug naar haar plaats. De rest van de vlucht deed ze haar ogen niet meer open. Ze deed ze niet eens open toen de stewardess haar een maaltijd aanbood – ze schudde alleen maar met het hoofd. Ze kon niet kijken. Het ruiken van het eten was al voldoende.

Op het vliegveld was het al even erg. Overal zag ze foto's van David, op de muren, op de kassa's, en overal die vraag: 'Wie heeft mij gezien?' Was dit echt wat Stephen had gewild? Tegen de tijd dat ze het vliegveld uit was en in een taxi zat, had ze moeite met ademhalen. Als ze thuis was geweest, zou ze naar het kerkhof zijn gegaan, maar hier kon ze nergens naartoe. Ze zat gevangen in haar eigen huid en in haar eigen hoofd.

'Bent u ziek?' vroeg de taxichauffeur, terwijl hij zich omdraaide en haar aankeek.

Rachel keek naar Davids foto die op het scheidingswandje van plexiglas vóór haar zat geplakt. 'Ik kan niet...' riep ze, terwijl ze uit de taxi stapte en naar de volgende liep, die er achter stond.

'Hé, mevrouwtje, u moet de voorste nemen,' riep hij haar achterna. 'U kunt niet met hem mee.'

Rachel stapte in en sloeg het portier achter zich dicht. In deze taxi hing geen foto van David. 'Rijdt u weg, alstublieft.' De chauffeur stuurde zijn auto behendig om de nog steeds schreeuwende man heen, het verkeer in.

'Waar gaan we heen, mevrouw?'

Rachel gaf hem het adres en liet zich slap en zwaar tegen de rugleuning van de bank vallen. Alles was zo veel moeilijker dan nodig was. Lag het aan haar? Aan die zwarte wolk waarover ze altijd grapjes maakte? Misschien was ze gewoon niet goed bij haar hoofd. Misschien zou ze, zoals Stephen gesuggereerd had, John Robinson juist dankbaar moeten zijn. Ze zou blij moeten zijn dat Davids foto overal hing. Misschien betekende het echt wel dat ze nu een grotere kans hadden om hem te vinden. Maar ze geloofde het niet. Volgens haar was het alleen maar een kwestie van tijd – een kwestie van heel weinig tijd – voor die aanplakbiljetten hun weg vonden naar waar David werd vastgehouden en de mensen die hem zo bang maakten. Ze sloot haar ogen, balde haar vuisten, haalde diep adem en probeerde niet te denken aan wat er dan zou kunnen gebeuren.

Ze haastte zich, in de angst nog meer foto's van David te zullen zien en zonder om zich heen te kijken het hotel binnen, schreef zich in en ging, zonder het aanbod aan te nemen van een piccolo om haar te helpen, naar boven, naar haar kamer. Ze wilde een poosje alleen zijn. Ze ging op de rand van haar bed zitten, schopte haar schoenen uit en liet zich achterover in de kussens vallen.

'Jonah, schat, we gaan op oorlogspad,' zei ze, waarna ze zich heel bewust voorhield dat het niet normaal was om tegen dode baby's te praten. Leef in de realiteit, leef in het heden, Rachel. De realiteit? De realiteit was meer dan je met het blote oog kon zien. De realiteit was ook het persoonlijke, het intense, en dat wat het dichtst bij je stond. In haar werk was ze niet op zoek naar het saaie, alledaagse, maar naar de bijzondere, opvallende details waardoor de lezers zich met het verhaal zouden kunnen verbinden. Emily's koppige kinnetje en haar vertederende gezichtje. De folkloristische details op het houten paard. Het natuurlijke instinct van een klein kind om, in de verwarrende drukte van een rommelmarkt, weg te kruipen onder een tafel. Rachel had dat ook, dat verlangen om weg te kruipen onder een tafel. Maar ze deed het niet.

Leef in de realiteit. Hoe vaak hadden Stephen en Miranda dat niet tegen haar gezegd? Wat kon er reëler zijn dan dit waanzinnige, ontwrichte leven van haar? En dat onmiddellijke en dreigende gevoel dat David in gevaar verkeerde?

Ze keek op haar horloge. Het was halfvier. Er was nog tijd om naar de kliniek te gaan. Uitstel had geen zin. Hier zitten en niets doen zou een marteling zijn. Hoe eerder ze wist hoe ze reageerden, hoe beter. Haar huid voelde even dun en breekbaar aan als de schaal van een ongelegd ei. En eieren deden het niet zo best op het strijdveld. Dit ei had evenwel geen andere keuze. Ze moest ten strijde trekken voor David. Voor haar kinderen kon ze de moed vinden die ze voor zichzelf nooit had gevonden.

Ze kleedde zich aan voor de strijd, dacht ze, terwijl ze haar zwarte sweater verruilde voor een zacht turkooizen exemplaar dat bij haar ogen paste, het elastiek uit haar staartje haalde en de keurige pareloorbelletjes en bijbehorende ketting aandeed. Ze borstelde haar haren en bekeek het resultaat in de spiegel. 'Een beetje gloss op mijn lippen,' zei ze zachtjes voor zich heen. Het gezicht in de spiegel was het met haar eens. Uiteindelijk zag ze er lief, onschuldig en kwetsbaar uit. Ze oefende een lichtelijk verwarde blik en glimlachte om het resultaat. Wees jezelf.

Haar plan, hoewel dat er een groot woord voor was, behelsde zich zó onschuldig en excentriek voor te doen, dat ze haar zouden geven wat ze hebben wilde, alleen maar om van haar af te zijn. Ze had op de middelbare school aan toneelspelen gedaan en was er ook goed in geweest. Het was voor haar gemakkelijker om iemand anders te zijn dan zichzelf. Vandaag zou ze nog meer gestoord zijn dan ze normaal al was, zo gestoord als Stephen en Miranda en haar moeder vreesden dat ze mettertijd zou worden. Gek voor één dag. Ze stopte de sleutel in haar tas en ging weg.

De stoepen waren overvol met voetgangers, en meerdere mensen botsten tegen haar op. Het was maar een paar straten naar de kliniek. Net als toen ze er indertijd geweest was voor de behandeling, zoals ze dat noemden, keken de vrouwen die samen op de lift stonden te wachten elkaar niet aan. Niemand wilde de ander laten zien hoe schuldig en beschaamd men zich voelde, en ook niet hoeveel men zich van de behandeling voorstelde. Ze stapte in de lift met drie andere vrouwen, en allemaal keken ze strak naar de neuzen van hun schoenen, precies zoals ze gedaan hadden toen ze zes waren en hun mooie, zwartleren flatjes hadden gedragen.

Ze bleef wachten tot het drietal achtereenvolgens hun naam had opgegeven bij de receptioniste. Toen stapte ze naar het raampje en zei: 'Ik ben Rachel Stark en wil dr. Isaacson spreken.'

'Dr. Isaacson is normaal niet...' begon de receptioniste verward. 'Hebt u een afspraak?'

'Ik kom medische gegevens halen en wil hem een aantal dingen vragen,' zei Rachel, met opzet geen antwoord op de vraag gevend.

'Ik denk niet...' De receptioniste fronste haar voorhoofd en keek in de agenda alsof ze het antwoord dat ze zocht daarin zou kunnen vinden. 'Misschien heeft zijn assistente, mevrouw O'Grady, wel even tijd voor u. Dr. Isaacson werkt uitsluitend volgens afspraak. Ik zal kijken of ze even tijd heeft. Waarover mag ik zeggen dat het gaat?' Ze pakte de telefoon en drukte een paar toetsen in.

Rachel deed twee stapjes naar achteren en zei luider dan voorheen: 'Ik ben een van uw kunstmatig geïnsemineerde patiënten die zijn blootgesteld aan het aids-virus.' De drie vrouwen in de wachtkamer draaiden zich om en keken haar geschrokken aan.

De receptioniste werd knalrood. 'Mevrouw... wilt u wat zachter praten. U maakt de patiënten van streek.'

'Ja, ik weet wat u bedoelt.' Ze trok haar verwarde gezicht. 'Ik ben een van uw patiënten en ben zelf ook behoorlijk van streek.' Ze sprak zo mogelijk zelfs nog iets luider dan voorheen.

'Spreekt u toch een beetje zachter, alstublieft. Iedereen kijkt naar u.'

'Nou, dat is ongemanierd,' zei Rachel schouderophalend. 'Ik hoef me nergens voor te schamen. Ik wilde alleen maar een kind hebben, net zoals zij dat willen, neem ik aan. Dr. Isaacson was meer dan bereid me te ontvangen toen hij me met niet-onderzocht sperma wilde insemineren. Waarom wil hij me nu niet ontvangen?' Ze was tevreden over het gekwetst verwarde toontje waarop dat eruit was gekomen.

'Is er een probleem?' De vraag was afkomstig van een vrouw met honingblond haar, een verwaand gezicht, een nauwsluitend rood mantelpakje en naaldhakken, die zich bewoog met de arrogante zelfverzekerdheid van een jonge, knappe vrouw. Ze keek Rachel hooghartig aan.

'Nee, dat denk ik niet,' zei Rachel, terwijl ze zenuwachtig met haar parels speelde en grote ogen opzette. 'Ik wil alleen maar even met dr. Isaacson spreken. Ik geloof niet dat ze hem al verteld heeft dat ik hier ben.' Ze keek de receptioniste hoopvol aan.

'Ik heb haar gezegd dat ze beter met jou kan praten,' zei de receptioniste zenuwachtig.

'Dat klopt,' zei de jonge vrouw, terwijl ze Rachel een smalle, lange hand met vuurrode nagels bood. 'Ik ben zijn assistente. Allegra O'Grady.'

'O, het spijt me. Ik kan niet. Ik ben zwaar allergisch voor nagellak,' zei Rachel, met een blik op de uitgestoken hand. 'Ik krijg er heel dikke ogen van en galbulten.'

De vrouw liet haar hand vallen alsof ze zich gebrand had. 'Komt u maar mee naar mijn kantoor. Deze kant, graag.'

'Maar u bent dr. Isaacson niet,' zei Rachel, haar best doend om verward over te komen. 'Ik moet dr. Isaacson spreken.'

'Ik ben zijn assistente,' zei de vrouw, terwijl ze een hand op Rachels schouder legde en probeerde haar weg te duwen bij de geschrokken gezichten in de wachtkamer vandaan.

'Nee, raakt u mij niet aan alstublieft! Uw nagels,' jammerde Rachel, terwijl ze wild opzij sprong. 'Het komt door de formaldehyde die erin zit, weet u. Komt u alstublieft niet te dicht bij me.' Haar vriendin Carole was allergisch voor nagellak, en ze had Rachel verschrikkelijke verhalen verteld over alles wat haar was overkomen voordat de dokter eindelijk ontdekt had waardoor het kwam. Ze liep naar de wachtkamer. 'Ik blijf wel wachten tot hij tijd voor me heeft. Ik heb geen haast. Ik heb uw brief ontvangen en ben helemaal uit New York gekomen.' Ze keek de drie starende vrouwen glimlachend aan. 'Ik weet zeker dat u wel een aardig tijdschrift voor me hebt waarin ik wat kan lezen. Dat had u vroeger ook altijd, toen ik hier was. Ik bedoel, met die brief die ik van u heb gekregen en zo, heb ik misschien wel niet zoveel tijd meer om nog tijdschriften te lezen.'

Ze liep langs de met stomheid geslagen Allegra O'Grady heen de wachtkamer binnen en plofte neer in de eerste de beste stoel, waarbij ze zich met haar hand koelte toewuifde. 'O, wat fijn even te kunnen zitten. Ik word zo ontzettend snel moe de laatste tijd.' Ze pakte een nummer van *People* op en begon het door te bladeren, terwijl ze vanuit haar ooghoeken zag dat Allegra O'Grady zich de gang af haastte en op een deur klopte waarop geen naamplaatje hing.

Toen Allegra uit het oog was verdwenen, draaide de vrouw die naast haar zat zich naar haar toe en fluisterde: 'Zei u dat u in deze kliniek geïnsemineerd bent met besmet sperma?'

Rachel knikte. 'Ja, dat zeggen ze. Ze hebben ons een brief gestuurd...' Ze haalde hem uit haar zak en wilde hem net aan de vrouw geven toen ze achter zich een discreet kuchje hoorde en een stem die zei: 'Mevrouw Stark? Kunt u even meekomen naar mijn spreekkamer, graag?'

Ze keek met een lief glimlachje naar hem op en stopte de brief weer weg. 'Ach, u kunt hem waarschijnlijk ook maar beter niet lezen. Het zou u alleen maar van streek maken. En wie zwanger wil raken, kan beter niet van streek zijn.' En toen, alsof het haar opeens te binnen was geschoten, riep ze over haar schouder nog: 'Succes.' Dr. Isaacson legde een nagellakvrije hand op haar schouder en duwde haar voor zich uit de gang af naar zijn spreekkamer.

De deur was nog niet goed en wel achter hen dichtgevallen of hij draaide zich met een ruk naar haar om en riep: 'Waar bent u verdomme mee bezig?'

'Pardon? Ik zat op u te wachten. Is er iets aan de hand, dr. Isaacson?'

'Wat u daar allemaal zei, waar de patiënten bij waren...'

'Ik heb toch niets gezegd dat niet waar is? En ik ben net zo goed een patiënt als zij. U hebt mij ook behandeld.' Ze hield haar hoofd een beetje schuin en keek naar hem op. 'Moet u, wanneer u bent afgestudeerd, niet een soort van eed afleggen waarin u zweert dat u uw patiënten alleen maar zult helpen?'

'Ja, ja, de eed van Hippocrates,' zei hij ongeduldig. 'Wat wilt u?'

'Ik wil mijn dossier.'

'Ik heb uw man al gezegd dat we uw dossier zullen kopiëren en dat we het u zullen toezenden. Daarvoor hoefde u niet helemaal naar Chicago te komen...'

Rachel keek naar zijn bureau en zag dat haar dossier bovenop een stapel andere dossiers lag. Ze liep erheen en pakte het op. 'Hier is het. Ik neem het wel mee...'

'Dat gaat niet,' viel hij haar in de rede. 'Dat zijn allemaal originele stukken. Die moeten we houden. We sturen u de kopieën.'

'Ik kan wel wachten terwijl u alles kopieert,' zei ze. 'Ik heb geen haast.' Ze had plezier in haar act, in het lastig en gestoord doen. Nadat ze er haar leven lang van beschuldigd was, merkte ze hoe leuk het was om excentriek te doen.

'Ik vrees dat dat niet mogelijk is. Ik heb nog geen tijd gehad om...'

'Tijd om wat? Het dossier na te kijken? Maar dat maakt toch zeker niet uit, wel? Alles wat erin zit, zijn mijn gegevens. Ik kan me niet voorstellen dat er iets in zou zitten dat ik niet zou mogen zien. Als hier niemand is die tijd heeft, dan loop ik er zelf wel even mee naar een copyrette – ik heb gezien dat er verderop in de straat eentje is – en laat ik de boel daar kopiëren.' Eén van de dingen die ze in haar jaren met Stephen als advocaat had opgestoken, was er geen genoegen mee te nemen wanneer iemand zei dat iets onmogelijk gedaan kon worden. Meestal was de achterliggende reden luiheid, en als het toch een kwestie van regels en voorschriften was, nou, die waren er nu eenmaal om overtreden te worden. Dat was een van de dingen die ze van Stephen geleerd had, en ze genoot van de benauwde uitdrukking op dr. Isaacsons gezicht.

'Ik vrees dat u het niet begrijpt, mevrouw Stark. Dit zijn vertrouwelijke medische gegevens...'

'Vertrouwelijk, ja, ten opzichte van anderen, maar niet ten opzichte van mij,' zei ze vrolijk. 'Hoewel, ik moet eerlijk zeggen dat ik me dat, gezien uw reactie, nu toch begin af te vragen. Zit er soms iets bij waarvan u meent dat het beter is dat ik het niet zie?'

Isaacson zag eruit alsof hij haar wel kon vermoorden. Zijn behaarde handen met de talloze levervlekken kropen als schurftige muizen zenuwachtig in en uit zijn zakken. 'Ik denk niet dat ik het dossier uit handen wil geven voor het helemaal gekopieerd is en ik alle kopieën heb.' Het was niet Rachels bedoeling geweest zo'n toestand over het dossier te maken – het dossier was op zich minder belangrijk – maar de reactie van iedereen in de kliniek was zodanig dat ze zich ertoe gedreven voelde zo moeilijk mogelijk te doen, ofschoon dat helemaal haar strategie niet was geweest.

Ze stond op, vouwde haar handen en probeerde een zo beheerst mogelijke indruk te maken. 'Kunnen we dat dan nu meteen doen?'

'Bent u alleen maar voor het dossier gekomen?'

'Stephen zegt dat we het dossier moeten hebben,' antwoordde ze, hoewel dat geen antwoord op zijn vraag was.

'Goed dan.' Hij pakte de telefoon en overlegde kort. 'Mevrouw O'Grady maakt een kopie, en als u zo vriendelijk zou willen zijn om in de wachtkamer te gaan zitten, dan brengt ze die naar u toe zodra ze klaar is... Nee,' herstelde hij zich, 'u kunt in het kantoor van mevrouw O'Grady wachten.'

Rachel wilde het dossier niet uit het oog verliezen. Ze vertrouwde de mensen hier niet, maar aan de andere kant leek het haar ook geen slecht idee om alleen in het kantoor van Allegra O'Grady te zijn. Misschien zou het haar wel lukken om, zonder alle toestanden waar ze op rekende, achter de naam van de donor te komen. 'Dat is goed,' stemde ze toe.

Isaacson bracht haar naar het kantoor en ging met Allegra de gang op om over het dossier te spreken. Terwijl ze met elkaar stonden te fluisteren, schoot Rachel nog iets anders te binnen. Het was niet ondenkbaar dat de informatie die ze hebben wilde in het dossier stond, en dat ze daarom zo moeilijk deden. Nu wist ze werkelijk niet wat ze moest doen. Als ze bleef waar ze was, zouden ze de gelegenheid hebben om bepaalde dingen uit het dossier te verwijderen of te schrappen. Als ze Allegra volgde om te zien of daadwerkelijk alles gekopieerd werd, zou ze geen kans hebben om haar kantoor door te snuffelen.

Ze beet op een nagel en vroeg zich af wat Stephen gedaan zou hebben. Toen kreeg ze een idee. 'Neemt u mij niet kwalijk,' zei ze, om het hoekje van de deur kijkend. 'Er is één ding... voordat u met kopiëren begint... kan ik het dossier even zien?' Ze glimlachte liefjes en hield haar hand op. In reactie op hun woedende blikken maakte ze haar glimlachje nog wat liever. 'Alstublieft?'

Uiteindelijk gaf Allegra het aan haar met een nijdig gebaar. 'Heel eventjes maar,' zei ze. 'Ik moet opschieten als ik alles vandaag nog gekopieerd wil hebben. Anders zult u tot morgen moeten wachten. In feite...' Rachel zag hoe Allegra zich ontspande bij het idee dit tot de volgende dag uit te stellen.

'O, ik heb niet lang nodig.' Rachel ging zitten op de dichtstbijzijnde stoel, pakte een pen en begon de pagina's te nummeren door in de rechter bovenhoek van elke pagina niet alleen een nummer maar ook haar paraaf te zetten. Op de pagina's die zowel op de voor- als de achterzijde van tekst waren voorzien, gaf ze de achterzijde ook een nummer.

'Hé, een seconde,' zei Allegra. 'U kunt niet op die papieren schrijven. Dat zijn onze gegevens...' Dr. Isaacson was kennelijk terug gevlucht naar de veiligheid van zijn spreekkamer.

'O, ik zet alleen maar nummers op de bladzijden. U weet toch hoe het gaat wanneer je een heleboel papieren moet kopiëren – voor je het weet, heb je er een of twee vergeten, of je vergeet ook de achterkant te doen. Op deze manier weten we precies of alles gedaan is.'

Allegra scheen niet te weten wat ze moest zeggen. Ze keek Rachel woedend aan, alsof dat enig verschil zou maken, en begon toen in haar kleine kantoor op en neer te lopen. Rachel negeerde haar en ging zo snel als ze kon verder met het nummeren van de bladzijden. Plotseling bleef Allegra staan, draaide zich met een ruk naar haar toe, zette haar handen in haar zij en zei: 'Het spijt me, maar ik kan het niet goedvinden dat u dat doet.'

'Waarom niet?' vroeg Rachel, om tijd te winnen.

'Omdat zoiets niet hoort.'

Nog maar een paar bladzijden te gaan. 'Hoe bedoelt u dat precies?' Ze vond van zichzelf dat ze op Gallagher leek, de man die voortdurend naar het waarom van de dingen vroeg.

'Gewoon omdat het niet hoort.' Allegra deed haar denken aan de moeder van een peuter. Je doet het omdat mammie het zegt.

'Het geeft niet,' zei ze, terwijl ze de dop op haar pen deed. 'Ik ben klaar. Het spijt me als u het er niet mee eens bent, maar ik doe alleen maar wat mijn man mij gezegd heeft dat ik moet doen, en hij heeft gezegd dat ik de bladzijden moest nummeren. U weet toch hoe mannen zijn. Ze maken zich altijd zo druk om de details en willen altijd dat je de dingen precies zo doet als zij zeggen.' Ze gaf het dossier terug aan Allegra en trok aan haar trui. Ze had hem van Stephen gekregen en het mocht dan precies de kleur van haar ogen zijn en haar jong en onschuldig doen lijken, maar het kledingstuk prikte als een gek. 'Zal ik weer in de wachtkamer gaan zitten?'

'U kunt hier wachten.' Allegra verliet haar kantoor met nijdige stappen, waarbij haar welgeschapen achterwerk onder het nauwsluitende rokje met korte, schokkende bewegingen op en neer ging.

Ze was de kamer nog niet goed en wel uit of Rachel sprong op en begon haar bureau te doorzoeken. Onderop een stapel dossiers zag ze er een liggen waarop met grote letters het woord MEDEDELING stond. Ze bladerde de inhoud snel door en was geschokt over het aantal namen op de lijst. Er zat een kopie in van een brief van het ministerie van Volksgezondheid waarin de kliniek gewezen werd op haar plicht om, zo snel mogelijk, alle mogelijk besmette ontvangers van het donorsperma in kennis te stellen. Verder zat er een lijst in van al degenen die behandeld waren met het sperma van donor nummer 02013, met inbegrip van de naam van de vrouw, die – voorzover toepasselijk – van haar echtgenoot en, voor zover bekend, de namen van kinderen, waaronder een ruimte was gereserveerd voor aantekeningen, reacties, en, indien bekend, uitslagen van het bloedonderzoek.

Rachel verbaasde zich over het uiterst geringe aantal bekende kinderen. In de ruimte onder het nummer van de donor was een groot, wit gemaakt vlak waar mogelijk de naam en het adres van de donor hadden gestaan. Ze hield het op tegen het licht en toen voor het raam, maar er was niets te zien. Als ze een mes had gehad, had ze het spul eraf kunnen krabben. Ze probeerde het met een nagel, maar die gleed eroverheen. Verdomme. Zonder erbij na te denken, vouwde ze de lijst op en stopte hem in haar tas.

Verdomme. Ze doorzocht de rest van het bureau maar kon verder niets nuttigs vinden, en de archiefkast zat op slot. Als ze hier verder niets kon doen, kon ze maar beter naar Allegra gaan om te kijken of ze de boel niet probeerde te beduvelen.

Hoofdstuk 18

'Het was de overwinning van hoop op ervaring.'
Samuel Johnson

Niet alleen vond ze het kopieerapparaat, maar ze vond ook Allegra O'Grady die, tot haar ontzetting, met een flesje type-ex in haar hand over het dossier gebogen zat en bezig was gedeelten van de stukken onleesbaar te maken. Ze reikte over Allegra's schouder en griste het papier onder haar handen vandaan. 'Hé! Wilt u dat laten!' riep Allegra uit, terwijl ze ontzet naar de witte streep keek die over de mouw van haar rode pakje liep. Behalve Rachel en Allegra was er nog iemand in het vertrek, een kleine, Zuid-Amerikaanse vrouw in verpleegstersuniform die hen nieuwsgierig gadesloeg.

'Dat kan ik beter tegen u zeggen,' reageerde Rachel. 'Ik had u en het dossier geen moment uit het oog mogen verliezen.' Ze griste de rest van het dossier onder de handen van de stomverbaasde directieassistente vandaan en keek het snel even door. Gelukkig was Allegra niet zo heel erg ver gekomen. Dat nam niet weg dat ze toch al een aantal alinea's onleesbaar had weten te maken. 'Ik kan niet geloven dat u dit hebt gedaan. Realiseert u zich dan niet dat u het werk van de kliniek hier alleen maar extra verdacht mee maakt? Ik zou u moeten aanklagen. Wist u dat mijn man advocaat is?' Ze sloot het dossier, klemde het onder haar arm en liep er het vertrek mee uit, terug in de richting van de wachtkamer, waar ze meer getuigen zou hebben. Allegra O'Grady, die afwisselend ontzet naar de type-ex op haar mouw en woedend naar Rachel keek, volgde haar. Ze keek alsof ze op het punt van aanvallen stond.

'Wilt u dat teruggeven!' riep ze, zich achter Rachel aan haastend, en ze begon haar ruw aan de arm te trekken. 'U hebt geen enkel recht...'

Intussen zaten er vier vrouwen in de wachtkamer, en alle vier keken ze stomverbaasd naar Rachel en Allegra O'Grady. 'Wat bent u van plan? Wilt u soms de politie bellen?' vroeg Rachel, terwijl ze in het midden van de wachtkamer ging staan, zodat ze omringd werd door patiënten. Ze ritste haar tas open, stopte het dossier erin en ritste hem weer dicht. 'Daar heb ik niets op tegen.'

Ze sprak expres langzaam en duidelijk, omdat ze er zeker van wilde zijn dat de vrouwen haar verstonden. Ze wilde haar groeiende ontzetting over de houding van deze kliniek met hen delen, wilde dat ze zich zouden bedenken alvorens hun lichaam en hun toekomst bloot te stellen aan een instelling die zo weinig gaf om het welzijn van hun patiënten en zich zo weinig bekommerde om de geestelijke belasting en het verdriet dat ze haar, en met haar zo vele anderen, had aangedaan. Ze dacht aan al de andere mensen op de lijst die net zo'n brief hadden ontvangen als zij. De onbeschrijfelijke schok, stellen die zich aan elkaar vastklampten, ademloos van de angst naar hun kinderen keken, en hoewel dit niet de reden was waarom ze gekomen was, was ze zó boos dat ze besloot haar mond open te doen.

'Het zou wel eens heel nuttig kunnen zijn om een officieel proces-verbaal te hebben waarin staat dat, toen ik hier kwam om een kopie van mijn patiëntendossier te halen, nadat ik te horen had gekregen dat ik, als gevolg van de behandeling die ik hier heb gekregen, wel eens met het aids-virus besmet zou kunnen zijn, het kantoorpersoneel getracht heeft gedeelten van mijn dossier onleesbaar te maken. Ik zie niet in hoe dat nadelig voor mij zou kunnen zijn. Maar dat zou het voor u wel kunnen zijn.' Allegra O'Grady's kunstig opgemaakte ogen werden nog groter dan ze al leken, en ze deed een stapje naar achteren.

'Het zou me niets verbazen,' vervolgde Rachel, 'als zou blijken dat het dossier, volgens de in Illinois geldende wet, officieel mijn eigendom is en dat u op grond daarvan bezig was mijn bezit te vernietigen.' Dat verzon ze zomaar, ervan uitgaande dat Allegra niets van dat soort dingen af wist. Het klonk in ieder geval aannemelijk genoeg.

Normaal gesproken voelde Rachel zich algauw kleintjes, verlegen en hulpeloos. Nu voelde ze zich groot en sterk en woedend. 'Of wilde u mij soms te lijf gaan en proberen mij het dossier met geweld afhandig te maken? In dat geval zou ík de politie moeten bellen...' Rachel zag dat de kleine verpleegster achter Allegra was komen staan en het gesprek met belangstelling volgde. 'Maar er is nog iets anders waarvoor ik ben gekomen, en als u mij dat geeft, zal ik verdwijnen zonder verder problemen te maken en zult u nooit meer iets van mij horen.' Uit haar zak haalde ze het verkreukelde aanplakbiljet waarmee Stephen naar huis was gekomen. Ze streek het glad en toonde het eerst aan Allegra en toen, nadat ze zich had omgedraaid, aan de vier wachtende vrouwen.

Ze had het griezelige gevoel alsof ze buiten zichzelf stond, alsof ze, net als de anderen, naar Rachel Stark stond te kijken, die een dramatisch solooptreden gaf. Onder de kriebelende trui liep het zweet in straaltjes langs haar armen. Dit was zo verschrikkelijk belangrijk, en ze wist niet goed waar ze moest beginnen. Ze keek nog eens naar de foto, en de aanblik van

Davids gezicht ging als een scherp mes dwars door haar heen.

'Misschien hebt u deze foto ergens zien hangen.' Hij bungelde aan het uiteinde van haar bevende arm en wapperde heen en weer gelijk een vlaggetje in de wind. Haar keel zat dicht en het kostte haar moeite om te spreken. 'Dit is mijn zoon, David, die in deze kliniek verwekt is. Hij is ontvoerd door zijn biologische vader. Ik wil de naam en het adres van de vader weten zodat ik mijn zoon terug kan krijgen.' Terwijl ze daar zo stond met die foto in haar hand was ze haar behoefte zich anders voor te doen dan ze was, ineens vergeten. De actrice had plaatsgemaakt voor de treurende moeder. Ze hield de foto op voor Allegra. 'Alstublieft,' smeekte ze. 'Alstublieft, helpt u mij zijn vader te vinden, opdat ik mijn zoon terug kan krijgen. Ik heb al een kind verloren – ik kan mijn tweede kind niet ook nog verliezen.'

Allegra O'Grady keek naar de verkreukelde zwartwitfoto en snoof. 'Ik zou wel gek zijn om u te willen helpen.' Ze draaide zich om en liep weg. 'Wacht!' riep Rachel haar achterna. 'Ik ben bereid om te ruilen... ik geef u het dossier terug en een handgeschreven verklaring waarin ik beloof dat ik geen proces tegen u zal aanspannen... Als u mij de naam en het adres maar geeft.' Allegra O'Grady keek niet eens achterom. Ze liep naar haar kantoor, ging naar binnen en deed de deur achter zich dicht.

Rachel stond in het middelpunt van die starende blikken en voelde de wanhoop als een zware deken om haar schouders vallen. Met al dat acteren was ze uiteindelijk geen steek opgeschoten. Alles was anders gelopen dan ze gehoopt had. Toen haar moment was gekomen om te stralen, had ze het verpest. Het enige waar ze voor deugde, was tekenen en kinderen opvoeden. En wás ze wel zo goed in opvoeden, zij, die haar twee kinderen verloren had? Ze had zin om weg te gaan en zich voor de eerste de beste bus te storten. Ze realiseerde zich hoe naïef en dwaas het geklonken moest hebben toen ze op opschepperige toon tegen Stephen had gezegd dat ze naar Chicago zou gaan en het haar zeker zou lukken de informatie te krijgen die ze hebben wilde.

'Bent u echt de moeder van die arme, ontvoerde jongen?' vroeg een van de vrouwen. Rachel knikte. Ze kon het niet meer opbrengen om beleefd te antwoorden.

'En ze hebben u hier, in deze kliniek, met aids besmet sperma gegeven?' vroeg een ander.

Rachel knikte. 'In theorie kunnen we alledrie besmet zijn. We hebben het een paar dagen geleden pas gehoord... we kregen een brief... nadat David ontvoerd was... ik kan hem niet eens laten onderzoeken om het na te laten gaan...'

'Misschien laat de ontvoerder hem wel gaan als u via de media laat weten dat hij HIV-positief is,' opperde een andere vrouw.

'Nee. Dan vermoorden ze hem om te voorkomen dat ze gevonden zullen worden,' zei de eerste vrouw. 'Niemand wil een kind dat HIV-positief is.'

'Ik wel,' zei Rachel. 'Hij blijft mijn kind.' Ze kon hen niet aankijken, kon hun medelijdende blikken en hun botte en pijnlijke opmerkingen niet verdragen. Haar ogen stonden vol tranen terwijl ze blindelings de deur uit ging en de hal inliep om daar op de lift te wachten.

'Mevrouw?' hoorde ze een stem achter zich. Ze draaide zich om en zag de Zuid-Amerikaanse verpleegster, die haar vanuit een in schaduwen gehulde deur stond te wenken. 'Ik wil niet dat iemand mij met u ziet praten. Hier.' Ze drukte een opgevouwen papier in Rachels hand. 'Dit is de vader. Ik ben helemaal niet te spreken over de manier waarop ze u... en alle andere patiënten die hierbij betrokken zijn, behandelen, maar als ik er iets van zeg, sta ik op straat. Ik doe dit alleen maar omdat u uw kind probeert te vinden... ik heb ook een kind verloren... mijn man heeft het gestolen en mee het land uit genomen.' Ze aarzelde alsof ze iets wilde uitleggen maar niet wist hoe ze dat moest doen.

'Er komen wel vaker mensen hier die willen weten wie de vader is van hun kind. Ik begrijp waarom we die informatie niet kunnen geven. Het zou tot verschrikkelijke toestanden kunnen leiden, zou voor enorme problemen binnen gezinnen kunnen zorgen en de privacy kunnen schenden van mensen die anoniem willen blijven. We hebben grootouders gehad – zelfs een grootmoeder, die hier kwam om haar kleinkinderen te zoeken. Ze zei dat ze hun haar geld wilde nalaten. Ik had met haar te doen, maar niet voldoende om te willen helpen. Ik weet het niet zeker, maar ik geloof dat ze geprobeerd heeft om de receptioniste om te kopen. En vaders-donoren, die wilden weten of ze kinderen hadden. Maar uw situatie is anders. In uw geval ben ik bereid te helpen.'

Ze keek zenuwachtig om zich heen. 'Gaat u nu maar. Ik moet terug naar mijn patiënt. Maar zegt u vooral nooit tegen iemand dat u het van mij hebt, goed?'

Rachel omhelsde haar. Ze was te ontroerd om iets te kunnen zeggen. 'Dank u,' fluisterde ze. In de lift, op weg naar beneden, keek ze strak naar haar schoenen om te voorkomen dat iemand de tranen in haar ogen zou kunnen zien. En van de kliniek naar het hotel bleef ze naar de wazige stoep en de passerende massa's voeten kijken. Eindelijk was ze terug op haar kamer. Ze ging zitten, vouwde het papier open en keek naar de naam van Davids vader.

Hoofdstuk 19

'Lang is de weg en zwaar,
die vanuit de hel omhoogvoert naar het licht...'
Milton, 'Paradise Lost'

Stephen had een lange en productieve dag achter de rug, maar bij thuiskomst vond hij een leeg en donker huis. Miranda was er niet, en haar auto stond er ook niet. Rachel was kennelijk nog steeds in Chicago. Hij zette zijn koffertje onder de kapstok, hing zijn colbertje op en ging naar de keuken. Het lampje van het antwoordapparaat lichtte op, en hij zag dat er zes boodschappen waren. Hij stak zijn hand automatisch uit om op het knopje te drukken, maar aarzelde toen omdat hij er opeens niet meer zo zeker van was dat hij de boodschappen wilde horen, in ieder geval niet voordat hij iets te drinken had gehad en rustig was gaan zitten. Hij was nog steeds niet hersteld van de schok van het horen van Davids stem die getracht had hen te bereiken en daarbij zo abrupt onderbroken was. Hij snakte er wanhopig naar Davids stem nog een keer te horen, maar was er tegelijkertijd ook bang voor.

Op het aanrecht lag een briefje van Miranda. 'Ben naar een huis gaan kijken, en heb aansluitend met iemand afgesproken. Er staat eten in de oven'.

Stephen deed de oven open en keek er aarzelend in. Ze maakte de laatste tijd wel vaker dingen klaar waar hij kippenvel van kreeg. Met tofoe en rijst gevulde tomaten. Tofoe met kerrie en bloemkool. Gemarineerde tofoe op een bedje van sla. Het spul in de oven leek niet op tofoe. Het leek op een normaal éénpansgerecht. En het rook zo lekker dat hij zich ineens realiseerde dat hij rammelde van de honger. Hij pakte een bord en schepte een reusachtige portie op.

Terwijl het stond af te koelen, liep hij naar de bar en schonk een glas whisky in. Een geringe, beschaafde hoeveelheid. Na de afgelopen avonden wilde hij voorzichtig zijn met zijn hoofd. Hij nam het glas mee naar de keuken, ging ermee zitten, trok het bord naar zich toe en nam een hap. Het smaakte zelfs naar normaal eten. Miranda moest besmet zijn geraakt met het een of ander normaliteitsvirus dat het gezondheidsvoervirus verslagen had. Net toen hij op het punt stond op het knopje te drukken, ging de telefoon.

'Stephen? Je spreekt met dr. Barker. Zou ik alsjeblieft met Rachel kunnen spreken?'

Iets aan de klank van de stem van de dokter voorspelde slecht nieuws. 'Ze is niet thuis,' zei hij. 'Ze is naar Chicago. Ik verwacht vanavond nog een telefoontje van haar. Kan ik haar een boodschap doorgeven?'

'Nee, ik wil haar persoonlijk spreken,' zei Barker. 'Kun je me een nummer geven waar ik haar kan bereiken?'

'Morgen komt ze weer terug,' zei hij. Hij wilde niet dat ze nog meer van streek zou raken dan ze toch al zou zijn van deze missie die ze zichzelf had opgedragen. De hele dag had hij zich moeten verzetten tegen ridderlijke opwellingen die hem de neiging bezorgden in het eerste het beste vliegtuig te stappen en haar in bescherming te nemen.

'Ik zou haar graag vanavond nog willen spreken.' Stephen, die altijd overal vraagtekens bij zette, deed dat niet bij dr. Barker wiens autoriteit niet het gevolg was van het feit dat hij zich een soort van goddelijke houding aanmat, maar van het feit dat hij niet in staat was voor God te spelen. Barker was er ook geen voorstander van om informatie voor zijn patiënten te verzwijgen; als hij slecht nieuws voor ze had, wilde hij hun dat persoonlijk vertellen.

'Ik zal het nummer even voor u opzoeken.' Met bevende handen pakte Stephen zijn agenda en zocht de bladzijde op waarop hij het nummer van Rachels hotel had genoteerd. Hij liep ermee terug naar de telefoon en las het voor. 'Gaat het om het onderzoek, dokter? Is het slecht nieuws?'

'Stephen, ik zou je dolgraag gerust willen stellen, maar je weet dat ik haar medische toestand niet met jou kan bespreken voordat ik er eerst met haar over gesproken heb.' Hij klonk kortaf, zoals hij altijd deed wanneer hij iets moest zeggen dat hij niet wilde zeggen. Dat was met Stephen en Rachel helaas maar al te vaak het geval geweest. Stephen kende dat toontje van hem. 'Ik begrijp het. Ik zal u niet langer ophouden, zodat u haar meteen kunt bellen.' Hij hing op voordat hij de verleiding niet zou kunnen weerstaan te proberen tenminste iets van de dokter aan de weet te komen. Hoewel hij wist dat hij er niets mee zou opschieten, kostte het hem enorm veel zelfbeheersing om geen verdere vragen te stellen.

Hij at zijn bord leeg voordat het koud zou worden en stak zijn hand toen opnieuw uit naar het antwoordapparaat. Was het niet een beetje benauwd in de keuken? Misschien moest het huis wel gelucht worden. Er hing een benauwde, verstikkende sfeer die er anders niet hing. Hij deed de schuiframen open, trok de horren ervoor en bleef even staan om van het koele briesje te genieten en naar de avondgeluiden buiten te luisteren. In de verte hoorde hij een radio met het verslag van een honkbalwedstrijd en het dreunende ritme van een auto waarin het volume ver was opengedraaid. Ergens lachte een vrouw, drie korte, schelle stoten, en toen was ze opeens stil alsof iemand haar gewurgd had.

Stephen draaide zich weer om naar de helverlichte, lege keuken. Hoewel Stephen zichzelf graag als een onafhankelijk iemand beschouwde, hield hij er niet van om 's avonds alleen thuis te zijn. Het maakte hem zenuwachtig. Hij hoefde niet op Rachels lip te zitten, wilde vaak zelfs niet eens in dezelfde kamer zitten als zij, maar hij vond het gewoon fijn te weten dat ze ergens in huis was. Hij vond het fijn te weten dat ze er was voor het geval hij haar nodig mocht hebben. En dan niet speciaal in seksueel opzicht. Het was meer iets van een geruststellende gedachte, zoals het feit dat je geld op zak had en niet omdat je het zonodig wilde uitgeven, maar om de zekerheid van te weten dat het er was.

Snel, voordat hij opnieuw van gedachten zou veranderen, liep hij naar het apparaat, drukte op het knopje en pakte de pen die er altijd naast lag voor het geval hij iets op moest schrijven. De eerste boodschap was onmiskenbaar Carole. 'Rach? Kennelijk ben je niet thuis. Luister, ik heb als een heuse detective op school rondgesnuffeld. Iedereen wilde dolgraag helpen! Ik kon duidelijk merken dat ze dingen wilden verzinnen om mij een plezier te doen. Niemand heeft echt iets gezien. Je weet toch hoe ze daar zijn... iedereen loopt voortdurend naar de grond te turen in de hoop briefjes van twintig dollar te vinden. En dan bedoel ik degenen die niet naar de kinderen keken. Dus vrijwel niemand die het busje met de kinderdieven heeft gezien. Dat geeft niet echt een geruststellend gevoel, dat kan ik je wel zeggen. Dit is het totaal-generaal – kun je horen dat ik met een belastingconsulent getrouwd ben? – van mijn onderzoek. Het was een busje, ik citeer, "zoals alle moeders hebben", dus ik neem aan het een Voyager of Caravan geweest moet zijn, maar ik kan me natuurlijk vergissen. Ik zou niet graag willen dat meneer Toyota boos op me werd, om nog maar te zwijgen over meneer Ford of meneer Chevrolet. GMC? Je zou Gallagher langs kunnen sturen met foto's. Minstens twee inzittenden, waarschijnlijk een man en een vrouw, en ze hielden de kinderen met een verrekijker in de gaten, hoewel dat moeilijk te zien was omdat de raampjes getint glas hadden. Maar het is bij niemand opgekomen om eens een praatje met hen te gaan maken. Of om de politie te bellen. Niemand zag er enig kwaad in, niemand wilde er iets mee te maken hebben en de meesten vonden dat het hen niets aanging. Die laatste twee waren een citaat.'

Het was stil, en Stephen dacht dat de boodschap was afgelopen, maar toen ging Carole verder: 'Verdomme, Rach, kun jij daar nu bij? Hadden er geen alarmbelletjes moeten afgaan in hun stomme zaagselkoppen? Ik vrees dat ik, in het besef van hoe gemakzuchtig iedereen is geweest, mijn zelfbeheersing heb verloren. Mijn moeder heeft haar leven lang haar best gedaan een fatsoenlijk mens van mij te maken, maar ik ben als een viswijf tekeer gegaan en heb tegen iedereen lopen schreeuwen.' Ze maakte een soort van snuivend, lachend geluid. 'Ron zegt dat hij wou dat hij het gezien had. Hij heeft me natuurlijk nog nooit driftig meegemaakt.

'O, dat was ik bijna vergeten. Het busje heeft er minstens twee keer gestaan. Dat heb ik van de conciërge. Dat Aziatische type? En ik betwijfel of hij dat heeft verteld aan je vriend Gallagher, aangezien niemand hem belangrijk genoeg vond om iets aan te vragen. De conciërge bedoel ik, niet dat stuk. Op school worden kinderen begluurd en ontvoerd, en hoewel ze meteen een groot spandoek hebben opgehangen, schijnt niemand het echt heel erg te vinden. God! Je zou toch mogen verwachten dat iedereen die binnen een straal van een kilometer van de school komt zorgvuldig en grondig aan de tand wordt gevoeld, maar nee hoor, vergeet dat maar rustig. Ik heb geparkeerd en ben het terrein op gelopen en de school binnengegaan, en niemand heeft me gevraagd wat ik daar kwam doen.'

Nog een pauze, wat geritsel, en Carole die tegen iemand anders sprak. 'Toen ben ik geëxplodeerd. Ik ben naar het hoofd gegaan en ben tegen hem tekeergegaan zoals ik van mijn brave, keurige leven nog nooit tegen iemand tekeer ben gegaan. Volgens mij heeft hij er een gezicht vol blaren aan overgehouden. En toen ben ik op hoge poten vertrokken. Ron is bang dat we zullen moeten verhuizen. Ik heb hem gezegd dat hij dat kan vergeten. Elders is het nog erger. Wil je me bellen als je dit gehoord hebt?'

Stephen drukte op het bewaarknopje en ging verder met de volgende boodschap, een kort, geblaft bericht van Gallagher, die langs wilde komen voor een gesprek. Had Carole hem gebeld? Het stuk? Stephen zag het niet. Hij keek naar zijn eigen spiegelbeeld in de spiegel aan de andere kant van de kamer en streek zijn haar in model. Carole vond hem waarschijnlijk alleen maar een stuk vanwege zijn rode haar. Gallagher was gemeen, lelijk en sprak in enkele lettergrepen. Die boodschap kon worden gewist.

Als volgende hoorde hij John Robinsons rustige stem, die tegen Rachel zei dat hij haar graag wilde spreken, waarop hij haar vroeg terug te bellen. Hij drukte op 'bewaar', terwijl hij zich afvroeg hoe hij Rachel zover zou kunnen krijgen dat ze bereid was tot een gesprek met de man. Wanneer ze eenmaal ergens op tegen was, kon ze verschrikkelijk koppig zijn. De volgende boodschap was opnieuw van Robinson, ditmaal was het voor hem, en hij wilde weten wanneer ze konden praten over een plan dat hij had om het busje te vinden. Stephen schreef 'Robinson bellen' op zijn papiertje en maakte zich op voor boodschap nummer zes. Die kreeg hij nooit te horen.

Een diepe, gedempte stem, moeilijk te verstaan. Hij draaide het volume wat hoger en beluisterde de boodschap opnieuw. Deze keer verstond hij een paar woorden: 'uw zoon', en 'levend terug', en 'later met losgeld'. Diep geschokt drukte hij op 'bewaar', waarna hij Gallagher en Robinson belde.

Hij ijsbeerde ongeduldig heen en weer door de keuken, toen door de hal en ten slotte op de oprit terwijl hij op hen wachtte. Buiten was het een echte voorjaarsavond met veel zoemende insecten en zingende vogels. De lucht had een heldere, inktzwarte kleur. Hij merkte het alleen maar omdat Rachel hem jarenlang keer op keer bij de arm had gegrepen en gezegd had, 'moet je luisteren', of 'moet je zien'. Hij was geen natuurmens, hij was een feitenmens, en ideeënmens, een op persoonlijke contacten gerichte mens, terwijl Rachel veel meer visueel was ingesteld, veel aardser was, maar dan op een etherische manier, en ze was heel gevoelig voor emoties. Hij had geen populair-wetenschappelijke, psychologische boekjes nodig om te weten hoe verschillend ze waren, of dat hij, als hij Rachel wilde begrijpen, op een andere manier naar haar moest luisteren. Hij deed gewoon niet altijd wat hij wist dat hij eigenlijk zou moeten doen.

Hoewel hij aan de ene kant blij en opgelucht was dat er eindelijk iets gebeurde, was hij voornamelijk verschrikkelijk bang. Als dit het moment was waarop ze gewacht hadden, dan was het van het grootste belang dat alles heel zorgvuldig werd afgewikkeld, en hij had niet veel respect voor de mensen die erbij betrokken zouden zijn. Het was niet ondenkbaar dat dit aan Robinson te danken was. Het kon heel goed zijn dat Davids ontvoerders zenuwachtig waren geworden door alle aanplakbiljetten, dat ze bang waren ontdekt te worden en nu bereid waren hem in ruil voor een geldbedrag terug te geven.

Hij hoorde de auto's lang voordat hij ze kon zien, en voordat ze in zicht kwamen, zag hij het rood en blauwe zwaailicht door de bomen. Toen zag hij ze, draaiden ze de oprit op en stopten op nog geen meter van hem af – Gallaghers onopvallende grijze auto en een normale patrouilleauto. Toen ze uit de auto sprongen en op hem af vlogen, had Stephen even het angstige gevoel dat hij achtervolgd werd – had hij even de intense behoefte om te vluchten.

Hij ging hen voor naar de keuken, en toen Gallagher langs hem heen naar het antwoordapparaat liep, realiseerde hij zich dat de rechercheur zich veel te veel thuis voelde in zijn huis. Zonder om toestemming te vragen drukte hij het knopje in en luisterde naar de zesde boodschap die Stephen nog niet had afgeluisterd.

'Stephen!' riep Rachel opgewonden in de telefoon. 'Het is me gelukt! Het is me gelukt! Ik heb de naam en het adres van Davids vader! Ik had niet verwacht dat het me zou lukken. In het begin waren ze onuitstaanbaar en wilden ze me helemaal niet te woord staan, en toen probeerden ze mijn dossier onleesbaar te maken en wilden ze me eruit gooien om te voorkomen dat ik de andere patiënten van streek zou maken. Uiteindelijk heb ik het dossier van het bureau moeten grissen en ben ik ermee vandoor gegaan, en toen ik bij de lift stond te wachten en me ellendig voelde en me afvroeg of ik terug moest gaan met een wapen of zo, kwam er opeens een aardige verpleegster uit een zijdeur en gaf me een papier waar alles op stond dat ik weten wilde.'

Ze aarzelde. 'Stephen? Ik wou dat je thuis was. Ik zal het ook op kantoor proberen. Misschien dat het me lukt je ergens te pakken te krijgen. Zijn achternaam is Coffin. Is dat geen verschrikkelijke naam? Peter Coffin. En hij woont in New York. In de city. Het is te laat om vanavond nog een goede vlucht terug te krijgen, en ik ben ontzettend moe. Morgenochtend ben ik weer thuis, en dan moeten we deze man zien te vinden. Ik hou van je.'

Gallagher keek hem met een minachtend, ongeïnteresseerd gezicht aan. 'Heb je ons hiervoor laten komen?'

'Natuurlijk niet.' Stephen onderdrukte een vloek en dwong zichzelf op kalme toon te antwoorden. 'Ik heb ze niet gewist. Ik vrees dat je eerst naar de andere boodschappen zult moeten luisteren die ik ook op het bandje heb laten staan. Het duurt niet lang.' Hij drukte op de terugspoelknop en draaide de boodschappen opnieuw af. Hij zag tot zijn voldoening dat Gallagher een kleur kreeg toen Carole hem een stuk noemde. 'Die is het ook niet,' zei hij, innerlijk lachend. 'Eerst komen er nog twee korte boodschappen, en dan die waarvoor ik je gebeld heb.' Twee boodschappen van Robinson. Gallagher keek hem aan en trok zijn wenkbrauwen op, maar Stephen negeerde hem en luisterde gespannen naar de boodschap die nu aan de beurt was. Hij huiverde bij het horen van de bruuske, norse stem. Gallagher en de twee geüniformeerde agenten bogen zich naar voren om de gedempte woorden beter te kunnen verstaan.

'Ik heb uw zoon,' herhaalde Gallagher. 'Als u hem levend terug wilt, moet u $10.000 betalen. Ik bel u terug om u te laten weten hoe het losgeld betaald moet worden.' Stephen, die luisterde met een onbeschrijfelijke pijn in het hart, vroeg zich, heel absurd, af hoe het mogelijk was dat ze zijn zoon zo weinig waard vonden.

De volgende dag ging David niet naar school. Hij stond op, net zoals anders, en deed alle dingen die hij altijd deed, zoals zich wassen en zijn tanden poetsen, hoewel zijn lichaam, bij elke beweging die hij maakte, verschrikkelijk pijn deed. Hij kleedde zich aan voordat hij voor het ontbijt naar beneden ging omdat de vrouw tegen hem tekeerging wanneer hij dat niet deed, maar hij kon zijn veters niet strikken. Het deed gewoon te veel pijn. Hij zou het liefste in bed zijn gebleven; hij voelde zich zoals hij zich afgelopen winter gevoeld had toen hij griep had gehad, maar hij was zó bang voor haar dat hij het niet durfde. Hij was bang dat ze boven zou komen en hem opnieuw zou slaan.

Halverwege de trap ging hij zitten en sloot zijn ogen en probeerde een boodschap aan zijn moeder te sturen. Als ze dood was, zoals de vrouw beweerde, zou het natuurlijk niets uithalen, maar hij geloofde de vrouw niet meer. Misschien dat ze, net als die keren op school, toen hij in gedachten

gezegd had: 'Kijk eens waar we vandaag mee bezig zijn, mam', de boodschap zou ontvangen en ze zou begrijpen dat hij haar hulp nodig had. Hij
hield zijn adem in en concentreerde zich, terwijl hij haar probeerde te vertellen dat alles goed met hem was maar dat ze hem nu gauw moest komen
halen. Hij herhaalde de boodschap een paar keer en wachtte, maar hij
voelde niets terugkomen. Dat gaf niet. Het was hem nooit gelukt haar antwoord te horen.

'Wat doe je daar, allemachtig nog aan toe? Wat sta je daar te treuzelen
op de trap? Kom beneden en eet je ontbijt. Als je niet opschiet, ben je te laat
voor de bus.'

Met tegenzin kwam David overeind. Hij hees zich op aan de leuning,
daalde moeizaam de laatste treden af en hinkte langzaam door de keuken.
Hij klom op zijn stoel, keek naar de kom grijze havermout en sloeg een
hand voor zijn mond. Zelfs de geroosterde boterhammetjes waar hij altijd
zo dol op was, stonden hem die ochtend tegen.

'Nou, schiet op. Opeten. We gooien in dit gezin geen eten weg.' Ze zag er
verschrikkelijk uit vandaag. Anders. Nijdiger. Alsof ze voorheen een rol had
gespeeld en nu opeens zichzelf was. Vandaag waren er geen geforceerde
glimlachjes en stugge omarmingen.

David wilde haar zeggen dat hij geen deel uitmaakte van haar gezin; hij
maakte deel uit van een gezin waar men begreep dat het wel eens gebeurde
dat een jongen geen honger had. Met tegenzin stak hij zijn lepel in de pap
en bracht een klein hapje naar zijn lippen. De lepel trilde en er sprongen
tranen in zijn ogen. De lepel viel vanuit zijn hand op zijn schoot, en zijn
shirt en broek zaten onder de pap.

'Wat heb je nú weer gedaan...' tierde de vrouw. 'Vooruit, naar boven en
trek schone kleren aan! Speelkleren, David, niet je schoolkleren. Ik kan je
onmogelijk naar school laten gaan zoals je eruitziet.' Ze smeet een pan op
het fornuis en een andere pan in de gootsteen. 'Misschien dat ik je wel nooit
meer naar school kan laten gaan als je niet te vertrouwen bent. Je hebt me
echt teleurgesteld, jongen, weet je dat? En ik had nog wel zulke hoge verwachtingen van je...'

Terwijl hij met moeite van de stoel kwam, hoorde hij de krakende vering
van de stoel van de man. De man stond op. Hij hoorde het trage geschuifel
van oude, vermoeide voeten. 'Laat hem met rust, moeder,' zei de man met
zijn zachte stem. 'De jongen voelt zich niet goed. Laat hem een poosje rusten. Ik dacht zo dat ik straks misschien wel met hem zou kunnen gaan vissen.'

Hoofdstuk 20

'De vermoeidheid, de spanning en de ongerustheid,
hier, waar de mensen bijeen zijn en elkaar horen kreunen.'
Keats, 'Ode to a Nightingale'

Stephen merkte aan Gallaghers reactie dat hij helemaal niet blij was Robinson te zien, maar vanaf het moment waarop hij de keuken binnen was gekomen, voelde Stephen zich beter. Voor zijn gevoel verschoof het evenwicht onmiddellijk van de geïntimideerde, onopvallende vader van het slachtoffer versus de politie, naar het hightech nationale team van hemzelf en Robinson versus het incompetente plaatselijke team van Gallagher en de politie. Hij haalde diep adem en zijn borst voelde niet langer aan alsof er een zwaar gewicht op drukte.

'Fijn dat je er bent,' zei hij, terwijl hij Robinson een hand gaf. 'Ik wil je graag een boodschap laten horen.' Ditmaal spoelde hij rechtstreeks naar de betreffende boodschap, en trok een gezicht bij het horen van de onvriendelijke stem. Dankzij Gallaghers vertaling was hij in staat de woorden te verstaan – en ze troffen hem nog meer nu hij de betekenis ervan wist – maar Robinson boog zich naar voren en had zichtbaar moeite om alles te volgen.

'Wat zegt hij?' vroeg Robinson in de stilte die volgde.

Stephen herhaalde de boodschap. Robinson knikte peinzend. 'Volgens mij is het nep.'

'Waarom denk je dat, John?' vroeg Gallagher. Stephen verbaasde zich erover dat de rechercheur Robinson bij de voornaam had genoemd. Hij kon zich niet voorstellen dat Gallagher hem Stephen zou noemen.

Robinson glimlachte. 'Ik weet dat je dit niet wilt horen, Joe... Het is een gevoel... intuïtie.'

Dus zelfs Gallagher had een voornaam. Mevrouw Gallagher had niet naar haar pasgeboren baby met het rode gezicht en het rode haar gekeken, en hem gewoon Gallagher genoemd, terwijl hij later, toen hij volwassen was, de voornaam Detective had gekregen. De situatie kreeg opeens een vreemd, menselijk kantje dat tot op dat moment altijd ontbroken had aan het contact met Gallagher.

'Intuïtie?' herhaalden Gallagher en Stephen in koor. De geüniformeerde agenten keken hen verbaasd aan.

'Ja. Geen enkele serieuze ontvoerder steelt een kind, wacht drie weken en vraagt dan om een losgeld van maar tienduizend dollar. Of denken jullie van wel?'

Gallagher was het niet gewend dat men hem om zijn mening vroeg. Stephen, die maar al te goed wist hoe moeilijk het voor de rechercheur was om informatie los te laten, was verbaasd toen Gallagher zei: 'Misschien begint hij 'm te knijpen als gevolg van het feit dat jij de wereld behangen hebt met foto's. Misschien is hij wel bereid het kind terug te geven en genoegen te nemen met een bescheiden bedrag.'

'Tienduizend is niets. Het is amper voldoende om de kosten ervan te kunnen betalen.'

'Misschien is hij wel dom...'

'Hij is slim genoeg om het kind te stelen zonder dat iemand hem dat heeft zien doen en bijna een maand verstopt te houden. En denk aan de manier waarop ze het kind begluurd hebben... Als het ze zomaar om een kind te doen was geweest, waarom hebben ze dan de moeite genomen een schoolplein te beloeren? Waarom zouden ze zo'n groot risico nemen en er zo'n gering bedrag voor terugverlangen? Dit is niet de ontvoerder. Dit is iemand die van de situatie gebruik probeert te maken en op deze manier snel en gemakkelijk een leuk bedrag hoopt te bemachtigen.'

'Dat ben ik niet met je eens, John,' zei Gallagher, en Stephen had het gevoel dat hij dat vaker had gezegd.

'Dat weet ik, en ik heb niet de illusie dat ik je van mijn opvatting zal kunnen overtuigen. Waar ik bang voor ben, is dat je je hierdoor laat afleiden en je het echte onderzoek tijdelijk zult staken. Dat je belangrijke informatie zult laten liggen, zoals de informatie van die vrouw die heeft gebeld. Ik weet niet hoe jij erover denkt, maar ik zou dolgraag willen weten wat dat voor merk busje was, en of iemand iets is opgevallen aan het kenteken, of dat er misschien iemand is die ons iets over de inzittenden kan vertellen. En vind je ook niet dat, zuiver en alleen wat de openbare veiligheid aangaat, het bestuur van de school veel beter zou moeten opletten?'

'Allemachtig, John, je denkt toch niet echt dat we daar achterheen zullen gaan...'

'Wat ik denk, is dat David nu al bijna een maand vermist wordt en dat je de kans hebt laten liggen om aan belangrijke informatie te komen.'

'Waarom laat je het verzamelen van informatie niet aan ons over, John?' Gallagher was vuurrood geworden.

'Het enige dat mij interesseert, is dat de jongen wordt gevonden...'

'Het enige dat je interesseert, is dat jij en je organisatie voortdurend in het nieuws zijn.'

'Wat doen we nu?' vroeg Stephen luid, een einde makend aan het irritante gekibbel tussen de beide mannen.

'Wachten tot hij terugbelt,' zei Gallagher. 'Ik zal een agent hier laten voor het geval dat, en ik laat de telefoon aftappen. Weet Rachel hier van af?'

Dus het was Rachel en niet mevrouw Stark. Iedereen noemde iedereen hier bij de voornaam, behalve hij, zelfs mensen die elkaar niet konden uitstaan. Stephen voelde zich als het kind dat het laatste wordt uitgekozen voor het team. 'Wat vind jij, John?'

Robinson keek hem op een vreemde manier aan, en opnieuw had Stephen het gevoel dat Robinson dingen zag die niet gezegd waren, dat hij zich realiseerde waarom Stephen hem bij de voornaam noemde. 'Maakt je antwoordapparaat melding van het tijdstip waarop de gesprekken binnenkomen?' Stephen knikte. 'Om hoe laat heeft hij dan gebeld?'

Stephen keek op het apparaat. 'Kwart voor acht.'

Robinson dacht na. 'En nu is het kwart voor tien. Dat betekent dat hij binnen het komende halfuur terug moet bellen.'

'Ben je ook nog helderziende?' vroeg Gallagher.

'Je kent me toch, Joe? Ik schrik nergens voor terug zolang ik het gevoel heb dat we er vermiste kinderen mee terug kunnen krijgen.'

'Je schrikt nergens voor terug zolang je denkt dat je...'

'Ja, zolang ik denk dat ik ermee in het nieuws blijf. Ja, ja. Dat heb je al gezegd.' Hij pakte zijn portefeuille, haalde er een briefje van twintig dollar uit en legde het op het aanrecht. 'Ik wed om twintig dollar dat hij binnen het eerstkomende halfuur belt.'

Gallagher pakte zijn portefeuille, haalde er ook een briefje van twintig dollar uit en legde het naast dat van Robinson. 'Akkoord.' Toen wendde hij zich tot Stephen en vroeg: 'Die vrouw die heeft gebeld, Carole. Is ze een vriendin van Rachel?'

'Haar beste vriendin. En haar zoon, Tommy, was Davids beste vriendje. Je hebt met beiden gesproken.'

'Aangezien ik hier voorlopig niet weg kan... ik neem aan dat ik erbij zal moeten zijn om deze weddenschap te winnen, denk je dat ze bereid zal zijn om hier naartoe te komen en met me te praten? Daar heb je toch niets op tegen, hè?' De weddenschap was alleen maar een excuus. Stephen wist heel goed dat Gallagher voorlopig nog niet weg wilde, ongeacht wat er zou gebeuren.

En als ik er wel wat op tegen had, dacht Stephen. Alsof ik daar wat mee zou opschieten. Gallagher was botter dan bot. 'Helemaal niet,' zei hij, waarna hij Caroles nummer afratelde. 'Zolang je de lijn maar niet te lang bezet houdt. Je kunt aan onze telefoon niet zien of horen dat er een ander gesprek binnenkomt. Daar wil Rachel niets van weten. Ze vindt het onbeleefd.'

'Het is ook onbeleefd,' zei Robinson. 'Handig, maar verrekte onbeleefd.'

'Willen jullie misschien iets drinken? Ik kan koffiezetten,' bood Stephen aan.

'Dat klinkt goed,' zei Gallagher, en de andere agenten knikten. Robinson vroeg om thee. Terwijl Stephen bezig was met het zetten van de koffie en de thee, belde Gallagher naar Carole, die bereid was meteen te komen. Daarna stuurde hij een van de geüniformeerde agenten naar de patrouilleauto om te regelen dat de telefoon zou worden afgetapt. Een kwartier, waarin de koffie doorliep en werd ingeschonken, Stephen een rol koekjes vond en de thee stond te trekken, kroop langzaam om. Om de zoveel seconden wierp zeker iemand van het gezelschap een blik op de klok.

In de zestiende minuut sloeg de voordeur hard dicht en kwam Carole de keuken binnengevlogen, een zonderlinge verschijning in een met een zwart-wit koeienpatroon bedrukte legging en een ruimvallend rood T-shirt, terwijl haar roestrode haren als een uitgegroeid afrokapsel alle kanten op stonden. De mannen stonden allemaal op, en Stephen zag dat ze amper tot halverwege Gallaghers borst reikte. Hij had zich nooit gerealiseerd dat ze zo klein was. 'Ik weet dat ik er niet uitzie,' zei ze, en beide agenten keken haar verbaasd aan om te zien waar die stem vandaan was gekomen. 'Ik was bezig met het schoonmaken van de koelkast. Dat doe ik altijd om te kalmeren wanneer ik verschrikkelijk boos ben. Niets werkt zo goed op het temperen van het innerlijk vuur als een opeenvolging van zwarte en groene schimmels. Ik had me kunnen verkleden, maar ik wilde jullie niet laten wachten.' Ze zette haar handen in haar zij en boog haar hoofd een eindje naar achteren om op te kijken naar Gallagher. 'Wat kan ik doen om te helpen?'

'Misschien kunnen we beter allemaal naar de zitkamer gaan,' opperde Stephen. 'Daar is het wat comfortabeler.' De keuken was een aangename ruimte, maar met zoveel licht aan leek hij voornamelijk te bestaan uit schelheid en harde, gladde oppervlakten. Niet comfortabel en niet uitnodigend, en helemaal niet nu Rachel er niet bij was. En daarbij, hij moest maar steeds op de klok kijken. In de zitkamer was geen klok.

Gallagher zag eruit alsof hij op het punt stond te zeggen dat hij Carole alleen wilde spreken, maar toen haalde hij zijn schouders op, pakte haar bij de elleboog en nam haar mee naar de zitkamer, waarna de anderen volgden. Hij deed zelfs geen poging om Robinson buiten te sluiten.

In de zitkamer was alles van donker hout, overdreven grote en uiterst comfortabele fauteuils en banken, en poeltjes uitnodigend warm licht. Carole koos voor een grote, groene fauteuil, ging zitten, schopte haar schoenen uit en trok haar voeten onder zich. Gallagher ging tegenover haar zitten op Rachels schommelstoel, een oud, eerbiedwaardig meubelstuk met versleten armleuningen en de afdruk van meerdere generaties billen in de zitting. Hij kraakte onder Gallaghers gewicht, en Stephen deed zijn best niet

167

bezorgd te kijken. Als Rachel thuiskwam en ontdekte dat Roodlokje haar stoel had gemold, zou ze daar niet blij mee zijn. Het was de stoel waarop ze haar baby's de borst had gegeven.

Gallagher begon Carole, uitgaande van wat ze over de telefoon gezegd had, te ondervragen, en ze probeerde naar beste weten antwoord te geven. De rest van het gezelschap deed alsof ze luisterde, maar wachtte ondertussen met ingehouden adem op het overgaan van de telefoon. De stemmen van Gallagher en Carole werden bijna overstemd door de stilte van de zwijgende telefoon.

Het was als het wachten op de terugkeer van een jury. Stephen kon niet precies zeggen waarom, maar hij was er zeker van dat Robinson gelijk had, en naarmate de minuten verstreken, begon hij steeds meer redenen te verzinnen waarom Robinsons halve uur ook de daaropvolgende dertig minuten zou moeten bevatten. Toen er zesentwintig minuten verstreken waren, vroeg hij zich opeens op een harde, emotieloze manier af wat er eigenlijk met hem en met alle anderen aan de hand was, en van het ene op het andere moment ontstak hij, alsof er een bliksem door zijn lichaam schoot, in felle woede.

'Dit is walgelijk!' riep hij uit, terwijl hij opstond. 'We doen allemaal alsof het een spelletje is. Een weddenschap afsluiten of de ontvoerder wel of niet zal bellen. Maar waar het in werkelijkheid om gaat, verdomme nog aan toe, is het leven van een kind! Het kan me niet schelen wie er wint of verliest! Het enige wat ik wil, is dat mijn zoon levend terug komt. Het enige wat ik wil, is David weer zien!'

Ze keken hem allemaal met grote ogen aan, en hij liep naar de keuken, waar hij nijdig tegen een kruk schopte die hem voor de voeten stond. Hij viel om en sloeg met een luide klap tegen de tegelvloer. Hij stapte eromheen en liep naar de achterdeur. Hij was zó woedend en ook zó bang dat hij amper nog lucht kon krijgen. Hij had dringend behoefte aan wat frisse lucht.

Toen er zevenentwintig minuten verstreken waren, ging de telefoon. Gallagher en Carole zwegen, iedereen keek tegelijk op. Stephen, die alleen in de keuken was, stak een bevende hand uit en nam op.

Hoofdstuk 21

'Er zit een panter gekooid in mijn borst...'
Wheelock, 'The Black Panther'

Rachel zat op het bed in de onpersoonlijke hotelkamer in Chicago en probeerde rust te scheppen in de chaos in haar ziel. Vanuit de vergeten telefoon in haar hand klonk de zich eindeloos herhalende, raspende stem van de telefoniste, die haar aanmoedigde op te hangen. Wat was er aan de hand? Ze moest Stephen spreken. Ze had die avond al twee keer getracht hem te bereiken en had boodschappen ingesproken op de antwoordapparaten thuis en op zijn kantoor. Daarna had ze gebeld en was het in gesprek geweest, en nu nam hij niet op. Waarom was hij niet thuis? Was er iets gaande waarvoor ze thuis zou moeten zijn? Iets waarvoor ze het niet nodig hadden gevonden haar te bellen? Uiteindelijk drong de stem door de golf van vragen in haar hoofd heen en ze hing op.

Wat een dag! Ze had het gevoel alsof ze met zichzelf een groot balspel had gespeeld en de bal en iedereen haar heen en weer had geslagen. Zo voelde het aan, maar het resultaat was anders. Zo hulpeloos was ze toch niet geweest, of wel? Stephen had verwacht dat het haar niet zou lukken, dat ze zich gefrustreerd en vernederd zou voelen. Helemaal ongelijk had hij niet gehad. Ze had zich gefrustreerd, vernederd, ontzet, bang, wanhopig en woedend gevoeld, maar ze was naar Chicago gegaan om iets te bemachtigen, en ze had het gekregen. Het was dan misschien niet eenvoudig geweest, en misschien had ze het ook alleen maar voor elkaar gekregen omdat ze geluk had gehad. Maar ze had tegen Stephen gezegd dat ze naar Chicago zou gaan om de naam en het adres van Davids vader te achterhalen, en ze had die gekregen. En morgen zou ze naar huis gaan, hem zoeken en David vinden.

Alleen, dat zou waarschijnlijk ook niet zo gemakkelijk zijn als ze zich wel voorstelde. In gedachten zag ze voor zich hoe ze naar dr. Peter Coffin in zijn flat in New York zou gaan, op de bel zou drukken en van hem zou eisen dat hij haar David onmiddellijk teruggaf. Maar wat als bleek dat dr. Coffin niet langer op het opgegeven adres woonde? Of dat hij er nog wel woond, maar haar niet binnen wilde laten, dat hij weigerde haar te woord te staan? Wat als hij samen met David ergens naartoe was gegaan, hij hem had meegenomen naar een plek waar niemand hen kon vinden? Wat moest ze dan? Zou ze Gallagher zover kunnen krijgen dat hij bereid was naar hem op zoek te gaan, Gallagher die, net als Stephen, dacht dat ze niet goed bij haar hoofd was, of zou ze een privé-detective in de arm moeten nemen? En hoelang zou dat gaan duren?

Opnieuw voelde ze de behoefte iets te ondernemen, maar ze had geen duidelijk plan. Als kind had ze een hekel gehad aan monopoly en schaken, en had ze alleen maar willen dammen. Wanneer ze probeerde een coherent plan te bedenken, verried haar brein haar door totaal de onverwachte kant op te schieten. Dat was een van de opzichten waarin zij en Stephen totaal verschillend waren. Zij was een en al instinct en intuïtie, hij logica en plannen. Vroeger hadden ze dat als iets positiefs beschouwd, iets dat ze in de ander bewonderden, maar meer en meer probeerde Stephen haar onder druk te zetten en wilde hij dat ze meer werd zoals hij, waarbij hij zich stoorde aan de dingen die haar maakten wie ze was. Wat waren relaties toch ironisch! Ik hou van je omdat je bent wie je bent, maar nu wil ik dat je meer wordt zoals ik. Ze begreep er niets van. Het kwam niet bij haar op van Stephen te verlangen dat hij zou veranderen. Ze was er nooit zo volkomen van overtuigd dat haar ideeën de juiste waren.

Wanneer David terug was en de situatie thuis weer gekalmeerd, zouden ze het daar eens rustig over moeten hebben. Het leek al een eeuwigheid sinds David was verdwenen. Het gebeurde steeds vaker dat ze zich, wanneer ze haar ogen sloot, zijn gezicht niet meer voor de geest kon halen. Soms leek het wel alsof hij uit haar geheugen vervaagde alsof iemand hem met de afstandsbediening aan het uitgommen was. Zou ze op een dag ontwaken en zich, behalve de littekens in haar ziel, niets meer van David kunnen herinneren?

'Dat zal nooit gebeuren,' zei de hardop in de lege kamer. Jonah kon ze nog steeds heel duidelijk voor zich zien. Ze kon zijn babygeur nog ruiken, zijn warme, donzige hoofdje en het stevige lijfje in haar armen nog voelen. Ze herinnerde het zich nog als de dag van gisteren, dat moment waarop ze hem, toen hij geboren was, voor het eerst in haar armen hadden gelegd. Je moet hem vergeten. Je moet niet meer aan hem denken. Dat zeiden ze altijd tegen haar. En ze had nooit begrepen waarom. Verdiende Jonah het niet om herinnerd te worden? En wie moest hem anders in gedachten bewaren, die kleine, dappere ziel wiens tijd op aarde zo kort was geweest?

Met David was het precies hetzelfde. Ze kon zich ook nog precies herinneren hoe zijn pasgeboren lijfje en zijn spartelende armpjes en beentjes in haar armen hadden aangevoeld. Stephen herinnerde zich David als een rustige, kalme baby, maar David was geboren om te ontsnappen. Hij was, in vergelijking met andere baby's, vroeg geweest met zich op zijn buikje draaien, met kruipen en het onderzoeken van de meubels. Toen hij negen maanden was, was hij in zijn eentje in de kamer op onderzoek uit gegaan. Hij had achteromgekeken en trots naar haar gelachen. Zo veilig, zo zelfverzekerd, zolang ze maar in de buurt was. En ze hoefde maar uit het zicht te verdwijnen, of hij begon al te huilen. Arm kind. Hij had haar al weken niet meer gezien. Geen wonder dat ze hem in haar hoofd hoorde huilen.

Ze sloot haar ogen en probeerde nergens aan te denken, om te kijken of ze Davids stem zou kunnen horen. Niets. Ze kon zijn gezicht heel duidelijk voor zich zien, maar geen stem. Een vreemd, angstig kijkend gezichtje dat duidelijk David was, hoewel ze hem nog nooit zo had gezien. Ze wachtte. Nee. Niets anders dan angstige vragen over wat er aan de hand was en waarom Stephen niet opnam. Niets anders dan duizenden vragen rond het telefoontje van dr. Barker.

Dr. Barker had heel anders gesproken dan andere keren, en hoewel hun gesprek enkele minuten geduurd had, was ze er niets wijzer van geworden. Ze wist alleen maar dat hij gebeld had omdat hij haar iets belangrijks te zeggen had, iets waarvan hij wist dat het haar van streek zou maken, maar hij was niet in staat geweest haar het nieuws te vertellen. Dat was heel ongebruikelijk voor dr. Barker, die ze lang genoeg kende om te weten dat hij zelden een blad voor de mond nam. Dit mysterieuze verzwijgen was veel erger dan wanneer hij het haar verteld zou hebben. Het enige dat hij had willen loslaten, was dat haar bloedonderzoek iets... hoe had hij het ook alweer gezegd?... ongebruikelijks? verontrustends? onverwachts? had opgeleverd, waarover hij het graag met haar wilde hebben, en hij wilde niet dat ze met de medicijnen begon die hij had voorgeschreven, met uitzondering van het middel tegen bloedarmoede.

Och, vooruit, Rachel, wat zou het kunnen zijn? Je bent niet naar hem toe gegaan om te laten onderzoeken of je een blaasontsteking hebt, maar om na te gaan of je aids hebt. Dus als hij een uitslag heeft die hem zorgen baart, kan dat toch zeker alleen maar betekenen dat die uitslag positief is, of niet? Haar brein kwam onmiddellijk tegen die gedachte in verzet. Er was altijd een mogelijkheid dat de uitslag incorrect was, en misschien wilde hij daarom wel dat ze naar de praktijk kwam om er met hem over te praten, in plaats van dat hij het haar door de telefoon vertelde – dat hij haar alles tot in het detail wilde uitleggen en nog wat bloed van haar wilde afnemen.

Stephen wist dat dr. Barker gebeld had, omdat hij eerst naar huis had moeten bellen om aan het nummer van het hotel te komen, dus waarom had Stephen niet gebeld? Kon het hem niet schelen? Hij moest toch ook gemerkt hebben dat de dokter zenuwachtig was. Stephen, wiens vak het was mensen aan de praat te krijgen, mensen te manipuleren, was uiterst gevoelig voor de nuances van een stem. En Stephen kon er niet tegen iets niet te weten. Ze was ervan overtuigd dat hij getracht had zelf uit te vinden wat de reden was van het telefoontje van de dokter, en normaal gesproken zou hij haar meteen – nadat er voldoende tijd was verstreken waarin dr. Barker haar had kunnen bellen – gebeld hebben om te horen wat er was. En dat had hij niet gedaan. Dat kon alleen maar betekenen dat er thuis iets aan de hand was. Opnieuw pakte ze de telefoon en draaide het nummer van thuis.

Alweer in gesprek! Verdomme! Ze moest weten wat er gaande was. Ze poetste haar tanden, trok haar nachtpon aan en ging naar bed, maar ze was te onrustig om te kunnen slapen. Ze stond op en liep, zachtjes tegen zichzelf pratend, heen en weer door de kamer. Waar was hij nu ze hem nodig had? In gedachten zag ze voor zich hoe Davids levenloze lichaam gevonden werd in afvalcontainers, in bermen, in greppels, tussen de struiken, in taluds en in oude, verlaten auto's, en elke scène was compleet met Stephen, Miranda, Gallagher, John Robinson en Carole, met de bijbehorende felle zwaailichten en sirenes en het achtergrondlawaai van radio's, terwijl niemand eraan dacht haar te bellen.

Uiteindelijk kon ze er niet meer tegen. Ze had zichzelf zó'n angst ingepraat dat ze amper nog adem kon halen en ze de benauwdheid van de kleine kamer niet langer kon verdragen. Misschien zou het helpen als ze iets at. Een kop thee en een cakeje? Waarschijnlijk niet. De gedachte aan eten maakte haar misselijk. Ze had alleen maar behoefte aan wat frisse lucht. Ze trok haar spijkerbroek en een T-shirt aan, pakte haar jas en stopte de sleutel van haar kamer en een paar dollar in haar zak. Toen nam ze de lift naar de lobby.

De stem van de receptionist volgde haar op weg naar de deur. 'Pardon, mevrouw. Het is lastig om zo laat op de avond een taxi te vinden. Zal ik er een voor u bestellen?'

Ze bleef staan en draaide zich half om. 'Ik wil alleen maar even een eindje lopen.'

'Dat moet ik u afraden, mevrouw. Chicago doet erg zijn best, maar er zijn veel zwervers en sommigen van hen zijn gevaarlijk.'

'Ik ga niet ver. Een klein eindje maar. Ik kan niet slapen...'

'We hebben een mooie fitnessruimte, mevrouw. Normaal gesproken is die zo laat 's avonds dicht, maar ik zou de man van de beveiliging kunnen vragen of hij u erin wil laten. Er is een apparaat waarop u kunt lopen...'

'Ik heb behoefte aan frisse lucht,' zei ze, en ze haastte zich naar buiten voor hij haar nog meer angst zou kunnen aanpraten. Ze moest wel heel iets kwetsbaars uitstralen. De hele wereld leek zich om haar te willen bekommeren, of ze dat nu wilde of niet. Ze sloeg rechtsaf en liep met de voor haar gebruikelijke snelle pas de straat af, terwijl ze zich probeerde te herinneren wat men zei dat je als alleen lopende vrouw moest doen. Doe alsof je een duidelijk doel hebt. Blijf aan de rand van de stoep. Loop waar goede verlichting is en waar andere mensen zijn. Nou, veel licht was hier nergens, en andere mensen zag ze ook niet. Zes straten verder kwam ze bij een park. Ze wilde ernaartoe gaan toen ze zich – provinciaaltje als ze was – herinnerde dat parken in het donker bij lange na niet zo'n aangename plek waren als parken overdag. Het waren de plaatsen waar zwervers samenkwamen en sliepen.

De straat waarin ze liep was ook niet bepaald goed verlicht. Het was waarschijnlijk tijd om terug te gaan. Ze had er geen idee van hoever ze gelopen had. Ze had lopen denken aan David en Stephen, aan de vraag wat er met de telefoon was, aan dr. Barkers ongewone gedrag, aan wat ze zou doen zodra ze weer thuis was. Het koortsachtige voortstappen had haar koortsachtige gepieker er niet minder op gemaakt.

'Het is wel erg laat om zo helemaal alleen op straat te zijn...' hoorde ze een stem achter zich zeggen. Een zwarte stem, dacht ze. Ze had hem niet eens horen aankomen. Dit was niet het moment om te bedenken hoe stom het van haar was geweest een straatje om te willen gaan. Adviezen uit talloze artikelen in damesbladen, opgedaan en verteerd in loze minuten in wachtkamers van artsen en tandartsen, kwamen als twee straaltjes, een van koffie en het andere van melk uit een koffieautomaat haar hoofd binnengestroomd. Je hebt maar drie seconden om te reageren. Vergeet niet om adem te halen. Als je vergeet adem te halen, kun je het wel schudden. Schreeuw, vecht, maak lawaai, doe wat je maar kunt om duidelijk te maken dat je bereid bent jezelf te verdedigen, maar doe het zo dat je er tegelijkertijd aandacht mee trekt. Doe wat de aanvaller zegt, wees vriendelijk, probeer een menselijk contact te leggen, probeer hem op andere gedachten te brengen. Ik zal het op een schreeuwen zetten en mijn mond houden, ik zal agressief zijn en vriendelijk, en ik zal me niet verzetten, schoot het hysterisch door haar heen. Ik zal proberen doodgewoon adem te halen terwijl mijn longen verstijfd zijn van de angst. Ik zal mezelf in tweeën hakken, zal elke helft anders laten reageren en hem afschrikken door mijn gestoorde manier van doen.

Schreeuwen voelde goed aan. Ze haalde adem en zou het op een krijsen hebben gezet, maar de man legde een hand op haar schouder. 'Rustig maar, mevrouwtje. Politie.' Zijn stem had het diepe, rollende geluid van een oude leeuw.

Ze draaide zich om, behoedzaam voor het geval het een truc was, maar toen zag ze hem, groot, massief, met stukjes metaal en glanzend leer dat zwak glansde in het zwakke schijnsel van de straatverlichting. 'Het is erg laat,' herhaalde hij. 'Kan ik u ergens naartoe brengen?'

'Ik... ik wilde alleen maar een straatje om,' zei ze. 'U hebt me laten schrikken.'

'U kunt blij zijn dat u alleen maar bent geschrokken en dat u niets ergers is overkomen. Kan ik u naar huis brengen?' Langs de stoep stond een patrouilleauto.

'Naar huis? Ik woon in New York.' Ze giechelde zenuwachtig.

'Kunnen we u ergens naartoe brengen?' herhaalde hij. 'Uw hotel?'

Iets aan hem zorgde ervoor dat ze er geen behoefte aan had hem tegen te spreken, en hoewel ze er normaal heel slecht in was om andere mensen te peilen, realiseerde ze zich dat ze er verstandig aan zou doen hem verder niet te irriteren of aan haar gezonde verstand te laten twijfelen. Opeens was ze blij dat ze de verantwoordelijkheid aan iemand anders kon overlaten. De hele dag leek een droom, van Mary Poppins helderzienden tot reuzen van agenten die haar kwamen redden, en die akelige geschiedenis van de kliniek ertussenin. Hoewel ze er niet van hield van autoritaire figuren te moeten horen wat ze wel of niet mocht doen, realiseerde ze zich dat ze niet in staat was voor zichzelf te zorgen. Niemand had er iets aan als ze ergens op straat in Chicago beroofd en vermoord werd.

Ze kon hem niet aankijken en sloeg haar armen strak om zich heen. 'Ik zou het fijn vinden als u me terug wilt brengen naar mijn hotel,' zei ze, en vertelde hem in welk hotel ze logeerde.

De agent nam haar bij de elleboog en bracht haar naar de auto. Misschien dacht hij wel dat ze gestoord was en dat ze anders zou weglopen. Rachel hield haar mond en probeerde bereidwillig te zijn. Stephen zei altijd dat ze dat niet kon, dat ze het gen van bereidwilligheid miste. Ze boog het hoofd en stapte in de auto. De bestuurder gaf gas en reed vloeiend weg van de stoeprand. De nacht in, het onbekende tegemoet, afhankelijk van de vriendelijkheid van mensen die ze niet kende, terwijl de treurige straat die ze voorheen had afgelopen in een surrealistische flits aan haar voorbijschoot.

'U ging alleen maar een straatje om?' vroeg de grote agent. Als ze gezegd had dat ze oefende om op de maan te springen had hij niet ongeloviger kunnen zijn. 'Zo laat 's avonds, en in deze buurt?'

'Ik ken Chicago niet zo goed,' zei ze defensief. Haar maag deed pijn en ze hoorde gezoem in haar hoofd. Had ze honger? Ze kon zich niet herinneren dat ze die avond gegeten had. Ze kon zich niet herinneren dat ze die middag gegeten had.

'De mensen moeten zelf ook verstandig zijn,' zei de agent. 'We doen ons best, maar we kunnen niet alles, mevrouw. U moet ook een handje meehelpen, weet u...'

'Het spijt me dat ik zo lastig ben. Ik heb niet nagedacht, ik heb ontzettend veel aan mijn hoofd...'

'Dan belt u een vriendin, pakt een boek of u gaat naar een fitnesscentrum of naar een bar. Alles, behalve midden in de nacht een straatje om gaan.'

'... sinds ze mijn zoon hebben ontvoerd,' besloot ze.

De kletsgrage agent zweeg, en toen vroeg hij: 'Ontvoerd? Wanneer?'

'Vier weken geleden. Bijna. In New York.' Waarom vertelde ze hem dit? Ze wilde er niet over praten.

'Hoe is het gegaan?' vroeg de agent die reed.

'Dat weet niemand,' zei Rachel. Opeens voelde ze zich bijna te moe om nog te kunnen spreken. 'Hij is gewoon verdwenen.'

'Iemand die zich op u wilde wreken. Op u of op uw man,' zei de kletsgrage agent.

Hij kletste verder en stelde vragen over de ontvoering, maar Rachel luisterde niet naar hem. Ze hoorde een zacht stemmetje in haar hoofd, een stemmetje waarnaar ze beter zou kunnen luisteren als die man zijn mond eens hield. Misschien had hij haar leven wel gered en misschien zou ze hem dankbaar moeten zijn, maar wat ze wilde, was dat ze zouden opschieten, haar zouden afzetten en door zouden rijden voor ze het stemmetje verloor.

Ze voelde zich klein en kwetsbaar en had het koud zoals ze daar ineengedoken op de achterbank zat en de les werd gelezen alsof ze een stout kind was. Ze stopten voor het hotel, en de agent stapte uit en deed het portier voor haar open. Haar voeten voelden loodzwaar aan en de rest van haar lichaam ook. 'Bedankt voor het terugbrengen.'

'Weest u de volgende keer voorzichtiger.' Hij stapte weer in en sloeg het portier hard dicht. Ze keek de auto na, waarna ze zich omdraaide en naar binnen ging. Het mocht dan laat zijn, maar ze móest Stephen spreken. Anders zou ze nooit kunnen slapen.

De receptionist volgde haar met zijn blik terwijl ze door de lobby liep, en hoewel ze niet naar hem keek, voelde ze zijn ogen op haar terug terwijl ze op de lift stond te wachten. Toen de deur achter haar dichtgleed, hoorde ze iemand huilen, hoewel er niemand bij haar in de lift stond. Ze voelde een stekende pijn in haar borst. Ze sloot haar ogen en concentreerde zich op haar ademhaling; ze leek niet meer te weten hoe dat moest. In en uit, hield ze zichzelf bewust voor. In en uit. Nog meer scherpe steken. En toen, schokkend helder, Davids stem, die riep: 'Mammie! Mammie! Help me!'

Als verdoofd liep ze naar haar kamer. Ze voelde zich dwaas en schaamde zich voor het feit dat ze de straat op was gegaan en zich moeilijkheden op de hals had gehaald, en ze was verschrikkelijk ongerust en wilde weten wat er aan de hand was. Zonder haar jas uit te trekken, pakte ze de telefoon en belde Stephen. Hij nam meteen op.

'Rachel, waar was je? Ik heb je gebeld, en de receptionist zei dat je een eindje was gaan lopen. In Chicago gaat niemand midden in de nacht een eindje lopen.' Hij vroeg niet of alles goed met haar was. Hij zei alleen maar: 'Je moet zo snel mogelijk thuis komen. Met de eerste vlucht die je kunt krijgen. Ze hebben gebeld – ze willen losgeld voor David.'

Het wanhopige stemmetje, Davids kreet om hulp, schoot opnieuw door haar heen. 'Ik weet het,' zei ze. 'Ik weet het. Hij verkeert in ernstig gevaar.'

Hoofdstuk 22

'... alles mogelijk voor wat betreft het verstrijken van de Tijd en het Toeval,
behalve dan, misschien, eerlijk spel.'
Thomas Hardy, 'The Mayor of Casterbridge'

Rachel keek naar Stephens gezicht terwijl hij naar de opbeller luisterde. Ze zag dat hij slecht geslapen had. De spanning straalde steeds duidelijker van hem af. Zijn gebruikelijke zelfverzekerdheid had plaatsgemaakt voor een verslagen houding. Verslagen, maar ook explosief. Gallaghers gezicht stond weer zo onvriendelijk als al die keren waarop hij gekomen was om hen aan de tand te voelen, maar ondertussen wist ze dat hij eerder zo keek uit gewoonte dan omdat hij een slechte bui zou hebben. Robinson, de enige van hen die eruitzag alsof hij goed geslapen had, maakte een vreemde, gretige indruk. Hij houdt van dit soort situaties, schoot het door haar heen. Hij genoot van de spanning van de jacht. De enige die een normale indruk maakte, was Miranda. Zo normaal en zo onbezorgd dat Rachel haar wel kon vermoorden.

'Gallagher,' zei ze, terwijl ze even aan zijn mouw trok, 'heeft iemand al met David gesproken?'

Hij drukte zijn wijsvinger tegen zijn lippen, en Rachel begreep dat Stephen geacht werd alleen te zijn. Dat was stom. De ontvoerder moest toch kunnen bedenken dat het huis vol zou zijn met politie. Maar wie was zij om deze schijnvertoning te verpesten. Ze ging weer zitten en pakte de koffie die Miranda zojuist voor haar had ingeschonken. Te snel. Haar bevende hand stootte de mok omver en de hete vloeistof stroomde vanaf de tafel over haar dijen. Ze sprong op, nog steeds zonder ook maar één kik te geven, greep een theedoek, veegde zo veel van de koffie van zich af als ze maar kon en rende naar boven, waar ze, zonder toeschouwers, haar broek uit zou kunnen trekken.

Ze stond met gloeiende dijen in de badkamer en probeerde haar spijkerbroek uit te trekken. Haar handen beefden zó erg dat ze de knoop niet los kon krijgen. Ze rukte en trok eraan terwijl de tranen haar over de wangen stroomden. Ze probeerde hem eraf te trekken, maar de stugge spijkerstof hield de knoop stevig op zijn plaats. Er sloeg een vuist op de deur. 'Rachel, gaat het?'

'Stephen, help me. Ik kan mijn...' Ze slaakte een gesmoorde kreet.

De deur vloog open en Gallagher, en niet Stephen, haastte zich naar binnen. Hij had meteen in de gaten wat het probleem was. Voor ze ook maar iets had kunnen zeggen, had hij haar broek uitgetrokken en liet hij koud water in het bad lopen. 'Ga daarin zitten,' beval hij. 'Stephen heeft gelijk. Je hebt iemand nodig die op je past en voor je denkt. En zodra deze godvergeten toestand voorbij is, zal ik je leren hoe je voor jezelf moet zorgen.'

'Ik ben niet...' Voor ze verder nog iets had kunnen zeggen, sloeg de deur opnieuw open en kwam Stephen binnen. Hij keek naar haar, naar Gallagher, naar haar broek in Gallaghers hand, draaide zich om en raasde, withete woede uitstralend, de badkamer weer uit.

'Stephen, wacht... het is niet...' Rachel sprak tegen een lege badkamer, want Gallagher was Stephen achternagegaan. 'O, verdomme,' zei ze, terwijl ze haar ogen sloot en naar achteren leunde. Ze vloekte anders nooit. 'O, verdomme, verdomme, verdomme. Moest alles dan allemaal verkeerd lopen?' Aanvankelijk had ze het donkere wolkje boven haar hoofd alleen maar beschouwd als een grap, maar nu begon ze er zo langzamerhand in te geloven. Misschien was het wel niet zomaar een wolkje. Misschien was het wel een tornado die om haar heen woedde en alles vernielde. Misschien was zij, en zij alleen, er wel de oorzaak van dat alles kapotging.

Ze bleef liggen en liet het koude water over haar gloeiende benen stromen. Ze kon zich er niet druk om maken dat Gallagher haar in haar ondergoed had gezien, daarvoor was ze te moe en was er te veel gebeurd. Hij had in de loop van het onderzoek al veel van haar te zien gekregen, maar het was niets om over haar huis te schrijven. Ze glimlachte bij de gedachte aan Gallagher, die, als een jongen op kamp, met een pen in zijn handen zat, een brief naar huis moest schrijven en zijn moeder over haar borsten en benen vertelde. Het beeld drong zich even tussen haar en haar vernedering, het feit dat ze zich ervoor schaamde dat Gallagher haar had uitgekleed en dat ze zich schaamde voor de manier waarop Stephen zich erdoor vernederd had gevoeld.

Gallagher nu, vanmorgen, en de agent van gisteravond in Chicago. De politie – en Stephen – waren van mening dat ze niet in staat was op zichzelf te passen. Wie weet? Misschien hadden ze wel gelijk. Misschien zou ze het op den duur wel prettig gaan vinden. Maar dit was niet het moment om aan zichzelf te denken, of aan Stephen of aan Gallagher, ondanks de luide mannenstemmen beneden. Vandaag, morgen, alle dagen draaiden om David, tot ze hem weer terug hadden.

Ze sloot haar ogen, liet haar oren onder water zakken en luisterde naar het lawaai van de kraan. David, m'n schat, ben je daar? Haar hart leek een slag over te slaan bij de klank van zijn naam, alsof de last van verdriet en het wachten, van de vermoeidheid en de honger zijn tol begon te eisen en het mechanisme eronder begon te lijden.

Zachtjes en zwak, boven het lawaai van het water uit, hoorde ze een stem. Ze hield haar adem in en probeerde de woorden te verstaan. Het was Davids stem, en hij had de vermoeide klank die hij altijd had wanneer hij ziek was of bang. Ze hoorde hem even duidelijk alsof hij in de kamer ernaast was – hij riep haar en zei dat ze hem moest komen halen. Hij riep haar om hulp. Ze deed haar ogen open, hief haar hoofd op en keek naar haar armen. Ze had kippenvel, en niet van het koude water. Het kippenvel was haar lichamelijke reactie op de diepe, intens angstige klank van de stem van haar zoon. Kippenvel en een drukkend gevoel op haar borst, alsof ze langzaam verpletterd werd door een reusachtige klauw.

Ze kwam uit bad, droogde zich af, trok een lange, wijde jurk aan die niet langs haar benen schuurde, stak haar haren op en haastte zich naar beneden. Stephen, Gallagher, Robinson en twee agenten zaten met de hoofden bij elkaar aan de bar en luisterden naar iets dat Gallagher zei. Miranda was bezig met het volladen van de vaatwasmachine. Ze bleef op de drempel staan en wachtte tot ze haar zouden opmerken. Stephen was de eerste die haar zag, die zich losmaakte van het kringetje, naar haar toe kwam en haar woedend aankeek. Rachel begreep dat hij zonder iets te zeggen langs haar heen de keuken uit wilde gaan, maar ze legde een hand op zijn borst en hield hem tegen.

'Ik heb haast, Rachel,' snauwde hij.

'Dat weet ik. Maar je hebt vast wel een minuutje om me te vertellen wat er aan de hand is.'

'Waarom vraag je dat niet aan je vriendje Gallagher?'

'Omdat ik het aan jou vraag. Heb je met hem gesproken?'

'Natuurlijk. Daarom heb ik ook zo'n haast. Ik moet over een kwartier bij de telefooncel zijn om zijn gesprek daar aan te kunnen nemen.'

'Ik bedoelde David.'

'Nee. Ze laten hem niet aan de telefoon.'

'Wat zei hij? De ontvoerder, bedoel ik.'

'Het staat op het antwoordapparaat,' zei Stephen ongeduldig, terwijl hij haar hardhandig opzijduwde. 'Luister maar zelf.'

Rachel keek hem na, en toen ze zich omdraaide, zag ze dat Gallagher en Robinson haar met grote ogen aankeken. Het lijkt wel of we in een toneelstuk zitten, dacht ze. Ons leven is voor anderen een doorlopende voorstelling waarnaar ze kunnen kijken. Mensen slaan hun bivak op in ons huis; een nagenoeg wildvreemde kan zomaar de badkamer binnenstormen en me uitkleden en me aansluitend de les lezen over mijn gedrag. Geen wonder dat we niet weten wat we tegen elkaar moeten zeggen. Wat al een probleem was toen we nog slechts met z'n tweetjes waren, is nu nog veel moeilijker, omdat we geen moment alleen zijn.

'Hij was niet met opzet zo,' zei John Robinson. 'Hij is alleen maar van streek.'

'U hoeft mij niet te vertellen wat mijn man doet, meneer Robinson. En laten we één ding duidelijk vooropstellen. Voor wat mij betreft, is deze hele toestand, deze opzettelijke manipulatie, enkel en alleen uw schuld.'

Robinson keek haar niet-begrijpend aan. 'Wat bedoelt u?'

'Als u die verdomde aanplakbiljetten niet had opgehangen, zouden de ontvoerders niet in paniek zijn geraakt. Maar als u het mij vraagt, zijn dit de ontvoerders niet eens.'

'Dat dacht ik aanvankelijk ook,' zei Robinson.

'Maar je bent intussen van gedachten veranderd, niet?' vroeg Gallagher.

'Misschien...'

'Hoe bedoel je, misschien? Dit is wat alle ontvoerders doen, het spelen met het slachtoffer, het voortdurend verhogen van het bedrag. Hij gedraagt zich volgens het boekje...'

'Volgens jóuw boekje,' zei Robinson.

'Ik zou de boodschap graag willen horen,' zei ze. 'Kan dat?' Maar niemand luisterde naar haar. Gallagher en Robinson kibbelden verder terwijl een van de agenten koffiezette. 'Neem me niet kwalijk,' probeerde ze het nog eens, 'maar ik zou de boodschap graag willen horen.'

Nog steeds geen reactie. Ze had net zogoed een onzichtbare vrouw met het volumeknopje op nul kunnen zijn. Nu ze tijd hadden vrijgemaakt en hun drukke ochtend onderbroken hadden om haar een verklaring te geven voor het gedrag van haar man, moest ze verder haar mond houden en verdwijnen, en moest ze hen verder met rust laten en niet meer storen bij hun belangrijke mannendingen, zoals Miranda even tevoren ook had gedaan. Ze trok haar instapper uit, een stevige schoen met een leren zool, en sloeg er hard mee op het aanrecht. 'Neem me niet kwalijk,' zei ze, haar stem verheffend, 'maar ik zou de boodschap graag even willen horen.'

Allemaal keken ze haar verbaasd aan. 'Waarom?' vroeg Gallagher.

'Omdat ik wil weten wat er aan de hand is. En omdat, zoals ik al eerder tegen je zei, voordat je weer eens zo nodig moest vragen waarom, ik misschien wel iets aan de stem of aan het woordgebruik zou kunnen herkennen dat jullie verder niets zegt.'

Gallagher moest bijna glimlachen. 'Je bent toch niet zo hulpeloos als ik wel dacht,' zei hij. Hij drukte op een knopje, spoelde terug en speelde de boodschap voor haar af. Een brutale, uitdagende stem vulde de keuken. Rachel sloot haar ogen en luisterde, niet zozeer naar de woorden – het kon haar niet schelen in welke telefooncel Stephen verwacht werd of hoe laat hij geacht werd er te zijn – als wel naar de stem, de klank, het taalgebruik, de melodie. 'Kan ik het nog een keer horen?' vroeg ze, toen de boodschap was afgelopen. Gallagher speelde het bandje een tweede keer af. Robinson observeerde haar met fonkelende ogen.

'Ik weet wie dat is,' zei ze.

De verandering die zich in Gallagher voltrok, was ongelooflijk. Zijn nonchalante, mismoedige, afwachtende houding was verdwenen, en als hij een hond was geweest, zouden zijn oren en staart nu overeind hebben gestaan. Hij keek haar strak aan, spande zijn spieren en stak zijn hand over het aanrecht heen naar haar uit alsof hij de woorden uit haar wilde trekken.

'Wie?' blafte hij.

'Ik weet niet precies meer hoe hij heet. Jason en nog iets...' Gallaghers adem explodeerde in een ongedulig snuiven. 'Dat geeft niet. Ik heb zijn naam niet nodig... om hem te kunnen vinden. Ik weet waar hij woont. Hij... afgelopen zomer...' Ze had moeite met het uit te leggen; zijn ongeduld maakte haar zenuwachtig en ze wilde duidelijk zijn. Als ze een schreeuwend type was geweest, zou ze geroepen hebben dat hij haar met rust moest laten.

'Afgelopen zomer werkte er een student bij het tuincentrum dat onze tuin onderhoudt. Ze stuurden hem iedere keer weer en hij werkte veel te slordig. Bij het maaien van het gazon ging hij veel te veel langs de kantjes en maaide de planten en struiken mee, en dan liet hij alles achter zich liggen, en de kantjes werkte hij ook nooit bij. Ik heb hem er een aantal keren op aangesproken, maar het haalde niets uit. Hij was brutaal tegen me. Onbeschoft. We... Stephen... heeft naar het bedrijf gebeld en geklaagd. Ze waren heel aardig en beloofden ons dat ze hem niet meer zouden sturen, maar de week daarop kwam hij weer. Ik lette goed op hoe hij werkte, vanwege die keren ervoor, hij was nog steeds even slordig, en toen ben ik naar buiten gegaan en heb hem er nog eens op aangesproken.'

Ze slikte. Ze sloeg haar ogen neer en haar wimpers trilden. Ze sloeg haar handen ineen. 'Ik hou niet van confrontaties, maar het moest gebeuren. In plaats van zich te verontschuldigen, of te beloven dat hij beter zijn best zou doen, begon hij me uit te schelden. De meest gore taal, en dat nog wel waar David bij was, en toen heeft hij... heeft hij...' Ze fluisterde bijna. 'Toen pakte hij zichzelf beet en zei hij dat mijn probleem was dat ik gewoon eens goed geneukt moest worden... neem me niet kwalijk, dat waren zijn woorden, niet de mijne... en dat hij daar de aangewezen man voor was. Ik heb hem verzocht onmiddellijk te vertrekken en ben naar binnen gegaan om het tuincentrum te bellen. Toen ik weer buiten kwam, was hij weg, evenals Stephens golfclubs en al onze tennisrackets.'

'Heb je de...' begon Gallagher.

'Ja, natuurlijk heb ik de politie gebeld, en ook Stephen, om hem te vertellen wat er gebeurd was. Hij heeft het daarna van mij overgenomen. De jongen is toen natuurlijk ontslagen en de politie heeft onze spullen bij hem thuis gevonden. Onze spullen, en ook de spullen van veel andere mensen. Van overal waar hij werkte, nam hij wat mee.'

180

'Hebben jullie een aanklacht...' begon Gallagher opnieuw.

Rachel schudde het hoofd. 'We hebben uiteindelijk geen aanklacht tegen hem ingediend omdat zijn vader, een heel aardige man, bij ons is gekomen en met ons heeft gesproken. Hij verontschuldigde zich namens zijn zoon en smeekte ons hem alsjeblieft geen strafblad te bezorgen want daarmee zouden we zijn loopbaan verpesten, en al die dingen meer. Ik weet zeker dat er bij jullie op het bureau een dossier over hem moet liggen. En het tuincentrum zal het ook nog wel weten. Greenscape. Stephen moet het ook nog weten. Dat hij zijn stem niet herkend heeft, komt doordat ik degene was die thuis was... die al die keren naar hem toe is gegaan en met hem heeft gesproken, dus ik ben de enige die zijn stem heeft gehoord.'

Gallagher pakte de telefoon. 'Wacht,' zei Rachel, 'ik weet het alweer. Sutton. Jason Sutton. Wolfe Pine Way 153. Zijn vader heet Harold.'

Gallagher gaf instructies aan de geüniformeerde agent die zich het huis uit haastte en er met sirene en zwaailichten vandoor ging.

'Denk je echt dat hij David heeft?' vroeg Rachel ongelovig. 'Hij lijkt me niet het type dat zo lang zal kunnen wachten... dat zo veel geduld kan opbrengen. Hij was bot... grof.'

Gallagher haalde zijn schouders op. 'We zullen het gauw genoeg weten.'

'Je bent toch niet van plan er met grof geweld naartoe te gaan, hé? Niet als hij David heeft... David is op het moment heel erg bang. Degene die hem vasthoudt, is ongeduldig geworden, of bang. Ik geloof dat hij mishandeld wordt, dat ze hem pijn doen...' Haar stem brak en ze wendde zich af om haar verdriet voor hen te verbergen.

'Hebben jullie opnieuw van hem gehoord maar dat niet aan ons verteld?'

O, Gallagher, Gallagher, dacht ze. Je kunt me uitkleden en in bad doen. Me aangapen in mijn doorzichtige nachtpon. Me stilletjes begluren wanneer ik aan het werk ben. Je doet je best om in mijn ziel te kijken, maar uiteindelijk komen we elkaar nog geen centimeter nader, wel? 'Nee, Gallagher, je weet toch dat we alles aan je vertellen. De Starks hebben geen geheimen. Hoe zouden we ook kunnen? Jij en de jouwen laten ons geen moment uit het oog.' Ze tikte met haar wijsvinger tegen haar slaap. 'Hierbinnen, Gallagher. Hier heb ik hem gehoord.'

'Rachel,' bemoeide Robinson zich ermee. De man moest altijd in het middelpunt van de belangstelling staan. 'Dat is de reden waarom ik mevrouw Proust naar je toe heb gestuurd. Om je met die communicaties te helpen. Je had haar niet weg moeten sturen...'

'Ik was op weg naar het vliegveld!' Ze zou nog exploderen als ze niet ergens naartoe ging waar ze alleen kon zijn en kon nadenken zonder voortdurend in de rede te worden gevallen, uitgehoord of de les gelezen te worden, maar aan de andere kant durfde ze hen niet alleen te laten. In gedachten zag ze Gallagher het huis van de Suttons binnenvallen en David het slachtoffer worden van hun machospel. 'Ga je er zelf naartoe?'

'Eerst moeten we de boel voorbereiden. En dan bellen we ernaartoe om te kijken of hij daar is.'

'Zijn vader werkt op het postkantoor van Clinton. Je zou hem kunnen bellen en vragen of Jason thuis is. Maar hoe kan Jason een maand lang een kind gegijzeld houden in het huis van zijn ouders?'

'Misschien zijn zijn ouders wel een maand weg.'

'Nou, als je gaat, dan ga ik mee,' verklaarde Rachel. 'En wat doen we met Stephen? Hij zit op een ander spoor en weet niet eens dat we de ontvoerder geïdentificeerd hebben.'

'Áls we hem geïdentificeerd hebben.'

'Gallagher, neem me niet kwalijk, maar als een zwetende, loerende boerenkinkel zijn genitaliën naar je optilt en je verkondigt dat je eens grondig geneukt moet worden, dan blijft zoiets je wel bij. Ik ken die stem. Denk aan wat ik gezegd heb. Ik zei niet dat ik die stem misschien wel kende, maar dat ik wíst van wie die stem is.'

Het schrille rinkelen van de telefoon weergalmde door de gespannen sfeer van de keuken, de krassende tonen leken als felgele pijlen in de lucht om hen heen te blijven hangen. Rachel keek Gallagher vragend aan, en hij knikte. 'Hallo?'

'O, ik spreek met het vrouwtje. Nou, hoe is het met je?'

'Jason, ik wil met mijn zoon praten,' zei Rachel.

'Sorry, schat, dat zal niet gaan. Hij slaapt.'

'David is altijd vroeg wakker. Ik wil met hem spreken.'

'Hij slaapt met wat extra hulp, zullen we maar zeggen. Als je man terugkomt, zeg hem dan maar dat we $ 60.000 willen hebben en dat we over een uur terugbellen om hem te zeggen waar en wanneer. Gesnopen, poes? Oei, te lang gepraat.'

Miranda kwam binnen, gekleed voor het werk, schonk zichzelf een kop koffie in en kwam ermee naar de tafel.

Voor iemand iets had kunnen zeggen, ging de telefoon opnieuw. Rachel nam op met een zichtbaar bevende hand, bracht de hoorn aarzelend naar haar oor en fluisterde hallo. 'Rachel? Met dr. Barker. Het spijt me dat ik gisteravond zo vreemd heb gedaan. Bij nader inzien realiseer ik mij dat ik je uren onnodig gepieker bezorgd moet hebben, terwijl je je afvroeg waarom ik gebeld had en waarom ik het je niet wilde vertellen. Het is niets voor mij om zo besluiteloos te zijn, en het spijt me. Waar het op neerkomt, is dat de aidstest negatief is. Daar hoef je je geen zorgen over te maken. Je bent gezond. Maar tegelijkertijd heb ik, en ik weet dat ik je daarvoor om toestemming had moeten vragen, maar het leek me zo vergezocht... Rachel... ik heb een zwangerschapstest bij je gedaan. En die is positief. Rachel, je bent zwanger.'

Andy had een computer waarmee hij uren achtereen speelde, precies zoals David thuis ook had gedaan. Soms vond de vrouw het goed dat hij bij Andy ging spelen, en dan gingen ze op het net naar een kinderadres waar ze met andere kinderen spraken. Meestal vond Andy's moeder dat niet goed. Ze dacht dat die boards gevaarlijk waren. Ze had het er voortdurend over hoe kinderen door slechte mensen van hun huis werden weggelokt. Altijd wanneer ze midden in het downloaden van het een of andere te gekke spel zaten, kwam Andy's moeder binnen en keek ze over hun schouder mee om te zien waar ze mee bezig waren.

Andy zei dat hij dat niet erg vond. Hij zei dat dat altijd nog beter was dan een moeder te hebben die zich nergens mee bemoeide. David wilde dan zeggen dat het beter was 'dan helemaal geen moeder te hebben', maar dat zei hij niet, omdat de vrouw hem gezegd had dat hij nooit over zijn ouders mocht praten, en ze had hem heel erg bang gemaakt toen ze dat had gezegd. David durfde zelfs niet met haar over hen te praten. Hij had een paar keer geprobeerd erachter te komen wat het precies aan haar was waar hij zo bang voor was. Hij had vastgesteld dat het niet alleen haar woede was, hoewel dat heel eng was, maar ook die ijzigheid van haar. Wanneer hij naar haar keek, zag hij dat harde, uitdrukkingsloze gezicht, en daarachter zag hij een hard, ijskoud binnenste. Hij kon zich niet voorstellen dat hij ooit iets zou kunnen doen of zeggen dat haar van gedachten zou kunnen doen veranderen.

Ze was ijskoud, maar toch wilde ze dat hij haar aardig vond. Nee. Ze wilde dat hij van haar zou houden. Daarom schonk ze hem van die stijve, hoopvolle glimlachjes en omhelsde ze hem op die plotselinge, stugge manier. Dat, en dat ze er maar steeds over zeurde dat ze familie waren. David had geprobeerd gehoorzaam te zijn, maar hij kon geen liefde voor haar opbrengen. Zo snel ging dat niet. Hij was te verdrietig en miste zijn ouders te erg. De vrouw was langzaam maar zeker opgehouden met glimlachen, en hij wist dat het allemaal zijn schuld was.

De dag nadat de vrouw hem had geslagen, was hij niet naar school gegaan en ook niet gaan vissen. Hij was naar boven gegaan en had geprobeerd de knoopjes van zijn vieze overhemd open te krijgen, maar zijn vingers hadden niet willen doen wat hij ervan gewild had. Hij was bezig geweest met de knoopjes en had wanhopig verlangend aan zijn moeder gedacht toen hij voetstappen op de trap had gehoord. Hij had geweten dat het de vrouw was en hij had zó hard aan de knoopjes getrokken dat er eentje af was gesprongen. Daarna had hij zich doodsbang op bed laten vallen, zijn hoofd onder het kussen gestopt en op de boze stem en de eerste klap gewacht. In plaats daarvan had iemand hem onhandig op de schouder geklopt. 'Hier, ik heb wat voor je,' zei de man. Hij had een paar pillen in zijn hand. 'Neem ze maar in en kruip weer in bed.' David had zijn stem niet kunnen vinden en had dus ook niet kunnen vragen wat het was, maar hij had ze ingenomen en was net op tijd wakker geworden voor het avondeten.

Die avond, net toen de vrouw hem naar bed stuurde, had Andy voor hem

183

gebeld. Ze liet hem aan de telefoon komen, maar bleef vlak achter hem staan, zó dichtbij dat hij haar ademhaling in zijn nek kon voelen. 'Hallo, David. Heb je gemist vandaag! Je bent toch niet ziek? Ik moet je morgen iets te geks laten zien. Het is een poster die ik van het net heb gehaald. Van een jongen die vermist wordt. Hij heet David. En weet je wat? Afgezien van het feit dat zijn haar donker is en het jouwe blond, lijkt hij sprekend op je.'

David wilde iets terugzeggen toen de vrouw langs hem heen reikte, de verbinding verbrak en de hoorn uit zijn hand griste. 'Ga naar boven,' snauwde ze. 'En laat me je vanavond hier beneden niet meer zien.' Hij haastte zich weg van haar opgeheven hand en maakte dat hij de trap op kwam. Hij kon haar achter zich horen mompelen: 'Moet bedenken wat ik nu moet doen. Ik moet goed nadenken...'

Hoofdstuk 23

*'Ze brachten me bitter nieuws om te horen en
bittere tranen om te wenen.'*
Heraclitus

Als Rachel in het Victoriaanse tijdperk had geleefd, waarin ze volgens ve-
len eigenlijk thuishoorde, zou ze op dat moment bevallig zijn flauwgevallen en naar haar bed zijn gebracht. Flauwvallen met de bijbehorende be-
wusteloosheid zou haar in ieder geval liever zijn geweest dat dit ademloze,
pijnlijke gevoel van ongeloof. 'Dat kan niet,' zei ze, in haar schrik vergetend dat ze niet alleen was. 'dr. Barker, ik kan niet zwanger zijn. Dat is onmogelijk. Er moet een vergissing in het spel zijn... een verwisseling... met
de uitslagen van iemand anders. Stephen heeft zich na Jonah's dood laten
steriliseren... toen we te horen hadden gekregen dat hij... dat zijn kinderen...
dat we geen kinderen... O, alstublieft, zegt u dat het een vergissing is!'

'Vergissingen zijn uitgesloten. Het was jouw bloed. Ik kan het onderzoek herhalen, maar ik weet zeker dat de uitslag hetzelfde zal zijn. Het is
een verklaring voor het snelle moe worden en de misselijkheid. En wat de
onmogelijkheid betreft... vergeef me dat ik het vraag, Rachel, maar is er iemand anders geweest?'

Robinson kuchte, en toen ze achteromkeek, herinnerde ze zich dat ze
niet alleen was. Ze werd vuurrood. Zelfs Miranda keek haar aan met een
blik die meer weg had van nieuwsgierigheid dan van medeleven.

'Hoe kunt u zoiets zelfs maar vrágen!' O, hoe was het mogelijk dat ze dit
nieuws moest horen in het bijzijn van mannen die ze haatte, terwijl het gesprek ook nog eens woordelijk werd opgenomen.

'Het komt wel eens voor dat een sterilisatie zichzelf opheft...'

'Dat zal Stephen nooit geloven...' zei ze, en ze zag Gallagher meelevend
naar haar kijken.

'Het spijt me. Ik... we... ik kan hier op dit moment niet verder over praten, dr. Barker,' viel ze hem in de rede. 'Ik ben... we zijn... niet alleen. Er is

185

een verzoek om losgeld binnengekomen voor David en de telefoon wordt afgeluisterd. We worden opgenomen. De keuken zit vol politie...'

'Verdomme!' riep hij uit. 'Neem me niet kwalijk, Rachel. Kom langs zodra je kunt. Ik schuif je wel ergens tussen. We moeten het hier verder over hebben. Wil je dat ik met Stephen praat?'

'Op dit moment is hij absoluut onaanspreekbaar. We... we zijn er geen van beiden voor in de stemming. Misschien later.'

Ze hing op en draaide zich om naar Robinsons en Gallaghers starende blikken. 'Het gaat jullie niets aan, maar als jullie de rest van het gesprek willen horen, dan draaien jullie het bandje maar af. En doe me daarna een plezier en wis het uit. Het is niet... relevant.' Ze keek om zich heen of ze Miranda zag, maar haar zus was de keuken uitgegaan. Haar stappen zorgvuldig afmetend, verliet ze de keuken. Ze bracht het tot de gang voor haar spieren het begaven en ze neerplofte op de eerste de beste stoel. Ze sloeg haar armen strak om zich heen terwijl een veelheid van gedachten als een wervelstorm door haar brein joeg.

Nee, nee, nee. Dit kon niet waar zijn. O, goeie God, laat het alsjeblieft niet waar zijn. Ze had hier nu geen tijd voor. Nee, dat was het niet. Het was niet alleen vanwege deze hele toestand met David. Ze zou hier nooit tijd voor hebben. Ze had moeite met ademhalen – haar longen leken op slot te zitten, leken zich niet te willen uitzetten. Misschien zou ze wel helemaal ophouden met ademhalen en sterven. Op dit moment gaf ze de voorkeur aan de dood, zelfs wanneer deze pijnlijk was, boven wat haar te wachten stond. Ze kon niet nog een kind verliezen. Dat zou ze gewoon niet kunnen verdragen.

Ze legde haar handen op haar gesloten ogen en drukte, probeerde er de beelden van haar andere kinderen uit te drukken. Het lukte niet. Haar verbeelding was altijd te goed, te levendig geweest. Ze kon ze alle twee voor zich zien, kon ze alle twee voelen en horen. De lege gang om haar heen weergalmde van hun roepende en lachende stemmen, van hun gekir.

Voorheen had ze zich nog afgevraagd of God haar haatte, maar nu wist ze het zeker. Ze schudde haar vuist naar het plafond. 'Waarom zoek je niet iemand die ertegen kan?' vroeg ze. 'Waarom moet je altijd uitgerekend mij hebben?' Ze moest naar Jonah. Dat hielp haar altijd om rustig te worden. Daar kon ze alles van zich af praten, en daarna zag ze alles altijd weer wat meer in de juiste verhouding. Maar ze had geen tijd. Niet nu. Ze moeten Jason Sutton zien te vinden – moesten David zien te vinden. En ze voelde zich opeens verschrikkelijk misselijk. Om te voorkomen dat ze opnieuw langs Robinson en Gallagher zou moeten, rende ze naar boven. Ze haalde het maar net.

Ze keerde terug naar de keuken met een gevoel alsof haar kleren in flarden om haar lijf hingen en iedereen haar naakt kon zien. Ze had het gevoel alsof ze elk moment kon instorten. Ze wisten alles van haar af – ze wisten

186

het zelfs nog eerder dan Stephen, iets waar hij reuzeblij om zou zijn. Nee. Ze had geen tijd om zich zorgen te maken over haar eigen emoties, en ze had ook geen tijd om zich zorgen te maken over de zijne. 'Wat doen we nu?' vroeg ze.

'Zodra we bericht krijgen dat het huis omsingeld is, ga ik erheen,' zei Gallagher. 'Agent Crimmins blijft hier om de telefoon te bewaken.'

Opnieuw, alsof hij gehoord had wat er gezegd was, ging de telefoon. Gallagher gebaarde Rachel dat ze moest opnemen. Achter haar kwam Gallaghers radio knetterend tot leven en begon te spreken. Net als hij eerder tegen haar had gedaan, legde ze een vinger op haar lippen om hem duidelijk te maken dat hij stil moest zijn, en hij ging de gang op. Ze nam op met een zacht: 'Hallo?'

'Luister, schattebout. Langs de snelweg, in noordelijke richting, is een wegrestaurant. Zes kilometer vanaf het punt waar jij erop komt. Zeg tegen je man dat hij daar over een uur moet zijn. Met het geld. Zestigduizend. Zeg dat hij het bos achter het restaurant in moet gaan. Er is een pad. Je kunt het duidelijk zien. Het is het pad dat alle nichten op gaan. Daar wordt hij opgewacht. Zodra we het geld hebben, bellen we je op en zeggen we je waar je zoon is. Hij moet alleen komen en geen politie. Gesnopen?'

'Even kijken. Zestigduizend bij het wegrestaurant acht kilometer hiervandaan in noordelijke richting. Hij moet het bos in lopen en daar wacht iemand op hem. Hij moet alleen komen, en daarna bel je ons op om te zeggen waar we David kunnen vinden?'

'Zes kilometer, schattebout. Zes. Niet acht. We zouden toch niet willen dat hij naar het verkeerde restaurant gaat, wel? Oei, de tijd is om.'

'Wacht,' zei ze. 'Een uur is te kort. Te kort om zo veel geld bij elkaar te krijgen...' Maar hij had al opgehangen.

Gallagher kwam weer binnen. 'Dat was hij,' zei ze. 'Om te zeggen waar en wanneer hij het geld wil hebben.' Ze deed een stapje opzij om hem bij het antwoordapparaat te laten en ze luisterden allemaal samen naar het bandje.

Robinson keek op zijn horloge. 'Als we binnen het uur zestigduizend dollar bij elkaar willen hebben, dan moest ik maar gaan. Zeg maar tegen Stephen dat we elkaar over drie kwartier hier ontmoeten.' Hij haastte zich het huis uit.

'Waar wil hij binnen een half uur zoveel geld vandaan halen?' vroeg Rachel.

'Ik neem aan dat hij het op zijn kantoor klaar heeft liggen. In een brandkast. Hij wacht al zo lang op zo'n kans als deze,' zei Gallagher.

'Denk je echt...'

'Volgens mij is hij dol op dit soort situaties. Hij is net zo'n type dat achter brandweerwagens aan rijdt en dat een kick krijgt van persoonlijk drama.'

'Maar... Hij heeft zelf ook een kind verloren.'

'Dat zegt hij.'

'Wat bedoel je daar precies mee?'

'Een paar jaar geleden is hij hier opeens opgedoken en heeft hij die organisatie van hem opgezet. De mensen komen in drommen op hem af, op zijn zogenaamde goede doel. De vrijwilligers en de dollars, ze stromen binnen. Volgens mij verdient hij een vermogen aan jullie situatie...'

'Heb je ooit nagegaan of hij echt een kind verloren heeft?'

'Nou, nee...'

'Dat zou je niet...' Maar Rachel had eigenlijk helemaal geen interesse in hetgeen ze had willen zeggen of in het gesprek in het algemeen, en ze maakte haar zin niet af. Ze was heel moe. Ze ging zitten en legde haar hoofd op haar armen. De tegels van het aanrecht voelden koel aan onder haar kin.

Plotseling stond Gallagher achter haar. Hij legde zijn grote, warme handen op haar schouders en begon ze te masseren. 'Het spijt me, Rachel... van de koffie... van je broek... Stephen... ik wilde je alleen maar helpen...'

Volkomen on-Gallagher. Hij sprak alsof hij het werkelijk meende, alsof het hem werkelijk speet dat er door zijn toedoen problemen waren ontstaan.

'Maak je geen zorgen,' zei ze zacht. 'Ik weet wel dat het niet... ik bedoel, ik weet wel dat je niet... O, verdomme, Gallagher, geef hem een paar honderd jaar en hij komt er wel overheen. Hoe kan iemand zich op zo'n moment als dit nu druk maken over wat wel of niet gepast is?'

'Je man behandelt je als...'

Ze hief haar hoofd op en drukte een vinger tegen haar lippen. 'In voor- en tegenspoed,' zei ze. 'En nu wat? Een ander plan?'

'Ik moet een paar mensen bellen. Moet ervoor zorgen dat het restaurant omsingeld is.' Hij sjokte de keuken uit – een forse man, een vermoeide man. Hij zette zijn voeten zó zwaar neer dat de schilderijen schudden wanneer hij erlangs liep.

Eindelijk alleen, dacht Rachel. Eindelijk alleen met een hoofd vol gedachten die ze niet wilde hebben. Zolang David niet terug was, kon ze niet aan zichzelf denken. Totdat hij weer veilig thuis was. Ze mocht van zichzelf niet hopen dat zijn thuiskomst weldra een feit zou zijn. De klok snelde voort. Waar was Stephen? Waar was Robinson? Zouden ze op tijd terug zijn?

Misschien was een kop thee een goed idee. Ze zeiden dat kamille rustgevend was, of pepermunt voor een onrustige buik? Ze vulde de ketel, zette hem op, pakte een mok en haalde het blik met kruidenthee uit de kast.

De deur sloeg keihard dicht en Stephen kwam binnen met een bleek, strak en woedend gezicht. 'De ontvoerder zegt dat jij een boodschap voor me hebt,' blafte hij. 'Als ik die schoft ooit te pakken krijg, vermoord ik hem.' Gallagher kwam achter hem binnen en leunde zonder iets te zeggen tegen de deur. Stephens boze ogen gingen over de mok, de ketel en het theeblik in haar hand. 'Dit is geen tijd voor een theeparty. Wat heeft hij verdomme gezegd?'

Rachel en Gallagher begonnen tegelijk te praten. Rachel zei: 'Hij wil dat je naar een wegrestaurant komt... met het geld...'

Gallagher zei: 'Je vrouw heeft naar het bandje geluisterd. Ze heeft de stem herkend...'

Stephen maakte een wuivend gebaar. 'Wacht even. Wacht even! Eén tegelijk.' Hij plofte zwaar neer op een stoel. 'Gallagher?'

Gallagher vertelde dat Rachel de stem had herkend. 'Het is Sutton, zegt ze. Jason Sutton. Hij werkte bij jullie tuincentrum? Ze had een paar aanvaringen met hem, en toen is hij er met spullen van jullie vandoor gegaan? En daarna is hij door jouw toedoen ontslagen?'

'Wacht even! Hij is door zijn eigen toedoen ontslagen,' corrigeerde Stephen hem. 'Niemand heeft hem verplicht om te stelen of om mijn vrouw gore voorstellen te doen. Denk je dat hij David ontvoerd heeft om wraak te nemen?' Hij rukte zijn mouw omhoog en keek op zijn horloge. 'Waar wachten we dan nog op? We gaan meteen naar hem toe.'

'Hij heeft gebeld om te zeggen waar hij je wil ontmoeten,' zei Gallagher. Hij keek op zijn eigen horloge. 'Hij verwacht je bij het eerste wegrestaurant langs de snelweg in noordelijke richting. Hij wil zestigduizend dollar hebben, en je moet het pad nemen dat het bos in gaat. Daar word je opgewacht door iemand die het geld van je aanneemt, en daarna worden jullie gebeld en horen jullie waar David gehaald kan worden. Hij zei dat je er over een uur moest zijn. En dat was ongeveer een kwartier geleden.'

'O, God allemachtig.' Stephen sprong op. 'Waar moest ik zo snel zestigduizend dollar vandaan halen?'

'Robinson is weggegaan om ze te halen,' zei Rachel.

'En wat doen we tot hij terug is?' Stephens voeten dribbelden van opwinding. 'Moeten we gewoon rustig blijven zitten afwachten?'

'Inderdaad,' zei Gallagher. Hij keek weer op zijn horloge en controleerde de tijd op de keukenklok. 'En zo veel langer is dat niet. Misschien tien, vijftien minuten voor je moet gaan.'

Rachel merkte dat Stephen haar niet wilde aankijken. Hij was nog steeds boos op haar vanwege het incident met Gallagher en haar spijkerbroek. Ze realiseerde zich dat zij de enige mens was op wie hij, zonder ergens bang voor te hoeven zijn, zijn woede kon afreageren. Dat begreep ze, en ze begreep ook dat hij haar in een val plaatste en haar isoleerde van de enige mens met wie ze wilde praten. Hij zag er zó moe en zó ellendig uit en ze verlangde ernaar haar armen om hem heen te slaan, maar hij zou haar alleen maar van zich afschudden en weggaan.

'Joe-hoe?' riep Carole, terwijl ze met een hapjespan de keuken binnenkwam. 'Lieve help, wat hangt hier een sombere stemming! Wat is er aan de hand?'

'Die schoft van een ontvoerder speelt spelletjes met ons,' snauwde Stephen. 'Ik wacht buiten.' Hij haastte zich langs haar heen de deur uit, die hij luidruchtig achter zich dichtsmeet.

'Wel heb ik ooit,' verzuchtte Carole, terwijl ze de pan neerzette en naar Rachels gezicht keek. 'Dit is ernstig, hè? Hij is niet eens gebleven om te horen wat ik voor lekkers voor jullie heb meegebracht, en wat er niet allemaal voor heerlijke en ongezonde dingen in zitten. Het is voornamelijk cholesterol, vet en zout. O, nou ja,' besloot ze, en haalde haar schouders op, 'wanneer het moment daar is om het te eten, zal hij er wel blij mee zijn. Ik ben nog geen man tegengekomen die niet door de knieën gaat voor mijn kookkunsten.' Ze knielde naast Rachel en legde haar hand op haar arm. 'O, liefje, je ziet er allerbelabberdst uit. Het laatste wat ik van je weet, is dat je ze daar goed voor gek hebt gezet, daar in Chicago, en dat je die gemene babyhandelaren op de vlucht hebt gejaagd.'

Ondanks haar ellende moest Rachel glimlachen. Carole was als een onverwacht straaltje zonneschijn. 'Zoals jij het zegt, klinkt het veel leuker dan het in werkelijkheid was. Het was een stelletje engerds, Carole. Ik kan gewoon niet geloven dat ik mijn lichaam ooit aan hen heb toevertrouwd en was er zo van ondersteboven dat ik erna niet kon slapen. Ik ben de straat opgegaan om een eindje te lopen, en daar ben ik me wild geschrokken. Ik ben opgepikt door een agent die me een preek heeft gegeven en me terug heeft gebracht naar mijn hotel.'

'Dat meen je niet!' riep Carole uit. 'O, ja, je meent het wel, hè? Maar er is je niets ernstigs overkomen? Je bent niet aangevallen, of zo?' Rachel schudde het hoofd. 'En wat is er nu aan de hand?'

'Stephen wordt geacht over enkele minuten het geld af te leveren. Daarna bellen ze ons op en zeggen ze waar David is.'

Carole pakte haar hand en drukte hem. 'Arme stakker. Het wachten is het ergste, hè?' Rachel knikte. 'Heb je iets gegeten? Nee, natuurlijk niet. Ik weet toch hoe je bent. Blijf zitten en ik maak een kopje thee voor je en een broodje.' Ze gaf een klopje op Rachels dij en zag haar ineenkrimpen. 'Er is nog iets, iets dat je me niet verteld hebt, klopt dat?'

'Honderden dingen. Maar thee lijkt me heerlijk.' Rachel gaf haar het theeblik aan. 'Kamille of pepermunt. Ik kan niet kiezen.'

'Maak je geen zorgen, ik ben besluitvaardig genoeg voor ons allemaal.' Ze vernauwde haar ogen en nam Rachel aandachtig op. 'Pepermunt.' Ze draaide zich om, pakte het brood en stopte twee boterhammen in de broodrooster.

John Robinson kwam haastig binnen met een koffertje in zijn hand, en Stephen kwam achter hem aan. Gallagher kwam ten slotte ook nog binnen, en ze kropen weer dicht bij elkaar terwijl Gallagher Stephen zijn instructies gaf. Carole, die haar best deed hen te negeren, bewoog zich stilletjes door de keuken en verzorgde de thee en het brood.

Rachel, die zich buitengesloten en genegeerd voelde, zakte een eindje onderuit en had bezorgde, verwarde en geïrriteerde gedachten. Haar belangrijkste gedachte was, hoewel ze zich ervoor schaamde dat ze dat dacht, dat dit bedrog zou blijken te zijn en ze David hier niet mee terugkregen. Toen het groepje uit elkaar viel en Stephen met het koffertje naar de deur liep, pakte ze Gallagher bij de arm. 'Kan ik iets doen?'

'Blijf hier en neem de telefoon op. Crimmins blijft hier bij je.' Hij wees op de zwijgzame agent in de hoek, een man die zo onopvallend was dat Rachel hem bijna vergeten was.

'Ja, hoor, meneertje,' zei Carole tegen Gallaghers vertrekkende rug, 'wij vrouwtjes blijven wel thuis om voor het eten te zorgen. Wij zijn allang blij dat we geen gevaarlijke dingen hoeven te doen, zoals het redden van onze eigen kinderen...' De deur viel achter hen dicht en ze sprak tegen de lucht.

'Over moeders en kinderen gesproken, Rachel, ik heb gisteren een ongelooflijk verhaal gehoord. Van een moeder die was gaan wandelen met haar zoon en haar zoon werd door een vos gebeten. En weet je wat die vrouw heeft gedaan? Ze is die vos achternagegaan, heeft hem gevangen en zijn nek omgedraaid, zodat ze konden nagaan of het dier hondsdol was. Kun je je zoiets voorstellen? Ik bedoel, ik zie mijzelf nog wel een paar danspasjes achteruit doen, bij dat dier vandaan, en op een zangerig toontje "maak dat je weg komt vosje" zeggen, maar hem vangen en wurgen?'

'Ja, ik kan me dat heel goed voorstellen, Carole. Wanneer je kind gevaar loopt, is alles opeens anders. In deze afgelopen weken... je hebt er geen idee van hoe vaak ik me heb voorgesteld dat ik Davids ontvoerders te pakken kreeg en te lijf ben gegaan...'

'Ja, je hebt gelijk. Ik heb me meer dan eens voorgesteld wat ik zou doen als iemand mijn kinderen zou lastigvallen, en mijn kinderen zijn veilig thuis... O, zeg dat ik mijn mond moet houden, wil je? Hoe kun je tegen zo'n onstuitbare kletskous als ik om je heen? Ik ben even ongevoelig als... als... Stephen.'

'Omdat ik van je hou,' zei Rachel. 'Omdat ik altijd mag uithuilen op je schouder, omdat je altijd bereid bent naar mijn problemen te luisteren en omdat je me aan het lachen maakt. Omdat jij me niet behandelt als een labiele, geestelijk gestoorde met wie je heel voorzichtig moet omgaan.' Ze spreidde haar armen en sloot Carole erin, en ze wiegden in elkaars armen terwijl ze de stilzwijgende Crimmins volledig vergeten waren. Het belletje van de broodrooster ging.

'Wil je boter op je toast?'

'Ik weet niet. Ik weet niet wat ik wil. Ik weet niet wat ik moet doen.'

'Ik doe er wel boter op. Geroosterd volkorenbrood zonder boter is als zemelen rechtstreeks uit het pak. Of hooi. Ik heb altijd gedacht dat het eten van hooi net zoiets moet zijn als het eten van zemelen.'

'Ik heb me nooit afgevraagd hoe het is om hooi te eten.'

'Jee, en ik dacht nog wel altijd dat jij degene was met die creatieve fantasie.' Carole pakte het bord en kwam naar haar toe. 'O, liefje, je zou jezelf eens moeten zien. En nu huil je weer. Let maar niet op mij, je weet hoe ik raaskal. Ik ben even tactvol als een pitbull. Ik snap best dat al dit wachten en niets kunnen doen je stapelgek maakt. Wil je erover praten? Soms helpt het als je erover praat.'

'Dr. Barker heeft vanmorgen gebeld. Ik ben HIV-negatief en zwanger.'

'O, verdomme!' Het bord viel uit Carole's handen en eindigde in een hoopje scherven en kruimels. 'Dubbel verdomme! Stephen is toch gesteriliseerd, niet? En je bent niet met een ander naar bed geweest?'

Rachel schudde het hoofd. 'Nee. Het grootste gedeelte van de tijd voel ik me zo apathisch dat ik helemaal geen zin heb in seks, laat staan dat ik erop uit zou willen gaan om een vreemde kerel te versieren...'

'Doorgaans zijn het geen vreemde kerels,' merkte Carole op, voordat ze haar woorden had kunnen inslikken.

'Ik heb... eh... dit klinkt zo bot... getracht aan zijn behoefte te voldoen... niet erg succesvol, denk ik, maar ik heb het geprobeerd...'

'Dus als het niet van Stephen is...' begon Carole.

'Dan is er sprake van een onbevlekte ontvangenis,' besloot Rachel met een hysterisch lachje.

'Wel heb je ooit,' zei Carole. Ze zette haar handen in haar zij en bekeek de troep die ze had gemaakt. 'Het zal niet gemakkelijk zijn om Forest Valley ervan te overtuigen dat ze hun eigen onbevlekte ontvangenis hebben. Zodra ik de troep hier heb opgeruimd, vlieg ik naar huis om een aureool voor je te halen. Eentje van mij zal je wel passen.'

Rachel lachte door haar tranen heen, pakte een tissue en snoot haar neus. 'Ik moet zeggen... als de hel losbreekt, is het maar wat fijn om jou in de buurt te hebben.'

'Wis en waarachtig,' zei Carole. 'Ik ben zelfs zo geweldig dat ik het voor elkaar krijg om, met een beetje hulp, een paar boterhammetjes te roosteren.' Ze zette haar woorden kracht bij door twee nieuwe sneetjes brood in de broodrooster te doen.

'Wat moet ik doen?'

'Je thee drinken.'

'Met de baby? Stephen wil vast dat ik het weg laat halen. Hij zal wel niet eens willen geloven dat het van hem is.'

'En hoe denk jij over een abortus?'

'Ik spring nog liever voor de trein.'

'Dan nog een ziek kind te krijgen?'

'O, Carole... ik weet niet. Ik weet niet of ik dat allemaal nog een keer kan doorstaan, maar...' Ze sloeg haar armen strak om zich heen alsof ze anders uit elkaar zou kunnen vallen. 'Er is altijd een kans dat dit kind gezond is...'

'Drink je thee,' herhaalde Carole, terwijl ze de mok naar haar toe schoof. 'Morgen heb je nog tijd genoeg om je hier zorgen over te maken.'

Hoofdstuk 24

Goed, hij was een rotzak, dacht Stephen. En wat dan nog? Hoe moest hij dan reageren midden in een crisis, terwijl een macho-cowboy zijn badkamer binnenvloog en zijn vrouw uitkleedde? Moet hij met zijn handjes wapperen en de man uitbundig bedanken? Het was al moeilijk genoeg om nog iets van zelfrespect over te houden wanneer je nooit alleen was, wanneer er voortdurend iemand meekeek over je schouder, hem voortdurend vertelde wat hij moest doen en achteraf overal kritiek op had. Ze meenden precies te kunnen zeggen wat hij dacht of voelde, en dat terwijl ze hem verdomme nog aan toe niet eens kenden. En wat had Rachel gedaan? Niets. Helemaal niets. Ze had niet geprotesteerd toen Gallagher haar broek uittrok en haar in bad had gestopt.

Geen wonder dat hij zo vaak het gevoel had dat ze een oppasser nodig had, maar als ze gewoon haar verstand een beetje gebruikte en wat beter zou uitkijken, zou ze best op eigen benen kunnen staan. Niet dat hij op dit moment tijd had om zich zorgen te maken over Rachels bespottelijke gedrag. Hij had belangrijker dingen te doen. Het állerbelangrijkste – David terug krijgen.

Hij voelde een straaltje zweet langs zijn rug lopen. Gemeen zweet, zweet van de zenuwen. Hoewel hij het grootste gedeelte van de afgelopen twaalf uur had doorgebracht in het gezelschap van deskundigen wist hij werkelijk niet wat hem te wachten stond. Hij kon het niet uitstaan dat hij niet wist wat hem boven het hoofd hing; hij was zijn leven lang bezig geweest om te proberen dit soort onzekerheden te voorkomen. De goede raad die Robinson hem had meegegeven, was niet meer en niet minder dan: 'Probeer het geld niet te verliezen'. Wat hij van Gallagher, die in deze situatie zijn coach had moeten zijn, aan goede raad had meegekregen, was nog veel onzinniger. Gallagher had alleen maar gezegd dat hij de aanwijzingen van de ontvoerders stipt moest opvolgen, dat hij ter plekke onderdanig, kalm en coöperatief moest zijn en vooral niet moest proberen de grote held uit te hangen. O, en dat hij zijn mond moest houden. Dat had de grootste idioot hem wel kunnen vertellen!

Hij was niet achterlijk. Hij had zijn kinderlijke vertrouwen in deskundigen allang opgegeven, maar dat nam niet weg dat hij er toch van uitging dat iemand wist waar hij mee bezig was, hoewel hij zich dat bij deze mensen toch ernstig afvroeg. Maar hoe konden ze hem een betere raad geven? Het was niet zo dat er in Forest Valley regelmatig kinderen ontvoerd werden. Dat nam niet weg dat met name Gallagher hem op de zenuwen ging werken, en niet omdat het overduidelijk was dat hij meer dan een zwak voor Rachel had – iets dat Rachel nog niet eens zou merken als hij zijn gulp opendeed en zijn lul voor haar neus heen en weer zwaaide. Gallagher had hem vanaf het eerste begin behandeld als een verdachte, en zelfs toen die houding langzaam maar zeker verdwenen was, was daar niets van respect voor in de plaats gekomen. Hij had het gevoel dat Gallagher hem met opzet niet goed had voorbereid omdat Gallagher niet wilde dat hij in zijn opdracht zou slagen.

Goed, goed, hij stond er dus in zijn eentje voor. Hoe moest hij dit aanpakken? Hij probeerde zich te herinneren wat hij geleerd had in de zelfverdedigingscursus die hij een paar jaar tevoren had gevolgd. Hoewel gevolgd, dat was een groot woord. Hij was erheen gegaan omdat hij wilde dat Rachel die cursus zou doen. Hij herinnerde zich iets van hoe je uit een houdgreep moest komen, dat je maar drie seconden had om te reageren en vooral niet te lang en niet te uitdagend oogcontact moest maken. Maar dat was het zo ongeveer, en van wat hij van Gallagher had begrepen, hoewel het niet ondenkbaar was dat hij het niet zo bedoeld had – Gallagher was niet bepaald welbespraakt – was dat hij vooral moest proberen zo min mogelijk op te vallen en moest nalaten de ander op wat voor manier dan ook uit te dagen. Alsof hij dat van plan was. Het enige dat hij wilde, was David.

Toen hij langs het bord waar ze Davids schoen hadden gevonden de snelweg opreed, schoot hem nog iets anders te binnen. Stel dat het allemaal nep was en dat ze hem, een eenzame man met een smak geld op zak, in het bos wilden vermoorden om er dan met het geld vandoor te gaan? Daar had Gallagher het niet over gehad, en hij had ook niet verteld hoe hij kon zien of de mensen die zich in de buurt van het wegrestaurant ophielden van de politie waren of hoe hij duidelijk moest maken wanneer hij hulp nodig had. Hij kon niet anders dan op hen vertrouwen en hopen dat ze wisten waar ze mee bezig waren. Iets dat Stephen zelfs onder de beste omstandigheden niet gemakkelijk vond, omdat hij iemand was die de touwtjes graag zelf in handen had. En nu was dat nog moeilijker, met agenten in wie hij geen vertrouwen had en met alles wat er op het spel stond. Zijn eigen veiligheid interesseerde hem niet zo; het enige waar hij zich echt zorgen over maakte, was dat het allemaal mis zou kunnen lopen en ze geen stap dichter bij Davids bevrijding zouden komen.

Hij voegde zich tussen het verkeer en keek op de kilometerteller. Maar zes kilometer. Zes kilometer. Een paar minuten. En dan zou hij alles gedaan hebben wat er in zijn vermogen lag. Hij hield zijn blik op de weg gericht, maar in gedachten was hij bij David. Hij dacht aan David toen hij geboren was, een baby met een bol gezichtje en grappige, ronde en verbaasd kijkende oogjes. Jonah was een tere, veel intensere baby geweest, een beweeglijke massa van armpjes en beentjes en voortdurend alerte en om zich heen kijkende oogjes, terwijl David alles best vond. Hij kon als een tevreden hoopje mens op Stephens borst liggen en daar in slaap vallen.

Vreemd genoeg had Stephen, ondanks al zijn verzet in het begin, toen hij David eenmaal in zijn armen had gehouden onmiddellijk een heel hechte band met zijn zoon gevoeld. Toen Jonah geboren was, was Stephen aanvankelijk bang voor hem geweest – hij had de zorg voor zo'n breekbaar wezentje te overweldigend gevonden – en hij had de zorg voor de baby maar al te graag aan Rachel overgelaten. Hij had ontzag gehad voor de vanzelfsprekendheid waarmee ze die verantwoordelijkheid op zich had genomen. Toen Jonah's ziekte zich geopenbaard had, was het nog veel moeilijker geweest. Zijn onzekerheid ten aanzien van het aanraken van een zuigeling was verdrievoudigd toen die zuigeling op een wirwar van slangetjes en naalden was aangesloten. De hoeveelheid slangetjes en apparaten leek met de dag te groeien, terwijl Jonah met de dag steeds kleiner werd.

Verdomme, hij wilde hier niet aan denken. Dit was niet het moment om aan zijn falen te denken, om stil te staan bij het feit dat hij niet in staat was geweest zijn stervende zoon aan te raken. Hij wilde niet denken aan de weerzin die hij had gevoeld toen de baby langzaam maar zeker verschrompeld en uiteindelijk gestorven was en daarbij met die griezelig wijze ogen de wereld in had gekeken. Tot lang na Jonah's dood had Stephen voortdurend aan dat lijdende babygezichtje moeten denken en was hij achtervolgd door zijn schuldgevoel over het feit dat hij zelfs niet had geprobeerd het lijden van zijn kind te verzachten. Hij had het hoofd geschud, tegen de verpleegster gezegd dat hij het niet kon aanzien, en had zich omgedraaid. Zelfs nu nog kon hij die starende ogen zien die hem nakeken, en hij schaamde zich nog steeds.

En al die tijd was Rachel een rots in de branding geweest, en hij had zich verbaasd over die verbazingwekkende hoeveelheid geduld, energie en liefde die ze voor Jonah had opgebracht. Hij had haar niet één keer horen klagen of zuchten, of zelfs maar iets van spijt of zelfmedelijden bij haar bespeurd. Ze was als een natuurlijke bron van warmte en liefde geweest die, naargelang de behoefte, was blijven stromen. Ze had hem in haar armen gehouden, had hem liefdevol verzorgd en naar hem geglimlacht tot op het allerlaatste moment, tot hij in haar armen gestorven was. En ze had hem nooit verweten dat hij in gebreke was gebleven of op wat voor manier dan ook gefaald had. Hij had zichzelf eindeloze verwijten gemaakt en zich verdedigd tegen wat zij hem had moeten verwijten. Over wat hij had moeten voelen. Hij was nooit in staat geweest er met haar over te praten.

Met David was het anders geweest. Van begin af aan had hij, misschien omdat hij onbewust besloten had David tot zijn zoon te maken, erop gestaan om zijn aandeel op zich te nemen. Rachel was aanvankelijk verbaasd geweest, een beetje jaloers ook wel, dacht hij, en er was een soort van touwtrekken tussen hen geweest, maar toen had ze uiteindelijk een zucht van verlichting geslaakt en hem zo veel beslag op David laten leggen als hij maar wilde. En hij had alles willen meemaken. Hij had die eerste stapjes willen zien, die eerste woordjes willen horen, had getuige willen zijn van al die 'eerste keren' die maar al te vaak het voorrecht van de moeders zijn. Hij was erbij geweest van het eerste tandje tot het eerste veroverde honk.

Zijn eerste honk. Hij had zich in opperste spanning afgevraagd of David de kans zou zien, of hij het erop zou durven wagen. David was zo'n onvoorspelbare combinatie van moed en verlegenheid, van actie en aarzeling. Toen hij zijn zoon ervandoor had zien gaan, had hij zich tot aan de laatste seconde ver naar voren gebogen alsof hij hem daarmee op de een of andere manier had kunnen helpen. Toen David het honk bereikt had en op die verlegen, triomfantelijke manier naar hem geglimlacht had, had Stephen een intense golf van liefde en trots gevoeld die hem doodsbang had gemaakt. Hij had nooit gedacht dat hij zoveel van een ander mens zou kunnen houden.

Gedurende de afgelopen vier weken had hij in zijn achterhoofd voortdurend die enorme angst gevoeld dat David dood was – dat hij van begin af aan al dood was. Het was een logische gedachte, een gedachte die gebaseerd was op ervaring – het was wat doorgaans het lot was van jongetjes van Davids leeftijd die ontvoerd werden. Maar hij wilde zich zo wanhopig graag vergissen dat hij, toen Rachel weer eens gezegd had dat ze David voelde en zijn stem had gehoord, daar troost uit had geput. Niet dat hij iets gezegd had om haar aan te moedigen of te steunen – het laatste wat hij wilde, was een vrouw die in het bovennatuurlijke geloofde en Rachel was op zich al vreemd genoeg – maar hij had er juist voldoende geloof aan gehecht om er hoop uit te kunnen putten. Er stonden hem nog zo veel 'eerste keren' te wachten. Davids telefoontje was als water in de woestijn geweest.

Op het aankomende grote, groene bord stond dat het nog één kilometer naar het eerstkomende wegrestaurant was. Stephen bracht zijn gedachten terug naar het heden en ging op de rechter rijstrook rijden. Achter hem deed een oud, wit gedeukt busje dat ook. De politie, vroeg hij zich af, of was het de ontvoerder? Waarschijnlijk zomaar iemand die moest plassen.

Hij stuurde de Lexus in een parkeerplaats, stapte uit en trok zijn plakkerige overhemd van zijn rug. Zelfs op de rechtbank had hij nog nooit zo gezweet. Het overhemd was doorweekt en hij kon zijn eigen zweet ruiken. Op hetzelfde moment moest hij aan David denken die hem omhelsde, zich meteen weer van hem losmaakte en, een reclamespotje nabootsend, vroeg: 'O, pap, ben je vanmorgen vergeten je deodorant te gebruiken?' Ja, jongen, dacht hij, dat ben ik. Het enige waar ik vanmorgen aan dacht, was jij.

Op een waarschijnlijk overdreven langzame manier om niet al te gretig te lijken, liep hij over de grasstrook. Hij probeerde niet met zijn koffertje te zwaaien, probeerde er niet uit te zien alsof hij het ook vreemd vond dat iemand heel vastberaden met een koffertje in zijn hand het bos in liep. Hij passeerde de drukke wc's met hun scherpe lucht van ontsmettingsmiddel en keek of hij het pad zag.

De opbeller had gelijk gehad; het was moeilijk over het hoofd te zien – een uitgesleten zandpad dat het bos in liep. Je zet gewoon je ene voet voor de andere, hield hij zich voor. Kijk normaal ontspannen om je heen, net alsof er helemaal niets aan de hand is. En zwaai verdomme niet zo met je koffertje. En trek je neus niet op omdat het in het bos erger naar pies en stront ruikt dan bij de wc's. Hij stapte in iets glibberigs, bleef staan en leunde tegen een boom om het van zijn schoen te schrapen.

'O, jeetje! Heb je ergens in getrapt?' Niet de stem van de telefoon. Stephen draaide zich langzaam om. Een sjofele tiener met een donker, vettig staartje en een zwart T-shirt waarop de meest schunnige uitspraken stonden, keek hem vanachter een boom grijnzend aan. 'Ik weet zeker dat je iets voor me hebt,' zei de jongen.

Stephen reageerde niet. De ontvoerder, die zich aan de formule van een tv-film hield, had hem een wachtwoord – een zin – genoemd die uitgesproken zou worden door degene aan wie hij het geld moest overhandigen. Tot dusver had hij de woorden nog niet gehoord.

'Of misschien heb ik wel iets voor jou?' De jongen verliet zijn boom en kwam langzaam naar hem toe. Op hetzelfde moment realiseerde Stephen zich drie dingen. Ten eerste dat de jongen veel jonger was dan hij aanvankelijk gedacht had – een jaar of veertien, vijftien; ten tweede dat hij, ondanks zijn schijnbaar onverzorgde uiterlijk, een opvallend knappe jongen was; en ten derde dat hij dacht dat Stephen uit was op seks. Dit was wel het laatste waaraan hij behoefte had. Wat moest hij doen, in zijn handen klappen en zeggen: 'Vooruit, jochie, doorlopen, alsjeblieft. Zoek maar een andere pedofiel om mee te spelen?'

'Ik ben niet hier om te spelen,' zei hij onvriendelijk, toen de jongen nog wat dichterbij kwam. Ondanks zijn afkeer moest hij onbewust denken dat dit iemands kind was... een kind dat niet veel ouder was dan David.

De jongen haalde zijn schouders op en draaide zich om, waarbij zijn leren jack kraakte. 'Dan heb je pech, man,' zei hij zacht, en verdween tussen de bomen. Enkele seconden later was hij uit het zicht verdwenen.

Stephen pakte zijn koffertje op en liep verder. Links van hem, nog net zichtbaar tussen de bomen, was de snelweg. Rechts, ook nog net zichtbaar, een hek dat de snelweg van de rest van het bos scheidde. Hij vroeg zich af hoever hij zou moeten lopen. Op grond van de ervaring die hij tot dusver met ontvoerders had, zou het hem niets verbazen als hij na uren lopen nog steeds niemand was tegengekomen terwijl er thuis een ander plagend telefoontje op hem wachtte. Maar hij was hier nog maar een minuut of tien. Te kort om het nu al op te geven.

Hij liep alsof hij bezig was aan een cross country-evenement. Hij haalde diep adem, vertraagde zijn pas, probeerde er nonchalant uit te zien en niet met zijn koffertje te zwaaien. 'Hé! Zorro!' hoorde hij een stem achter zich. Hij draaide zich met een ruk om. Het was de jongen met het leren jack die zijn hand uitstak. 'Ik geloof toch dat je iets voor mij hebt.' Stephen had hem niet eens horen aankomen.

'Maak jij soms ook deel uit van deze misselijke samenzwering?' Hij had het niet willen zeggen – het floepte er vanzelf uit.

De jongen staarde hem met een nietszeggend gezicht aan. 'Een man heeft me vijftig dollar gegeven om iets op te halen.' Zijn blik gleed omlaag naar het koffertje. 'Dat zou het wel eens kunnen zijn.' Opnieuw stak hij zijn hand uit. 'Dus, hier met de handel, Zorro. Er zitten mensen op te wachten.'

'Mensen?' vroeg Stephen.

'Schiet op, wil je?' drong de jongen aan. Hij was niet langer geïnteresseerd in flirten.

'Wacht even. Wat gebeurt er hierna?' vroeg Stephen.

De jongen liet zijn glanzende, van dikke wimpers voorziene ogen van top tot teen over zijn gestalte gaan, en toen draaide hij op een nadrukkelijke, uitnodigende manier met zijn heupen. 'O, ik ben alleen de boodschappenjongen maar,' zei hij. 'Ga naar huis en wacht op een telefoontje.'

'Mijn zoon,' zei Stephen, verschrikkelijk zijn best doend om zijn stem zo neutraal mogelijk te laten klinken. 'Is alles goed met mijn zoon?'

'Ik ben alleen de boodschappenjongen maar,' herhaalde de jongen, zijn hand uitstekend naar het koffertje. 'Krijg ik dat nog van je of maak je er een spelletje van?'

'Weet je wat hierin zit?' vroeg Stephen.

'Verdomme, nee,' zei de jongen. 'En het kan me ook niet schelen. Vooruit, geef op.' Hij maakte kleine dwingende beweginkjes met zijn handen.

Stephen gooide het koffertje op. Het landde aan zijn voeten. De jongen deed een stapje naar achteren en glimlachte. 'Je bent toch niet boos, hè?'

'Als je daar niet achter wilt komen, zou ik maar maken dat je zo snel mogelijk weg komt.'

De jongen nam het koffertje in één hand, en met zijn andere hand maakte hij een sierlijk wuivend gebaar. 'O, je bent zo schattig als je boos bent.'

198

Hij grijnsde opnieuw en liep achterwaarts het bos in. 'En probeer me niet te volgen, want dat kun je dat telefoontje wel vergeten.'

Het maakte niet uit, wist Stephen. Hij hoefde de jongen niet te volgen. Er zat een klein zendertje in het koffertje. Zolang het geld in het koffertje zat, zou de politie weten waar het was. Hij draaide zich om en liep terug naar de auto. Hij beefde van de weggeëbde angst en de moeite die het hem had gekost om zijn zelfbeheersing te bewaren en het joch niet in elkaar te slaan. God! Stel je voor dat er van je kind... zoiets werd! Nu kon hij niets anders doen dan wachten, en wachten was niet iets waar hij uitgesproken goed in was.

Toen hij in zijn auto was gestapt, boog er zich iemand uit het raampje van het roestige busje naast hem. 'Hé maat, heb je een vuurtje voor me? Mijn aansteker doet het niet.'

Stephen knikte. 'Ik heb een aansteker.' Hij drukte hem in toen de man, met zijn sigaret tussen de lippen, naar hem toe kwam. Toen het vlammetje omhoogschoot, hield hij hem uit het raampje.

'Cobbs, politie,' zei de man, terwijl hij de aansteker aannam. 'Hoe is het daar gegaan?'

'Sjofel uitziende tiener. Zwart haar in een staartje. Leren jack. Kende het wachtwoord. Zei dat ze hem vijftig dollar hadden gegeven om iets op te halen.'

Cobbs knikte. 'Wij nemen het verder over. Nu maar hopen dat hij ons naar de anderen zal leiden. Ga jij nu maar naar huis en wacht op het telefoontje.'

Stephen knikte en startte de motor met bevende handen. Het voelde allemaal zo onbevredigend aan, als het verlangen naar een heerlijk maal, en het enige dat je krijgt is een droge boterham en een kopje bouillon. Als verdoofd reed hij de snelweg weer op, nam de eerste afrit en reed binnendoor terug naar huis, terwijl hij voortdurend aan David moest denken. Als dit niet snel voorbij was, zou hij exploderen.

Hij was zo opgewonden geweest de vorige avond, hij had het gevoel gehad dat er eindelijk iets gebeurde. Hij had verwacht dat zich een stroom van drukte zou ontwikkelen waarin hij werd meegezogen tot ze uiteindelijk tot een overeenkomst kwamen en ze David terug zouden krijgen. Maar zo was het helemaal niet gelopen. Het was vooral een kwestie van wachten geweest. Eindeloos, uitputtend wachten. Wachten en hopen en niet weten wat er in feite gaande was. Het gevoel hebben dat je absoluut nergens greep op hebt. Wanneer hij weer thuis was, zou hij Robinson vragen hoe hij dat deed, hoe hij die lange tijden van afwachten en stilte doorkwam. Stephen wist niet hoelang hij nog kon doorgaan met zich een tijdbom te voelen.

In de keuken trof hij Rachel, Carole en de man aan die Gallagher Crimmins had genoemd. Rachels ogen schoten naar zijn gezicht toen hij binnenkwam, en ze bleef hem strak en vragend aankijken. Hij zag dat ze iets ruimvallends van zachte stof had aangetrokken. Haar haren moesten worden gewassen en ze had niets aan haar voeten. Hij haalde geïrriteerd zijn schouders op. 'Niet veel te melden,' zei hij. 'In het bos was een joch en ik heb het koffertje aan hem gegeven. Hij zei dat ik naar huis moest gaan en dat ik opgebeld zou worden. Er is zeker nog niet gebeld?'

De teleurstelling in haar ogen was even voelbaar als een klap. 'Dus dan heeft hij je niet verteld waar we...'

'Nee, verdomme, dat heeft hij niet,' schreeuwde hij, zonder het te willen. 'Het enige dat hij gezegd heeft, was dat ik naar huis moest gaan en op een telefoontje moest wachten. Ik ben doodziek van al dat wachten.' Hij liep naar de kelderdeur en trok hem open. 'Ik ben beneden. Als er iets is, roep me dan.'

'Stephen... er is iets... ik moet met je praten...' zei Rachel.

Zijn hoop vlamde op. 'Over David?' Ze schudde het hoofd. 'Dan kan het wachten!' riep hij. Hij haastte zich de keuken uit en sloeg de deur hard achter zich dicht.

Rachel zag de meelevende blik in Caroles ogen. 'Het geeft niet,' fluisterde ze. 'Ik heb een waardeloos gevoel voor timing. Hij heeft een heleboel aan zijn hoofd.'

Er klonk luide muziek uit de kelder en de vloer trilde van het dreunende ritme van de trommels. 'Ik geloof dat de inboorlingen onrustig zijn,' zei Carole, en ze maakte een paar danspasjes door de keuken.

'Laat hem maar,' zei Rachel. 'Hij probeert alleen maar niet uit elkaar te knallen.'

'En hoe staat het met jou? Het maakt zeker niet uit hoe jij je hieronder voelt?'

'Het is niet dat het niet uitmaakt. We hebben gewoon een ander soort relatie... we zijn alle twee erg onafhankelijk... we hebben...' Haar stem beefde en brak. Ze slikte en vervolgde: '... elk zo onze eigen manier om de dingen te verwerken...'

'Als je dit verwerken noemt...'

De deur vloog open en Gallagher kwam de keuken binnengevlogen. 'We zijn hem kwijtgeraakt, de gore kleine schoft! Hij heeft het geld in zijn zak gestopt, is de snelweg opgereden en was weg voor we het goed en wel in de gaten hadden.'

'Weg? Hoe bedoel je, weg?' riep Rachel uit. 'En hoe staat het met het huis? Het huis waar de Suttons wonen? Heb je daar gekeken?'

De kelderdeur zwaaide open en Stephen kwam, bezweet en met een rood hoofd, de keuken in. 'Nou? Wat? Hebben jullie hem?'

Gallagher schudde het hoofd. 'We zijn hem kwijtgeraakt.'

Robinson, die achter hem was binnengekomen, kreunde. 'Jullie zijn mijn geld kwijt?'

'Krijg de kelere met je geld,' zei Stephen. 'Wat is er met mijn zoon?'

'We zijn naar zijn huis gegaan. Zijn moeder zegt dat ze hem al zeker een week niet meer heeft gezien. Ze dacht dat hij naar Connecticut was gegaan om een vriend te bezoeken. We hebben die vriend gebeld, maar hij heeft Sutton al bijna een maand niet meer gezien.' Gallagher spreidde zijn handen in een hulpeloos gebaar. 'We blijven zoeken.'

Maar Stephen was nog niet klaar. 'Hoe bedoel je, je bent hem kwijtgeraakt?'

Gallagher haalde zijn schouders op. 'We hadden er niet op gerekend dat hij zich al zo snel van het zendertje zou ontdoen...'

'Wat spelen jullie eigenlijk voor spelletjes op het politiebureau, Gallagher? Je wilt me toch niet vertellen dat jullie geen plan achter de hand hadden voor onvoorziene gebeurtenissen, wel?'

'We hadden een man in het bos,' zei Gallagher op een defensief toontje. 'Hij heeft dat joch gevolgd toen hij naar de snelweg liep en daar werd opgepikt...'

'En waarom hebben jullie ze dan niet gearresteerd? Of gevolgd? Ik neem aan dat je het kenteken dan tenminste wel hebt.' Gallagher schudde het hoofd en zei niets. 'Wat denk je dat dit is? Zo'n soort televisieprogramma waar van alles wordt weggegeven?' Stephen kon zich niet meer beheersen. 'Het gaat hier niet om de handhaving van de openbare orde. Het gaat hier om het leven van mijn zoon...' Hij stikte bijna van woede; verdronk erin. Hij was amper nog in staat om te spreken.

Gallagher keek naar de neuzen van zijn glanzend gepoetste, stevige bruine schoenen met hun dikke rubberzolen om zijn zware stappen te dempen. 'Het was niet onze afdeling,' zei hij ten slotte. 'De staatspolitie zei dat ze het aankonden.' Hij haalde zijn schouders op. 'En dan konden ze dus niet.'

'Wat doen we nu? Wat is de volgende stap?' wilde Robinson weten.

'Daar zijn we mee bezig,' zei Gallagher langzaam.

Rachel pakte haar tas en liep naar de deur. 'Ik ga weg,' verklaarde ze. 'Carole, ga je mee?'

Stephen ging voor haar staan. 'Nu? Waar ga je naartoe?'

'Ik ga David zoeken.'

'Je zou hier thuis moeten blijven, Rachel,' zei Gallagher.

'O, laat haar toch gaan. Laat haar toch de wraakzuchtige engel spelen. Als ze weg is, hebben we tenminste geen last van haar,' zei Stephen, en hij stapte opzij.

'Stephen, dat is het niet... ik...' zei Rachel. 'Ik heb een idee...'

'Bespaar ons je ideeën alsjeblieft,' zei hij. 'En trek in ieder geval eerst een paar schoenen aan.' Hij draaide zich om en liep weg.

Hoofdstuk 25

'O, en toch geloven we dat het uiteindelijk
nog allemaal goed zal komen...'
Tennyson, 'Oh Yet We Trust'

'Rachel, wacht!' riep Carole, terwijl ze haar op een holletje achternaging en een paar schoenen oppakte dat bij de deur stond. Ze haalde haar bij de auto in, waar ze haar hand uitstak en de sleuteltjes aannam uit Rachels bevende hand en haar er in ruil de schoenen voor teruggaf. 'Ik weet niet waar je heen wilt, maar je kunt het rijden maar beter aan mij overlaten. Je bent niet in staat om...'

Rachel gaf zich over aan Caroles goede zorgen. Carole had gelijk. Ze was niet in staat om wat dan ook te doen. Ze was zó moe dat ze amper nog op haar benen kon staan. 'Ik zal je niet tegenspreken.' Ze stapte in en wachtte tot Carole achter het stuur was gaan zitten. 'We gaan naar Chilton. Naar het postkantoor.'

Caroles gezicht was één groot vraagteken, maar het enige dat ze zei was: 'Goed. Chilton. Postkantoor,' waarna ze moeiteloos achteruit de oprit af-reed.

'Hoe doe je dat?' vroeg Rachel.

'Hoe doe ik wat?

'Zo achteruit rijden?'

Carole haalde haar schouders op. 'Dat heb ik me nog nooit afgevraagd. Het gaat vanzelf. Mag ik iets vragen?'

'Natuurlijk. Waarom zou je dat niet mogen?'

'Ik wist het niet zeker, dat is alles. Je straalt vandaag een soort van broze vastberadenheid uit...'

'Broze vastberadenheid? Je wilt me toch niet vertellen dat je je hebt aan-gesloten bij de grote groep die meent dat ik uiterst bizar en niet te redden ben?'

'Ken je me dan echt zó slecht? Er zijn gewoon momenten waarop iemand zo van streek kan zijn dat hij er niet over wil praten. Ik dacht dat dit zo'n moment was.'

'We gaan naar Chilton om met de vader van Jason Sutton te praten.'

'Denk je echt dat hij daar zal zijn?'

'Waarom niet?'

'Omdat ik, als de politie op zoek was naar mijn zoon en/of mijn huis doorzocht in verband met een ontvoering, thuis zou zijn, of bij mijn advocaat, maar in ieder geval niet op mijn werk. En dan nog iets, Rach, voor we daar helemaal naartoe rijden. Denk je niet ook dat de politie hem allang gevraagd heeft wat jij hem wilt vragen?'

'Ja, waarschijnlijk wel,' gaf Rachel ontmoedigd toe. 'Maar laten we toch maar gaan. Ik houd het daarbinnen niet langer uit.'

'Dat kan ik begrijpen. De hoeveelheid testosteron is er zó overweldigend dat ik er zowat haar van op mijn borst kreeg.'

'Ik wou dat ik half jouw gevoel voor humor had,' verzuchtte Rachel.

'En ik wou dat ik jouw lengte, jouw ogen en jouw dijen had.'

'Er mankeert niets aan jouw dijen...'

'Bedankt. Je weet niet half hoezeer ik mijn best doe om ze in vorm te houden. Als ik ze hun gang liet gaan, kon ik de deur niet meer door. Het viel nog wel mee vóór ik de kinderen kreeg, maar toen was het net alsof ik midden in de nacht bezoek had gekregen van een boze fee die al dat vet op mijn dijen en heupen had geplakt. Voor als er een hongersnood mocht uitbreken, neem ik aan, dan heb ik in ieder geval wat achter de hand. Maar ik kan maar beter niet over zwangerschappen praten, hè?'

'Nee.' Ze reden in stilte door de ochtendnevel. Het was alweer een grijze dag en het zag ernaar uit dat het zou gaan regenen. De lucht was kil en klam en het frisse voorjaarsgroen werd gematigd door de nevel. 'Weet je de weg?' vroeg Rachel.

'Ja hoor. Chilton is toch waar ik de afgelopen vijf jaar naartoe heb moeten rijden om precies het juiste balletpakje en een panty voor Susans uitvoeringen te kopen? Toen ze zei dat ze niet meer naar ballet wilde, heb ik haar als een goede moeder onderhouden over doorgaan en niet opgeven en over hoe belangrijk het is een paar dingen echt goed te kunnen, en daarna heb ik mijzelf in de badkamer opgesloten en een vreugdedansje gemaakt.'

'Niemand zou er ooit echt bewust voor kiezen om moeder te zijn, niet als ze van tevoren zouden weten wat het precies betekent... behalve...' begon Rachel, die zich aanvankelijk had laten verleiden tot een normaal gesprek, totdat ze het opeens met haar eigen situatie verbond. 'Niemand...' Ze zweeg. 'Misschien kunnen we het maar beter over het weer hebben.'

'Somber,' zei Carole. 'Vochtig. Onaangenaam. Denk je dat het gaat regenen?'

'Ja.'

'Ik heb een oogje op een nieuwe regenjas bij Treasures. Hij kost maar

$250.00. Ron krijgt een beroerte als ik hem koop. Ik heb al twee uitsteken-de regenjassen. Uitstekend, zolang je niet let op het feit dat de ene zo kort is dat mijn rokken eronderuit hangen, en de andere een vlek van chocolade-melk op de mouw heeft die er niet uit gaat. De prijzen bij Treasures zijn be-lachelijk, maar deze jas is het einde. Een soort van glanzend, zilverachtig groenblauw. Helemaal glad, alleen met een capuchon en twee van die sjaal-achtige dingen die heel sierlijk over de voorkant vallen.'

'Wat weerhoud je ervan?'

'Het feit dat ik vorige maand ben thuisgekomen met een uitstekende, schitterende trui die ik bij Treasures heb gekocht, en de maand daarvoor een zwarte fluwelen broek. Die waren tenminste nog afgeprijsd. In februari gaat niemand naar een feest, dus heb ik ze voor een prik op de kop getikt. Ik was er zo mee in mijn sas dat ik de hele weg naar huis heb zitten zingen.'

'Ik wist niet dat je kon zingen.'

'Lieverd, ik had de beste stem van het hele kerkkoor. En de luidste. De dirigente hield altijd haar vinger tegen de lippen gedrukt terwijl ze me doordringend aankeek. Ik had er zo'n behoefte aan om op te scheppen met mijn stem dat het geen moment bij me opkwam dat de mensen om mij heen zich er wel eens ontmoedigd door zouden kunnen voelen.' Ze haalde uitda-gend haar schouders op. 'Dat is nog steeds zo. Mijn moeder zei altijd dat ik mijn licht niet onder de korenmaat moest zetten. Ze was ontzettend trots op me. Maar het lijkt wel alsof alle anderen altijd willen dat ik me wat inhoud. Dat ze willen dat ik me inhoud en de andere kinderen een kans geef.'

'Dit heb je me nog nooit eerder verteld,' zei Rachel.

'Zo zie je maar weer wat voor een egoïst ik ben,' zei Carole. 'Het komt door al dat denken aan jou... en ik heb veel aan je zitten denken, Rach... Ik heb geprobeerd me voor te stellen hoe dit allemaal voor je moest zijn... hoe dan ook, en als ik aan jou denk, moet ik automatisch aan mijzelf denken. Hoe de mensen altijd willen dat we anders zijn dan we in werkelijkheid zijn.'

'Ze hebben er altijd commentaar op hoe we ons gedragen, wat we aan-hebben, wat we zouden moeten voelen, wie we zijn,' zei Rachel. 'Het is grappig dat we al onze tijd hier doorbrengen, in deze villawijk, waar een stilzwijgende code geldt over hoe we ons behoren te gedragen. Misschien is het wel iets dat we onszelf opleggen, maar ik denk altijd dat de enige mannen die ik mag kennen... de enige mannen met wie ik mag praten... de echtgenoten van andere vrouwen en de leraren en trainers van mijn zoon zijn. Dat het onaanvaardbaar zou zijn als ik met een andere man sprak.'

'Dat klopt,' zei Carole. 'Kijk maar hoe Stephen zich opwindt over Gal-lagher. Alsof jij ooit geïnteresseerd zou zijn in iemand zoals hij. Alsof je niet met hart en ziel van je man en zoon houdt. Ik weet niet. Het lijkt wel alsof we nog in de jaren vijftig leven.' Carole deed de richtingaanwijzer aan en haalde de auto voor hen in. 'Zelfs mijn flegmatische Ronald heeft zo af en toe last van jaloerse buien. Vorig jaar, toen ik Tommy's honkbalcoach zover probeerde te krijgen dat hij zijn pupillen als afzonderlijke spelers ging beschouwen... ik heb alles bij elkaar misschien zes keer met die man getelefoneerd, en op een avond kwam ik thuis en liep Ron als een gek door de zitkamer heen en neer... Alles was donker, stel je voor, en hij liep te schuimbekken, en toen ik hem vroeg wat er aan de hand was... naïef als ik was... ik dacht dat het een reusachtig belastingprobleem was... zegt hij uiteindelijk dat ik de oorzaak ben, en die man. En dan ben ik ook nog zo achterlijk om te vragen welke man hij bedoelt. Hij zegt: die man met wie ik altijd aan de telefoon hang. Echt, Rach, het scheelde een haar of ik had hem midden in zijn gezicht uitgelachen. Ik bedoel, kun je je die man nog herinneren? Een klein, vierkant haantje. Hij loopt voortdurend te spugen en zijn broek op te hijsen. Het soort dat denkt dat zijn atletische cup de kroonjuwelen bevat. Ik snap nog steeds niet dat Ron heeft kunnen denken dat ik zó weinig smaak heb.'

'Je bent slecht.'

'Vind je ook niet?' Ze schoot vlak voor een man in een glanzend rode Cherokee een parkeervak in – hij stak zijn middelvinger naar haar op en Carole schakelde het pookje in de parkeerstand. 'Zag je dat, wat die vent deed? Je kunt je als vrouw echt niets meer permitteren tegenwoordig, wel? Zal ik met je meegaan?'

Rachel schudde het hoofd. 'Hij is nogal verlegen. Ik ben bang dat we, als we samen gaan, te veel voor hem zijn.'

'En niet alleen voor hem,' zei Carole, terwijl ze kalmpjes een beduimelde pocket uit haar tas haalde. '*De gebroeders Karamazov*. Ik ben er al zeven maanden in bezig en ben nog steeds niet bij de spannende gedeelten.'

Hoofdschuddend liep Rachel de stoeptreden op van het uit rode baksteen opgetrokken gebouw. Bij de balie vroeg ze zachtjes of ze misschien met meneer Sutton zou kunnen spreken, en dat leverde haar boze blikken op. Wanneer ze niet bezig waren elkaar uit te schelden, waren de beambten van het postkantoor er heel goed in elkaar te beschermen. 'Ik ben niet van de politie,' zei ze.

'Ik zal kijken of ik hem ergens zie,' zei de jongeman met tegenzin. Hij slenterde weg – de twee gouden oorbelletjes in zijn oor schitterden in het schelle neonlicht.

Achter zich hoorde Rachel een wanhopige, geïrriteerde zucht, en toen ze omkeek, zag ze hoe de vrouw die achter haar stond nijdig naar haar stond te kijken. 'Als u hier komt om persoonlijke kwesties te regelen, kunt u dat beter buiten de kantooruren doen en niet uitgerekend wanneer iedereen haast heeft.'

'Neemt u me niet kwalijk,' zei Rachel, haar recht in de ogen kijkend. 'Ik probeer alleen maar om mijn ontvoerde zoon te vinden.' Ze wees op het prikbord waarop een foto van David hing. 'Dat is hem. David. Hij wordt al vier weken vermist. Ik ben bang dat ik door mijn zorgen vergeet rekening te houden met andermans dringende zaken.' Ze keek naar het adres op het pakje dat de vrouw in haar hand hield. 'Ik neem aan dat het vinden van een ontvoerd kind niet zo belangrijk is als een retourzending aan het postorder-bedrijf.' Ze draaide zich om, en toen ze achterom over haar schouder keek, zag ze nog net hoe de vrouw zich met vuurrode wangen de deur uit haastte.

Haar moeder zou geschokt zijn, maar Rachel schaamde zich helemaal niet. Er waren steeds meer mensen die vonden dat hun eigen behoeften, verlangens of grillen belangrijker waren dan die van hun medemens. Mensen die op weg waren om ergens met een kennis wat te drinken en weigerden opzij te gaan voor ambulances en brandweerwagens omdat ze zich niet wilden laten ophouden. Het terugsturen van een bestelling was belangrijker dan het vinden van een vermist kind.

De jongeman met de oorbellen was terug. 'Als u buitenom gaat, vindt u hem achter bij de laadruimte. En ik hoop voor u dat u echt niet van de politie of van de krant bent.'

'Dat ben ik niet.' Ze ging naar de achterkant van het gebouw, waar meneer Sutton, die eruitzag alsof hij op het randje van een zenuwcrisis verkeerde, op haar wachtte. Toen hij zag wie ze was, kromp hij ineen.

'Ik weet niet waar hij is, mevrouw Stark. Dat heb ik ook al tegen de politie gezegd. Hij vertelt ons tegenwoordig niet meer waar hij naartoe gaat. Hij meldt zich alleen nog maar wanneer hij geld nodig heeft.' Hij ging op een plastic postmand zitten en nam zijn hoofd in zijn handen. 'Ik probeer hem echt niet te verbergen. Niet wanneer hij bij zoiets betrokken is als dit. U moet mij geloven.'

Rachel zette een andere mand op zijn kant en ging naast hem zitten. 'Ik geloof u, meneer Sutton. Maar omdat ook mijn zoon erbij betrokken is, moet ik doen wat ik kan. Ik weet dat de politie het u ook al heeft gevraagd, maar hebt u er een idee van waar uw zoon zou kunnen zijn?'

Hij schudde het hoofd, een klein, rond, kalend hoofd met een randje grijze krullen. Precies op het midden van zijn kruin zat een plastic pleister waarvan de huidkleur helemaal niet overeenkwam met die van de bleke huid eromheen. Toen hij opkeek, zag Rachel hoe moe en ontmoedigd hij was. Jason Sutton mocht naar haar idee dan het laatste uitschot zijn, maar hij was tegelijkertijd ook de zoon van deze man. O, wat was het leven ingewikkeld.

'Familieleden?' Hij schudde het hoofd. 'Vrienden?' Opnieuw schudde hij het hoofd. 'En hoe staat het met zomerhuisjes of vakantiehuisjes van vrienden of familie, plaatsen die hij kent en waarvan hij weet dat hij ernaartoe kan gaan?'

'Nee. Het spijt me, dit heeft de politie me ook al allemaal gevraagd...'

'Jachthutten?'

Hij wilde opnieuw het hoofd schudden, maar toen aarzelde hij. 'Ik weet niet,' zei hij. 'De neef van mijn vrouw heeft een huisje in de bergen. Ze namen Jason er wel eens mee naartoe toen hij nog klein was, om te vissen en te jagen en te kamperen. Volgens mij gaan ze er nu nooit meer naartoe, maar ik weet het niet zeker. Ik denk eigenlijk nooit aan hen. Ze zijn in de loop der jaren steeds vreemder gaan doen. Ze zijn tegenwoordig heel erg met de kerk en zo. We hebben eigenlijk geen contact meer met ze. Het werd steeds... moeizamer... misschien is hij daar wel naartoe...'

Rachel zag aan zijn gezicht dat hij hoopte dat hij zich vergiste. 'Ik weet niet. Mijn vrouw... ze zal erg boos zijn dat ik u dit heb verteld. Ze mogen dan vreemd zijn, maar het blijft familie, als u snapt wat ik bedoel.' Ze knikte. 'Moet ik dit ook aan de politie vertellen?'

Ze legde haar hand even op zijn schouder. 'Dat hoeft niet, meneer Sutton. Ik zal het ze wel vertellen. Maar u moet me nog wel zeggen hoe ik... eh... de politie er moet komen.' Ze pakte een schrift uit haar tas en schreef de aanwijzingen die hij haar gaf zorgvuldig op. Het klonk niet eenvoudig, maar meneer Sutton was heel precies, en ze twijfelde er niet aan dat de politie de jachthut zou kunnen vinden. Uiteindelijk stond ze op. De jurk schuurde langs haar verbrande dijen, maar ze negeerde de pijn. 'Dan ga ik maar gauw terug om agent Gallagher te vertellen waar hij moet zoeken.'

'Is dat die schoft met dat rode haar?' riep Sutton uit. 'Neemt u mij niet kwalijk, mevrouw, ik was mijn manieren even vergeten.'

Rachel knikte. 'Ja, hij is die schoft met het rode haar. Hij is niet iemand die echt een beroep op je goede manieren doet, wel?'

Sutton moest bijna glimlachen. Een lichtelijk trekken van zijn mondhoeken dat even snel weer weg was als het gekomen was, en waardoor hij opeens een nog treuriger indruk maakte. 'Ik weet niet of ik u wel of niet succes moet wensen, maar ik hoop dat u uw zoon terugvindt.' Met hangende schouders van de zorgen draaide hij zich om en verdween weer naar binnen.

'Naar huis,' zei Rachel, terwijl ze weer in de auto stapte. 'Ben je al bij de spannende gedeelten?'

Carole zuchtte. 'Misschien ligt het aan mij, maar ik begin zo langzamerhand steeds meer het gevoel te krijgen dat er helemaal geen spannende gedeelten in staan.'

'Volgens mij moet je het beschouwen als een organisch geheel,' zei Rachel.

'Wat betekent dat?'

'Geen idee. Maar ik heb het ooit eens iemand horen zeggen.'

'Dat terzijde. Ben je iets wijzer geworden?'

'Misschien.'

'Misschien? Wat betekent dát nu weer? Sprak hij alleen maar Urdu? Heeft hij je aangeraden een helderziende te raadplegen?'

'Hij heeft een huis genoemd waar hij misschien kan zijn. Maar veel verwacht ik er niet van. Wacht... dat klinkt niet helemaal zoals ik het bedoel. Laat maar. Ik geloof toch niet dat die Sutton David heeft. Dat heb ik nooit geloofd. Maar Stephen is er zo zeker van. En het is natuurlijk mogelijk.'

Ze sprak zó zacht dat ze amper nog te verstaan was. 'Hij is geen gemakkelijk mens om mee te leven. Hij verwacht... laat maar... wanneer ik me... down voel... doordat ik hem nooit tevreden kan stellen... dan denk ik er altijd aan hoe hij met David is. Aan wat voor een fantastische vader hij is... hoeveel hij van David houdt, en zijn geduld. Soms ben ik wel eens jaloers... gefrustreerd over het feit dat hij... niet net zo met mij kan zijn... dat hij dat niet wil. Maar ik zie, ik weet... dat hij het in zich heeft... en ik blijf hopen...' Ze verhief haar stem. 'Moet je mij nu toch horen. Ik zit maar te kletsen over mijzelf, over wat ik zou willen, al dat zelfbeklag... terwijl dit helemaal niet het moment is om medelijden met mijzelf te hebben.'

Ze zuchtte. 'Ik denk dat we deze geschiedenis tot het einde toe moeten uitspelen, maar morgen ga ik naar de stad om Davids vader te zoeken. En daar verwacht ik veel meer van.'

Carole gaf een klopje op haar hand. 'Je moet blijven hopen.'

'Dat klinkt als de titel van een lied,' zei Rachel, terwijl ze haar hand wegtrok.

'Wat is er?'

'Wat er is? Alleen dat mijn leven een grote puinhoop is en dat ik me veel vrolijker voordoe dan ik in werkelijkheid ben. In werkelijkheid sta ik op het punt van instorten. Dat is alles.'

'De werkelijkheid is één grote kelerezooi,' zei Carole, en ze sloeg haar hand voor haar mond. 'Oei. En ik maar tegen de kinderen zeggen dat ze dat woord niet mogen gebruiken, en nu zeg ik het zelf.'

'Ja,' was Rachel het met haar eens. 'De werkelijkheid is één grote kelerezooi, tot je de alternatieven bekijkt.' Ze wachtte ongeduldig terwijl Carole de auto de oprit opreed en te midden van alle willekeurig geparkeerde auto's achter de onopvallende grijze auto van Gallagher zette. Ze drukte haar schrift tegen haar borst en haastte zich naar binnen om verslag uit te brengen.

'Lieverd,' hoorde ze Carole haar achternaroepen, 'wees niet verbaasd als ze helemaal niet trots op je zijn.'

Daar zou je wel eens gelijk in kunnen hebben, dacht Rachel, toen ze de keuken binnenging en ze zich allemaal naar haar omdraaiden.

'Jezus Christus,' riep Gallagher uit. 'Waarom heeft hij mij dat niet verteld? Dat zou ons een paar uur gescheeld hebben.'

Rachel haalde een vermoeide hand over haar ogen. Die arme meneer Sutton. Ze wist hoe gevoelloos Gallagher kon zijn. Het was geen wonder dat die arme man amper rustig had kunnen nadenken toen hij aan de tand was gevoeld. 'Je maakt de mensen bang,' zei ze. 'Je snauwt ons af en ondervraagt ons en kijkt ons aan met die achterdochtige ogen van je, net zolang tot we niet meer in staat zijn om nog na te kunnen denken.' Ze zweeg. Het was zinloos om kostbare tijd met uitleggen te verdoen.

'Wat maakt het uit?' vroeg ze vermoeid. 'Je weet het nu. Ga er nu maar liever wat mee doen.'

Dat beviel Gallagher niet. 'Als jij je er niet mee zou bemoeien en ons ons werk zou laten doen...'

'Dan zouden we helemaal geen aanwijzingen hebben,' zei Stephen, terwijl hij een beschermende arm om Rachels schouders sloeg. 'Of wel?'

'Ik weet niet wat ik daarop moet zeggen...' begon Gallagher.

Stephen liet zijn arm vallen en draaide zich met een ruk naar hem toe. 'Wat zou je zeggen van "dankjewel"?'

Hoofdstuk 26

'Laat ons die dwepende kwade geesten niet langer geloven
Hun mooipraterij en dubbele tongen
Die ons keer op keer beloftes doen
Maar hun woord niet houden en onze hoop ondermijnen.'
Shakespeare, 'Macbeth'

Stephen kwam naar Rachel toe en bracht haar naar een stoel. 'Dat was goed werk, Rach,' zei hij. 'Misschien dat we nu eindelijk verder komen.' Hij streek het haar dat voor haar gezicht was gevallen naar achteren. 'Je ziet er doodmoe uit. Heb je vannacht wel geslapen?'

Ze dacht na over zijn vraag maar kon het zich niet herinneren. 'Ik geloof van niet.'

'En heb je ontbeten?'

'Carole heeft toast voor me gemaakt.'

'Heb je zin in wat anders? Wil je soep? Een broodje? Miranda heeft gisteravond iets heel behoorlijks klaargemaakt.' Was dat echt nog maar gisteravond geweest, schoot het door hem heen. Het leek wel alsof er weken verstreken waren sinds hij die boodschap op het antwoordapparaat had gehoord.

'Geen tofoe?' vroeg ze hoopvol.

'Geen tofoe. Geen vreemde granen. Wil je er wat van?' Ze knikte en hij stond op om een bord voor haar klaar te maken. Carole keek om het hoekje van de deur, stak haar hand op en vertrok.

Toen Stephen de schaal in de magnetron had gezet, draaide hij zich om en keek naar Rachel, die op de stoel zat en een kleine, kwetsbare en verloren indruk maakte. Ze leek zo machteloos en ongeorganiseerd, maar er was niemand die aan haar vastberadenheid kon tippen. Dat was een van haar eigenschappen die hij vergeten was, die onderliggende trek van onstuitbare volharding. Hij had het in haar gezien en in haar bewonderd, indertijd, toen ze nog jong waren en in New York hadden gewoond en Rachel ervoor had moeten vechten om serieus genomen te worden, maar hier, in hun saaie en voorspelbare bestaan in deze villawijk, had ze die eigenschap niet nodig gehad.

De magnetron piepte. Stephen haalde de schaal eruit, zette hem op het aanrecht en pakte bestek. 'Wil je thee?' vroeg hij. Rachel keek hem aan, verbaasd, meende hij, en ze knikte terwijl ze van de stoel op een kruk ging zitten om beter bij de hogere eetbar te kunnen.

Om hen heen waren Gallagher en zijn mannen druk bezig met overleggen en telefoneren, en het treffen van alle voorbereidingen die nodig waren om op jacht te gaan naar Jason Sutton. 'We bellen zodra we iets weten,' zei Gallagher, op weg naar de deur.

'Wacht!' Rachels uitroep was luid en dwingend genoeg om Gallagher tijdelijk tot staan te brengen.

'Wat is er nu weer?' vroeg hij, als een geïrriteerde tiener.

'Neem Stephen mee. Een van ons zou erbij moeten zijn... voor het geval... voor het geval jullie David vinden.'

Stephen wilde mee, maar hij wilde haar niet alleen laten. Dat was vreemd, want die ochtend was hij zó woedend op haar geweest, had hij haar zó graag willen straffen dat hij het heerlijk gevonden zou hebben om weg te gaan en haar alleen achter te laten, maar er was iets in hem veranderd. 'Rachel, ik kan blijven. Ik vind het niet erg...'

Ze hief haar prachtige, met tranen gevulde ogen op van een vastberaden contemplatie van het eten. 'Je moet gaan. Als hij daar is... als hij daar is... zal hij je nodig hebben, Stephen.'

'Weet je dat zeker?'

Ze glimlachte. Bibberig en aarzelend, maar het was een glimlachje. 'Dat hij je nodig zal hebben? Je bent zijn vader, Stephen, niets op de hele wereld kan hem zo geruststellen als jij.'

Hij legde zijn hand op de hare. 'Behalve jij.'

'Schiet op, Stephen, voor Gallagher nog zonder je vertrekt. Daar acht ik hem toe in staat. We werken hem toch al zo erg op de zenuwen.'

'Goed dan, Skee. Pas op het huis. Ik kom zo gauw mogelijk weer terug. Mét onze zoon!'

De dag was afschuwelijk geweest vanaf die eerste, onbevredigende ontmoeting met die verknipte jongen bij het wegrestaurant tot het moment waarop de politie de deur van de jachthut had ingetrapt, een doodsbange Jason Hutton naar buiten had gesleurd en Stephen langs hen heen naar binnen was gegaan en hun waarschuwingen om niets aan te raken in de wind had geslagen.

Hun stemmen, die hem verzochten weer naar buiten te komen en niets aan te raken, waren niet meer geweest dan achtergrondmuziek. Hij had ze buitengesloten terwijl hij overal gezocht en gekeken had, zelfs op plaatsen die onmogelijk klein waren. Een jochie van negen neemt nauwelijks plaats in beslag. Hij had de handen die getracht hadden hem tegen te houden van zich af geschud, weerstand geboden aan de armen die hem probeerden weg te trekken, en net zo lang gezocht tot er geen plekje meer over was waar hij niet gekeken had. Hij had een schop gepakt en wilde beginnen met het omspitten van de tuin toen Gallagher, door hem luid in zijn gezicht te schreeuwen, eindelijk zijn aandacht wist te trekken.

David was niet hier. Hij was hier nooit geweest. Het was gewoon bedrog geweest. Een truc. Sutton, die leed aan de gevolgen van te veel tv en te weinig discipline, had een mogelijkheid gezien om gemakkelijk aan een leuk bedrag te komen en tegelijkertijd wraak te nemen op de Starks, en die kans gegrepen. Hij had, ten overstaan van de agenten met hun keiharde gezichten en getrokken revolvers, vrijwel meteen bekend. Een bekentenis die op Stephen, die opzij van het groepje stond en onbeschrijfelijk teleurgesteld was na het vruchteloze doorzoeken van het lege huis, overkwam als de ene na de andere ondraaglijke klap.

Het lukte hem bijna om uiterlijk kalm te blijven. Sutton was bijna klaar met zijn bekentenis. Hij bleef rustig, tot op het moment waarop hij zich naar Stephen toe draaide en met zijn jengelende kinderstemmetje zei: 'Het is allemaal de schuld van die teef. Door haar ben ik mijn baan kwijtgeraakt, had ik bijna een strafblad gekregen, en toen zei mijn vader dat ik, als ik op school wilde blijven, zelf mijn eigen schoolgeld moest verdienen. Ik bedoel, het kreng heeft mijn leven verpest, en dat alleen maar omdat ik tegen haar gezegd had dat ze behoefte had aan een goeie wip!'

Toen Gallagher begon met Sutton voor de tweede keer op zijn rechten te wijzen, knapte er iets in Stephen. Hij werd overspoeld door een golf van blinde woede en vloog met uitgestrekte handen op Suttons keel af. Hij kwam zó dichtbij dat hij het zweet van de etter kon ruiken, kwam zó dichtbij dat hij de van het zweet glibberige huid tussen zijn vingers voelde, kwam zó dichtbij dat hij die nek dicht kon drukken en de angst in Suttons ongelovige ogen kon zien. Hij kwam zó dichtbij dat hij de slagader in Suttons keel voelde kloppen, dat hij de breekbaarheid van zijn luchtpijp kon voelen, de doodsangst in die strakgespannen pezen. Stephen kwam zó dichtbij dat het maar een haar had gescheeld of hij had Sutton vermoord. Hij kwam zó dichtbij dat hij de beide potige agenten die hem bij zijn armen grepen, hem van Sutton af plukten en tussen hem en Sutton in gingen staan niet dankbaar kon zijn. Hij probeerde zich los te worstelen en was vastbesloten Sutton opnieuw bij de keel te grijpen en af te maken waar hij aan begonnen was.

En gedurende die hele tijd, terwijl ze hem meesleurden door de menigte, fluisterden ze hem waarschuwende woorden en dreigementen toe, maar wel op een manier waaruit bleek dat het hen speet dat ze hem niet konden laten gaan zodat hij het joch om zeep zou kunnen helpen, op een manier waaruit bleek dat ze het ook dolgraag zelf hadden willen doen. Uiteindelijk gaf hij zich gewonnen en liet hij zich hijgend en naar lucht happend afvoeren.

Hij zat in Gallaghers auto en keek naar de menigte agenten en technici die ter plekke aan het werk was. Het leek wel een toneel. Hij zag hoe ze Sutton, net als op de televisie, in een auto stopten, compleet met de handboeien en de beschermende hand op Suttons hoofd om te voorkomen dat hij bij het instappen van de auto zijn hoofd zou stoten. De luide stemmen en de felle zwaailichten in de aflopende middag waren even afstandelijk en nietszeggend als de beelden op een televisiescherm. Hij had geloofd dat hij David zou vinden en met David thuis zou komen. Hij was er zo zeker van geweest. Hij zat weggedoken in een hoekje van de auto en voelde zich volkomen uitgehold en leeg vanbinnen. Alle hoop, geruststellingen en blijken van liefde die hij voor David had voorbereid en had meegebracht, wapperden verward als aan flarden gescheurd wasgoed in de koude wind. Hij wist werkelijk niet wat zijn volgende stap zou moeten zijn; en als hij dat wel wist, zou hij er de kracht niet voor hebben.

Voor zijn gevoel eeuwen later, toen hij enigszins hersteld was van het steeds kleiner worden van de hoop en de ondermijnende nawerking van woede, begon hij aan Rachel te denken, die thuis op het goede nieuws zat te wachten dat niet zou komen. Nee, dacht hij, Rachel verwachtte geen goed nieuws. Misschien hoopte ze er wel op – net als hij leefde elke ouder van een ontvoerd kind op hoop – maar ze verwachtte het niet. Rachel had van begin af aan gedacht dat dit bedrog was. Misschien dat ze even diep gekwetst zou zijn als hij, maar ze zou er niet zo volledig kapot van zijn als hij. Zijn armen deden pijn, en hij wist dat het niet van de spanning kwam, of van het zoeken en het graven, maar van de leegte.

Nee. Hij zou naar huis gaan en haar het nieuws vertellen. Ze zou ineenkrimpen, alsof iemand haar geslagen had, en ze zouden bij elkaar zitten en hun verdriet met elkaar delen, maar morgenochtend zou ze haar tas pakken en aankondigen dat ze naar New York ging om Davids biologische vader te zoeken. En wat zou hij dan doen? Ook daar wist hij het antwoord op. Hij zou ondertussen een lijst hebben gemaakt van dingen waar hij het met John Robinson over wilde hebben wanneer hij Robinson wat later van kantoor zou bellen.

Ja. Morgen ging hun leven weer verder. Niet hun normale leven, het leven dat ze geleid hadden vóór Davids verdwijning, maar hun nieuwe, gekrompen, pijnlijke, vragende leven. Hun achtbaan-leven – het ene moment bevonden ze zich op een hoogtepunt van hoop om even later met pijn in de buik in de diepten van wanhoop en martelende onzekerheid te storten. Hun leven waarin ze elkaar op een afstand hielden uit angst dat enig blijk van medeleven of begrip hen zou doen instorten, hen van hun taak zou afleiden, waarbinnen hun gevoelens flitsten en oplaaiden en doofden als onzeker kaarslicht, het ene moment samen brandend en dan weer opgaand in de duisternis om hen heen. Een ondoordringbare, persoonlijke duisternis waar geen enkel lichtje, hoe intens ook, doorheen kon breken.

Hij was weggegaan in de overtuiging dat hij zijn zoon mee naar huis zou brengen. Die sfeer van verwachte zege weergalmde hol door het huis toen hij en Rachel, bij wijze van uitzondering alleen, op de bank zaten en elkaar probeerden te troosten. Later, toen een deel van de woede en teleurstelling was weggezakt, toen hij over zijn allesverterende verlangen heen was om Jason Sutton aan stukken uiteen te rijten en hij thuis was gekomen en op dat ondraaglijke moment had gezien hoe Rachels stralende gezicht betrokken was, waren ze naast elkaar op de bank gaan zitten en was hij blij dat hij die eerdere momenten had waargenomen om de band met haar aan te halen, was hij blij dat hij zich haar gezicht kon herinneren zoals ze hem, vervuld van hoop en liefde, op weg had gestuurd om hun zoon te redden. Later, toen ze te midden van de bittere as van hun hoop bij elkaar zaten en zich voorbereidden op alweer een dag zonder David.

'Snap jij dat nou? Hij was gewoon verbaasd dat ik woedend was. Ik wou dat ik hem vermoord had, Rach,' zei hij. 'Ik wou dat ik mijn handen nog een minuut langer om de nek van die ellendige vuile klootzak had kunnen houden. Ik wou dat ik hem had kunnen wurgen tot zijn ogen uit hun kassen waren gesprongen.'

Ze legde een hand op zijn knie. 'Dat weet ik. Ik wou dat ik erbij was geweest. Dan zou ik je geholpen hebben.'

David voelde zich beter na een geslaagde middag bij de beek. Hij had drie forellen gevangen waarvan de man had gezegd dat ze die mee naar huis zouden nemen. De man had er vier gevangen. Schitterende, beweeglijke, zich verzettende wezens met prachtige gespikkelde patronen op hun flanken. Zijn moeder zou ze beslist hebben willen tekenen. De man had ze schoongemaakt en nu was de vrouw ze aan het bakken voor het avondeten. De man bemoeide zich doorgaans niet met hem. Wanneer hij niet bezig was met het werk in en om de boerderij, en dat was hij meestal, zat hij voor het raam en keek naar buiten. Hij moest vaak hoesten en liep een beetje schuifelend op een manier die David pijnlijk vond om naar te kijken. Hij wilde dat de man opgewekter was en wat meer met hem zou praten, want hoewel hij over het algemeen zijn mond hield, voelde David aan dat hij een goed mens was. De man maakte hem niet bang, maakte geen boze indruk. Hij leek een eenzaam mens die van jongens hield.

David was verbaasd geweest toen de man had aangeboden met hem te gaan vissen. Ze waren samen naar een plek achter de stal gegaan en hadden naar wormen gegraven, en daarna hadden ze de broodjes ingepakt die de vrouw voor hen had klaargemaakt en waren ze door het bos naar een beek gelopen. De man zei dat de beek de Pettengill Brook heette en wilde van David weten of hij al eens vaker had gevist. Dat had hij, een paar keer, maar alleen in een meer en in zee. Dit was anders. Het was heel vredig. Ze zaten in de zon op een groot rotsblok in het water, en de man wees hem hoe hij de diepere plekken moest vinden waarin de vissen zich graag verstopten, en hoe hij zijn dobber uit moest gooien om hem daar terecht te laten komen. Toen de punt van zijn hengel de eerste keer kromtrok en hij beet had gehad, was de man bijna even opgetogen geweest als hij.

Na het vissen had David, voorzover zijn pijnlijke lichaam dat toeliet, geholpen bij het werk. Hij had geholpen bij het uitmesten van de stal en bij het werk in de tuin, en daarna had hij de man geholpen bij het binnenbrengen van de koeien voor het melken. Er was een knecht, Will heette hij – een man met een slecht gebit en een gluiperige manier van doen – maar hij kwam niet altijd opdagen voor het werk. Dan mopperde de vrouw over zuiplappen op wie je niet kon rekenen, en dat je ook niets kon verwachten van mensen die uit zo'n eenvoudige familie kwamen en er geen principes op na hielden, en dan moesten de man en de vrouw het werk zelf doen.

Toen ze weer binnenkwamen na in de stal gewerkt te hebben, zei de vrouw dat hij zich moest gaan wassen voor het eten. Terwijl hij in de kleine badkamer naast de keuken bezig was zijn gezicht en handen te wassen, hoorde hij de telefoon gaan. Hij hoorde meteen aan de klank van de stem van de vrouw dat er iets mis was. Onder het eten snauwde ze hem af, zodat hij uiteindelijk geen trek meer had in de forel, hoewel de man hem heel vriendelijk probeerde te wijzen hoe hij hem moest eten zonder alle graten in zijn mond te krijgen. Ofschoon het nog pas zeven uur was, stuurde de vrouw hem meteen na het eten naar bed. Toen David die avond lag te luisteren naar de geluiden van het gesprek beneden, besloot hij om, zodra hij een kans zag, weg te lopen. Sinds het moment waarop het busje naast hem gestopt was, had hij zich niet meer zo gelukkig gevoeld, en hij begon met het maken van een plan voor zijn ontsnapping.

Hoofdstuk 27

'En dat was een nare verrassing voor hen allemaal.'
Robert Burns, 'John Barleycom'

De volgende dag was het stralend weer, hetgeen, dacht Rachel, absoluut niet bij haar stemming paste. Ze negeerde het heerlijke zonnetje terwijl ze naar Stephen zwaaide en in de trein stapte.

Het verbazingwekkendste was nog wel dat Stephen helemaal geen bezwaar had gemaakt. Toen ze voorzichtig en een tikje uitdagend had aangekondigd dat ze naar de stad wilde gaan, had hij alleen maar geknikt en gezegd: 'Ja, dat weet ik. En ik wil met John Robinson praten'. En toen had zij geknikt en gezegd dat ze dat wist. Het was allemaal zó vreemd dat ze niet wist wat ze ervan moest vinden. Hun relatie leek, zonder dat ze er ook maar met één woord over gesproken hadden, veranderd te zijn... veranderd op een manier die ze, door erover te spreken, nooit bereikt zouden kunnen hebben, en nu waren ze er gezamenlijk bij betrokken. Nou ja, bijna gezamenlijk.

Eigenlijk beschouwde ze hun huidige situatie niet zozeer als een verandering als wel als een fase, als de zoveelste mercuriale fase in hun onrustige bestaan waarin alles van het ene op het andere moment kon veranderen. Rachel had haar geheim, haar verschrikkelijke geheim, nog steeds niet met hem gedeeld. Ze sloeg haar armen over elkaar, over haar buik, waarin het leven groeide. Het lot was haar wreed gezind, was bezig een nieuw leven in haar te laten groeien terwijl een ander, dat haar zo dierbaar was, in levensgevaar verkeerde. In gedachten verbeeldde ze zich een boosaardig wezen dat haar observeerde en dacht. 'O, nou, Rachel raakt ze toch alleen maar kwijt, dus laten we haar er nog maar eentje geven'. Nog even, en dan zou ze zich bij de feiten moeten neerleggen, zou ze zich aan de onderzoeken moeten onderwerpen en vrijwel zeker gedwongen zijn een einde aan dit leven te maken. Maar nóg niet. Dit was niet het moment om het over dergelijke dingen te hebben. Dit was niet het moment om bang te zijn voor Stephens reactie.

Had ze niet het recht om zelf te beslissen? En toen vroeg ze zich af wie er eigenlijk uitmaakte wie wat besliste. Ze herinnerde zich een telefoongesprek dat ze nog niet zo lang geleden had gevoerd. Nee, een gesprek was te veel gezegd. Een telefonisch aanbod waarbij de vrouw, die haar een nieuwe, dure stofzuiger had willen verkopen, haar gevraagd had of ze toestemming had om beslissingen te nemen. Wat de vrouw bedoelde, was of Rachel geld uit mocht geven zonder toestemming van haar man, maar Rachel had het een heel ingrijpende vraag gevonden.

Afgelopen avond was niet het goede moment geweest om het aan Stephen te vertellen, en vanmorgen, toen hij haar naar de trein had gebracht, was hij stil en teruggetrokken, en diep in zijn eigen gedachten verzonken geweest. Daarna was hij, voor ze iets had kunnen zeggen, haastig doorgereden naar zijn kantoor. Naar kantoor voor een afspraak met John Robinson om te overleggen wat de volgende stap in hun campagne moest zijn, een campagne die iets te maken had met het nieuwe aandacht schenken aan het grijze busje en de ontbrekende gymp. Zij en Stephen deelden het gevoel dat er haast geboden was. Stephen hoorde David niet in zijn hoofd zoals bij haar het geval was, maar zijn band met David was intens genoeg om zich bewust te laten zijn van het gevaar.

Het geratel van de wielen had een rustgevende uitwerking op Rachel, en het duurde niet lang voor ze ontspannen zat te knikkebollen. Het was niet zo vreemd dat ze na twee slapeloze nachten doodmoe was, maar tot op het moment waarop ze langzaam wegzakte, had ze zich helemaal niet gerealiseerd dat ze bekaf was. Nou ja. Haar lichaam was toe aan een beetje rust. Ze had al haar krachten nodig voor wat haar te wachten stond, al haar krachten en al haar moed, en een wijsheid waarvan ze niet eens wist of ze die wel had. Ze ging op zoek naar Davids vader, en naar David zelf.

Rachel verliet het station. Ze voelde zich niet opgeknapt na haar dutje, integendeel, ze voelde zich vermoeider dan voorheen. Ze nam een taxi en gaf de chauffeur het adres van Davids vader. Niet dat ze echt verwachtte hem daar aan te zullen treffen. Een dokter was overdag op zijn werk. Maar ze moest erheen. Als het nodig was, zou ze daar de hele dag blijven zitten wachten tot hij thuiskwam. En misschien dat ze onder het wachten wel contact met David zou kunnen krijgen.

De taxi stopte voor het gebouw waar Peter Coffin woonde. Een saai, grijzig gebouw, met een afdak boven de stoep en een verveeld kijkende conciërge in de hal. Toen ze binnenkwam, ging de conciërge rechtop zitten en keek haar afwachtend aan.

'Coffin,' zei ze, 'Peter Coffin, is hij thuis?'

De man keek haar op een vreemde manier aan en schudde het hoofd. 'Nee, mevrouw.'

'Kunt u mij dan zeggen wanneer hij thuiskomt?'

De man slikte. 'Ik weet niet of hij wel weer thuis zal komen.'

'Is hij op reis?' vroeg Rachel. De man schudde het hoofd. 'Maar hij woont hier wel?'

Hij aarzelde. 'Het spijt me, mevrouw. Ik mag geen informatie geven over de huurders.'

'Maar ik moet hem spreken,' zei Rachel. Ze had het gevoel alsof er zich een diepe, zwarte kloof voor haar voeten opende. Ze moest Peter Coffin vinden. 'Het is dringend. Het is een noodgeval.'

De man schudde het hoofd op een manier alsof hij wilde zeggen dat haar noodgeval volkomen onbelangrijk was in de huidige omstandigheden, maar Rachel had er geen idee van wat die omstandigheden waren. Misschien zat deze man ook wel in het complot. Misschien hadden ze hem wel verteld dat er een kans was dat er iemand kwam om David te zoeken, en dat hij diegene moest zien af te schepen.

'Ik kan begrijpen dat men van u verwacht dat u de huurders beschermt,' zei ze, 'maar dit is echt ontzettend belangrijk. Ik moet hem spreken in verband met zijn kind. Zijn kind en het mijne.'

Dat gaf de doorslag. Nu keek de man haar aan alsof ze een mannetje van Mars was. Alsof ze iets volkomen absurds had gezegd. In de stilte die er tussen hen viel, denderde het angstige slaan van haar hart als een reusachtige pomp in haar oren, zó luid dat het de geluiden van de straat overstemde. Ze keek naar hem terwijl hij een paar stofjes van de mouw van zijn uniform plukte en vervolgens zenuwachtig aan zijn oorbelletjes friemelde. Ten slotte zei hij: 'Wilt u dat ik zijn flatgenoot bel?' Rachel knikte en wachtte terwijl de man opbelde, zachtjes iets in de telefoon zei, luisterde, haar aankeek en nog iets zei dat ze niet kon verstaan.

'Hij zegt dat het hem spijt,' zei de conciërge, 'maar meneer Bourget kan op het moment niemand ontvangen.'

Ze was niet van plan zich weg te laten sturen. 'Zegt u hem maar dat ik hem moet spreken; dat ik meneer Coffin moet spreken. Zegt u hem dat het dringend is. Zegt u hem dat het over meneer Coffins zoon gaat.' Ze keek en wachtte terwijl haar boodschap werd doorgegeven, keek naar het ongelovige gezicht van de man en stelde zich aan de andere kant van de lijn een minstens even ongelovig gezicht voor.

Even later hing de man op. 'Hij komt naar beneden. U kunt daar op de bank plaatsnemen en wachten.' Uit het geïrriteerde schudden van zijn hoofd bleek dat hij van mening was dat hij haar maar lastig vond.

Rachel gehoorzaamde en nam plaats op de bank. Voor haar gevoel moest ze erg lang wachten. Misschien waren de liften wel erg langzaam in dit gebouw. Misschien kwam meneer Bourget wel niet naar beneden, misschien waren ze wel van plan haar te negeren, in de hoop dat ze uiteindelijk weg zou gaan. Ze zou niet weggaan.

Uiteindelijk schoof de liftdeur open en kwam er een angstig kijkende man de hal in. Hij liep naar de conciërge en sprak met hem, waarop de conciërge op haar wees. Ze stond op en liep hem tegemoet.

De man was slank, tenger en opvallend knap. Hij was het type dat zich onder normale omstandigheden snel en energiek en met lichte pas zou voortbewegen, maar vandaag waren zijn voetstappen zwaar en slepend. Zijn donkerbruine ogen behoorden glanzend en levendig te zijn, maar er lag een doffe, lusteloze blik in en ze hadden donkere kringen. 'Ik ben Gabe,' zei hij. 'Gabriel Bourget. Peters flatgenoot. Is dit soms een macabere grap?'

Rachel verzette zich tegen haar aanvankelijke opwelling om hem te troosten – ze wist helemaal niet waarom hij getroost zou moeten worden – en probeerde sterk te zijn. 'Ik ben op zoek naar mijn zoon,' zei ze. 'Mijn zoon David. Peter Coffin is zijn vader. Ik had gehoopt hem hier te zullen vinden.'

'Wie had u gehoopt hier te zullen vinden,' vroeg hij op kille toon. 'Peter, of uw zoon?'

'Mijn zoon.'

Ze zag iets oplichten in Gabes ogen. Woede. En spot. 'Peter Coffin, dr. Peter Coffin, is homoseksueel. Hij heeft nog nooit een vriendinnetje gehad. Hij is nog nooit met jou naar bed geweest, en dat weet iedereen. Dus als ik jou was, zou ik dit macabere idee om een man die op sterven ligt geld af te willen persen maar heel gauw vergeten, want anders bel ik de politie.' Hij draaide zich om met de bewegingen van een balletdanser en begon terug te lopen naar de lift.

Rachel ging hem achterna. 'Wacht. Gabe... meneer Bourget... alstublieft, luistert u naar mij. Ik ben niet met hem naar bed geweest, ik zei alleen maar dat hij de vader is van mijn zoon. Toe. Ik wil hem alleen maar zien, wil hem alleen maar spreken. Het gaat helemaal niet om geld...' Ze trok aan zijn mouw, in de hoop dat hij zich zou willen omdraaien en haar zou willen aankijken. 'Mijn zoon wordt vermist. Ik probeer alleen mijn kind maar te vinden. Misschien dat hij een idee heeft...'

'Hij is ziek,' zei Gabe zonder zich om te draaien. 'Hij ligt op sterven. Hij heeft geen energie voor een gestoorde vrouw die op spoken jaagt. Hij heeft zelf al meer dan genoeg problemen.'

Rachel wilde het niet opgeven. Misschien dat Coffin David ergens verborgen had. Misschien had hij David wel ontvoerd en het niet aan zijn vriend verteld. Misschien hadden ze het wel met z'n tweeën gedaan en was Gabe een heel knappe acteur. De enige manier om daarachter te komen, was door zelf met Peter Coffin te praten. Nu was ze blij dat de liften zo traag waren. 'Misschien... als hij op sterven ligt... misschien vindt hij het dan wel fijn te weten dat hij een zoon heeft. Misschien wil hij wel een foto van zijn zoon zien, en wil hij over hem horen. Misschien vindt hij het wel een fijne gedachte dat er iets van hem blijft voortbestaan. Daar had u vast nog niet bij stilgestaan.' Als ze David ergens verborgen hadden, zou ze hier niets mee opschieten, maar als Coffin het alleen had gedaan en Gabe er niets van af wist, misschien dat ze Gabe er dan mee zou kunnen overhalen. Misschien dat hij het dan goed zou vinden dat ze Coffin zag. 'Toe, neemt u mij mee naar boven en laat me met hem praten.'

Hij was er niet gevoelig voor. 'Hij is niet hier,' zei hij op een manier alsof hij het niet kon uitstaan dat zijn flatgenoot niet thuis was. 'Hij ligt in het ziekenhuis, en deze onzin is wel het laatste waar hij op dit moment behoefte aan heeft. Wat hij nodig heeft, is rust en stilte en liefde. Deze onrust zal hem geen goed doen.' De liftdeur schoof open, Gabe stapte erin, bleef met zijn rug naar haar toegekeerd staan en was verdwenen.

Rachel draaide zich om en verliet het gebouw zonder zich te storen aan de conciërge, die haar nieuwsgierig nakeek. Ze was nog niet verslagen. Wat ze nodig had, was een telefoonboek en een telefoon, en toen ze die gevonden had, was ze de wereld en alle drukte om zich heen vergeten. Ze zat met het telefoonboek op haar schoot en belde de rij ziekenhuizen af, tot ze ten slotte het ziekenhuis gevonden had waarin Peter Coffin verpleegd werd. In dat opzicht had zijn flatgenoot in ieder geval niet gelogen.

Ze schreef het adres op en ging op zoek naar een taxi. Er stopte er vrijwel meteen een – een wonder, midden op een drukke dag in hartje New York. Het was nog steeds prachtig weer en de mensen op straat stonden zichzelf toe zo vrolijk en opgewekt te kijken zoals New Yorkers kónden kijken. Zelf voelde ze zich helemaal niet vrolijk en opgewekt, maar grimmig en vastberaden. Vastberaden om deze man te vinden en hem te dwingen haar te vertellen waar haar – hun – zoon was.

Het ziekenhuis rook naar chemische middelen en angst, en op de gangen wemelde het van zieke mensen. Binnen de muren van het ziekenhuis was niets terug te vinden van de heerlijke dag. Het was er even benauwd en fel verlicht als in alle ziekenhuizen. Het kon er evengoed juni als januari, 's ochtends of midden in de nacht zijn – het was er altijd hetzelfde. Rachel moest onwillekeurig terugdenken aan de tijd waarin Jonah was gestorven; de tijd waarin ze in het ziekenhuis had gewoond.

'Mijn thuis weg van thuis,' zei ze hardop voor zich heen, en de man die op dat moment langs haar heen liep, draaide zich om en keek haar na. Doe geen gekke dingen, Rachel, hield ze zichzelf voor. Probeer niet te koop te lopen met het feit dat je vreemd bent.

Ze ging naar de informatiebalie en vroeg waar Peter Coffin lag. Op de afdeling vroeg de verpleegster aan de balie of ze familie was, en Rachel aarzelde even alvorens ja te zeggen. Ze hield niet van liegen, maar bedacht toen dat het feit dat ze de moeder van zijn kind was haar, hoewel niet op de traditionele manier, in zekere zin toch familie van hem maakte. Op aanwijzingen van de verpleegster verwisselde ze haar kleren voor een steriele jas, waarna ze bij hem naar binnen mocht.

Met het gevoel dat ze aan het einde was gekomen van een lange reis, duwde ze de deur van zijn kamer open en ging naar binnen. Tegen de verre muur zag ze een man te midden van een veelheid van slangetjes en apparaten in bed liggen. Hij leek gekrompen, en de armen die lusteloos op de deken lagen, waren niet meer dan stokjes in een zak van losse, rimpelige huid vol paarse vlekken. Hij keek haar aan met Davids ogen. Ze keek naar het bed en zag Jonah sterven en David leven, en ze was niet in staat iets te zeggen. Ze kon alleen maar staan en staren, terwijl haar keel dicht zat en de tranen over haar wangen stroomden.

'Ik ken je niet,' zei hij.

'Ik ben Rachel,' zei ze. 'Ik ben op zoek naar mijn zoon.'

'Peter,' zei hij. 'En ik heb mijn moeder al heel lang geleden verloren. Hier zul je je zoon niet vinden. Ik ben de enige in deze kamer. Is je zoon patiënt?'

'Nee,' zei ze zacht.

'Kun je wat dichterbij komen? Mijn ogen zijn niet meer wat ze geweest zijn, en ik hoor ook niet meer zo goed.'

Langzaam liep ze naar de andere kant van de kamer, schoof een stoel tot naast het bed en ging zitten. 'Is je zoon patiënt?' vroeg hij opnieuw.

Ze schudde het hoofd. 'Nee. Hij is geen patiënt.'

'O, dan is hij alleen maar bij een patiënt op bezoek. Hoe oud is hij?'

'David? David is negen.'

'Hij is nog maar negen en loopt alleen door het ziekenhuis? Dat lijkt me niet zo'n goed idee...'

'Hij is niet in het ziekenhuis.'

'Ik begrijp het niet,' zei de man zacht. 'Wat doe je hier dan?'

'Ik ben op zoek naar mijn zoon.'

'Maar je zegt dat hij niet hier is.' Hij besloot met een krampachtige hoest die zijn hele lichaam deed schokken. Na afloop viel hij hijgend terug in de kussens. Hij sloot zijn ogen en was uitgeput.

Rachel keek omlaag naar haar handen. Ze wist niet wat ze moest zeggen. Dit was wel het laatste dat ze verwacht had. Ze was naar New York gekomen om Davids ontvoerder te vinden en hem te dwingen haar haar kind terug te geven, en nu zat ze naast een lieve man die op sterven lag en Davids ogen had. Wat ze wilde doen, was zijn hand in de hare nemen en hem troosten.

Toen ze opkeek had hij zijn ogen open en lag hij naar haar te kijken. 'Ben je speciaal voor mij gekomen?' Rachel knikte. 'Waarom?'

'Ik dacht dat jij hem ontvoerd had.'

'Dacht je dat ik jouw zoon ontvoerd had?'

Ze knikte. 'Maar je hebt hem niet? Je hebt David niet ontvoerd?'

Hij bewoog zijn hoofd heen en weer op het kussen, het verzwakte 'nee' van een uitgeput mens. 'Hoe kom je erbij dat ik je zoon zou hebben?'

Ze keek weer omlaag naar haar handen. 'Het is een lang verhaal...'

Hij glimlachte flauwtjes. 'Ik heb geen haast...'

'Toen we het hoorden van die besmetting met aids, dacht ik meteen dat jij het geweest moest zijn... dat jij de enige was die een reden had om hem mee te nemen. Ik dacht dat als ik jou zou kunnen vinden, ik David dan automatisch ook zou vinden. Maar nu heb ik jou gevonden, maar je hebt hem niet?' Ze zweeg en keek hem onderzoekend aan. 'Is het waar wat je zegt? Heb je hem werkelijk niet?'

Hij haalde zijn schouders op, een nauwelijks zichtbaar gebaar, beperkt door zijn verzwakte spieren en zijn gekrompen lichaam. 'Ik ben bang van niet.'

Rachel voelde hoe de wanhoop als de plooien van een zware cape om haar neerdaalde. 'Dan moet ik het opgeven.'

'Ik weet wat je bedoelt,' zei hij.

Ze reageerde niet. Ze voelde zich hopeloos en gemeen en stom. In gedachten hoorde ze Stephens stem die haar vroeg hoe ze er zo overtuigd van kon zijn, die haar zei dat ze dwaas was. En toch had ze het al die tijd zo zeker geweten. 'En Gabe heeft hem ook niet?'

Hij probeerde te glimlachen maar kon het niet. 'Een kind is wel het laatste dat Gabe zou willen hebben. Gabe is als flitsend kwik, of als een schitterende zonsondergang, maar hij kan niet zo goed omgaan met hulpeloosheid en afhankelijkheid. In voor- en tegenspoed, zolang het maar niet al te moeilijk is.'

In een opwelling legde ze haar hand op de zijne. Hij was ijskoud. Zonder erbij na te denken, pakte ze de deken van het voeteneinde van het bed en dekte hem ermee toe. 'Heb je misschien zin in een kopje thee?' Er moest een keuken in het ziekenhuis zijn.

'Ik ben vergeten hoe je heet,' zei hij.

'Rachel.'

'Rachel,' herhaalde hij. 'Je hebt me niet verteld...'

'Dat zal ik doen. Wil je thee?'

'Als je me wilt bemoederen, dan heb ik liever chocolademelk.'

Ze stond op en merkte tot haar ergernis dat haar knieën knikten. 'Ik ga ze even voor je halen.'

'Ik ben geen pedofiel, als je dat soms denkt. En Gabe ook niet.' Hij zei het op een vermoeid toontje, een toontje van overgave, alsof hij op een eerder moment in zijn leven met haar gediscussieerd zou hebben maar er zich nu niet meer druk om kon maken.

'Dat is nooit bij me opgekomen.'

'Waarom denk je dan...'

Ze keek naar het gezicht dat zo sprekend op dat van David leek, keek in Davids ogen die, net als die van David, zo oprecht nieuwsgierig waren. 'Omdat jij de enige bent die, voorzover ik weet, een reden had om hem te willen hebben.'

'Ik begrijp het niet,' zei hij. 'Ik snap niets van wat je zegt. Waarom zou ik jouw kind willen hebben?'

'Omdat je zijn vader bent,' zei ze. 'Omdat hij je zoon is. Hij is je nageslacht.'

Hij schudde het hoofd. 'Je vergist je. Je hebt de verkeerde voor je, weet je. Ik ken je niet. Ik heb je nog nooit gezien en we hebben nooit een verhouding gehad. Ik ben niet de vader van je kind...'

Terwijl ze antwoord gaf, zocht ze in haar tas naar de foto's. 'Het is waar dat we elkaar nog nooit hebben gezien, dat we geen verhouding hebben gehad. Maar toch ben je de vader van mijn kind... van mijn zoon, David.' Ze haalde Davids schoolfoto uit haar tas en gaf hem aan hem.

Hij nam de foto met een bevende hand van haar aan en bekeek hem. 'Zou je mij mijn bril kunnen geven? Hij ligt op het nachtkastje. Ik heb er altijd een verschrikkelijke hekel aan gehad. IJdelheid, hoewel het daar nu wel een beetje laat voor is, vind je ook niet?' Hij gaf haar de foto terug. 'Knappe jongen, niet?'

In plaats van hem antwoord te geven, liet ze hem nog meer foto's zien. Ze haalde ze uit haar tas als clowns uit een circusauto, tot het bed uiteindelijk bezaaid lag met Davids.

'Hoe kom je erbij dat hij mijn kind zou zijn?'

'Je was spermadonor. In een kliniek in Chicago. Een paar weken geleden kregen we een brief van de kliniek waarin stond dat je HIV-positief bent en ons allemaal moesten laten onderzoeken...'

'Ze hadden je mijn naam nooit mogen geven.'

'Dat weet ik. Dat hebben ze ook niet gedaan. Ze hebben geweigerd. Ik ben erheen gegaan. Ik heb gesmeekt en gejammerd. Ik heb een verschrikkelijke scène gemaakt... Je hebt nog nooit zo'n ongeorganiseerde bende gezien als daar. Als arts en als donor zou je ontzet zijn geweest. Het gaat ze niet om mensen, het gaat ze alleen maar om de centen. Het zou me helemaal niets verbazen als ze door zijn gegaan met het gebruiken van ongecontroleerd sperma lang nadat het officieel verplicht was het te onderzoeken...' Ze wist niet waarom ze hem dit vertelde. Het kon haar niet echt schelen.

Hij sloot zijn ogen en wendde zijn hoofd van haar af. 'Daar kan ik me op dit moment niet meer over opwinden. Ik heb gedaan wat ik kon... ik heb ze in kennis gesteld... hun gezegd dat ze het aan al hun patiënten moeten vertellen...'

'Wanneer heb je dat gedaan?' Ze wilde het hier niet over hebben. Ze wilde het over David hebben.

'Een jaar geleden. Misschien nog wel langer.'

'Waarom heb je er zo lang mee gewacht? Je moet het toch geweten hebben, je behoort tot een risicogroep... Toen je sperma gaf, moet je toch geweten hebben dat er een risico was. Binnen de homoseksuele kringen was al-

lang bekend hoe het virus wordt overgebracht, veel eerder dan er in de algemene pers over werd geschreven...' De woorden kwamen als vanzelf over
haar lippen. Ze had hem niet willen berispen; wist niet eens waar ze dit allemaal vandaan haalde.

Hij deed zijn ogen open. 'Zal ik je eens iets grappigs vertellen... iets ironisch grappigs, niet grappig in de zin van ha, ha, schuddebuiken. Ik ben niet
besmet geraakt omdat ik een flikker ben. Ik heb het gekregen omdat ik dokter ben. Ik behoor tot die zeldzame gevallen die besmet zijn geraakt door
een stom ongelukje, een prik van een naald. Ik had in die tijd niet eens een
seksleven, niet met een vrouw en niet met een man. Ik kwam in die tijd niet
verder dan het ejaculeren in een reageerbuis. Ik had het te druk met stude-
ren – wilde de beste dokter zijn die er was, want ik wilde de wereld redden.'
Hij nam een foto op en bekeek hem. 'Hij heet David, zeg je?' Ze knikte. 'En
hij is negen?'

'Hij is negen.'

'Wil je die beker chocolademelk voor me maken en me dan alles over
hem vertellen?'

Hoofdstuk 28

'Het is moeilijk om weer tot orde te komen.
De heersende verwarring is erger dan de dood,
Dubbele zorgen, dubbel verdriet...'
Tennyson, 'The Lotus-Eaters'

Een succesvolle advocatenpraktijk heeft, net als een mooie tuin, heel veel aandacht nodig. Dat wist Stephen, en hij dwong zichzelf om het nodige te doen om de boel draaiende te houden, maar hij was er met zijn hart niet bij. Jarenlang, vanaf het moment waarop hij zijn bul had gehaald en zijn eerste baan had gekregen, was de advocatuur zijn leven geweest. Maar nu leek het opeens zo onbeduidend, vergeleken bij de dingen die echt belangrijk waren. Hij moest denken aan iets wat Rachel ooit eens had gezegd – dat je, door het hebben van een kind, alles wat voorheen zo belangrijk leek in het leven maar het niet was, opeens in de juiste verhouding ging zien. Hij begon het leven dus eindelijk in de juiste verhouding te zien. Het enige dat daarvoor nodig was geweest, was het verlies van zijn enig kind.

In een hoek van zijn kamer stond een glanzende houten honkbalknuppel tegen de boekenkast geleund. Een speciale knuppel, die hij besteld had om David mee te verrassen. Hij was gisteren bezorgd, en zijn secretaresse had hem, even onnadenkend als gewoonlijk, uitgepakt en op zijn bureau gelegd, waarschijnlijk met het idee dat het een aangenaam begin van zijn dag zou zijn. Toen hij binnen was gekomen en het ding had zien liggen, had het evenveel pijn gedaan alsof hij er hard mee in zijn maag was geslagen. Hij moest blijven hopen dat hij hem weldra in Davids handen zou kunnen drukken. Hij kon de aanblik ervan niet langer verdragen, stond op en stopte hem weg in een kast.

Tegen het middaguur was hij blij dat hij zijn werk op kon ruimen voor zijn gesprek met John Robinson. Stephen had zich de vorige dag flink geërgerd aan Robinson, toen deze veel meer interesse had gehad voor zijn geld dan voor David, maar bij nader inzien had hij besloten de man te beschouwen als een simpel werktuig, een middel dat hij zou kunnen gebruiken om zijn doel te bereiken. Hij hoefde Robinson niet te mogen, hoefde hem zelfs niet te vertrouwen, hij hoefde hem alleen maar te gebruiken. Het was harteloos, berekenend en verfrissend eerlijk.

Robinson was amper gaan zitten toen Stephen met zijn eerste suggestie kwam. 'We moeten een deel van het geld gebruiken als beloning,' zei hij. Ze hadden het geld bij de arrestatie van Sutton uiteindelijk teruggekregen.

Robinson drukte zijn handen tegen elkaar, leunde naar achteren en keek Stephen aarzelend aan. 'Ik weet niet,' zei hij bedachtzaam. 'Wat zit je precies te bedenken?'

'Twee dingen,' zei Stephen kortaf. 'Óf een beloning voor iemand die de tweede schoen vindt... óf gezien heeft dat er voor David nieuwe schoenen zijn gekocht. Hij moet tenslotte met maar één schoen aan de schoenenwinkel zijn binnengekomen... of zonder schoenen, als hij de andere schoen ook heeft weggegooid. Of anders een beloning voor iemand die hem heeft gezien. Zijn foto hangt overal, dat is waar, maar er zijn heel veel mensen van wie het geheugen pas begint te werken als ze er geld mee kunnen verdienen...'

'Maar dat geheugen klopt in dat geval niet altijd...'

'Iets is beter dan niets...' bracht Stephen hem in herinnering. Vreemd dat hun rollen nu waren omgedraaid. Tijdens zijn eerste gesprek met Robinson, thuis, in zijn werkkamer, had hij het gevoel gehad dat Robinson in zijn ziel kon kijken en zijn geheimen kon doorgronden. Nu had hij het gevoel dat Robinson degene was die iets achterhield, en hij, Stephen, degene was die de ander probeerde te manipuleren. 'Hoeveel denk je dat redelijk is?'

'Gebruiken we jouw geld?' vroeg Robinson.

'Ik dacht dat je geld kreeg dat specifiek bestemd was om vermiste kinderen mee terug te vinden?'

Robinson keek hem doordringend aan. 'We hebben veel onkosten. Al die apparatuur...'

'Laten we ons geen zorgen maken over de details,' zei Stephen. 'Laten we eerst een plan maken. Jij bent de deskundige. Wat is volgens jou de beste manier om dit aan te pakken?'

Er zijn maar weinig mensen die ongevoelig zijn voor lof ten aanzien van hun deskundigheid, en Robinson was geen uitzondering. Hij begon meteen met het bedenken van een campagne waarbij zou worden uitgegaan van een jongetje dat één schoen kwijt was. Hij pakte een stuk papier, maakte er een schets op en schreef eronder: Zal dit sprookje van assepoester een gelukkige afloop krijgen? Dat hangt van u af...

'Dit moet werken,' zei Robinson. 'Misschien lukt het ons zelfs ook wel om er de aandacht van de media mee te trekken, ook al is Davids geval dan geen nieuws meer. Mij lijkt het wel wat.'

Stephen knikte. 'Het is geniaal.'

Robinson ging zo helemaal op in het idee dat hij het papier oppakte en naar de deur liep. 'Ik ga er meteen mee aan de slag. Misschien lukt het wel om er vanavond mee op het nieuws te komen.' Hij aarzelde. 'Heeft Rachel je over mevrouw Proust verteld? Norah Proust?'

'Mevrouw Proust? Nee. Wie is dat?'

'Een helderziende. Ik heb haar naar Rachel gestuurd om met haar te praten, maar het was niet het juiste moment. Ik zou willen dat ze nog eens langsging, en dat ze met elkaar spraken...'

Stephen schudde het hoofd. Het was een bespottelijk idee. 'Ik denk van niet. Ik probeer dat soort dingen niet aan te moedigen. Rachel is in emotioneel opzicht erg kwetsbaar. Ik wil niet iets doen waardoor ze...'

'Ik begrijp je aarzeling,' viel Robinson hem in de rede. 'Ik sta er zelf ook behoorlijk sceptisch tegenover. Maar soms, wanneer je nagenoeg geen uitgangspunten hebt, kan een helderziende uitkomst bieden. Helemaal met iemand die zo gevoelig is als Rachel. Het enige dat mevrouw Proust zal doen, is Rachel helpen haar te laten focussen, haar helpen om contact met David te zoeken. En wie weet, misschien lukt het ze samen wel om hem zo ver te krijgen dat hij hun vertelt waar hij is.'

'Je gelooft echt in die dingen.'

Robinson haalde zijn schouders op. 'Ik heb meegemaakt dat het werkt. Maar ik heb ook gezien dat het absoluut zonde van de tijd was. Laten we zeggen dat ik bereid ben te doen wat er gebeuren moet om het kind te vinden. En eigenlijk had ik van jou niet anders verwacht.'

Met enkele zinnen had Robinson de rollen weer weten om te draaien, en nu zat Stephen weer in het defensief; was hij weer degene die gemanipuleerd werd. 'Het zal wel geen kwaad kunnen...'

'Mooi. Dan zal ik haar bellen en vragen of ze nu meteen...'

'Rachel is niet thuis.'

'Wanneer zou ze dan kunnen? Norah is redelijk flexibel.'

'Ik weet niet.' Robinson keek hem aan op de manier die Stephen niet van hem kon uitstaan. 'Ze is naar de stad.' Robinson bleef hem zonder iets te zeggen strak aankijken, en Stephen voegde er als vanzelf en op een defensief toontje aan toe: 'Ze is naar Davids biologische vader op zoek gegaan.'

'En jij bent niet meegegaan.'

'Ik wilde hem niet leren kennen. En het levert toch niets op. Dat weet ik zeker, hoewel Rachel van het tegendeel overtuigd is.' Hij zweeg. Dit ging Robinson niets aan. 'We zitten onze tijd te verdoen. Wilde jij niet meteen aan de slag met die nieuwe poster?'

'En als Rachel gelijk heeft?'

'Dat heeft ze niet. De man is arts. Hij zal wel uitkijken om zijn carrière en zijn leven op het spel te zetten voor een kind...'

'Dat zou jij wel doen.'

'Dat is anders. Hij is mijn zoon...' Stephen zweeg toen hij de andere kant van de medaille zag. Hij wilde het hier verder niet over hebben. 'Ik moet aan het werk...' Robinson knikte, en Stephen, die zich defensief voelde, voegde eraan toe: 'En daarbij, hij kan het nooit geweten hebben van David. Ze beloven aan beide partijen dat ze anoniem gehouden zullen worden...'

'Ja,' zei Robinson, 'niemand kan erachter komen. Kijk maar hoe moeilijk het voor Rachel was om aan de gegevens te komen. Bel me wanneer ze weer thuis is, dan stuur ik Norah naar haar toe.' Hij draaide zich om en ging weg.

Stephen keek naar zijn handen en zag dat hij systematisch bezig was met het verscheuren van de memo waaraan hij een uur lang had zitten werken. Hij pakte het plakband, plakte alles weer aan elkaar en gaf hem, zonder de moeite te nemen hem nog eens door te lezen, aan Charlotte. Alles klonk hem de laatste tijd toch als louter poppenkasterij in de oren, zelfs zijn eigen woorden. Hij deed een paar routineklusjes, dingen waar hij niet bij na hoefde te denken, en draaide zijn stoel toen om, zodat hij naar buiten kon kijken. Het voorjaar barstte los zonder hem. Zonder hen.

Vóór hij een kind had gehad, zou hij nooit geloofd hebben dat het zo'n uitwerking op zijn leven zou hebben. Hij had verwacht dat het nog iets zou zijn om rekening mee te houden; hij had nooit verwacht dat David hun bestaan zo zou verlevendigen. Die ochtend heel vroeg, nog voor Rachel was opgestaan, had hij zitten luisteren naar het kraken van het oude huis en was hij zich bewust geweest van de leegte ervan. Was hij zich bewust geweest van de ongewone stilte, de ongewilde rust. Hij was naar Davids kamer gegaan, had achter zijn bureau gezeten en had, hoewel hij dat nooit aan Robinson en al helemaal niet aan Rachel zou durven vertellen, zelf geprobeerd contact met hem te zoeken. Had hij geprobeerd zijn gedachten stop te zetten en, in een ruimte vol herinneringen, getracht over een onbekende afstand heen contact te zoeken en zijn zoon te bereiken.

Het enige dat er gebeurd was, was dat hij koude voeten en kramp in zijn kuiten had gekregen. Hij vond een kaart die David en Tommy hadden gemaakt om aan te geven waar een geheime schat verborgen lag – een schat die volgens hem een blik snoepgoed was – en bij het zien van de kinderlijke tekening en Davids handschrift had hij moeten huilen. Hij had nog steeds zitten huilen toen Rachel stilletjes was binnengekomen en zijn hoofd tegen haar zachte, stevige buik had getrokken, zijn haren naar achteren had gestreken en hem, net als ze bij David zou hebben gedaan, troostende woordjes had toegefluisterd.

Ze stak haar hand in de zak van haar kamerjas en haalde er iets uit dat ze voorzichtig in zijn hand drukte. 'Kijk eens wat ik heb gevonden,' zei ze.

Hij keek naar het kleine, groenige, metalen voorwerp in zijn hand. Megrim, Davids beschermdraak. 'We zullen hem vinden, niet?' vroeg hij.

Rachel drukte haar eigen betraande gezicht tegen het zijne. 'Ja, we zullen hem vinden,' had ze gezegd. 'Ja. We zullen hem vinden.' En toen, voordat ze de kamer uit was gegaan, had ze gezegd: 'O, er is één ding dat ik nog steeds niet begrijp. Waarom zou hij zijn meegegaan met iemand die het wachtwoord niet kende?'

'Misschien is hij het wel vergeten. Hij is nog maar negen.'

Rachel schudde het hoofd. 'David is jouw zoon,' zei ze. 'Koppig als een ezel. Hij zou tot sint-juttemis hebben gewacht tot iemand het wachtwoord genoemd had.'

'Misschien hebben ze hem wel met geweld meegenomen. Misschien had hij geen keus.'

'Dat zal het zijn,' had ze gezegd, waarna ze zich klaar was gaan maken voor haar bezoek aan de stad.

Stephen zat achter zijn bureau, keek naar buiten en dacht daarover na. Kon het zijn dat iemand achter het wachtwoord was gekomen? Waren er andere dingen die ze over het hoofd hadden gezien? Dingen waar ze niet aan hadden gedacht? Mensen met wie ze niet hadden gesproken? Was er nog iemand anders, zoals Sutton, die wraak op hen wilde nemen? Hij nam aan dat alle ouders die in dit soort omstandigheden verkeerden hetzelfde deden, eindeloos alle gegevens doorlopen, eindeloos alles nagaan om te kijken of ze misschien iets over het hoofd hadden gezien, of er misschien toch nog ergens een sprankje hoop te vinden was, een aanwijzing waar ze niet eerder aan hadden gedacht. Hij draaide zich weer om naar zijn bureau en ging aan het werk.

Toen David de dag na het vissen beneden kwam voor het ontbijt, stond de vrouw achter het fornuis wild met de potten en pannen te rammelen. Ze zag hem binnenkomen en keek hem op een vreemde manier aan. Hij probeerde zo onopvallend mogelijk en zonder haar aan te kijken naar de tafel te lopen, maar toen hij langs haar heen liep, slaakte ze een diepe zucht en smeet ze zó hard met een pan dat hij ineenkromp. 'Je krijgt roerei vanmorgen,' snauwde ze, en hij knikte, hoewel hij haar roereieren vies vond omdat ze altijd te klef en ongaar waren, en hoewel hij helemaal geen honger had. Hij had nooit kunnen eten wanneer hij bang was. Sinds ze hem geslagen had, was hij banger voor haar dan ooit. Hij was voortdurend bang, hoewel hij zich een beetje beter had gevoeld toen de man hem had meegenomen om te vissen. Hij had vrijwel onophoudelijk pijn in zijn maag.

Misschien dat hij zich op school wat beter zou voelen. Misschien dat hij met een van de juffies zou kunnen praten. Niet zijn eigen juf, zij was kortaf en ongeduldig en wilde nooit naar hen luisteren, maar de juf van de vierde klas had een lief gezicht en ze had een paar keer heel vriendelijk naar hem geglimlacht. Hij had zo vaak gehoord dat ze kinderen die thuis problemen hadden, aanrieden om met een leraar te praten. Misschien dat zij hem wel zou kunnen helpen. Misschien zou ze zijn grootmoeder kunnen vinden, of zijn tante Miranda, zodat hij weer naar huis zou kunnen. Hij voelde zich weer wat beter bij de gedachte aan een plan, bij het idee te kunnen ontsnappen. Hij pakte zijn melk, dronk zijn beker leeg en stond op. 'Ik hoef geen ei. Ik heb toch geen honger. Ik moet gaan, want anders mis ik de bus.'

'Je gaat niet naar school vandaag,' zei de vrouw.

'Ik voel me weer helemaal goed vandaag,' zei hij. De blauwe plekken op zijn gezicht en op de rest van zijn lichaam waren nog niet weg, en het deed nog steeds pijn wanneer hij zich bewoog, maar het was niet meer zo erg als eerst en hij wilde die blauwe plekken aan iemand kunnen laten zien. Hij wilde niet thuisblijven tot er niets meer van te zien was.

'Spreek me niet tegen!' snauwde de vrouw, terwijl ze de koekenpan tegen een andere pan aan smeet. 'Dat wil ik niet hebben, heb je dat gehoord?'

'Nee, mevrouw. Ja, mevrouw.' Davids hart bonkte in zijn keel en dreigde hem te verstikken. Het was al laat. Bijna tijd voor de bus. Als hij rende, kon hij hem nog halen. 'Ik mis de bus,' zei hij, met zijn hand op de deurknop. 'Ik wil niet nog meer van school missen.'

'Je doet wat er gezegd wordt. Haal je hand van de deur en ga terug naar boven. Ik moet nadenken, en dat kan ik niet met jou om me heen.'

'Laat u me toch alstublieft naar school gaan. Ik kom zo ver achter...' Hij keek naar waar de man zat, in de hoop dat deze hem zou helpen, maar hij was er niet.

'Als je niet naar me luistert krijg je nog een pak slaag, heb je me gehoord? Vooruit, naar boven, voordat ik je naar boven sla...' Haar gezicht stond verwrongen en boos, en hij haastte zich de trap op voor ze opnieuw met de pannen zou gaan slaan of haar vuist naar hem zou opheffen.

Hij ging op zijn bed liggen en drukte zijn gezicht in het kussen om te voorkomen dat ze hem zou kunnen horen huilen. Zijn ouders zouden hem nooit naar deze vrouw hebben gestuurd. Hoe wanhopig ze ook geweest waren, ze zouden nooit zo een gemene vrouw hebben gekozen. Ineens wist hij heel zeker dat de vrouw tegen hem loog. Hij wist niet waarom, maar hij kon niet geloven dat ze hem dit hadden aangedaan. Zijn ouders hielden van hem, wilden dat hij gelukkig was, terwijl alles erop wees dat deze vrouw hem haatte. En hij wist werkelijk niet waarom.

Na een poosje hield hij op met huilen en begon aan een ontsnappingsplan te denken.

Hoofdstuk 29

'Geen onderwerpen zijn zo menselijk als die welke,
uit de verwarring van het leven, een weerspiegeling vormen
van het heel dicht bijeen liggen van geluk en ellende,
van de dingen die helpen, en de dingen die pijn doen....'
Henry James, 'What Maisie Knew'

De verpleegster wees Rachel de weg naar de keuken, liet haar zien waar ze de kopjes en de cacao kon vinden en ging weg. Automatisch – aangezien ze het gewend was voor anderen iets te eten en te drinken klaar te maken – maakte ze twee koppen chocolademelk klaar. Of eigenlijk drie, want de eerste stootte ze om. Ze was alleen maar met haar lichaam in de keuken, want met haar gedachten was ze in de grimmige ziekenhuiskamer, waar haar gevoelens net als Davids foto's op het bed lagen uitgespreid. Ze was ondersteboven van wat ze had gevonden. Ze kon aan niets anders denken dan aan Peter Coffins verwoeste gezicht, dat zich vermengde met beelden van David.

Ze had altijd gedacht dat David op haar leek. Iedereen zei het. Mensen maakten er altijd een opmerking over, en wanneer ze naar hem keek, zag ze het ook. Ze had nooit aan zijn vader gedacht zoals andere mensen dat misschien gedaan zouden hebben, had nooit iemand op straat gezien en daar vraagtekens bij gezet. Ze had Stephen altijd beschouwd als Davids vader; de donor was alleen maar een technisch handigheidje geweest. Maar nu ze Peter had gezien, zag ze hoeveel haar zoon op zijn biologische vader leek.

Ze wilde het niet zien. Het voelde aan als verraad jegens Stephen. Het leek gemeen, leek iets waar ze niet eens aan zou mogen denken. Maar ze had het brein van een kunstenaar, een brein dat gewend was op details te letten, en details waren iets waar ze niet omheen kon. Al die dingen die in zijn genen zaten. Het waren niet alleen de ogen. Het waren de vierkante schouders die onder de deken te zien waren en nog steeds vierkant waren, hoewel zijn lichaam zelf zo uitgemergeld was. En de vorm van zijn hoofd, langgerekt, hoekig, met een hoog voorhoofd. Die intelligente uitstraling. De bekwame handen met de stompe vingertoppen. In gedachten zag ze die handen om een honkbalknuppel gesloten, en ze kromp ineen van de pijn.

Talloze gedachten die ze nooit verwacht had, schoten haar in hoog tempo door het hoofd. Ze had deze man, die de vader van haar kind was, nooit willen leren kennen, laat staan dat ze iets om hem wilde geven. Ze was hier naartoe gekomen met één enkel doel voor ogen – het vinden van haar zoon. De man die ze achterna was gegaan, was een gemene, gewetenloze kinderdief. Ze had nooit verwacht dat ze een mens zou vinden. Ze had nooit verwacht dat ze oog in oog zou komen te staan met het botte feit van Davids conceptie. Had Stephen dit verwacht, toen hij niet gewild had dat ze ging? Toen hij getracht had haar van haar plannen af te brengen? Ze wist het niet. Soms was hij, hoewel ze dat niet graag toegaf, veel wijzer dan zij.

Ze leunde tegen de muur, omdat ze behoefte had aan een steuntje. Ze sloeg haar armen strak om zich heen tegen de pijn. Wat maakte het uit dat de man die ze gevonden had verdrietig, eenzaam en stervend was? Dat was niet haar probleem. Het enige dat haar interesseerde, was David. Maar wanneer ze naar de man in het ziekenhuisbed keek, zag ze David en was de situatie opeens niet meer zo helder. Peter Coffin stierf op het hoogtepunt van zijn leven. Ze had er geen idee van of David lang genoeg zou leven om het hoogtepunt van zijn leven mee te maken. Het was op een vreemde manier, alsof ze gedwongen was er getuige van te zijn hoe David stierf, en het was een ervaring, een martelende ervaring die ze bewust had gezocht.

Rachel had het gevoel alsof ze door de muur van haar eigen saaie, verkrampte en martelende bestaan heen was gebroken en terecht was gekomen in de nachtmerrie van iemand anders, een nachtmerrie die parallel liep aan de hare, maar tegelijkertijd totaal verschillend was. Aan de ene kant was daar haar werkelijkheid, en aan de andere kant was er Peter Coffins werkelijkheid, en nu was er een derde realiteit, die een mengeling van die twee was. En afgezien daarvan waren er nog de herinneringen.

Het ziekenhuis riep al die pijnlijke herinneringen aan Jonah's dood bij haar op. Te midden van het verdriet, de doden, de vermisten en de stervenden, van de zekerheid en onzekerheid van de dood, voelde ze zich opeens verschrikkelijk verloren en hulpeloos. Dagenlang was ze gedreven geweest door een missie, door een plan, was ze vastberaden op zoek geweest naar haar zoon, in de overtuiging dat ze hem uiteindelijk zou vinden. Haar speurtocht, haar kruistocht, had haar in beweging gehouden en een doel gegeven. Maar nu was het doel weggevallen. Het was alsof ze een deur had opengedaan en in een enorme leegte keek. Ze wist niet langer welke kant ze op moest kijken of waar ze naartoe moest. Van haar stuk gebracht door haar falen, uitgeput door deze laatste mogelijkheid die niets had opgeleverd, was ze zich opeens intens bewust van de letterlijke betekenis van het woordje 'hopeloos'.

232

Ze pakte een handvol servetjes en drukte ze tegen haar mond om haar snikken te onderdrukken en haar tranen weg te vegen. Ze leunde tegen de muur, maar ook zo wilden haar benen haar gewicht niet dragen, en snikkend zakte ze langs de muur omlaag tot ze op de vloer van het kleine keukentje zat.

De verpleegster, die haastig binnenkwam om iets te pakken, bleef verbaasd staan toen ze haar zag. 'U bent toch bezoek van dr. Coffin, hè?' vroeg ze. Rachel knikte. De verpleegster hurkte naast haar, zodat haar hoofd vrijwel op gelijke hoogte was met dat van Rachel. 'Ik kan me helemaal voorstellen hoe u zich voelt. Het is verschrikkelijk, is het niet?'

'Kan hij naar huis?' vroeg Rachel.

'Ja, als er iemand was die voor hem zou kunnen zorgen. Veel van onze patiënten gaan naar huis. Hij zal vanhier uit wel naar een verpleegtehuis gaan. Tenzij hij opeens een stuk opknapt. Dat gebeurt wel eens. Sommige van die jongens hebben echt een ijzeren wil...'

Rachel stond op, veegde haar tranen weg, snoot haar neus en keek naar de vergeten koppen. 'Ik zou chocolademelk voor hem maken,' zei ze. 'Maar veel heb ik daar niet van terechtgebracht.'

De verpleegster voelde aan de koppen. 'Het is koud. Maar het is nog steeds te drinken. Koud is chocolademelk ook lekker. Arme dokter Coffin. Het is zo treurig. Hij was een geweldige dokter. Zo goed met de patiënten. Meestal zijn dokters verschrikkelijk lastige patiënten, maar hij klaagt nooit. En hij is zo eenzaam. Hij ligt daar maar te wachten en naar de deur te kijken, maar zijn vriend Gabe komt haast nooit. Bent u zijn zus?'

Rachel schudde het hoofd, herinnerde zich dat ze gezegd had dat ze familie was en zei: 'Een nicht. Ik heb het pas gehoord... dat hij ziek is.' Dat was in ieder geval waar.

'Nou, het is goed dat u er bent.' De verpleegster gaf haar een bemoedigend klopje. 'U bent vast de enige familie die hij heeft. Ik weet dat het eng is om iemand zo te zien, maar als je erdoorheen kijkt en de mens erachter ziet... alles wat je maar voor hem kunt doen, is meer dat hij op dit moment heeft. Al is het maar iemand om mee te kunnen praten. Oei. Dat was ik helemaal vergeten. Ik moest snel een zak zoutoplossing hebben. Mocht u iets nodig hebben, dan roept u maar. Ik ben Mary.' Ze ging er haastig vandoor.

Rachel wankelde op de rand van een emotionele verwarring. Ze wilde de verpleegster terugroepen en haar de waarheid vertellen. Maar wat moest ze dan zeggen? Dat ze de man van haar leven nog nooit had gezien, maar dat ze was gekomen om hem ervan te beschuldigen dat hij haar kind had ontvoerd? Dat ze was gekomen om haar zoon terug te verlangen? Wat zou dat voor zin hebben? Mary was er om voor de patiënten te zorgen – ze zat niet op Rachels bekentenis te wachten. Het kon haar niet schelen of Rachel een nicht of wat dan ook was, zolang ze maar op bezoek kwam bij een eenzame patiënt.

Ze snoot haar neus, warmde de chocolademelk op en ging terug naar Peter Coffins kamer. Gabe was bij hem, en hij en Peter, die aandachtig Davids foto's aan het bekijken waren, hoorden haar niet binnenkomen.

'Waarom zou je haar geloven? Waarom denk je dat het wel eens jouw kind zou kunnen zijn?' vroeg Gabe. 'Het is een truc. Ze moet ergens gehoord hebben dat je ziek bent, en ze wil geld van je hebben...'

'Waarom zou ze zoiets doen?' vroeg Peter.

'Waarom doen mensen bepaalde dingen? Omdat het opportunistische ellendelingen zijn, daarom,' zei Gabe.

'Hij kan heel goed mijn zoon zijn. Bekijk hem maar eens goed.'

Gabe pakte een foto, bekeek hem en gooide hem terug op het bed. 'Donker haar, donkere ogen, een oppervlakkige gelijkenis. Er lopen waarschijnlijk miljoenen kinderen rond die een beetje op jou lijken. Denk je echt dat al die kinderen van jou zijn? En wat wil ze eigenlijk?'

'Ze zegt dat ze haar zoon terug wil.'

'En ze denkt dat jij hem ontvoerd hebt?'

'Ze wist niets van... van dit. Ze is toch eerst naar ons adres gekomen, om me daar te zoeken, niet?'

'Nou, dan kan ze goed toneelspelen. Natuurlijk is ze eerst naar huis gegaan, om de indruk te wekken dat ze van niets weet...'

'Gabe, daar staat ze en ze heeft alles gehoord...'

Gabe draaide zich om en keek haar met grote ogen aan. 'Nou, en? Ze mag het best horen. Dan weet ze meteen hoe we over haar denken...'

'Hoe jij over haar denkt... Gabe...' De rest van wat hij had willen zeggen, verdween in een hoestkramp die Coffins uitgemergelde lichaam deed schudden. Rachel keek naar Gabe, die, met een verdrietig gezicht, wegliep bij het bed.

Zonder erbij na te denken, zette ze de kopjes in haar hand op het dichtstbijzijnde oppervlak, ging naast hem op het bed zitten, trok hem tegen zich aan zodat zijn hoofd op haar schouder kwam te liggen en begon zijn rug te wrijven. Ze fluisterde dezelfde troostende woordjes die ze ook tegen David gefluisterd zou hebben, kleine, nietszeggende, sussende woordjes, terwijl ze haar hand in grote, ritmische cirkels over zijn schokkende rug liet gaan. Langzaam maar zeker werd het hoesten minder, en na een poosje was hij weer rustig en werd ook zijn raspende ademhaling weer kalm en regelmatig. Hij maakte geen aanstalten zich van haar los te maken. Integendeel, hij nestelde zijn hoofd op haar schouder zoals David dat ook gedaan zou hebben, en toen ze opzij keek naar de magere, kwetsbare nek en het grijzende, donkere haar, voelde ze de tranen opnieuw over haar wangen stromen.

Het was Gabe die, nu met een woedend gezicht, de stemming verbrak. 'Een engel van genade, hoe ontroerend. Wat kom je hier eigenlijk zoeken?' vroeg hij fel. Zijn hele houding straalde een ongelooflijke haat uit.

'Dat heb ik je al gezegd. Ik ben op zoek naar mijn zoon.'

234

'En had je echt verwacht dat je hem hier zou vinden?' vroeg hij honend. Voorzichtig hielp ze Peter terug in de kussens, waarbij ze zijn hoofd ondersteunde zoals ze haar baby's had ondersteund. Pas toen hij weer lekker lag, stond ze op en wendde ze zich tot de man die zo beschuldigend tegen haar was uitgevallen. 'Ik wist het niet...' zei ze hulpeloos. 'Ik had niet verwacht...' Ze kon het niet zeggen. Ze kon niet zeggen dat ze verwacht had dat Peter iets voor haar zou betekenen.

'Maar ik had het je toch gezegd!' brulde Gabe. 'Ik had je toch gezegd dat hij ziek was. Ik had je toch gezegd dat hij je zoon niet heeft ontvoerd!'

'Het had net zo goed een leugen kunnen zijn. Voor hetzelfde geld zaten jullie samen in het complot. Ik wilde het met eigen ogen zien.'

'Nou, je hebt het nu gezien. Er zijn hier geen kinderen, of wel? We hebben geen gezellig huisje met ontvoerde kinderen. Dus donder op en neem je foto's mee. Hij zit echt niet op deze onzin te wachten...'

'Gabriel... niet doen... alsjeblieft.' Peter was uitgeput van het hoesten. Zijn stem was een zacht fluisteren. Zijn hand gleed vermoeid over de deken en plukte er zenuwachtig aan.

'Ik heb de chocolademelk meegebracht,' zei Rachel. 'Het spijt me dat het zo lang heeft geduurd. Je kunt hem maar beter drinken voor hij weer koud wordt.'

Ze ging naar hem toe om hem te helpen, maar Gabe maakte een uitdagend geluid en keek haar zó fel aan dat ze een stapje naar achteren deed. 'We hebben jou niet nodig,' zei hij. 'We willen je hier niet. Waarom ga je niet terug naar waar je vandaan bent gekomen? Zoek maar een andere man die op sterven ligt, misschien dat hij wél gevoelig zal zijn voor je trucs.' Hij ging opzettelijk met zijn rug naar haar toe gekeerd staan en keek uit het raam.

Met bevende handen begon ze de foto's bij elkaar te pakken. Coffin zei niets, maar er lag een smekende blik in zijn ogen. Hij wilde niet dat ze ging, dacht ze, maar hij had niet de kracht om zijn mening kenbaar te maken. Rachel schoof een foto onder een plooi in de deken en beloofde hem, zonder geluid en alleen maar haar lippen bewegend, dat ze terug zou komen. Daarna nam ze op normale wijze afscheid en verliet de kamer.

Mary zat achter de verpleegstersbalie over een schrift gebogen waarin ze aantekeningen maakte. Rachel schraapte haar keel. 'Pardon?'

Mary keek op. 'O, hallo. Hoe is het met hem?'

'Hij moest hoesten... hij...'

'Ik weet het. Uitgeput.'

'Eh... Gabe is gekomen... hij... hij wilde dat ik ging... maar...' Rachel wist niet hoe ze hetgeen ze wilde zeggen onder woorden moest brengen.

'Ik weet het. Hij is moeilijk, hè? Hij is doodsbang alleen achter te moeten blijven. En dat uit zich als woede. Je moet het niet persoonlijk opvatten. Hij is woedend op iedereen, ook op ons. En hij is woedend op zichzelf omdat hij er niet mee om kan gaan. Hij is niet in staat om te accepteren wat er gebeurt.' Ze schudde het hoofd. 'De meeste mensen verwachten te veel van zichzelf. Ze weten niet hoe ze moeten vergeven. Hij kan niet omgaan met het lelijke gezicht van ziekte, en op grond daarvan denkt hij van zichzelf dat hij gefaald heeft. Hij ziet niet in dat Peter het begrijpt en nog steeds van hem houdt. Ik wou dat ze met elkaar konden praten, maar dat kunnen ze niet. Ze zitten bij elkaar en zeggen geen woord, en ze hebben het gevoel dat ze tekortschieten omdat ze niet in staat zijn elkaar te troosten.'

Ze streek haar haren uit haar gezicht en duwde het achter haar oor. 'Moet je mij horen. Je zou bijna denken dat ik het allemaal precies weet. En ik laat jou niet eens aan het woord...' Ze keek Rachel afwachtend aan.

'Kan ik misschien ergens wachten... tot hij weg is?'

'Gabe? Ja hoor. Voorbij de liften is een wachtruimte. Zodra hij weg is, kom ik je wel halen.' Ze keek op haar horloge. 'Het zal wel niet veel langer duren. Hij blijft nooit lang.'

Rachel volgde de aanwijzingen op en nam plaats op een lelijke oranje stoel in een stil hoekje. Het was de Israel Rabinowitz-wachtruimte. Ze vond het amusant, de gewoonte die ze in ziekenhuizen hadden om overal bordjes op te hangen. Ze kon zich niet voorstellen dat er een lift naar haar of naar Stephen vernoemd zou worden. Ze zou ook niet willen dat er iemand op de Rachel Stark-bank ging zitten, of dat er iemand zijn vermoeide voeten op een Rachel Stark-stoel zou leggen. Ze moest er niet aan denken dat er een zee van andermans tranen op de Rachel Stark-bekleding zou druipen.

Toen Jonah op sterven had gelegen en het ziekenhuis haar tweede thuis was geweest, waren er momenten geweest waarop ze, in een toestand van intens verdriet en uitputting door de gangen zwervend, opeens in de lach was geschoten terwijl ze zich voorstelde welke dingen naar haar vernoemd zouden kunnen worden. Beddenpannen. Infusiestandaards. Stel je het bord-je voor: 'Bij noodgeval het ruitje van het Rachel Stark-kastje kapotslaan en op het alarm drukken.' Of, in het licht van de tranen die ze had vergoten, het Rachel Stark-sproeiersysteem.

Behalve Johah's grafsteen hadden ze nooit iets gedaan om zijn herinnering levend te houden. Hadden ze dat wel gedaan, dan zou het iets vrolijks en opgewekts geweest moeten zijn, iets om de mensen aan het lachen te maken. Ze had gefantaseerd over een enorme appel van rood, glanzend metaal waaruit zo nu en dan een wurm kroop. Zoals haar leven. Alleen dat er de laatste tijd zoveel wurmen in zaten dat ze de appel niet meer kon zien.

Ze keek op haar horloge. Halfvier. De tijd waarop David uit school kwam. Instinctief kwam ze half overeind, op het punt snel naar huis te gaan, terwijl ze intussen bedacht wat ze voor hapje voor hem klaar zou maken, vóór de realiteit waarbinnen ze nu leefde zich opnieuw aan haar opdrong. Hij was weg. In de afgelopen paar weken was ze dat een aantal keren vergeten. Was ze opgehouden met werken, naar de keuken gegaan en begonnen een hapje voor hem klaar te zetten. Ze had ruim twee keer zo lang zonder kinderen geleefd als met, en ze verbaasde zich keer op keer over het feit dat haar leven nu zo volledig om haar kinderen draaide. Vanaf het moment waarop David verdwenen was, was er nog geen dag geweest die normaal of gewoon had aangevoeld. Ze legde haar hoofd op haar arm en sloot haar ogen.

Ze lag op haar rug en keek op naar het plafond. Een armoedig, vergeeld, gebarsten plafond met een enkele lamp, een bol van melkglas in de vorm van een omgekeerde kom die aan een enigszins rafelig koord hing. De lamp was niet aan, en omdat het gordijn dicht was, was het halfdonker in de kamer. Haar blik ging over het plafond, omlaag langs de muur naar de bovenkant van een deur, en toen langs het kozijn naar een knop, een smalle, harde deurknop van een glanzend, bruin metaal. Ze wist niet waarom die deurknop zo belangrijk was, maar terwijl ze ernaar keek, kwam hij steeds dichterbij, werd er een hand naar uitgestoken die hem beetpakte en omdraaide. De knop draaide maar de deur ging niet open. De hand op de knop begon eraan te trekken, begon eraan te rukken en te rammelen, maar de deur wilde nog steeds niet open. Uiteindelijk weerklonk een wanhopige stem: 'Alstublieft! Laat mij eruit, alstublieft!' En toen wist ze dat de hand en de stem van David waren.

Ze moest hier weg. Nu. Ze moest naar huis en uitvinden wat er aan de hand was. Ze sprong op, pakte haar tas en haastte zich de gang af. Ze drukte op het knopje van de lift. Hapte naar lucht. Drukte nog eens. 'Schiet op!' zei ze. 'Schiet op!'

'O, daar ben je,' zei Mary. 'Gabe is weg en je kunt weer naar binnen.'

'Ik kan niet blijven,' zei Rachel snel, toen het lampje van het naar beneden wijzende pijltje rood oplichtte en er een belletje klonk.

Mary keek haar geïrriteerd aan. 'Neem dan in elk geval nog even afscheid van hem. Hij verwacht je. En hij heeft al meer dan genoeg teleurstellingen te verwerken gehad.'

Als een kind dat een standje heeft gekregen, volgde Rachel haar de gang af naar Peters kamer. Hij leunde in de kussens en zag er bleek en uitgemergeld en absoluut uitgeput uit. Toen hij haar voetstappen hoorde, deed hij zijn ogen open en hij zag dat ze huilde. 'Gabe is weg.' Het klonk alsof hij meende dat hij voorgoed weg was in plaats van alleen maar voor deze dag, maar Rachel wist het niet.

'Het spijt me,' zei ze, terwijl ze haar blik op de vloer gericht hield. 'Hij was ontzettend boos op me.'

'Hij houdt niet van dingen die hij niet kan begrijpen. Hij is bang voor veranderingen. En alles doet niet anders dan veranderen.' Hij sloot zijn ogen. 'Jij hebt ook gehuild,' zei hij. 'Waarom?'

'Ik zag een kamer... de kamer waar hij in zit... door Davids ogen. Ze hebben hem opgesloten en hij is heel bang.' Haar adem kwam met een zachte fluittoon over haar lippen. 'Je kunt je niet voorstellen hoe erg het is om zo hulpeloos te moeten zijn... te weten dat hij in groot gevaar verkeert maar niet naar hem toe te kunnen gaan. Ik weet niet waar hij is.'

'Ik heb er wel een idee van, nadat ik jarenlang te maken heb gehad met ouders, echtgenoten, geliefden, vrienden... en gezien heb hoe hulpeloos ze zich voelen wanneer ze niets kunnen doen, wanneer ze niets kunnen doen voor degene van wie ze houden...' Hij zweeg. 'Nee. Nee, doe maar alsof ik dat niet gezegd heb. Ik heb het gezien, ik heb met ze te doen gehad, maar persoonlijk heb ik het nog nooit gevoeld. Neem me niet kwalijk, dat was nogal arrogant van me...'

Hij schonk haar een bescheiden glimlachje. 'Hebben jij en David ESP?' Ze knikte. 'Mijn vader en ik hadden het ook wel eens... dat we zonder te spreken met elkaar konden communiceren. Mijn moeder had er een ontzettende hekel aan. Ik geloof dat ze zich buitengesloten voelde, maar ook dat ze het eng vond. En alles dat afweek van wat voor haar normaal was, was verkeerd.'

'Leeft je vader nog?'

Hij schudde het hoofd. 'Ik geloof van niet. Ik weet het niet.'

'Je weet het niet?' herhaalde ze.

'Ik heb al jaren niets meer van ze gehoord. Ik had die fase, nogal naïef weet ik nu, waarin ik geloofde in totale eerlijkheid. Dus toen ik het vermoeden begon te krijgen dat ik homoseksueel was, heb ik hun dat verteld. Ze hadden het er moeilijk mee, en toen werd ik heel opstandig ten aanzien van wat en wie ik was, en we gingen elkaar steeds slechter verdragen. Uiteindelijk besloten we dat het beter was wanneer onze wegen zich scheidden.' Hij haalde zijn schouders op. 'Veel stelde dat niet voor. We zagen elkaar in die tijd toch alleen nog maar met Kerstmis en met Thanksgiving. Als ik naar hen toe ging, mocht ik mijn partner niet meenemen, en zij weigerden mij te bezoeken wanneer mijn partner bij me was, en uiteindelijk hadden we alleen nog zo af en toe maar telefonisch contact. Daarna zo nu en dan eens een kaartje, en toen schreven ze dat ze gingen verhuizen zonder er hun nieuwe adres bij te vermelden, en daar heb ik het bij gelaten.'

'Weten ze dat je ziek bent?'

'Ik zou niet weten hoe ik hun dat moest vertellen.'

'Mis je ze?'

'Ja, ik mis mijn vader wel een beetje, maar ik geloof dat hij dood is.'

'Denk je dat?'

'De ESP,' zei hij, een beetje verlegen. 'Ongeveer twee jaar geleden had ik die ontzettende pijn in de buurt van mijn hart. Ik dacht dat ik op het punt stond een hartaanval te krijgen... die komen voor in mijn familie... er zijn veel mannen die jong sterven...'

'Dat stond niet in je medische gegevens,' zei Rachel beschuldigend.

'Dat wist ik toen ook nog niet. Het is niet iets waar je op let wanneer je jong bent. Ik zou het waarschijnlijk ook nooit geweten hebben als mijn moeder het me niet naar mijn hoofd had geslingerd toen ik haar probeerde te vertellen dat ik... een flikker was. Dat het wel eens mijn vaders dood zou kunnen betekenen als ik het hem vertelde, wist ik dat dan niet dat dat voorkwam in de familie? Zo heeft ze het me verteld. Hoe dan ook, ik had die ontzettende pijn, en opeens zag ik het gezicht van mijn vader en begreep ik dat het zijn pijn was en dat hij iets tegen me probeerde te zeggen. Hij probeerde tegen me te zeggen dat hij van me hield. En toen sloot hij zijn ogen en ging hij weg en sindsdien heb ik hem nooit meer gevoeld. Dus ik denk dat hij gestorven is.'

'Je hebt zelfs niet geprobeerd hem te bereiken?'

Hij keek haar glimlachend aan. 'Natuurlijk wel. Ik heb meteen de telefoon gepakt en getracht hen te bellen. Het nummer was afgesloten en de telefoniste kon me geen nieuw nummer geven. Ik had waarschijnlijk wel een privé-detective in de arm kunnen nemen, maar dat heb ik niet gedaan. Het was te laat, en daarbij had ik niet echt behoefte aan een weerzien met mijn moeder. Wat er ook beweerd wordt over speciale banden tussen ouders en hun kinderen hadden mijn moeder en ik geen band. We waren van begin af aan als water en vuur. Misschien hield ze op haar manier wel van me, maar ze heeft het nooit laten blijken. Hoe is dat tussen jou en David?'

'Hij lijkt veel op zijn vader... mijn man, Stephen. Ze zijn alletwee heel netjes en bedachtzaam en worden ongeduldig wanneer ze hun zin niet krijgen. Maar wij hebben hier een heel nauwe band.' Ze wees op haar voorhoofd. 'Stephen wil niet dat ik erover praat. Deels omdat hij een verschrikkelijke hekel heeft aan dingen waar hij geen rationele verklaring voor heeft – hij vindt een heleboel dingen van mij maar vreemd en raar – en deels omdat hij jaloers is. Hij is heel gevoelig over het feit dat David niet zijn kind is.'

Peter had Davids foto opgepakt en keek ernaar. 'Maar hij is wel een goede vader?'

'Hij is een fantastische vader.'

Peter keek haar onderzoekend aan. 'Konden jullie geen kinderen krijgen?'

Rachel sloeg haar ogen neer en legde haar handen als vanzelf op haar buik. 'We hadden een kind... Jonah. Hij is kort na zijn geboorte gestorven.'

'Iets erfelijks,' zei hij. 'En nu ben je weer zwanger?'

Het was eng, en Rachel deed een stapje naar achteren. 'Wat zei je?'

'Dat je zwanger bent. Dat is intuïtie. Ik kan altijd zó zeggen wanneer een vrouw zwanger is. Wist je het niet?'

Ze sloeg haar ogen neer. 'Ja, ik wist het.'

'Van een donor?' vroeg hij.

Zelfs haar brein was niet meer privé. Het idee maakte haar bang. 'Ik moet weg,' zei ze. 'Ik kan hier niet over praten. Ik moet naar huis.' Ze draaide zich om en rende de kamer uit.

Zijn stem volgde haar de gang op, een wanhopige kreet die haar tot staan bracht. 'Rachel, wacht. Kom terug.'

Aarzelend liep ze terug tot bij de deur en keek om het hoekje. Ze weigerde weer naar binnen te gaan. 'Kom je nog eens terug? Kom je nog eens terug om me over David te vertellen?'

'Ik weet niet,' zei ze.

'Wil je me dan in ieder geval zeggen hoe ik je kan bereiken?'

'Misschien bel ik je wel,' zei ze. 'Ik wil niet dat jij me belt.' Ze draaide zich om, maar de gekwelde klank van zijn stem hield haar opnieuw tegen.

'Je kunt me dit niet aandoen, Rachel, hier zomaar binnen komen vallen... me vertellen dat ik een zoon heb... me zijn foto's laten zien... me vertellen dat hij ontvoerd is... dat hij in gevaar verkeert... en dan zomaar weer weggaan alsof alles wat je gezegd en gedaan hebt niets met mij te maken zou hebben. Alsof ik niets ben... een muur om tegen aan te leunen. Een wc om te gebruiken, door te spoelen en voorgoed de rug toe te keren. Toe, Rachel...'

Ze draaide zich om en rende de gang af, wurmde zich tussen de sluitende liftdeuren door de lift in en liet zich wegvoeren van die meelijwekkende, beschuldigende stem. In de trein op weg naar huis leek het ratelen van de wielen haar toe te roepen: 'Je bent gemeen, je bent gemeen, je bent gemeen'. Ze wás gemeen. Egoïstisch en zó vastberaden haar zoon terug te vinden dat het haar niet kon schelen wie ze daarbij verdriet deed. Zó vastberaden hem te vinden dat ze voor niemand anders oog had. Geen medelijden voor iemand anders. Je bent gemeen. Je bent gemeen. Je bent gemeen. En hopeloos. Ze draaide haar gezicht naar het raampje en huilde.

Hoofdstuk 30

'Zeg nooit dat het huwelijk meer vreugde brengt dan verdriet.'
Euripides

Stephens dag was omgekrópen. Hij vroeg zich af of het leven van nu af aan zo zou blijven, een test van zijn uithoudingsvermogen met niets waarop hij zich kon verheugen, niets dat het de moeite waard maakte om naar huis te gaan. Natuurlijk, Rachel was thuis, maar afgezien van de positieve kant dat ze samen in hetzelfde schuitje zaten, was er ook de keerzijde van de medaille dat ze elkaar, met hun aanwezigheid, meer dan wat dan ook aan hun verlies herinnerden. Het was niet iets waarop je je kon voorbereiden of dat je van een ander kon leren, dit gevoel alsof het hart uit je bestaan was weggerukt. Het leren leven in een voortdurende onzekerheid; het leren koesteren van hoop, waarbij je je voortdurend moest afschermen tegen de pijn van teleurstelling. Op een gegeven moment had hij de honkbalknuppel uit de kast gehaald, hem in zijn armen gehouden en zich overgegeven aan de angst dat hij hem nooit aan David zou kunnen geven.

Vlak voordat hij naar huis was gegaan, had Robinson gebeld en hem op triomfantelijke toon gezegd dat hij die avond vooral naar het nieuws moest kijken. In antwoord op Stephens vragen had hij alleen maar willen zeggen dat het hun gelukt was hun assepoesterverhaal in het nieuws te krijgen, en dat Stephen onder de indruk zou zijn – het resultaat zou niet uitblijven.

Het vooruitzicht zorgde ervoor dat Stephen zijn emoties niet langer de baas kon – zijn uiterlijke zelfbeheersing knapte. Alle spanning, alle angst, alle onzekerheid die langzaam maar zeker in hem gegroeid was, kwam naar buiten en kroop als een traag gif, als een sluipende uitslag over hem heen, totdat hij van top tot teen jeukte van het fysieke verlangen om iets te doen, iets te ondernemen, iets te laten gebeuren. Tegen de tijd dat hij uit de auto stapte, nadat hij met alle agressie van een waanzinnige naar huis was gereden, tintelde hij van een innerlijke onrust die hij nog maar nauwelijks de baas kon. Hij voelde zich als een snelkookpan die elk moment kon exploderen.

Hij vond Miranda in de keuken, waar ze met enige achterdocht naar een enorme biefstuk stond te staren. 'Rood vlees?' vroeg hij. 'Wat is er met jou gebeurd?'

'Ik dacht dat we daar allemaal behoefte aan hadden. Is er gas in de grill?'

'Zat. Ik heb hem pas bijgevuld,' zei hij. Hij verlangde ernaar haar aan te raken, verlangde ernaar iets lichamelijks te doen om iets van de spanning af te reageren. 'Wil je wat drinken?'

'Ik kan wel een borrel gebruiken.' Alsof ze zijn gedachten gelezen had, liep ze naar de andere kant van het aanrecht en ging aan de slag met een paar aardappels die ze had klaargelegd. 'Jullie zijn weldra van me af. Ik heb een huis gevonden...'

'Zo lastig was je niet...' zei hij, terwijl hij de keuken weer binnenkwam met haar whisky. Het kostte hem moeite haar niet aan te raken. 'Soda of alleen maar ijs?'

Ze keek nadrukkelijk naar de voorkant van zijn broek. 'Misschien niet lastig, maar wel problematisch... Het is niet eerlijk tegenover Rachel.'

Hij deed een paar ijsblokjes in haar glas, keek ernaar hoe de goudbruine vloeistof eromheen speelde en gaf haar het drankje aan. 'Je hebt nooit geklaagd.' Zijn keel voelde aan alsof hij dicht zat en zijn stem was hees.

'Waar is Rachel?' vroeg ze. Ze deed de aardappels in de oven, waarbij ze op uitdagende wijze vooroverboog.

'Ze is naar de stad en kan elk moment thuiskomen.'

'Naar de stad? Waarom?'

'Jee, zeg, ben je er dan helemaal niet meer bij? Ze is op zoek gegaan naar Davids vader.'

'Jij bent Davids vader.' Ze boog zich ver over de tomaat die ze aan het snijden was en toonde hem haar borsten.

'Spermadonor,' zei hij. Hij zette zijn glas neer en keek naar haar borsten die, terwijl ze aan het werk was, zachtjes heen en weer bewogen onder haar T-shirt. Hij wilde ze aanraken, ze beetgrijpen, haar T-shirt omhoog stropen en haar tepels tussen zijn tanden nemen. Hij was zó gespannen dat hij zijn spieren onder zijn huid kon voelen trekken. Nog één keertje? De laatste keer? Hij had het nodig, had er behoefte aan zich af te reageren. Wat stak er voor kwaad in?

Hij wendde zich af en keek naar zijn spiegelbeeld in de glazen schuifpui. Het beviel hem niet wat hij zag en hij trok een gezicht. Hij wist heel goed wat voor kwaad erin stak. Het was als een klap in het gezicht van Rachel, die prijs stelde op echtelijke trouw, voor wie trouw en liefde onverbrekelijk met elkaar verbonden waren. Het kwaad? Hij zou opzettelijk nog een wig tussen hem en Rachel drijven, en dat terwijl ze op dit moment alles moesten doen wat in hun vermogen lag om elkaar te helpen sterk te blijven. Om hun relatie in stand te houden, zodat David iets had om voor thuis te komen.

'Stevie, gaat het?' vroeg ze, terwijl ze op suggestieve wijze tegen hem aan leunde.

'Miranda, hou op,' zei hij, en deed een stapje naar achteren. 'We kunnen niet. Het is afgelopen. We zouden het niet meer doen...'

Ze keek hem schalks aan. 'Is de laatste der hartstochtelijke minnaars opeens tot inkeer gekomen?'

'Ja.'

'Neem me niet kwalijk, Stevie, maar ik kan zweren dat je nog geen vijf minuten geleden stond te hijgen en te kwijlen. Of vergis ik me?' Ze streek een ervaren hand over de voorzijde van zijn broek. 'Nee,' beantwoordde ze haar vraag, 'ik vergis me niet. Wat is er dan gebeurd? Heeft mijn geschifte zus je eindelijk onder de plak gekregen?'

Hij trok zich terug tot aan de andere kant van de eetbar. 'Praat niet zo over Rachel.'

Miranda wilde het echter nog niet opgeven. 'Het spijt me, Stevie. Ik snap het niet. Een paar minuten geleden stond je nog op het punt me op de keukenvloer te gooien voor een stevige wip, en nu verberg je je opeens als een kuis koorknaapje aan de andere kant van de eetbar.'

'O, verdomme, Miranda, wil je ophouden alsjeblieft? Het spijt me als ik je de verkeerde indruk heb gegeven. Het is alleen dat ik me vandaag... nu... zo... God, ik weet niet hoe ik me voel, en ik wil het ook niet hoeven uit te leggen... ik voel me als een vulkaan die op uitbarsten staat. Ik wilde alleen maar... zojuist... ik had behoefte aan iets om me...' Hij wilde het uitleggen maar kwam niet uit zijn woorden. Het ging niet om seks. Het ging om verlies en angst en het gebrek aan zelfbeheersing en alles wat hem overkwam.

Miranda kwam naar hem toe, sloeg haar armen om zijn hals en probeerde zijn mond omlaag te trekken naar de hare. 'Ik ben er voor je wanneer je me nodig hebt, Stevie. Dat weet je...'

De voordeur sloeg dicht, gevolgd door snelle voetstappen, en Rachel kwam binnen terwijl ze elkaar snel loslieten. 'Let maar niet op mij,' zei ze. 'Ga maar gewoon verder alsof ik er niet ben.' Ze liet haar jas en haar tas op een stoel vallen en klom vermoeid op een kruk. 'Maar geef me eerst iets te drinken, alsjeblieft.'

'Zware dag?' vroeg Stephen. 'Whisky?'

'Een zware dag, whisky lijkt me heerlijk. Is dat biefstuk, Miranda? Wat bezielt je opeens?'

'Dat vroeg hij ook al. Jezus, jullie lijken wel een Siamese tweeling.' Ze ging terug naar het kookeiland. 'Ik vier mijn nieuwe huis. En ik dacht dat we het allemaal wel konden gebruiken.'

'We hebben allemaal iets nodig, dat is zeker. Wat ik nodig heb, is snelle executie. Ik ben bezig om de gemeenste mens ter wereld te worden,' zei Rachel.

Stephen trok zijn wenkbrauwen op maar hij zei niets. Hij was nog niet klaar voor Rachels verhaal. Haar gezicht was genoeg. Haar gedachten stonden altijd op haar gezicht te lezen, en wat ze nu uitstraalde, waren verslagenheid, ontmoediging, depressie en mislukking. Hij had nooit echt in haar missie geloofd, maar op dit moment kon hij de gedachte aan nog meer teleurstelling niet verdragen. Als er geen goed nieuws was, dan wilde hij geen nieuws horen. En hij wilde ook geen nieuws van iemand anders horen. Hij wees op het knipperende lichtje van het antwoordapparaat en op de televisie die niet aanstond. 'Wat zal het worden, dames, het antwoordapparaat of het nieuws?'

'Laten we naar het nieuws kijken, ons opwinden en druk maken en dan het antwoordapparaat kapotschieten,' zei Rachel. Ze nam het drankje van Stephen aan en probeerde te glimlachen.

Hij zette de televisie aan en ze keken allemaal als betoverd naar het scherm toen een afbeelding van een rode, hoge gymp in beeld kwam en de presentatrice met haar hese stem zei: 'Is dit een actuele versie van assepoester? Zullen er zich nieuwe ontwikkelingen voordoen in de ontvoeringszaak van het jongetje uit Forest Valley? Het antwoord op die vraag is aan u. Zo meteen op Newsline Tonight.'

Hij wendde zich tot Rachel en stak zijn duim op. 'Geweldig. Wanneer Robinson iets wil, dan krijgt hij het ook voor elkaar. Wacht maar tot je dit hebt gezien...'

Ze haalde haar schouders op. 'Het is niets nieuws...' Ze keek bezorgd.

'Het is het idee van assepoester, Rach. Het is geniaal.' Ze keek hem alleen maar aan. Ze zat met hangende schouders en keek alsof ze nergens meer in geloofde. 'Kijk me niet zo aan,' zei hij, en hij voelde zich defensief. 'We moesten iets doen...'

Ze knikte. 'Dat is zo. Davids situatie is aan het veranderen. Ze hebben hem opgesloten in een kamer. Ik geloof niet dat hij voorheen ook opgesloten was. Hij is verschrikkelijk bang, Stephen. Hij was voorheen ook bang, hij was aldoor al bang, maar nu is het anders. Hij is banger dan bang. Hij is bang in de zin van dat ze hem iets zullen aandoen.'

Opeens zette ze haar drankje neer. 'O, waar ben ik mee bezig? Ik kan dit niet drinken. Ik ben...'

'O, ja, nu je het zegt,' viel hij haar in de rede. 'Robinson wil dat je met die vrouw praat... die helderziende. Hoe heet ze ook alweer? Proust?'

'Niet vanavond. Ik ben te moe om er zelfs maar aan te denken. En daarbij, ik dacht dat je niet geloofde in...'

'Wat maakt het uit wat ík geloof? We moeten alles doen wat we kunnen...'

'Morgen,' begon Rachel. 'Dan bel ik...'

'Ssst!' siste hij. 'Luister... het begint.'

Een perfect gekapte blondine met een vriendelijk gezicht vulde het scherm. Ze zat achter een bureau. Achter haar, aan de muur, hingen enorme posters met foto's van David en grote rode gympen. Dwars over het scherm, vóór haar, stond een telefoonnummer. Ze glimlachte, een ernstig, meelevend glimlachje. 'Goedenavond. In een interessante variant op het sprookje van assepoester hebben de Missing Child Foundation en een grote, nationale schoenfabrikant besloten gezamenlijk te proberen om verder te komen in de ontvoeringszaak van de negenjarige David Stark, zoon van Stephen en Rachel Stark uit Forest Valley, New York.' Het beeld schakelde over op een foto van Rachel en Stephen die op de stoep van hun huis met verslaggevers stonden te praten.

'David is vier weken geleden, toen hij van school naar huis terugfietste, verdwenen. Vorige week heeft een man die bij een oprit van de snelweg in noordelijke richting flessen verzamelde deze gymp gevonden...' Een close-up van Davids gymp, en het beeld zoomde in op de vervaagde initialen op de zool, 'waarvan later door Davids moeder bevestigd werd dat het Davids gymp is.' De vrouw kwam weer in beeld. 'Een verzoek om losgeld eerder deze week bleek bedrog te zijn. De bedriegers zijn gearresteerd, en deze gymp is de enige aanwijzing in de zaak van Davids verdwijning.'

De vrouw glimlachte opnieuw en keek naar rechts. 'Bij ons in de studio vanavond zijn John Robinson, president van de Missing Child Foundation, zelf vader van een ontvoerd kind, en James Dawson, directeur van Fleet Foot Sport Shoes. Goedenavond.' Robinson en Dawson kwamen in beeld, gaven elkaar een hand en gingen zitten, waarbij ze ieder hun broekspijpen optrokken om knieën te voorkomen.

Rachel liet zich van haar kruk afglijden. 'Ik kan hier niet naar kijken. Vertel het me straks maar.'

Stephen draaide zich om, woedend over het feit dat ze gestoord had. 'Je moet hiernaar kijken!' De kruk viel met een luide klap om terwijl ze naar de deur liep. 'O, doe ook maar wat je wilt, zolang je maar stil bent.' Hij boog zich naar voren en keek weer als betoverd naar het scherm. Robinson scheen een manier te hebben gevonden om een beloning uit te loven zonder zijn eigen geld uit te hoeven geven. Een geniaal idee, om er een nationale fabrikant bij te betrekken.

'Ik ga wel even bij haar kijken,' bood Miranda aan.

Hij legde een hand op haar been en hield haar tegen. 'Blijf hier. Dit is belangrijk!'

De vrouw glimlachte naar de camera. 'Als u net hebt ingeschakeld, ik ben Donna Newman, en bij mij in de studio zijn John Robinson van de Missing Child Foundation en James Dawson, directeur van Fleet Foot Sport Shoes. We zijn vanavond hier omdat we hopen dat u ons zult kunnen helpen bij het vinden van een jongetje van negen, David Stark, die vier weken geleden ontvoerd is toen hij van school met de fiets op weg was naar huis in Forest Valley. Meneer Robinson, wilt u ons vertellen hoe we kunnen helpen?'

Robinson keek naar de camera en naar Stephen, die ruimschoots de kans had gekregen hem te observeren en in te schatten, en hij was er niet helemaal in geslaagd om zijn gretigheid en voldoening te verbergen. 'Dank je, Donna. Ik denk dat het een goed idee is om eerst even een kort overzicht te geven van de feiten zoals we die tot nu toe aan elkaar hebben kunnen plakken. Er is een kind ontvoerd, en we weten heel weinig van zijn verdwijning, met uitzondering van het volgende. Op de dag of dagen vóór Davids ontvoering stond er bij de lagere school van Forest Valley een grijs of zilverkleurig busje geparkeerd. Het merk van het busje is onbekend, en er zaten één of twee mensen in. Van één van de inzittenden wordt aangenomen dat het een vrouw was. Van de kentekenplaat van het busje is bekend dat er een dier of een vogel op stond.' Achter hen toonde het beeld een montage van kentekens met kreeften, reigers, walvissen en zeekoeien.

'Uit meerdere factoren hebben we kunnen afleiden dat David onder dwang is ontvoerd. Om te beginnen, lag Davids nieuwe rode fiets, waar hij heel trots op was, achteloos langs de kant van de weg. Ten tweede...' hierbij keek Robinson heel ernstig in de camera, 'is het zo dat de Starks, zoals zoveel gezinnen met jonge kinderen die bang zijn voor vreemde mensen, een wachtwoord hebben, en dat David heel goed wist dat hij niet mee mocht met vreemden die het wachtwoord niet kenden. Zoals in dit soort gevallen gewenst is, was alleen de zeer naaste familie van het wachtwoord op de hoogte. David Stark was een heel voorzichtig kind. Hij zou nooit zomaar met een onbekende zijn meegegaan.' Hij slikte. 'Maar David Stark heeft geprobeerd voor zijn ouders een boodschap achter te laten. Toen zijn ontvoerders over de oprit naar de snelweg reden, is het hem gelukt een schoen uit de auto te gooien, een gymp met zijn initialen erop...'

Opnieuw werd het scherm gevuld door de rode gymp en zoomde de camera in op de initialen. Stephen maakte een ongewild geluid, een gesmoorde kreet van pijn, en sloot zijn ogen. Miranda's hand sloot zich over de zijne en ze hield hem stevig vast. Achter zich hoorde hij het geluid van Rachels blote voeten terwijl ze weer binnenkwam en de kruk opraapte. Hij verzette zich niet toen ze zijn andere hand beetpakte. Zo vereend, keken ze in ademloze stilte naar Robinson, die zijn oproep beëindigde.

De schoen maakte plaats voor een foto van David. Hij grijnsde breed en in zijn hand hield hij een grote, eveneens grijnzende pompoen. Rachel greep Stephens hand steviger beet. 'We zijn hier vanavond om u te vragen ons te helpen bij het vinden van deze jongen: David Stark. Wij verzoeken u goed na te denken en zich af te vragen af of u dit kind hebt gezien. In een wegrestaurant? Bij een benzinestation? In uw schoenenzaak? Hebt u een jongen gezien met één rode gymp? Of zonder schoenen? Hebt u een grijs of zilverkleurig busje gezien met een kind erin dat op David lijkt? Is er iemand bij u in de straat komen wonen? Is er een nieuw kind bij u op school gekomen? Hebt u iemand gezien van wie u dacht dat ze geen kinderen hadden die jongensschoenen maatje vierendertig heeft gekocht? Misschien weet u waar de andere gymp is? Een rode, hoge gymp, maatje vierendertig?' Robinsons stem brak, en hij wendde zich tot de presentatrice. 'Kunt u...'

Ze legde haar hand even op de zijne. 'Dank u, meneer Robinson. Ik weet dat onze kijkers zullen doen wat ze kunnen om te helpen. De rode gymp die u zag, is hier in Amerika vervaardigd door de Fleet Foot Shoe Corporation. Fleet Foot looft een royaal bedrag uit voor degene die ons de tip kan bezorgen die tot Davids terugkeer leidt. U hoort er meer over van de directeur van Fleet Foot, James Dawson. Meneer Dawson...'

Dawson zag eruit als het soort mens dat sinds zijn geboorte, sinds zijn zachte babyhaartjes zorgvuldig geborsteld waren door een onberispelijk kindermeisje met een zilveren borstel, altijd een perfect kapsel heeft gehad. Hij legde zijn handen op zijn knieën, boog zich naar voren en keek oprecht bezorgd in de camera. 'Dank je, Donna. Toen John Robinson bij ons kwam en ons het verhaal van David vertelde... toen hij ons vertelde dat de enige aanwijzing in de ontvoeringszaak van een jongetje van negen een van onze gympen was, was iedereen bij Fleet Foot daar diep van onder de indruk. Wat een ongelooflijk assepoester-verhaal... net als de prins hebben Stephen en Rachel Stark geen andere mogelijkheid om hun kind terug te vinden dan via een van onze schoenen. Toen ik vroeg wat we konden doen om te helpen, zei meneer Robinson dat hij uit ervaring had geleerd dat het uitloven van een beloning vaak informatie aan het licht brengt die met alleen het opsommen van de feiten niet naar voren komt. Dat het de mensen ertoe brengt om dat ene, mogelijk doorslaggevende telefoontje te plegen. Dat is de reden waarom Fleet Foot heeft besloten een beloning van $25.000 uit te loven voor die ene tip die leidt tot de opsporing van David Stark.'

Zijn gezicht maakte plaats voor dat van David, en boven de foto stond met grote letters: 'Hebt u dit kind gezien?' Onder de foto stond: '$25.000 beloning voor de tip', en een telefoonnummer. Op de achtergrond vertelde Donna dat de telefoons van de Missing Child Foundation vierentwintig uur per dag bemand zouden worden door een team van vrijwilligers van de Fleet Foot Shoe Corporation. Davids gezicht maakte plaats voor de gymp, en boven de gymp stond de vraag: 'Hebt u deze schoen gezien?'

De gymp vervaagde, en Donna en een glad uitziende presentator zaten achter een groot bureau. De man keek in de camera en zei: 'We zullen het nummer vanavond tijdens de nieuwsuitzending en tijdens onze latere uitzendingen regelmatig herhalen. Als u denkt dat u iets gezien hebt, dan verzoeken wij u dringend om te bellen. Voor wat het overige nieuws vanavond betreft...'

Stephen trok zijn hand onder die van Miranda vandaan en zette de televisie uit. Er viel een stilte in de keuken. Een intense, drukkende stilte, die bleef hangen. Het enige geluid was hun ademhaling. Hij zat en keek naar

247

het stoffige scherm, terwijl hij zich afvroeg of er iemand zou bellen. Of het enig verschil zou uitmaken. Of er nog tijd was. Of er nog hoop was.

De stilte werd verbroken door de telefoon. Niemand bewoog. Nog steeds op een rijtje, nog steeds op hun krukken, draaiden ze zich om naar de telefoon en wachtten. Ademden door het klikken en het tikken. Hielden hun adem in toen een harde, droge vrouwenstem door de keuken klonk. 'Rachel, dit is Norah Proust. Ik heb begrepen dat je een paar korte, wanhopige boodschappen van David hebt gekregen. Het is van het grootste belang dat we praten. Ik weet dat je thuis bent. Neem de telefoon op, alsjeblieft'.

Stephen draaide zich opzij naar Rachel, die in paniek naar de telefoon keek. 'Vooruit, toe dan. Praat met haar.'

Rachel schudde het hoofd. 'Stephen, dat kan ik niet. Ik ben te moe. En waarom heb je zo'n haast? Ik heb toch gezegd dat ik het morgen zou doen.' Norah Proust gaf het op en noemde haar telefoonnummer.

Hij liet zich van zijn kruk glijden, ging voor Rachel staan, legde zijn handen op haar schouders en keek haar strak aan. 'Verdomme, Rachel. Kun je voor de verandering niet eens doen wat iemand anders wil? Kun je niet proberen mee te werken met iets, ook al sta je er dan niet helemaal achter? We zijn allemaal moe. Dit wachten en niets weten is voor ons allemaal even vermoeiend. Denk aan David. Hij zit te wachten en te hopen dat we hem komen halen, en ik kan me niet voorstellen dat hij tot morgen wil wachten omdat jij moe bent!'

Rachel liep, gebogen als een geslagen hond, naar de andere kant van de keuken en nam de telefoon op.

Hoofdstuk 31

'Ik heb u niet, maar toch zie ik u nog steeds.
Zijt gij niet, fataal visioen, even ontvankelijk
voor het gevoel als voor het zien?'
Shakespeare, 'Macbeth'

'Ik weet dat dit niet gemakkelijk voor je is,' zei Norah Proust.

Rachel, die met een ondraaglijke hoofdpijn op de bank lag en zó moe was dat ze het gevoel had alsof ze onder een deken van lood lag, vond dat Norah Proust dat veel te zwak had uitgedrukt, maar ze was te moe om iets anders te kunnen doen dan dat wat haar was opgedragen. Stephen had haar gezegd dat ze moest meewerken, en dat deed ze. Gemakkelijk was het niet. Er was niets warms en vaags aan Norah Proust, en ondanks haar geruststellende woorden voelde het veel meer aan als een bezoek aan de tandarts dan als een kans om zich te ontspannen en haar geest te openen.

'Wanneer je met David communiceert, zie je de dingen dan meestal door zijn ogen? Kun je zien wat hij ziet?' vroeg Norah. Haar hand lag luchtig op die van Rachel, op een manier zoals je een slapend kind kunt aanraken. De huid van haar hand was ruw.

'Zo duidelijk is het niet. Soms hoor ik zijn stem. Soms denken we alleen maar aan dezelfde dingen...'

'Maar je ziet de wereld nooit door zijn ogen?' viel Norah haar in de rede. Ze liet haar niet uitspreken.

Rachel dacht na. Ze wilde graag nauwkeurig antwoord geven. Vragenformulieren met vakjes om je antwoord in op te schrijven waren iets waarmee ze meestal niets kon beginnen. Ze wilde haar antwoorden altijd nader uitleggen. 'Vóór zijn ontvoering, nooit. Daarna één of twee keer. De eerste keer, kort na zijn ontvoering, zag ik een weg. En vandaag heb ik een kamer gezien. Ik zag zijn hand op de deurknop.'

'Weet hij waar hij is?'

'Nee, ik geloof van niet. David let niet op dat soort dingen.'

'Hij moet weten waar hij is, in ieder geval het huis, de omgeving ervan, ook al weet hij dan misschien niet hoe de plaats heet,' zei Norah, op een overdreven geduldig toontje, alsof ze het tegen een kind had. 'Kun je hem zover krijgen dat hij het je vertelt?'

Rachel vond de kalme stem en de dwingende vragen irritant. 'Dat weet ik niet,' snauwde ze, terwijl ze haar hand wegtrok. 'Het is iets dat me zomaar overkomt. Ik kan het niet laten gebeuren. Ik kan hem niet oproepen als ik behoefte heb aan een praatje... ik kan mijzelf niet naar eigen believen zijn hoofd binnen stralen.'

Norah Proust legde een koele, magere hand op haar arm. 'Ik verzoek je om voor mij kalm te blijven,' zei ze. 'We doen dit niet voor jou... omdat jij het zo graag wilt. Dat weten we allebei. We doen het voor David. Misschien kan ik je wel helpen, al kan ik natuurlijk niets garanderen. Maar misschien lukt het. Maar alleen als je bereid bent naar me te luisteren en mee te werken.'

Rachel, die zich voelde als een lastig kind dat een standje heeft gekregen, knikte. 'Ik heb zo'n hoofdpijn.'

'Dan pauzeren we. Neem een aspirientje of zo...'

'Dat kan ik niet,' zei Rachel, terwijl ze zich realiseerde dat ze verwacht had dat een helderziende een dromerig, mysterieus iemand zou zijn, in plaats van de juf van de tweede klas die ze niet kon uitstaan. Haar eerste indruk was verkeerd geweest. Dit was niet Mary Poppins, dit was de boze heks van het westen. Als Norah Proust echt helderziend was, zou ze weten waarom Rachel geen aspirine kon nemen. 'U zei aan de telefoon dat u begrepen hebt dat mijn boodschappen van David dringender waren geworden. Wat bedoelde u daarmee?'

'Ik denk dat we ons maar beter op jou kunnen concentreren, Rachel. Jij bent onze belangrijkste bron van informatie. Ik wil dat niet bederven door mijn eigen waarnemingen.'

'Hoe kan mijn informatie nu bedorven worden door de uwe? Ik zou eerder denken dat het juist goed is om informatie uit te wisselen.'

'Goed,' zei Norah, de vraag negerend. 'Wat we moeten doen, is jou leren hoe je je communicatie moet richten, en kijken of we meer te weten kunnen komen over waar David wordt vastgehouden. Als eerste wil ik dat je terugdenkt aan die eerste keer, toen je een glimp hebt opgevangen van waar hij was, en dat je me dan vertelt wat je hebt gezien.'

'Ik heb ooit eens een tandarts gehad die net zo was als u,' zei Rachel. 'Als ik zei dat het pijn deed, ging hij gewoon door met boren.' Norah Proust trok haar wenkbrauwen op, maar ze zei niets.

Rachel sloot met een zucht haar ogen en probeerde de herinnering terug te halen. Ze geloofde niet dat dit zou lukken. Het was haar nooit gelukt om het te laten gebeuren. Ze probeerde haar brein te ontspannen en haar gedachten los te laten, en was zich aldoor onaangenaam bewust van Norah's hand op haar arm. Het was bijna alsof haar huid onder die hand een heel klein beetje tintelde. Eerst was het alsof ze op de tast vooruitkwam in een gang vol spinnenwebben, maar opeens werd alles helder en zag ze het beeld duidelijk voor zich. 'Een weg,' zei ze. 'Een landweg. Geen huizen, geen stoepen. Hobbels en kuilen en hier en daar gerepareerde stukken. Het voorjaar is nog steeds veel minder ver dan hier, maar er groeien dezelfde soort bomen. Meer onverzorgde struiken. Een stenen muur.'

'Lijkt het op een plek waar je wel eens bent geweest?'

Ze haalde haar schouders op zonder haar ogen open te doen. 'Het kan overal zijn. New England, bijvoorbeeld. Of New Hampshire. Vermont. Misschien niet zo heuvelachtig als Vermont. Ik weet niet.'

'Goed. Wat zie je verder?'

'Velden. Velden achter die muur die net aan het uitlopen zijn.'

'Je doet het uitstekend. Heel goed. Zie je auto's?' Rachel schudde het hoofd. 'Mensen?' Opnieuw schudde ze het hoofd. 'Iets anders? Gebouwen?'

Alsof ze in haar hoofd naar een film keek, probeerde ze meer te zien, dieper in het landschap te kijken, probeerde ze zich met haar kunstenaarsoog op bepaalde details te richten. 'Verderop, aan de rechter kant, is een oprit.'

De greep op haar arm verstevigde. 'Kun je die oprit af?'

'Ik zal het proberen.' Als een camera met een zoomlens probeerde ze de oprit af te kijken. 'Ik zie een rode stal,' zei ze. 'Hij moet geschilderd worden. Ik geloof dat het een echte stal is. Ik bedoel, eentje die in bedrijf is.' Ze zweeg toen het tot haar doordrong wat ze zag. Vóór de stal stond een zilverkleurig busje. Ze zag het alleen maar in haar hoofd – in haar verbeelding. Ze kon er niet eens zeker van zijn of ze het door Davids ogen zag of dat ze zich verbeeldde wat ze meende te moeten zien. Toch was ze stomverbaasd over wat er gebeurde, en het maakte haar ook een beetje bang.

'Ik zie het busje,' fluisterde ze.

'Mooi. Kun je het kenteken zien? Kun je het lezen?'

Zo moest het zijn om onder hypnose te zijn, dit onwerkelijke gevoel van je aan iemand anders over te leveren en je gedachten door die ander te laten sturen. Ze probeerde mee te werken, maar haar brein wilde niet verder die oprit af; het wilde haar niet naar het kenteken laten kijken. In plaats daarvan ging haar blik naar boven en keek ze opgetogen naar de sierlijke vlucht van een vogel die was opgeschrikt en vanuit de struiken hoger en hoger de lucht in vloog. Terwijl ze naar de vogel in zijn vlucht keek, besefte ze dat ze door Davids ogen keek en dat ze Davids plezier in het natuurgebeuren voelde. Het plezier dat zij hem had bijgebracht. David had geen belangstelling voor kentekenplaten en hij was bang voor het busje. 'Hij wil het me niet laten zien. Hij wil er niet dichterbij komen,' zei ze.

'Nee,' zei Norah Proust, terwijl ze haar greep op Rachels arm verslapte.

'Dat kan ik ook wel begrijpen. Zal ik een kopje thee voor je maken?' Rachel schudde het hoofd. Ze was te moe om te gaan zitten. 'Heb je er bezwaar tegen als ik een kopje voor mezelf zet?'

'Nee. Natuurlijk niet. Er staan verschillende soorten thee in het kastje bij de...'

'Ik heb mijn eigen thee meegebracht.'

Ze mocht er dan moederlijk uitzien, maar haar optreden was dat helemaal niet, dacht Rachel. 'Hoelang gaan we hier per keer mee door?' vroeg ze.

Norah keek op haar horloge. 'Maximaal nog een uur, denk ik. Ik weet het, ik weet het, je bent moe,' zei ze, alsof ze Rachels gedachten had gelezen. 'Maar ik vrees dat tijd heel belangrijk is. Ik kan David niet bereiken zoals jij, maar ik heb enkele uiterst verontrustende dingen gevoeld. Heb je vandaag van hem gehoord?'

'Toe, gaat u dat kopje thee nu maar zetten,' zei Rachel. 'Ik wil even alleen zijn...'

'Natuurlijk.' Norah stond op en schreed de kamer uit. Rachel keek haar na en naar de dichte deur, en probeerde te bepalen wat het was dat haar stoorde aan Norah Proust. Voornamelijk dat ze haar vragen niet beantwoordde en haar eigen waarnemingen niet wilde delen.

Haar gedachten werden onderbroken door de deur die tegen de muur aan sloeg. Zij en Stephen waren de enigen die niet met de deuren sloegen. Dat was een vaardigheid die ze geoefend hadden. 'Neem me niet kwalijk,' zei Norah. 'Voor we verder gaan, wil ik eerst een stuk speelgoed van David hebben, iets waar hij graag mee speelde.'

Als een speurhond, dacht Rachel. Geef haar iets om aan te snuffelen met die scherpe neus van haar en ze gaat er als een pijl uit de boog vandoor. 'Is Stephen in de keuken?' vroeg ze. Norah knikte. 'Vraagt u hem dan maar of hij u Megrim wil geven.'

'Megrim?'

'Zijn beschermdraak,' zei Rachel, die zich bijna in de woorden verslikte.

Norah Proust keek haar sceptisch aan. 'Ik heb iets nodig waar hij mee speelt,' zei ze. 'Iets waar hij aan gehecht is...'

'Megrim,' hield Rachel vol. 'Ik weet heus wel wat ik zeg. Hij is mijn zoon...'

'Het was niet mijn bedoeling om...'

'Ja, dat was het wel. Ik ga hem zelf wel halen.' Ze zwaaide haar benen van de bank terwijl Norah haar arm vastpakte.

'Ik ga hem wel halen. Jij moet blijven liggen en je ontspannen. Je moet erbij blijven met je gedachten.'

'O, ik ben er heus wel bij met mijn gedachten, maar ik snap niet hoe iemand zich in uw nabijheid kan ontspannen...'

'Ik kan je niet helpen als we kibbelen...' zei Norah.

Kibbelen. Het perfecte woord van de boze heks van het westen. Waarschijnlijk gebruikte ze ook het woord 'berispen'. 'Ik wil niet kibbelen,' zei Rachel. 'Maar doet u alstublieft niet overal zo moeilijk over. Ik ben echt geen klein kind, weet u. Ik stel alleen maar vragen wanneer ik iets probeer te begrijpen.' Norah zuchtte en verliet de kamer.

'Hebben we geen reuzepret?' vroeg Rachel aan de stilte om zich heen. Vermoeid sloot ze haar ogen in afwachting van de terugkeer van de vrouw. Langzaam maar zeker werd ze zich bewust van een stekende pijn, een pijn in haar onderbuik die haar bang maakte. Was het de baby? Zou ze het kind verliezen vóór ze zelfs maar tijd had gehad om te denken over wat ze zou moeten doen? Nee, het was een ander soort pijn. Maar het was wel een pijn die haar vertrouwd voorkwam. Ja. Nu wist ze het. Het was de pijn van te moeten plassen. De pijn van het te lang moeten ophouden en niet naar de wc te kunnen. En het was niet haar pijn, maar die van David.

Nu zag ze hem. Hij stond tegen de muur geleund en hield zijn handen tegen zijn lijfje gedrukt terwijl hij van zijn ene op zijn andere been sprong. Ze moest erom glimlachen, maar werd meteen weer ernstig toen ze begreep wat er aan de hand was. Hij was opgesloten. Hij zat al de hemel weet hoelang opgesloten en ze wilden hem er niet uit laten. Het is goed, lieverd, dacht ze. Als ze je er niet uit willen laten, dan zoek je een glas of een kop of een blik en dan gebruik je dat. Je hoeft niet te wachten. Dit is niet het moment voor goede manieren' Alsof hij haar gehoord had, zag ze zijn geschrokken gezicht, waarna hij met langzame bewegingen, als een oude man, in de kamer begon te zoeken naar iets waarin hij zou kunnen plassen.

Maar vier weken, en hij was zo veranderd. Mager, zorgelijk, angstig. 'O, David, mijn schat,' zei ze hardop. 'Wat hebben ze met je gedaan?' Hij draaide zich naar haar om en ze keek in zijn ogen. Doodsbange ogen. 'O, lieverd. Zeg me waar je bent, en ik kom je halen. Ik kom meteen. Toe, lieverd, waar ben je?' Onbewust strekte hij zijn armen naar haar uit.

Hij deed zijn mond open om antwoord te geven, juist op het moment waarop Norah Proust binnenkwam en opnieuw met de deur sloeg. Rachel schrok en David was verdwenen.

Rachel ging zitten, haar ogen schoten open en ze keek Norah woedend aan. 'Hij wilde me net iets vertellen, en dan moet u juist die herrie maken. Kunt u niet binnenkomen zonder met de deuren te slaan?' Norah hield Megrim, het kleine, grijsgroene draakje, in haar hand geklemd. 'Hier, geef me dat...'

'Het lijkt me beter als ik...'

'Het kan me geen barst schelen wat u denkt,' zei Rachel. 'Ik heb schoon genoeg van wat andere mensen denken dat ik zou moeten doen. Ik ben het spuugzat dat ik altijd door iemand gestoord moet worden op het moment waarop ik contact met David heb. Ik heb schoon genoeg van mensen die hun tijd verdoen met te denken dat ik geschift ben omdat ik David kan voelen, en me dan gebruiken als een soort van elektrische boor die naar willekeur gebruikt kan worden om door te dringen tot Davids brein. Ik heb u toch gezegd dat het zo niet werkt?' Ze hield haar hand op voor het draakje.

Norah Proust hield haar hand achter haar rug en keek haar nijdig aan. 'Rachel, je moet echt wat rustiger worden. Ik kan je niet helpen als je je zo blijft gedragen. Ik weet dat je gefrustreerd bent, maar het schelden op andere mensen helpt heus niet...'

Rachel stond op en bleef haar hand uitgestrekt houden. Ze was zó woedend dat ze ervan beefde. De uitgestoken hand was onvast. 'Geef me het draakje...'

'Nee,' zei Norah Proust. 'Ik wil dat je weer gaat liggen en dat je je concentreert, maar als je weigert, dan zal ik zelf proberen of ik hem kan bereiken. En daarvoor heb ik het draakje nodig...'

'Ik heb je al ik weet niet hoe vaak gezegd dat het zo niet werkt!' schreeuwde Rachel. 'Ik kan hem niet gewoon zomaar oproepen omdat ik dat wil.'

'Je kunt het leren,' zei de vrouw op effen toon. 'Je bent gewoon iemand zonder discipline.'

Rachel greep haar bij de arm en probeerde haar te dwingen het stuk speelgoed terug te geven. 'Geef op,' schreeuwde ze.

De deur sloeg opnieuw. Stephen stond met een woedend gezicht en zijn handen in zijn zij in de deuropening. 'Wat is hier verdomme aan de hand? Mevrouw Proust probeert ons te helpen en jij gedraagt je als een kind van twee!'

'Ze wil me het draakje niet geven,' zei Rachel.

'Ik vrees dat uw vrouw niet wil meewerken,' zei Norah Proust.

'Toe, Rachel,' zei Stephen. Hij gaf haar niet de kans om het uit te leggen en dacht, zoals gewoonlijk, het ergste van haar. 'Zou je voor de verandering niet eens een keertje kunnen meewerken?'

'Maar ik was...' sputterde Rachel, 'ik was bij David... in die kamer... hij wilde me net iets vertellen, en dan komt dit mens...' ze wees met een bevende vinger op Norah, 'hard met de deur slaand binnen en joeg hem weg!' Ze zweeg om adem te halen en ze wist dat hij niet eens naar haar luisterde. 'Alsof het jou iets kan schelen, Stephen! Je hebt nooit in dit soort dingen geloofd wanneer ik je erover vertelde, en nu sta je tegen me te blaffen en te zeggen dat ik mijn medewerking moet verlenen aan deze Gestapo-helderziende, alleen omdat die geweldige John Robinson van je haar heeft gestuurd. Als zij zo bijzonder is... en als je opeens in deze onzin gelooft, waarom gaan jullie dan niet ergens anders in huis zitten? Dan kunnen jullie gezellig samen jullie geestelijke kortegolfradio naar David opzetten! Maar laat mij met rust!'

'Ze is overstuur,' zei Norah Proust. 'Misschien kunnen we haar beter een paar minuutjes alleen laten. Tot ze gekalmeerd is...'

'Nee,' zei Stephen. 'Daar hebben we geen tijd voor... ze moet begrijpen dat de wereld niet alleen om haar draait, dat ze soms moet meewerken, haar gedrag moet aanpassen ten behoeve van het welzijn van anderen...'

'Dank je, Stephen,' zei Rachel. 'Ik waardeer je pogingen om mij in haar bijzijn te behandelen als een klein, onmondig kind. Misschien dat je er met andere mensen succes mee hebt, maar niet met mij. Als jullie mij niet alleen willen laten, zit er niets anders op dan dat ik jullie alleen laat...' Ze liep naar de deur. Toen ze langs Stephen kwam, legde hij een hand op haar arm om haar tegen te houden. Ze keek naar zijn hand en toen naar zijn gezicht. 'We worden geacht samen één front te vormen,' zei ze. 'Weet je nog? Het is niet jouw probleem en het is niet mijn probleem. Het is ons probleem. Met me te beledigen en me als een klein kind te behandelen, schiet je niets op. Zou je mijn arm nu alsjeblieft los willen laten?'

Hij keek haar aan, had een kleur gekregen van woede maar liet zijn hand niet vallen. 'Luister naar me, Rachel... je moet...'

Ze stikte bijna van woede, maar ze begreep zijn dubbele dilemma. Hij was even bang voor wat er met David zou kunnen gebeuren als zij, en hij kon er niet tegen tegenover een buitenstaander zijn gezicht te verliezen. 'Stephen, Stephen, misschien zou je voor de verandering eens naar mij willen luisteren. Ik moet een poosje alleen zijn, om te kijken of ik weer contact met hem kan krijgen. Dat kan ik niet waar anderen bij zijn. Dat kan ik niet met lawaai en stemmen en mensen die voortdurend heen en weer lopen.' Ze keek naar Norah Proust, die een paar meter van hen af stond. Haar gezicht stond even woedend als dat van Stephen en ze hield het draakje nog steeds stevig in haar hand geklemd. 'Misschien dat het met een ander soort iemand wel gelukt zou zijn, maar ik kan niet goed functioneren wanneer ik word rondgecommandeerd, en zij is een bullebak.'

Stephen liet zijn hand vallen. 'Je doet maar wat je niet kunt laten. Dat doe je anders ook altijd.' Hij draaide zich om en liep weg.

'Rachel, toe,' zei Norah Proust. 'Ik weet dat we het voor elkaar kunnen krijgen... je hoeft me alleen maar te vertellen wat je ziet...' Rachel negeerde haar en ging naar boven.

Ze had de deur van de slaapkamer nog maar amper achter zich gesloten, toen ze zich realiseerde dat ze door en door koud was. Ze trok sokken aan en een dikkere trui, maar kreeg het niet warmer. Ze ging naar bed, kroop onder de dekens, maar ook daar werd ze niet warmer van, en na een paar minuten merkte ze, terwijl ze helemaal in elkaar gedoken lag, dat de tranen haar over de wangen stroomden. Eerst dacht ze dat het kwam door wat er beneden was gebeurd, maar toen besefte ze dat ze aan Peter Coffin dacht en aan de verschrikkelijke manier waarop ze bij hem was weggegaan.

Waar ze ook heen ging en waar ze ook aan dacht, overal werd ze eraan herinnerd dat ze een waardeloos mens was. Bij de herinnering aan Peter Coffins uitgemergelde gezicht. Door wat Stephen tegen haar had gezegd.

Door wat Norah Proust tegen haar had gezegd. Maar vooral door het feit dat ze niet in staat was het enige te doen wat ze zo graag wilde: haar kind redden. Ze trok haar knieën nog wat hoger op, maakte zichzelf tot een bal en wilde dat ze dood was.

Iemand haalde adem. Het zachte, stille ademhalen van iemand die probeerde af te luisteren zonder gehoord te worden. Ze wist dat het ademhalen binnen in haar was, en tegelijkertijd voelde ze, onder zich, een harde, koude vloer. Ze was weer bij David. Hij lag op de vloer en hield zijn oor tegen het metaal van een roostertje gedrukt. Verre woorden weergalmden door het metaal, maar ze waren onverstaanbaar. Zij en David haalden tegelijkertijd adem, hielden hun adem in en luisterden. Ze hoorden een vrouw die zei: '... geen andere keus met al deze publiciteit. We zullen ons van hem moeten ontdoen'. Het zachtere antwoord van de man was onverstaanbaar.

Een golf van angst, even intens als een elektrische schok, trok tegelijkertijd door haar lichaam en dat van David. O, lieverdje, dacht ze. Zeg me toch waar je bent, dan kom ik je halen. Toe, David, zeg me dan toch waar je bent!

De deur van de slaapkamer vloog met een klap open en Miranda kwam binnen met een pot thee. Rachel schoot overeind en krijste het uit van woede en pure frustratie. Miranda liet het blad vallen en Stephen kwam naar boven gerend om te kijken wat er gebeurd was. Ze wendde zich tot het tweetal dat bij de deur stond en met grote ogen naar haar keek. 'Ze gaan hem vermoorden,' zei ze. 'Ze gaan hem vermoorden, en ik kom er maar niet achter waar hij is, omdat...' Ze sprak met een van woede verstikte stem en de tranen stroomden haar over de wangen. 'Omdat elke keer wanneer ik contact met hem heb, elke keer dat hij op het punt staat iets tegen me te zeggen, een van jullie met luid kabaal binnenkomt en hem weer verjaagt.' Terwijl ze dat zei, trok ze haar schoenen aan. 'Ik moet hier weg. Als ik ooit een kans wil hebben om hem te redden, dan moet ik hier bij jullie vandaan.'

Op weg naar de deur deed ze haar haren in een staartje, en als het nodig was zou ze dwars door hen heen lopen.

Opeens werd de stilte verbroken door Miranda, die zich tegen de muur aan liet vallen en haar handen voor het gezicht sloeg. 'Het is allemaal mijn schuld. Alles. Als ik niet tegen dat stel over het wachtwoord had gekletst, zou hij nooit met hen mee zijn gegaan. Dan zou hij nooit met hen zijn meegegaan en zou hij gewoon nog steeds bij ons zijn.'

Hoofdstuk 32

'Met nederlaag na nederlaag,
met verwarring en verbijstering...'
John Milton, 'Paradise Lost'

De stilte die, even zwaar als een dichte mist, in de kamer hing, werd slechts doorbroken door Miranda's snikken. Even zwaar en even kil, en dat deed hen van verbijstering verstarren. Stephen stond bij de deur, een hand op de sponning, half naar binnen geleund. Als de muur er niet was geweest, zou hij waarschijnlijk zijn flauwgevallen van stomme verbazing. Miranda zat vóór hem op haar hurken, met haar rug naar hem toe en haar handen voor het gezicht geslagen. Rachel stond bij het bed, één hand op de borst als een Victoriaanse douairière, met een geschokte, diep onthutste uitdrukking op haar gezicht. Uiteindelijk was het Stephen die de stilte verbrak – hij moest weten wat zijn schoonzus precies bedoeld had met haar onbegrijpelijke bekentenis. 'Miranda, waar heb je het in vredesnaam over?'

'Er moet een relatie zijn,' zei ze, zonder de handen van haar gezicht te halen, zodat haar stem gedempt en onduidelijk klonk. 'Ik heb het niet met opzet gedaan. Echt niet. We waren gewoon aan het praten. Ik heb er geen moment bij stilgestaan... ik heb er nooit enig verband tussen gelegd tot op dit moment.'

'Waar heb je het over?' herhaalde hij. 'Waar waren jullie gewoon over aan het praten? Wat voor verband?'

'Dat oudere stel. Rachel, je weet het vast nog wel. Ik heb je over hen verteld. Ik heb ze ik weet niet hoeveel huizen laten zien. Ze zeiden dat ze hier wilden komen wonen met hun dochter en haar kind, en daarom wilden van alles over scholen weten. Ik had echt goede hoop dat ze uiteindelijk zouden kopen... een paar van mijn andere cliënten zaten op het puntje van hun stoel op een bod te wachten. En toen op een dag, toen ik weer een afspraak met ze had, zijn ze nooit op komen dagen. Ze hebben zelfs niet eens afgebeld. Ik heb naar hun motel gebeld, en daar zeiden ze dat ze vertrokken waren. Ik was nijdig, maar ik stond er verder niet bij stil. Ik vond het gewoon ontzettend onbeschoft, dat was alles. Maar zulke klanten heb je wel eens. Zo nonchalant, alsof mijn tijd niets waard zou zijn. Ik bedoel, ik heb ze echt de hele stad laten zien, en dan gaan ze er zomaar zonder een woord vandoor. Maar nu, bij nader inzien, realiseer ik me opeens dat ze een busje hadden...'

Stephens kracht lag in het stellen van de perfecte vraag en het achterhalen van precies dát stukje relevante informatie, maar die gave liet hem nu in de steek. Hij wist dat hij verreweg het grootste gedeelte van de afgelopen vier weken woedend was geweest, en hij wist dat woede over het algemeen een averechts effect sorteerde. Met een koel hoofd kwam je veel verder – hij had zichzelf jarenlang geoefend in het hoofd koel houden – maar dit was gewoon te veel van het goede. Miranda's late bekentenis trof hem met de dubbele kracht van verbazing en woede. 'Verdomme, Miranda, wil je nu eindelijk eens zeggen wat je precies bedoelt, en ophouden met erover te klagen hoe slecht je behandeld bent? Wat bedoel je met die opmerking over het wachtwoord? Het kan ons niet schelen hoeveel huizen je ze hebt laten zien.' Hij kwam niet verder en was zó woedend dat hij amper nog lucht kon krijgen.

'Misschien heeft het wel niets te betekenen,' zei ze.

'Nou, daar kunnen we geen zinnig antwoord op geven zolang we niet precies weten waar je het over hebt, wel?'

'Nou, eh... ik... we waren aan het praten over kinderen... je weet wel... over hoe gevaarlijk het tegenwoordig voor kinderen is... en wat je kon doen om je kind te beschermen. Dat was toen ik hen de scholen liet zien... en ik vertelde hoe jullie David een wachtwoord hadden geleerd, En toen vroeg die vrouw wat voor soort wachtwoord dat dan was...'

'Wil je daarmee zeggen dat je ons wachtwoord aan een stelletje vreemden hebt verteld?' Hij kon het niet helpen dat hij schreeuwde. Miranda kromp ineen en kroop bij hem vandaan.

'Kom op, Stevie, wind je niet zo op,' zei ze. 'Ik bedoelde het niet slecht. Ik zag werkelijk niet in wat er voor kwaad in stak om dat aan twee mensen te vertellen die hem helemaal niet kenden en nooit iets met hem te maken zouden hebben. Het hoorde gewoon bij het verhaal, weet je wel?'

'Je hebt ons wachtwoord aan vreemden gegeven?' bulderde hij. 'En je zag niet in wat voor kwaad daarin stak? Waarom denk je dat we een wachtwoord hadden? Omdat we "rutabaga" zo leuk vonden klinken?'

'Ik heb geen moment...'

Hij liet haar niet uitspreken. 'En dat weet je al vier weken? En in al die tijd heb je nooit bedacht dat daar wel eens een verband tussen zou kunnen zijn? Heb je eigenlijk wel gemerkt wat hier in huis gaande is?' Hij kon zijn schoonzus wel wurgen, en te oordelen naar de uitdrukking op Rachels gezicht zou ze hem daar niet van weerhouden.

'Wind je toch niet zo op, Stevie,' herhaalde Miranda. 'Voor hetzelfde geld heeft het er niets mee te maken...'

Ze wilde de kamer uit gaan, maar hij greep haar hij de arm en trok haar weer naar binnen. 'Wind je niet op! Miranda, dat kun je niet menen. Je hebt de ontvoerders de sleutel gegeven die ze nodig hadden om David te ontvoeren, en nu verwacht je van mij dat ik reageer alsof dat niets bijzonders is? Hoe kun je zo stom zijn?' Hij slikte, probeerde iets van zijn kalmte te herwinnen en zijn verlangen om haar te wurgen de baas te blijven. 'Wat voor soort busje was het?'

'Ik ben niet stom, Stephen...'

Misschien dat hij dat verlangen niet moest onderdrukken. Hij kon zijn handen voelen jeuken. 'Wat voor busje was het, verdomme? Of heb je daar soms niet op gelet?'

'Zilver,' zei ze met tegenzin. 'Je ziet ze overal.'

'Jezus Christus!' riep hij uit. 'Hoe kan iemand zo stom zijn? Waar heb je de afgelopen maand uitgehangen? Op Mars? We hebben het eindeloos gehad over het wachtwoord en het zilvergrijze busje en twee mensen, van wie er één een vrouw was, die voor Davids school hebben gestaan, en je realiseert je nu pas dat je misschien wel eens iets naders over die mensen weet?' Hij greep haar armen nog steviger beet en keek haar woedend aan. 'Hoe kun je zo dom zijn?'

'Stephen, doe haar geen pijn,' zei Rachel. 'We moeten van haar horen wat ze precies weet. Ik ga Gallagher bellen.' Het klonk niet alsof ze het heel erg vond dat hij haar pijn deed.

Hij liet zijn handen vallen en bleef Miranda, naar lucht happend, staan aankijken. Zijn ongeloof won het bijna van zijn woede. De uitdrukking op haar gezicht was, in plaats van berouwvol of beschaamd, zoals te verwachten zou zijn geweest, in plaats van geschokt of ontzet over het feit dat ze nu pas opeens beseft had dat ze al die tijd met belangrijke informatie had rondgelopen en ze haar neefje van wie ze zoveel hield had uitgespeeld aan zijn ontvoerders, een uitdrukking van de beledigde woede van een afgewezen geliefde, een uitdrukking van ongeloof van een vrouw die beter had verwacht van de man die ze geneukt heeft. 'Hé, word wakker,' snauwde hij. 'Dit is niets persoonlijks. Dit heeft niets te maken met jou en mij. Dit gaat om David. Snap je dan niet, Miranda, dat dit een kwestie van leven of dood is?'

Rachel, die de hoorn ophing, zei: 'Ze zullen hem zo snel mogelijk sturen. Ik kan alleen maar hopen dat het niet te laat is.' Ze hield haar grote, onweerstaanbare ogen strak op haar zus gericht. 'Ze hebben het erover dat ze zich van hem willen ontdoen, Miranda. Dat aardige stel van jou. De ontvoerders. Nu dat de hele situatie zo gespannen is geworden na al die publiciteit van Stephen, zijn ze bang. Ze hebben hem opgesloten en overleggen wat ze met hem zullen doen. Misschien bedoelde je het wel niet slecht met je onnadenkende, banale gekwek, maar voor hetzelfde geld overleeft David het niet!'

'Je kunt niet zeker weten of het mijn schuld is! Misschien had ik beter mijn mond kunnen houden,' mompelde Miranda, terwijl ze tegen een kapot kopje schopte.

'O, doe toch niet zo achterlijk.' Hij had nog nooit iets zo graag willen doen als dat beledigde gezicht van haar slaan. Hij klemde zijn kiezen op elkaar en zei: 'Je bent geen klein kind meer. Je bent verantwoordelijk voor wat je doet. Waarom heb je er zo lang mee gewacht? Kan het je dan niet schelen wat er met David gebeurt?' Ze haalde haar schouders op en ging met haar rug naar hem toe staan.

Hij verdroeg het niet langer om met haar in dezelfde kamer te moeten zijn. 'Ik ga naar beneden, op Gallagher wachten.' Hij duwde haar opzij en stampte de trap af. Halverwege schoot hem nog een vraag te binnen. Hij bleef staan en riep naar boven: 'Waar kwamen ze vandaan?'

'Ze zei New Hampshire. Dat is het adres dat ze hebben genoemd. Maar ik geloof niet dat het kenteken daar vandaan was.'

'Waar was het kenteken dan wel vandaan?'

Ze haalde haar schouders op. 'Dat is me niet opgevallen. Ik heb alleen maar gezien dat het niet groen en wit was, wat het kenteken van New Hampshire wel is. Maar dat zullen ze in het motel wel weten. Daar moet je toch opgeven hoe je heet en waar je woont?' Ze stak haar voet uit en begon het oor van het gebroken kopje in de vloerbedekking te wrijven.

'Laat dat!' zei Rachel. 'Ik hou van die kop. Ik kan hem weer lijmen als je hem niet helemaal kapotmaakt.'

'Schreeuw niet tegen me,' snauwde Miranda, en ze schopte het oor naar de andere kant van de kamer. 'Het was een onschuldige vergissing.'

Stephen draaide zich weer om. Hij kon er niet bij dat iemand zó stom kon zijn. Ze wist zo veel, en ze had er nooit bij stilgestaan. Ze lette zó slecht op wat er om haar heen gebeurde dat ze zich geen moment gerealiseerd had dat er een verband moest zijn, en nu gedroeg ze zich als een kind dat ten onrechte een standje had gekregen. Hij wist dat Miranda geen intellectueel genie was, maar hij had voorheen nooit gedacht dat ze echt stom was. Want dat moest ze zijn, als ze zich dit niet eerder had gerealiseerd. Tenzij ze er zelf aan mee had gedaan, maar dan zou ze nooit bekend hebben. Of had ze er opeens spijt van gekregen? Nee, dat kon het niet zijn. Acteren kon ze niet. Het kon alleen maar stomheid zijn. Egoïsme en kortzichtige stomheid.

Ze zou tenminste in staat zijn een beschrijving van het stel te geven. En misschien dat ze in het hotel wisten waar het kenteken vandaan was, of dat een van de huiseigenaren zich herinnerde waar het busje vandaan kwam. God, wat een dag! Hij had het gevoel alsof hij op de grootste en langste achtbaan van de wereld had gezeten. Hij schonk een ruime hoeveelheid whisky voor zichzelf in, liet er voor de goede orde een ijsblokje in vallen, en liep ervan drinkend als een dorstige hond, naar de zitkamer. Hij snakte naar de verdoving van de drank.

Megrim lag op de lage tafel. Norah Proust had hem daar neergelegd nadat Rachel haar had weggestuurd en ze beledigd vertrokken was. Hij nam hem op, legde hem op zijn hand en bewonderde het fraaie vakmanschap van het draakje. Hij herinnerde zich dat Rachel gezegd had dat hij veel te duur was geweest, maar hij was zo mooi dat zij en David hem niet hadden kunnen weerstaan. En hij wás mooi. Terwijl hij ernaar keek zag hij in gedachten opeens voor zich hoe David er, terug van het winkelen, mee de kamer in was gerend om hem aan hem te laten zien. Hij zag Davids stralende ogen, zijn triomfantelijke grijns, het kleine, vaardige handje met de vuile nagels. Hij huiverde en durfde de gedachte dat hij dat gezichtje wel eens nooit meer levend terug zou kunnen zien, niet toe te laten.

Rachels woorden weergalmden door zijn hoofd, woorden die hij genegeerd had omdat hij zich op dat moment op Miranda had geconcentreerd. 'Ze hebben het erover dat ze zich van hem willen ontdoen...' had ze gezegd. Ze hadden het erover dat ze zich van hem wilden ontdoen. Ze hadden het erover dat ze zich van hem wilden ontdoen. Elke herhaling trof hem als een pijnlijke schop tegen de schenen. De tijd begon te dringen.

Hadden de ontvoerders terecht ingeschat dat Miranda geen verband tussen de gebeurtenissen zou leggen, of had het ze gewoon niets kunnen schelen? Misschien hadden ze er wel niet aan gedacht. Misschien waren het wel heel simpele mensen. Maar ze waren hier gekomen en hadden David ontvoerd en niemand had er iets van gezien. Hadden ze het, zoals Rachel volhield, speciaal op hem voorzien, of was het toeval geweest dat ze hem te pakken hadden gekregen en hadden ze gebruik gemaakt van het wachtwoord dat ze – hoe praktisch – van Miranda hadden gekregen? Hij wou dat er zo af en toe ook eens een antwoord was, in plaats van alleen maar vragen. Hij wou dat hij zijn ogen kon sluiten en dat het, wanneer hij wakker werd, alleen maar een nachtmerrie zou blijken te zijn. Hij was volwassen genoeg om te weten dat wensen en werkelijkheid niet hetzelfde waren. Hij moest het hoofd koel houden en rationeel en volwassen reageren.

Hij sloot zijn ogen en probeerde zijn woede, zijn verwarring en zijn ongeloof de baas te worden. Hij concentreerde zich op zijn ademhaling tot de pijn wegtrok en hij weer normaal lucht kon krijgen. Toen pakte hij een blocnote en begon zijn vragen op te schrijven.

David lag op zijn buik op de vloer en hield zijn oor tegen het koude, harde verwarmingsrooster gedrukt. Hij had in de loop van de weken van zijn verblijf hier ontdekt dat de geluiden van beneden via de verwarmingsleiding boven te horen waren. Als hij heel goed luisterde, kon hij soms verstaan wat ze zeiden. Hij wist dat de man en de vrouw in de keuken waren, maar hun stemmen waren heel zacht. Het enige dat hij kon horen, was geluid, en geen woorden. Maar toen klonk de stem van de vrouw luider en boos – ze was de laatste tijd alleen nog maar boos – en hoorde hij haar zeggen: '... hebben geen andere keuze. We moeten ons van hem ontdoen...' Toen sprak ze weer zachter en kon hij de rest niet verstaan. Hij geloofde niet dat ze bedoelde dat ze hem terug wilde brengen.

Buiten maakte het eindeloze grijs plaats voor het donkerder grijs van de avond. Hij wist niet precies hoeveel uur hij al opgesloten was, alleen dat het er heel veel moesten zijn. Er was geen klok in de kamer en zijn horloge lag op de wastafel in de badkamer. De badkamer. Hij was aan de overkant van de gang, maar kon er niet naartoe. Aanvankelijk had hij dat niet zo erg gevonden, had hij zich alleen maar opgewonden over het feit dat hij was opgesloten. Maar naarmate de uren waren verstreken en hij zichzelf had uitgeput met op de deur te bonzen en hen te smeken hem eruit te laten, had hij steeds meer moeten plassen en had hij daardoor steeds sterker aan de badkamer moeten denken.

Op een gegeven moment had hij een geniale oplossing bedacht – het raam opendoen en gewoon naar buiten plassen. Daarna had hij de amusante gedachte gehad dat hij, zodra hij het raam eenmaal open had, eruit zou kunnen klimmen en weg zou kunnen lopen. Dat was een heel prettige, opbeurende gedachte geweest. Hij had zich bijna gelukkig gevoeld toen hij het gordijn had opengeschoven en de hendel naar rechts had gedrukt. En toen had hij getrokken en geduwd tot zijn knokkels ervan bloedden en zijn vingertoppen rauw waren, maar hij had het raam niet open kunnen krijgen. Het zat dichtgespijkerd.

Hij ging in bed liggen, trok de dekens over zich heen en drukte zijn hoofd onder het kussen. Hij voelde zich heel klein en hulpeloos. Hij verlangde naar zijn moeder. Hij verlangde naar zijn vader. Hij wilde dat er iemand kwam om hem te helpen. Hij had geprobeerd een grote, lieve jongen te zijn omdat hij gedacht had dat zijn ouders dat van hem wilden, maar dat dacht hij intussen allang niet meer. Hij geloofde niet dat zijn vader en moeder, die van hem hielden en hun best deden om hem in liefde en geborgenheid groot te brengen, deze mensen hadden uitgekozen. Ze hadden tegen hem gelogen. Hij wist niet hoe ze achter het wachtwoord waren gekomen; maar hij wist heel zeker dat ze het niet van zijn ouders hadden.

Hij ging onrustig verliggen. Hij moest naar de wc. Ten slotte ging hij naar de deur en schreeuwde naar hen, schreeuwde dat ze hem eruit moesten laten. Geen antwoord. Hij pakte de knop vast en trok eraan, eerst aarzelend, maar toen zo hard als hij kon. Toen begon hij op de deur te bonken en te schreeuwen. Hij schreeuwde tot hij hees was en zijn keel er pijn van deed. Hij klemde zijn benen over elkaar, maar zou het niet zo heel lang meer kunnen ophouden.

Hoewel hij wist dat ze hem niet zou kunnen horen, riep hij: 'Mammie, mammie, help me!'

In zijn hoofd voelde het aan alsof hij een antwoord kreeg. 'Zoek een fles of een beker,' zei ze. 'En als je die niet kunt vinden, kijk dan of je een blik ziet. Maak je geen zorgen over de troep, lieverd. Jij kunt er niets aan doen.'

Mammie, mammie, kom me alsjeblieft halen. Ze willen zich van mij ontdoen, dacht hij, en opnieuw was het alsof ze hem antwoord gaf.

'Waar ben je, lieverd? Zeg me waar je...' En toen was ze weg. Hij voelde haar niet langer bij zich. Hij probeerde nog een poosje of hij dat geruststellende gevoel terug kon krijgen, maar het kwam niet. Na een poosje stond hij op en ging op zoek naar een kan. Hij vond er een in de kast met kleingeld erin. Hij wist dat de vrouw woedend zou zijn, maar het kon hem niet langer schelen wat ze dacht. Hij gooide het kleingeld eruit en gebruikte de kan, terwijl hij zijn neus optrok tegen de lucht. Hij zette de kan terug achter in de kast, dekte hem af met een paar oude dekens en hoopte dat hij hem niet nog eens zou hoeven gebruiken. Toen ging hij weer op de grond liggen luisteren.

Hoofdstuk 33

'De mensheid vergaat waar visie ontbreekt.'
Spreuken

Stephen voelde zich beter nu Gallagher er was. Dat was zeker een gevoel dat hij nooit verwacht had te zullen hebben. Hij had geleerd om een filosofische houding aan te nemen ten opzichte van winnen en verliezen en de grillen en zwakheden van zijn medemens, maar diep vanbinnen was hij wrokkig. Hij liet zich er niet door vergiftigen; hij zocht naar creatieve manieren om wraak te nemen. Gallagher had met zijn gedrag een ereplaatsje op de wraaklijst verdiend en dit zou daar waarschijnlijk niets aan veranderen, maar toch deed het Stephen goed om te zien dat Miranda door iemand anders ondervraagd werd. Hij kende haar te goed, was haar te veel verschuldigd en was te boos om er de noodzakelijke vasthoudendheid voor te kunnen opbrengen.

'Ik heb Robinsons assepoesterverhaal vanavond op de buis gezien,' zei Gallagher. 'Je moet toch bewondering voor hem hebben. Hij weet precies hoe hij de media moet bespelen. Hebben jullie al interessante tips binnengekregen?' Zijn gezicht was uitdrukkingsloos, maar zijn houding zei dat hij dat betwijfelde. Zijn kleren roken naar oude pizza, en een vlekje tomatensaus bij zijn mondhoek deed vermoeden dat hij haastig van tafel was opgestaan.

Stephen haalde zijn schouders op en weigerde zijn spelletje mee te spelen. 'Robinson heeft niet gebeld.'

'Daar moet je ook niet op rekenen,' zei Gallagher. 'Als er enige eer te behalen valt, dan eist hij die op voor zichzelf.' Hij keek de kamer rond. 'En waar is onze kroongetuige?'

'Die zit in haar kamer te mokken. Ik ga haar wel even halen.'

'Dat zou plezierig zijn.' Gallagher ging op de bank zitten en sloeg zijn benen over elkaar. 'Ik neem aan dat ze vanavond niet voor koffie zorgt?'

Stephen stond op het punt om te zeggen dat Rachel dat wel zou kunnen doen, maar hij beheerste zich. Ze waren niet hier om Gallagher te bedienen. Hij was hier om te doen wat hij allang gedaan moest hebben, het verhoren van een getuige. 'Ik ben bang van niet,' zei hij.

Ze kwam met een strak gezicht en hoog opgeheven kin uit haar kamer. Ze liep met stijve schouders langs hem heen en keurde hem geen blik waardig. Hij keek naar na, keek naar haar heupen die, terwijl ze de gang afliep, heen en weer wiegden onder een kort plooirokje. Ze zag eruit als een onschuldige tiener – een witte blouse, donkere trui en geruit rokje. Ze zag eruit alsof ze zo van het hockeyveld kwam. Ik wens je sterkte, dacht hij. Hij wist uit ervaring dat Gallagher niet gevoelig was voor vrouwen, hoe lief ze er ook uitzagen. Hij volgde wat langzamer om Gallagher de gelegenheid te geven om te beginnen, en ze wist dat ze, als Gallagher het haar lastig maakte, een beroep op zijn hulp zou doen.

'En dat kun je vergeten,' zei hij zachtjes voor zich heen. 'Je mag al dankbaar zijn dat ik je niet gewurgd heb.'

Hij ontmoette Rachel onderaan de trap. Hij stak automatisch een arm naar haar uit en trok haar tegen zich aan. Ze keek naar hem op, en hij had, zoals zo vaak gebeurde wanneer ze dat deed, het gevoel alsof hij haar ogen voor de eerste keer zag – die vreemde, lichte, stralende ogen van haar. Zorgelijke ogen. 'Ik heb nog helemaal niet de kans gehad om je te vragen hoe het je vandaag is vergaan,' zei hij.

'Het is niet bepaald een rustig avondje geweest. Hoe dan ook, er valt niet veel te vertellen. Ik heb een rotdag gehad. De man is een arts van onze leeftijd die aids heeft opgelopen van een injectienaald en nu eenzaam stervend in het ziekenhuis ligt. En ik heb natuurlijk gedaan wat ik kon om hem een heerlijk gevoel te bezorgen – ik ben op hoge poten bij hem naar binnen gegaan en heb hem beschuldigd van een ontvoering waar hij niets van af weet. Daarna heb ik hem Davids foto's laten zien, heb een persoonlijke band met hem gesloten, heb hem laten nadenken over het feit dat hij een kind heeft voortgebracht dat in groot gevaar verkeert, en ben toen weggegaan terwijl hij me smeekte om te blijven.'

'Weet je het zeker?'

'Wat? Dat hij het niet wist van David? Ja. Dat wil zeggen, in algemene zin is hij, omdat hij sperma heeft gegeven, zich ervan bewust dat hij kinderen zou kunnen hebben, maar ik geloof niet dat hij ooit heeft stilgestaan bij de realiteit daarvan.'

Hij knikte. 'Het spijt me dat ik je gedwongen heb... met mevrouw Proust. Ik ging er alleen maar van uit dat het zou helpen...'

'Precies zoals ik en die arme man. Je moest wel behoorlijk wanhopig zijn geweest om een helderziende aan te raden. Dat begrijp ik best. We moeten alle twee wel behoorlijk wanhopig zijn, want anders zouden we dit soort dingen nooit doen. Je kon onmogelijk weten dat ze zo'n afgrijselijke, onuitstaanbare schooljuf zou zijn – een echte bullebak. Ik weet niet. Misschien als ze vriendelijker was geweest, niet zo overheersend, dat ze dan wel had kunnen helpen. In het begin leek het goed te gaan, als ze er maar niet steeds tussendoor was gekomen. Het was net alsof je naar een film probeert te kijken terwijl er voortdurend andere mensen doorheen zitten te praten.'

Ze haalde haar schouders op. 'Ik weet niet. Ze zei dat ze het gevoel had dat David in gevaar verkeert, maar toen wilde ze me niet vertellen hoe ze daar precies aan kwam. Je weet wel, wat hij tegen haar zei. Het deed me denken aan die keer dat ik ooit eens bij een psychiater ben geweest... om over Jonah te praten, en toen ik haar vroeg naar haar werkwijze, wilde ze uitzoeken waarom ik die vraag had gesteld. Ik stel een vraag omdat ik er een antwoord op wil hebben. En zo was het met Norah Proust ook.'

Ze ging op de onderste tree zitten en trok hem naast zich. 'Laten we nog niet naar binnen gaan. Laat haar eerst maar eens alleen ervaren hoe heerlijk het is om door Gallagher ondervraagd te worden.' Stephen ging naast haar zitten en legde zijn hoofd op haar borst terwijl hij luisterde naar het vibreren van haar stem door haar huid.

'Misschien heb ik wel te veel verwacht,' zei hij.

'Ik geloof inderdaad dat mensen te hoge verwachtingen hebben van helderzienden,' zei ze. 'Van wat ik erover gelezen heb, schijnt het eerder een kwestie van indrukken en algemene informatie te zijn. Ze komen niet met achternamen en...'

'Waarom belt Robinson niet?' viel hij haar in de rede, terwijl zijn gedachten alweer naar het volgende onderwerp waren gesprongen. 'Als dit ook niets oplevert, dan weet ik niet wat we verder nog kunnen doen. Bij het zien van het nieuws vanavond leek het allemaal zo helder... zo eenvoudig.' Hij ging rechtop zitten en kamde met zijn vingers door zijn haar. Vet. Hij moest zich douchen. 'Er zal toch wel íemand zijn die iets heeft gezien!'

Ze legde haar hand op zijn gezicht – haar vingers waren koel en teder. 'Misschien heeft hij het wel te druk om te bellen. Misschien staat de telefoon wel roodgloeiend.'

Hij zei haar niet wat Gallagher over Robinson had opgemerkt. Ze had niet nog meer slecht nieuws nodig of, als Gallagher zich vergiste, niet nog meer redenen om Robinson te bekritiseren. Hij zei alleen maar: 'Maar Gallagher heeft niets gehoord...'

Ze legde een vinger op zijn lippen. 'Dat weten we niet. Het is nog te vroeg om nu al ontmoedigd te raken. Nog meer dan we toch al zijn, bedoel ik.'

Ze trok haar hand terug en kamde ermee door haar eigen haren. Ze zag er oud en afgeleefd uit, de kringen onder haar ogen waren groot en donker, als de vegen op het gezicht van een rugbyspeler. 'Misschien dat ze om elf uur met de laatste ontwikkelingen komen. Hoe dan ook, we hebben Miranda. Hoewel ze mijn eigen zus is en ik haar ondertussen toch zou moeten kennen, kon ik gewoon niet geloven... en ik geloof het nog steeds niet... dat ze zo stom kan zijn.' Haar stem beefde van woede.

'Geloof het maar rustig.'

'Maar het slaat nergens op,' zei ze.

'Is er iets dat ergens op slaat? Had jij een maand geleden kunnen bedenken dat je naar Chicago zou gaan om in een bevruchtingskliniek dramatische taferelen op te voeren? Of dat je naar New York zou gaan om een spermadonor te zoeken? Had ik kunnen weten dat ik uren achtereen in smerige telefooncellen zou staan om op de telefoontjes van een ontvoerder te wachten? Natuurlijk niet. Niemand verwacht ooit dat zoiets als dit zal gebeuren...'

'Maar dat deden we wel. Daarom hadden we het wachtwoord. Het wachtwoord dat... dat die idioot van een zus van mij zomaar prijsgeeft aan uitgerekend die vreemde die ons kind wilde ontvoeren! Als jij haar na afloop niet vermoordt, doe ik het zelf. Ze is een gevaar voor de mensheid!'

Hij sloeg een arm om haar heen en trok haar naar zich toe. 'Ze heeft het niet expres gedaan, Rachel...'

Ze liet haar hoofd naar achteren hangen en keek met grote ogen naar hem op. 'En waag het niet het voor haar op te nemen!'

'Stil, Rach, zo hoort ze je nog,' zei hij.

'Dat kan me niets schelen!' zei ze. 'Dat kan me niets schelen. Na alle ellende die ze ons bezorgd heeft, is geen straf zwaar genoeg...'

'Zij is niet degene die David ontvoerd heeft, weet je nog?'

'Alsof ik dat zou kunnen vergeten. Maar wie zijn die mensen? En waarom hebben ze hem meegenomen? Waarom hém?'

Hij keek naar de dichte deur. Een barrière tussen hem en wat hij weten wilde. Hij was woedend op Miranda, maar kon er niet tegen niet te weten wat er gaande was. 'Kom, laten we gaan kijken wat ze te vertellen heeft. En laten we proberen kalm te blijven.' Het was niet moeilijk om dat tegen Rachel te zeggen – de feitelijke vraag was of híj erin zou slagen zijn kalmte te bewaren. Hij stond op, pakte haar hand en trok haar overeind. Hij merkte dat ze niet mee wilde.

'Ik weet niet of ik er wel tegen kan... om naar haar te luisteren... ik weet niet of ik wel kalm zal kunnen blijven, Stephen...'

'Beschouw haar maar als een bron van informatie. Je kunt haar zo intens haten als je wilt, maar blijf jezelf voorhouden dat het enige dat ons interesseert haar informatie is.' Rachel knikte. Zonder verder nog iets te zeggen, gingen ze naar binnen en namen ze elk plaats op een stoel.

Ze waren nog maar een paar minuten bezig, maar Miranda was al in tranen. Ze keek Gallagher aan met vochtige, verwijtende ogen. Zijn reactie was even gevoelloos als altijd. Het pleitte voor hem, dacht Stephen, dat hij iedereen op dezelfde wijze behandelde. Niemand kreeg een goede behandeling.

'Miranda,' zei Gallagher, op een toon waarvan het sarcasme afdroop, 'kun je je nog herinneren waar we kort na Davids verdwijning over gesproken hebben?'

Miranda sloeg haar ogen neer en knikte.

'Ik vroeg: kun je je dat nog herinneren?'

Ze hief haar hoofd op, haar kinnetje trilde en ze keek hem nijdig aan. 'Ja, dat weet ik nog.'

'Dus dan weet je nog dat ik je indertijd heb gevraagd of je iets wist dat licht zou kunnen werpen op Davids verdwijning?'

Ze knikte, maar hij wilde een verbaal antwoord. Ze aarzelde, en toen snauwde ze van ja.

'En weet je ook nog wat je indertijd hebt gezegd?'

Miranda keek zwijgend naar haar vingers. Ten slotte zei ze: 'Toen wist ik van niets.'

'Maar intussen denk je daar anders over?'

'Ja.'

'En hoe komt dat?'

'Het... het is me vanavond opeens te binnen geschoten... Misschien kwam het wel door dat programma op de televisie...'

'Had je soms gedacht dat je in aanmerking zou komen voor die beloning?' opperde hij.

'Natuurlijk niet! Wat een walgelijke gedachte... Ik hoef hier niet te zitten luisteren naar...'

'Weet je wat ik een walgelijk idee vind?' viel hij haar in de rede. 'Ik vind het een walgelijk idee dat je van alles af weet over de ontvoerders van je neefje... dat je ze het wachtwoord hebt gegeven dat ze nodig hadden om hem te kunnen ontvoeren... en dat je niet eens te moeite hebt genomen om je je het te herinneren of er met iemand anders over te praten. Ik vind het walgelijk dat je je zus en je zwager al deze tijd zo hebt laten lijden onder de verdwijning van hun zoon en dat het nooit bij je is opgekomen eens wat dieper na te denken en te kijken of je niet zou kunnen helpen...'

'Ik heb toch al gezegd dat het me niet belangrijk leek; dat ik er geen verband tussen heb gelegd. En afgezien daarvan heb ik wel geholpen...'

'Ja, en wat voor eten! En een paar kopjes koffie.' Hij sprak ongelooflijk vinnig. 'Miranda, je hebt de ontvoerders in levenden lijve gezien...'

'Dat weet je niet...'

'Ja, dat weet ik wel, en jij weet het ook. Je hebt met ze gesproken, je hebt ze rondgereden, en waarschijnlijk heb je ze alles over David en Rachel en Stephen verteld...'

Voor het eerst had Stephen het gevoel dat Gallagher wel degelijk om David gaf. Dat hij gaf om hetgeen er gebeurd was. Dat hij niets liever wilde dan hem vinden. Hij pakte Rachels hand. Ze drukte hem, maar bleef ondertussen strak naar het gezicht van haar zus kijken.

'Ga je gang,' zei Gallagher. 'Vertel ons maar wat je van hen weet.'

Miranda haalde haar schouders op. 'Heel gewoontjes.'

'Hoeveel uur schat je dat je met hen bent opgetrokken?' vroeg hij.

'Uren,' zei ze. 'Uren en uren. Ik denk dat ik ze zo ongeveer wel elk...'

'En het enige dat je je van hen herinnert, is dat ze gewoontjes waren? Misschien helpt het wanneer ik je een wat gerichtere vraag stel?' Ze knikte.

'Goed dan,' zei Gallagher. 'Met z'n hoevelen waren ze?'

'Met z'n tweeën, dat heb ik al gezegd...'

'Hoe oud schat je haar?'

'Oud.'

'Vijftig, zestig, zeventig? Zo oud als je vader en moeder?'

'Ja.'

'Ja, zo oud als je vader en moeder? In de zestig?' Ze knikte. 'Alletwee? Waren ze van dezelfde leeftijd?'

'Nee.'

'Nee? Was de ene jonger?' Ze schudde het hoofd. 'Ouder?' Ze knikte.

Stephen pakte Rachels hand steviger beet. Hij moest zich beheersen om niet op te staan en zijn schoonzus door elkaar te rammelen. Hij ging onrustig verzitten. Gallagher draaide zich om en wierp hem een waarschuwende blik toe.

'Veel ouder?'

Miranda haalde haar schouders op. 'Ik ben niet goed in het schatten van andermans leeftijd.'

'Maar je had het gevoel dat hij ouder was. Hoe kwam je aan dat gevoel?'

'Doordat hij er ouder uitzag,' zei ze. Gallagher wachtte, zei niets en keek haar aan. Uiteindelijk trok ze geïrriteerd met haar schouders. 'Hij was niet zo gezond. Hij bewoog zich langzaam, alsof hij ziek was geweest of zo. Een of twee keer nam hij niet eens de moeite om uit te stappen. Hij maakte een gedeprimeerde indruk. Zij was het grootste gedeelte van de tijd aan het woord, en als hij eens iets probeerde te zeggen, dan keek ze hem aan op een manier alsof ze wilde zeggen dat hij zich er maar beter niet mee kon bemoeien, of anders... Ze was gemeen. Gemeen en dominant. Maar je moet goed begrijpen dat ik door mijn werk vaak met mensen te maken heb die niet bepaald aardig zijn. Ik heb me aangeleerd me er niet aan te storen. Dat is de enige manier...'

Gallagher rolde zo ongeveer met zijn ogen. 'Zou je ze herkennen als je ze weer zag?' Ze knikte. 'En als ik een tekenaar liet komen, zou je ze dan beter aan hem kunnen beschrijven dan aan mij?'

Na lange seconden stilzwijgen zei ze uiteindelijk met tegenzin: 'Misschien.'

'Waar kwamen ze vandaan?'

'Volgens mij zei ze dat ze uit New Hampshire waren, maar daar was hun kenteken niet vandaan.'

'Waar was dat dan vandaan?'

Miranda bestudeerde haar voeten. 'Dat kan ik me niet herinneren.'

'Doe eens een beetje beter je best,' suggereerde hij.

'Er stond iets op.'

'Was het zo'n kenteken uit een beschermd natuurgebied?' opperde hij.

'Nee. Ik weet niet. Ik kan het me niet meer herinneren. Zijn we klaar? Ik ben het spuugzat.'

'Welke kleur had het?'

'Geen idee.'

'Had de man of de vrouw een accent dat je herkende?'

'Nee.'

'Liepen ze mank, hadden ze littekens, waren er bijzonderheden aan hun uiterlijk die opvallend waren?'

'Nee.'

'Hoe zag de vrouw eruit?'

Miranda trok een gezicht. 'Lelijk. Ontevreden. Haar rimpels waren voornamelijk rimpels van het fronsen. Ik weet nog dat ik gedacht heb dat ze reuzeleuk gezelschap moest zijn om mee samen te leven. Bevooroordeeld. Ze zei altijd dingen in de trant van: "Als iedereen zich met zijn eigen zaken zou bemoeien", of "De mensen van tegenwoordig hebben geen ondernemingslust". Dat woord viel me op omdat je het zo weinig hoort. Ze had grauwgrijs haar, kort, pasgeknipt. Eenvoudige kleren. Niet duur maar ook niet goedkoop. Saai, fantasieloos, kleurloos.'

Ze speelde met een lok van haar haren en draaide hem om haar vinger. 'Wacht, hij had wel iets aan zijn uiterlijk dat me is opgevallen. Hij liep niet mank, maar bij het lopen bewoog hij op een vreemde manier met zijn hoofd. Ik weet nog dat het me deed denken aan een vogel, zoals een vogel met zijn hoofd wipt. En zijn haar was helemaal grijs, een mooi, zilverachtig grijs, en dik. Een man die in zijn jonge jaren knap geweest moet zijn, maar een lang en verdrietig leven heeft gehad en het min of meer heeft opgegeven.'

'Lang? Klein? Gemiddelde lengte?' vroeg Gallagher.

'Hij was lang en smal en had een bochel. En hij had heel grote voeten. Zij was...' Miranda aarzelde. 'Ze was fors, maar niet dik. Gewoon fors. Je kreeg het gevoel dat ze vroeger krachtig en atletisch geweest moest zijn, maar voor het eerst geconfronteerd werd met de beperkingen van haar leeftijd, zoals het lopen dat niet meer zo gemakkelijk en moeiteloos gaat als voorheen. Wanneer ze me volgde, raakte ze buiten adem en dan slaakte ze van die kleine, wanhopige zuchtjes. Eerst dacht ik dat het aan mij lag. Ik denk dat het probleem voor een deel te wijten was aan het feit dat ze voortdurend vragen stelde wanneer ze rondrende.'

'Vragen over wat?'

'Nou, dat heb ik je al gezegd. Over de stad en de scholen, en of hier veel kinderen waren en of het een prettige plaats voor kinderen was. Of er een bibliotheek was, en een sportveld. Niets bijzonders. Iedereen die met kinderen in een bepaalde stad komt wonen, wil dat soort dingen weten.'

'Maar ze had geen kinderen.'

'Nee, maar ze zei dat hun dochter... behalve dan dat ze het over haar dochter had, dat die bij hen zou komen wonen. Daarom wilden ze een groter huis en een stad waar goede scholen waren. En die hebben we hier natuurlijk.'

'Kun je ons een beschrijving geven van het gesprek waarin je hun het wachtwoord hebt genoemd?'

'Zoals je dat zegt, klinkt het alsof ik een ontzettende rotzak ben,' zei ze. Gallagher zei niets. 'O, ik weet niet. We reden langs een paar kinderen op de fiets, en ze vroeg iets in de trant van of we ons hier ernstige zorgen maakten over de veiligheid van onze kinderen. Ik geloof dat ik toen gezegd heb dat het hier heel veilig is voor kinderen, dat er, voorzover ik wist, nog nooit iets gebeurd was, maar dat er toch ouders waren, zoals Rachel en Stephen, die heel voorzichtig waren. Ze vroeg me wat ik daarmee bedoelde, en ik vertelde haar dat ze een wachtwoord hadden. Toen vroeg ze wat voor soort wachtwoord, en ik zei dat het een volkomen bespottelijk woord was, een woord dat niemand zou kunnen raden en dat het in een normaal gesprek nooit zou voorkomen.'

Ze haalde een tissue uit haar zak, snoot haar neus en vervolgde: 'Ze zei: zoals aubergine? En ik lachte en zei dat het niet veel scheelde, dat het "rutabaga" was.'

Stephen voelde Rachels hand in de zijne verstijven, zag haar in haar stoel naar voren buigen, naar haar zus, en dat er een moordlustige uitdrukking op haar gezicht lag. Rachels rusteloze voet schoot uit en schopte hard tegen de tafelpoot. Miranda schrok en keek haar aan. Ze keken elkaar strak aan, maar uiteindelijk was het Miranda die haar blik liet zakken en zich afwendde.

'Stomme, achterlijke, gemene trut,' zei Rachel. Haar ogen schoten vonken en hij kon de hitte van haar woede bijna zien. Als hij en Gallagher er niet waren geweest, betwijfelde hij of Miranda niets overkomen zou zijn. 'Je hebt het leven van mijn kind verkocht om een huis te kunnen verkopen. En als ik even niet kijk, neuk je mijn man...'

'Ik ben tenminste niet zwanger terwijl mijn man zich heeft laten steriliseren,' snauwde Miranda terug. 'Dus ik neem aan dat ik niet de enige hier ben die niet helemaal volmaakt is...'

In de geladen stilte die viel, keek Stephen zijn vrouw met grote, ontzette ogen aan. 'Rachel, waar heeft ze het over?'

'Over mij,' zei ze. 'Ik ben zwanger. Ik weet niet hoe het gebeurd is, maar het kind kan alleen maar van jou zijn...'

Hij wachtte niet tot ze was uitgesproken. Dit was voor hem de laatste druppel. 'Ik moet hier weg,' zei hij. Hij ging naar boven, pakte zijn portefeuille en sleutels en vertrok.

Hoofdstuk 34

'De duisternis verslindt het met huid het haar:
Zo snel dat het licht erdoor in verwarring komt'
Shakespeare, 'A Midsummer Night's Dream'

Rachel keek naar haar zus, en voor het eerst in haar leven begreep ze wat het betekent wanneer 'iemand de schellen van de ogen vallen'. Ze had in de loop der jaren menige reden gehad om een hekel aan Miranda te hebben op grond van de manier waarop ze haar behandeld had, maar ze had altijd excuses voor haar verzonnen. Zelfs voor het overspel waarvan ze Stephen aanvankelijk de schuld had gegeven. Maar met deze totaal overbodige onthulling, deze intens gemene aanval op haar privacy, had haar zus opzettelijk een poging gedaan de schuld en de aandacht van zichzelf af te leiden. Miranda was zó egoïstisch dat ze niet kon inzien dat dit alleen maar ging om het vinden van David. Ze begreep niet hoe belangrijk het was dat ze zo diep mogelijk nadacht en alles wat ze wist aan hen vertelde. Ze zag het alleen maar als een persoonlijke aanval.

Rachel had er haar buik van vol – van alles.. Na een maand lang door de emotionele mangel te zijn gehaald, was ze tot op haar ziel gekneusd en gekwetst, en het einde was nog niet in zicht. Ze wilde alleen zijn. 'Ik ga even een luchtje scheppen,' zei ze.

Gallagher stond op alsof hij haar tot aan de deur wilde begeleiden. 'Wees maar niet bang,' zei ze. 'Er is niets. Echt niet.'

'Je gaat zeker weer naar het kerkhof,' zei Miranda. 'Hurken bij het graf van je dode baby en jammeren over het tragische lot dat je in dit leven te beurt is gevallen. Het is echt hoog tijd dat je je daar overheen zet, weet je. Je bent lang niet de enige die haar kind verloren is... en de meeste van hen hebben lang niet zulke geweldige echtgenoten als...'

'En waarschijnlijk zijn er ook niet veel met een zus die medeplichtige is, of denk je van wel?' viel Rachel haar in de rede. Ze dacht aan Stephens gefluisterde verlangen om Miranda te wurgen, en ze voelde er veel voor hem de moeite te besparen en het zelf te doen. Ze deed twee stapjes op haar af, voelde hoe het verlangen bezit nam van haar handen, maar toen ging Gallagher tussen hen in staan.

'Daar schieten we niets mee op,' zei hij. 'Kom op.' Hij pakte Rachel bij de arm, trok haar mee de gang op en deed de deur met een klap achter zich dicht. 'Ik snap hoe je je voelt. Ik zou haar zelf dolgraag wurgen. Maar zoals je ziet, schieten we niets op met boos op haar te worden en tegen haar te schreeuwen. Ze wordt er alleen maar nog defensiever en lastiger van. Ik had haar een heel eind op weg daarnet, en ik denk dat ik haar weer net zover kan krijgen, maar niet als jij erbij zit en dreigt haar gezicht open te krabben.'

'Ja, je hebt gelijk. Het spijt me. Maar ik kan gewoon níet geloven...' Rachel spreidde haar handen in een gebaar van ongeloof. 'Ik weet niet eens wat ik ervan moet zeggen.'

Hij haalde zijn schouders op. 'Ik kijk nergens meer van op.' Zijn blik zakte af naar haar borst. Hij kreeg een kleur en Rachel voelde haar eigen wangen rood worden. 'Je had het zeker nog niet aan je man verteld dat je zwanger bent?'

'Ik heb het een paar keer geprobeerd, maar we hebben niet echt veel tijd gehad voor een persoonlijk gesprek. We zijn... we hebben... het moment was er gewoon niet geschikt voor. Ik wist dat hij er niet blij mee zou zijn, dat hij me niet zou willen geloven, dat er een diplomatieke aanpak voor nodig was. Maar op deze manier zou ik het hem zeker nooit hebben verteld.' Ze moest bijna glimlachen toen de absurditeit van haar situatie tot haar doordrong. 'Als er één ding misgaat, dan gaat er van alles mis. De timing had moeilijk nog slechter kunnen zijn. Maar ach, wat kan het ook schelen als je leven toch al in de plee ligt, wat maakt het uit of er iemand anders besluit door te trekken?'

'Je mag het nu niet opgeven, Rachel,' zei hij. 'Dit is het moment waarop je het meeste vertrouwen moet hebben.'

'Wanneer blijkt dat mijn zus medeplichtig is, mijn man me laat stikken omdat ik zwanger ben, ik de hele dag in New York ben geweest waar ik een onschuldige, op sterven liggende man van kidnapping heb beschuldigd en de echte kidnappers bezig zijn te verzinnen op welke manier ze zich van mijn zoon zullen ontdoen, waar moet ik dat vertrouwen dan nog vandaan halen?'

Gallagher legde een hand op zijn borst. 'Hier,' zei hij. Hij legde zijn hand even op zijn hoofd. 'En hier.'

'Ik sta altijd weer van je te kijken,' zei ze.

'Ik moet weer aan het werk,' zei hij zonder haar aan te kijken, en hij ging de zitkamer weer in, waarbij hij de deur zachtjes achter zich dichtdeed. Hij had in ieder geval geleerd hoe hij met de deuren moest omgaan.

Ze pakte een dikke trui en een zaklantaarn en nam het pad door het bos naar de achteringang van het kerkhof. 'Het is maar goed dat ik niet bijgelovig ben, hè?' zei ze tegen een boom die ze passeerde. Het was een milde nacht, de aarde rook naar grond en vocht en overal kwaakten de naar liefde snakkende kikkers. De aarde onder haar voeten was vochtig en verend, en ze bewoog zich even geruisloos als een geest door de nacht. Het hek, dat op slot zou moeten zijn, was dat niet, en het zwaaide met slechts een zacht onaangenaam piepen van het roestige metaal voor haar open.

Ze was zich bewust van een zekere haast die ze niet begreep, en iets dat op angst leek maar eerder gewoon een soort akelig gevoel was, totdat ze het vertrouwde hoekje had bereikt en bij het graf van haar baby knielde. De narcissen, die oplichtten in het schijnsel van de zaklantaarn, leken hun tere hoofdjes naar de grond gebogen te hebben, en het rook naar hun delicate parfum. 'Het is één grote puinhoop, baby,' zei ze, terwijl ze naast hem op de grond ging zitten. 'Eén grote puinhoop. Ik wist niet dat het nog erger kon worden, maar elke dag is erger dan de voorgaande. Je hebt er geen idee van wat voor een gemeen mens ik ben geworden.'

Een briesje streek langs haar nek en deed de oude, verdorde blaadjes die tegen het graf ernaast lagen zachtjes ritselen. Ze keek angstig om zich heen en scheen in het rond met haar zaklantaarn. Er steeg nevel op uit de dampige aarde om haar heen, en het leek alsof ze omringd werd door schaduwwachtige gestalten. 'Niet dat ik bijgelovig ben of zo,' zei ze. 'Het is alleen dat ik het niet gewend ben om hier 's nachts te zijn. Wanneer David last had van een nachtmerrie, zei ik altijd tegen hem dat alles overdag en 's nachts hetzelfde is, dat er niets anders is en er niets is om bang voor te zijn. Maar toch voelt het anders aan. Ik denk dat je, als je blind bent, daar wel aan went. Willen jij en de geesten horen wat er is gebeurd?'

Ze realiseerde zich dat ze veel te luid sprak, en ze vervolgde een stuk zachter: 'Je vader en ik hebben geprobeerd goede mensen te zijn, schat, ook al maakt dit ons er met de dag lelijker op. We hebben nooit iets gedaan waar we dit aan te danken zouden kunnen hebben. Maar dat is stom, niet? Het is stom te denken dat alles in het leven logisch en eerlijk is. Want als dat zo was, zou jij bij ons zijn gebleven. Groot en knap en verstandig, in plaats van als een kleine baby met grote ogen in je grafje te liggen. Heb ik je dat mopje van God en Job wel eens verteld? Zeker minstens tien keer, hè? Ik wed dat ik het je al zó vaak heb verteld dat je de laatste regel al uit je hoofd kent, niet?'

Ze lachte, een bitter lachje, en sloeg op de vochtige grond. 'Ja, je weet het vast nog wel. Job geeft een opsomming van alle ellende die hem is overkomen, en hij vraagt: "Waarom ik, God? Waarom ik? Waarom heb je mij dit aangedaan?" En de hemel opent zich en die arme, ellendige Job wordt beschenen door een enorme, felle, krachtige straal van helder licht, en God antwoordt: "Omdat ik je niet kan uitstaan." Ik denk dat dit, als we gelovig waren, godslasterlijk zou zijn, denk je ook niet?'

Ze huilde, maar het kon haar niet schelen. Dat was waarom ze hier kwam, omdat het een plek was waar niemand iets van haar verwachtte. Ze had haar best gedaan om niet te huilen. Ze had haar best gedaan om niet daarheen te gaan, om te voldoen aan de normen van wat andere mensen als normaal beschouwden. Iedereen verwachtte zelfbeheersing van haar en ze had haar best gedaan. Maar het was verdrietig, verdomme! Het was verdrietig om een kind te moeten verliezen, om een ander kind te hebben dat ontvoerd was, en het was ironisch en wreed om op zo'n moment zwanger te moeten zijn van een derde, in de wetenschap dat ze dat kind waarschijnlijk ook zou moeten verliezen.

'Je papa denkt dat hij degene is die alle problemen heeft, dat hij, afgezien van alle andere ellende die hij al heeft, nu ook nog met een vrouw zit die zwanger is van iemand anders, en dat hij daar deze keer niet eens van tevoren van in kennis is gesteld. God! Alsof ik een verhouding zou willen hebben! Zelfs op die momenten waarop ik ernaar snakte begrepen te worden, of dat ik vurig hoopte op bewondering en steun, of op alleen maar iemand die bereid was om naar me te luisteren, zelfs toen heb ik nog geen moment gedacht aan seks met iemand anders. Ik hou van een eenvoudig leven, niet van complicaties. Je zou toch mogen verwachten dat hij dat na al die jaren wel begrepen had, niet? Maar volgens mij merkt hij het grootste gedeelte van de tijd niet eens dat ik er ben, en als hij me wel ziet, dan ziet hij me alleen maar door de bril van zijn eigen ervaringen. Hij denkt dat hij alles al weet en dus hoeft hij nooit iets te vragen; hoeft hij nooit op te letten. Is het echt te veel gevraagd om gezien te worden zoals ik ben?'

Ze veegde haar natte gezicht af met haar mouw. Wederom was ze voor de moederproef gezakt. Geen tissues in haar zak, en nu zat ze tegen Jonah over seks te kletsen terwijl hij voor eeuwig vastzat in zijn zuigelingentijd. Het was hoog tijd dat ze eens wat serieuzer werd. Ze was hier niet naartoe gegaan om tegen Jonah te praten; ze was gekomen omdat ze over David wilde denken. Om na te denken over haar ervaring met Norah Proust en te kijken of er ook een positief kantje aan dat hele brok ellende zat en om verder te komen, hier, waar de kans dat ze gestoord zou worden minimaal was. Vagelijk herinnerde ze zich dat iemand uit Winnie de Pooh een denkplek had. Dit was haar denkplek.

Elders was het allemaal te verwarrend. Ze voelde zich tegenwoordig net een pingpongbal. Eerst was ze gestoord en lastig omdat ze contact kon maken met David, iets waarvan ze wilden dat ze het niet deed en waarvan ze al helemaal niet wilden dat ze erover sprak. En het volgende moment verwachtte iedereen opeens van haar dat ze het deed en dan weer niet, net als het open- en dichtdraaien van een kraan. En als ze het dan deed en net goed op gang was, kwam er iemand binnen en werd ze gestoord.

Ze moest toegeven dat het een poosje gelukt was. Ze had dingen door zijn ogen kunnen zien, iets dat ze voorheen niet had gekund. Vanavond had ze gezien waar hij was, maar toen ze het van dichterbij had willen bekijken, had David haar dat niet laten doen. Was dat omdat hij haar probeerde te beschermen of omdat hij zelf zo bang was? Was hij bang om te kijken naar de dingen die bij zijn ontvoering betrokken waren geweest? Ze zuchtte. Ze was zo moe.

Ze bleef een poosje zitten, en voelde zich zo wanhopig dat ze nergens aan kon denken. Op een paar lichtjes van de huizen in de verte na, die wazig door de mist heen schenen, was het nagenoeg helemaal donker om haar heen. In gedachten zag ze Jonah's zorglijke gezichtje voor zich. Dan was het Davids gezicht, soms alleen en soms samen met dat van Peter Coffin. Het dode gezicht, het levende gezicht en het stervende gezicht. Ergens vlakbij klonk de hoge, angstige kreet van een klein diertje. Eerst een aantal korte, hoge piepjes, dan een langere kreet en toen niets meer. De pijn die ze in haar slaapkamer had gevoeld, de pijn van Davids angst, kwam weer terug.

Hij lag op zijn buik op de vloer en ze was bij hem. Ze hield haar adem in, precies zoals hij dat deed, en terwijl ze naar de zachte stemmen luisterde, was haar lichaam net zo verstijfd van angst als het zijne. Samen hoorden ze de stem van de vrouw. '... dan gooien we hem in de put bij het oude keldergat. Hij was hier maar zo kort dat niemand het echt gemerkt zal hebben, en als er toch vragen worden gesteld, dan zeggen we gewoon dat hij weer naar huis is gegaan'.

Ze voelde zijn angst, deelde zijn paniek toen hij opstond en naar de deur liep, weer aan de deurknop rammelde, het dichte raam nog eens probeerde en uiteindelijk wanhopig in een hoekje van de kamer op zijn hurken ging zitten en de handen voor zijn gezicht sloeg om zijn snikken te verbergen. Een verschrikkelijke, vlijmscherpe steek van angst doorboorde haar hart. De pijn was zó intens dat ze ervan dubbelklapte en het uitschreeuwde – haar kreet weergalmde spookachtig over het verlaten kerkhof.

Ze kon het niet verdragen. David was in haar hoofd en hij was binnenin haar en ze kon niets doen om hem te helpen! Het enige wat ze wist was, dat hij ergens in Maine op een boerderij was. En dat alleen was gewoon niet voldoende.

Net toen ze half overeind was gekrabbeld en de aarde van haar handen sloeg, verstijfde ze. 'O, mijn God!' riep ze uit. 'O, God! Hij is in Maine! Op de een of andere manier heeft hij me dat weten te vertellen. Op de een of andere manier ben ik dat te weten gekomen. Ik weet waar hij is!' Even werden de wanhoop en de ontzetting ten aanzien van Davids situatie, die als Prometheus' gieren aan haar knaagden, verdrongen door de opwinding die zich van haar meester maakte. Ze moest naar huis. Moest het aan Gallagher vertellen. Het was in ieder geval iets. Iets. Ze haastte zich de heuvel af, de zaklantaarn wild om zich heen zwaaiend bij elke stap die ze nam. Ze struikelde, liet de zaklantaarn vallen, viel op haar knieën, vond hem weer, stond op en spoedde zich verder.

Hoofdstuk 35

'Hij lijkt zo dichtbij, en tegelijkertijd zo ver.'
Tennyson, 'In Memoriam'

Het huis was donker en de auto's van Gallagher en Miranda waren weg. Alle deuren zaten op slot. Dat moest Miranda hebben gedaan – ze had het vast met opzet gedaan, om te pesten. Rachel moest in het donker naar de reservesleutel zoeken om binnen te kunnen komen. Ze ging het stille huis in en zocht op de tast naar het knopje van het licht. Zelfs met het licht aan maakte het huis een vreemde indruk, alsof ze het voorheen nooit echt had gezien. De sfeer in huis maakte een bedrukkende en benauwde indruk op haar overgevoelige zintuigen. Het was alsof alle emoties van de afgelopen vier weken nog door de kamers zweefden.

Ze pakte de telefoon, belde het politiebureau, kreeg de inmiddels vertrouwd klinkende en altijd even verveelde wachtmeester aan de lijn en liet een boodschap voor Gallagher achter – of hij wilde bellen, en dat het dringend was. Ze had altijd het gevoel dat de man haar nooit geloofde. Misschien vond iedereen die naar het politiebureau belde wel dat zijn of haar verhaal dringend was. Noodgevallen zoals een kat in de boom of een tak die tegen een venster sloeg. Noodgevallen van buren die ervoor kozen om vijf uur 's ochtends de vuilniszakken op straat te zetten, en allemaal was het even belangrijk als onbelangrijk, even dringend als ouders met ontvoerde kinderen.

Het was halfelf. Ze vroeg zich af of ze de televisie zou aanzetten om te kijken of er reacties waren binnengekomen op Robinsons eerdere oproep, toen ze zich realiseerde dat haar nieuwe informatie uitgezonden moest worden. Haar eerste gedachte was geweest om het aan Gallagher te vertellen, die waarschijnlijk sceptisch zou zijn maar het toch zou willen aannemen, maar Robinson bood op dit moment een veel betere en meer gerichte kans. Het zou Robinson niet kunnen schelen hoe ze aan de informatie kwam – hij was degene die een helderziende naar haar toe had gestuurd – en als het

277

haar lukte om hem tijdig te bereiken, zou hij het misschien nog in het nieuws van elf uur kunnen krijgen. Stephen had het nummer van de uitzending op de blocnote bij de telefoon geschreven, en ze draaide het meteen.

'De Missing Child Foundation. U spreekt met Rick.'

'Je spreekt met Rachel Stark. Ik wil meneer Robinson spreken.'

'Meneer Robinson is op het moment niet bereikbaar. Gaat het om het ontvoerde kind?' De stem klonk verschrikkelijk jong.

'Ik ben de moeder van het ontvoerde kind,' zei ze. 'Wil je meneer Robinson alsjeblieft voor me aan de telefoon halen?'

'Ik zei u al dat hij op dit moment niet bereikbaar is. Als u wilt, kunt u het aan mij vertellen.'

Ze realiseerde zich dat hij niet luisterde. Hij zat er alleen maar om boodschappen in ontvangst te nemen. Hij was een automaat. Een robot. Maar als hij niet luisterde, wie weet wat hij dan gehoord en niet geregistreerd had. Ze kon alleen maar hopen dat niet alle vrijwilligers zo waren als hij. Ze slikte om de verstikkende paniek de baas te blijven. 'Hoe heet je?' vroeg ze.

'Rick, mevrouw.'

'Goed, Rick. Luister je naar mij?'

'Natuurlijk, mevrouw.'

'Wie zei ik dat ik was?'

'Ik vrees dat ik uw naam niet heb verstaan, mevrouw.'

Rachel was bang dat ze zou exploderen. Ze was niet iemand die in lichamelijk geweld geloofde, ze was niet gewelddadig, maar Rick bofte dat hij niet in dezelfde kamer zat als zij. Zou er dan nooit meer iets lukken? Zou er dan nooit meer iets eenvoudig zijn? 'Rick, ik ben de moeder van David Stark. Je weet wel, David Stark. Het ontvoerde kind. Er is iets heel belangrijks dat ik aan John Robinson moet zeggen, en ik moet hem beslist spreken vóór het nieuws van elf uur.'

Kennelijk was het haar gelukt om voor de helft tot de mist door te dringen. 'Ik vrees dat meneer Robinson niet hier is, mevrouw. Hij is in de televisiestudio...'

'Is daar iemand die het nummer van de studio heeft?' viel ze hem in de rede.

'Ik zal even vragen.' Ze hoorde hem schreeuwen. 'Ik heb de moeder van het ontvoerde kind aan de lijn. Heeft iemand een nummer waar ze meneer Robinson kan bereiken?' Er volgde een lange stilte, waarin ze luisterde naar zijn luide ademhaling tegen de achtergrond van telefoons en drukte, en haar hart de seconden aftelde. Ze probeerde haar paniek te onderdrukken en te blijven functioneren, terwijl ze vrijwel nergens anders aan kon denken dan aan Davids angst en de put van de boerderij. Toen was Rick weer terug. 'Ik heb een nummer dat u kunt proberen, mevrouw.' Hij las het haar voor, herhaalde het en ze bedankte hem. Ze verbrak de verbinding en draaide het nieuwe nummer.

Een blaffende stem nam op met iets dat ze niet verstond. 'U spreekt met Rachel Stark,' zei ze, langzaam en duidelijk sprekend. 'Ik ben de moeder van het ontvoerde kind, David. Ik moet dringend met John Robinson van de Missing Child Foundation spreken, en ik heb me laten vertellen dat hij bij u te bereiken is.'

'Ja, hij is hier, maar ik geloof niet dat hij aan de telefoon kan komen, mevrouw Stark,' zei de stem. 'De uitzending kan elk moment beginnen.'

'Wilt u hem zeggen dat het heel dringend is?' zei ze. 'Het is heel dringend. Een nieuwe ontwikkeling. Zegt u hem dat het een kwestie van leven en dood is.' Er viel een verbaasde stilte aan de andere kant van de lijn, en toen beloofde de stem dat hij het zou proberen. Rachel werd in de wacht gezet en kreeg een radiozender te horen waarop het nummer van Eric Clapton voor zijn overleden zoontje werd uitgezonden. Ze beet hard op haar lip, probeerde het niet uit te schreeuwen, en het zilte bloed vermengde zich met haar hete, zilte tranen. Het leek een eeuwigheid te duren terwijl ze daar zo stond te hijgen als een vermoeide hardloper, haar maag zich samenbalde en haar boodschap als een enorm brok in haar keel hing. Zou hij de moeite nemen om aan de telefoon te komen voor haar dringende boodschap, of zou hij zijn moment van glorie op de buis niet willen missen, weer parmantig in beeld stappen en dit brokje uiterst gewichtige informatie laten schieten?

Ze moest aan de lijn blijven terwijl er maar geen einde aan het nummer leek te komen. De woorden waren als enorme klauwen die over haar ontblote hart werden gehaald. Niemand hoefde haar nog iets te vertellen over de tranen om een verloren kind. Ze moest blijven hopen dat David weer thuis zou komen, maar ze durfde er niet meer op te vertrouwen, evenmin als ze John Robinson durfde te vertrouwen. En dus bleef ze staan en probeerde ze niet te luisteren, totdat ze uiteindelijk het schuiven hoorde van de telefoon die werd opgepakt, gevolgd door een gewichtige, blaffende stem. 'Robinson.' Niet: 'Hallo, Rachel.' Hij liet op geen enkele manier blijken dat hij haar kende of het op prijs stelde iets van haar te horen.

'John? Rachel Stark. Twee dingen maar, maar ze zijn wel heel belangrijk. Om te beginnen, weet ik nog steeds niet waar hij is, maar ik weet wel dat het ergens in Maine is...'

'Dat klopt,' viel hij haar in de rede.

'Dat klopt?'

'We zijn gebeld door iemand die kon zweren dat hij hem had gezien in een wegrestaurant in New Hampshire... dat hoekje van New Hampshire dat doorloopt tot aan de kust...'

'John, luister. Het andere is dat ze op het punt staan hem te vermoorden. Hij is op een boerderij. Een boerderij met een half vervallen stal. Een boerderij die in bedrijf is. En ze hebben het erover dat ze hem in een oude put willen gooien.' Haar stem brak en ze kon niet verder spreken. 'Ik... weet... niet...' Elk woord werd gevolgd door een snik. Nu, nu het zo belangrijk was dat ze alles vertelde wat ze wist, voelde haar keel aan als dichtgesnoerd en kon ze amper een woord over haar lippen krijgen. 'Ik weet niet... wat... ik... moet... doen. Als ze... weten... dat we ze... op het spoor zijn... denk je dan... niet dat ze... extra haast... zullen maken? Maar hoe... moeten we... anders...'

'Je hebt volkomen gelijk, Rachel,' zei hij. 'Het bekendmaken is onze enige kans. Ik ga het nu meteen doen. Ik moet nu ophangen. Ze beginnen met de uitzending, maar ik bel je zodra het is afgelopen, dat beloof ik je. Denk je dat je het zo lang kunt redden?'

'Maak... je over mij... maar geen zorgen.' Toen herinnerde ze zich Miranda. 'John? Wacht! Nog iets. We hebben een getuige. Gallagher heeft een signalement van ze. Van het stel dat David heeft ontvoerd. Laat hem in de uitzending komen.' Ze wachtte niet op een antwoord van hem, maar verbrak de verbinding om hem zo te dwingen te doen wat ze hem gezegd had. Ze wilde geen medeleven. Ze wilde actie. Ze wilde het zo luid uitschreeuwen als ze kon, zo luid dat het in het hele land te horen zou zijn: 'WAAR IS MIJN ZOON? HELP MIJ MIJN ZOON TE REDDEN!'

Ze pakte de afstandsbediening, zette de televisie aan en keek als betoverd naar het scherm, naar de onberispelijk uitziende presentatoren en presentatrices die de kijkers aan de eerdere uitzending herinnerden en aankondigden dat John Robinson en meneer Fleet Foot in het nieuws van elf uur hun opwachting zouden maken. De minuten kropen om. Ze waste haar gezicht en haar handen. Zette thee. Nam het aanrecht af. Vulde de wasmachine. Controleerde het antwoordapparaat, maar er waren geen nieuwe boodschappen. Ging naar buiten om te zien of ze Stephens auto ergens zag. Belde hem op de draagbare telefoon, maar er werd niet opgenomen.

Ze ging op een kruk zitten, keek naar de reclame en beet op een nagel. Maar ze kon niet stilzitten en dus liep ze, in afwachting van het begin van het nieuws, door de keuken heen en weer. Eindelijk, met luide muziek en flitsende beelden, kwam de aankondiging van het nieuws. Het begon met enkele korte minuten waarin melding werd gemaakt van gepleegde moorden, ongelukken en branden, en daarna werden Robinson en Dawson aan de kijkers voorgesteld. Opnieuw was het Robinson die als eerste het woord nam, en ze verbaasde zich erover wat hij te zeggen had.

Hij keek recht in de camera en zei met onvaste stem: 'Ergens in de staat Maine is een angstige jongen hooguit enkele uren, maar mogelijk niet langer dan enkele minuten, van de dood verwijderd. Een dood die alleen u kunt voorkomen.'

Net als een misdaadprogramma, dacht ze, om toen, het volgende moment, met schrik te beseffen dat ze midden in een misdaad zat. Dat Davids ontvoering een feit was. Dat hetgeen hen allemaal werd aangedaan een misdaad was. Ze keek naar de glimlachende presentatrice in beeld – hoe kón ze glimlachen – die aankondigde dat ze weldra, na de reclame, terug zouden komen met de details. Als het slechts een kwestie van minuten was, waarom verdeden ze die dan met reclame voor auto's en fast food? Omdat ellende verkoopt.

Ze keek met nietsziende ogen naar de opeenvolging van artikelen en bedacht ondertussen dat Stephen thuis behoorde te zijn. Ze behoorden vanavond bij elkaar te zijn. Waar was hij? Waar was hij naartoe gegaan? Ze kon zich niet goed voorstellen dat hij naar een motel was gegaan. Hij mocht zich dan graag onafhankelijk willen voordoen, maar hij was een huismus. Hij hield niet van de onpersoonlijke sfeer van hotels. Wanneer hij op reis was, klaagde hij altijd dat hij niet kon slapen. Maar waar zou hij anders kunnen zijn? Hij had geen beste vriend. De enige met wie hij zo'n beetje optrok, was Ron, Caroles man, maar je kon hen niet echt vrienden noemen. Maar zou hij, nadat hij haar middenin een crisis in de steek had gelaten en het huis uit was gestormd, werkelijk zijn toevlucht zoeken in het huis van haar beste vriendin? Ja, nu ze erover nadacht, moest ze toegeven dat hij daartoe in staat was. Stephen zou er geen moment bij stilstaan dat de situatie op grond van Caroles loyaliteit wel eens pijnlijk zou kunnen zijn. Uit zijn relatie met Miranda was duidelijk gebleken dat Stephen niets begreep van de grenzen van vriendschap en loyaliteit.

En dat deed Miranda ook niet. Rachel nam aan dat ze naar haar nieuwe huis was gevlucht. Of naar het huis van haar nieuwe vriendje. Of naar welk ander onbewoond huis in de stad dan ook. Miranda had de sleutels van alle vrije huizen die ze in haar portefeuille had. Maar Rachel dacht niet dat Stephen en Miranda samen waren. Zijn interesse in haar was alleen maar lichamelijk. Hij zou zich niet tot haar wenden om getroost te worden. En al helemaal niet vanavond, nadat zijn handen hadden gejeukt om haar te vermoorden. Als het niet al uit was geweest, dan was er nu op dramatische wijze een einde aan gekomen.

Ze pakte de telefoon om Carole te bellen, maar juist op dat moment kwam de onberispelijke vrouw met haar melodieuze stem – Rachel vond dat ze allemaal dezelfde stem hadden, alsof ze allemaal klonen van elkaar waren – in beeld, stelde John Robinson voor, herinnerde de kijkers aan de eerder op die avond uitgeloofde beloning en gaf het woord aan Robinson.

'Eerder op de avond waren we in een nieuwsuitzending en hebben we u om hulp gevraagd. Het gevolg daarvan is dat we veel telefoontjes binnen hebben gekregen en we een spoor hebben kunnen trekken van Davids woonplaats in New York naar een wegrestaurant in New Hampshire, maar daar houdt het spoor op. Tegelijkertijd heeft een helderziende die regelmatig met de politie samenwerkt in gevallen van vermiste kinderen, en die haar diensten aan de Missing Child Foundation heeft aangeboden, ons meegedeeld dat ze gelooft dat het kind ergens in Maine moet zijn. Ze is vanavond bij ons om ons daar wat meer over te vertellen...'

De camera schakelde over op Norah Proust, die er in een modieus mantelpakje aanmerkelijk minder heksachtig uitzag. Ze kwam over de set gelopen en schudde de handen van Robinson, Dawson en de presentatrice. Ze ging zitten, keek in de camera, trok een gezicht en vouwde haar handen op haar schoot. Toen vertelde ze, antwoord gevend op Robinsons vragen, over haar ervaring bij het helpen opsporen van vermiste kinderen en gaf ze een beschrijving van het tafereel dat Rachel haar eerder op de avond had beschreven. Ze besloot met te zeggen dat ze heel sterk het gevoel had dat David in groot gevaar verkeerde, dat de tijd heel krap begon te worden, dat ze visioenen had van water, of van putten, en de angst van het ontvoerde kind heel duidelijk kon voelen.

'Vuile teef!' riep Rachel, terwijl ze opsprong en haar vuist voor Norah's zelfingenomen gezicht heen en weer zwaaide. 'Je bent helemaal niet gekomen om ons te helpen. Je bent alleen maar gekomen om informatie van mij te stelen om er zelf beter van te worden. Je bent alleen maar gekomen om te horen wat ík je kon vertellen, zodat jij ermee op de tv kon komen en de indruk kon wekken dat je een professionele helderziende bent.' Ze dacht aan Gallaghers vijandige houding tegenover Robinson, zijn cynische opmerkingen dat Robinson er alles voor overhad om zichzelf en zijn organisatie in de publiciteit te houden. 'Dit hele zaakje stinkt!' zei ze. 'Het stinkt! Verdomme, Stephen. Jij hebt die mensen erbij gehaald. Als David door hun toedoen vermoord wordt in plaats van gered, zal ik je dat nooit vergeven!'

Ze pakte de telefoon en draaide het nummer van Carole. 'Kijken jullie naar het nieuws?'

'Hmm.' Rachel bespeurde de aarzeling.

'Is Stephen bij jullie?' Stilte, en toen een bevestigend antwoord. 'Laat hem aan de telefoon komen, Carole. Het is belangrijk.' Ze wachtte een eeuwigheid, hoorde gemompel op de achtergrond maar kon niet verstaan wat er gezegd werd.

Uiteindelijk kwam Carole weer aan de lijn. 'Hij wil niet met je praten.'

'Best. Misschien zou je hem in dat geval willen vertellen dat het gedeelte van David, dat hij in Maine is, en, nou ja, alles wat Norah Proust gezegd heeft... zeg hem dat al die informatie van mij afkomstig is. Zeg hem dat ik een paar minuten geleden naar de studio heb gebeld en dat allemaal aan Robinson heb verteld. Carole, heeft hij je ook verteld waarom hij nijdig is? Omdat Miranda hem verteld heeft dat ik zwanger ben. En als je ook maar een beetje vriendin van mij bent, zeg hem dan dat hij vannacht niet bij jullie kan blijven. Zeg hem maar dat je geen goed woord overhebt voor mannen die hun vrouwen zwanger maken en ze dan in tijden van crisis laten stikken. Zeg hem dat hij thuis hoort te zijn, en dat hij, als hij niet naar huis wil, naar een motel kan gaan.'

Ze wilde ophangen, toen haar nog iets te binnen schoot dat ze wilde zeggen. 'Zeg hem maar dat David hen heeft horen zeggen dat ze hem in de put willen gooien – zeg hem maar dat ik dat net gezien heb – en vraag hem hoe hij het zou vinden om alleen in een donker, leeg huis te moeten zitten met dat als enige om aan te denken.' Ze hing op zonder op Caroles antwoord te wachten. Het was niet aardig – ze was boos op Stephen, niet op Carole, maar zoals ze meer en meer ontdekte, maakte de tegenspoed haar er niet aardiger op.

Ze was te onrustig om voor de televisie te blijven zitten. Toen ze de afstandsbediening oppakte, kwam Gallagher in beeld. Hij zag er verhit en bezweet uit, en het was duidelijk dat hij zich slecht op zijn gemak voelde. Gallagher was een man die ervan hield dingen te doen, niet erover te praten. Hij zag eruit alsof hij op weg was naar het schavot. Arme man, dacht Rachel. Ze had nooit verwacht dat ze ooit nog eens met Gallagher te doen zou hebben, maar dat had ze. De glimlachende presentatrice stelde hem voor en Gallagher kreeg het voor elkaar om, zonder Miranda voor gek te zetten, te vertellen dat er zich een getuige had gemeld die een beschrijving van de beide ontvoerders had gegeven. Vervolgens hield Gallagher twee ruwe schetsen op voor de camera, en hij vertelde erbij dat ze in allerijl voor de uitzending door de tekenaar van de politie gemaakt waren.

Rachel verbaasde zich erover dat ze zowaar ergens op leken, maar kennelijk was Gallagher erin geslaagd om, nadat zij beiden vertrokken waren, Miranda toch zover te krijgen dat ze een behoorlijk signalement had weten te geven. Rachel wist zeker dat ze hen nog nooit had gezien, maar toch waren de schetsen duidelijk genoeg om iemand die hen wel had ontmoet te laten reageren.

Ze kneep haar ogen stijf dicht en hield ze dicht. Ze kon dit niet langer aanzien. Het was zo verschrikkelijk verleidelijk, met alle drama en sensatie waar de televisie zo dol op was. Maar zou het ook helpen? Zouden ze nog op tijd zijn? Konden de mensen in Maine deze uitzending wel ontvangen? En keken ze ernaar? Of was het alleen maar een lokale uitzending en zouden er alleen maar in New York mensen naar bed gaan die tegen elkaar zeiden hoe verschrikkelijk het toch was? Mensen die zich afvroegen in hoeverre de hulp van helderzienden geoorloofd was. Mensen die zich afvroegen of het arme kind gered zou worden, of welke koppen er de volgende dag in de krant zouden staan: 'ONTVOERDE JONGEN UIT NEW YORK LEVENLOOS IN PUT IN MAINE AANGETROFFEN', of 'DAVID STARK NA DRAMATISCHE REDDINGSACTIE LEVEND TERUGGEVONDEN'.

Ze vreesde het ergste. Ze liet zich van haar kruk glijden, stampte met haar voet en schreeuwde. Het maakte geen enkel verschil. Niet nu ze niet alleen haar eigen angst maar ook die van David voelde. Ze was vervuld van die angst, was er misselijk van. Het kronkelde door haar heen als een levend monster; en het enige dat er een eind aan kon maken, was de uiteindelijke ontknoping. Het was een race tegen de klok. En er was geen respijt tot ze David terug zou zien – dood of levend.

Ze stond in haar eigen keuken, de ogen stijf dichtgeknepen, en hield zich vast aan het aanrecht om niet te vallen, maar onder haar kin voelde ze het harde metalen rooster onder Davids kin; ze kon de vieze lucht van de urine in de kast ruiken, en ze voelde de hete, wanhopige tranen die over Davids wangen liepen terwijl hij luisterde naar de mensen die erover spraken hoe hij om het leven gebracht zou worden. Ze kon het zien, ze kon het voelen, en het was allemaal even echt alsof ze erbij was in die kamer. Maar er was niets dat ze kon doen.

Hoofdstuk 36

'Ik ben een mens
tegen wie meer gezondigd is dan ik zelf gezondigd heb.'
Shakespeare

'Ze wordt gek van de wetenschap dat ze van plan zijn jullie zoon te vermoorden en jij zit hier bier te drinken en te mokken omdat je het kind per ongeluk zwanger hebt gemaakt,' zei Carole. 'En als je het mij vraagt, is dat behoorlijk laf.'

Stephen wist dat Carole bot kon zijn, maar dit ging te ver. 'Ze is niet zwanger van mij,' zei hij, terwijl hij deed alsof hij zich op de televisie concentreerde. Het was niet gemakkelijk om te doen alsof de Pizza Hut hem boeide.

'Nou, de onbevlekte ontvangenis is het niet, en Rachel is niet van het bedriegende soort.' Dit maal draaide zelfs Ron zich naar haar om.

'Iedereen is het bedriegende soort wanneer hij de kans krijgt,' zei Stephen.

'Te oordelen naar jouw eigen persoonlijke maatstaven kan ik begrijpen dat je dat denkt. Maar Rachel is niet zoals jij. Ze is voorzichtig en gereserveerd en gaat niet gemakkelijk met andere mensen om. En ze is conservatief en trouw. Maar zelfs al ging ze met Jan en Alleman naar bed, dan zou haar dat er nog niet slechter op maken dan jij, en voorzover ik weet heeft ze je nog nooit het huis uitgegooid en is ze zelf ook niet op hoge poten vertrokken, of wel?'

'Ik ben niet zwanger.' Carole snapte er niets van. Ronddollen was niet erg. Dat speelde geen rol. De reden waarom hij zo van streek was, was juist omdat Rachel níet ronddolde. Omdat, als ze zwanger was geraakt als gevolg van een relatie met een ander, het dan echt serieus was. Misschien dat hij er op een ander moment wel over had kunnen praten, maar nu kon hij dat niet. Niet nu hij al zijn energie nodig had voor David.

'Gegeven jouw ervaringen is het maar reuze boffen dat mannen niet zwanger kunnen raken, wel?'

'Carole!' zei Ron. 'Is dit echt nodig?'

'Nodig? Nou, dat zou ik je niet kunnen zeggen, Ron. Is communicatie tussen de leden van het ras een noodzaak? Jezus, schat. Dit is geen spread sheet-analyse of een kwestie die we kunnen opzoeken in het boek voor goede omgangsvormen. Je vriend hier heeft zijn vrouw laten zitten midden in de grootste crisis die je je maar kunt voorstellen, omdat hij het achterlijke idee heeft opgevat dat zijn vrouw hem ontrouw is geweest... terwijl iedereen weet dat hij haar in haar eigen huis met haar eigen zus bedrogen heeft. Ik vraag je, is dit een geval van de pot en de ketel of niet?'

'Carole, hou je een beetje in, wil je? Hij is onze gast...'

Carole keek haar man aan en werd even rood als haar haren. 'Hij mag dan jouw gast zijn, maar de mijne is hij niet. Ik hou geen open huis voor vuile, gore, bedriegende klootzakken...'

Stephen stond op. 'Je begrijpt het niet, Carole... Stel je voor hoe jij je zou voelen wanneer je zus plotseling tegen Ron zou uitroepen dat je zwanger was, terwijl Ron niet in staat was om...'

'Als Rons maîtresse het lef zou hebben hem iets over mij te vertellen dat niemand anders hem behoorde te vertellen dan ik persoonlijk, zou ik haar hoofd afhakken en het aan haar teruggeven terwijl ik haar het huis uittrapte!'

'Ik had recht op die informatie...' Hij vond het echt zielig voor Ron dat hij met deze kenau getrouwd was.

'Nou, Stevie, ik weet niet waar jij allemaal niet recht op meent te hebben, maar ik weet wel waar je plichten liggen. En op dit moment is het je plicht om thuis te zijn bij je vrouw en haar zo goed mogelijk te steunen. Tussen haakjes, ze vroeg me om je te zeggen dat al de dingen die die helderziende heeft gezegd, over waar David is en over die put, dat gevallen zijn die Rachel heeft gezien en die ze, vlak voor het begin van de uitzending, heeft doorgebeld naar de studio. En zoals ik Rachel ken... zoals we Rachel alle twee kennen, of we nu denken dat ESP iets is dat gewoon maar gebeurt of dat het enge onzin is... ik stel me voor dat ze op dit moment voelt wat David voelt, en dat moet niet echt leuk zijn, denk je ook niet? Gezien het feit dat de lui die hem ontvoerd hebben het erover hebben dat ze hem willen vermoorden en in een put willen gooien.'

Nee, Carole begreep er niets van. Ze verwachtte van hem dat hij met de hand over het hart zou strijken en zou doen alsof er helemaal niets gaande was. Op dit moment wilde hij dat Rachel zich ellendig en rottig voelde.

Carole schudde het hoofd. 'En als je niet van plan bent naar huis te gaan en haar te steunen, kun je het in vervolg echt wel vergeten dat je nog naar huis kunt. Want als dit allemaal slecht afloopt en ze het alleen moet doorstaan... zul je niet eens meer naar huis wíllen. Sommige dingen zijn gewoon nooit meer te herstellen. Je kunt je vrouw niet in de steek laten tijdens een crisis, alleen omdat jij er enkele misplaatste ideeën over ontrouw op nahoudt, en dan hopen dat je later gewoon weer binnen kunt wandelen alsof er geen vuiltje aan de lucht is.' Ze wreef haar handen tegen elkaar en sloeg ze toen tegen haar dijen, alsof er kruimels aan zaten die ze eraf probeerde te krijgen. 'Echt hoor, als je dit verknalt, kun je het verder wel schudden bij haar...'

'O, hou toch je mond, Carole.' Hij stond op en liep naar de keuken, waar ze met haar handen in haar zij woedend naar hem stond te kijken. 'Je weet helemaal niet waar je het over hebt,' zei hij. 'Het gaat je niets aan en je snapt er niets van...'

'Daar heb je gelijk in, Stevie,' zei ze, terwijl ze zich met haar rug naar hem toe draaide. 'Ik begrijp er niets van. Ik begrijp niet wat me in vredesnaam bezeten heeft om tegen je vrouw te zeggen dat ik je zo'n aantrekkelijke man vond.' Ze pakte haar tas en haar sleutels. 'Ik begrijp niet dat je zo'n gigantisch ego kunt hebben dat je weigert een vrouw te geloven die nog nooit tegen je gelogen heeft. Ik begrijp niet dat je je eigen gekwetste trots belangrijker kunt vinden dan je liefde voor je zoon. Sterker nog, ik begrijp niet waarom ik mijn tijd sta te verdoen met praten tegen zo'n lul als jij, terwijl mijn beste vriendin helemaal alleen is tijdens wat waarschijnlijk de moeilijkste nacht van haar leven is.' Ze liep naar de deur en riep achterom over haar schouder: 'Wanneer ik terugkom, wil ik dat je opgedonderd bent. En dat meen ik, Ron. Ik wil hem hier niet meer zien!' En met die woorden verdween ze, nagekeken door twee verbaasde mannen.

'Wauw! Heeft ze dat wel vaker?' Stephen keek naar Ron, die strak zat te kijken naar een auto die op wolken leek te rijden.

'Ze heeft gelijk, weet je,' zei Ron.

'Dat moet je wel zeggen. Ze is je vrouw. Jij woont met haar onder hetzelfde dak...'

'Precies,' zei Ron.

Stephen pakte zijn jack, haalde de sleutels uit zijn zak en verdween zonder verder nog een woord te zeggen. Jezus! Het leven was zonder dat gepreek van dat kleine, feminististe kreng al moeilijk genoeg. Hij had altijd bewondering gehad voor de wijze waarop Carole nooit een blad voor de mond nam – tot nu toe. Nu was hij blij dat hij getrouwd was met zo'n zachtmoedige vrouw als Rachel. Of liever, daar was hij blij om geweest. Hij kon zich niet voorstellen dat Rachel een andere man had. Verdomme! Hij snapte nergens meer iets van. Hij schopte tegen de band van zijn auto, maar dat deed verrekte pijn. Hij was vergeten dat hij sportschoenen droeg.

De mist was overgegaan in een zachte motregen. Hij verdomde het de hele nacht buiten te blijven staan en zich af te vragen wat hij moest doen, terwijl hij nat en koud werd en al zijn kleren thuis lagen. Vannacht zou de hel losbreken. Hij moest ergens zijn waar hij zou kunnen volgen wat er precies gebeurde. Misschien was het een goed idee om naar de Missing Child Foundation te gaan om erachter te komen wat er gaande was. Dat was een goed idee. Om daar te zijn waar de informatie binnenkwam.

Hij voelde zich beter nu hij een duidelijk plan had, sprong in de auto en reed achteruit de oprit af. Hij reed achteruit zonder te kijken, zonder zijn lichten aan te doen, en knalde regelrecht op een langsrijdende auto. Door de kracht van de aanrijding sloeg hij met zijn hoofd tegen de voorruit, die in een groot spinnenweb veranderde, waarna hij versuft bleef zitten en een enorme man in het uniform van een beveiligingsbedrijf zijn portier openrukte, hem bij de voorkant van zijn shirt greep en uit de auto trok.

'Hé, man, kun je niet uit je doppen kijken?' vroeg de man met van woede vonkende ogen. 'Waarom had je je lichten niet aan? Heb je dan verdomme niet in de gaten dat het hartstikke donker is?'

Stephen, die zich misselijk voelde en een shock had na de extra dosis adrenaline die er door zijn aderen was gevloeid, kon nog net 'Overgeven' mompelen voor hij zich vooroverboog en zijn maag zich omkeerde. Hij miste de schoen van de man op slechts een haar. De man deed vloekend een stapje naar achteren en liet hem los. Stephen streek een afwezige hand door zijn haar, en toen hij merkte dat zijn hand nat was, keek hij ernaar. In het zwakke licht van zijn open portier zag hij dat zijn hand onder het bloed zat. Terwijl hij ernaar keek, schoot hem, met de kracht van een explosie van veelkleurig vuurwerk, een beeld door het hoofd van Davids levenloze lichaam dat uit een put werd gehesen. 'Ik was... ik was niet... Ik ben.' Hij wilde zeggen dat het hem speet, maar hij was lang genoeg advocaat om te weten dat je nooit schuld moet bekennen, zelfs al wás het je schuld.

Waar was hij mee bezig? Waar wilde hij naartoe? Hij probeerde het zich te herinneren en kon niet geloven dat hij zoiets stoms had gedaan. Tegelijkertijd deed hij zijn best om dat verschrikkelijke beeld van David van zich af te zetten. Hij schudde zijn hoofd om het kwijt te raken, maar daarmee werd het alleen nog maar erger. Boven het slappe lichaam van zijn zoon zag hij Rachels ogen. Rachels verwarde, wanhopige, verlaten en angstige ogen, die hem doordringend aankeken.

'Ik was... op weg naar huis... naar Rachel,' zei hij ten slotte. 'Rachel, mijn vrouw. Ze is alleen thuis. We hebben... onze zoon is... misschien is David wel...' Hij slikte, probeerde zichzelf tot de orde te roepen maar de woorden kwamen als vanzelf. 'Heb je vanavond naar het nieuws gekeken?' De man knikte. Hij keek even verward als Stephen zich voelde, maar bleef angstvallig op een afstandje voor het geval Stephen daadwerkelijk geestelijk gestoord was. 'Heb je dat gezien over dat kind... het kind dat ontvoerd is?' De man knikte opnieuw. Zijn gezicht werd slechts gedeeltelijk beschenen door het licht van zijn koplampen. 'Mijn zoon,' zei Stephen. 'Het ontvoerde kind. Dat is mijn zoon. Ze gaan hem vermoorden.' Opnieuw streek hij door zijn haar. Kromp ineen. Haalde er een stukje glas uit.

'Wat is daar aan de hand?' vroeg Ron. Hij kwam met een zaklantaarn in zijn hand de oprit afgerend en scheen met de lichtbundel recht in Stephens ogen. 'Steve? Jezus, man, je gezicht zit onder het bloed. Wat is er gebeurd?'

'Hij is achteruit de oprit afgereden en recht tegen mij opgeknald, de idioot!' riep de bewaker. 'Hij had zijn lichten niet eens aan! Ik had niet eens tijd om te remmen. Hebt u telefoon? De politie moet gebeld worden. Verdomme, ik kom te laat op mijn werk. Kon je niet beter uitkijken, man? Verdomme, als ze me ontslaan, komt je dat duur te staan. Ik weet precies waar ik recht op heb...'

Stephen haalde met moeite zijn portefeuille uit zijn zak terwijl hij zich afvroeg of zijn hersens beschadigd waren. Zijn vingers leken niet helemaal te werken zoals het moest. Hij viste er een visitekaartje uit en gaf het aan de man. 'Hier. Ik stel voor om de politie er maar liever buiten te laten. Laat de garage een prijsopgave maken van de schade en ik zal alles betalen. En je kunt ook een huurauto nemen, die betaal ik ook. Ik heb geen tijd om op de politie te wachten.'

De man nam het kaartje aan en bekeek het aarzelend. 'Ik weet niet,' zei hij, terwijl hij zijn ogen half dichtkneep en Stephen achterdochtig opnam. 'Voor hetzelfde geld laat ik je gaan en zie ik je van mijn leven nooit meer terug. Hoe kan ik er zeker van zijn dat jij dit bent?' Hij wilde het kaartje teruggeven, maar Stephen pakte het niet aan. 'Laten we nu maar gewoon de gegevens uitwisselen zoals het hoort en op de politie wachten.'

'Jezus, man!' riep Stephen uit. 'Ik probeer je hier een plezier te doen. Ik heb toch gezegd dat ik alles zal betalen, of niet...?'

'En al dat geklets over dat ontvoerde kind. Wat heeft dat hiermee te maken? Er zit geen kind in je auto.'

'Doe me een lol,' zei Stephen, 'ik moet gaan. Stuur me de rekening nu maar op... Wil je mijn rijbewijs zien? Wil je dat ik je bewijs dat ik ben wie ik zeg? Is dat het?'

'Hé, Steve, dat kun je niet doen,' bemoeide Ron zich ermee. 'Hier heb je een verzekering voor.'

'Ik heb geen tijd,' zei hij. 'Ik moet naar huis. Naar Rachel. Ik moet weten wat er gaande is.'

'Je kunt niet met je auto,' zei de bewaker. 'Je achterwiel is verbogen. Daar kun je niet mee rijden.'

'Zie je wel, Steve,' zei Ron. 'We moeten de politie bellen. Je auto is misschien wel total loss. Misschien is het chassis wel ernstig beschadigd... en als dat zo is, dan heb je het algauw over een bedrag van minstens dertigduizend dollar.'

Hij had te veel andere dingen aan zijn hoofd om ertegenin te kunnen gaan. Hij maakte een verslagen gebaar en gaf zich gewonnen. 'Goed, goed, bel de politie dan maar. Zolang je ze maar laat opschieten. Ik moet naar huis...'

'En ik moet naar mijn werk...'

Ron boog zich voorover de auto in en drukte op de knopjes van de autotelefoon. Toen hij even later weer overeind kwam, lag er een gefrustreerde uitdrukking op zijn gezicht. 'Ze zeggen dat er vanavond een heleboel ongelukken zijn en dat ze niet weten wanneer ze kunnen komen. Willen jullie niet binnenkomen voor een kop koffie, of zo? Misschien wil je naar je werk bellen?'

De bewaker haalde zijn schouders op. 'Ik weet niet. Misschien dat ze me er wel niet uitgooien als ik opbel.'

'Het kan in elk geval geen kwaad,' zei Ron. 'Kom je, Steve?'

Stephen schudde het hoofd, maar had daar meteen spijt van. Hij kon zijn hersens bijna heen en weer voelen glijden en voelde zich meer dan ellendig. 'Ik blijf hier,' zei hij. 'Ik voel me niet fit genoeg om te lopen.'

'Hé, man,' zei Ron, 'zal ik een ambulance bellen of zo?'

Opnieuw kamde hij met zijn vingers door zijn haar en opnieuw deed het pijn. Jezus, wist hij dan nóg niet dat dat pijn deed? 'Nee, geen ambulance. Als je iemand wilt bellen, bel dan Rachel maar. Vertel haar wat er gebeurd is en zeg dat ik zo snel mogelijk thuiskom. En dat ze zich geen zorgen moet maken. Er is niets met me aan de hand. Je zult me alleen wel een lift moeten geven...'

Ron keek hem verbaasd aan, maar was zo vriendelijk zijn mond te houden. 'Doe ik. Zodra de politie geweest is,' zei hij, waarna hij, gevolgd door de bewaker, de oprit afliep en Stephen alleen achterliet.

Hij ging op het randje van de stoel zitten, hield zijn voeten op de grond en sloeg de handen voor het gezicht. Hij had het gevoel alsof het kleed onder zijn voeten vandaan was getrokken. Besluiteloos. Verward. Niet zichzelf. Van de aanrijding zelf kon hij zich nog maar nauwelijks iets herinneren. Het was stom geweest en hij deed geen stomme dingen. Het enige dat hij heel duidelijk wist, was dat hij naar huis moest. Het vreemde was dat hij zich door het ongeluk verward en versuft voelde, maar dat zijn gedachten wat Rachel betrof juist heel helder waren. Het leek wel alsof hij letterlijk in één klap tot inzicht was gekomen. Hij snapte het nauwelijks. Het ene moment was hij nog diep verontwaardigd en beledigd geweest en het volgende moment zag hij heel duidelijk in dat hij de grootste klootzak of idioot of nog erger was geweest.

Met David die in levensgevaar verkeerde, was er niets anders dat telde. Hij sloot zijn ogen en kreunde. Hoe had hij zo hufterig kunnen zijn? Hij hoorde thuis te zijn, bij Rachel. Wát hij ook deed, haar belazeren, haar bedriegen of wat dan ook, hij was altijd op weg naar huis, naar Rachel. Hij was altijd op weg naar huis geweest. Want hij mocht dan nog zo onuitstaanbaar zijn, zij was en bleef de hoeksteen van zijn bestaan. Het middelpunt van zijn leven. Wanneer het leek alsof zijn hele wereld zou instorten, was zij de enige die overbleef om hem gerust te stellen, om hem te kalmeren en hem op die dingen te wijzen die echt belangrijk waren. Hij mocht dan vaak klagen, maar hij zag de goede dingen in het leven door haar ogen, het goede

290

dat hij deed, het goede dat hij was. Hij mocht zich dan nog zo steevast hebben voorgenomen ervoor te zorgen dat ze David terug zouden krijgen, maar uiteindelijk was zíj het geweest die resultaten had geboekt, en zij was het geweest die gedurende de afgelopen grimmige vier weken de hoop levend had gehouden. Natuurlijk ging hij terug naar huis, naar Rachel. Waar zou hij anders naartoe moeten?

Hoofdstuk 37

'O, als men toch eens van tevoren zou kunnen weten
hoe alles eruit zou zien op het einde van de dag.'
Shakespeare, 'Julius Caesar'

Carole was gekomen, had haar uitgescholden, getroost, vol medeleven naar haar geluisterd, haar te eten gegeven, haar omhelsd en was weer vertrokken, en Rachel was uiteindelijk van de televisie, van de melodieuze perfectie van de presentatrice, van John Robinsons gladde zelfingenomenheid en Norah Prousts valse voorspellingen naar de geborgenheid van haar werkkamer gevlucht. Het was de enige plek in huis die helemaal van haar alleen was, en het was de enige plek waar ze zich veilig voelde. In de rest van het huis deed alles haar denken aan Davids afwezigheid.

Ze schoof op haar kruk, pakte haar pen en begon hartjes te tekenen. Geen zoete, lieve Valentijnshartjes en ook geen vuistachtige, anatomisch correcte harten met lelijke, buisvormige uitsteeksels. Ze tekende puzzelhartjes. Valentijnshartjes met de zigzaggende lijnen van puzzelstukjes, eerst aan elkaar, en daarna uit elkaar gevallen met de verschillende brokstukken over het papier verspreid. Ze was zó woest bezig, haar hand vloog zó wild over het papier, dat ze met haar elleboog tegen een beker met potloden en de telefoon stootte, die vervolgens op de grond vielen. Ze raapte de potloden op, zette de beker en de telefoon weer terug op het hoekje van haar werktafel en legde haar hoofd op de tekening. De tranen sprongen haar in de ogen en de lijnen op het papier vervaagden.

Daar zat ze nog steeds toen Stephen binnenkwam, over haar werktafel gebogen, eindeloos de gezichten van de ontvoerders, Peter Coffin, Jonah en David tekenend, stuk voor stuk haastige en door tranen versmeerde schetsen. Ze zou het nooit aan iemand hebben kunnen uitleggen, maar het was iets dat ze móest doen. Door David te tekenen, ook al was zijn gezicht een van angst en wanhoop vertrokken masker, had ze het gevoel dat hij dichterbij was.

Ze keek verbaasd op toen Stephen, met een bebloede handdoek tegen de zijkant van zijn hoofd gedrukt, opeens op de drempel stond. Hij zag lijkbleek en maakte een verwarde indruk. De pen viel uit haar vingers. 'Stephen... o... wat is er gebeurd? Je bloedt.'

'Ik heb een aanrijding gehad, Rach. Ron heeft geprobeerd je te bellen. Hij zei dat de telefoon eindeloos overging maar dat niemand opnam.'

'Maar ik ben de hele tijd thuis geweest. Ik heb niets gehoord...' Nog voor ze was uitgesproken, had ze zich van haar kruk laten glijden, was ze naar hem toe gegaan en had hem in haar armen genomen. 'Kom mee naar boven en ga liggen. Je ziet er verschrikkelijk uit. Is er een dokter bij geweest? Ik kan dr. Barker bellen...'

Hij leunde tegen haar aan, maakte een zacht geluidje dat een ontkenning had kunnen zijn maar hij zei niets, sloeg alleen maar zijn vrije arm om haar heen en trok haar tegen zich aan. Rachel probeerde hem niet van zich af te duwen. Daar had ze helemaal geen behoefte aan. Zoals gewoonlijk had ze er alles voor over om te sussen, om pijn en verdriet te verdrijven. Wat ze niet voor haar zoon kon doen, probeerde ze voor haar man te doen.

Ja, hij had zich voorheen hufterig gedragen, maar wat had het voor zin om boos te blijven? Onder de omstandigheden was het volkomen begrijpelijk dat hun stemming van het ene op het andere moment kon omslaan, dat ze zich op irrationele wijze gedroegen en een uitweg probeerden te vinden voor het verdriet dat ze onmogelijk de hele tijd konden onderdrukken. De enige correcte manier om daarop te reageren, was met geduld en vergeving. En daarbij was Carole, toen ze zo tekeer was gegaan, woedend genoeg voor hen beiden geweest. Rachel had haar vriendin nog nooit zo boos gezien, en ze had nog nooit iemand zoveel niet voor herhaling vatbare, veelzeggende termen horen gebruiken als die waarvan Carole zich bediend had om Stephen te beschrijven.

'Kom mee,' drong ze aan, terwijl ze probeerde hem mee te trekken naar de deur.

Stephen was nog niet bereid zich naar bed te laten brengen. Hij strompelde langs haar heen naar haar werktafel en keek naar de tekeningen die ze had gemaakt. Ze volgde hem en ging naast hem staan. 'Ik moest iets doen om de tijd door te komen,' zei ze. 'Ik werd gek van het wachten.'

Hij pakte een tekening op van David, waarop ze hem getekend had zoals hij met zijn oor tegen het rooster op de vloer lag. 'Dit is... dit is verschrikkelijk, Rachel.' De schok deed zijn gezicht verstijven en bezorgde hem een brok in zijn keel. 'Is dit zoals je hem ziet?'

Ze knikte aarzelend en met een zwaar hoofd. Dat moest toch duidelijk zijn? Voor haar was het tekenend uiting geven aan wat er in haar omging zóiets vanzelfsprekends dat ze wel eens vergat hoe veelzeggend een tekening kon zijn. Zoals anderen wanhopig naar de juiste woorden konden zoeken om iets te beschrijven, had zij wanhopig gezocht naar de correcte lijnen om haar visioenen op papier weer te geven. Het was nooit haar bedoeling geweest dat iemand anders ze zou zien. 'Ik heb er nooit eerder aan gedacht om ze te tekenen. Maar ik heb dan ook nog nooit zulke heldere beelden gehad. Ik wou... dat ik het allemaal niet... zo duidelijk zag. Het doet te veel pijn.'

'Hij is zo bang!' De woorden kwamen rechtstreeks uit zijn ziel. Langzaam liet hij zijn hand met de tekening erin zakken, alsof hij te zwaar was om hem nog langer te kunnen ophouden. 'En er is geen nieuws?'

Ze schudde het hoofd. 'Niets. Ik hoop maar steeds dat er iemand zal bellen. Dat er iets gebeurd is maar dat ze vergeten zijn om het ons te vertellen. Er is niemand die er zo direct bij betrokken is als wij, maar wij krijgen het pas op het laatst te horen. Het is net sciencefiction. De nacht waarop de aarde stilstond. Ik heb het gevoel alsof ik al urenlang mijn adem inhoud.'

'Niemand heeft gebeld? Niet Gallagher? En zelfs Robinson niet?' Hij zag eruit alsof hij elk moment in tranen zou kunnen uitbarsten, maar haar eigen woede en bitterheid waren zó intens dat ze hem niet kon troosten. Zij, die zichzelf nog maar enkele minuten tevoren had gezien als degene die troost moest bieden.

'Hij al helemaal niet. Robinson en zijn mensen hebben van ons gekregen wat ze hebben wilden,' zei ze. 'Die Norah Proust! Wat een oplichtster! Ik heb van begin af aan geweten dat David haar geen barst interesseerde. Nu snap ik ook waarom.'

'We zouden hen kunnen bellen,' zei hij.

'Ja, dat zouden we kunnen. Toen ik Robinson vlak voor de uitzending in de studio belde, zei hij dat hij me meteen na afloop zou terugbellen. Dat was een uur geleden.' Ze keek op haar horloge. 'Langer.'

Stephen liep naar de stoel en ging zitten. 'Waar het op neerkomt, is dat wij de enigen zijn die iets om David geven. Maar aan de andere kant kan ik gewoon niet geloven dat er na die uitzending niemand gebeld heeft. Niemand?'

'Misschien krijgen ze wel honderden telefoontjes, maar krijgen wij daar niets van te horen.'

'Misschien zouden we erheen moeten gaan.'

Met het gevoel alsof er een zware last op haar schouders drukte, ging ze weer op haar kruk zitten. 'Misschien.' De gedachte aan het lawaai en de mensen en de drukte stond haar ontzettend tegen. Het was wel de laatste plek waar ze zou willen zijn. Maar het was hun band met David. Ze keek naar Stephens bleke, bebloede en uitgeputte gezicht en besefte dat hij er precies zo over dacht. Doorgaans was hij degene die altijd het middelpunt van de drukte wilde zijn, maar vanavond had ook hij geen behoefte aan alle toestanden. Hij was moegestreden en voelde er niets voor om hun schuilplaats te verlaten.

'Er is daar vast geen privacy,' zei hij.

Ze stond op, liep naar hem toe, knielde aan zijn voeten en legde haar hoofd op zijn schoot. Hij vlocht zijn vingers door haar haren en liet zijn hand daar liggen. 'Ik heb eigenlijk geen hoop meer,' fluisterde ze.

'Ja, ik weet wat je bedoelt. Zo voel ik het ook,' zei hij. 'Ik heb me altijd op jouw hoop verlaten...'

'Ik weet niet waar die gebleven is. Ik wist zo zeker dat we hem terug zouden vinden, dat het alleen maar een kwestie was van te achterhalen waar hij zat... en nu weten we zoveel meer, is hij zo veel dichter bij ons, en toch heb ik het gevoel alsof ik hem aan het verliezen ben... alsof ik zelf in die put zit en het water zich boven mijn hoofd sluit.'

'Rachel!' kwam het haperend over zijn lippen. 'Hou op, alsjeblieft. Ik kan het niet aanhoren. Laat me alsjeblieft blijven hopen... totdat...' Hij maakte zijn zin niet af omdat hij de woorden niet kon uitspreken. Hij stak zijn hand uit en drukte op het knopje van het licht. 'Al dat licht.' Ze zaten bij elkaar in het donker en luisterden naar de geluiden van het huis om hen heen.

'Ik wil weg met Kerstmis,' fluisterde ze. 'Ik wil nooit meer Kerstmis vieren in dit huis... zonder hem. Of we verhuizen. Dit huis... elke kamer... hij is overal. Luister! Hoor je het kraken van de vloer? Altijd wanneer ik dat hoor, denk ik dat hij de trap af komt geslopen.' Ergens sloeg een deur en ze schrok. 'Zie je wel! Hij zal hier altijd zijn. O, Stephen, dat kunnen we niet verdragen.'

Hij masseerde haar hoofd en liet haar haren door zijn vingers glijden. 'We mogen het niet opgeven, Rach, nog niet. Niet nu. Nu heeft hij ons het meeste nodig, ons vertrouwen dat alles goed zal komen...'

'Ik heb geen vertrouwen meer,' zei ze. 'Ik kan niet... Ik heb niet... Ik weet niet... Ik weet niet wat ik moet doen. Ik heb zo'n enorme holle leegte binnenin me.'

'We mogen het niet opgeven!' schreeuwde hij, en de woorden weergalmden door de kleine kamer. 'Vooruit.' Hij trok haar overeind. 'Laten we naar zijn kamer gaan en daar zitten. Misschien helpt dat.' Nu sprak hij met de stem van een vermoeide, oude man. Zijn hand in de hare beefde.

'Hoe moet dat helpen? En waarmee? Ze gaan hem vermoorden, Stephen. Na al die weken, en nu we hem eindelijk op het spoor zijn, is het te laat!' Ze wist niet hoe ze hem duidelijk moest maken dat ze opeens geen hoop meer had. Hoe moest ze het uitleggen wanneer ze er zelf geen verklaring voor had? Net als een motor waarvan de benzine op was geraakt, net zo was haar hoop met schokjes tot stilstand gekomen.

Hij pakte haar bij de schouders en schudde haar door elkaar. Zachtjes, niet ruw, zoals hij dat ook wel eens deed. Zij was niet de enige die moe was, hij was dat ook. 'Rachel, hou op. We weten niet of het al te laat is!'

'Dat weet ik wel!'

Haar woorden waren als de kreet van een gewond dier. Stephen liet zich terugvallen in zijn stoel. 'Laat mij dan tenminste nog hopen,' fluisterde hij. 'Laat mij nog hopen.'

Ze zaten in stilte. In het donker. Omgeven door wanhoop. Opeens fluisterde Rachel: 'De telefoon. Hij is niet één keer overgegaan. Robinson heeft niet gebeld. Gallagher heeft niet gebeld. Niemand van de Missing Child Foundation heeft gebeld. Ik snap het niet.'

Ze stond op, deed het licht aan en pakte de telefoon. 'Stephen, kijk! O, nee! Ik kan gewoon niet geloven dat ik dit heb gedaan.' Ze hield de telefoon op om het hem te laten zien. Het schakelaartje onderop stond op 'uit'. 'Dat moet gebeurd zijn toen ik hem van tafel heb gestoten... dus iedereen die geprobeerd heeft ons te bereiken...'

Hij schudde het hoofd, voorzichtig, want het deed ongelooflijke pijn, en kon amper geloven dat hij zich nog steeds ergens over kon verbazen. 'Misschien dat er dan boodschappen zijn... op het antwoordapparaat... andere boodschappen, afgezien van die van mij... als je niet hebt opgenomen...' Hij maakte geen aanstalten om op te staan.

Rachel knikte en stelde de telefoon weer goed in, waarna ze hem voorzichtig terugzette op tafel. 'Laten we gaan kijken...' Maar ineens voelde het niet meer als dringend aan. Ze ging weer naast hem op de grond zitten. Ze was te moe om zich te kunnen bewegen. Ze zou zó wel gaan. Zo meteen, dan zouden ze samen gaan.

Opnieuw was het stil om hen heen. Zo nu en dan sloeg er een vlaag regen tegen de ramen. Het oude huis kraakte en steunde. Rachel leunde tegen Stephens knie en luisterde naar het tikken van haar horloge. Luisterde naar het slaan van haar hart. Luisterde naar Stephens ademhaling, precies zoals ze zo vaak bij haar kinderen had gezeten en naar hun ademhaling had geluisterd.

Het was zó stil, dat toen de telefoon rinkelde, het aanvoelde alsof ze onder stroom waren komen te staan. Rachel haastte zich naar de andere kant van de kamer en nam op. Ze bracht de hoorn aarzelend naar haar oor, alsof ze bang was voor het nieuws dat haar te wachten stond. 'Hallo?'

'Rachel?' Een stem die even zwak en uitgeput klonk als de hare.

'Ja?' Ze had er geen behoefte aan om met zo'n ontmoedigd mens te praten. Zo'n stem kon alleen maar slecht nieuws betekenen.

'Je spreekt met Peter. Peter Coffin. Ik heb geprobeerd je te bereiken, maar ze wilden me je nummer niet geven... de mensen die de telefoon opnemen.' Hij zweeg en hapte naar lucht. 'Ik weet wie David heeft. Ik hoop dat het niet te laat is.'

'Je ouders,' zei ze. Het was haar plotseling te binnen geschoten. Ze kromp ineen toen Stephen het grote licht aandeed en voelde hem tegen haar schouder leunen.

'Mijn ouders.'

'Maar je weet niet waar ze zijn...'

'Ik heb ze gevonden. Toen het er niet toe deed, heb ik niet echt mijn best gedaan. Ik dacht dat mijn vader dood was, en ik had er geen behoefte aan haar te zien. Ik voelde er niets voor me bloot te stellen aan die onbeschrijfelijke haat. Maar vanavond, op het nieuws, toen ik die tekening zag... wist ik dat zij het waren... mijn moeder... en mijn vader. Dat hij nog steeds leefde. En dat ze hem hiertoe gedwongen had. Ik heb een nicht opgebeld, en ze heeft me een adres gegeven...'

Het tikken van haar horloge leek opeens luider. Zonder erbij na te denken, vroeg ze: 'Waarom heb je zo lang gewacht met bellen, Peter... Elke seconde telt!' Achter zich hoorde ze Stephen, die wilde weten wat er aan de hand was. Ze drukte haar oor dicht om niet afgeleid te worden. 'Peter, waarom heb je gewacht?' Stom, want ze wist niet eens of hij gewacht had. Met ingehouden adem wachtte ze op zijn antwoord.

'Ik heb niet gewacht. Ik heb de staatspolitie van Maine gebeld. En de Missing Child Foundation. Dat nummer van de televisie. Maar ik wist dat ik jou ook moest bellen, voor het geval niemand anders daaraan zou denken. Ze wilden me je nummer niet geven, dus duurde het een poosje. Ik wist niet meer hoe je heette, maar Mary, mijn verpleegster, wist het nog wel. Ik heb een paar keer gebeld, maar er werd niet opgenomen.'

'Waar is hij?' vroeg ze, en hij vertelde het haar. 'We moeten erheen. Nu meteen.'

Ze had bijna opgehangen om zo snel als ze kon naar haar auto te rennen, maar zijn wanhopige stem hield haar tegen. 'Wacht! Mag ik met je mee? David weet niet wie ik ben... Ik moet erbij zijn... Wil met eigen ogen zien dat alles goed is.' Zijn stem zakte weg, maar kwam weer terug. Ze realiseerde zich dat hij aan het einde van zijn krachten was. 'Ik denk dat hij zal doen wat juist is... maar aan de andere kant... hij heeft zich hier ook toe laten overhalen...'

'Ja. Kom maar mee. We kunnen het hier onderweg over hebben,' zei ze. 'Geef me je nummer, dan bellen we je zodra we alles geregeld hebben.'

Ze krabbelde het nummer op een van de tekeningen. Terwijl ze ernaar keek, zag ze opeens de gelijkenis tussen David, Peter en de oude man. Gelijkenissen die haar voorheen niet waren opgevallen. Nu straalde het ervan af. 'Stephen,' zei ze, terwijl ze naar zijn ongeduldige gezicht keek, 'we moeten een vliegtuig charteren en naar Maine vliegen. Peter komt met ons mee. Peter Coffin. Hij weet waar David is.'

Het paste bij de vreemde sfeer van deze nacht, bij hun ongewone affiniteit, dat Stephen haar niet tegensprak. Hij vroeg om de informatie die hij nodig had, pakte de telefoon en begon alles te regelen. Enkele minuten later zei hij: 'Je kunt hem terugbellen en zeggen dat hij over een uur op het vliegveld moet zijn.' En Rachel, onwerelds als ze was, wist precies welk vliegveld hij bedoelde en wat ze moest doen.

Toen ze Gallagher en Robinson probeerden, bleek dat zij, zoals ze inmiddels wel vermoed hadden, al vertrokken waren. Alleen Gallagher had een boodschap ingesproken. 'Die verrekte Robinson,' zei Stephen, 'hij heeft niet eens gebeld.'

'Ja,' was Rachel het met hem eens, 'alleen al daarvoor verdient hij het te verrekken.'

Ze pakte een warme trui, de zachte sprei van Davids bed en stak Megrim in haar zak. Stephen waste het bloed van zijn gezicht en trok een schoon shirt aan. En toen liepen ze naar de deur. Naar de auto. Gingen ze op weg. En ze hoopten en baden met elke ademhaling en elke stap dat ze niet te laat zouden komen.

Ze was zich bewust van een nieuwe dosis energie en het opnieuw oplaaien van iets dat op hoop leek. 'Hij heeft niet echt heel erg zijn best gedaan om ons te bereiken,' zei ze. 'Gallagher had een patrouillewagen kunnen sturen...'

Toen ze de voordeur opentrokken, dwarrelde er een briefje op de grond. Stephen, die bang was voor nog meer slecht nieuws, raapte het voorzichtig op. 'Van Gallagher,' zei hij. 'We moeten hem bellen.'

'Stelletje idioten!' riep Rachel uit. 'Een briefje op de deur? Hoe kúnnen ze. We worden behandeld alsof we helemaal niet belangrijk zijn. Robinson en die heks van hem zijn waarschijnlijk al lang en breed onderweg, zodat ze ter plekke kunnen zijn als... wanneer... David gevonden wordt. Zij wel, maar wij niet! Hufters, klootzakken, idioten, ik weet niet eens waarvoor ik ze moet uitschelden, want geen enkel woord is krachtig genoeg voor de manier waarop ze ons gemanipuleerd hebben. Ik haat ze, allemaal!'

'Egoïsten. Machiavellistische dieven,' opperde hij, een spelletje beginnend dat ze wel eens speelden. Hij klonk bijna vrolijk.

'Achterbakse, dubbele scharrelaars,' zei zij.

'Eerloze, bemoeizuchtige bedriegers.'

'Ongerechtigde, bemoeizieke oplichters.'

'Eerloze, schaamteloze snoodaards.'

Ze lachte, en bij het geluid ervan realiseerde ze zich dat dit iets was dat ze al heel lang niet meer had gedaan. 'Die laatste vond ik de beste,' zei ze. 'Ik geloof dat ik nieuwe ruitenwissers nodig heb.'

'Maar niet nu.'

'Zo lang we maar bij het vliegveld komen. Het enige dat deze dingen doen, is de troep over de voorruit smeren.'

Ze reden in stilte – een eindeloze stilte, die onderstreept werd door het ritmische geluid van de ruitenwissers – tuurden door de tunnel die de koplampen door de mist heen boorden, staarden langs het smalle pad van licht maar waren met hun gedachten ergens anders. Rachel, die anders altijd heel rustig reed, gaf nu zo veel gas als ze maar durfde, terwijl ze hoopte dat hen uit de mist niets tegemoet zou komen. Het was te laat voor fietsers en joggers, maar herten waren ook nog een mogelijkheid om rekening mee te houden.

'We zijn er bijna. We moeten zó rechtsaf, geloof ik,' zei hij, en ze schrok van zijn stem. Ze trapte op de rem en gaf weer gas, en hij kreunde.

'Wat is er?' vroeg ze.

'Mijn hoofd. Het doet pijn wanneer je zo schokkerig rijdt.'

'Heb je echt een aanrijding gehad of heeft Carole je met haar gietijzeren koekenpan te grazen genomen? Is dat wat er in werkelijkheid is gebeurd?'

'Ze heeft me alleen maar met haar scherpe tong te grazen genomen, maar dat was pijnlijk genoeg. Lieve help, die neemt ook geen blad voor de mond.'

'Ik zou dat ook wel willen kunnen.'

'Ik ben dolblij dat je dat niet kunt,' zei hij. 'Ik hou van je zoals je bent. Zo stil en vreedzaam. Daar gaat iets heel geruststellends van uit.'

'Ik geloof niet dat ik de laatste tijd zo geruststellend ben geweest,' zei ze.

'Jij niet, maar ik ook niet.'

'Stel dat hij... wanneer we daar aankomen...'

'Ssst!' zei hij. 'We zouden niet...'

'Neem me niet kwalijk, ik was het even vergeten. Laten we het over iets anders hebben. Kun je je nog herinneren hoe we elkaar hebben leren kennen?' Ze sloeg rechtsaf en keek de onverlichte weg af. Hier was geen mist en het regende harder. Ze tuurde door de zilverachtige naalden van regen. Geen huizen, geen borden, zelfs geen brievenbus, alleen maar een glanzend zwart lint dat zich de helling op slingerde. 'Weet je zeker dat dit goed is?'

'Het is nog een kleine twee kilometer. Het is maar een klein vliegveldje. Niet iets voor enorme borden. Ik let wel op. Hoe we elkaar hebben leren kennen. Ja, natuurlijk weet ik dat nog. We hebben elkaar in een bar leren kennen. Jij was met die schoft met dat rode haar. Hij zat je te beledigen. Ik heb hem gezegd dat hij moest opdonderen. En toen heb ik je telefoonnummer gevraagd. Je wilde het me niet geven, maar je hebt wel mijn nummer opgeschreven, en daarna heb je me gebeld. Zo was het toch?'

'Ja, ik geloof van wel,' zei ze, terwijl ze afwezig voor zich uit tuurde. 'O, daar is het. Ik hoop maar dat Peter het kan vinden.'

'Dat is hem geraden. We kunnen niet wachten.'

Ze keek in de achteruitkijkspiegel. 'Er rijdt een auto achter ons.'

'Dat zal hem dan wel zijn. Neem wat gas terug. Doe je richtingaanwijzer uit. Daar is het. Zie je dat pad?'

Ze reden een hobbelig pad af dat ophield bij een klein gebouwtje. Aan de paal ernaast wapperde een half vergane windzak. Op wat het midden van het vliegveld leek, brandde licht, en ze zagen twee mannen die bij een klein vliegtuigje heen en weer liepen. 'Uw rijtuig staat gereed, mevrouw,' zei Stephen.

Ze parkeerden, en een andere auto parkeerde naast hen. Een vrouw kwam achter het stuur vandaan en liep om de auto heen om de andere inzittende te helpen uitstappen. Rachel herkende de verpleegster uit het ziekenhuis, Mary, en was verbaasd. Ze deed het portier open, liep naar Peter, die vermoeid op de arm van de vrouw steunde, en wachtte tot Stephen bij hen was komen staan. 'Peter Coffin, mijn man, Stephen Stark.' De mannen gaven elkaar een hand – alle twee waren ze te moe en te zeer betrokken bij de reden van hun aanwezigheid hier om indruk op de ander te willen maken. Niet dat Peter Coffin het type leek dat, zelfs wanneer hij gezond geweest zou zijn, het nodig zou vinden indruk te willen maken op een andere man. Toen stelde Peter de verpleegster voor.

'Dit is mijn hoedster, Mary. Ze wilde niet dat ik alleen zou gaan,' zei hij, 'en ze wilde ook geen taxi voor mij bellen.'

'Ik heb hem gezegd dat hij in het ziekenhuis moest blijven,' zei ze grimmig. 'Maar hij wilde niet luisteren. Artsen luisteren tegenwoordig niet meer naar verpleegsters, zoals het hoort.'

'We hebben geen tijd...' begon Stephen. Hij zweeg en keek van Coffin naar het vliegtuig. 'Kun je zo ver lopen?'

Peter glimlachte. In het licht van de enige lamp die de parkeerplaats verlichtte, zag ze dat zijn ogen onnatuurlijk helder glansden. 'Met de hulp van mijn vriendin.' Hij leunde zwaar op Mary's arm en ze begonnen naar het vliegtuigje te lopen. Stephen en Rachel volgden hen.

Het brok in Rachels keel was zó groot dat ze, elke keer dat ze ademhaalde, het gevoel had dat ze een rotsblok uit de weg moest ruimen. Tegen de tijd dat ze bij het vliegtuigje waren gekomen, steunde ze even zwaar op Stephens arm als Peter op die van Mary. Peter en Mary gingen aan boord. Stephen hielp haar instappen, de piloot draaide zich naar hen om en sprak hen kort toe, en even later hobbelden ze over de startbaan en stegen op. Het lawaai van de motoren was zó oorverdovend dat het wel leek alsof ze ermiddenin zaten.

Ze pakte Stephens hand, die ijskoud was. Hij sloot zijn vingers om de hare als een drenkeling die een reddingslijn vastgrijpt. Ze beantwoordde de druk. Haar andere hand zat in haar zak en sloot zich om Megrim. Toen liet ze de draak los, reikte naar achteren en pakte Peters hand. Hij lag mager en droog en even broos en breekbaar als een vogeltje in de hare.

In de donkere cabine, te midden van het geraas van de motoren en met de handen van Stephen en Peter in de hare, dacht ze na over haar relatie met hen, over de bizarre maar onontkoombare manier waarop hun afzonderlijke lot met elkaar verweven was. Net zoals ze nu via haar handen contact met elkaar hadden, zo hadden ze ook via haar lichaam een band met elkaar, via David. Hoe vreemd, de wijze waarop ze met elkaar verbonden waren. Ze was de moeder van hun kind, en beide mannen waren de vaders van haar zoon. Stephen, wiens eigen zoon gestorven was, was de emotionele vader, terwijl Peter, die zelf stervende was, de biologische vader was. In de oneindige keten van vaders en zonen vervulde ze een centrale rol. Hoewel ze in feite overbodig was, was ze niet meer dan een buis waardoorheen ze beiden naar de toekomst stroomden. Maar vanavond waren de vaders hier om een verschillende reden: Stephen was als vader op zoek naar zijn zoon; Peter was als zoon op zoek naar zijn vader.

Ze drukte hun handen en voelde hoe ze de druk beantwoordden. En met die druk voelde ze de hoop, hun hoop van hen allemaal, in zich oplaaien en voor hen uit naar de toekomst vloeien, naar David, die in groot gevaar verkeerde maar hun nageslacht was. Peters moeizame ademhaling, die zelfs boven het geraas van de motoren uit te horen was, gaf voor hen allen de maat aan. Ze waren allen doodmoe, aan het einde van hun Latijn, hapten naar lucht, snakten naar hoop en konden voor hun gevoel niet snel genoeg op hun bestemming, bij David, zijn.

De stemmen beneden stierven weg tot een zacht fluisteren en even later was het stil. David, die doodmoe was van de angst, de honger en het huilen, viel in slaap waar hij lag, met zijn wang op het verwarmingsrooster. Hij werd wakker van het geluid van de sleutel in de deur, van het krassen van metaal op metaal en de tik van het slot dat opensprong. Hij duwde zich overeind op zijn armen. Zijn hele lichaam deed pijn van de lange uren op de harde vloer. Het eerste grijze ochtendlicht viel door het raam naar binnen. Zijn maag deed ontzettend pijn en rommelde terwijl er felle steken doorheen schoten.

De deur ging open, er viel een streep fel licht de kamer in en de man en de vrouw kwamen binnen. Hij keek versuft van de slaap naar hen op en schrok van de vreemde uitdrukking op het gezicht van de vrouw. In haar handen hield ze een jutezak. De man droeg een rol touw.

'David,' zei ze, 'er dreigt weer gevaar en we moeten je ergens anders naartoe brengen. We stoppen je in deze zak om te voorkomen dat iemand je zal herkennen. Als je meewerkt, hoeven we geen geweld te gebruiken en hoeven we je geen pijn te doen, maar als het niet anders kan, zullen we je dwingen. Maar dat wil je toch zeker niet, hé?' Haar stem klonk afstandelijk en zakelijk, en deed hem eraan denken hoe de dierenarts had geklonken toen hij tegen hem en zijn moeder had gezegd dat hun gewonde katje niet gered kon worden en een slaapprikje zou moeten krijgen.

Hij duwde zich overeind en keek langs haar heen naar de deur, terwijl hij zich afvroeg of hij langs hen heen zou kunnen schieten en zou kunnen ontsnappen. De vrouw volgde zijn blik. 'We kunnen je niet laten ontsnappen,' zei ze. Ze draaide zich om, deed de deur dicht en op slot, en de moed zonk David in de schoenen.

Hij keek naar de man, maar deze weigerde hem aan te kijken en hield zijn blik op het touw gericht. 'Kom hier, David,' zei ze. 'Je weet dat je niet kunt ontsnappen. Je kunt net zogoed meewerken.'

Hij keek koortsachtig om zich heen. Was er iets dat hij als wapen zou kunnen gebruiken? Hij was pas negen, en bovendien bepaald niet groot voor zijn leeftijd. Maar hij was niet bang uitgevallen, en hij piekerde er niet over om zich zomaar in een zak te laten stoppen en in een put te laten gooien. Zijn moeder had het hem zo vaak gezegd tijdens hun gesprekken over hoe je onder moeilijke omstandigheden moest handelen – realiteitslessen, noemde ze die – hij had niets te verliezen en moest alles proberen.

De sleutel zat nog in de deur. Misschien zou hij hen op de een of andere manier kunnen afleiden? In de kast stonden skistokken, skistokken met scherpe punten eraan. Hij had ze een paar keer gebruikt als denkbeeldige zwaarden of lansen of speren, toen hij hierboven in zijn eentje had zitten spelen. Hij deed twee stapjes naar achteren, dook in de kast en pakte een stok. Hij zwaaide ermee in het rond, zag de verbazing op het gezicht van de vrouw en zwaaide de stok naar haar hoofd. Ze dook in elkaar en hij zwaaide nog eens, maar toen greep ze de stok vast met haar grote handen, gaf er een harde ruk aan en David schoot naar voren, regelrecht in haar armen.

'Zo is het wel genoeg, snotneus die je bent,' snauwde ze, terwijl ze een arm op zijn rug draaide en hem op zijn knieën dwong. Ze hield hem met een van haar eigen knieën in bedwang en draaide iets om zijn polsen.

'Jullie liegen! Jullie willen me helemaal niet ergens anders naartoe brengen!' schreeuwde hij. 'Jullie willen me verdrinken. Jullie willen me in die zak stoppen en in een put gooien.' Hij wilde niet huilen, maar kon het niet helpen. Hij verlangde naar zijn moeder en was zó bang dat hij amper nog adem kon halen. 'Jullie zijn leugenaars! Leugenaars! Leugenaars! En ik haat jullie!'

'Vader, scheur een stuk van die tape af en geef dat hier om zijn mond dicht te plakken. Ik heb geen zin om hier verder nog naar te luisteren.'

David draaide zijn hoofd opzij en keek op naar de oude man, die bezig was met een rol zilverkleurige tape. De man had zich meer dan eens voorgedaan als zijn vriend; hij was vriendelijk geweest. Hij meende een traan op de wang van de man te zien, maar toen klonk er een scheurend geluid en gaf hij de vrouw een stuk tape aan. De vrouw greep hem hardhandig bij de kin en drukte de tape op zijn mond. 'Geef me nog een stuk. Langer,' zei ze. 'Zó lang dat ik het om zijn hoofd kan wikkelen.'

Door zijn met het plakkerige, smerig smakende tape verzegelde lippen voelde David een schreeuw opkomen, proberen te ontsnappen, in zijn mond blijven steken tot zijn mond er helemaal mee gevuld was, en toen weer terugschieten in zijn keel en hem verstikken. Hij hoorde zachte, doodsbange geluidjes en wist dat die van hem afkomstig waren. Er klonk nog een scheurend geluid. Opnieuw greep ze hem bij zijn kin, drukte nog een stuk tape op zijn mond, trok het strak om zijn haar en liet hem los. 'Door je neus ademhalen,' zei ze.

Ze hield haar hand op voor het touw, bukte zich en begon zijn voeten aan elkaar te binden. Hij kon het niet helpen, sloot zijn ogen en huilde om zijn moeder.

Hoofdstuk 38

'En door de lange, stille straat
Kroop, op zil'vren muilen, de dageraad
Gelijk een angstig meisje.'
Wilde, 'The Harlot's House'

Het eerste licht van de dageraad kroop schuchter over de horizon toen de piloot het vliegtuigje op het vliegveld van Bangor aan de grond zette. Stephen, die de hele tijd zowat met zijn knieën in zijn oren had gezeten, slaakte een hoorbare zucht van verlichting. Vliegtuigstoelen waren niet ontworpen voor mensen. Ze werden opgewacht door een patrouillewagen met flitsend zwaailicht. Terwijl ze opstonden, zich uitrekten en de vliegtuigtrap afdaalden, zag Stephen het portier opengaan, waarna er een lange man in uniform uitstapte. Hij haastte zich met uitgestoken hand naar hem toe. 'Stephen Stark,' zei hij, terwijl hij de agent een hand gaf. 'Zijn er nieuwe ontwikkelingen?'

De agent identificeerde zichzelf als Scott Hawes, en wachtte met het beantwoorden van die vraag tot het hele gezelschap zich om hem heen verzameld had. Hij stak zijn hand uit toen Stephen Rachel aan hem voorstelde, en Stephen zag hem aarzelen toen Peter en Mary werden voorgesteld. 'Coffin?' herhaalde hij.

'Ja. Ik ben degene die u gebeld heeft over de jongen. Over mijn...' Hij aarzelde, en zijn stem klonk onvast toen hij zei: 'Mijn ouders.'

Het was de agent niet ontgaan dat Peter er allesbehalve blakend van gezondheid uitzag. 'Laten we het hier in de auto verder over hebben,' stelde hij voor.

'Kunnen we er met z'n vieren in?' vroeg Stephen. De agent knikte. Ze volgden hem naar de auto en stapten zo snel als ze konden in. Stephen hielp de anderen achterin instappen en ging toen zelf voorin zitten, naast de agent. 'Hebt u ze gevonden?'

'Nee, hen niet.'

Stephens hart sloeg een slag over. Achterin hoorde hij Rachels adem stokken. Hij hoefde zich niet om te draaien om te weten hoe ze keek. 'Wat wilt u daarmee zeggen?'

'We hebben de boerderij gevonden,' zei Hawes. 'Maar er was niemand thuis.'

De moed zonk Stephen in de schoenen. 'Was het huis verlaten?'

'O, nee, dat niet. Het is duidelijk dat er iemand woont. Dat hebben de buren bevestigd. En het vee is goed verzorgd. Het eten in de koelkast is vers. En we hebben de kamer gevonden waar ze de jongen hebben vastgehouden. Ze lieten hem zelfs naar school gaan, hoewel hij daar al een paar dagen niet meer is geweest...'

'Zijn hun auto's weg?' viel Rachel hem ongeduldig in de rede.

'Nee. De auto's staan bij het huis, de kleren hangen in de kast en de koeien staan in de stal. Er zijn alleen geen mensen.'

'En wat doen uw mannen?' wilde Stephen weten.

'Ze houden het huis in de gaten, wachten tot er iemand komt. Zodra het wat lichter wordt, beginnen ze met de omgeving af te zoeken.'

'Ze zijn naar de put gegaan,' kreunde Rachel. 'Ze zijn met hem naar de put gegaan, om hem erin te gooien. Ze hebben zijn handen en voeten gebonden en hem in de put gegooid.'

'De put?' vroeg Hawes. 'Die helderziende zei ook iets over een put...'

'Ze is even helderziend als ik,' zei Stephen. Hij keek naar achteren en zag dat Rachel en Peter Coffin elkaars hand vasthielden. Hij voelde een steek, probeerde het gevoel op juiste waarde in te schatten en zette het toen maar weer zo snel mogelijk van zich af, omdat de omvang van het probleem hem in verwarring bracht. Nog nooit was zijn leven zo vreemd geweest als sinds de afgelopen uren. Zijn stemming was zó vaak veranderd dat hij zich net een emotionele regenboog voelde. Een kameleon. Hij had veel moeite met de relatie tussen Coffin en David, maar als Coffin er niet geweest was, zou David er ook niet zijn geweest. En zonder Coffin zou er ook geen ontvoering zijn geweest. En zonder Coffin zouden ze nu niet hier zijn geweest, zouden ze niet nog dat kleine beetje hoop hebben gehad dat ze nog op tijd waren om hem te redden. De onderlinge verbanden en relaties overlapten zich in zijn brein als een tekening van Escher. Alles draaide om zijn eigen as, vloeide in elkaar over, was zichzelf maar tegelijkertijd ook iets anders.

Hij hield van duidelijkheid, hield ervan om alles volgens zijn eigen richtlijnen geordend te hebben. In gedachten zette hij de verwarrende gevoelens van zich af en probeerde iets te bedenken waar hij wat minder machteloos tegenover zou staan. 'Brengt u ons erheen?' vroeg hij.

'Ja.'

'Hoelang is het rijden?'

'Twintig minuten.'

304

'Zo ver?' vroeg Rachel.

'Kunt u niet wat sneller?' vroeg hij.

'Nee.'

'Twintig minuten van hier, of vanaf het vliegveld?'

'Het vliegveld.'

Er viel een stilte in de auto. Elk was in zijn eigen gedachten verzonken terwijl de auto zich, harder dan was toegestaan maar voor hun gevoel niet hard genoeg, door de vroege dageraad spoedde. Langzaam maar zeker begonnen de onduidelijke schaduwen langs de kant van de weg herkenbare vormen aan te nemen – bomen, huizen, muren en uitgestrekte velden. Stephen zocht afleiding in een spelletje dat hij als kind had gespeeld: het tellen van de telefoonpalen. Opeens zei Rachel, alsof ze onverwacht een klap had gekregen: 'O!'

Hawes trapte op de rem.

'Blijf rijden,' zei Stephen. 'Rij door. Wat is er, Rachel?'

'Er gebeurt iets,' zei ze.

'Iets goeds?' vroeg hij ongeduldig. 'Iets slechts? Wat?'

Ze gaf geen antwoord. Hij keek achterom en zag dat ze haar ogen dicht had en haar vingertoppen tegen haar voorhoofd drukte. 'Slecht,' zei ze ten slotte. Toen: 'Wacht!' Hawes trapte opnieuw op de rem.

'Doorrijden,' zeiden ze allemaal in koor.

Stephen meende Hawes te horen mompelen: 'Stelletje gekken.'

'Wat is er, Rach?'

'Ik weet niet... ik... hij... ik geloof dat er iets verschrikkelijks is gebeurd. Ik kan het niet precies zeggen. Ik kan niets zien, het is alleen maar een gevoel, een verstikkend gevoel van angst. Geen geluid. Geen beelden. Alleen maar angst. Iets... Hij is... wacht!'

Stephen lette niet meer op de weg, hij lette alleen nog maar op haar. Zag haar gezicht, dat een vertrokken masker van pijn was terwijl ze Coffins hand vastgreep en hem drukte. Hij stak zijn eigen hand uit en ze pakte hem vast. Hij bespeurde een vreemdsoortige energie, alsof ze op een bepaalde manier elektrisch geladen was. Hij sloot zijn ogen en bleef haar hand in de zijne houden. 'Wat?' vroeg hij.

'In iets. Een deken, denk ik. Hij zit erin gewikkeld. Het voelt heel benauwd aan. Hij is zó bang dat hij niet eens kan denken.'

'Hoelang nog?' vroeg hij aan de agent.

'Ik schat vijf minuten.'

'Stephen, hou op met vragen. Je maakt jezelf nog knettergek.'

'Nog gekker dan ik al ben?'

De verpleegster keek op haar horloge. 'Tijd voor je medicijnen,' zei ze, alsof ze zojuist zijn ziekenhuiskamer was binnengekomen, in plaats van opeengehoopt met die uiterst gespannen mensen in een veel te hard rijdende patrouilleauto te zitten. Ze maakte een tas open, haalde er een thermosfles uit, schonk wat water in het bekertje en gaf het aan Peter. Toen schudde ze een aantal pillen op haar hand en gaf die ook aan hem.

'Je weet hoe ik dit haat,' zei Coffin.

Ze knikte. 'Ja. En je zou het nog erger vinden als je ze níet innam.'

Stephen keek naar de broodmagere hand om het bekertje en naar het werken van het dunne nekje, en wendde zijn blik af toen Coffin het bekertje weer teruggaf, zijn hoofd naar achteren leunde en uitgeput van alleen maar een paar pillen slikken de ogen sloot. Hij realiseerde zich dat Coffin, om hier te zijn, over een onmenselijke dosis wilskracht moest beschikken, en dat het zuiver wilskracht was dat zijn verwoeste lichaam voortdreef. Hij schaamde zich over het feit dat hij hem zo had aangegaapt, keek opzij en zijn blik kruiste die van de verpleegster. Ernstige, grijze ogen. Ze knikte kort om duidelijk te maken dat ze wist wat hij gezien had. Uit haar knikje was duidelijk dat ze zich realiseerde dat haar patiënt weliswaar stervende was, maar dat dit iets was dat hij nog moest doen.

'We zijn er,' zei Hawes, terwijl hij een oprit inreed die al vol stond met meerdere officiële voertuigen.

Stephen stapte uit, trok het achterportier open en hielp Peter Coffin uitstappen. De verpleegster kwam om de auto heen gelopen en gaf hem een arm. Stephen gaf Rachel een arm, en zo, als twee wandelende stellen uit de Victoriaanse tijd, baanden ze zich langzaam een weg door de menigte, tot ze degene hadden gevonden die de leiding over de operatie leek te hebben.

Stephen was geen moment verbaasd toen hij Robinson, Norah Proust en Gallagher zag. Hij negeerde de anderen en zei tegen Robinson: 'Je had best wel eens mogen proberen ons te waarschuwen, John. Hij is niet jouw kind.' Toen Robinson begon uit te leggen, draaide Stephen zich met zijn rug naar hem toe en stak zijn hand uit naar de man die de leiding had. 'Stephen Stark,' zei hij. 'Davids vader. Dit is mijn vrouw, Rachel. En dit is Peter Coffin, de zoon van de ontvoerders. Hij is degene die u gebeld heeft om te zeggen waar het was...'

Opeens werden ze omringd door politie. Stephen beleefde even een claustrofobisch moment waarin hij uit de menigte wilde breken en ervandoor wilde gaan, maar hij wist zich te beheersen en ze begonnen hun kant van het verhaal te vertellen. Iemand vond een stoel voor Peter, en ze luisterden terwijl de inspecteur die de leiding had de situatie verklaarde. Zijn verhaal verschilde nauwelijks van dat wat de agent hun in de auto had verteld. Het lege huis, alles dat erop wees dat het bewoond was, sporen van David, de buren die bevestigd hadden dat David hier verbleef. De inspecteur, die Deaver heette, deed verslag in korte, zakelijke zinnen.

Stephen zag achter de stal een groepje mannen het bos in lopen. 'Waar gaan zij naartoe?'

'Het bos doorzoeken,' antwoordde Deaver. 'We hebben gewacht tot het wat lichter was.'

'Hoe staat het met de put?' vroeg Rachel. 'Gaan ze naar de put?'

'Die vrouw daar, de vrouw die beweert dat ze helderziende is, heeft het maar steeds over een put, maar ze weet niet waar hij is, en zover we weten, zover de buren weten, is er hier nergens een oude put.'

Stephen wreef zijn koude handen tegen elkaar om ze te warmen en wilde dat hij een warmer jack had aangetrokken. Het was bijna mei, maar het voelde aan als november. 'Er is een put,' zei hij, en wendde zich tot Rachel. 'Weet jij iets naders over de put, Rach?'

Ze keek zenuwachtig naar Deaver, en van Deaver naar de grond. 'Ik weet alleen maar dat er ergens een moet zijn.' Ze wees op het groepje mannen aan de rand van het bos. 'Kunnen we met hen mee?'

Deaver schudde het hoofd. 'Dat lijkt me geen goed idee.'

'Waarom niet?' wilde Stephen weten.

'Het zou kunnen zijn dat we u ergens voor nodig hebben.'

'Zoals wat?'

'Voor het identificeren van een...' Deaver zweeg, maar niet tijdig genoeg. 'Hé, wat is er met hen?'

Stephen keek achterom. Peter Coffin en Rachel waren, hand in hand als Hans en Grietje, op weg naar het bos. Terwijl hij hen nakeek, maakte Norah Proust zich los uit het groepje, rende hen achterna en trok aan Rachels arm. Rachel reageerde zó snel dat hij amper kon zien wat er precies gebeurde. Het ene moment stond Norah nog aan Rachels mouw te trekken en het volgende moment lag ze, over haar wang wrijvend, op de grond, terwijl Rachel en Peter alweer doorliepen.

'Ze volgen het spoor van kruimeltjes,' zei hij, en ging hen achterna.

Het enige dat hij nu nog kon zien, waren de speldenprikjes licht die door de jute kwamen. Hij zat in de zak. De ruwe stof schuurde tegen zijn gezicht en de stoffige geur was verstikkend. Hij kon niet hoesten door de tape, en een paar keer meende hij dat hij zou stikken terwijl hij met handen en voeten gebonden in de zak zat en alle kanten op werd geduwd door de man en de vrouw die hem droegen. Hij kon de vrouw en de man onder het lopen horen puffen en steunen.

Plotseling lieten ze één kant zakken, en David viel met zijn hoofd en schouder in een hoop natte bladeren. De zak gleed gedeeltelijk van hem af en hij keek angstig van de een naar de ander. Waren ze er? Waren ze bij de put? De angst groeide in hem zoals één van die speeltjes die opzwellen in water, en vulde hem totdat hij niets anders meer kon voelen. De man noch de vrouw keurde hem ook maar een blik waardig. Ze keken naar elkaar.

'Ik kan het niet,' zei de man.

'Je hoeft hem niet te dragen,' zei de vrouw. 'Ik sleep hem er wel naartoe. We zijn er bijna.'

'Dat bedoelde ik niet. Ik kan hem niet vermoorden,' zei de man. 'Hij is

mijn kleinzoon. Nu Peter er niet meer is, is hij alles dat we hebben om na te laten. Als we niet voor hem wilden zorgen, dan hadden we hem nooit mee mogen nemen. En als we hem niet willen, kunnen we hem beter teruggeven.'

'Ik had nooit verwacht dat hij zo lastig zou zijn. Zo koppig, zo koud en zo liefdeloos,' zei de vrouw. 'Typisch een kind van zijn vader. Je hoeft hem alleen maar aan te kijken en je kunt het zo al zien. Het is veel beter om dit ras uit te laten sterven. En hem teruggeven? Hoe stel je je dat voor?'

'Gewoon. We erkennen dat het verkeerd is geweest wat we hebben gedaan en geven hem terug.'

'Doe niet zo stom,' zei ze. 'Verwacht je soms dat ze ons een schouderklopje zullen geven en ons zullen bedanken, en dat ze het daarbij zullen laten? We komen voor de rest van ons leven in de gevangenis.'

'Hij is een lieve jongen,' zei de man. 'En er zijn mensen die van hem houden...'

'Peter was ook een lieve jongen, en wij waren mensen die van hem hielden... en toen ging alles mis. Hij verloor zijn zuiverheid en werd een zondaar...'

'Ik wist niet dat je ooit van Peter gehouden had.'

'Natuurlijk hield ik van hem. Hij was mijn zoon. Maar dat doet er nu niet meer toe. Ik heb het koud. Jij hebt het koud. Laten we dit nu maar snel doen, dan kunnen we weer naar huis.'

'Zoals je dat zegt, klinkt het net alsof het zomaar een simpel klusje is. Hij is een mens...'

'Dat ben ik ook. En ik ben echt niet van plan om tot aan mijn dood ergens in een gevangenis te moeten zitten.'

'Als we hem vermoorden, verdienen we dat.'

'Als we hem vermoorden, komt niemand er ooit achter. Luister, vader, je kunt nu niet meer terugkrabbelen. We zitten er al tot over onze oren in. Als je van gedachten had willen veranderen, had je dat al veel eerder moeten doen. Nu is het te laat.'

David wist zich verder uit de zak te wurmen en hij probeerde over de bladeren weg te kruipen. Het was zogoed als onmogelijk en maakte een hoop lawaai. De vrouw wierp hem een vermoeide blik toe. 'Die moeite kun je je besparen,' zei ze. 'Je verdoet er alleen maar energie mee en daarna stoppen we je toch weer in de zak.'

Vanachter de tape probeerde hij tegen haar te schreeuwen, probeerde hij te zeggen dat ze hem niet konden vermoorden, dat hij naar huis moest, naar zijn moeder en vader. De vrouw kwam naar hem toe en zette een voet op zijn rug, waarmee ze hem dieper in de bladeren drukte. 'Rustig,' zei ze. Hij sloot zijn ogen en bleef roerloos liggen terwijl hij probeerde om door de bladeren die aan zijn gezicht plakten adem te halen. 'Vooruit, vader, we zijn er bijna. Pak zijn andere been en help me een handje.'

Zijn shirt kwam uit zijn broek en schoof omhoog, zodat zijn huid onbedekt was. Takken schuurden over zijn buik en langs zijn gezicht. Hij werd verstikt door natte, slijmerige, half verrotte en stinkende bladeren die aan zijn gezicht en neus bleven plakken. Hij draaide zijn hoofd opzij en deed een laatste poging door te trachten zijn benen uit hun greep te rukken.

'We zijn er,' zei de vrouw. 'Help me het deksel eraf te tillen.' Ze lieten zijn voeten vallen. Hij hoorde puffen en het schuren van hout over steen. 'Mooi. Dat is wijd genoeg. Plaats zat. Zo dik is hij niet.'

David voelde haar handen op zijn lichaam. Ze probeerde hem overeind te hijsen. 'Vooruit, vader,' snauwde ze. 'Help eens een handje.'

Het 'nee' van de man weergalmde door het bos, en kwam zó onverwacht dat de vrouw David van schrik liet vallen.

'Ik heb je toch al gezegd dat het te laat is voor een misplaatste vorm van gewetenswroeging,' siste ze. 'Hoe sneller we het achter de rug hebben, hoe beter.'

'Nee,' herhaalde de oude man. 'Ik doe het niet. Ik kan het niet. Hij is een lieve jongen, moeder. Ik vond het goed dat we hem meenamen omdat jij hem wilde opvoeden. Ik gunde je nog een kans om het ditmaal goed te doen. Maar ik heb je niet geholpen bij het stelen van Peters zoon om hem in een put te gooien...'

'Waag het niet om die naam ooit nog eens te noemen! Voor mij is Peter dood, begrepen? Hij leeft niet meer, hij is dood!' Ze hijgde als een groot dier. Toen ze verder sprak, klonk haar stem vervormd door woede. Ze klonk amper nog menselijk. 'Nou, help je me nog of niet?'

Opnieuw schalde er een luid en nadrukkelijk 'nee' door het bos.

David lag aan hun voeten op de grond en keek op naar hun woedende gezichten. Misschien dat hij weg zou kunnen rollen zonder dat ze het merkten. Net toen hij al zijn krachten had vergaard, bukte de vrouw zich opeens en pakte een dikke tak die vlak bij zijn hoofd lag. Hij hoorde het kraken van een voetstap en suizen alsof er een tak door de lucht vloog. Vol ontzetting en stijf van de angst keek hij naar de dikke tak die in een grote boog door de lucht vloog. 'Mam, pap, help me!' flitste het door hem heen op het moment waarop de tak met een luide klap doel trof.

Hoofdstuk 39

'Bij de deur van het leven, bij de poort van de eerste adem,
wachten de mens ergere dingen dan de dood.'
Swinburne, 'The Triumph of Time'

Hun vertrek was heel moedig geweest, maar Rachel had geweten dat Peter weldra hulp nodig zou hebben. Ze hadden het niet afgesproken, maar beiden waren zich, elk om een bepaalde reden, opeens intens bewust geworden van een enorme aantrekkingskracht van het bos. Rachel om haar zoon – Peter om zijn vader. Even later hadden Stephen en Mary zich bij hen gevoegd. Stephen had, zonder een woord te zeggen, zijn sterke arm om Peters middel geslagen, en zo waren ze met z'n vieren, zonder zich te storen aan wat er om hen heen gebeurde en aan de roepende stemmen achter hen, verder het bos in gelopen.

'Hij leeft,' zei Rachel. Er lag een gloed in haar ogen die er voorheen niet in had gelegen. Een gloed in haar ogen en een vastberadenheid in haar stap die Stephen aanmoedigden. Achter hen weerklonken voetstappen, gedempt door de laag rottende bladeren, en Deaver haalde hen in. 'Dit is dwaasheid,' zei hij. 'Jullie kennen dit bos niet en zijn niet op zoeken gekleed. En daarbij is deze man ziek. Hij is lang niet fit genoeg om dit vol te kunnen houden...'

'We hebben geen andere keus,' viel Rachel hem in de rede. 'David moet hier ergens zijn. We moeten hem vinden.'

'Daar hebben we al die mannen voor... speciaal hiervoor opgeleide agenten... u hoeft niet zelf...' begon Deaver.

Ze negeerden hem en liepen verder. Hij mompelde een grove vloek. 'Zei u niet dat u de moeder van de jongen bent?' vroeg Deaver.

'Ik ben de moeder van de jongen,' beaamde Rachel. Ze nam aan dat hij het allemaal niet meer zo goed kon volgen omdat ze hand in hand met Peter liep, in plaats van met Stephen, maar ze had nu geen tijd om hem van alles uit te leggen. Dit was geen theekransje – het ging hier om leven en dood.

'Ik ben zijn moeder en ik zal hem vinden. Als u wilt kunt u met ons mee, maar houdt u alstublieft verder uw mond, want dat leidt af.'

'Waar leid ik u in vredesnaam van af? U doet niets anders dan door het bos lopen, verdomme nog aan toe!'

Rachel legde haar wijsvinger tegen haar lippen. 'Ssst!' Deaver zweeg en keek haar achterdochtig aan toen ze bleef staan en luisterde naar geluiden die alleen zij maar kon horen. 'Deze kant,' zei ze, en wees naar rechts. Rechts lag een moerasgebied met graspollen, levende en stervende bomen en de rottende stammen van omgevallen bomen. Ginds, waar het land weer wat omhoogliep, zagen ze de resten van een oude stenen muur. 'Langs die muur.'

'Wacht eens eventjes,' zei Deaver. 'U wilt me toch niet zeggen dat u ook zo'n geschifte helderziende bent?'

'Ik ben niet óók iets,' zei Rachel. 'Ik ben alleen maar een moeder op zoek naar haar kind. En probeert u mij alstublieft niet te zeggen dat ik het aan deskundigen moet overlaten. Die ellende hebben we al meegemaakt.'

Ze liepen weer verder, maar Peter kon het tempo niet bijhouden. Hij hapte naar lucht en na een poosje bleef hij staan. 'Ik... kan... niet... meer.'

'Dan dragen we je,' zei Stephen.

'Ik blijf hier wel met hem wachten,' bood Mary aan.

'Nee. We zullen wat langzamer lopen,' zei Rachel. 'We zijn er toch al bijna.'

'Waar zijn we toch al bijna?' gromde Deaver.

'Moet u niet terug om de zoekactie naar onze ontvoerde zoon te coördineren?' vroeg Stephen. De spanning maakte hem gemeen.

'Ik ben bézig met het coördineren van de zoekactie naar uw zoon,' snauwde Deaver, terwijl hij met iets zwaaide dat op een draagbare telefoon leek. 'En ondertussen volg ik vier geschifte burgers door Haley's Swamp om ervoor te zorgen dat ze niet zullen verdwalen. Eén vermiste is voldoende.'

'Meer dan voldoende,' zei Rachel. 'Vooruit, we gaan verder.' Ze liep verder, negeerde het water in haar schoenen, de takken die aan haar kleren en haren bleven haken en haar in het gezicht sloegen, en volgde een innerlijk kompas dat ze zonder meer geloofde op een missie waar ze geen moment aan twijfelde. De anderen volgden langzamer en hielpen Peter over de moeilijk begaanbare plekken heen. Achter zich hoorde ze zijn moeizame ademhaling als van een hond die haar op de hielen zat. Toen ze achteromkeek, zag ze hem, lijkbleek, bezweet en ellendig, maar wat ze ook zag, was de vastberaden blik in zijn ogen. Het zou zinloos zijn hem aan te raden terug te gaan. Net als voor haar en voor Stephen was dit iets dat hij moest doen. Dat hij móest doen, ook al kostte hem dat zijn leven.

Rachel hoopte dat er die dag niemand zou sterven, en het was die hoop, de hoop in haar hart die in de afgelopen vele weken gekomen en gegaan

311

was, die haar nu voortdreef. Die haar steeds sneller voortdreef over het ruige, natte pad. Hou vol, David, ik kom, schoot het door haar heen. We komen eraan. We komen zo snel als we kunnen. Ze probeerde een antwoord te horen, maar door de geluiden overal om haar heen en het ruisen van het bloed in haar oren kon ze niets horen. Ze durfde niet te blijven staan.

De muur liep omhoog, een helling op, en daarna werd het landschap langzaam maar zeker weer vlak. Ze gleed uit over een steen, verzwikte haar enkel en slaakte een kreet van de pijn. Achter haar riep Stephen: 'Wat is er, Rachel?'

'Niets,' riep ze over haar schouder. 'Ik heb alleen mijn enkel maar verzwikt.'

Deaver en Stephen hadden van hun handen een stoel gemaakt waarin ze Peter de helling op droegen, en het drietal was ver achteropgeraakt. Rachel bleef staan toen het veld vlakker was geworden, terwijl Mary naast haar hurkte en voorzichtig aan haar enkel voelde.

Ze keek omlaag naar Mary, die haar hoofd schudde. 'Dat gaat pijn doen.'

Davids kreet om hulp explodeerde in haar hoofd. 'O, God!' zei ze. 'We moeten opschieten. Er is iets aan het gebeuren.' Ze ging er op een hinkend holletje vandoor en negeerde de vragen die ze haar achternariepen. Ze negeerde de pijn in haar enkel en de pijn in haar zij, rende tot ze buiten adem was en ze haar armen om haar middel moest slaan om het brandende gevoel in haar borst te onderdrukken, rende tot haar ademhaling niet meer was dan een luid, bijna dierlijk grommen. En zelfs toen bleef ze nog niet staan, maar vertraagde ze haar pas tot de anderen haar hadden ingehaald. Het was intussen al veel lichter, en in de verte zag ze iets blauws.

'Daar,' kwam het ademloos over haar lippen, en ze wees. 'Daar gaat iets blauws. Zien jullie het ook?'

Deaver haalde een verrekijker van zijn riem en tuurde erdoorheen. 'Ik zie maar één persoon, een vrouw geloof ik, die iets zwaars voortsleept.'

Hij gaf de verrekijker aan Stephen en begon in zijn radio te spreken. Stephen gaf de verrekijker aan Peter. Peter zette hem aan zijn ogen, hield hem zo stil mogelijk in zijn beide, bevende handen en keek er lange tijd doorheen. Uiteindelijk gaf hij hem met een knikje terug aan Deaver. 'Ja, dat is mijn moeder,' zei hij. Hij ging op het muurtje zitten en sloeg de handen voor zijn gezicht. 'Ik ben dit hele eind gekomen, maar weet niet of ik het wel kan...'

Er weerklonk een gekraak en een geknetter toen Deaver zijn mannen instrueerde. Rachel trok aan Stephens hand. 'Kom mee,' zei ze. 'We kunnen niet op hen wachten.' Hand in hand liepen ze verder. Langzaam. Toen sneller. Nog sneller. Rachel begon te rennen en trok Stephen achter zich aan. Hand in hand renden ze door het bos, en nauwelijks opgehouden door Rachels pijnlijke enkel renden ze de vrouw achterna.

Ze kwamen bij een kleine open plek, en eindelijk konden ze de blauwe gestalte duidelijk zien. Ze hield David in haar armen, en zijn voeten hingen al over de rand van de put.

'Niet doen!' Rachels kreet weergalmde over de open plek. 'Stop! Niet doen! Laat hem los!'

De vrouw draaide zich om. Het leek wel alsof ze hen helemaal niet zag. 'Peters slechte zaad,' zei ze. 'Ik heb het hem gezegd. Ik heb tegen vader gezegd dat we ons ervan moesten ontdoen, maar hij wilde niet luisteren. De mensen houden er niet van om naar mij te luisteren. Het bevalt ze niet dat ik gelijk heb. Maar ik heb gelijk. Ik heb gelijk. Ik ben altijd in staat geweest het boze te zien wanneer de anderen dat niet konden. Slechtheid en verdorvenheid en pervers gedrag. Het is niet normaal om je zaad in een reageerbuisje te verkopen, weet je.' Ze draaide zich weer met haar rug naar hen toe en mompelde iets dat ze niet konden verstaan.

'Alstublieft, laat u mijn zoon toch gaan!' riep Stephen, schor van angst. Uit niets bleek dat de vrouw hem gehoord had.

Op hetzelfde moment schoten ze naar voren. Stephen greep de vrouw beet die David lachend losliet. Rachel had de man in donkere kleren die op de grond lag niet gezien. Ze struikelde over hem en viel op haar knieën. David gleed, nadat de vrouw hem had laten gaan, in de put. 'Nee!' schreeuwde Rachel. Ze krabbelde overeind en duwde Stephen en de worstelende vrouw opzij. Ze was niet zo ver gekomen om hem op het allerlaatste moment nog te verliezen. Met een uit angst geboren kracht duwde ze het deksel er helemaal af – een oorverdovend schuren van hout over steen – en boog zich naar voren om in de put te kunnen kijken.

Aanvankelijk kon ze, doordat ze met haar eigen lichaam het licht afschermde, niets anders zien dan een donker gat. Maar toen haar ogen langzaam maar zeker aan de duisternis begonnen te wennen, zag ze ongeveer anderhalve meter onder zich iets wits. Ze haalde diep adem, probeerde zich over haar angst voor donkere, benauwde ruimten heen te zetten en boog zich zo ver als ze kon over de rand. Het witte kreeg de vorm van Davids gebonden handen, die zich vastgrepen aan een stuk pijp, terwijl de rest van zijn lichaam heen en weer bungelde boven het duistere gat. 'David...' De naam weergalmde hol en vervormd en te luid. Ze zag de witte handen verstijven, en vervolgde bewust fluisterend: 'Lieverd, niet bewegen. Papa en ik zijn hier. We halen je eruit.' Ze boog zich naar hem toe. David. Haar zoon. Hun zoon. Het was nog niet te laat. Maar ze kon hem niet pakken.

Ze ging rechtop staan, zag Stephen worstelen met de vrouw. 'Laat haar maar, Stephen,' riep ze. 'We moeten David helpen.'

Stephen duwde de wild met haar armen zwaaiende vrouw van zich af, haastte zich naar haar toe en keek in de put.

'Daar,' fluisterde Rachel. 'Daarbeneden. Hij houdt zich vast aan die pijp.'

Stephen ging op zijn tenen staan en boog zich zo ver als hij kon in de put. 'Ik kom niet ver genoeg.'

'Je kunt mij bij mijn voeten vasthouden en me erin laten zakken,' zei ze. De angst om die put in te moeten gaan, was verlammend. Haar borst voelde aan alsof hij op slot zat en ze had het ijskoud. Maar in de put was David, en zijn leven hing bijna letterlijk aan een zijden draadje. Dit was geen moment voor aanstellerij. Ze hoorde het lawaai van anderen die de put bereikten. Het interesseerde haar niet. Haar wereldje was op dat moment uiterst beperkt – beperkt tot hen drietjes. Al het andere gleed van haar af als regen van glas. 'Vooruit,' drong ze aan. 'Schiet op. Wie weet hoelang die pijp het nog houdt.'

'Misschien dat iemand anders...' begon hij. 'Je weet toch dat je bang bent voor...'

'Het gat is heel smal,' zei ze. Ze hoorde aan het benepen geluid van haar stem hoe bang te was. 'Niemand anders is smal genoeg...'

Hij schudde het hoofd. 'Laat maar zitten. Goed. Ik hou je vast bij je benen. Klaar?' Ze hees zich op de rand van de put, draaide zich op haar buik en stak haar hoofd in het gat. Ze voelde zijn handen rond haar enkels. 'Daar ga je.'

Stephen liet haar in het donker zakken en meteen was het een stuk kouder. Haar shirt gleed omhoog en ze voelde de ruwe, glibberige stenen langs haar buik schuren. Ze hoorde de echo van haar ademhaling en ook, meende ze, die van haar hart. Dieper en dieper. Haar lichaam hield het grootste gedeelte van het licht tegen en Stephens greep veroorzaakte een ondraaglijke pijn in haar opgezette enkel. Ze strekte haar armen en tastte de kanten af, waarbij ze haar handen over de koude, glibberige muren liet gaan. Waar was hij? Was hij toch gevallen? Koortsachtig tastte ze verder. Haar vingers tastten en zochten. Zochten tot ze eindelijk contact maakten met Davids ijskoude, gevoelloze handen.

'Dieper,' riep ze, vergetend dat fluisteren voldoende was. Het woord weerkaatste en schalde om haar heen. Ze voelde Davids handen schokken en van de pijp af glijden, maar het lukte haar het touw vast te grijpen en ze hield het vast, hoewel het geringe gewicht van haar zoon zó zwaar leek dat het haar de grootste moeite kostte om het vast te blijven houden. Haar armen voelden aan alsof ze uit haar schouders werden gerukt, en ze wist dat het voor die arme David net zo moest zijn. Daar hing ze, zwaaiend met Stephens handen om haar enkels en David zwaaiend aan het touw in haar handen. Met z'n drieën vormden ze een onhandelbaar, menselijk touw, bijeengehouden door hun liefde voor elkaar en door angst.

Ze haalde diep adem en zette zich schrap tegen het kabaal dat haar woorden tot gevolg zouden hebben en riep: 'Ik heb hem! Trek ons maar op.'

Opeens had ze het gevoel alsof er zich tientallen handen om haar voeten en benen sloten. Het voelde aan alsof ze achterstevoren uit de put vloog en terugkeerde naar het licht en de lucht. Handen werden uitgestoken en namen David van haar over, terwijl andere handen haar rechtovereind op de grond zetten. Haar trillende benen weigerden haar te dragen en ze liet zich op de vochtige aarde zakken, terwijl er allemaal mensen om haar heen waren die tegen haar spraken.

Misschien spraken ze wel geen Engels. Ze kon geen woord verstaan van wat ze zeiden. Ze herinnerde zich hoe ze als kind, voor een weddenschap, ooit eens in een rioolbuis was gekropen en erin vast was komen zitten. Gedurende wat een eeuwigheid had geleken, had ze in die koude, weergalmende, duistere buis zitten wachten tot haar vriendinnetje hulp was gaan halen, terwijl het ijskoude water langs haar buik liep en de richels van de buis in haar rug drukten. Haar vader had haar er bij haar voeten uit moeten trekken. Ze zou het aan David vertellen. Misschien zou het helpen als ze het deed overkomen alsof het een avontuur was geweest. Ze hoefde niets te zeggen over de blinde paniek die zich toen van haar meester had gemaakt en die ze nu opnieuw had beleefd. Hij had zelf genoeg meegemaakt aan paniek en angst en gevangenschap.

Ze keek om zich heen, maar zag hem nergens. Er stonden mensen gebogen over een gestalte die op de grond lag. Ze stond op en deed een paar hinkende stapjes, tot ze een stel lange benen in een modderige werkbroek en een dos grijze haren zag. De oude man. Peters vader. Zijn gestalte lag roerloos op de grond; Peter zat over hem heen gebogen, de slappe, oude, gevlekte hand in zijn eigen broodmagere handen. Mary zat naast hem.

Maar waar was David? En waar was Stephen? Waarom hadden ze haar hier achtergelaten? 'Waar is mijn zoon?' vroeg ze. Een kakofonie van stemmen om haar heen. Ze spraken nog steeds in een taal die ze niet verstond, maar ze wezen op een ander groepje mensen. Ze herkende Gallaghers rug.

David. Ze baande zich een weg door de geüniformeerde menigte, sloeg met haar vuisten op de weerbarstige ruggen en riep aan één stuk door: 'David! David! Leef je, David?' Ze kwam er niet doorheen, ze lieten haar er niet door. Paniek welde in haar op, verbreidde zich tot haar borstholte ermee gevuld was, haar verstikte, en toen, nadat ze op nog een schouder had gebeukt en nogmaals in een doof oor had geroepen, explodeerde Davids stem in haar hoofd.

'Mam, mam, ben je daar? Waar is mijn moeder?'

'Ik ben hier, lieverd. Mama is hier.' Gallaghers arm schoot uit en gaf de man een zet, en ze schoot naar haar zoon. De anderen interesseerden haar zo weinig dat ze net zogoed lucht hadden kunnen zijn.

David lag, bleek en stilletjes, op een stapel jassen en hield Stephens hand stevig in de zijne. Zijn mond was bloederig en zijn wangen waren rood waar ze de tape van zijn gezicht hadden gerukt, maar toen hij Rachel zag, plooide de gewonde mond zich in een enorme grijns. Terwijl de tranen Rachel over het gezicht stroomden, knielde ze, trok haar arme, mishandelde kind op haar schoot en nam hem in haar armen. Stephen, naast hen, sloeg zijn armen om hen alle twee, terwijl hij zijn betraande gezicht tegen het hare drukte. 'Jullie zijn niet dood,' zei David. 'Ik was zo bang. Ze wilden me in de put gooien. Hij wilde haar tegenhouden, en toen heeft ze hem keihard met een dikke tak geslagen.' Hij nestelde zich in het warme holletje tussen hen in en begon te huilen.

Rachels hart ging zó wild tekeer dat ze niets anders kon horen. Ze zag Stephens lippen bewegen en schudde het hoofd. Ze had alleen maar plaats voor David. Ze had geen plaats voor woorden, zelfs niet voor Peters verdriet. David was veilig, eindelijk was hij veilig. Eindelijk was hij weer in hun armen. Zijn snikken, die getuigden van alle angst en alle eenzaamheid, al het verdriet dat hij doorstaan had, deden zijn lijfje schokken, terwijl zij en Stephen een regen van kusjes lieten neerdalen op zijn zachte, donkere hoofd.

Toen opeens weerklonk er, vanuit het groepje rond de oude man, een luide snik, en Rachel wist meteen dat die van Peter afkomstig was. Boven het bonken van haar hart uit hoorde ze Peters stem door de telefoon en ze herinnerde zich wat hij had gezegd: 'Ik hoop dat hij het juiste zal doen. Ik denk van wel...' De oude man had geprobeerd het juiste te doen, en misschien had hem dat wel het leven gekost. Peter en de oude man. Rachel en Stephen en David. Ouders en kinderen. Allemaal door een reeks van doorslaggevende beslissingen op een vreemde wijze met elkaar verbonden. Ze had nooit stilgestaan bij het feit dat er bij Davids conceptie nog iemand anders betrokken was, maar de gevolgen van die beslissing hadden ook andere levens beroerd en waren weer afgeketst naar het hare.

'Wie had dit ooit kunnen denken,' zei ze hardop. 'Geen mens had zoiets ooit kunnen verzinnen.'

Ze hief haar betraande ogen op en keek over Davids hoofd naar Stephen. Hij huilde ook. Hij strekte zijn armen uit en trok haar dichter tegen zich aan. Té dicht tegen zich aan. David kwam klem te zitten tussen hen in en hij probeerde zich los te wurmen. 'Hé!' riep hij uit. Stephen liet haar los en beiden bogen zich opnieuw over Davids hoofd, waarbij hun wangen elkaar raakten – die van Stephen voelde ruw en stoppelig aan tegen de hare. Ze wist dat het nog heel lang zou duren voor de schade hersteld was, maar dat nam niet weg dat ze het gevoel had alsof ze midden in een wonder zat. Zelfs met al de dingen die niet waren zoals het hoorde en met zo veel kwesties die nog opgelost en uitgesproken moesten worden, wist ze dat alles goed zou komen.